Le Clan Pasquier *

* Initialement publié sous le titre *Chronique des Pasquier*.

Du même auteur

Romans

Vie des martyrs
Civilisation
La Possession du monde
Entretiens dans le tumulte
Vie et aventures de Salavin
— *Confession de minuit*
— *Deux Hommes*
— *Journal de Salavin*
— *Le Club des Lyonnais*
— *Tel qu'en lui-même*
Les Hommes abandonnés
Lapointe et Ropiteau
Les Plaisirs et les Jeux
Le Prince Jaffar
Essai sur le roman
Suite Hollandaise
Délibérations
La Pierre d'Horeb
Lettres au Patagon
Essai sur une renaissance dramatique
Le Voyage de Moscou
Mémorial de Ccauchois
Images de la Grèce
Les Sept Dernières Plaies
La Nuit d'orage
Scènes de la vie future
Géographie cordiale de l'Europe
Les Jumeaux de Vallangoujard
Querelles de famille
Mon Royaume
Chronique des Pasquier
— *Le Notaire du Havre*
— *Le Jardin des bêtes sauvages*

(suite en fin d'ouvrage)

Georges Duhamel

Le Clan Pasquier

Tome 1

Le Notaire du Havre
Le Jardin des bêtes sauvages
Vue de la Terre promise

Flammarion

ISBN : 978-2-0812-8890-4

Avant-propos

L'immense petit monde des Pasquier
par Jérôme Duhamel

Georges Duhamel, l'auteur des dix titres du *Clan Pasquier* (dont vous avez les trois premiers volumes entre les mains), à l'instant d'entamer la rédaction de cette chronique qui allait prendre dix années de sa vie, avait tenu à en résumer, en quelques lignes, l'idée générale – *le fil conducteur.*

« L'histoire des Pasquier, écrivait-il donc au début des années 1930, a pour sujet principal l'ascension d'une famille du peuple à l'élite entre les années 1880 et 1930. Raymond Pasquier, fils d'un jardinier, homme aussi fantasque qu'infidèle, touche-à-tout inspiré ou catastrophique, s'instruit laborieusement, jusqu'à obtenir (à cinquante et un ans !) un diplôme de docteur en médecine, avec l'aide obstinée de son épouse Lucie. Épouse dont cinq enfants ont survécu. L'un d'eux, Laurent, le narrateur, deviendra, non sans efforts et aventures, un des premiers biologistes de son temps, récompensé par l'Académie française. L'aînée des filles, Cécile, musicienne exceptionnellement douée, sera de bonne heure une grande artiste. La plus jeune des filles, Suzanne, remarquable par sa beauté, deviendra comédienne. Le fils aîné, Joseph, enfiévré par l'appétit des biens temporels, s'illustrera comme homme d'argent, homme d'affaires et homme politique. Enfin, le dernier des enfants, Ferdinand, s'enfoncera tout doucement dans une médiocrité sans lueur. »

Le cadre était posé. Restait à en animer les personnages.

Et l'affaire n'était pas évidente car, bien qu'il y eût marqué « roman » sur la couverture de ses ouvrages, l'auteur ne dissimulait pas que c'était sa propre famille qu'il envisageait de mettre en scène : une petite smala dont la déraison du père avait transformé une vie qui aurait pu demeurer simple et douillette – celle de Parisiens d'origine modeste – en incessantes aventures qui, rocambolesques ou scabreuses au départ, finissaient bien trop souvent dans le ridicule, le bouffon, voire le drame.

Sans ce père instable et sans doute un peu fou, la vie du clan Pasquier serait restée trop banale pour mériter que des livres imprimés la racontent ; avec lui (*grâce à* lui et *à cause de* lui), elle devint une épopée dont les tribulations marquèrent à jamais les enfants dont nous allons suivre, de page en page, le cheminement, de vicissitudes en à-coups, de chutes abruptes en ambitions vertigineuses.

L'auteur passa sa vie à débarrasser la sienne des scories que son père y avait accumulées. À réparer les dégâts commis. À soulager ceux qui n'avaient pas su, ou pas pu, se remettre du mal qu'il leur avait fait, volontairement ou non. De son enfance brinquebalante à sa réussite d'homme mûr, Laurent Pasquier, le narrateur, ne nous raconte finalement qu'une seule et même chose : les heurts et malheurs que lui, ses frères et ses sœurs traversèrent, en même temps que naissait le XXe siècle, pour tenter d'échapper (et pas toujours avec succès) à ce que leur père avait fait d'eux.

*

Mais comment comprendre le destin d'un homme et de sa famille si nous ne savons au préalable le replacer « dans son contexte » ? Si nous ne possédons pas les clefs qui peuvent nous permettre d'appréhender l'époque à laquelle ces gens-là vivaient, les soubresauts de la petite ou de la grande Histoire qui servirent de toile de fond à leur jeunesse ?

À l'heure où débute le récit, nous sommes donc à cheval sur les années 1888 et 1889… La fin d'un XIXe siècle commencé dans le sang encore frais de la Terreur révolutionnaire et s'achevant dans les frémissements d'une République enfin solidement établie mais taraudée par les premiers grands mouvements sociaux.

1888… Posons une énorme (et imaginaire) loupe sur le monde de cette année-là afin de distinguer ce qui s'y passe…

En Allemagne, le Reichstag porte à sept ans la durée du service militaire, alors qu'un certain Albert Einstein, à moins de dix ans, réussit l'examen d'entrée au lycée Luitpold de Munich. Nietzsche, lui, a déjà quarante-quatre ans et met la dernière main à l'un de ses livres les plus fondamentaux, *Ecce Homo*… En Russie, on inaugure le premier tronçon ferroviaire d'un train légendaire qui restera sous le nom de Transsibérien… Au Brésil, la princesse Isabelle abolit totalement l'esclavage… Aux États-Unis – et à la surprise générale – c'est le républicain Benjamin Harrison qui remporte l'élection présidentielle… Le Japon, lui, entreprend son premier recensement et s'étonne lui-même de l'ampleur du résultat : pas loin de 40 millions d'habitants… En Grande-Bretagne, Jack l'Éventreur commence ses méfaits en assassinant cinq prostituées dans le quartier londonien de Whitechapel, tandis qu'un jeune garçon de quatorze ans entre, lui, à la très stricte école militaire de Harrow : il se nomme Winston Churchill… Dans le même temps, un jeune indien de la principauté du Rajkot, dont son père est le Premier ministre, obtient l'autorisation d'aller étudier le droit dans la capitale britannique, après avoir solennellement promis de « ne toucher ni au vin, ni à la femme, ni à la viande » : il s'appelle Gandhi…

Concentrons maintenant notre regard sur une toute petite partie de cette Terre, que longe à son ouest l'Océan atlantique et au sud la Méditerranée : un hexagone aux côtés torturés qui porte le nom de France.

Un œil aussi curieux qu'attentif ne manquera pas d'y noter une foule d'événements, certes divers, mais qui tous racontent une même histoire, celle d'un petit pays européen toujours agité de cent idées et mille tourments...

Les financiers y vendent en ce moment des obligations destinées à financer les travaux du Canal de Panama, alors que médecins et scientifiques inaugurent l'Institut Pasteur, consacré notamment à l'étude des maladies infectieuses et parasitaires... Toujours aussi colonisateur, le gouvernement procède sans barguigner à l'annexion du royaume de Bora-Bora, tandis que son ministre des Beaux-Arts commande au sculpteur Auguste Rodin un agrandissement en marbre de sa déjà légendaire statue, *Le Baiser*, en vue de l'Exposition universelle de l'année suivante... Un chimiste français, Louis Le Prince, dépose le brevet d'une « caméra à lentille » et, dès le mois d'octobre suivant, tourne ce qui est considéré aujourd'hui par les experts comme le tout premier film projeté au monde : *Une scène au jardin de Roundhay*. Certes, le document dure à peine plus de deux secondes, mais il a près de sept ans d'avance sur *La sortie des usines*, le fameux film de Louis Lumière qui, lui, sera longtemps considéré comme le premier document cinématographique... À Lille, le 23 juillet, dans un estaminet nommé *À la vignette*, la chorale de la « Ligue des Travailleurs » interprète un ancien poème d'Eugène Pottier qui vient tout juste d'être mis en musique : il s'agit du chant de *L'Internationale*. Désormais, tous « les damnés de la terre » l'auront aux lèvres dans leurs meetings ou manifestations et celui-ci servira même d'hymne national à la future – presque défunte – URSS jusqu'en 1944... À la même époque, Erik Satie achève de composer ses *Trois Gymnopédies*, Guy de Maupassant s'achète un yacht qu'il nomme *Bel-Ami II*, Jules Verne publie *Deux ans de vacances*, Émile Zola est fait chevalier de la Légion d'honneur et Vincent van Gogh s'installe à Arles, dans la « maison jaune », où il peindra notamment ses fameux *Tournesols* et, naturellement, *L'Arlésienne*. Quelques mois plus tard, dans un accès de folie, après avoir blessé son ami Gauguin avec un rasoir, il tranchera le lobe de sa propre oreille gauche... Léon Blum a seize ans et entre au lycée

Henri-IV, à Paris (où il se liera avec un de ses condisciples nommé André Gide), tandis qu'un certain Marcel Proust, plus âgé d'un an, entame son année de philosophie à Condorcet. Un militaire nommé Philippe Pétain, lui, a déjà atteint ses trente-deux ans et entre à l'École de Guerre...

À la fin de cette année 1888, les comptoirs du Trésor public et des banques assurent, aussi, le lancement de ce que nombre de journaux n'hésitent pas à appeler « la bonne affaire financière du siècle » : la grande souscription aux emprunts russes ! C'est la ruée des épargnants, petits ou gros, alléchés par des conditions fort prometteuses. On connaît hélas le sort que la Révolution de 1917 réservera à ces enthousiastes à qui ne resteront, une trentaine d'années plus tard, que leurs yeux pour pleurer. Un tiers de l'épargne française – un tiers ! – se perdra dans cette tragédie financière...

Nul, bien évidemment, n'en parle à l'époque, mais voit le jour au cours de cette année une foule de bébés que l'âge adulte rendra célèbres, des écrivains comme Georges Bernanos ou Paul Morand, des chanteurs idiots comme Maurice Chevalier, des pionniers de l'aviation comme Roland Garros, des athlètes comme Jean Bouin (dont des centaines de stades français portent aujourd'hui encore le nom) ou des « pères de l'Europe » comme Jean Monnet...

Même coup d'œil à l'aide de notre loupe grossissante sur l'année suivante – 1889...

De l'autre côté de l'Atlantique, en Amérique du Nord, l'Oklahoma est officiellement ouvert à la colonisation : en quelques petites heures, le district est occupé par plus de 50 000 colons, qui se moquent bien de savoir qu'ils envahissent sans vergogne un territoire indien ! L'État de Washington, lui, devient peu après le 42e État de l'Union américaine... À Istanbul, l'ancienne Constantinople, on construit la gare destinée à recevoir l'Orient-Express, qui reliera la Turquie aux grandes capitales européennes... En Allemagne, décidément toujours belliqueuse, le chancelier Bismarck menace de représailles l'un de ses plus petits voisins, la Suisse... L'Italie, elle, plus pacifique, adopte un nouveau Code pénal qui, contrairement à presque tous ceux en vigueur dans le monde, abolit la peine de mort… Le 16 avril, voit le jour à Londres Charles Spencer Chaplin, dont le monde entier ne retiendra que le surnom : Charlot. Son film le plus marquant, quarante ans plus tard, restera *Le dictateur*, satire féroce du Führer nazi de la Seconde Guerre mondiale. Coïncidence troublante : quatre jours plus tard, dans ce qui était alors l'ancienne Autriche-Hongrie, au village de Braunau am Inn, naît, le 20 avril, le quatrième rejeton des six enfants d'Aloïs et Klara : elle, s'appelle Pölzi ; lui, Hitler. Leur fils recevra pour prénom Adolf.

Enfin, jetons un dernier regard sur la France : à la fin mars, on inaugure au Champ de Mars de Paris un invraisemblable monument de 312 mètres – et 27 centimètres, pour être précis – auquel on a donné le nom de son constructeur : la Tour Eiffel. D'un poids de 10 100 tonnes, elle a nécessité 18 038 pièces métalliques et 2,5 millions de rivets ! Pour atteindre son sommet, il conviendra de gravir quelque 1 665 matches. Autre « première » : il s'agit du premier monument au monde dont la visite est payante. Ce sera le clou de l'Exposition universelle inaugurée en grande pompe le 6 mai 1889… À quelques kilomètres plus au nord, c'est un autre spectacle qui s'offre aux Parisiens et aux touristes : dans le ciel de Montmartre tournent les ailes du Cabaret du Moulin-Rouge… Pour décrire ces deux spectacles insolites, on pourra utiliser le tout nouveau mode de communication qui vient d'être lancé : la carte postale… C'est l'époque où naît chez la famille Cocteau un fils que l'on prénommera Jean… Comme toute perspective de guerre semble fort lointaine, le gouvernement décide de raccourcir la durée du service militaire : de cinq longues années, le voici réduit à trois ans… Du temps que les conscrits pourront passer à lire le début des aventures de *La Famille Fenouillard*, dont le dessinateur Christophe commence de publier les dessins illustrés dans le *Journal de la jeunesse*… Tout ceci dans une société française déchirée par un antisémitisme de plus en plus virulent : à Paris, les élections législatives permettent de découvrir, parmi les prétendants à un siège de député, un « candidat antisémite » aux slogans sans ambiguïté : « Le judaïsme, voilà l'ennemi ! Les Juifs ne sont grands que parce que nous sommes à genoux ! » Dans moins de cinq ans, ce seraient les débuts de la nauséabonde Affaire Dreyfus...

Voilà donc le monde tel qu'il tournait alors. Tenaillé par son passé de bruits et de fureurs, mais avide d'entrer dans cette « modernité » que promettaient les temps futurs, ceux de l'industrialisation à marche forcée et des vastes progrès de la Science.

*

Mais, pour parvenir à distinguer l'enfant qui nous intéresse, ce jeune Laurent Pasquier s'attaquant à la vie, il va falloir pousser plus avant notre recherche et poser notre loupe sur la capitale de la France. Sur Paris.

Ce Paris de l'époque, Georges Duhamel en a toujours gardé le souvenir vivace. Et, à l'heure de rédiger ses mémoires*, voici le souvenir qu'il a conservé des *ambiances* de ses jeunes années :

« Comment faire comprendre à nos petits-enfants ce qu'était la gaîté d'une rue de Paris [à la fin de la décennie de 1880] ?... Je songe à ces gens flâneurs, cordiaux, curieux qui remplissaient les rues au temps de mon enfance. Je me rappelle le liant des hommes et des femmes, leur besoin de s'arrêter, de regarder, de commenter, de comprendre, la gentillesse avec laquelle ils portaient assistance, en cas de difficulté, leur goût pour la plaisanterie truculente et poivrée. À même cette foule, passait le flot ferrailleur des camions, des fiacres et des omnibus. On avait toujours le temps de se voir, de s'interpeller, de s'injurier. Les femmes marchaient, dans une ville modérément propre, avec des jupes à volants et à dentelles qui n'avaient pas moins de huit à dix mètres de tour. Elles rassemblaient le fardeau d'une main et le tenaient sur la croupe en un geste qui semblerait aujourd'hui provocant et outré. Avec ces jupes incommodes, les dames grimpaient

* Georges Duhamel, *Inventaire de l'abîme*, Paul Hartmann, 1944.

d'une jambe allègre sur l'impériale de l'omnibus en mouvement...

« En ce temps-là, la publicité n'est pas encore maîtresse de la rue. Le caractère graphique ne se superpose pas encore en tous lieux aux linéaments de l'architecture. Il y a de la lumière, la nuit, juste assez pour permettre aux citadins de déambuler sans danger. Nul n'oserait, même aux instants d'extravagance, imaginer les futures débauches de l'électricité triomphante... Les bruits sont les bruits même de la vie... Une chanson retentit au fond d'une chambre et l'on sait qu'elle sort d'un gosier. Une musique éclate au carrefour et tout le monde tourne la tête pour voir passer les soldats...

« En ce temps-là, que je tâche à ressusciter des profondeurs, la machine est déjà toute puissante, mais elle ne se mêle pas encore librement à la vie publique et privée. Elle ronronne, siffle et halète dans les ateliers et les usines : elle n'est pas encore installée en maîtresse dans la rue et dans les maisons. On devine partout sa présence, on en souffre rarement. La machine inspire le respect, la curiosité, non la crainte. Elle n'est que promesse d'allégement, miracle facultatif, thème oratoire pour banquets politiques. »

Voilà donc pour *l'ambiance* de ce Paris presque fin de siècle. Une ville où la fée électricité commence à peine d'éclairer tout un chacun de sa magique baguette, où le cheval est encore maître de la rue et n'imagine guère que l'automobile le ramènera bientôt, et pour toujours, à la triste écurie des gloires perdues.

C'est maintenant que notre regard doit s'aiguiser plus encore, car il nous faut repérer sur la carte un des îlots de la capitale – et pas l'un des plus gros : le cinquième arrondissement, très précisément, ce quartier où le destin de la famille Pasquier va se nouer et se jouer. Ces rues, ces places, ces boulevards, ces coins et recoins où se dessinera l'avenir du clan, celui de Laurent, bien sûr, mais aussi de ses deux frères, Joseph et Ferdinand, comme de ses deux sœurs, Cécile et Suzanne.

Mais, encore une fois, laissons Georges Duhamel raconter avec ses mots à lui ce cinquième arrondissement qui l'a façonné :

« Mon père était d'humeur errante. Nous avons, suivant ses pas et ses caprices, connu bien des villes de France et bien des quartiers de Paris ; mais c'est dans le quartier latin que j'ai vécu la plus grande part de ma vie, c'est là que j'ai promené mes plus obstinées rêveries, c'est là que la plupart des personnages de mes livres ont trouvé l'être et l'apparence. Je ne crois pas au romancier qui tire tout du néant. On ne trouve rien qu'en soi-même. On ne peint que ce que l'on voit ou du moins ce que l'on a vu…

« Je connaissais pierre à pierre tout le pays qui s'étend autour du marché des Carmes, de la place Maubert et de cette église au nom délicieux : Saint-Nicolas-du-Chardonnet. Il m'arrivait déjà de pousser des reconnaissances dans les ruelles et les impasses où gîtent les marchands de mégots, les vendeurs à la sauvette, les vieux camelots asthmatiques, les clochards et pilons d'hôpital, tous ceux qui donnent quelques sous, quand ils ont pu les réunir, pour acheter six heures de sommeil dans un endroit clos et couvert.

« Dès ce temps, j'étais surpris de voir, sur cette étonnante colline, voisiner les ruelles sordides et les édifices austères où la science médite et travaille. Je fréquentais, rue Saint-Jacques, entre le Collège de France, le lycée Louis-le-Grand et la majestueuse Sorbonne, un îlot de masures pourries où tout naturellement a fini par trouver domicile un des menus personnages de la chronique des Pasquier. […]

« Quand, d'aventure, il m'arrive, sur l'autre face de la terre, de songer à Paris d'une façon pressante et vraiment affectueuse, ce que j'aperçois toujours, ce sont les cent petites rues de ma montagne bien-aimée, ce sont les masures au sommet desquelles vivent et travaillent les étudiants pauvres, les ermites des chambres sans feu, de ces chambres d'où l'on voit et d'où l'on veille le reste de la ville endormie. »

*

Le lecteur se dira peut-être que c'est prendre beaucoup de temps et noircir trop de lignes que de vouloir, comme je viens de le faire, décrire par le détail les événements et lieux où se déroulera l'histoire du clan Pasquier…

Mais on ne saurait rien comprendre aux destins des personnages qui vont maintenant s'animer devant vous si l'on oublie que c'est dans cette époque – la fin d'un XIXe essoufflé – et dans ces lieux – un petit morceau du Paris de la rive gauche – qu'ils ont plongé leurs racines avant d'en tirer le meilleur de la sève. À moins que ce ne fût le pire…

*

Les premiers lecteurs des aventures du clan Pasquier, tout au long des années 30, ne s'y trompèrent d'ailleurs pas. Si le succès fut au rendez-vous – et dès le premier volume : *Le Notaire du Havre* – c'est que Georges Duhamel avait eu le rare talent de faire revivre, avec autant de précision que d'émotion, un passé qui restait suffisamment proche pour avoir été celui de la majorité de celles et ceux qui le lisaient.

Si l'histoire de la famille Pasquier n'était bien évidemment pas la leur, elle se déroulait dans un pays qui était le leur, profondément, viscéralement ; elle s'ancrait dans un quartier de Paris qui semblait symboliser à lui seul les vingt autres arrondissements de la capitale, à cheval entre un rude passé et un avenir encore incertain, mais, surtout, le récit évoquait un temps fortement ancré dans la mémoire collective parce qu'il fut celui des plus grands changements que l'homme eût connus depuis l'âge du feu.

Nos ancêtres avaient toujours dû vivre la moitié de leur existence dans le noir ou la pénombre, s'éclairant hier de chandelles puis de lampes à pétrole, voilà que l'électricité supprimait la nuit et donnait raison à Émile Zola qui s'enthousiasmait : « L'homme vient de réinventer le jour » !

Jamais ils n'avaient su que grimper sur le dos d'un cheval ou d'un mulet pour se déplacer, et lentement, si lentement, mais voilà que des véhicules « auto-mobiles » abolissaient les distances, raccourcissaient le temps et permettaient à tous de découvrir une France connue uniquement par les images des livres ou des revues !

Depuis la nuit des temps, l'homme s'usait prématurément le corps aux travaux de la terre, aux forges des usines, il s'épuisait à bâtir, soulevant la pierre trop lourde ou coupant le bois trop dur, et voilà que des machines promettaient de prendre sa place ou à tout le moins de venir à son secours afin d'alléger son effort !

La science, et la médecine en particulier, avait certes progressé, mais à petits pas, presque timidement, et voilà qu'en quelques années elle semblait sortir de son enfance, s'ouvrait de vastes horizons et donnait à chacun l'espoir de vivre mieux et plus longtemps !

Georges Duhamel, enfant du XIXe siècle, fut l'écrivain du XXe siècle naissant, le témoin exalté autant qu'inquiet de ce grand virage de la modernité ; des centaines de milliers de lecteurs lui rendirent donc grâce de les avoir accompagnés pas à pas, avec ses mots imprimés, sur ce difficile chemin.

Le succès que remportèrent ses Pasquier fut à l'aune du talent que l'écrivain eut de *peindre* son époque. Avec réalisme mais sans complaisance. Sans jamais s'abandonner à la facile nostalgie d'un passé qui n'avait rien de riant, ni céder aux sirènes trompeuses d'un avenir que menaçait l'impitoyable mécanique.

Les dix volumes qui composèrent sa chronique du clan Pasquier firent donc de Georges Duhamel l'un des auteurs les plus lus de ce qu'on appelle « l'entre-deux-guerres ». Par des centaines de milliers de lecteurs, je l'ai dit, et presque par autant dans les traductions qu'en firent les éditeurs de près de trente pays étrangers. Un succès qui lui ouvrit, dès 1935, les portes de l'Académie française, alors qu'il venait à peine d'avoir 50 ans. Et un enthousiasme qui perdura jusque bien plus tard, jusqu'aux années 60, quand l'illustre Michel Audiard commença de travailler sur une adaptation des *Pasquier* pour le cinéma, qu'il dut malheureusement abandonner, comme tant d'autres projets, afin de sacrifier à de plus sonnantes et trébuchantes activités…

Puis la télévision eut l'audace de se pencher sur cette œuvre foisonnante et en diffusa (en 2007 sur France 2) une adaptation en quatre épisodes d'une heure et demie qui remporta un enviable succès d'audience.

Le clan Pasquier n'est donc pas mort avec son auteur. Son histoire demeure pour raconter une époque que personne ne peut ni ne doit oublier tant elle enfanta le monde qui est le nôtre aujourd'hui.

*

Ah, j'ai oublié de vous révéler le plus important – à mes yeux : je suis tout ce qu'il y a de plus objectif sur les qualités et la portée du Clan Pasquier puisque Georges Duhamel était… mon grand-père !

Livre I

Le Notaire du Havre

« Miracle n'est pas œuvre. »

Laurent Pasquier.

Les dîners de Chabot sont en général plaisants, même pour un homme qui, comme moi, joue de bon cœur les ermites : peu de monde, et de la meilleure qualité, quelques vieux amis, qui ne se voient plus assez pour être rassasiés les uns des autres, deux ou trois « nouveaux », jamais davantage, et choisis la main haute. On ne dit guère de bourdes, et parfois des choses aiguës. La chère est friande et prodiguée. – J'aurai sans doute l'occasion de faire place, dans mes récits, à l'extraordinaire maîtresse de maison qu'est Mme Chabot. Nous avons le temps. – Enfin, tout est pour le mieux, d'ordinaire. Pourtant la soirée d'hier me laisse de l'amertume.

La faute en est sûrement à moi. Il est possible que ce miroir m'ait gâté l'humeur. Nous étions exactement onze personnes, chez Chabot. Le salon n'est ni grand ni petit, de style directoire, avec des glaces anciennes, au tain brumeux. Onze personnes, dont six au moins sont de vieilles connaissances, voilà qui se laisse assez facilement ordonner et, si j'ose dire, mettre en place. La soirée allait un train raisonnable. Il était dix heures et demie. On fumait beaucoup. Les lumières, à dessein, manquaient de mordant. Mme Chabot n'attendait pas d'invités surnuméraires et nous l'avait déclaré. Et voilà que, lançant vers le fond de la pièce un coup d'œil calme, et même paresseux – je causais sans passion avec Gilbert Anceaume – voilà que j'aperçois, dans la fumée des cigares, une figure inconnue : un type assez fort, de carrure épaisse, large d'épaules et de nuque, la tignasse d'un gris blanc, l'air en même temps robuste et las. Il était de profil et me tournait presque le dos. Je pense : « D'où vient donc ce vieux monsieur ? On ne nous l'a pas présenté... »

À ce moment, j'esquisse un geste. Le bonhomme aussi fait un geste. Je reçois comme une pichenette à l'épigastre : le vieux monsieur inconnu, c'était moi, oui, moi-même, entrevu dans un fantasque jeu de miroirs, là-bas, vers le fond de la pièce, parmi les nuages du tabac.

J'ai souri, pour moi seul, cela va sans dire. De profil, je me connais mal et, de dos, pas du tout. Je suis resté, pendant la guerre, au moins deux ans sans miroir. Je me rasais, tout debout, sérieusement, devant un mur ou même, quand je le pouvais, devant un panneau de porte, parce qu'il est malaisé de se barbifier face au vide. Encore aujourd'hui, je fuis les miroirs, en partie par indifférence naturelle à leur séduction, en partie, en très grande partie par discipline anti-héréditaire, expression que j'expliquerai surabondamment dans la suite de mon récit.

Pour des raisons conséquentes à cette fameuse discipline, je me suis juré mille fois d'accueillir avec sérénité, peut-être même avec allégresse, en tous cas avec une vaillance lucide, ce qu'on nomme « les avertissements de l'âge ». Je ne manquerai pas, quand le temps m'en offrira l'occasion, de faire, à ce sujet, des bilans scrupuleux.

Inutile, toutefois, de nier que cette découverte dans le miroir, sans me frapper, sans m'attrister le moins du monde, m'a fait réfléchir, m'a rappelé que le moment était venu de certaines moissons, de certains travaux.

J'ai, ce soir, placé devant moi, sur la table, un miroir découvert dans notre sac de voyage. L'examen auquel je me suis livré est parfaitement objectif. Pas de complaisance, bien sûr. Et moins encore de cette cruauté que l'on se réserve à soi-même en se tutoyant avec dégoût et qui est une manifestation ordinaire de l'égoïsme éperdu : « Va, tu n'es qu'un niais, tu n'es qu'un lâche..., etc., etc. » Non, non. Du calme, du détachement, cette tendresse aussi, cette tendresse attentive que je voue naturellement aux objets de mon étude et qui se colore de curiosité, de piété, de scepticisme, d'ironie, selon les heures. Attitude professionnelle, chez l'homme de laboratoire et, particulièrement, chez le biologiste qu'il faut dire que je suis avant tout.

La tête, dans son ensemble, paraît ronde, bien qu'une part de la courbure en soit dérobée par les cheveux qui sont drus, précocement blancs, à peine en retraite sur les tempes. Le front est bombé, les sourcils lourds, le nez court mais épais, la mâchoire solide. Tout cela est visible, avoué, car je me rase le poil. L'ensemble n'est pas beau, assez énergique, assez voisin, si j'ose me permettre cette comparaison, du museau beethovenien. Enfin, ce que ma femme, je ne sais trop pourquoi, décrit ainsi, en riant : « une de ces figures de chien que j'aime tant... »

Le teint est coloré, surtout depuis quatre ou cinq ans : bronze, épices, noix muscades. Le cuir est à gros grains, avec des points noirs que ma femme prend un inexplicable plaisir à extraire au moyen d'une clef de montre, ce qu'elle fait en tirant la langue.

Le regard est bleu clair. Il est évident qu'au physique je suis un Pasquier. C'est indiscutable, indiscuté. Ma mère me l'a dit deux cent mille fois. Elle aimait de proclamer ainsi la défaite évidente de son sang et n'a jamais admis la revanche de ce même sang dans l'ordre moral. Comme tous les Pasquier, j'ai donc les yeux bleu-véronique. Ce bleu, qui, chez mon père, était, même dans le sourire, incompréhensiblement froid, est chez moi... mettons « sensible, avec une nuance de naïveté ». C'est le cliché, c'est ce qu'on dit dans mon clan. Je le répète sans commentaires.

J'avais un mètre soixante-neuf de taille, il y a dix ans. Je ne me suis pas toisé depuis et ce n'a guère dû changer. Je me tiens droit et ne perds pas un pouce de cette taille honorable et médiocre. J'ai engraissé, un peu, très peu, dans les trois dernières années. C'est assez bien réparti. En sorte que je vois la pointe de mes souliers sans cette gymnastique spéciale qui est d'imaginer que l'on va briser une noix entre ses fesses bien serrées.

Voilà pour la bête, et nous y reviendrons au besoin.

Si, quittant cette brave carcasse, je dirige vers l'abîme intérieur quelque chose que, faute d'un vocabulaire plus rigoureux, j'appellerai le regard spirituel, j'aperçois – il est bien entendu que toute pudeur est écartée – j'aperçois un jeune homme. Oh ! non pas un chérubin avec des ailerons dans le dos et des boucles angéliques.

Non, un vrai, un simple jeune homme, pas trop neuf, mais frais, mais vert. Pas de panache : de la branche.

Voilà très exactement le point. Je suis un jeune homme, dans le secret de mon cœur, et, si je rencontre un miroir, je découvre un monsieur plutôt mûr qui tient à la fois et du phoque et du bouledogue.

Autre renseignement, autre trait : j'ai fréquenté chez les aînés pendant une part de ma vie, en sorte que, partout, je me sentais « le plus jeune ». Partout où je vais, maintenant, je suis… l'un des vétérans, et c'est peut-être que, d'instinct, je recherche, en mûrissant, la société de mes cadets.

Rien, dans les précédentes remarques, ne doit, ne peut donner à croire que je veux me rajeunir, que je joue, déjà, les « bien conservés ». J'expliquerai plus tard, et tout à mon aise, les raisons qui m'ont éloigné de cette décevante carrière. Au reste, de quoi me plaindrais-je ? Si la jeunesse est de grimper très vite, en chantant, un raidillon, adieu la jeunesse, bien sûr. Mais si la jeunesse est dans le jaillissement des idées et des images, dans la vivacité de l'observation, dans l'aptitude à grouper les faits, à confronter les signes, dans la recherche de la difficulté, dans l'allégresse créatrice, il me faut déclarer tout net que je ne me suis jamais senti plus jeune et même jamais si jeune.

Je sais, en outre, que les gens de ma complexion ont plusieurs jeunesses, que, dix fois déjà, dix fois pour le moins, j'ai senti fondre sur mes épaules la menaçante nuée des misères physiques – je suis ce qu'on appelle encore un arthritique – et que, chaque fois, le chaud soleil a purgé mon ciel et dissipé l'angoisse.

L'Académie du Massachusetts vient de me décerner son prix biennal pour les sciences biologiques. Cette distinction, accueillie avec faveur par tout le monde savant, m'a causé une surprise presque douloureuse. Je mets à part les vingt-cinq mille dollars qui ne sont pas à dédaigner si l'on pense aux incertitudes présentes et futures, mais j'accueille avec une bien concevable inquiétude cette couronne réservée d'habitude à d'illustres valétudinaires momifiés dans leur génie comme dans un sarcophage d'or.

… Je viens de relire les pages qui précèdent et je ne suis pas trop content. Cette façon de répéter sous diverses formes que la

vieillesse prochaine me laisse indifférent... C'est donner au sujet beaucoup trop d'importance. De la défiance, de la pudeur.

Il est temps de le dire, je suis né en 1881. Nous sommes aujourd'hui le 14 mars 1931. J'aurai cinquante ans dans une semaine. Je suis né à Honfleur, par grand hasard et s'il faut juger hasardeuse cette fantaisie paternelle phénomène constant entre tous les phénomènes. Mon frère Joseph est né à Nesles, pendant la grande maladie de mon père. Ferdinand a vu le jour à Paris. Ma sœur Cécile est de Rouen et Suzanne, comme Ferdinand, de Paris. Ainsi les graines vagabondes se dispersent au gré du vent.

Je vais donner tout de suite un certain nombre de renseignements qui sont indispensables, mais sans perspective, ou encore sans vibration. Si le mot ne prêtait à sourire, on pourrait les appeler renseignements historiques, ils sont secs, ils sont arides.

Mon père s'appelait Eugène-Étienne-Raymond Pasquier. Il est né en 1846 et mort en 1922. Il était fils de Charles-Bruno Pasquier que je n'ai pas connu, puisqu'il s'éteignit un an avant ma naissance. Je n'ai pas connu non plus mon grand-père maternel, Mathurin Delahaie, ni mon grand-oncle Delahaie qui vécut à Paris, dans le quartier du Marais, non loin de l'hôtel de Lamoignon et qui finit par amasser, en pratiquant le commerce de la passementerie, une petite fortune dont je fais tout de suite mention, car elle est un des principaux personnages de mon premier récit.

Charles-Bruno Pasquier était jardinier de son état. Je répète jardinier, et non pas « horticulteur » comme dit pompeusement mon frère Joseph quand il consent à parler de son ascendance. Tous les propos publics de mon frère Joseph réclament l'application d'un coefficient correcteur. S'il prononce mon nom en société, ce n'est pas sans gloses amplificatrices ; il dit par exemple : « mon frère Laurent, un prince de la science... » ou « mon frère Laurent Pasquier, l'éminent biologiste de réputation universelle... » ce qui ne l'empêchait pas, dans nos dernières querelles intimes – les dernières, j'en fais le serment –, de parler de « ces gens qui ont l'air de tout savoir et qui ne savent rien... », de « ces médicastres bouffis de vent... » ou encore « de ces gaillards qui croient que tout leur est permis parce qu'ils ont trois ou quatre méchants titres qui d'ailleurs... » Mais laissons Joseph pour l'instant. Mon grand-père Charles-Bruno ne s'est jamais mis en condition. Il était, comme la plupart des Pasquier, indépendant et fort en gueule. Sa légende ne permet pas de l'imaginer « chez les autres ». Issu de paysans très pauvres, il acquit, moitié par son travail et moitié grâce à son mariage, un petit bien dont il vécut. Trois ou quatre hectares d'un seul tenant, dans le bas de Nesles-la-Vallée, où sont les terres maraîchères, sur la rive gauche du ruisseau. Je peux encore montrer la place, bien que cet honnête lopin forme aujourd'hui sept ou huit parcelles, closes de murs ou de haies, avec des bâtisses. Charles-Bruno, si j'en crois la fable familiale, était un esprit inculte, mais inventif et curieux. Bien qu'il tienne encore à l'humus et qu'il en tire subsistance, c'est à partir de lui, dans l'ordre intellectuel, que la courbe s'élève.

Je suis donc, moi, Laurent, à deux générations de la bêche et à trois de la charrue. Si je cherche dans mon voisinage, je vois que la plupart de mes amis, de mes pairs, hommes distingués par leurs talents, par leurs mérites, n'ont qu'à regarder derrière eux pour nommer soit un laboureur, soit un tout modeste artisan. Victor Legrand est petit-fils d'herbagers et Vuillaume de vignerons. Les ancêtres de Roch étaient quelque chose comme couteliers et le père de Schleiter a ravaudé de vieilles nippes. Ainsi se formait en France, jusqu'au seuil du présent siècle, une classe de citoyens que je me refuse à nommer classe moyenne, car si moyenne elle demeure dans l'ordre de l'argent, elle brille, par l'esprit, le savoir, le désintéressement et les œuvres au premier rang d'une société à laquelle elle prodigue sans compter des maîtres, des chefs, des principes, des méthodes, des clartés, des exemples, des excuses. À plaisir, les démagogues diffament cette élite sans comprendre qu'elle apporte à leurs rêveries une légitimation magnifique. J'aurai, dans la suite de mes récits, l'occasion de parler, et souventes fois, des Schleiter, des Legrand, des Chabot et de quelques autres. Que leur, que notre pensée soit colorée, nourrie par la sève rustique, voilà ce que mille faits et conjonctures s'accordent à prouver.

Je causais, le mois dernier, avec mon ami Emmanuel des Combes et lui déclarais, je ne sais plus à quel propos, qu'il m'était impossible de jouir pleinement d'un bien que je ne l'eusse conquis moi-même. Il me fit répéter cette confidence, réfléchit un instant et me dit avec sérénité qu'il ne comprenait rien à mes scrupules et qu'il jouissait, quant à lui, d'autant mieux des biens qu'il les trouvait plus francs de souvenirs pénibles et, si l'on peut dire, moins trempés de sueur. J'allais répondre à des Combes que tout bien temporel est toujours trempé de la sueur de quelqu'un, mais à quoi bon ? Nous ne pouvons peser au même poids les fruits de la terre : la famille d'Emmanuel est de robe depuis le seizième siècle et fut toujours très bien pourvue.

Revenons à mes Pasquier. Je me suis toujours demandé par quel hasard mon grand-père avait permis ou voulu qu'entre les prénoms de mon père se glissât celui d'Étienne. J'ai longtemps cru que la gloire du chancelier, contemporain de mon aïeul, expliquait ce choix naïf. La véritable raison est autre, probablement. J'ai découvert, en rangeant la bibliothèque de mon père – elle n'était quand même pas fort considérable – un exemplaire des Recherches de la France. *Cet exemplaire in-quarto, d'une édition ancienne, porte diverses annotations et même la signature de Charles-Bruno. De toute évidence, il n'existe aucun lien entre l'illustre famille des Pasquier historiques et notre lignée campagnarde. Il est à croire que mon aïeul, glanant ce bouquin dans une vente aux enchères, a tenté de le déchiffrer et d'y chercher quelque lumière sur son patronyme.*

Pour plusieurs raisons, je n'ai jamais interrogé mon père à ce sujet. Ambitieux d'illustrer à nouveau mon nom, comment aurais-je pu faire état d'un lustre ancien où ma famille n'a point de part ! J'avoue ensuite qu'interroger mon père ne m'a jamais été chose facile, surtout pour démasquer une curiosité de cette nature. Enfin et surtout j'ai précisément observé chez mon père une telle curiosité, mais plus vive et moins discrète que la mienne. Je pense que mon père, incomparablement plus instruit que Charles-Bruno, a dû lire et relire ces Recherches de la France *pour y trouver quelque clarté magique sur le génie de la famille. Je suis même très sûr que si le duc Pasquier n'était pas mort en 62, mon père aurait fait quelque tentative, au moins épistolaire, pour attirer sur soi l'attention de l'homme d'État. Mais, en 62, mon père n'avait que seize ans.*

*

Il a su, par la suite, que le nom de Pasquier était assez répandu. Dans les débuts de son mariage, il a fait un effort pour prononcer son nom Pâquier à la façon des Pasquier historiques, à la façon des Normands aussi. Comme tout le monde, autour de nous, s'obstinait à marquer l's, mon père a dû renoncer à sa réforme.

À cette réforme, sans doute, et non pas à son ambition. Vers sa trentième année, c'est-à-dire bien avant ma naissance, mon père a dû découvrir que Pasquier signifiait pâturage et représentait en somme un nom de lieu. Pendant deux ou trois ans, il s'est fait appeler ou, tout au moins, a tenté de se faire appeler du Pasquier. J'ai trouvé, dans ses papiers, quinze ou vingt articles signés Raymond du Pasquier. Je possède encore divers manuscrits signés de même et, sur l'un d'eux, ce curieux commentaire : « Je dis bien du Pasquier, comme on dit de la Pasture ou des Préaux. » Pour en finir avec cette lubie, j'ajoute que je possède également un extrait de naissance sur timbre, demandé sans doute en vue de quelque formalité administrative et refusé par l'administration parce que mon père avait tranquillement ajouté la particule, dans la pensée qu'elle passerait inaperçue et s'acclimaterait là tout doucement.

Ces menus traits donneraient de mon père une idée bien élémentaire s'ils le montraient simplement un peu glorieux, un peu fraudeur. Patience ! Et du calme ! Ayant à choisir entre ses prénoms et rejetant celui d'Étienne qu'on lui donnait volontiers dans son village, mon père s'en tint à celui de Raymond. Je pense que, s'il avait fait plus tôt les quelques études de grec dont il eut besoin, passé la quarantaine, il n'aurait pas méprisé Eugène. Ce fut Raymond qui prévalut, Raymond qui reste attaché pour jamais à cette étonnante figure. Mon père détestait les diminutifs, il a quand même supporté le Ram que ma mère lui donnait en certaines occasions.

Ma mère, Lucie-Éléonore, était née Delahaie, – en un seul mot. – Ce nom dut faire aussi rêver mon père, car je possède une grande feuille de papier qu'il n'a même pas pris la peine de détruire, il était bien au-dessus de ça, et sur laquelle il s'est livré à toutes sortes d'exercices graphiques. On y voit : Raymond Pasquier de Lahaie… Raymond-Pasquier de la Haie… Raymond P.

de la Haie. On peut déchiffrer, dans un angle, sous de négligentes ratures, un Raymond du Pasquier de Lahaie. Tout cela de cette grande écriture raide, hautaine, qui peint si mal, n'en déplaise aux graphologues, le caractère de mon père. Dans ces divers exercices, le paraphe vigoureux qui termine d'ordinaire Pasquier se trouve tranquillement greffé sur l'e de Lahaie ou la Haie.

Mais revenons à ma mère et à la famille de ma mère pour ces renseignements préalables et quasi administratifs. Ma mère était d'un an plus jeune que mon père. Née en 1847, elle nous a quittés l'an passé. Elle avait deux sœurs qu'elle n'a pas connues et qui n'en ont pas moins joué un rôle extraordinaire dans l'existence de notre famille. Ma mère avait deux tantes et un oncle sur lesquels j'aurai l'occasion de revenir. Avant d'aller plus outre, il me faut, même succinctement, exposer certains faits nécessaires à la clarté de mon récit. Mathurin Delahaie, mon grand-père maternel, et Prosper Delahaie, son frère, exploitèrent ensemble, rue des Francs-Bourgeois, jusqu'en 1848, le petit fonds de passementerie dont j'ai dit un mot déjà. Les deux frères se séparaient sur des questions de politique, si bien qu'après les journées de Juin, Mathurin résolut de s'expatrier. C'était le temps où beaucoup de jeunes Français s'embarquaient pour les Amériques. Mathurin, époux d'une femme maladive, déjà père de trois fillettes, venait de passer la trentaine. Rien ne devait, pourtant, arrêter cette âme obstinée. Il vit les fondés de pouvoir d'une grande entreprise péruvienne et signa toutes sortes d'engagements. Il consentit à laisser aux soins de son frère la petite Lucie-Éléonore, ma mère, âgée de quelques mois, et s'embarqua sur un voilier, au Havre, à la fin de l'été. Ma grand-mère, à peine au large, souffrit d'une fièvre infectieuse et tomba paralysée. Dans cette extrémité, Mathurin manifesta la plus froide énergie. Le navire devait faire escale à Bordeaux pour y prendre du fret. Mon grand-père débarqua la malade et la remit aux soins des religieuses de l'hospice. Dans le même temps, il expédiait un message à Prosper le priant de venir chercher la paralytique et d'en bien vouloir prendre soin, car lui-même allait poursuivre sa route avec les deux fillettes alors âgées l'une de quatre, l'autre de trois ans. Prosper, homme scrupuleux, vint chercher effectivement ma grand-mère qui survécut dix mois à cette atteinte terrible.

Mathurin, prévenu par Prosper avec les grandes lenteurs de la poste en ce temps-là, n'écrivit que trois fois, pendant les dix premières années. La première fois pour annoncer qu'il était dans l'obligation de se remarier, la seconde pour envoyer, au nom de la petite Lucie-Éléonore, une somme représentant à peu près cinq mille francs et qui fut soigneusement placée en vue de constituer une dot. Quant à la troisième lettre, incohérente et brève, elle semblait indiquer que Mathurin était en train de faire fortune, qu'il avait pris un associé, mais que l'éducation de ses enfants du premier et du second lit lui donnait de l'inquiétude. Une lettre de l'associé parvint quelque temps après, disant que Mathurin avait été gravement malade d'une fièvre maligne dont ses deux aînées étaient mortes. Prosper fit prendre le deuil à ma mère ; mais l'année suivante, c'est-à-dire en 1867, Mathurin écrivit encore pour annoncer le mariage de deux de ses filles : Aurélie et Mathilde. C'étaient les noms des deux enfants emmenés de France, les deux sœurs de ma mère. Les Delahaie de Paris, dans l'incertitude, écrivirent à Lima une lettre demandant des éclaircissements et qui resta fort longtemps sans réponse. Enfin parvint rue des Francs-Bourgeois un message de l'associé, message confus, dilatoire, écrit en mauvais français, assurant que les deux filles du premier lit étaient bien mortes, que Mathurin était fort malade et ses affaires très embrouillées. On était en 1870, la lettre arriva peu avant le début du siège et Prosper, saisi de mille soucis, remit à plus tard toute correspondance. Quelque temps après la fin de la Commune, il apprit la mort de Mathurin. Divers témoignages, presque tous indirects mais concordants, affirmaient que les deux filles du premier lit étaient effectivement mortes. La seconde femme de Mathurin ne donna jamais signe de vie et n'écrivait probablement pas la langue française. Prosper, de guerre lasse, laissa les choses aller jusqu'au moment où, ayant décidé de faire son testament, il chargea le notaire de sa famille de confirmer, par l'obtention d'actes réguliers, le décès des deux sœurs de ma mère. Nous verrons plus tard les suites de cette histoire.

Je reviens encore aux Pasquier. Il me faudra, malgré mon désir de clarifier ce récit, parler parfois de mes tantes et oncles paternels. À vrai dire, je m'embrouille toujours un peu dans ces com-

plications de la parentèle. Il faut qu'on me répète vingt fois les choses : les deux veuvages de tante Anna, ce qu'était Mme Dubourdieu avant que d'épouser l'oncle Léopold, l'échelon exact où se logent les cousins Lescure et comment M. Alfred Cohen s'est installé, par alliance, dans l'extrême banlieue de la famille. Tout cela ne laisse pas de s'embrouiller un peu dans ma mémoire et je comprends alors la réflexion de Victor Legrand qui disait à sa femme, quelque temps après leur mariage : « Toi, ma petite, tu es, par bonheur, fille unique. Tu es seule de la variété. L'image que je me fais de toi n'est pas viciée par toute la séquelle des frères et des sœurs. Tu es pure, à ta façon. »

Mes parents ont eu sept enfants : quatre garçons et trois filles. Deux de ces enfants sont morts, à huit jours d'intervalle, en 1884, de la scarlatine, pendant notre séjour à Rouen. J'avais alors trois ans et je ne suis pas sans souvenirs de ces grands événements que furent leur maladie et leur mort. Marthe avait cinq ans et Michel, notre aîné à tous, dix ans tout juste. Je ne vais pas, tout livré que je suis aux soins de l'état civil, peindre ici le deuil et le désespoir de ma mère. Un mot seulement de mon père. Il ne m'a, je crois bien, jamais adressé la parole au sujet de Marthe et de Michel. Je l'ai parfois entendu parler de ces petites ombres à des personnes étrangères, et non d'ailleurs sur le ton de la confidence, mais accidentellement ou pour affaires. J'ai, chaque fois, observé que sa voix changeait de timbre, presque de nature et que, par un phénomène incompréhensible, la prunelle de ses yeux, déjà fort claire, pâlissait à tel point que le visage en était méconnaissable. Deux fois, j'ai surpris les propos de mon père qui disait à des amis en nous désignant d'un coup de menton : « Ces petits-là ne sont pas mal, bien sûr, et même ils ne sont pas sots. Mais les deux que j'ai perdus ! Oh ! des êtres exceptionnels dont on pouvait tout attendre. » Belle occasion pour Joseph d'être jaloux, même des morts.

Mon père était, à son ordinaire, ironique, badin, fuyant, insaisissable. J'ajoute qu'il a vécu bien assez pour assister à la réussite matérielle de Joseph, au succès de Cécile et au développement de ma propre carrière. Il n'en a pas moins été sûr que les deux petits morts ont emporté dans les limbes tout le génie de la couvée.

Je viens de parler de Joseph et de Cécile, ce qui me ramène aux survivants. Nous sommes cinq, encore assez drus à l'heure où j'écris ces lignes. Joseph et Ferdinand, mes frères, sont mes aînés, le premier de sept, l'autre de quatre ans. Ma sœur Cécile a juste deux ans de moins que moi et la petite Suzanne… Mais quoi ! Suzanne, née en 92, touchera la quarantaine au mois de janvier prochain. Est-ce vrai ? Est-ce possible ?

Je le répète, pour achever cet aride tableau : mon père est mort en 1922 et ma mère en 1930. Mon éminent confrère Elie Faure m'a, lors de ce dernier deuil, écrit une lettre admirable, de sa meilleure encre. « J'ai subi, me disait-il, la même douloureuse épreuve et, pour la première fois, j'ai senti, senti physiquement, que plus rien de vivant ne me séparait de la mort. »

J'ai tracé plus haut mon portrait physique. Il me reste à compléter la fiche signalétique, quand bien même devrais-je dire des choses qui se trouvent dans les annuaires. Je me suis fait connaître, au moins du monde savant, par mes recherches sur les mutations expérimentales chez les animaux supérieurs. Le laboratoire m'a, de bonne heure, diverti de la médecine à laquelle je dois une grande partie de ma formation intellectuelle. Depuis 1928, j'occupe la chaire de biologie au Collège de France et suis l'un des plus jeunes professeurs de cette illustre maison qui, par mon élection, a manifesté, comme on a dit dans la presse, « son désir de renouveau ».

Il est superflu de donner un signalement moral, au seuil d'un ouvrage qui comportera maints portraits, dont le mien. Un mot, un seul, de nature, me semble-t-il, à résumer bien des gloses. J'ai, vers l'âge de trente-cinq ans, c'est-à-dire en pleine guerre, exactement pendant la bataille de Verdun, écrit sur mon carnet de poche la phrase suivante : « Miracle n'est pas œuvre. » Je ne pense pas qu'une phrase puisse jamais représenter tout un homme, son expérience, ses ambitions, sa loi. Pourtant je donne cette maxime comme la principale clef de ma vie spirituelle. Elle prendra sens dès la première partie de ce récit, celle qui concerne mon enfance. Que cette maxime ou devise marque un refus, une volonté opiniâtre, et même une certaine étroitesse rationaliste, je le reconnais. À la méditer amicalement, on comprendra bien vite que mon existence n'a, jusqu'à ce jour, été qu'une persévérante et victorieuse réaction contre un certain nombre de caractères transmissibles – je ne dis pas transmis. Par ce dire, je ne me sens pas en contradiction avec mon expérience de savant, bien au contraire : je me rattache, et même docilement, au déterminisme héréditaire. Le rebours est un des deux visages évidents de l'hérédité. Je ne critique pas non plus, et dès l'abord, mon patrimoine moral et physique. J'ai réagi, soit ! Mais on réagit d'autant mieux qu'il faut lutter contre des puissances plus vives.

Je ne répugne pas à jeter quelques lueurs sur ma devise : entre le miracle et l'œuvre, je choisis l'œuvre. Je pense qu'on l'avait compris.

J'ai parlé de portraits et notamment de mon portrait. L'un de mes possibles portraits, cela va sans dire. L'homme que je suis avec mon frère Ferdinand, par exemple, ne ressemble en rien à celui que je suis avec ma femme. Et ce Laurent Pasquier est parfaitement étranger à celui que connaît mon ex-ami Victor Legrand. Vérité modeste qu'il n'est pas superflu de rappeler au seuil de cet ouvrage.

Au ton de ces premières pages, on pourrait croire que j'entreprends la rédaction d'un journal intime. Il n'en est rien. J'ai l'horreur des journaux intimes. On m'a dit que l'écrivain Carolus Delbœuf s'épuise chaque jour à dicter quinze ou vingt pages d'aveux impitoyables destinés à la postérité. Je juge ces effusions tout à fait contraires à l'esprit scientifique, sans doute, et même à la simple honnêteté. Ce qui rend l'introspection incomparable avec les autres méthodes scientifiques, c'est qu'il est, dans le domaine subjectif, impossible d'observer les faits sans les modifier, sans les altérer, voire, ce qui est plus grave, sans leur donner l'existence. Les « journalistes intimes », si j'ose dire, ne peuvent guère admettre qu'une journée tout entière – et que dis-je ? une semaine, un mois – s'écoule sans apporter une riche moisson de pensées, de sentiments et d'émotions. Leur attitude n'est pas, ne saurait être contemplative. Elle est provocante. De par leur propos même, ces messieurs se trouvent amenés à faire cas d'états d'âme extrêmement ténus, mettons incertains, informes, mettons surtout inexistants, car le mot embryonnaire supposerait une possibilité de devenir, et je veux tout justement dire le contraire. Ce délire de confession donne l'accès de la conscience, et conséquemment du « journal », à des pensées qui n'auraient jamais vu le jour dans une vie morale spontanée, à des pensées qui perdent ainsi toute relation raisonnable avec le reste de l'âme, avec le monde. On imagine les déformations et les perversions que cette pratique favorise. Que si l'on me dit que le but de ces journalistes clandestins est précisément de provoquer en eux de telles déformations et perversions, je me contenterai de hausser les épaules. Le mystère est assez grand en nous et autour de nous pour qu'il ne soit jamais recommandable d'apporter de l'ombre à l'abîme.

Que de gens, entraînés par ces débauches de littérature secrète, arrivent à se composer un personnage artificiel que, par la suite, il leur faut nécessairement jouer et soutenir !

Je ne songe donc pas le moins du monde à ces écrits que, dans un poème d'ailleurs bien oublié, Joachim du Bellay traitait de « papiers journaulx ». Non ! je soumets au temps corrosif toute mon expérience humaine. Qu'il fasse et son choix et son œuvre. Je ramasserai le reste. Telles ces feuilles de peuplier que la pourriture automnale a purifiées, réduites à leur nervure nette et fine.

Point de journal intime, et donc des mémoires. J'écris ce dernier mot avec beaucoup de réserve et faute d'un mot plus modeste. J'ai, comme tous les hommes de ce temps, pris, à des événements sans mesure, une part pour moi considérable, et, c'est bien sûr, infime au regard de l'historien. J'ai fréquenté des hommes remarquables à qui je ne peux affirmer pourtant que l'histoire fera place. Je me suis tenu, par discipline intellectuelle, à distance des politiques dont on pense, à tort ou à raison, qu'ils sont les principaux artisans de l'histoire.

Les mémoires que je me propose d'écrire n'auront donc aucun caractère historique et même aucun intérêt historique si les pensées, travaux et aventures d'un simple citoyen perdu dans la foule se trouvent vraiment dépourvus d'intérêt historique.

Qu'il soit permis à un homme blanchi sous le rude harnois de la science, dans la lumière glacée du laboratoire, qu'il me soit permis de considérer avec défiance tout ce que peuvent offrir à l'histoire les mémoires dits historiques. J'ai poursuivi en ce qui concerne ma propre vie et la connaissance qu'en peuvent avoir mes plus proches, j'ai fait, dis-je, mille expériences. Nul doute : l'erreur est la règle ; la vérité est l'accident de l'erreur.

Ce disant, je n'entends pas faire, une fois de plus, et combien sommairement, le procès de la vérité dite historique, mais déclarer ma prédilection pour une autre forme de vérité que j'appellerai vérité humaine ou poétique.

Chateaubriand, au début des Mémoires d'outre-tombe, *livre admirable, parle avec force, avec pompe, des documents accumulés, classés, commentés. Ce grand exemple ne saurait me distraire de mon dessein qui est de refouler tous documents pour me recueillir dans le plus libre silence, seul, seul avec les créatures de l'ombre.*

Nombreux sont les rédacteurs de mémoires qui, donnant à leur propos une raison qui sonne comme une excuse, écrivent en sous-titre : « pour servir à l'étude des mœurs ». Je ne crois pas que le présent écrit puisse servir à rien de tel et même à quoi que ce soit. La littérature française est, dans l'ensemble, une littérature de moralistes. Elle est riche, variée, délectable. Un esprit lettré n'y saurait penser sans humilité, sans orgueil aussi. Mais quoi ? pendant plus de quatre siècles, les Français ont peint les mœurs dans le dessein secret ou avoué de les corriger. C'est une étonnante chimère. Toute peinture des mœurs, quand elle est vigoureuse et brûlante, a quelque chance de confirmer les mœurs et d'exaspérer les caractères. J'admire et vénère Honoré de Balzac, tout en le rendant responsable de la destinée de mon père.

Seul un cuistre pourrait imaginer que la présente remarque engendre blâme ou critique. J'entends seulement me purger de toute ambition parasite et définir mon dessein. J'écris ces mémoires non pour édifier ou châtier qui que ce soit, mais pour accomplir un acte de connaissance. J'ajoute un acte d'oubli, car ne vais-je pas sacrifier tout ce que je ne sauverai point ?

À ceux qui me reprocheraient de peindre trop souvent de petites gens, de pauvres gens, dont les pensées et les actes ne peuvent nous apporter de puissantes lumières sur le monde, je répondrai d'abord que je ne choisis pas mes modèles, ensuite que je prends l'homme où je le trouve et qu'il est des sociétés instruites et brillantes où cet « homme » que je cherche ne se rencontre jamais. Pour surcroît de raisons, je renvoie mes censeurs à mon confrère biologiste Jean Rostand. Ce jeune savant de mérite, qui est aussi un psychologue attentif, se prononce fort clairement : ce sont les animaux dits inférieurs qui nous ont livré le mot des grandes énigmes ; ce que nous savons aujourd'hui de plus profond sur nous-mêmes, nous le devons à l'observation patiente de moucherons minuscules « dont on peut élever des centaines dans un petit flacon, sur une tranche de banane pourrie… » Cette observation scientifique m'apporte une image efficace.

Je possède une mémoire excellente dans laquelle il y a, pourtant, non des lacunes – ce qui serait trop peu dire – mais de véritables déserts, des gouffres de fumeuses ténèbres. Le temps n'est pour rien dans l'approfondissement de ces cavités : j'en distingue déjà dans la journée d'hier. Qu'on n'aille pas insinuer que le « journal intime » a précisément l'avantage de… Hélas, non ! Les renseignements des journaux intimes ne rendent que plus cruellement évidentes ces défaillances temporaires de l'être dans l'être, ces manques, ces pertes de substance morale.

C'est donc une histoire discontinue que j'entends restituer. Inutile, pour ce que je veux faire, de quêter chez autrui les matériaux ou l'assistance : mon univers ne coïncide avec nul autre. Je m'efforcerai de respecter l'ordonnance naturelle qui groupe toujours les comparses autour du protagoniste et les menus faits autour des épisodes cardinaux. Ainsi doit s'expliquer le titre du présent cahier.

Je crois bien naïf et vainement scrupuleux d'aller chercher des souvenirs dans cette région du passé où la plus habile chimie déclare n'en trouver que des « traces indosables ». On connaît le langage ordinaire de ces explorations : « Mon plus ancien souvenir remonte au temps que… » ou « si je descends au plus profond de ma mémoire… » Assurément, la naissance de Cécile, survenue à la fin de ma deuxième année, a laissé quelques croquis dans mon album : le mur vert pâle sur lequel se découpe un rectangle de soleil, la place du lit de bois, non loin d'une cheminée… Franchement, tout ça n'est rien.

En revanche, les souvenirs qui vont de la septième à la douzième année sont, déjà, matière précieuse. Et j'ajoute matière ouvrée. La plupart de ces souvenirs ont été repris, recuits, polis, enchâssés, mis en ordre et en valeur par presque un demi-siècle de méditations, de confidences, de conversations, de querelles familiales et de radotages intimes.

Avant de me mettre au travail, je veux encore dire ceci : Je suis allé, ce matin, au marché de Pontoise. Un camelot, d'ailleurs très entouré, y vendait la bonne aventure. Son enseigne sur calicot publiait cette promesse : « Jean-Marie Scagliola peut vous dévoiler votre avenir et votre passé. » Personne parmi l'assistance n'avait l'air de remarquer ce qu'il y a d'étonnant dans un tel langage. Cela montre sans doute que la plupart des hommes ont besoin qu'on leur « dévoile » ce passé tout enveloppé de suaires.

Il y a, dans le fait d'écrire, et surtout sur un tel sujet, beaucoup de candeur et de présomption. Les gens de ma sorte semblent défendus contre certains rêves. Ils savent, ils sentent, avec une force désespérée, qu'un jour futur, l'homme, le mot d'homme, l'idée et le souvenir de l'homme, tout cela ne signifiera plus rien dans un monde à jamais déserté par les esprits de notre essence. Ces courageux n'en inventent pas moins chaque jour de nouvelles façons et de nouvelles raisons de se priver de tout, de se sacrifier pour des principes et des lois, de construire des monuments et des doctrines, de laisser, à l'avenir sans issue, des témoignages pathétiques de notre grandeur et de notre misère.

Chapitre Premier

Un dîner de famille. Des nouvelles du Havre. Premières considérations sur les lentilles. Propos dans la nuit.

Dans la salle à manger, brûlait, dès le crépuscule, notre grosse lampe de cuivre, toujours bien fourbie, toujours un peu moite de pétrole. Nous venions travailler et jouer là, sous cette lumière enchantée. Maman, pour disposer les assiettes du couvert, repoussait en grondant nos cahiers et nos livres.

Ferdinand alignait avec minutie des caractères soigneusement moulés. Il écrivait, le nez sur la page. Il avait déjà grand besoin de lunettes. On ne s'en aperçut que plus tard. Joseph, les coudes sur la toile cirée, faisait semblant de répéter ses leçons, mais il lisait le journal posé devant lui, contre un verre. Cécile jouait sous la table et, de minute en minute, cessant de psalmodier « huit fois huit » et « huit fois neuf », je cherchais et taquinais du pied la petite sauvage. Nous entendions maman remuer une casserole de fer, dans la cuisine, de l'autre côté du mur.

Joseph bâilla vigoureusement, à plusieurs reprises, et cria : « On a faim ! »

Maman parut dans le cadre de la porte. Elle s'essuyait les doigts à son tablier de toile bleue. Elle dit :

— Votre père est en retard. Mes enfants, nous allons commencer sans lui. Venez vous laver les mains.

Nous passâmes dans la cuisine pour nous laver les mains, tous, sauf Joseph qui haussait les épaules et disait : « J'ai les mains propres. »

Quand nous fûmes assis de nouveau, maman vint avec la soupière. Maman ! Elle était petite, bien faite, un peu grasse, la peau tendue sur le visage plein, un gros chignon non pas dressé sur le sommet de la tête, comme c'était la mode en ce temps-là, mais bas, contre la nuque, et pesant comme un beau fruit. Des bandeaux noirs, si sages !

C'était une soupe aux lentilles. Joseph dit : « Toujours ! »

Nous étions à la fin de l'hiver. Nous n'aimions pas beaucoup la soupe ; mais la bonne chaleur descendait tout le long de la gorge et, un moment après, on la sentait jusqu'aux jarrets, jusqu'aux pieds un peu gourds dans les grosses chaussettes de laine.

De temps en temps, Ferdinand se penchait sur l'assiette pleine de brouet et il y piquait un oignon. Il gémissait : « J'aime pas ça ! » Alors Cécile tendait sa cuiller et criait : « Moi, j'en veux bien. »

Après la soupe, maman posa sur la table le plat de lentilles avec une saucisse. Les deux grands commencèrent de se disputer à qui aurait le plus gros morceau, et pourtant la saucisse n'était pas encore coupée. Cécile chantait, chantonnait. Elle chante encore ainsi. Elle a toujours chanté. Maman coupa la saucisse et les grands se mirent à manger. Maman leva sa fourchette et, tout à coup, s'arrêta, comme pétrifiée. Elle écoutait quelque chose, la bouche ouverte. Elle dit :

— Voilà votre père ! Écoutez le pas de votre père dans l'escalier.

Mais nous n'entendions rien.

Père entra. Il remuait d'abord les clefs, derrière la porte, puis il faisait jouer la serrure avec vivacité.

Il entra. Les patères se trouvaient dans le petit vestibule. Papa ne s'y arrêta point. Il vint jusque dans la salle à manger. Il tenait une lettre.

— Excuse-moi, Raymond, murmura Maman. C'est encore des lentilles. Je t'expliquerai…

Papa ne répondit pas. Il nous regardait avec un sourire en même temps affectueux et ironique. Il n'avait pas quitté son pardessus qui portait un col de fourrure. Il avait son chapeau melon sur la tête. Avec ses longues moustaches blondes, presque rousses, ses yeux bleus, sa belle prestance, il ressemblait à Clovis, au Clovis de mon livre. Il était beau. Nous l'admirions.

Il sourit encore et jeta la lettre sur la table.

— Madame Delahaie est morte, dit-il.

Maman devint toute pâle.

— Est-ce possible ?

— Vois toi-même, répondit papa. C'est une lettre du notaire.

Et il enleva son pardessus. Il avait un vêtement de coupe élégante mais qu'il jugeait fané, ce dont nous ne pouvions nous apercevoir.

Maman dépliait la lettre. Soudain, elle se cacha le visage dans son tablier et se prit à pleurer. Papa souriait, le sourcil dédaigneux. Joseph s'écria :

— Ne pleure pas, maman. Puisqu'on ne l'aimait pas, c'est pas la peine de pleurer.

Maman posa sa serviette sur la table et dit :

— C'est elle qui m'a élevée, mes enfants.

Papa venait de lisser sa belle moustache et de se passer la main dans les cheveux pour les faire boucler. Il se redressa, fit trois ou quatre fois et très fort : « hum ! hum ! » et s'assit à table. Il avait des manières gracieuses. Un véritable homme du monde comme on en voit sur les images. Il souriait toujours si joliment.

Notre mère tamponna ses yeux et dit :

— Pardonne-moi, Raymond. C'est encore les lentilles. Tu sais pourquoi. Le malheur est qu'on ne peut pas trouver de persil en cette saison.

Père était décidément de bonne humeur. Il haussa les épaules. Il disait volontiers : « Donnez-moi n'importe quoi, pourvu que ce soit cuit à point et que ça ait de l'œil. » Alors maman mettait du persil sur les lentilles, et le plat avait de l'œil.

Papa mangea sa soupe, sans se presser, et dit à ma mère :

— Tu ne prends plus rien ?

— Non, j'ai l'estomac serré.

— Il n'y a vraiment pas de quoi.

Nous étions tous recueillis, dans l'attente d'événements extraordinaires. Joseph avait près de quatorze ans et, par instants, sa voix sonnait, grave et basse, comme celle d'un homme. Il dit :

— Si madame Delahaie est morte, alors on va hériter…

Papa fit des épaules un geste contrarié.

— Mon cher, mêle-toi de ce qui te regarde.

— Joseph, ajouta ma mère, un homme de cœur ne parle pas d'héritage devant un cercueil.

Le dîner fini, les cahiers rangés, nos parents nous envoyèrent au lit.

Joseph et Ferdinand couchaient ensemble dans un réduit qui prenait jour sur la cuisine. Comme c'étaient de grands garçons, on leur allumait une lampe et ils avaient le droit de lire ou de travailler une heure avant de s'endormir. Ce soir-là, papa n'alluma point de lampe.

— Mes enfants, dit-il, vous allez dormir tout de suite.

— Pourquoi ?

— Parce que c'est comme ça.

Nous couchions, Cécile et moi, dans la chambre de nos parents. Il y avait là deux grands lits de bois disposés presque à angle droit. Maman dormait dans l'un, papa dans l'autre. Nous, les petits, nous couchions alternativement dans l'un et dans l'autre et nous nous querellions un peu pour coucher toujours avec maman, parce qu'une mère, c'est plus doux, plus chaud et parce que papa, craignant les coups de pied, nous refoulait dans la ruelle.

Ce soir-là, j'eus beaucoup de peine à m'endormir. C'était « mon tour de papa ». Je me tenais bien serré contre le mur et, le souffle court, j'écoutais ce que je pouvais entendre. Papa et maman avaient longtemps causé à voix basse, dans la salle à manger, puis ils étaient venus se coucher. Papa, les mains croisées sous la nuque, parlait d'un air détaché. De l'autre lit, maman répondait.

— Nous allons commencer par quitter cette cambuse.

— Sûrement, Raymond. Mais n'appelle pas ce petit logement une cambuse. Il a ses commodités. Nous le regretterons peut-être un jour.

— Non. Je veux un appartement de quatre bonnes pièces, au moins. Oui, au moins. D'ailleurs, sans ça, où mettrait-on les meubles ?

— Les meubles, Raymond ! Mais qui te dit que nous les aurons, les meubles ?

— À qui pourraient-ils aller ? Ta tante avait bien trop le sens de la famille pour donner ses meubles aux hospices. Une chose est sûre, c'est que, d'après le testament de ton oncle Prosper…

— Mais, Raymond, ils avaient tout fait au dernier vivant. Et je suis sûre que madame Delahaie a modifié les dispositions de son mari.

La voix de maman arrivait, un peu sourde, à travers la nuit feutrée.

— Oh ! Ram, ne va pas te mettre à rêver.

— Rêver ! grondait mon père avec irritation. Je me demande un peu lequel de nous deux s'amuse à rêver. Une chose est sûre : ta tante Alphonsine est morte. As-tu lu la lettre du notaire ? Est-ce un rêve, cette lettre du notaire ?

— Elle est morte, Raymond. Mais qui te dit qu'elle ne m'a pas déshéritée ?

Sur ces mots, j'entendis que ma mère se reprenait à pleurer. Mon père donnait des coups de tête dans le traversin.

— Déshéritée… Déshéritée… Mais non, Lucie, ces gens-là n'avaient quand même pas assez de caractère pour te déshériter.

— Oh ! Ram, ne parle pas si durement d'eux dans un pareil moment.

— Je dis ce qui me plaît. Ils ne m'aimaient pas, ces Delahaie. Leur bête noire, voilà ce que j'étais. Leur bête noire !

— Ils ne pouvaient pas te comprendre, Ram. Tu es travailleur, tu es sobre, et courageux et intelligent, tout, mais pas à leur façon. Et tu ne peux pas t'empêcher de dire des choses et d'avoir l'air de te moquer du monde. Eux, comment voulais-tu qu'ils s'y retrouvent ?

— Tant pis pour eux.

Il y eut un grand silence. Peut-être commençais-je à m'endormir. On entendit Ferdinand tousser.

— Tu dors, Ferdinand ? demanda ma mère. Vous dormez, les enfants ?

Nul ne répondit ; mais je suis bien sûr que, pour le moins, trois paires d'oreilles, dressées, interrogeaient l'ombre.

— Lucie ! souffla mon père.

— Quoi ?

— Je préfère ne pas aller à Honneur, ni même au Havre, s'il faut y aller. D'ailleurs le notaire ne parle pas de moi. Tu es convoquée seule.

— J'irai seule, dit ma mère avec calme. Je demanderai à mademoiselle Bailleul de s'occuper des enfants.

— Oui. Pour ce qui est de l'appartement...

— Attendons un peu. Je chercherai dès que je verrai clair dans toutes ces histoires.

Un grand silence encore et, soudain, la voix de ma mère, musicale, ailée, rêveuse :

— On m'a parlé de choses très intéressantes dans les environs de la gare Montparnasse. Tu ne serais pas très loin de ton travail, en somme. Et il paraît que là, on aurait enfin de l'air et même de la vue. Tu dors, Raymond ?

— Non, mais ne te monte pas la tête, Lucie. On verra tout ça plus tard, comme tu viens de le dire.

— Oh ! Raymond, tirer des plans, ça ne fait de mal à personne et ce n'est pas là se monter la tête.

De nouveau, le silence, la nuit plus trouble. De nouveau, des voix languissantes, mêlées dans un interminable duo où reviennent des chiffres, des chiffres, des noms familiers, des noms inconnus, des exhortations, des soupirs. Je m'endors. Je dors longtemps. Je me réveille : le duo continue. J'entends : « Il y a des postes où l'on gagne ce qu'on veut... Après tout, quarante, quarante-deux ans, c'est la fleur de l'âge. » Je ne comprends plus rien. Dormir est bon.

Chapitre II

Mlle Bailleul. Préparatifs de voyage. Un testament compliqué. Les sœurs de Lima. Vengeance posthume. Nocturne.

Pendant toute la matinée du lendemain, ma mère fit des courses. Mlle Bailleul était notre voisine, une vieille fille solitaire, grande et charnue, qui donnait des répétitions de catéchisme et nous faisait travailler à l'occasion. Elle avait de beaux yeux noirs que j'aimais. Quand mon père l'apercevait dans la maison ou sur le palier, il lui disait des frivolités d'un air distrait. Mlle Bailleul se mettait alors à bégayer. Elle rougissait, son beau regard paraissait presque méchant.

Ce jour-là, Mlle Bailleul vint laver et peigner Cécile. Moi, je me lavais et m'habillais seul. Ma mère avait laissé sur la table une lettre au crayon et des légumes épluchés. Mlle Bailleul lisait la lettre en reniflant. Elle alluma le feu et mit les légumes au pot, comme il était dit sur la lettre.

Maman rentra tard. Si tard même que Joseph et Ferdinand étaient repartis à l'école. Papa ne venait presque jamais déjeuner. L'après-midi, Mlle Bailleul me fit lire et écrire. Je n'allais pas encore en classe, à cause de ma santé. Je travaillais à la maison. Cécile chantait, sous la table. Maman cousait ses vêtements de deuil. Elle cousait merveilleusement vite. De temps en temps, elle s'arrêtait une seconde et regardait devant elle. Puis elle donnait, du bout de son dé, un coup sec sur la table et se reprenait à pousser et tirer l'aiguille avec cette vivacité voltigeante au prix de laquelle tous les autres artisans semblent infirmes. Parfois, sans arrêter la course de l'aiguille, maman disait rêveusement : « Sept fois huit… » Mlle Bailleul lançait un net « cinquante-six ! » et ma mère soufflait, déjà repartie parmi ses pensées : « Bien sûr, bien sûr, cinquante-six… » Elle ajoutait : « cinquante-six… Mon Dieu… mon Dieu ! »

Vers le soir, maman put essayer ses vêtements. Elle me parut bien majestueuse au milieu de tout ce noir. Elle nous servit à dîner et dit :

— Je veillerai jusqu'à minuit, une heure, pas plus, et tout sera prêt pour demain matin.

Sitôt la table débarrassée, maman fit marcher la machine à coudre. Au bout d'un moment, elle se prit à chanter. C'était une espèce de complainte que nous connaissions tous, mais dont je n'ai jamais bien compris les paroles. Il s'agissait d'une femme très belle à qui l'on avait fait une blessure au front.

Papa rentra comme nous venions de nous mettre au lit. Je l'apercevais, assis à quelques pas de la machine à coudre, les jambes croisées, les pouces dans les entournures de son gilet. Il disait :

— C'est incroyable ce que j'ai pu faire de courses aujourd'hui. J'ai vu Chevallereau, pour commencer. Il me conseille formellement de travailler mes examens. Il m'a promis son appui. C'est quelque chose. C'est presque tout.

— Ram, disait ma mère, pense que nous n'aurons peut-être pas d'argent liquide. Méfions-nous des projets.

Papa frappait du pied.

— Je te ferai remarquer, Lucie, que ce ne sont pas des projets, mais des résolutions. D'abord, je ne quitte pas Cleiss. J'ai quand même là quelque chose comme un fixe. Même si madame Delahaie n'était pas morte, j'allais m'y mettre, à ces examens. Tu dis : pas d'argent liquide ! Admettons même qu'il n'y ait pas d'argent liquide ! Il y a les meubles.

— Ram, tu ne vendrais pas les meubles !

— Pourquoi non ?

— Des meubles de famille.

Mon père haussa les épaules d'un air excédé.

— On en rachète quand on veut, des meubles de famille. Il y en a plein l'Hôtel des Ventes.

— Oh ! ce n'est pas la même chose.

Mais, déjà, maman battait en retraite. Elle soupira :

— J'ai la tête perdue. En tous cas, ma robe sera prête dans deux ou trois heures.

Il y eut un long silence. Je ne pouvais pas m'endormir. Père avait ouvert devant lui une serviette de moleskine. Il en tirait des livres et des papiers qu'il étala sur la table. Il travaillait, les poings aux tempes. De temps en temps, il grattait le sol avec ses pieds, comme un cheval au piquet.

Le lendemain, en m'éveillant, je vis maman qui s'habillait. Elle attachait sur ses reins un petit coussin plein de son qu'elle appelait une tournure. Puis elle enfila sa robe neuve, sa robe de deuil. Puis un manteau à collet. Enfin elle noua sous son menton les rubans de la capote. Elle était prête et nous la regardions tous avec étonnement. Père dit :

— Je vais aller te mettre à la gare.

— Si tu veux, Raymond. Mais ne viens pas me chercher. Je ne sais même pas quand je pourrai rentrer. Deux jours. Trois jours, peut-être plus.

Elle revint dès le lendemain soir. Nous étions à table et père était là. Joseph cria tout de suite :

— Quelles nouvelles ? Quelles nouvelles ?

— Tu es toujours à te jeter sur les choses, dit papa. Laissez votre mère se déshabiller.

Maman souriait, mais elle avait l'air soucieux et fatigué. Elle enleva sa capote, son manteau et mit tout de suite un tablier bleu pour ne pas tacher sa robe neuve. Joseph répétait :

— Dis-nous les nouvelles.

Maman secoua la tête avec embarras.

— Il faut bien t'imaginer, Raymond, que ce n'est pas simple.

— Je m'en doutais, fit papa, en souriant, l'air attentif. Mais il se contint et poursuivit :

— Rien ne presse. Nous parlerons de tout cela plus tard.

— Oh ! dit ma mère, si les enfants veulent bien se tenir tranquilles…

— Alors, à ton aise.

— Comme je le pensais quand même, Raymond, nous avons les meubles.

— Oui, oui.

Les yeux de mon père, soudain, lançaient du feu.

— Je t'en prie, Ram, ne te mets pas en colère dès le commencement, ou, sans ça, je vais m'embrouiller et je ne me rappellerai plus rien. J'ai la tête perdue. Pour l'argent, tu comprends, ce n'est pas simple du tout. Il y en a la moitié, exactement la moitié qui me revient. Mais attends un peu. Ce n'est pas de l'argent liquide, comme tu dis. Ce sont des titres. Attends encore un peu.

— Je ne dis rien.

— Ce sont des titres d'une espèce spéciale, Raymond. Je toucherai les intérêts, bien sûr, mais je ne peux pas vendre les titres.

— Comment ! Ils sont à toi, et tu ne peux pas les vendre ?

— Que je t'explique, Raymond. Ils ne sont pas exactement à moi, ils sont aux enfants.

— Quel galimatias ! À quels enfants ?

— À nos enfants. Ils sont aux enfants, en nom, et c'est moi qui touche la rente, l'usufruit, comme dit le notaire. Pour les titres mêmes, ils représenteraient à peu près cinquante mille francs…

Joseph sursauta. Ses yeux s'élargissaient. Une goutte de salive lui coula de la bouche.

— Cinquante mille francs, reprit ma mère. Ils représenteraient ça si l'on pouvait les vendre. Mais je te répète, on ne peut absolument pas y toucher jusqu'à ma mort. Tu m'écoutes, Raymond ?

De la tête, mon père fit « oui ». Mais il s'était mis à sourire et il disait, avec une sifflante suavité : « Les mufles ! Les mufles ! »

— Qu'est-ce que c'est qu'un mufle ? demanda Ferdinand.

— Tu vois, dit maman, qu'on ferait mieux de ne pas parler devant les enfants.

Mon père haussa les épaules.

— C'est ce que je te disais. Enfin, continue. Et le reste ?

— Le reste ? Attends que je me rappelle bien. Le reste est divisé en trois parts. Une part, la plus petite, est placée en viager sur la tête de ma tante Coralie et paye tout juste sa pension à la maison de retraite.

Mon père faisait, de la main, un geste impatient.

— Je ne peux pas aller plus vite, poursuivit maman. Je risquerais de tout embrouiller. Le reste, à peu près quarante mille francs, en titres, toujours en titres, est entre les mains du notaire, mais destiné à mes deux sœurs.

— Tes sœurs de Lima ?

— Mes sœurs de Lima.

— Mais puisqu'elles sont mortes !

Maman fit le signe de la croix et murmura :

— Comme tu es impatient ! Ne t'emporte pas, Ram !

— Si tu me dis une fois encore que je suis impatient, je vais me coucher et nous ne reparlerons plus de cette histoire avant la semaine prochaine.

— Allons, Ram, laisse-moi dire. C'est justement le plus intéressant de l'histoire. Il est entendu que mes pauvres sœurs sont mortes. Du moins on me l'a dit, on l'a toujours dit. Les papiers officiels prouvant leur mort ont été demandés par mon oncle Prosper il y a sept ans. Les choses ne vont pas vite, à Lima, paraît-il. Le notaire du Havre m'a dit qu'il écrivait tous les mois pour réclamer ces fameux papiers. Écoute bien, Raymond, c'est important. Quand le notaire du Havre recevra les papiers établissant que mes pauvres sœurs du Pérou sont bien mortes, la somme déposée à leur nom nous reviendra, directement.

— En titres invendables.

— Justement non. En titres que l'on peut, c'est le notaire qui me l'a dit, vendre tout de suite et dans des conditions avantageuses. Nous aurons même l'intérêt des titres à compter du décès de tante Alphonsine. Je l'ai vue, tu sais, ma tante Alphonsine. Elle n'était pas encore en bière quand je suis arrivée. Et si peu changée ! Si bien elle-même.

— Nous parlerons de ça plus tard, Lucie. Voilà sept ans, dis-tu, que l'on réclame les actes au Pérou. Il n'y a vraiment pas de raison…

— Je sais ce que tu penses, Raymond. Il y a sept ans que l'on fait des recherches ; mais il y a seulement six mois que le notaire a commencé de se fâcher. Et quand il se fâche, cet homme-là ! Tu ne le connais pas : une encolure de taureau, positivement. Alors, ce n'est plus la même chose. Et puis, autrefois, il ne disait pas pourquoi il demandait les actes. Les gens de là-bas pouvaient croire qu'on en voulait à leur argent à eux, peut-être. Maintenant que la tante est morte, le notaire veut liquider la situation, tu comprends. Et il a dit que ça peut demander encore quatre mois, pas plus. Vois-tu, Ram, il ne faut pas s'emballer. Il dit quatre mois. Eh bien ! comptons six mois.

Mon père s'était mis à marcher. Il tournait en rond autour de la table, car la pièce était petite. Il avait les mains nouées derrière le dos, sous les pans de sa jaquette. Il disait à voix basse : « Quelle vengeance ! Quel raffinement de vengeance ! » Et nous restions tous silencieux, au bord de l'angoisse, car nous ne savions pas si notre père allait succomber à la colère ou laisser paraître ce léger sourire méprisant qui nous était ravissement et malaise. Il disait, mordillant le bord de sa moustache :

— À m'entendre, on pourrait croire que j'aime l'argent.

— Oh ! Ram ! protesta ma mère avec douleur.

Mon père s'arrêta de tourner autour de la table et nous vîmes que le fameux sourire triomphait.

— Je ne peux pas aimer l'argent, dit-il avec simplicité : je n'en ai jamais eu. Je ne sais pas ce que c'est. Mais que j'en gagne ! Qu'il m'en tombe ! Et vous verrez tous, tu verras, Lucie, l'usage que je suis capable d'en faire. Allez vous coucher, mes enfants.

Nous n'osions pas protester, demander un sursis. Nous étions en même temps fiévreux et recrus. Mon père, d'un geste large, un peu théâtral, nous poussait vers le sommeil, comme un troupeau vers la bergerie. Il s'était assis en face de ma mère et disait :

— Reprends par le commencement, veux-tu ? Nous allons voir ce qu'on peut tirer de ce fatras.

Une fois de plus, nous allions glisser dans l'ombre, bercés par ce ruisselant murmure qui roulait des chiffres, des chiffres, des projets, des soupirs, des rêves, des grondements et parfois un rire informe, un sanglot.

CHAPITRE III

La rue Vandamme. Anatomie et physiologie d'une maison de Paris. Ce qu'on voit d'un balcon. Calculs et projets. Contagion des rêves. Découverte des meubles. Premier mystère orphique. Le baromètre.

Les quelques scènes que je viens de retracer forment à mon enfance un prélude nébuleux. C'est rue Vandamme que je commence. C'est là que le voile se fend, là que, pour la première fois, se font entendre avec force les trompettes déchirantes de la douleur, de la joie, de l'orgueil.

Nous disons toujours : la rue Vandamme. C'est, en fait, impasse Vandamme que nous avons habité. Quand ma mère était revenue, expliquant avec lyrisme les grâces et les privilèges de cet appartement visité le matin même, père avait froncé le sourcil.

— Jamais, disait-il, jamais je n'irai loger dans une impasse. Quand bien même on m'offrirait toute la maison. Une impasse ! Un cul-de-sac !

Il avait consenti quand même à visiter l'appartement et son humeur s'était adoucie.

— C'est très agréable. Aucun doute. Mais qu'on ne parle pas d'impasse. Nous dirons la rue Vandamme.

La maison ! Elle est, dans mon souvenir, comme un donjon, comme une citadelle, notre acropole : pierre de taille par devant, rocailleuse meulière sur les hauts flancs aveugles.

Assez neuve, et déjà toute poudrée de flammèches et de suie. Carrée, massive et presque seule encore de son espèce dans ce quartier fait de petites bâtisses provinciales et de masures villageoises.

Une citadelle, certes, un repaire, un creux à nous, ouvert seulement sur les nuages et les clartés du ciel parisien, un asile sacré où toutes les choses de nous, les espérances, les ambitions, les détresses, les discords, les chimères, tous les mystères de la famille vont, pendant des années, fermenter, cuire et recuire dans une brûlante moiteur.

La porte de la rue est ouverte tout le jour. Le soir, elle se referme avec un bruit caverneux et les gens disent le mot de passe avant de trébucher sur les degrés. Dans sa partie inférieure, l'escalier est obscur, même au fort de la belle saison. Un papillon de gaz y languit. L'escalier est de bois. On a dû le cirer au début des temps et, par la suite, se contenter de le brosser à l'eau de Javel : il passe quand même trop de monde. Quand, avec le poing bien serré, on donne un coup sur la rampe, une longue vibration la saisit et s'envole jusqu'au ciel. Un enfant est mort, tout le monde sait cela, pour avoir voulu, l'imprudent, glisser le long de cette rampe, à cheval. L'escalier monte, monte, à travers des familles et des familles superposées comme des couches géologiques. On entend ici une mandoline, là un petit chien qui jappe, à droite le poitrinaire qui respire avec tant de peine. Et, déjà, c'est la grosse dame à l'éternelle chanson : « je t'aime, comprends-tu ce mot ? » Et le tap… tap… du monsieur qui travaille chez lui à des choses incompréhensibles. Et, partout, les machines à coudre et des piétinements d'enfants dans des couloirs, et des voix d'hommes et de femmes qui parlent et se querellent à propos des affaires de leur clan. Tout cela si clair à l'oreille fine et distraite du petit garçon. Tout cela très étouffé, très amorti par des murailles, des portes, des vêtements humides pendus à des clous, des épaisseurs d'air domestique dix et dix fois respiré. Et l'on sait ce que l'on mange à toutes les altitudes. L'odeur de l'oignon grimpe comme une bête le long des marches. Elle furète, rôde, s'accroche à toutes les aspérités. Elle va réveiller le vieux garçon qui travaille la nuit durant et qui se lève à trois heures. L'odeur de l'oignon ! Un trou de serrure lui suffit, une fente, un nœud du bois. On dirait qu'elle fait son chemin à travers la brique et le plâtre. Mais l'odeur du hareng frit est farouche et plus puissante encore. Elle arrive, par paquets, comme une troupe d'assaut ; l'odeur de l'oignon prend peur et lâche pied. L'odeur du hareng frit campera là jusqu'à demain. On ne la respire pas, on la touche. Elle est gluante et colle aux doigts.

Un étrange tremblement a saisi la bâtisse. Cela commence par les moellons enfouis sous les caves, dans les entrailles de la terre. Cela gagne, petit à petit, tout le squelette du monstre et ça se propage, ça monte. Des bouteilles grelottent contre le mur d'une cuisine. Des vitres se prennent à chanter. Ici, là, d'autres voix s'éveillent, entrent dans le chœur, une à une. Présent ! Présent ! Présent ! voilà ce que répondent, à droite, à gauche, en haut, en bas, tous les objets inquiets dont la nature est de frémir. Le grondement s'enfle, s'exaspère. Avec une terreur jubilante, la maison tout entière salue le train hurleur qui lui passe contre le flanc, dans le lacis des rails, au nord. Le vent rabat sur nous les escadrons de la fumée. Une fine poudre de ténèbres va pleuvoir sur les balcons. L'odeur de la houille ardente est entrée par une imposte avec une grosse boule de vent. L'odeur des trains, comme elle est familière ! Nul, ici, ne la salue plus d'une pensée, sauf le petit garçon à tablier noir qui monte l'escalier en suçant une bille.

L'escalier n'est pas désert. Des portes s'ouvrent, des ombres jaillissent. Les gens sont de trois sortes : ceux à qui l'on dit bonjour, ceux que l'on ne connaît pas, et les autres, les ennemis, ceux qu'on aimerait beaucoup mieux ne pas rencontrer.

L'escalier sort du noir. Il se purifie, marche à marche. Il s'évertue en plein ciel vers ces régions bénies où l'odeur du poireau elle-même devient agreste et balsamique. Et, tout à coup, tel un sentier abrupt qui s'épanouit enfin dans les pâturages d'un col, l'escalier triomphe et meurt au seuil d'un large palier. Ce n'est pas un palier semblable à ceux des régions basses. Il est spacieux, propre, visité d'un trait de soleil à certaines heures du soir. C'est, au faîte de l'escalier, comme la fleur au bout de la tige. Ô sommet ! Ô lieu de rêve et de poésie ! L'enfant aime de venir, bien que ce soit défendu, s'asseoir au bord de l'abîme, jambes flottantes dans le vide, et d'appuyer sa joue, la bouche contre un des barreaux de la rampe, fraîche brûlure.

Sur cette clairière céleste s'ouvraient quatre appartements. L'un était vide, je ne l'ai connu que vide. Ma mère obtint, par la suite, d'y dresser la table pour la première communion de Ferdinand. Sitôt la ripaille finie et le coup de balai donné, l'appartement mystérieux fut rendu pour jamais à l'ombre, aux araignées, aux fantômes. L'appartement symétrique était occupé par le vieux ménage Courtois que, dans les premiers temps, nous apercevions à peine. Enfin les deux appartements de la façade ; à droite les Wasselin, à gauche les Pasquier, nous.

Père avait demandé quatre pièces au moins : il y avait quatre pièces. Elles donnaient toutes les quatre, magnifiquement, sur la rue, et, comble d'orgueil, sur un balcon. La rue, le moignon de la rue, qui pouvait y penser d'abord ? Elle était en bas, tout en bas, noyée parmi les ombres infernales. À peine la fenêtre ouverte, l'âme s'envolait sur Paris. Ce n'était pas le Paris clair et bien dessiné qu'on découvre du haut des collines illustres. C'était une immensité confuse de toits, de murs, de hangars, de réservoirs, de cheminées, de bâtiments difformes. À gauche, en se penchant, on apercevait la tour Eiffel enfouie à mi-corps dans ce chaos rocheux, et qui, lors de notre emménagement, était à peine achevée.

Le signe le plus évident de l'ordre et de l'esprit dans ce paysage incohérent, c'était le chemin de fer de l'Ouest. À peine sorti de la gare Montparnasse, alors fort resserrée, il étalait ses membres, déclarait ses emprises, tirait partout des fusées de rails, jetait à droite et à gauche des rotondes, des ateliers, des plaques tournantes, des sémaphores. Il venait, comme un torrent d'énergies furieuses, battre le flanc septentrional de notre chère maison.

Mère avait dit : « Cette fois, Raymond, tu auras une pièce pour toi tout seul. Oh ! je te comprends ! Comment faire un travail de tête avec tous ces enfants qui braillent ? » et papa, donc, avait une pièce que l'on appelait le cabinet de travail mais qui, en fait…

Avant de m'abandonner aux délices de notre logis, il me faut sans doute revenir un peu en arrière. Les souvenirs se présentent, une branche de myrte aux doigts, une couronne de roses au front, et, parfois, les mains vides et le front dévasté. Je les chéris, je les redoute. Faut-il, selon leur message, les repousser dans le néant ou les dédier au soleil ? Oh ! Comme je vais être injuste !

Ma mère avait, deux fois, dû retourner à Honfleur. Elle fit même la traversée de l'estuaire pour signer maintes paperasses chez le notaire du Havre. Elle revint un jour, tout était arrangé.

— Au fond, Ram, disait-elle, tu as raison, tu as toujours raison. Les meubles, il y en avait trop, beaucoup trop, même pour un appartement de quatre pièces. Alors, j'ai fait un choix. Et le reste on l'a vendu sur place, aux enchères. Je ne peux pas dire que ça ne m'ait pas fait gros cœur. Il y avait, là-dedans, le secrétaire de tante Victorine. Un bijou ! Mais quoi ! Les enfants n'en auraient fait qu'une bouchée. La vente n'a pas été mauvaise. Tu ne me demandes pas combien j'en ai tiré ?

Mon père souriait, énigmatique. Ma mère lui dit deux mots à l'oreille, et père souriait encore. Ma mère tira de son corsage une petite enveloppe. Papa la saisit au vol, avec légèreté, comme il eût fait d'un papillon. Il disait : « Je pose zéro et je retiens tout. » Maman, saisie, le souffle un peu coupé, murmurait : « Fais bien attention, Ram. » Alors, mon père :

— Oh ! il n'y a pas de quoi entretenir une danseuse.

— Raymond, voilà bien de ces plaisanteries que je n'aime pas.

Mon père se livrait à de rapides supputations.

— Nous en avons pour quatre mois, cinq mois peut-être.

— Attends, Ram. Avec les deux premiers trimestres de rente, avec ce que tu as chez Cleiss, nous irons jusqu'au mois d'octobre. Tu pourras bien tranquillement travailler tes examens.

— En admettant, disait papa, que les démarches du notaire prennent six mois, ce qui est un grand maximum, eh bien, nous pouvons attendre six mois. Il y a le déménagement. As-tu pensé au déménagement ?

— Oui, disait maman, l'œil soudain fixe. J'ai fait tous les comptes, dans ma tête, en chemin de fer ; j'ai compté le déménagement, et deux termes, et la traite Vadier…

— Quelle traite ?

— La traite que tu as signée le 15 janvier.

— C'est bien possible. Et c'est tout ?

— Non. Il faut habiller tous les enfants. J'ai fait les comptes aussi. Je vais t'expliquer, Raymond.

Mon père poussait de longs soupirs.

— Et je pensais qu'on allait avoir un peu d'argent devant soi.

— Mais on en a, Ram. On en aura. Songe : quarante mille francs au mois d'octobre, si nous vendons tous les titres, bien entendu. On en fait des choses, avec quarante mille francs ! Des années de tranquillité assurées. Tes examens passés. Des études pour Joseph et même pour Ferdinand s'il y prend goût. Et peut-être des vacances à la campagne. Si Nesles ne te dit rien, on irait ailleurs. Pas cette année, bien sûr ! Quand on aura reçu les nouvelles du Havre.

Mon père faisait, des épaules, un geste vague.

— Pas trop de projets. Te voilà partie, encore une fois.

Maman s'arrêtait, stupéfaite, un fil de cristal entre ses lèvres écartées. L'éternel jeu reprenait flamme, ce jeu que j'ai si bien compris plus tard. Maman était la moins chimérique des créatures. Elle était pétrie de prudence et de crainte. Mais un mot de papa la faisait rêver. Qui croire, grand Dieu ! si l'on ne croit pas cet homme extraordinaire ? Et mère, un mot de papa dans le cœur, s'envolait. Père avait le rêve plus furtif. Le mot lâché, il considérait avec surprise, avec agacement, l'essor de cette âme confiante. Il répétait :

— Pas trop de projets ! Mettons que nous sommes parés jusqu'au mois d'octobre. Voir clair un peu devant soi, c'est déjà quelque chose. Occupe-toi de l'appartement.

Ma mère s'était mise en campagne. Et elle avait trouvé la rue Vandamme. Il y avait eu maints pourparlers mystérieux et, un jour, maman avait dit :

— Les meubles sont arrivés.

Alors, papa :

— On y conduira les enfants demain.

Nous restions muets de contentement et de gratitude.

Le lendemain, tout nous avait transportés. La maison, l'escalier, l'appartement, certes, le balcon, l'énorme lambeau de ciel gris, et surtout, surtout, les meubles inconnus, tous ces trésors solides et brillants qui allaient être à nous, qui étaient à nous.

— Ici, disait maman, tu pourras travailler tranquille, à condition, bien entendu, de fermer ta porte. Tu n'auras plus besoin d'aller dans les bibliothèques.

Joseph poussait un cri :

— Un piano. Il y a un piano !

Il avait soulevé le couvercle sous lequel on lisait, en lettres d'or : « Hirschauer, fournisseur de la cour impériale. » Et, déjà, il posait sa main sur le clavier comme sur une bête inconnue, avec un peu de crainte. Alors, une chose étonnante… La petite Cécile, la petite souris, venait de se glisser entre nos jambes. Et, tout de suite, elle s'était assise sur le tabouret de satin à fleurs. Avec un doigt replié, elle frappait les touches. Le piano rendait des sons très mystérieux, très beaux. Cécile s'était mise à chanter un de ses airs. Et nous ne savions plus si le chant venait du piano ou de la gorge enfantine.

— Oh ! dit maman. Celle-là, c'est une musicienne. Je l'ai toujours dit. Elle portera bien son nom.

Nous nous étions assis, tous, de-ci, de-là, sur les sièges empoussiérés par le voyage. Papa disait : « Joue-nous donc cet air de ta mère. Tu sais : *Marie Leczinska…* »

Cécile chantait, jouait, je ne sais trop, comme saisie d'inspiration. Sa main voltigeuse faisait sourdre du vieux meuble perclus des accents célestes. Comme elle avait l'air à son aise ! Comme elle semblait dire : « C'est un piano, mon piano. Je sais ce que c'est. J'ai toujours su ce que c'était… » Père tirait sur sa longue moustache, l'air ému, le bleu de ses yeux voilé, pâlissant. Et ce qui nous remuait le plus, c'était moins encore d'assister à la naissance de l'harmonie souveraine que de voir le moqueur, l'homme insaisissable, l'irréductible, gagné par l'enchantement, tout prêt à demander merci.

Et l'enchantement prit fin. Papa secoua la tête et se remit à sourire. Il disait : « Voyons le reste. »

Le reste était royal. Il y avait une bibliothèque garnie de livres, une vitrine pour des assiettes de faïence, un buffet d'acajou, une commode couverte d'une plaque de marbre pie. Nous touchions toutes ces merveilles, nous aurions voulu les embrasser. Joseph, haletant, nous expliquait le secret suprême :

— Une chose qui est à toi, vraiment à toi, tu peux tout, tout, même la manger, même la casser. Tout.

Il y avait, dans leurs cadres ouvragés, des gravures qui, si longtemps, ont servi d'asile à mes rêves. Il y avait deux grands lits de bois, majestueux comme des navires, et entre bien d'autres choses, un monumental baromètre à mercure. Les déménageurs l'avaient couché, pour le transport. Une grosse perle liquide était tombée sur le parquet. Quand nous voulûmes la saisir, elle s'enfuit, comme une bête vivante.

Vingt fois, dans la suite des temps, le grand baromètre a voyagé de gîte en gîte. Vingt fois les déménageurs l'ont couché dans la paille avec des précautions pataudes. Il a dû, vingt fois, saigner ses grosses gouttes de mercure. Il existe encore et continue de marquer la pluie, l'orage et le beau temps, comme tous les autres baromètres, avec une sauvage indifférence.

CHAPITRE IV

Patrons, coupe et couture. Origine d'un caractère héréditaire. Entretien sur les testaments et les testateurs. Culte du dictionnaire. Comment s'empêcher de dormir. Une promenade. Un repas au restaurant.

Nous fûmes tous habillés de neuf. Grande affaire et qui mit en état de siège l'appartement à peine installé. En général, Ferdinand reprenait les habits de Joseph, et les habits de Ferdinand, lavés, reprisés, pliés, attendaient dans un tiroir que je fusse en âge de leur donner le coup de grâce. Mais maman voulait que notre début rue Vandamme fût considéré comme une date capitale et nous reçûmes tous des vêtements neufs.

— Oh ! disait-elle, je ne jette pas les vieux. Tu sais bien que je ne jette rien. J'ai fait mes comptes. Avec ce que tu me donnes, ils auront aussi du linge. Pour les chaussures, je dépasserai peut-être un peu ce que tu me donnes.

— Attention, Lucie !

— Il faut absolument aller jusqu'aux chaussures pendant qu'on le peut. Je suis raisonnable, Raymond. Mais, pour ça, tant pis ! Au bout, le bout ! Que les enfants soient propres pour commencer. Je m'arrangerai. Ne te tourmente pas.

Elle partit en expédition dans ces mystérieux « magasins » où les personnes prédestinées parviennent, à travers mille tentations, à dénicher exactement ce qu'elles souhaitent, et à des prix plus avantageux qu'on n'oserait l'espérer. Notre nouvelle salle à manger fut transformée, comme l'ancienne, en atelier de couture et maman commença de rêver sur des patrons de papier gris. Elle avait l'air d'un général qui consulte ses cartes et combine une bataille. De gros ciseaux en main, elle, si vive, réfléchissait longuement avant de tailler à même l'étoffe. Parfois, elle nous criait : « Taisez-vous une minute, mes enfants, que je voie clair. » Nous faisions silence, frappés par la gravité de son accent, de son geste. Et, soudain, avec un bruit crissant et glouton, les ciseaux mordaient le drap.

Joseph devait recevoir un complet de jeune homme, avec, pour la première fois, un pantalon long. Il se montrait plein d'exigence, ne quittait plus maman d'une ligne, car les vacances de Pâques étaient venues. Il réclamait opiniâtrement des revers à la mode, des boutons de fantaisie, des poches innombrables. Maman disait : « Sois tranquille, ce sera comme chez le tailleur. »

Elle savait tout faire : couper les vêtements d'homme, faufiler, piquer, broder, tricoter, passer à la teinture, laver, repasser. Quoi donc encore ? Eh ! tout, dis-je.

Joseph, rassuré, s'asseyait sur un petit banc et surveillait mère, en-dessous, comme un chat dont on prépare la pitance. Ferdinand, dans un coin, s'acharnait à quelque lecture. Cécile et moi, nous organisions notre royaume, sous la table. Parfois, dans le calme du jour, un coup de sonnette retentissait. Père ne devait rentrer qu'au soir, toute la couvée pépiait à l'entour, qui donc venait troubler la paix du nid ? Maman portait la main à son cœur. « Oh ! disait-elle, cette sonnette me tourne le sang. Qu'est-ce qu'on nous veut ? Va voir, Ferdinand ! Non, Cécile ! Non ! Ah ! je finirai bien par trouver. C'est Joseph que je veux dire. » Joseph se levait. Une bouffée d'air étranger entrait dans notre monde. C'était une lettre. « Donne ! criait maman. Peut-être une lettre du Havre… » C'était une lettre de quelque fournisseur. Le silence, un moment troublé, reprenait son vol, plus tendre et plus grave.

— Maman, disait Joseph, quand la sonnette a sonné, ton menton s'est mis à trembler. Qu'est-ce que ça veut dire ?

Pour la dixième fois, maman racontait l'histoire :

— Mes enfants, c'est de famille, mais ça n'a pas toujours été. Ça nous est venu par mon grand-père paternel, Guillaume. Oui, Guillaume Delahaie. Il est mort comme j'étais encore toute petite. On m'a tout raconté. Il avait été soldat pendant les guerres de l'Empire. Pas notre empire à nous, l'autre, le grand. Il avait servi sous Ney, le maréchal, qui le connaissait bien. Quand l'empire est tombé pour la seconde fois et que le pauvre Ney a été fusillé, votre arrière-grand-père s'est trouvé, par malheur et misère, dans le peloton d'exécution. Le Maréchal Ney l'a reconnu et lui a dit : « Tire donc, Guillaume ! N'aie pas peur. » Mes enfants, votre aïeul s'est mis à trembler du menton, tant il était bouleversé. Et il a tremblé du menton tout le reste de sa vie, pour un oui, pour un non. Et les enfants qu'il a eus, par la suite, ont tremblé du menton, ce qui ne s'était jamais vu dans la famille. Mon père, tout le monde me l'a dit, tremblait du menton quand il était en colère. Mon oncle Prosper tremblait aussi, dans les grandes circonstances. Moi, je tremble du menton, comme ça, malgré moi. Pour vous, on ne sait pas encore. Mais je crois que Laurent tremblera. C'est peut-être un Delahaie, bien qu'il ait des yeux Pasquier…

Mes frères et sœurs me regardaient avec un intérêt renouvelé. Je rougissais d'orgueil et j'essayais, mais en vain, de trembler du menton.

Mère se reprenait à chanter. Parfois, elle faisait, à la cantonade, quelque confidence pensive touchant son travail. Elle disait : « Je vais bâtir. » Je savais bien qu'elle allait prendre une aiguillée de fil et coudre à grands points. J'avais toutefois le temps d'imaginer qu'elle pouvait, par magie, faire surgir de la table des murailles, des palais, des tours.

Parfois, une querelle s'enflammait parmi nous, les petits. Nous nous mettions à larmoyer, à ressasser nos griefs. Avec son dé, maman frappait deux ou trois coups sur la table. Elle grondait : « Ah ! Bourdon de Notre-Dame ! » ce qui nous faisait rire. Parfois, la querelle expirait en radotages, en revendications rabâcheuses. Ma mère, alors, hochait la tête et disait, l'air fâché : « Ah ! Colonel ! »

Papa, le plus souvent, rentrait pour dîner. Il portait une cravate lavallière, un complet neuf, une serviette bourrée de livres sous le bras. Nous lui disions : « Tu as l'air d'un écolier. » Et cette remarque le faisait sourire. Il posait sa serviette et disait :

— Rien du Havre ?

— Tu sais bien, répondait maman, qu'il faut compter au moins quatre mois.

— Je sais, mais ça pourrait venir plus tôt. Une chance ! Quelquefois, ces affaires-là se décident tout à coup.

— Prends patience, Ram.

— Oh ! la patience, j'en ai de reste. Le fâcheux, c'est de laisser passer les occasions.

— Quelles occasions ?

— On m'a parlé, aujourd'hui... Je peux te dire qui : c'est Markovitch, le beau-frère de Cleiss. Il m'a parlé d'une affaire extraordinaire. Un placement. Mais songe un peu, Lucie : douze pour cent ! Et tout ce qu'il y a de sûr. Les titres de madame Delahaie, je veux dire ceux qui sont déposés chez le notaire jusqu'à l'arrivée des nouvelles d'Amérique, ces titres-là, qu'est-ce que ça peut rapporter, je te le demande ? Du trois. Pas plus. Peut-être moins. Les Delahaie étaient des gagne-petit, des gens qui ne voyaient pas plus loin que le bout de leur nez.

— Raymond ! Raymond !

— C'est fini, ne t'inquiète pas. Je n'en dirai pas plus. Cet argent, nous ne l'avons pas demandé : nous n'y pensions même pas. Et voilà qu'ils l'ont pendu devant notre nez comme un bonbon à une ficelle. Quelle humiliation !

— Que veux-tu, Ram ? C'étaient des gens prudents.

— Je déteste les prudents.

— Des gens raisonnables, je t'assure... Tu sais bien, Ram, que je leur donne tort. Mais laissons-les dormir en paix.

Papa grondait, une minute, comme un grand félin courroucé. Nous ne savions plus où nous cacher, dans la crainte d'une colère.

L'orage s'éloignait. Papa se reprenait à sourire bleu clair. Nous étions soulagés et, dans le secret de notre cœur, un peu déçus, frustrés d'un spectacle grand et magnifique, d'une somptueuse et terrible manifestation de force.

La voix même de l'innocence, Ferdinand murmurait alors :

— Qu'est-ce que ça veut dire : apicole ?

Papa répondait, d'une voix nette, précise. Nous n'étions pas étonnés : c'était sa fonction. Il savait tout et l'expliquait clairement. Il était notre vivant lexique. J'ai compris, par la suite, qu'il avait fait un effort immense et naïf pour apprendre les mots et leur sens et que, dans ses calculs, c'était bien là le commencement de tout, l'échelon initial, le premier grade nécessaire à l'ascension d'une tribu.

Parfois, l'explication donnée, père disait : « Vérifions ! » Il ouvrait, sur la table, un tome pesant du dictionnaire de Littré. Tous ceux qui savaient lire venaient se grouper autour de cette bible. Maman s'affolait : « Attention aux épingles ! Attention à mes bâtis ! » Alors, père commençait à lire. Maman cessait de se plaindre et toute la famille écoutait, religieusement.

Pendant le dîner, papa revenait sur la querelle, mais pour en sourire.

— Cet argent des Delahaie, nous ne l'avons pas demandé.

— Oh ! bien évidemment, affirmait maman.

— Si nous le touchons jamais, nous le dépenserons sans honte. Et rien ne m'empêchera de dire et de redire que ces Delahaie étaient des pantoufles.

— Mais, bredouillait maman, nous le toucherons sûrement. Tu dis « si », « si »... Maintenant, maintenant, nous sommes bien obligés de compter avec. Que ferions-nous sans ?

Le dîner fini, nous allions au lit. La machine à coudre ronflait et père se mettait au travail. Il avait, sans doute par dévotion pour Balzac, ce que j'ai deviné plus tard, déniché dans une friperie une ample robe de bure. Il s'en vêtait, moitié par jeu, moitié pour conjurer le froid de la nuit. Je couchais encore avec ma mère et l'on faisait un lit pour Cécile sur le canapé du « cabinet de travail ». C'était le nouvel arrangement. Souvent, dans la nuit, Cécile incommodée par la lumière se mettait à rêver tout haut. Papa la prenait et la portait dans le lit de maman. Il m'enlevait, en échange, et venait me déposer sur le canapé de Cécile. Le plus souvent, cette opération ne nous réveillait point et c'était, au matin, grande surprise. D'autres fois, tiré de l'abîme, j'ouvrais les yeux et regardais. Assis dans un petit fauteuil à dossier bref, papa travaillait. Je le voyais tantôt de profil et tantôt de trois quarts. Une lampe à pétrole éclairait la table. Certains soirs, père écrivait des choses qu'on appelait « les articles pour Cleiss ». À d'autres moments, il lisait, plume en main. Il remuait les lèvres, comme un écolier qui répète une leçon. Parfois, je voyais sa tête se pencher, se pencher, glisser vers sa poitrine. Alors il faisait une chose étonnante : il mettait son poignet au-dessus du verre de lampe et le tenait là longtemps. Une odeur de poil grillé se répandait dans la pièce. Parfois, il tirait de sa poche un canif à manche de nacre et, pour conjurer le sommeil, il se donnait des coups de pointe sur le dos de la main gauche. Il avait, le lendemain, la main rouge et gonflée. Mère le regardait en hochant la tête avec reproche.

J'allais enfin retomber au sommeil quand, à travers l'ombre, arrivait, du fond de l'appartement, un léger « hum ! hum ! »

Papa criait, à voix basse :

— Comment, Lucie, tu ne dors pas !

Et la voix de maman, lointaine :

— Non. Je fais mes comptes.

Elle ajoutait, sur le même ton :

— Le combien du mois sommes-nous ?

— Le 19.

— Seulement le 19, Seigneur !

Je ne devais pas tarder à comprendre que, pour les femmes de cette sorte, vivre, c'est se hâter d'arriver à la fin du mois sans avoir beaucoup dépensé, sans avoir entendu le terrible appel du sphinx.

Je l'ai dit, nous étions dans le moment de Pâques. Ces vacances furent marquées par deux faits mémorables. Nous allâmes, un jour, les trois grands, Joseph, Ferdinand et moi, faire avec père une promenade à la campagne. En suivant la rue Vercingétorix, on sortait bientôt de Paris. Il suffisait alors de longer le chemin de fer de l'Ouest pour gagner Meudon et les bois. La banlieue se pâmait sous un printemps léger, bien fait pour donner le vertige à de petits citadins. En arrivant en vue du bois, nous rencontrâmes un sentier gardé par un écriteau sur lequel on pouvait lire : « Passage interdit ». Ferdinand, premier de la bande, s'était arrêté, là-devant, comme au pied d'une muraille.

— On ne peut pas aller plus loin, cria-t-il.

Papa souriait, l'air moqueur. Il étendit la main, toucha l'écriteau dont le bois était vermoulu, et, soudain, l'arracha puis le lança très loin, dans une fondrière.

— Voilà, dit-il, en souriant. Le passage n'est plus interdit. Avancez, mes garçons.

Je restais en arrière, clignant des paupières, troublé jusqu'au fond de l'âme.

L'autre événement fut un repas au restaurant. Nous avions fait des courses tout le jour. Papa dit :

— Rien n'est prêt, à la maison. Nous irons manger au restaurant.

— Raymond, dit maman, c'est une folie.

Et papa :

— On verra bien !

Le restaurant était presque désert et la salle, peinte en vert d'eau, traversée par un énorme tuyau de poêle.

Maman disait :

— Ça me surprend toujours de manger des aliments que je n'ai pas préparés moi-même.

Nous trouvions tout délicieux et, surtout, de goût étrange.

— C'est un restaurant très chic, murmura Joseph en se rengorgeant.

— Mais non, fit papa, lointain. C'est un restaurant de quatre sous.

Notre grande joie tomba. Maman murmurait :

— Il ne fallait pas le leur dire. Ils ne s'en seraient pas aperçus.

Nous revînmes à pied rue Vandamme. Les vacances étaient finies. Une vie nouvelle devait commencer le lendemain. Nous en causions tous en chœur et papa daignait se mêler à nos propos. Joseph allait entrer au cours complémentaire de la rue Blomet. Nous étions, Ferdinand et moi, casés à l'école de la rue Desprez où l'on nous acceptait pour au moins la fin du semestre. Cécile devait prendre des leçons de musique chez une amie de Mlle Bailleul. Des mois heureux s'annonçaient pour tous. Ô douce vie ! Ô le plus bel été de mon enfance ! Comme le navire bien lesté, bien gréé, bien pourvu, se confiait allègrement à la faveur des brises !

CHAPITRE V

Première apparition de Désiré Wasselin. Curiosité de Ferdinand. L'école de la rue Desprez. Silhouette et vertus de M. Joliclerc. Une leçon d'arithmétique, une leçon de choses, tristesse matinale.

Mère m'embrassa trois ou quatre fois pour me donner courage. Elle me serrait très fort, humait à petits coups mes cheveux et faisait entendre un léger ronron, comme les gourmets quand ils mangent quelque chose de fin.

Puis maman, d'un coup d'œil, inspecta mon équipement : le tablier de cheviotte noire, le grand béret, la pèlerine à capuchon, mon cartable neuf.

— Ça va bien, dit-elle. Ferdinand est prêt. Vous allez partir. J'ai vu le directeur. On vous attend là-bas. Désiré Wasselin vous conduira. Il est de ta classe, Laurent, et c'est déjà presque un petit homme.

Désiré nous attendait sur le palier car nous habitions porte à porte. Il avait l'âge de Ferdinand, trois ans de plus que moi, pas davantage ; mais c'était un colosse. De larges pieds, de grosses mains toujours moites, une tête globuleuse, bossuée, avec des yeux noirs, enfouis, au regard désolé. Il devait être laid pour les étrangers, et pourtant il me plut, tout de suite, il me toucha le cœur. Je lui pris la main avec beaucoup de confiance et d'élan. Sa mère était debout contre leur porte. Je la vis à peine, ce matin-là. C'était une personne au visage flétri, assez belle encore, malgré sa mise négligée.

— Votre fils a l'air si doux ! disait maman.

Et Mme Wasselin répondait d'une voix rauque :

— C'est un ange, un ange ! Et pas vicieux comme les autres.

Nous descendions cependant l'escalier. Je me sentais soulevé d'une gratitude exquise pour ce fort garçon dont la patte chaude serrait mes doigts. Ferdinand trottait derrière nous, avec cet air un peu égaré que lui donnait, que lui donne toujours sa myopie. Il dit, à un certain moment :

— Tu es plus grand que moi, Désiré. Et tu es seulement dans la classe de Laurent ?

— Oh ! moi, répliqua Désiré, moi, je suis un mauvais élève.

Ferdinand gloussa doucement. Cette confidence l'étonnait. Il était lui-même considéré comme un élève médiocre et mal doué ; mais il travaillait et il en tirait orgueil, car il ne pouvait, dès cet âge enfantin, concevoir qu'un effort grand et douloureux dût, en bonne justice, demeurer stérile.

Comme nous cheminions dans le brouhaha matinal, il harcelait Désiré de questions :

— Tu ne travailles pas ?

Désiré secoua la tête.

— Non.

— Tu n'aimes pas ça ?

— Non.

— Tu ne comprends pas ce qu'il y a dans tes livres ?

— Si.

— Alors ? fit Ferdinand stupéfait.

Désiré hochait lentement sa grosse tête.

— Ça ne m'intéresse pas.

— Ah ! Et qu'est-ce qui t'intéresse, toi ? Rien ?

— Si.

— Quoi ?

— Des choses, des choses...

Désiré rougit très fort et ne dit plus rien. Les gros camions du chemin de fer de l'Ouest, tirés par des percherons satinés, ébranlaient le pavage. Nous arrivions rue Desprez.

La cour fourmillait d'enfants dont les cris me terrifièrent, ignorant que j'étais encore de l'école et de ses coutumes. Un gringalet grimaçant s'approcha de moi, saisit mon béret et prit la fuite. J'étais perdu. Désiré, sans bouger, fit alors entendre une voix énorme et brutale. Il criait, comme pour appeler un chien :

— Ici, Gabourin ! Ici !

Le gringalet revenait, l'air soumis, presque rampant. Il tendit le béret en prenant maintes précautions pour ne pas recevoir une torgnole. Désiré grondait :

— Va-t'en !

— Toi, tu es fort, soupira Ferdinand, soudain respectueux.

Presque à voix basse, Désiré Wasselin répondit :

— Oui.

Puis il nous entraîna vers un gros homme à barbiche blanche et fit le salut militaire, avant de nous présenter.

— Monsieur le Directeur, voilà les petits Pasquier.

— Bien, dit le gros homme. Charge-toi du plus jeune. Je vais m'occuper de l'autre.

Là-dessus, le directeur introduisit un sifflet d'étain entre les poils de sa barbe et, gonflant ses joues, siffla.

Était-ce le sifflet du magister ? N'était-ce pas plutôt le buccin de l'archange ? Comme par magie, les centaines d'enfants qui remplissaient la cour, s'arrêtant de courir et de crier, demeurèrent pétrifiés à l'endroit même où l'appel les avait surpris. Un silence prodigieux remplit l'espace et l'on entendit, au lointain, un charretier qui sacrait, derrière l'écran des maisons, et faisait claquer son fouet.

Un second coup de sifflet, et la foule enfantine commença de marquer le pas, frappant le sol de la cour, en cadence, avec une énergie farouche. Troisième coup de sifflet et chacun des danseurs de cet étrange ballet, orienté subitement, se mit en route, en vertu d'une harmonie préétablie, vers certains points de la cour qui semblaient agir comme des pôles d'attraction. Les différentes classes se groupaient en longues files doubles.

Désiré me reprit la main et me conduisit à ma place. J'y parvins comme la cérémonie changeait de tour. Les enfants, ivres de mouvement et de jeu, semblaient encore trop loin du calme. Un coup de sifflet retentit et la cour entière chanta. C'était un chœur à l'unisson, tout fait de voix acides et chancelantes. Pourtant le charme se développait. Les visages, détergés, prenaient, petit à petit, une expression placide. La musique accomplissait son prodige naïf et l'on oubliait qui son mal de dents, qui la colère matinale d'un papa, qui l'embuscade et la bataille au coin de la rue de l'Ouest, qui son ventre creux, qui ses galoches percées. L'une après l'autre, les cohortes se mirent en marche. Elles abordaient en chantant l'escalier qui se divise à mi-course ; les unes tournaient à droite, les autres à gauche. Et les coups de sifflet, maintenant pressés, scandaient le heurt des souliers sur les degrés de bois.

J'allais, saisi, écœuré, enivré pour la première fois par l'odeur de l'école, par cette odeur d'humanité misérable, de cendre refroidie, de paperasse, de colle, d'encre, de nourriture et d'eau de Javel, cette odeur dont la seule pensée suffit encore aujourd'hui pour me plonger dans un abîme de tendre tristesse.

Je me dépouillai de ma pèlerine, dans le couloir, comme les autres élèves et je pénétrai, battant des cils, dans le jour blanc-bleu de la classe. Le maître venait de s'asseoir en chaire. C'était un personnage vraiment majestueux. Il portait les cheveux rejetés en arrière, une large barbe grisonnante suspendue à des joues massives. Que je l'évoque, et j'entrevois tantôt un tribun populaire, tantôt une statue de fleuve et tantôt encore le Père éternel des images. La voix était à la mesure de cette noble carcasse : un tonnerre familier qui roulait sur nos têtes et s'allait perdre, au-delà des murailles, dans les profondeurs de la forêt parisienne. J'appris un peu plus tard qu'il s'appelait M. Joliclerc. Il fallait à tout le moins ce nom charmant pour ramener le personnage au respect de l'échelle humaine.

Que M. Joliclerc existe encore, voilà ce dont, hélas ! m'incline à douter l'arithmétique élémentaire dont si bienveillamment il nous expliquait les préceptes. C'est donc à sa mémoire qu'il me plaît de rendre hommage. Il m'a, dès mes premiers pas dans la bataille, donné, de l'autorité, une image à la fois forte et supportable. Merveille ! Supportable est faible. Mettons plaisante et mettons chère. Si, par la suite, beaucoup plus tard, dans le grand débat intérieur que j'ai dû soutenir et qu'il me faudra sans doute raconter, si donc, mis sans cesse en demeure de choisir entre les doctrines de force et les vertus de persuasion, si j'ai pu conserver une position raisonnable, je le dois tant à ma nature que sans doute aux enseignements d'un honnête maître d'école qui faisait avec bonheur et bonhomie bien des choses que je tiens pour les plus difficiles du monde.

La journée commença par une leçon de calcul, science dont je n'avais pas le goût, mais le respect, car maman y faisait chaque jour des invocations soucieuses. Nous devions étudier la division à un chiffre. Plusieurs de ces petites opérations étaient écrites au tableau. Les élèves, à tour de rôle, se levaient, croisaient les bras, et donnaient, des signes exposés, l'interprétation rituelle. « En vingt-huit combien de fois cinq ?... Cela signifie que, si j'ai vingt-huit billes à partager... » Chaque élève devait, de lui-même, changer l'exemple. Vint le tour de mon ami Désiré Wasselin. Il croisa les bras, fronça les sourcils et commença : « En trente-sept combien de fois sept... » Il parlait lentement, avec peine, sa grosse tête inclinée de côté, l'air lointain, abandonné. Il était fort en retard dans ses études et le plus âgé de la classe. Il choisit pour exemple les cerises et ne se tira pas trop mal de sa chantante récitation. « ... Cela signifie que mes camarades recevront chacun cinq cerises et qu'il ne m'en restera que deux. » Toute la classe dressa l'oreille. La phrase normale était : « Il m'en restera deux. » Il y eut un silence et Désiré poursuivit d'une voix funèbre : « Mais ça m'est bien égal. » M. Joliclerc levait les bras au ciel. Il renversait la tête en arrière, avec un air d'embarras comique. Nous apercevions les trous de son nez et sa bouche noire, pleine de chicots. Il dit : « Toujours martyr, alors, mon pauvre Wasselin ? Allons, rassieds-toi. Tu auras quand même une bonne note. » Et Désiré se rassit, l'air sombre.

C'était le tour de Gabourin, le chenapan qui m'avait dérobé mon béret. Il avait une mine de rat audacieux. Il prit les fraises pour exemple et termina son couplet d'une voix si réticente que M. Joliclerc s'écria : « Des fraises, oui ! Il t'en reste cinq. Lesquelles prends-tu ? » Gabourin rattrapa, sur le bord de sa lèvre, une grosse goutte de salive et répondit : « Les plus grosses. » M. Joliclerc se prit à rire. La classe, émue, bruissait. Pour la première fois s'affrontaient à mon regard les notions ennemies de qualité et de quantité.

Après la leçon de calcul vint une leçon de choses. J'eus la chance d'être interrogé, mais la douleur de faire une mauvaise réponse. « De quelle couleur est le vin ? » demandait M. Joliclerc. « Combien connaissez-vous de sortes de vin, quant à la couleur ? » Tous les doigts se tendaient, impatients d'un succès facile. « Toi, dit le maître, toi, le nouveau ! Qu'au moins on entende ta voix. » Je me levai en tremblant. « Il y a deux sortes de vin : le blanc et le noir. » La classe entière protesta : « Le blanc et le rouge ! Le rouge, m'sieu ! »

C'étaient des enfants de manouvriers. Ami, ennemi, nourriture et poison, le vin était mêlé sans cesse aux pensées, aux effusions et aux chamailles de leurs familles. Pouvais-je expliquer au bon maître que je ne connaissais pas le vin, que, chez nous, jamais nous ne buvions de vin, que mon père brassait lui-même dans une futaille, à la cave, une boisson économique tantôt écumante et légère, tantôt inerte et doucereuse ? Je me rassis plein de honte.

La récréation tout entière s'écoula dans cette disgrâce. Nous nous étions réfugiés, Désiré Wasselin et moi, dans un angle de la cour, en marge des tourbillons. Je lui disais, dans l'espoir de dissiper les nuages accumulés sur son front : « Tu as très bien récité ta division. » Et il répondait, le regard noir : « Oui. Et tu vois, pour finir, j'ai encore dit quelque chose qu'il ne fallait pas dire. Je me demande pourquoi. »

CHAPITRE VI

L'amitié, passion mineure, héroïsme de mon cher Désiré. Le sacristain patibulaire. Grande scène de la malédiction paternelle. Cri de guerre de M. Wasselin. Dialogue de l'employeur et de l'employé. Onychophagie. Le poulet d'honneur et le vin eucharistique. Deux vers de Lamartine, vues sur l'adultère.

Mon père, comme tous les hommes dont la vie est gouvernée par des passions exigeantes et précises, passions que j'ai découvertes jour à jour, dont j'ai cruellement souffert et que je ne manquerai pas de peindre, si le temps m'en est donné, mon père ne se gaspillait guère en émotions accessoires. Il n'a ni recherché ni connu l'amitié que, bien à tort, il devait juger passion mineure. Il a souffert en outre d'une longue discordance entre ses aspirations et la médiocrité des milieux dans lesquels il lui fallait se débattre. Donc, point d'amis véritables : des « connaissances », des relations, des voisins. Je n'ai pas à mentionner les compagnons de travail : mon père a toujours travaillé seul, conduit, éperonné par une ambition trop opiniâtre pour se découvrir des semblables et signer des alliances. Ma mère, toute à son fardeau, toute à la fièvre sacrée de ses devoirs, n'imaginait le monde, hormis les enfants et l'époux, que peuplé de fantômes inquiétants dont il était quand même préférable de se concilier les bonnes grâces. C'est donc sur nos pas enfantins que la divine amitié fit son entrée dans la maison.

Je ne peux dire que Désiré Wasselin devint mon ami : le verbe devenir suppose un développement, un progrès. Or, dès la première minute, Désiré fut un ami total, accompli, l'ami par excellence. J'ai rencontré, chéri, depuis, des amitiés magnifiques dont certaines sont encore l'ornement de mes jours ; nulle ne m'a donné plus de joie, d'orgueil et de souci que celle de Désiré le mauvais élève, Désiré le douloureux.

Il commença par me sauver la vie, ou presque. C'est un épisode légendaire que dix imaginations fécondes ont, pendant longtemps, nourri, car la langue nous est donnée pour inventer l'héroïsme sans lequel vivre nous serait à mépris.

Nous revenions de l'école, un jour du mois de mai. Maman, comme de coutume, nous guettait, du haut du balcon, là-haut, tout en haut, dans le ciel. Ferdinand venait déjà de s'engager sous la porte et moi je musais encore au coin de la rue, faisant valser mon cartable à bout de bras et chantonnant, quand un chien inconnu, un chien étranger à notre monde, exaspéré par mon manège me sauta férocement à la poitrine et me renversa par terre. J'en étais encore à comprendre et, déjà, Désiré se ruait sur la bête. Il l'avait saisie par le col et, tel Hercule-enfant étranglant un monstre, il serrait, les veines du front tuméfiées par l'effort. Maman, penchée sur le balcon, emplissait l'espace d'appels dramatiques. Un charretier mit la bête en fuite. Désiré Wasselin avait été mordu en deux places, à la main et au poignet. Pâle et sanglant, qu'il me parut admirable ! Il me prit dans ses bras, encore que je fusse sain et sauf et m'emporta dans l'escalier. Toute la maison parut aux portes. Maman pleurait à chaudes larmes en pansant mon sauveteur avec du beurre frais et cette bonne charpie dont elle avait toujours une petite provision.

À compter de ce jour, Désiré Wasselin eut, à toute heure, ses entrées dans notre logis. Il arrivait souvent pendant le repas et s'installait sur un tabouret, le plus loin possible de la table, l'air non point honteux, mais secret et mélancolique. Je lui disais : « Viens plus près, Désiré. Viens près de moi ! » Il refusait obstinément, ce qui m'était incompréhensible, puisqu'il ne craignait pas d'approcher quand j'étais seul. Je finis par savoir que Joseph, qui n'aimait pas mon ami, avait un jour, à voix sifflante, exprimé cette opinion « que le nommé Désiré ne devait pas se laver les pieds trop souvent et qu'on s'en apercevait... » Le pauvre Désiré avait dû surprendre cette phrase cruelle et en concevoir d'incurables tristesses. Il venait quand même à la maison, car il m'aimait, car il avait aussi, je pense, maintes raisons de fuir son foyer.

À plus de quarante années de distance, le ménage Wasselin m'apparaît comme un couple de cabotins jouant leur vie à la façon d'une pièce tragi-comique.

Grand, non pas grêle mais plutôt efflanqué, le visage complètement ras, ce qu'on ne voyait, en ce temps-là, qu'aux prêtres et aux acteurs, M. Wasselin avait l'allure et les façons d'un « sacristain patibulaire ». L'expression est de papa.

Les premiers jours nous l'avions, sans le connaître, dès avant que de l'avoir vu, surnommé M. Prrrt, à cause de cet appel désinvolte qu'il lançait, pour avertir les siens, en faisant rouler l'air entre sa langue et son palais. Parvenait-il à l'angle de la rue, il n'abordait pas la maison sans lancer un prrrt vigoureux. Partait-il au travail, nouveau prrrt, strident comme un sifflet de machine, sans doute en signe d'adieu. Gravissait-il l'escalier sonore, prrrt et encore prrrt. Et, le matin, au lit, pour éveiller sa femme et ses enfants, c'étaient encore des prrrt à percer les murailles.

Les murailles de notre chère maison n'offraient pas au bruit, faut-il le dire ? un obstacle appréciable. L'appartement des Wasselin touchait le nôtre par le flanc, en sorte que tout, de leur vie, nous était sensible. J'allais écrire intelligible et ce ne serait pas tout à fait exact, car, sur l'instant, j'étais fort loin de tout comprendre. Mais ces mots et ces cris bizarres n'eussent-ils pas suffi pour m'ouvrir l'entendement qu'y seraient parvenus, sans doute, les commentaires chuchotés que j'en percevais chez nous.

Cette promiscuité, dès le premier jour, avait inquiété ma mère et fait naître sur le visage de papa cette expression féline que nous connaissions bien, car elle était annonciatrice de colère.

— Laisse, Ram, avait dit maman. Ne va pas t'emporter, surtout : il nous faudrait quitter cette maison, comme toutes les autres, et ce serait bien dommage. Puisque c'est à choisir, amis ou ennemis, prenons-en notre parti. Sans compter ce petit Désiré qui est un ange, effectivement.

Mon père ne refusait pas volontiers le combat. S'il céda, ce fut pour Désiré. Par la suite, le personnage de Wasselin ne laissa pas de l'amuser. « C'est un bouffon, disait père avec un mépris souriant. Il est insupportable, mais impayable. »

Notre première rencontre de front, avec les Wasselin, eut lieu un dimanche, pendant le repas de midi. Nous entendions, depuis près d'une heure, une violente rumeur de chamaille. Petit à petit, et malgré que nous en eussions, nous avions cessé de parler. Une voix d'homme, basse, caverneuse, lançait des couplets coupés de temps en temps par une autre voix masculine, maigre et plus sifflante. Une femme, apparemment Mme Wasselin, mêlait à la dispute de longues lamentations. Il y eut soudain un terrible bruit de chaises. La grosse voix criait : « Je te maudis ! Fils indigne ! Je te maudis. » Et, tout à coup, la querelle reflua sur le palier. La fourchette en l'air, nous écoutions avec horreur. « Manuel, sanglotait Mme Wasselin, si tu le maudis, il ne reviendra plus jamais. Retire la malédiction, Manuel, retire ! »

— Jamais, s'écriait M. Wasselin d'une voix olympienne. Cette petite fripouille sera trop heureuse de venir encore nous manger dans la main le pain que nous gagnons à la sueur de notre front. Je te maudis, fils indigne !

Une nouvelle explosion de cris et de prières secoua portes et cloisons. Maman, saisie de tremblement, ne se contenait plus. « C'est affreux, Ram ! Ne bouge pas. Je vais aller consoler cette malheureuse femme. »

Mère ouvrit la porte, à demi d'abord, puis en grand. Nous découvrîmes tous la scène. Debout devant sa porte, une main dans son gilet, l'autre agitant la serviette du repas, M. Wasselin prenait des poses tragiques. Mme Wasselin, agenouillée sur notre paillasson, ses jupes bouffant autour d'elle comme dans un tableau de Greuze, poussait des clameurs factices arrosées de pleurs véritables. En voyant s'ouvrir notre porte, un adolescent dégingandé qui ricanait au bord des marches disparut dans l'escalier. « Le coupable s'est enfui. Justice est faite ! » dit M. Wasselin d'une voix grondante et, se tournant vers notre groupe aperçu soudainement, il fit un ample salut. « Quelle honte ! Quelle infamie ! Et en présence d'une famille honorable. Veuillez nous excuser, comme nous pardonnons nous-mêmes à l'enfant indigne. Du calme, Paula ! De la sérénité. De la résignation. Puis-je, Monsieur, vous offrir une tasse de café ? Nous en étions justement au café. »

Papa refusa d'un signe de tête. Maman relevait, avec de bonnes paroles, dame Wasselin encore hennissante et reniflante. M. Wasselin fit, de la serviette, un large salut fleuri. « Viens, dit-il, viens, Paula. Sachons cacher notre douleur. Souffrons en silence. » Il poussa deux ou trois « hum ! » terribles et tira sa femme par le bras. À peine la porte fermée, il fit, soit pour se soulager, soit pour mettre le point final à cette scène, retentir un strident et inexplicable prrrt... prrrt.

En peu de jours, nous sûmes ainsi, bon gré, mal gré, l'essentiel de ce que l'on pouvait savoir sur les Wasselin.

Manuel Wasselin était, au début de cette période, comptable à la *Cour des Flandres*, magasin de nouveautés fondé par une illustre femme d'affaires. Il ne parlait jamais de sa profession sans parodier un vers que notre père nous dit être de Corneille. « *Il est de tout son sang* comptable *à sa patronne* », déclamait le bouffon en insistant sur le mot capital.

En fait, il changeait sans cesse de maison et d'emploi, errait de bureau en bureau, le plus souvent congédié sans procès et cherchant lui-même, quand on le tolérait, d'invraisemblables raisons de fuite. « Je suis fait ainsi, déclarait-il. Je suis un homme libre et volatil. Je suis un insoumis, un impatient. Impatient du joug, jeunes gens ! La vie est faite ainsi et non seulement l'immonde race humaine. Il y a des limaces impatientes et des huîtres qui ne tiennent pas en place. J'aime l'inconnu, l'inexploré. »

Il rapportait, de ses discussions avec les employeurs, des récits extraordinaires qu'il mimait à miracle et qui font partie, depuis, du folklore familial. J'en rirais parfois avec Joseph ou Ferdinand s'il m'arrivait encore de rire, et même d'ouvrir la bouche, en présence de Joseph et de Ferdinand. Mais laissons la parole à M. Wasselin.

— Je crois, commençait-il, que je vais abandonner à quelque esprit moins agile que le mien la comptabilité des *Galeries du Maine.* J'ai eu, ce matin même, avec mon chef, cet homme remarquable, un entretien qui, je pense, va le faire rêver pendant toute la fin de sa vie. Imaginez qu'au début de la matinée cet homme remarquable entreprend de me vanter les avantages de mon emploi :

« Monsieur Wasselin, dit-il, vous jouissez ici d'une position stable.

MOI : Assurément, monsieur Duchnoque. (Il ne s'appelle pas Duchnoque, c'est un nom d'amitié.) Assurément. Et c'est, si j'ose vous l'avouer, ce qui m'attriste.

LUI : Ce qui vous attriste ? Expliquez-vous, monsieur Wasselin.

MOI : Comprenez, monsieur Duchnoque. Tant que je cherchais une place, j'avais de l'espoir.

LUI : Comment ? Quel espoir ?

MOI : L'espoir de trouver une place, monsieur Duchnoque.

LUI : Pas possible ! Et maintenant ?

MOI : J'ai la place, monsieur Duchnoque. Mais je n'ai plus d'espoir. C'est infiniment triste.

LUI : Qu'est-ce qui est triste, monsieur Wasselin ? Je ne comprends pas.

MOI : Je me demande toute la journée ce que j'aime le mieux de l'espoir ou de la place. Ça devient une idée fixe, monsieur Duchnoque. Je finirai par m'en aller.

LUI : Vous en aller ! Vous parlez de vous en aller ! Enfin qu'est-ce que tout cela signifie ?

MOI : M'en aller ! Hélas, oui ! monsieur le Directeur. Quand je serai parti, je serai sûr de n'être pas resté. Vous comprenez bien que je ne peux vivre dans l'indécision.

LUI : L'indécision ! Quelle indécision ?

MOI : L'indécision de savoir si je resterai ici, monsieur Duchnoque... »

Mme Wasselin levait les bras au ciel. Papa riait, l'air dédaigneux. Le bouffon modulait, le bec en sifflet, un prrrt ironique. De telles conversations avaient lieu, le plus souvent, sur le palier, à la faveur d'une rencontre. Les portes refermées, papa riait sans retenue.

— Il a tous les vices ! Je suis à peu près sûr qu'il boit. J'affirmerais qu'il joue aux courses. En outre, il se ronge les ongles. Curieux bonhomme !

M. Wasselin se rongeait en effet les ongles, avec des mines, des délicatesses d'incisives, de légers grognements de plaisir quand il découvrait un coin d'ongle oublié, une infime bribe de corne dont il pouvait se promettre un quart d'heure au moins de plaisir aigu. Au moyen d'un petit canif crasseux mais tranchant, il attaquait en outre les régions de l'ongle inaccessibles aux dents, s'éminçait l'épiderme, se sculptait la pulpe à vif.

Souvent, à peine M. Wasselin de retour, nous entendions la dame pousser des exclamations : « Où as-tu pris tout cela ? Je te dis que tu finiras par te faire pincer. » M. Wasselin ricanait et faisait rouler son bruit favori, ce prrrt qu'il appelait son « cri de guerre ». Il était extraordinairement chapardeur. Il ramenait chaque jour de son bureau toutes sortes de menus objets, des crayons, des cahiers, des enveloppes, des pots de colle, des timbres. Ces larcins n'avaient d'ailleurs à ses yeux pas une ombre d'importance et ne l'empêchaient pas de faire à ses enfants de somptueux discours sur le scrupule et la probité.

Dès la seconde entrevue, il s'était mis en tête de nous convier à quelque repas. « Ce ne sera pas un festin, disait-il. Une simple agape fraternelle pour fêter mon entrée comme teneur de livres à la *Petite Marinière.* Un peu loin, cette *Petite Marinière*, pour un Vandammois convaincu. Je n'aime pas ces bords de la Seine : ça me donne des idées de suicide… Trois fois rien, je vous le dis. Nous mangerons le poulet d'honneur et nous boirons le vin eucharistique. »

Dans les premiers temps, papa et maman donnaient mille raisons à leur refus, peu soucieux qu'ils étaient d'accepter cette invitation saugrenue et d'être ensuite dans l'obligation d'y répondre. Ils comprirent bien vite que l'offre de M. Wasselin était surtout une effusion rhétorique et qu'il ne la jugeait lui-même d'aucune conséquence. Un rite auquel, toutefois, il se gardait bien de manquer. « À quand le poulet d'honneur ? » l'entendions-nous crier s'il rencontrait maman dans l'escalier. Parfois, il me pinçait la joue, préludait par plusieurs prrrt... prrrt... à mi-voix et lançait, l'air résolu : « Dis à tes parents, jeune Eliacin, que c'est pour dimanche. Oui ! Dimanche, sans faute. Je vais acheter la bête et mettre le vin au frais. » Je ne répondais rien, bien sûr, et le singulier homme oubliait tout, à peine le dos tourné. Mais, le lendemain, il était ressaisi de sa marotte. Il inventait des détails : « Aimez-vous les escargots ? Il faudrait ajouter une douzaine d'escargots par personne. Tu dis : les enfants ! Non, tu ne dis rien ? Mais les enfants mangeront leur douzaine comme père et mère. Comprends-moi bien, Paula : je veux faire quelque chose de très, très gentil. »

Ce rêve intermittent prenait parfois des formes hallucinatoires. À force d'avoir vanté les vertus du poulet d'honneur, M. Wasselin s'imaginait nous l'avoir fait vraiment manger. Il me rencontra, certain soir, au pied de l'escalier, dans l'ombre, et me dit, jubilant, la salive à la bouche : « Il faudra recommencer, n'est-ce pas, jeune Eliacin ? » Et, comme je restais béant, il ajouta : « Avoue que, pour ce qui est d'être bon, il était bon. Un simple poulet, mais cuit à l'estragon. Ah ! jamais, j'en suis sûr, tu n'avais rien mangé de pareil. Pour le vin eucharistique, tu n'en as pas bu. Ce n'est pas de ton âge. La prochaine fois, ce sera du champagne. Et je t'en donnerai un godet. N'est-ce pas, jeune Eliacin ? »

Il m'appelait « jeune Eliacin », ce qui ne me faisait ni chaud ni froid. En revanche, il ne s'adressait au pauvre Désiré que sur le ton de la plus féroce raillerie. Il lui disait pompeusement « vous », sauf pour lui jeter au visage deux vers de Lamartine, popularisés depuis par Rostand qui les a cités :

Courage, enfant déchu d'une race divine.
Tu portes sur ton front ta superbe origine...

Souvent, il se contentait d'appeler son fils « enfant déchu ». Il criait : « Va me chercher du tabac, enfant déchu... Remonte une bouteille de bière, enfant déchu... » Plus souvent encore, il criait, avec un terrible accent faubourien, ces mots peu compréhensibles au profane : « Enfant dédèche... Êtes-vous prêt, enfant dédèche... » Il ajoutait tout aussitôt des injures mystérieuses : « avorton... dégénéré... phénomène... sous-produit... » Et Désiré de trembler et de pâlir.

Mme Wasselin prenait alors la défense de l'enfant : « C'est ton fils, s'exclamait-elle. C'est toi qui l'as fait, misérable. Et on ne le croirait pas, car il est cent fois meilleur que toi. C'est un ange. Oui, c'est toi qui l'as fait, car je ne t'ai jamais trompé. Tu l'aurais bien mérité, Mano, et ce n'est pas les occasions qui m'ont manqué, je t'assure. Mais l'idée d'être la femme d'un cocu ! Non, j'ai trop d'amour-propre. »

Sentant grossir l'orage, maman faisait quelque peu de bruit pour que nous n'entendissions plus. Les mots passaient quand même à travers la mince cloison. Wasselin répondait, la voix suave :

— C'est par amour, Paula, que je t'ai épousée. Et si je t'ai trompée, c'est par amour encore. Sache-le, Paula, je ne t'ai jamais trompée qu'avec des femmes qui te ressemblaient, oui, Paula, qui te ressemblaient plus que tu ne te ressembles toi-même. Explique-moi ça, Paula.

— Ah ! gémissait Mme Wasselin, fais ce que tu voudras, misérable, mais laisse tranquille ce pauvre garçon.

— Oui, pauvre ! reprenait Wasselin d'une voix justicière. Pauvre d'esprit ! Heureux les pauvres d'esprit.

— Laisse-le, grondait la mère enfin déchaînée.

— Je n'en rougis pas, j'en souffre. Il est idiot. Soit ! Ce sera ma croix. Toute famille a son idiot, son épileptique, son syphilitique, son tuberculeux, son escroc, sa fille de mauvaise vie. Et les familles qui ne sont pas encore pourvues le seront bientôt. Dieu est équitable !

La voix s'élevait, théâtrale. Et, tout à coup, on entendait un fracas de vaisselle ou de meubles. Une espèce de convulsion secouait planchers et murailles. Désiré commençait de supplier et de gémir.

CHAPITRE VII

Explorations olfactives. Retraites préférées.
Intrépidité de mon ami Désiré. Querelles et coutumes des Wasselin. Petite scène au trou de la serrure.
La tribu des Courtois. Banque du samedi.
Peinture à la gouache.

La rue est faite pour qu'on y passe, mes enfants, et non pour qu'on y joue. Ne vous attardez jamais dans la rue, je vous le demande à genoux. Et méfiez-vous de tout. Méfiez-vous des fiacres et des camions qui écrasent chaque jour à Paris beaucoup de petits enfants. Méfiez-vous des chiens : tu en sais quelque chose, Laurent. Méfiez-vous des ivrognes. Méfiez-vous des gens que vous ne connaissez pas et si quelqu'un vous adresse la parole, répondez poliment : « Oui, Monsieur. Non, Monsieur... » et sauvez-vous, sans en avoir l'air.

Ainsi parlait notre maman qui ne savait pas nous convaincre. Qu'étaient, à nos yeux, les périls de la rue, au prix de ses enchantements ? À peine sortis de l'école, nous flairions comme de jeunes limiers, tout le long des trottoirs chauds, les inquiétantes odeurs de la jungle citadine. J'aimais la rue Vercingétorix, la rue du Château, la rue de l'Ouest et si je ressuscite un jour, fantôme aveugle, c'est au nez que je reconnaîtrai la patrie de mon enfance. Senteurs d'une fruiterie, fraîches, acides et qui, vers le soir, s'attendrissent, virent doucement au relent de marécage, de verdure fanée, d'aliment mort. Fumet de la blanchisserie qui sent le linge roussi, le réchaud, la fille en nage. Remugle de la boucherie qui tient le « bouillon et bœuf », fade et terrible parfum des bêtes sacrifiées ; note résineuse, forestière de la sciure de sapin répandue sur le dallage. Émanations, comme d'un vase, d'une boutique vide que l'on est en train de repeindre. Concert de l'épicerie, aromates, momies d'odeurs, messages de continents perdus au fond des livres. Bouquet chimique du pharmacien qu'illuminent, dès la chute du jour, une flamme rouge, une flamme verte, noyées toutes deux dans des bocaux ronds. Haleine de la boulangerie, noble, tiède, maternelle. J'allais, les narines en éveil, le souffle vite lâché, vite repris.

Vers le bout de la rue du Château, s'élevait, salubre, austère, l'encens des trains et des machines. La rue, en ce temps lointain, était interrompue par un passage à niveau. Les charroyeurs et les cochers s'arrêtaient en jurant devant les barrières que la manœuvre des convois tenait longuement fermées. Plus heureux, les piétons pouvaient, pour gagner la rue du Cotentin et les spacieux déserts du boulevard de Vaugirard, emprunter une passerelle gracile qui sautait d'un bond de chèvre pardessus les voies ferrées.

J'aimais de m'arrêter au milieu de la passerelle. On apercevait, d'un côté, l'espèce de canal fumeux qui fuyait vers des campagnes, des villes, des provinces en vacance. De l'autre côté, le regard atteignait tout de suite les nefs embrumées de la gare, trous d'ombre, terriers à wagons. À droite, à gauche, on découvrait les ateliers, les butoirs, les cabines des aiguilleurs, les rotondes comparables, selon le moment et le jour, tantôt à des temples charbonneux où des ouvriers adoraient les locomotives divines, tantôt à des écuries dont on tirait, d'heure en heure, un cheval d'acier, luisant, piaffant, prêt à la course.

Parfois, comme nous rêvions là, le monde tremblait, tout à coup. Un long train, serpent fabuleux, nous filait entre les jambes. Sa fumée noire, un instant, nous isolait, comme les dieux de l'orage, dans de sulfureuses ténèbres.

Nous revenions, au fil paisible de notre rue Vandamme. Une foule de petits hôtels ouvraient, au ras du trottoir, leurs corridors obscurcis par les vapeurs de la friture. Et, soudain, comme une fanfare, éclatait l'odeur des écuries : sueur des chevaux, crottin torride, fumiers recuits, rafales de l'ammoniaque exaltée par les grands vols de mouches bleues.

Après cette explosion symphonique, la rue s'achevait dans le fade et le doucereux : les bains publics et le lavoir à drapeau de zinc lâchaient au passage une bouffée moite et savonnée. Puis, tout à coup, houleuse comme un bras de mer, s'ouvrait l'avenue du Maine, parcourue par le vent du nord. On apercevait, de l'autre côté, un bref tronçon de rue Vandamme, enclavé par erreur dans le quartier de la Gaîté.

Nous revenions vers nos retraites. J'aimais d'amour la petite rue Perceval au beau nom. On y voyait un jardin comblé de verdures effervescentes. On y entendait, dans le silence du soir, tout le long d'une muraille interminable, les chevaux du camionnage piétiner, remuer des chaînes, broyer l'avoine et donner dans leurs bat-flancs des ruades tracassières. J'aimais le triangle de bitume désert que ménageait notre rue Vandamme, en vue d'une improbable remise à l'alignement. J'aimais aussi l'impasse au sol de macadam, tel celui des routes lointaines.

Remonté dans mes hauteurs, j'allais, un livre aux doigts, m'accroupir sur le balcon où les trains faisaient pleuvoir des escarbilles de velours noir. Le balcon des Wasselin était séparé du nôtre par une grille de fonte à dents. Désiré venait s'asseoir là pour grignoter un croûton saupoudré d'une pincée de gros sel. Comme j'aimais de préférence l'extrémité nord du balcon, d'où l'on voyait mieux les trains, je priais Désiré de m'y rejoindre. Il passait par le palier, grattait à la porte et, moins d'une seconde plus tard, surgissait à mon côté.

Un jour, fronçant les sourcils, mais tranquille et résolu, il fit, pour venir me rejoindre, une chose très effrayante. Il enjamba la balustrade et longea le balcon en dehors, au-dessus du vide… Je fermais les yeux, muet d'angoisse. Mais, déjà, l'étrange garçon se laissait choir près de moi. Il était parfaitement calme.

— Oh ! dis-je, d'une voix défaillante. Sais-tu que tu pouvais mourir ?

De la tête, il fit « oui » et il ajouta simplement :

— Tu ne le diras à personne.

Parfois troublant nos songeries, des profondeurs de l'impasse, un tintamarre cocasse tout à coup s'élevait. Des musiciens ambulants, cornet à piston, trombone, pilonnaient une romance, une valse, un air d'opéra. Des sous voltigeaient qu'un comparse sans talent cherchait dans les ruisseaux.

Par beau temps, fenêtres ouvertes, les querelles des Wasselin crevaient à la face du ciel. Mon ami avait une sœur nommée Solange, grosse fillasse qui m'inspirait une véritable aversion. Elle travaillait au dehors, dans un atelier de couture. Elle rentrait le soir, à des heures incertaines, tenait tête à sa mère et de la plus grossière façon, lapait sa soupe avec bruit en y trempant le menton, car elle avait la vue très basse. Elle montrait, fourchette en main, cette mimique des voraces qui regardent en ennemis leur propre nourriture. Observateur infime, je pense qu'elle ne me voyait même pas, occupée qu'elle était toujours de quelque grognante aventure ; mais moi je la contemplais avec cette horreur qui me saisit quand je perçois, chez une créature humaine, la présence de la bête.

Pour Lucien, le jeune voyou que nous avions vu s'enfuir chargé de la malédiction paternelle, il revenait de temps en temps. La famille se réconciliait dans une ripaille mystérieuse dont le pauvre Désiré restait le plus souvent exclu. Et, soudain, de vieilles chicanes détonaient comme des bombes. Pour la dixième fois maudit, le fils indigne reprenait le large. Le comptable, d'une voix sanglotante, flétrissait sa couvée : « Je vois bien, criait-il, je vois bien que vous ne me laisserez pas seul dans l'abîme de l'abjection. C'est ma faute. Le ciel me punit. » Presque tout de suite consolé, il chantonnait des grivoiseries ponctuées de prrrt langoureux.

Certains jours, toute la famille s'envolait. Désiré trouvait porte close et restait assis des heures sur une marche de l'escalier. Un soir que je le trouvai là, nous fîmes la conversation.

— Il n'y a personne, dit-il. On ne répond pas.

Pourtant, il est au moins sept heures.

— Bah ! ma mère doit être en course.

J'étais encore un fort petit garçon et fis, innocemment, une chose assez surprenante. Je m'étais approché de la porte des Wasselin. Un rayon de jour bleu filtrait par la serrure. Je mis l'œil à cette serrure et, tout aussitôt, faillis pousser un cri de surprise.

— Mais, fis-je à voix basse, tes parents sont là.

— Ah ? soupira Désiré, placide. Tu les vois ?

— Oui, oui, je les vois très bien.

La porte ouvrait sur l'entrée dans laquelle donnait une chambre.

— Qu'est-ce qu'ils font ? demanda Désiré entre deux bâillements.

— Oh ! je ne sais pas trop. Ton père enlève sa veste. Écoute : on l'entend rire.

Désiré venait de faire un bond. Il m'écarta de la porte, mit l'œil à la serrure et ne regarda qu'un instant. Quand il se retourna, j'eus peine à le reconnaître : il était pâle et frémissant.

— Qu'est-ce que tu as vu encore ?

— Mais, rien, rien, fis-je, bouleversé.

— Eh bien ! ne regarde plus, gronda l'enfant. Ne regarde plus jamais.

Il me serrait les poignets et dit, plus bas, l'air égaré, vraiment terrible :

— Ne regarde plus. Sinon, je te tuerai.

Cette scène, qui me remplit d'une mystérieuse angoisse mais n'altéra pas mon affection pour Désiré, cette scène fut providentiellement interrompue par l'arrivée de M. Courtois, notre vieux voisin. Il occupait, avec sa femme, le troisième appartement, celui qui donnait sur la cour, côté Wasselin. L'appartement symétrique, de notre côté, je crois l'avoir dit, était vacant.

M. Courtois, en ce temps-là, n'avait sans doute guère plus de cinquante ans. C'était un homme d'une correction stricte et d'une politesse méticuleuse. Il n'en présenta pas moins, dès l'abord, à mon regard, l'inquiétante image de la décrépitude et de la vésanie, image que les événements se chargèrent de confirmer.

M. Courtois portait une jaquette soit de drap, soit d'alpaga gris, selon la saison. Un gilet clair à fleurettes, et des gants, même en été, ce que la rue Vandamme pouvait juger une élégance excessive. Il prisait et cette pratique ne suffisait pas à faire comprendre l'odeur de sa personne, une odeur singulière de cuir de Russie, de vieillard bien tenu, de dent cariée, de fond de ride.

Il se teignait la moustache, qu'il portait toute raide et rebroussée. Il teignait également la pincée de cheveux qu'il appliquait avec art, en éventail, sur un crâne d'une blancheur chimique. Il avait usé sa vie dans une petite boutique d'horlogerie que l'on voit encore aujourd'hui rue de Vanves. Il avait travaillé là jusqu'à la cinquantaine, dans le dessein unique et fervent, comme presque tous les Français, en ce temps-là, de « se retirer », mot dont je suis bien surpris que si peu de gens perçoivent la résonance lugubre : démission, fuite, suicide.

Il s'était donc « retiré », laissant la boutique à son frère et à ses deux sœurs, tous trois célibataires. Si je m'attarde à peindre ici cette collection de fantoches, ce n'est point certes par souci du pittoresque pur, encore qu'un tel souci trouverait à se justifier, c'est que tous ces Courtois ont joué leur petit rôle dans les tracas et les songeries de ma famille.

Courtois le cadet, que tout le monde appelait laconiquement Tole, car il portait le prénom que commençait à peine d'illustrer M. France, Courtois le cadet était bossu d'une manière complexe et, si j'ose dire, selon tous les méridiens. Son torse, monstrueux, en forme de barrique, semblait posé de guingois sur les jambes, et la tête elle-même s'implantait de guingois sur le torse. Le bonhomme était ainsi fait de trois parties qui s'assemblaient à l'aventure et, dès le moindre mouvement, menaçaient de se disjoindre, de reprendre une macabre indépendance. Il imitait son frère en toutes choses, il se teignait le poil, prisait, exhalait déjà, mais imparfaite encore, cette odeur de maroquinerie dont je ne saurais donner la véritable recette.

Il travaillait avec ses deux vieilles filles de sœurs, horlogères d'ailleurs accomplies, qui vivaient la loupe à l'orbite et ne sortaient que le samedi pour venir impasse Vandamme et passer la soirée dans les joies saugrenues d'une « banque » dont l'enjeu était de haricots blancs. Elles se couvraient alors de chapeaux, de voilettes, de jupes à volants, de tournures, de manches à gigot et s'enfarinaient le visage au moyen d'une poudre odorante qui n'atteignait jamais la peau, suspendue qu'elle demeurait dans un duvet exubérant. Nous les appelions les Fées, surnom dont je risquerais de compromettre le charme si j'en disais l'origine et si j'y ajoutais les épithètes ordinaires de mon père.

Nous fûmes, au bout de quelque temps, priés aux soirées du samedi. M. Courtois, l'heure venue, nous attendait sur le pas de sa porte. À tous, petits et grands, il nous serrait la main avec un geste déblayeur qui nous repoussait l'un après l'autre vers la gauche, geste que j'ai retrouvé, depuis, chez un homme politique plusieurs fois ministre, geste qui s'explique sans doute par la discipline épuisante des défilés électoraux.

La « banque » du samedi soir était présidée par Mme Courtois. Merveille de mimétisme, cette dame ressemblait à ses belles-sœurs, à son beau-frère, à son mari. Elle donnait, du clan, la synthèse et la moyenne. Elle sentait le vieux cuir comme les uns et la poudre de riz comme les autres. Elle abritait, sous un filet-front, les prodiges ouvragés d'une coiffure aux bigoudis et au fer chaud.

La chambre où la société se tenait, pour la banque, était ornée, avec intempérance, de peintures à la gouache, œuvres de M. Courtois, représentant toutes des roses, en gerbes, en bouquets, en guirlandes, en couronnes.

Dès le début de nos relations, M. Courtois s'offrit à me donner des leçons de peinture à la gouache et maman, ayant jugé que je marquais des dispositions, accepta de bon cœur. « Tu commenceras, disait M. Courtois, par peindre le bouton vert. Puis je t'apprendrai le bouton rose, puis la fleur épanouie. Les feuilles vont toujours par trois. Une vert clair, l'autre vert foncé, et l'entre-deux mi-partie. C'est une règle absolue. Plus tard, quand tu sauras faire la rose rouge, on essaiera la rose jaune et peut-être la rose pompon. Mais c'est une autre paire de manches. »

Je recueillais avec application cet enseignement vétilleux. Parfois, mon pinceau, s'égarant, rêvassait hors de la règle. M. Courtois se fâchait : « Ce que tu viens de faire là, grommelait-il, se hasardant, dans sa colère, aux injures à la mode, ce que tu viens de faire là, c'est bête comme tes pieds. » Il ne tarda pas, sans doute par économie, à raccourcir la formule. Il disait : « Encore tes pieds ! C'est on ne peut plus tes pieds. »

Je me sentais, les premiers jours, débordant de gratitude, car M. Courtois fournissait non seulement le professeur, mais les couleurs et les pinceaux. Bien vite je compris que, pour les esprits judicieux, toute peine appelle un loyer. La leçon finie, M. Courtois me livrait à sa femme et cette personne, ainsi nantie d'un partenaire même indigne, s'abandonnait avec frénésie aux délices du jeu de piquet.

Mme Courtois n'était pas une joueuse trop commode. Elle trichait, elle m'accablait d'injures bizarres et comme elle avait, de son sexe, une opinion non médiocre, elle m'accommodait au féminin, ce qui ne laissait pas de me choquer un peu. « Péronnelle ! Petite bécasse, criait-elle. Si tu t'étais seulement défaite de ton pique, à l'heure qu'il est, tu serais maîtresse… »

J'étais toujours trompé, toujours battu ; mais je payais tant bien que mal mes leçons de roses à la gouache et j'apprenais en bâillant que rien ne se donne pour rien.

Chapitre VIII

Onirologie familiale. Projets d'agrandissement.
Vêtements, mobilier, personnel domestique.
Économies et restrictions. L'Exposition universelle.
Bains chauds. Intermède géographique.
Erreur du XIXe siècle sur la science et la sagesse.
Visite de Mme Troussereau.

Je ne sais quel onirologue a dit « que l'on ne rêvait pas de compagnie ». Ce savant, sans aucun doute, parlait des songes du sommeil. Mais quoi ! c'est en vain que les magisters prétendent marquer une distinction entre rêve et rêverie. Les mêmes mots, pour un Français, désignent indifféremment les délires du dormeur ou ceux de l'homme éveillé.

Or, vers le milieu de l'été, toute la famille se prit à rêver de compagnie. Quand je parle de ma famille, j'entends, exclusivement, le couple et sa nichée, les six que nous étions alors.

Ce n'était ni de tous les jours ni de toutes les heures. Le phénomène, en général, se déclarait pendant le repas du soir. Papa posait sa fourchette, lançait tout droit devant lui un regard soudain plus clair et disait, d'une voix calme :

— Nous sommes beaucoup mieux qu'avant, mais, quand même, bien à l'étroit.

— Raymond, s'écriait maman, tu ne songes pas à nous en aller ?

— Non, mais je pense à des choses...

— Quelles choses ?

— Nous pourrions peut-être...

Ce pléonasme insidieux, que j'ai surpris sur tant de lèvres, annonçait le déchaînement des images et des hypothèses.

— Nous pourrions peut-être prendre en location cet appartement vacant, l'appartement voisin. Pense : le double de place !

— Mais, Raymond...

— Oh ! pas demain, bien sûr. Dès que nous aurons reçu les nouvelles du Havre. Presque le double de place ! Tu m'entends, Lucie !

Les phrases de cette sorte étaient suivies d'un silence fourmillant. Le regard fixe à son tour, maman partait à réfléchir. Son visage exprimait d'abord la frayeur et même le vertige. Elle avait l'air de mesurer de l'œil un gouffre. On la voyait presque haleter, car elle souffrait d'une imagination vive. Puis, petit à petit, et comme si le gouffre eût été, par magie, comblé, aplani, maman reprenait pied.

— Bien sûr, dès que nous aurons la lettre du notaire... Pour le terme d'octobre, ce serait trop beau. Mais, au mois de janvier, peut-être même au demi-terme...

— Des quarante mille francs, murmurait papa, nous ferons quatre parts, exactement. Quatre parts, quatre ans ! Dans quatre ans, mes examens seront passés et j'aurai mon diplôme. Alors, la route libre ! Avec mes articles et, bientôt, des remplacements, des occasions, des imprévus, mille petites choses à côté... La tranquillité. Le travail et l'aisance. Dès la première année, les trois parts de réserve seraient placées avantageusement. Il ne faut jamais laisser l'argent inactif, il en meurt. C'est ce que Markovitch me dit chaque fois qu'il me rencontre...

— Ne pourrait-on, proposait maman, faire percer la cloison ?

— Quelle cloison ?

— La cloison de notre chambre, pour mettre les deux appartements en communication.

La cloison ! Nous écoutions, muets de surprise. Faire percer la cloison ! Nous étions à l'âge où les murailles sont comme les figurations de l'immuable et de l'éternel.

— La cloison… répétait mon père. Et pourquoi non, Lucie ? Tu penses que le propriétaire n'aurait rien à nous refuser.

Joseph, à son tour, tombait en transes :

— Nous serons les plus gros locataires de toute la maison. Et, dis, maman, j'aurai ma chambre. Ma chambre pour moi tout seul.

— Mon garçon, demande à ton père. La pièce la plus tranquille serait réservée pour lui. Le travail de votre père avant tout. Je ne tiens pas au salon : nous n'en avons jamais eu, nous pouvons nous en passer. Mais que le piano soit dans la pièce où votre père travaille, il faut bien reconnaître que ce n'est pas possible.

À ce mot de piano, l'innocente Cécile ouvrait l'œil. Toute la famille entrait en éruption : une éruption de projets. Ferdinand présentait des revendications gémissantes au sujet d'une paire de chaussures qui le blessaient. Ferdinand n'a jamais eu que des ambitions modestes, mais, il faut le dire, tenaces. Joseph, élevant la voix, parlait bicyclette, voyages. Maman « tirait des plans » pour nos vêtements d'hiver : elle les voyait chauds, ce qui va sans dire, et même élégants et même nombreux. Puis, d'un coup d'aile, maman s'élevait jusque dans les sphères de l'ameublement, posait des tapis, accrochait des lampes, appliquait des glaces. Papa, bien que réservé, consentait à jeter les fondements d'une bibliothèque exemplaire. Nous nous taisions tous, une minute, avec respect, comme pendant l'élévation, à la messe.

Puis – mais qui donc l'avait lancé ? – survenait le mot de bonne, et, d'abord, de petite bonne. Maman protestait aussitôt : « J'ai tout fait, toujours, toute seule… On ne serait plus chez soi… » Vaines objections. La petite bonne grossissait, grandissait et, soudain, par un miracle de scissiparité, donnait naissance, les bons jours, les jours de grande orgie rêvogène, à deux et même à plusieurs bonnes. Nous n'avons jamais été jusqu'au domestique mâle.

Je viens d'écrire rêvogène et c'est peut-être un barbarisme. Qui l'affirmera ? Nul ne connaît l'étymologie du mot rêve. Il nous est tombé du ciel, à nous autres Français raisonneurs, pour notre rédemption. Mais revenons à mon histoire.

À tout instant chantaient, lancées soit d'une voix grave, soit par une gorge enfantine, les expressions rituelles de l'extase : « … la lettre du notaire… les nouvelles du Havre… les papiers de Lima… » Maman murmurait : « Que cette somme nous arrive juste dans un pareil moment ! C'est un miracle, un miracle ! »

Petit à petit, les desseins prenaient de l'ampleur et de la fantaisie. Nous glissions à la dissipation, au gaspillage. De dépense imaginaire en dépense imaginaire, nous arrivions aux bains de mer, aux fiacres, aux places de théâtre, aux folies. Alors se produisaient des revirements farouches. Comme tous les prodigues, nous traversions de brusques crises d'avarice. On restreignait les dépenses. On vendait les objets de luxe. La bonne maigrissait, diminuait, redevenait petite bonne. On finissait par la congédier.

Papa, le premier toujours, se lassait des fantômes qu'il avait tirés de l'ombre. Nous sentions au son de sa voix, à la nuance de ses yeux, qu'il redescendait, qu'il allait nous lâcher, revenir au sol. Il regardait maman avec une ironie d'abord souriante, puis glacée, puis rancuneuse. Oh ! comme les rêves d'autrui le trouvaient méprisant, même quand il les avait fait naître, surtout, surtout quand il les avait fait naître. Il disait brusquement :

— Nous allons, en attendant, continuer à tirer le diable par la queue et nous aurons, dès la fin du mois, le plus grand mal à joindre les deux bouts.

Il se passait la main sur le front, poussait un long soupir et quittait la place, nous laissant désemparés.

Il arrivait aussi que le sortilège refusât de s'évanouir. Parfois, la nuit d'été succédait au long crépuscule et nous faisait rêver encore. Un soir, papa dit : « En somme, puisque tout va bien, nous allons mener les enfants à l'Exposition. » Maman, soudain calmée, parlait de son travail, de la vaisselle, de la couture. Elle dut céder, faire toilette à la hâte. Nous eûmes une soirée incandescente et tumultueuse, un délicieux retour ensommeillé sur l'impériale de l'omnibus.

Parfois aussi, profitant des heureuses dispositions de notre père, maman formulait des souhaits bénins mais précis. « Demain jeudi, proposait-elle, je voudrais mener les enfants aux bains. Tu n'y vois pas d'inconvénient ? » Papa sursautait. Il parlait de diplômes, d'influence, de fortune, d'honneurs, et voilà qu'on songeait à des bains. Il approuvait quand même en fronçant les sourcils et disait, pour conclure : « Je ne voudrais pas me mêler de ces affaires Delahaie, mais je te ferai, si tu veux, le brouillon d'une lettre au notaire. Il n'a vraiment pas l'air pressé. Et dire que nous sommes entre les mains de ces gens-là ! »

Le lendemain, nous allions aux bains, emportant dans un panier notre linge et notre savon, car délivrée des rêves, maman retombait à l'économie la plus chaste. Elle prenait deux bains pour quatre et nous savonnait elle-même, à l'exception de Joseph qui devenait vraiment trop grand.

Nos songeries familiales ne manquaient pas de m'escorter jusque sur les bancs de l'école. Je fus, pour M. Joliclerc, un élève bien inattentif. Les questions qu'il me posait venaient m'atteindre et m'étonner au sein des nuées olympiennes d'où je retombais pantois. Un jour, pendant la leçon de géographie, je l'entendis qui grondait : « Je répète, qu'est-ce qu'un havre ? Que signifie le mot havre ? Vous, là-bas, Pasquier, le dormeur ! »

Je me levai, croisai les bras et répondis de la façon la plus naturelle du monde : « Un havre... Un havre... C'est l'endroit où il y a le notaire... » La classe bourdonnait, moqueuse. M. Joliclerc ouvrit sa bouche à chicots et leva des bras étonnés. Puis il me mit un mauvais point, pour le principe, sans colère, car il savait que les enfants, même petits, apportent de chez eux toutes sortes de soucis cachés que l'on peut respecter, bien sûr, sans chercher à les comprendre.

Je me rassis, tout penaud. Le soleil, filtrant par la fente des rideaux de toile et se brisant sur le livre du maître, éclairait noblement son visage et sa barbe grisonnante à travers les poils de laquelle on apercevait la cravate. Je cuvais ma honte en suçant un petit bout de crayon d'ardoise. – Il suffit que j'y pense pour que m'en revienne le goût. – La leçon se poursuivait dans un ronronnement assoupi que troublaient parfois la chute et le roulement d'une bille – cinq mauvais points ! – ou les appels d'un impatient qui sollicitait en claquant des doigts l'autorisation de descendre quelques instants dans la cour.

Le soleil tournait. On ouvrait grandes les fenêtres. J'apercevais le haut des arbres à la frondaison prisonnière et, de l'autre côté, les maisons de la rue de l'Ouest, toutes pouilleuses ainsi, par derrière. Une femme, près de sa fenêtre, ravaudait des nippes, interminablement. Elle avait d'énormes bras roses. Mon voisin de pupitre, un garçon de neuf ans, souffrait d'un furoncle au menton. Il souffrait en silence, avec résignation, comme j'ai vu souffrir, plus tard, les hommes simples, à la guerre.

Parfois, un petit garçon s'étirait avec bruit et regardait d'un œil stupéfait les enfants, le tableau, les murailles, ce monde incompréhensible. Et parfois toute la classe, désembourbée, saisie par le démon, se prenait à jacasser, à ruer dans les pupitres, à frapper sur les tables, à barboter dans les encriers de plomb au rebord corrodé. M. Joliclerc tonnait, lourdement, orage contre orage.

Nous revenions, côte à côte, Désiré Wasselin et moi. En passant devant la loge de la concierge, il me disait, avec une paisible sollicitude : « On va regarder sur la table de madame Tesson. Quelquefois qu'elle serait arrivée, votre lettre du Havre. » Comble de confiance affectueuse, j'avais mis Désiré dans notre grand secret. En montant l'escalier, il me demandait parfois ce que nous ferions de l'argent. Il commençait de rêver avec nous, âme fraternelle. Il ajoutait, s'arrêtant au bord d'une marche : « Chez nous, il n'y a pas d'histoire du Havre, pas d'héritage, rien, rien que ce que gagne papa. Et il a bien du mal. » Si petit que je fusse alors, j'étais touché d'émotion : Désiré, battu, méprisé, injurié chaque jour, adorait ce père horrible.

Les leçons et les devoirs rampaient sur la soirée. Quand papa revenait à temps, il nous aidait pertinemment mais avec impatience. Il ne nous tolérait ni légèreté ni lenteur. Et c'étaient des « pantoufles ! » et des « savates ! » à n'en plus finir.

Au milieu d'un commentaire paternel, le clan Wasselin entrait soudain en convulsion. La maison en tremblait de toute son ossature. Le sacristain-histrion se justifiait toujours : « Je vais quitter ces *Comptoirs du Mont Parnasse* et tous ces imbéciles. Je veux bien qu'on me dise que je suis distrait ; mais quand on me dit que je fais des malhonnêtetés, ça me met en colère. Je tiens plus à l'honneur qu'à la vie. Sortez d'ici, enfant déchu ! Ce que je dis ne vous regarde pas. »

Nous restions béants, la plume aux lèvres, l'attention déviée, écoutant malgré nous ces misères. Papa fronçait le sourcil. Quand il était de sang-froid, il jugeait le courroux des autres absurde et scandaleux. Nous avions, maman surtout, grand'peur de le voir intervenir, ce dont il ne se privait guère en maintes circonstances, comme je le dirai bientôt. Encore qu'il fût aussi peu moraliste que possible, il tâchait parfois à tirer une leçon de ces algarades Wasselin : « De telles vulgarités disparaîtront quand les hommes seront plus instruits. La cause de toute cette bassesse, croyez-moi, c'est l'ignorance. Donc, travaillez, travaillez. Les hommes se disputeront moins quand ils sauront tout ce qu'il faut savoir. »

— Mais, papa, dit un jour Joseph, monsieur Wasselin n'est pas un ignorant, je t'assure. Il est même très instruit. Il a son baccalauréat et encore un autre diplôme.

Papa fit, de la tête, un mouvement mécontent et il ne répondit rien. Cette remarque l'offensait. C'était vraiment un homme du dix-neuvième siècle, de ce siècle qui n'a pas voulu douter du savoir souverain, de ce siècle qui a fait la sourde oreille aux avertissements de Schopenhauer et s'est plu tenacement à confondre science et sagesse.

Nous eûmes, cet été-là, vers la fin de la période scolaire, nous eûmes, à la maison, une visite imprévue, celle de la tante Anna.

Tante Anna ? C'est « madame Troussereau » que je devrais dire, c'est « madame Troussereau » que nous avons toujours dit, à l'exemple de maman. Il ne saurait, avec cette épouse extasiée que fut ma mère, il ne saurait être question de représailles ;

pourtant elle répliquait à certaines manies de mon père par des manies réciproques. Papa disait « madame Delahaie, monsieur Delahaie ». Même rétrospectivement, même à titre historique, il n'aurait, pour rien au monde, consenti à donner de l'oncle ou de la tante à cette gent détestée, à ces grippe-sous, à ces paltoquets. Je dois dire que jamais, parlant de notre tante Anna, maman n'a dit « ma belle-sœur ». Elle prononçait toujours, pinçant imperceptiblement les lèvres : « madame Troussereau » ou « madame veuve Troussereau ». Elle n'aimait pas davantage notre oncle Léopold et l'appelait « l'homme au piston », parce qu'il avait été quelque chose comme chef de fanfare à Nesles-la-Vallée. Papa ne se montrait guère sensible à ce timide talion : les histoires de sa parentèle ne le tourmentaient pas trop.

Nous eûmes donc, un beau jour, la visite de tante Anna, veuve Troussereau. Je la trouvai sur le palier comme je rentrais de l'école. C'était une dame excessivement grosse, au visage couperosé, non pas diffluent, comme le reste de sa personne, mais dur et couvert de plis serrés. Je ne pouvais la reconnaître, car je ne l'avais presque jamais vue. Elle se nomma, me tendit la joue sans parvenir à s'incliner suffisamment, sonna, pénétra devant moi dans la maison. Ma mère lui fit un accueil décent. La tante prit une chaise mais n'enleva pas ses mitaines. Une conversation s'engagea dont je ne compris pas toutes les finesses, mal rompu que j'étais alors à la diplomatie familiale et à sa dialectique.

Maman se levait parfois pour vaquer aux soins de la cuisine. Pendant que nous étions seuls, tante Anna s'approcha de moi et fit un sourire à plis.

— Qu'est-ce que tu manges là ? dit-elle. Du chocolat ! Tiens, tiens ! Vous ne vous privez de rien. Montre-moi ta tablette.

Je lui tendis ma tablette. Elle la cassa net en deux et, furtivement, avec une expression d'une gourmandise incroyable, elle en goba le plus gros bout. Comme maman tardait à venir, la tante bâilla, montrant l'intérieur d'une bouche toute noire de mon chocolat.

— Alors, me dit-elle, tu aimes aussi les confitures, mon petit chat ?

Je répondis un « oui » naïf, pensant que, de tous ses jupons et jupes, la tante allait faire surgir enfin quelque friandise cachée.

— Ah ! reprit-elle avec un sourire verdoyant. Tu aimes les confitures, mon petit ami. Eh bien ! quand tu en auras, tu en mangeras.

Là-dessus, chance imprévue, papa fit son entrée. Du bout des lèvres, il baisa la joue fripée de sa sœur. Il avait l'air poli, distrait :

— Alors, souffla Mme Troussereau, vous avez fait votre héritage ?

— Mais non, disait maman. Rien que des meubles, pour l'instant. L'argent viendra plus tard.

La tante fit une moue et mit un lorgnon sur son nez qui était bref et fort impropre à cet usage.

— Des meubles ? reprit-elle. Ceux qui sont ici ? Oui, oui, je vois ce que c'est.

Elle se prit à regarder toutes choses autour de nous. Elle disait, de temps en temps : « C'est assez gentil... Oui... Ce n'est pas si mal... » Mais toute la gymnastique de ses rides signifiait : « Peuh... on me les donnerait, vos meubles, que je n'en voudrais pour rien au monde. »

Ainsi la tante, parfaitement à son aise, passait la maison en revue. Elle avait l'air d'un juge, d'un expert dédaigneux. Papa souriait jaune. Maman, les lèvres pincées, affectait la plus parfaite politesse.

— Je n'ai pas de conseil à vous donner, ma petite Lucie, disait Mme Troussereau ; mais avec votre façon de ranger votre armoire, je me demande comment vous pouvez vous y retrouver.

Maman blêmissait doucement, car elle avait, juste, toutes sortes d'idées héréditaires sur la façon de ranger les armoires. Les Delahaie et les Pasquier se mesuraient du regard.

— Offre quelque chose à tante Anna, dit papa pour couper court.

La tante accepta du thé et prit quatre morceaux de sucre. Elle était, au su de l'univers, une héroïne de l'épargne ; mais pas chez les autres. Elle buvait donc et sifflait :

— Je ne sais pas ce que vous mettez là-dedans : votre thé a un drôle de goût. Ça tient peut-être à votre eau ou même à votre casserole. Ça ne fait rien, c'est buvable.

Elle dit en partant :

— Tiens-moi donc au courant, Étienne. Ah ! je vois, au visage de ta femme, que, chez toi, on dit Raymond. Comme vous voudrez, mes enfants. Allons, adieu ! Et tiens-moi au courant.

La porte fermée, papa leva les épaules.

— Au courant ? Au courant de quoi ?

Mais maman partait à rire. Elle avait l'air transportée. Elle tomba sur une chaise : le rire la secouait toute et lui tirait des larmes.

— Au courant de quoi ? Vraiment, mon pauvre Raymond, tu n'as donc rien deviné ? Quand il s'agit de ta famille tu es naïf, naïf. Tiens, je ne suis pas superstitieuse, mais, ce soir, je suis plus contente que je ne saurais le dire. Rien que cette visite de madame Troussereau me ferait croire que nous allons bientôt le toucher, l'argent du Havre. Oh ! Je la connais, Ram : elle a senti l'argent.

Chapitre IX

Guerre de rues. Courage de Désiré Wasselin. Colères de mon père. Croisade pour les bonnes manières. Esthétique, hygiène et morale. La colère considérée comme un des Beaux-Arts. La parole et l'acte. Valeur balistique des lentilles.

Les dernières semaines d'école s'abîmèrent dans la somnolence et l'anarchie. M. Joliclerc, exténué, s'endormait au gouvernail. Parfois, il se réveillait pour nous lire une histoire, et la classe retrouvait une âme. Le reste du temps, cinquante cervelles ingénues divaguaient à propos des grands événements qui se déroulaient dans le quartier. Une guerre avait éclaté, fort cruelle, entre notre école et l'école de la rue de l'Ouest. Échappées à la surveillance des moniteurs, les cohortes s'affrontaient dans des venelles presque désertes comme la rue du Texel ou la rue du Moulin-de-beurre, que l'on était en train de repaver et qui fournissaient, de ce fait, cachettes et munitions aux redoutables porteurs de lance-pierres.

Sous la sauvegarde presque paternelle de mon cher Désiré, j'affrontais impunément toutes les embuscades et traversais les lignes de combat sans coup férir. Désiré Wasselin avait reçu de la nature le plus grand don qu'un homme en puisse attendre : le vrai courage, froid, fidèle, sans colère et sans haine. Je dis bien le plus grand présent... Les sociétés modernes, tout enivrées qu'elles sont de je ne sais quelle division dérisoire des besognes et des vertus, laissent croire à la plupart des hommes qu'ils peuvent se reposer du courage sur tels spécialistes stipendiés à cet effet ; puis, saisies de brusques démences, les mêmes sociétés demandent à l'homme dépourvu quelque effrayante contribution de bravoure et de sacrifice. Et j'ai bien dit aussi, parlant de mon Désiré : le vrai courage, sans colère et sans haine, celui qui, pour s'ébranler, n'attend pas le coup de fouet venimeux de la frénésie, celui qui jamais ne ressemble à la peur, car courage n'est pas rage.

La vaillance a bien des visages : Désiré le fort, Désiré le résolu tremblait pour peu que retentît la voix de son père et c'est, je pense, qu'il aimait ce personnage mal aimable.

J'admirais donc le cher Désiré, je me confiais à son bras, je m'en remettais à lui de toutes vertus protectrices et, quand il vint à me manquer, je dus faire, douloureusement, l'apprentissage de certaine adversité, me forger, petit à petit, une carapace et des pinces.

Sous l'aile de Désiré, je rêvais au chaud et à l'aise, je me racontais sans fin ces histoires de l'enfance, fruits duveteux et légers d'une imagination neuve. La plupart de ces histoires avaient trait à la vie et à la mort des fameuses tantes de Lima.

On ne peut dire que les nouvelles de Lima tardaient à venir puisque le temps prévu n'était point encore écoulé, mais l'impatience de notre famille croissait d'heure en heure, à l'approche du succès, de la délivrance. Aux débauches mythiques, aux épanchements de songeries et de projets commençaient à se mêler quelques accès d'humeur. C'est, bien sûr, à papa que je pense, papa seul que je mets en cause, car ses colères ont été l'un des grands soucis de mon enfance.

Elles étaient de plusieurs sortes, mais éclataient de préférence, quels que fussent leur objet et leur caractère, les jours où mon père se trouvait indisposé, déçu, pressé de travail ou de tracas.

Il me faut d'abord dire un mot de phénomènes bénins qui n'étaient pas de vraies colères et qui même, parfois, ne manquaient pas de gaîté, mais pouvaient toujours fournir un principe à la colère parfaite, telle une petite amorce enflamme toute une fougasse.

Je l'ai dit, mon père était, les bons jours, souriant, froid, dédaigneux. Il caressait d'un geste élégant ses belles moustaches flambantes. Il considérait le monde avec une indifférence souverainement philosophique. Il avait de grandes pensées, de grands desseins, une lourde tâche. De quels prix, de quel souci lui pouvait être, je vous le demande, l'agitation de ces fantoches dont il paraît que notre vain monde est peuplé ? C'était là l'état normal et force m'est de reconnaître que normal ne veut aucunement dire « le plus fréquent ». C'est bien dommage, d'ailleurs, car pour mystérieux et distant qu'il me parût en cet état, mon père était alors une divinité courtoise.

Malheureusement, le philosophe descendait parfois de sa colonne et toujours à la poussée de motifs pertinents, indiscutables. Mon père, par exemple, ne pouvait souffrir la laideur. Le spectacle du ridicule, chez les autres, le trouvait intolérant. La réaction était franche, immédiate, peu prévisible. Nous étions dans l'omnibus, un monsieur d'un certain âge, peut-être même décoré de la Légion d'honneur, ce qui, en ce temps-là, représentait presque un signe particulier, se mettait à bâiller, à rebâiller. Mon père, sortant de la réserve, prenait alors la parole. L'attaque, en général, était directe. « Allons, Monsieur, disait-il d'une voix en même temps suave et sifflante, vous n'avez donc pas honte de nous montrer tout ce que vous avez dans la bouche ? » Cette simple question produisait le plus grand effet. Toutes conversations suspendues, l'omnibus, haletant, attendait la suite avec, en même temps, l'espoir et la frayeur d'un scandale. Le bâilleur, stupéfait, bredouillait parfois une excuse, parfois, épouvanté, se levait en hâte, tirait la ficelle et quittait la voiture. Parfois, il protestait avec aigreur, avec noblesse, avec tristesse, avec indignation. Maman saisissait notre père par le bras et gémissait, pleine d'angoisse : « Raymond, Raymond, pour l'amour de Dieu ! » Mon père, d'un geste calme et résolu, écartait cette prière amollissante. Allait-on l'empêcher d'accomplir son devoir, de confesser, de prêcher l'évangile du bon usage ? Il promenait sur l'assistance un regard froid et luisant. Il souriait et prononçait avec une force glaciale : « Quand on est affligé de cette affreuse manie, Monsieur, on prend un fiacre... » La température morale de l'omnibus montait brusquement au plus haut. Les droits et les devoirs de l'individu dans le sein de la société, voilà ce qui se trouvait en débat, et rien de moins. Nous autres, les enfants, nous attendions la catastrophe et feignions, mais en vain, de ne pas connaître l'extravagant défenseur des bonnes manières. En général, tout s'arrangeait : le bâilleur lâchait pied, faisait place nette. Parfois, nous descendions nous-mêmes. Encore dois-je dire qu'à l'occasion mon père nous contraignait à dépasser notre but pour ne point donner à croire qu'il se dérobait et quittait la partie.

Il arrivait aussi que mon père, faute de conviction ou d'élan, n'attaquât pas franchement. Il laissait alors paraître tous les signes de ce que l'on pourrait appeler l'agitation préalable. Il haussait les épaules, hochait la tête, multipliait les « hum ! » et les soupirs. Maman, sentant venir la crise, entrait en agonie et cherchait en vain des diversions. Puis papa, sans encore élever la voix, exprimait le plus clair de sa pensée par quelque mouvement non douteux. À l'homme qui menaçait de s'assoupir, il dédiait un mouvement charitable de la main, comme pour le remettre d'aplomb. Au gaillard qui s'introduisait les doigts dans le nez, il proposait ce geste qui accompagne en général les expressions comme « à bas les pattes ! » À la personne qui se grattait sans vergogne, il avait l'air d'offrir gracieusement assistance. Sous-entendu : « Voulez-vous que je vous aide ? » Et, tout cela, sans la moindre trivialité, bien entendu, puisque le chevalier bataillait pour l'élégance et la bonne tenue.

Mon père ne pouvait supporter les grimaces, ni chez nous, ni chez les étrangers. Rencontrions-nous dans la rue un passant qui regardait le ciel en clignant de l'œil et en montrant les dents, papa lui disait tout net son sentiment sur cette pratique : « Pas de singeries, Monsieur ! Ou vous vieillirez avant l'heure. » Il avait une profonde horreur des tics et ne se retenait jamais de la manifester, surtout dans les endroits publics, sans pitié pour le tiqueur, et en s'efforçant même de rallier à ses critiques tout le reste de l'assistance. Il considérait avec un dégoût non dissimulé certaines disgrâces physiques et ne dédaignait pas de donner des conseils. Comme il était fort bien chevelu, par exemple, il morigénait les chauves, surtout quand ils avaient l'impudeur – le mot est de mon père – de ne pas mettre leur chapeau. « Allons, couvrez-vous, Monsieur ! Est-ce que je montre mes genoux ? »

Rencontrions-nous un quidam d'une laideur excessive, papa levait les yeux au ciel et criait : « Il faut être beau ! Je ne comprends pas… Pourquoi me tires-tu par la manche, Lucie ? Je te répète qu'il n'est pas permis d'être laid comme certaines personnes que je préfère ne pas désigner plus clairement. »

Ces préoccupations esthétiques étaient parfois supplantées par des considérations d'hygiène. Mon père n'a jamais imaginé qu'il pût n'avoir point raison. C'est une chose à laquelle je pense quand il m'arrive d'être sûr, un peu trop sûr, de mon sentiment ou de mon droit. Papa ne pouvait souffrir qu'une femme portât un enfant de manière défectueuse. Il éclatait, pas d'autre mot. « Mais non, Madame ! on ne laisse pas pendre ainsi la tête d'un nourrisson. Vous en ferez un idiot ou un estropié, de ce petit. » La dame s'avisait-elle de protester, elle ou quelqu'un de sa séquelle, papa devenait péremptoire. « Pas d'explication. Je sais ce que c'est que les enfants, Madame, j'en ai eu six. » Je l'ai vu saisir l'enfant et lui donner en grondant une position convenable. Il s'enflammait alors : « Je vais vous le porter jusqu'à votre maison. J'aime encore mieux ça. Vraiment, on n'a pas idée de pareils maladroits ! » Et il s'en allait, effectivement, le marmot sur les bras.

Il y avait alors, en cet homme extraordinaire, du redresseur de torts et même, chose inimaginable quand on songe à la suite de son existence, du censeur et du moraliste. Je voudrais insister sur le petit mot « alors » : comme tout ce qui est de la vie, les caractères se transforment.

Mon père ne détestait pas les démonstrations à grand spectacle et publiait sans hésiter sa doctrine et ses raisons. Un soir, à la suite d'un accès de rêverie familiale, père décida de nous emmener au théâtre et, naturellement, nous allâmes au plus près, c'est-à-dire à ce petit théâtre Montparnasse qui, je crois, existe toujours et auquel je ne peux penser sans un léger mouvement d'angoisse. On y jouait une pièce dont je ne saurais dire ni le sujet, ni le titre, ni l'auteur, ni quoi que ce soit, sinon qu'à certain moment une femme coiffée « en casque », les mains dans les poches d'un tablier noir, venait pousser des lamentations sur le sort d'un monsieur qu'on avait mis en prison. La salle était tout échauffée par les globes laiteux des becs de gaz et par le souffle d'une grosse foule populaire. Soudain, je vis papa fouiller dans sa poche et sortir son trousseau de clefs. Ce devait être un geste connu de ma mère, car elle devint verte et se prit à trembler. « Ram… pour l'amour de Dieu ! » Mon père avait enfin trouvé la clef creuse qui lui paraissait convenable. Il la mit à ses lèvres et commença de siffler. Un sifflet strident, discordant, opiniâtre. L'actrice s'arrêtait, saisie. En une seconde, la salle entière fut debout. Papa s'était dressé de même, la moustache hérissée, pâle mais encore souriant. « Je ne comprends pas, dit-il dans un soudain silence, je ne comprends pas qu'un théâtre honorable joue de pareilles ordures ! » Il y eut des rafales de cris et, bientôt, de hurlements. « Va-t'en ! » clamaient les galeries. Et même : « On va te sortir ! » Père saisit des deux mains la rampe à velours grenat. « J'ai payé ma place, dit-il. Je m'en irai quand il me plaira. »

Il se rassit dans la tempête. Nous ne partîmes qu'à l'entr'acte. Chose étonnante, l'algarade n'eut aucune complication au moment de notre sortie. Avec des mots et de la fermeté on tient beaucoup de gens en respect. Papa répétait, tout haut, pendant que nous traversions les groupes : « Je ne comprends pas… » Oh ! c'est qu'il était peu tendre pour ce qu'il ne comprenait pas !

Je ne sais pas s'il faut, toutefois, donner le nom de colères à ces manifestations publiques et véhémentes de certaines manières de voir. Dans le même ordre de faits, il me faudra sans doute raconter, le temps venu, cette altercation terrible qui nous fit quitter la rue Vandamme et que, dans mon jargon personnel, j'appelle encore « la colère au propriétaire », comme on dit « la sérénade à Marguerite » ou « la Sonate à Kreutzer ».

Ces comparaisons musicales ne sont pas hors de propos. Mon père, dans ses emportements, avait quelque chose d'un artiste. Il perdait rarement le contrôle de son personnage. Il semblait se gargariser de sa voix, de sa maîtrise. Il s'écoutait, c'est bien le mot, et je l'en ai vu sourire, même au plus fort du mouvement. Il ressemblait à ces ténors qui s'essayent dans leur grand air et se demandent, en regardant le public, si ça vaut vraiment la peine de risquer l'ut de poitrine. Je ne saurais dire quelles étaient, dans ses éclats, les proportions de vrai courroux, de sport, de curiosité, d'expérimentation et, sans doute aussi, d'habitude. Papa pouvait rester de longs mois sans colère, tels ces virtuoses qui, pressés de soucis accessoires, demeurent toute une saison sans toucher à leur instrument. Ce qui m'a toujours frappé, c'est la brusque chute du phénomène. Telle une bulle de savon – oh ! une bulle bien sonore – la colère s'évanouissait soudain. L'homme terrible se prenait à sourire. Cinq minutes plus tard, il n'y pensait plus. Il ne nous gardait pas rancune de ses magnifiques désordres. Il s'étonnait de nous voir pâles et tremblants. Il était, de nouveau, maître de ses nerfs et, tout aussitôt, galant, gracieux, serviable. Il tirait sur ses longues moustaches et commençait de nous dépeindre l'avenir, cet avenir dont il n'a cessé de parler, jusque sur le seuil de la tombe.

Pendant ce fameux été, papa fit donc plusieurs colères démonstratives, exemplaires, et toutes à propos de l'affaire du Havre. Il avait, les premiers temps, ne voulant pas écrire lui-même, dicté des lettres à maman. Le notaire, au début, répondit de brefs billets recommandant la patience. Puis il se lassa de répondre et ce fut le silence complet.

C'est à propos de ce silence que papa commença de faire des « gammes ». Il disait, l'air glacé, mais le poil raide, l'œil décoloré :

— Je vais y aller moi-même.

— Où donc ? haletait maman.

— Poser des questions au notaire.

— Ram, tu ne feras pas ça. Je te connais, Ram. Ce serait épouvantable.

Sur ces mots, papa faisait « hum ! hum ! » et il dédiait à la corporation des notaires en général et à celui du Havre en particulier une de ses plus riches vocalises.

Chose étonnante, lui qui se montrait si profondément choqué par les chamailles des Wasselin, il ne pouvait admettre qu'une colère est une colère, un cri un cri. Il n'aurait souffert aucune comparaison entre ses brillants solos et le triste chœur des voisins. On l'aurait sans doute offensé en lui dépeignant les Wasselin stupéfaits, la bouche ouverte, écoutant M. Pasquier en train de donner de la voix. Il était beaucoup trop sûr du bien-fondé de son courroux, du caractère sacré de sa cause. Il criait :

— De l'argent ? De l'argent ? Oui, je veux de l'argent. Et pourquoi ? Pour continuer à m'instruire, pour m'élever au-dessus de moi-même, pour devenir un homme supérieur, montrer ce que j'ai dans le sang. Et tout le monde se met en travers de ma route, même cet imbécile du Havre !

— Ne crie pas si fort, Raymond. Si quelqu'un t'entendait et l'écrivait au Havre, ça n'arrangerait pas nos affaires.

— Je l'écrirai bien moi-même.

— Raymond, je t'en supplie !

La voix du chanteur atteignait le registre extrême. Plus rien à faire de ce côté ; il fallait, pour le soulagement, se réfugier dans l'acte. Papa cherchait, d'un œil pâli, presque blanc, un objet friable et qui, quand même, ne fût pas exceptionnellement coûteux. Un jour, comme nous étions à table, il saisit le plat qui était, comme on l'a deviné sans doute, un grand plat plein de lentilles.

— Raymond ! gémit maman. Le déjeuner des enfants.

— Ils mangeront autre chose, dit fermement l'homme superbe. Et, d'un geste très adroit, il jeta le plat par la fenêtre ouverte.

Nous habitions au cinquième. La fenêtre donnait sur l'impasse. Il y eut un moment de stupeur, puis on entendit un cri.

— Oh ! Raymond, tu as tué quelqu'un, dit mère avec douleur.

Papa était très pâle. Mais, déjà, Joseph, à plat ventre sur le balcon, inspectait les régions inférieures.

— Il n'y a rien, murmura-t-il. C'est madame Tesson qui a eu peur et qui a poussé ce cri : elle était sur le pas de la porte.

Papa se calmait, brusquement. Maman bégayait encore :

— Raymond ! Pour l'amour de Dieu !

CHAPITRE X

Observations incidentes sur le sentiment religieux. Entretien sur l'enfer. Mlle Bailleul chez les infidèles. Débuts de mon cher Désiré dans la foi. Un vœu. Autres nocturnes.

À vrai dire, l'amour de Dieu, cet amour auquel maman faisait de si fréquentes invocations, ne tenait plus, dans ce cœur surchargé de soins, une place bien évidente.

Les Delahaie de Paris avaient élevé maman dans la religion catholique. Pour autant que je le sache, ils étaient d'une très honnête et probablement très loyale piété. Ma mère, au moment de son mariage, accomplissait encore avec élan toutes les pratiques du culte et, pendant ma petite enfance, je l'ai vue souvent prier de façon d'autant plus pressante que les tourments ne lui faisaient pas défaut. Par la suite, elle cessa de prier et de fréquenter l'église, sauf dans les occasions solennelles, mariages, fêtes funèbres, où le rite religieux reprend si naturellement son prestige et ses vertus. Je peux presque affirmer que cette désaffection n'eut aucun fondement philosophique : il faut, pour philosopher, des loisirs et de l'exercice. J'ajoute que les malheurs et les deuils d'une existence fort traversée ne suffiraient pas à donner le sens de ce revirement : l'excès de misère et la déception tiennent somme toute un petit rang parmi les causes d'incroyance. C'est la position morale de mon père qui suffit à tout éclaircir. Je me hâte d'ajouter que si mon père avait fait montre d'une irréligion agressive, il eût beaucoup moins sûrement gagné sa compagne, peut-être même aurait-il déchaîné des ardeurs prosélytiques, un désir non de salut mais bien plutôt de sauvetage, quelque chose, si je peux ainsi parler, comme un fanatisme de terre-neuve.

Mais non, mon père marquait, pour les choses de la foi, cette indifférence polie, cet assentiment extérieur que l'on doit considérer, bien plus que les fureurs anticléricales, comme un présage alarmant dans l'histoire d'une religion.

Mon père a fait baptiser ses enfants et les a laissés communier. Il s'est marié, bénévolement, à l'église et son cadavre a, plus tard, traversé l'église, encore, avant de descendre en terre. C'est tout, absolument tout. Pures conventions mondaines. Mon père est demeuré, j'en suis sûr, étranger au grand drame de conscience qui a bouleversé tant d'âmes et enfanté notre monde convulsionnaire. Je suis même tenté de croire que mon père n'a connu ni l'une ni l'autre des deux grandes crises métaphysiques dont tant d'hommes sont saisis, une première fois quand leur est conférée la puissance mystérieuse de créer de la vie, une seconde fois quand cette même puissance commence à se retirer de leurs flancs.

Mon père a donc vécu sans Dieu. Cette remarque n'est pas un jugement. J'ai, moi aussi, vécu sans Dieu, mais non de la même manière et pour des raisons et dans telles circonstances que je remets d'expliquer à plus tard. Je dois faire, du phénomène, une mention, même sommaire. On ne saurait le méconnaître quand on songe au monde moderne.

Environ le temps que nous débutions rue Vandamme, j'entendis ma mère dire à Mlle Bailleul : « Si Raymond va en enfer… oh ! croyez bien, Mademoiselle, qu'il ne fait rien de répréhensible, seulement il ne pratique pas du tout, et je pense que c'est assez grave. Eh bien ! si Raymond va en enfer, j'aime encore mieux aller avec lui que de monter dans ce ciel où je serais toute seule. Pensez, Mademoiselle : toute seule. »

Mlle Bailleul secouait la tête avec désespoir et se lançait dans des explications non pas sentimentales, mais bien techniques. Elle avait, sur l'enfer, des vues médiévales et des renseignements d'une précision hallucinante. Mère hochait les épaules avec politesse, mais n'écoutait pas, déjà rendue à ses inquiétudes, à ses supputations, à ses projets.

— Les volcans eux-mêmes, disait Mlle Bailleul, sont une preuve effrayante de l'enfer. Et le soufre que les volcans vomissent parfois, c'est exactement celui dans lequel les damnés sont plongés par le diable. Du soufre en fusion, bien entendu.

Maman relevait la tête, ajustait des lunettes pour enfiler son aiguille, aspirait l'air entre ses incisives et formulait une remarque telle :

— Si je mourais maintenant, bien sûr, ils auraient tout de suite l'argent…

— Qui ? demandait Mlle Bailleul désarçonnée. Les damnés ? Mais il n'y a plus d'argent en enfer. Si, je veux dire qu'il y en a encore, mais seulement pour donner aux avaricieux le supplice de la tentation.

— Je ne parlais pas de vos damnés, murmurait maman avec une expression d'horreur. Je parlais de mon mari et de mes enfants. Si je mourais maintenant, ils auraient tout de suite l'argent des titres qu'on ne peut vendre qu'après ma mort. Sans compter l'autre, celui que nous espérons, celui de mes sœurs de Lima. Enfin, ils en auraient tout de suite. Mais qu'est-ce qu'ils feraient, mon Dieu ! si je mourais maintenant ! Et je ne parle pas des pauvres petits, je pense même à mon Raymond. Il a l'air, comme ça, jeune et fort. Et, depuis sa grande maladie, il est fragile, très fragile. Si je n'étais pas là pour lui frictionner le dos, il mourrait, Mademoiselle, il ne serait pas long à mourir.

Mlle Bailleul, non pas émue mais déroutée, renonçait à ses peintures de l'enfer et regardait à droite et à gauche d'un air inquiet.

— Où sont les enfants ? demandait-elle.

Mlle Bailleul ne se détachait pas de ses brebis. Depuis notre emménagement rue Vandamme, elle nous rendait de fréquentes visites. Elle s'occupait de Ferdinand qui s'allait préparer pour la première communion. Bien que je fusse encore jeune, elle me couvait déjà, car j'avais passé l'âge dit de raison.

Elle me donnait, au vol, mille clartés sur le catéchisme. Le mot de clarté n'est pas trop fort : Mlle Bailleul jouissait d'une foi lumineuse et simplificatrice. Un jour, elle me trouva jouant avec Désiré Wasselin.

— Vous êtes l'ami de Laurent ? lui dit-elle.

— Oui, Mademoiselle.

— Vous êtes baptisé, bien sûr ? Et catholique, j'espère ?

Désiré fit « oui », de la tête.

— Quand avez-vous fait votre communion ? Vous êtes un grand garçon déjà.

Désiré baissa le nez et finit par avouer qu'il n'avait pas encore fait sa communion, que ses parents avaient trop de soucis, que ce n'était pas leur faute… Mlle Bailleul écoutait, l'œil étincelant, les lèvres baignées de salive, ravie à la pensée de cette brebis découverte, de cette douce proie céleste. Elle fit, sur l'heure, une visite aux Wasselin. C'était le soir, M. Wasselin, en pantoufles, reçut la missionnaire. Demeurés sur le palier, devant la porte ouverte, tous deux, le futur catéchumène et moi, nous surprenions des bribes de l'entretien.

— Un pauvre d'esprit ! excellente Mademoiselle, modulait le père douloureux. Un pauvre d'esprit, un enfant déchu. C'est dire que le royaume des cieux… Vous connaissez la chanson beaucoup mieux que moi. Ça ne fait rien, si vous pensez que ça peut lui faire une belle jambe… Non, pardon, Mademoiselle, je dis ça, mais je pense à son âme… Vous dites, Mademoiselle, tous les frais… je vous prie de croire que je ne suis pas hors d'état de subvenir aux besoins de ma progéniture, même à ses besoins spirituels. Enfin, nous acceptons, pour les frais, sauf, bien entendu, pour le repas de communion… Je vous demande bien pardon, Mademoiselle : pour le repas, je n'ai besoin de personne et je connais mon devoir. Il est bien entendu, Mademoiselle, que vous nous ferez l'honneur et l'amitié d'assister à cette agape… Plaît-il ? Non. Rien. Prrrt.

Même assourdi, même vaporeux, le « cri de guerre » pouvait épouvanter la visiteuse angélique. Il n'en fut rien. Mlle Bailleul tint bon, fixa des rendez-vous, des jours, des heures, arrêta toutes sortes de dispositions.

— Je prendrai Désiré, dit-elle au moment de partir, en même temps que le petit Laurent Pasquier. Ils sont amis, c'est une chose excellente.

Mlle Bailleul, sans plus tarder, commença de nous donner les éléments de l'instruction religieuse. Mon cher Désiré fut tout de suite conquis. Le mauvais élève de la rue Desprez promit, dès le premier jour, d'être un aigle du catéchisme.

À quelque temps de là, comme nous devisions paisiblement sur le balcon, dans la fumée des trains, par une soirée de l'été finissant, Désiré se lança dans une confidence obscure.

— J'ai fait un vœu, Laurent.

— Qu'est-ce que c'est qu'un vœu ?

— C'est une chose que l'on promet, oui, une promesse, une promesse terrible et qu'il faut absolument tenir.

J'écoutais, l'œil grand ouvert. Je ne comprenais pas fort bien. Désiré Wasselin était mon aîné de trois ans. Il connaissait beaucoup plus de mots et plus d'idées que moi.

— Quelle promesse as-tu faite ? dis-je enfin.

— J'ai fait un vœu, oui. Si papa…

Désiré s'arrêtait, l'air réticent.

— Je ne peux pas t'expliquer ça. Tu es trop petit. Et puis, c'est mon secret, à moi seul. Si papa… devient… enfin, s'il fait certaines choses que je ne peux pas te dire, eh bien ! pour remercier le bon Dieu, je deviendrai prêtre. Tu comprends, Laurent ?

J'étais abasourdi, mais frappé d'admiration par la grandeur du dessein.

— Mais, dis-je enfin, si ton papa… s'il ne veut pas faire les choses que tu penses…

— Eh bien ! je ne serai pas prêtre.

— Que feras-tu, Désiré ?

— Rien. Je ne sais pas. J'aime mieux ne pas y penser. Je l'ai dit, l'été finissait. Nous l'avions passé sur le balcon, sur le palier et, furtivement, dans les rues de notre quartier. L'été s'achevait. De nouvelles du Havre, point.

— Évidemment, disait papa, je peux renoncer. Cleiss m'a proposé des travaux qui suffiraient à faire bouillir la marmite, mais qui me prendraient tout mon temps. Or je passe en mars mes premiers examens. Renoncer serait une folie, je ne veux pas renoncer. Je… ne… veux… pas. En attendant, si la lettre du notaire n'arrive pas, je vais accepter une partie des travaux dont m'a parlé Cleiss, des choses à faire la nuit.

Papa revenait, le soir, avec toutes sortes de gros livres et j'étais de nouveau réveillé vers le petit matin par les soupirs qu'il poussait en se brûlant la main pour s'empêcher de dormir.

Maman cousait, lavait, reprisait. Parfois, l'œil large ouvert, les lèvres écartées montrant sa denture qu'elle avait blanche et saine, le petit doigt séparé du reste de la main tirant l'aiguille, elle écoutait des choses que nous ne pouvions percevoir. Oh ! des choses familières : le chantonnement du gaz sous la marmite, la fuite susurrante du robinet, sur l'évier, peut-être même le bruit vivant du temps qui coule, du loyer qui grignote comme un rat, minute à minute, les maigres réserves, la plainte imperceptible des souliers qui s'usent, la rumination des petites bouches qui veulent de la nourriture, l'appel de l'impôt, à l'affût. Et que sais-je encore ? Est-ce que l'on ne peut pas entendre quand on tend une fine oreille, tous les soupirs de la vie qui s'en va, de l'argent qui s'évanouit, de la pensée qui bat de l'aile et s'épuise.

Parfois, maman disait :

— Sûrement, ça va venir. Nous en avons trop besoin. Ça ne peut plus ne pas venir.

Dès ce temps, elle ne priait plus de façon rituelle. À mi-voix, elle marmonnait des invocations étranges : « Mon Dieu, que faire ? Les examens de Raymond, toutes les études, je sais que c'est sacré, je sais que c'est pour notre bien. Mais en attendant ça va devenir difficile. Et cette lettre de Lima qui n'arrive pas. Et mes pauvres sœurs de Lima qui ne donnent pas signe de vie. Oh ! je suis folle, je suis folle ! Comment pourraient-elles donner signe de vie, mon Dieu, puisqu'elles sont mortes ? Toutes ces lettres de notaire, ça ne signifie rien. Je ne peux pas leur écrire, à mes sœurs de Lima, puisqu'elles sont mortes. Et pourtant, ce qu'il faudrait, c'est une lettre personnelle, quelque chose qui explique tout, quelque chose qui vienne du cœur. »

Chapitre XI

Défection de Joseph. Laurent le bon élève. Intérêt de Mme Tesson pour les affaires du Havre. Une lettre du notaire. Le lavoir de la Gaîté. Fugue et retour du piano.

L'automne de cette année-là fut marqué par plusieurs événements notables.

Tout d'abord, Joseph refusa de continuer ses études. Cette décision jeta notre père en fureur et maman dans un grand trouble.

— Voyons, Joseph, disait-elle, tu parles d'arrêter tes études au moment même que ton père en commence de terriblement difficiles. Et pourtant ton père n'est plus jeune… C'est-à-dire qu'il est encore jeune et même qu'il a l'air tout à fait jeune… Tu sais, Raymond, que je n'ai pas là-dessus les mêmes idées que toi. Enfin, je n'ai pas voulu te blesser. Assurément, tu ne parais pas ton âge, même à beaucoup près. Mais, comprends-moi, Joseph, des études, il paraît qu'avec les progrès de maintenant c'est absolument nécessaire.

Joseph avait le regard rétif d'un cheval qui ne veut pas sauter l'obstacle. Il était grand, assez robuste. Il déployait une grosse voix mâle. Il se prit à gratter le sol avec la pointe de ses chaussures. Papa grondait.

— Si ce n'est pas de la paresse pure et simple, donne tes raisons.

Joseph ne refusait pas de s'expliquer :

— Des raisons, j'en ai beaucoup. D'abord, je ne suis pas fait pour les études. Oh ! je ne suis pas plus bête qu'un autre, mais toutes ces histoires ne me disent rien du tout. Ce n'est pas mon genre. Et je suis même sûr que les trois quarts de ce qu'on nous apprend, c'est parfaitement inutile, au moins pour ce que je veux faire. Et puis, il faut toujours acheter des livres et des fournitures, même dans cette école où j'étais. Nous n'avons pas les moyens d'acheter tant de choses.

— C'est une mauvaise raison, dit le père avec amertume. Si tu avais vraiment la moindre envie de t'instruire, tu les volerais plutôt, les livres...

— Ram, s'écria maman, ne lui donne pas, même en riant, un conseil de cette espèce.

— Il sait bien ce que ça veut dire. Des livres ! Des livres ! On les ferait sortir de terre, quand on en a vraiment besoin.

Mon père tirait sur sa moustache. Il avait l'air profondément déçu. Alors qu'il se préparait à donner lui-même, pour l'ascension de la tribu, le plus grand effort de sa vie, voilà que, déjà, l'équipe de relève manifestait des signes de fatigue. Il dit enfin :

— Que veux-tu faire ?

Joseph tenta de se justifier.

— Si je poursuis mes études, je resterai bien huit ou dix ans sans gagner d'argent. Tandis que si je commence tout de suite, dans le commerce...

Le grand mot était lâché, le mot vague et prestigieux. En ce temps-là, qui n'est pas fort lointain, on ne disait pas encore « les affaires » avec l'accent spécial qu'on y met aujourd'hui. On disait, de façon plus modeste et plus précise, « le commerce ».

Joseph entra donc dans « le commerce ». Une maison de commission le prit pour deux ans, au pair, en apprentissage. Papa levait les épaules et poussait de grands soupirs. Il n'avait jamais pu se courber sous aucun joug. Les mots d'emploi, d'employé lui donnaient des crises de rage.

J'ai raconté, brièvement, elle ne mérite rien de plus, cette petite scène familiale. Elle fixe un point d'histoire et j'y pense volontiers quand Joseph dit aujourd'hui : « Mes parents m'ont prié d'interrompre mes études. Ils m'ont retiré de l'école en plein succès. Ça ne m'a pas empêché d'arriver, bien sûr : mais imaginez ce que j'aurais donné si j'avais été favorisé comme les autres, je veux dire comme les petits… »

La vie aime l'équilibre : alors même que Joseph signait cette précoce démission, je me révélai, tout soudain, comme un excellent élève. Je n'ai pas lieu de commenter cette transformation. Je me rappelle simplement que toutes choses me devinrent proches, sensibles, transparentes. On a dit de la nature qu'elle ne faisait pas de sauts ! Et si je considère non pas même mes observations de savant et les recherches auxquelles j'ai donné le meilleur de mes forces, mais bien mon histoire et mon expérience personnelles, je ne vois que bonds, que volte-face, que surprises, illuminations et revirements.

L'école de la rue Desprez, où nous nous étions maintenus, devint bientôt pour moi l'un de ces lieux bénis où l'orgueil sème et récolte avec un bonheur constant. Cette allégresse du travail ne me faisait pas oublier les angoisses de la maison. Midi et soir, en rentrant, je m'arrêtais chez la concierge et toquais au carreau. « Non, non, me disait-elle, rien pour Pasquier. » Les jours de vacance, si je jugeais passée l'heure d'une distribution, je descendais furtivement, sur la pointe de l'orteil. Je savais, dès cet âge tendre, que le courrier de la province arrive souvent l'après-midi. Parfois, j'apercevais Mme Tesson dans la cour, en train de brosser des nippes ou de faire la causette. Je lui disais : « Rien pour nous ? » Elle haussait les épaules : « Deux ou trois papiers, peut-être bien. » – « Mais des lettres ? » – « Peut-être bien une lettre. Je vais voir ça tout à l'heure. » – « C'est, murmurais-je en rougissant, que nous attendons une lettre, une lettre qui viendrait du Havre. » Mme Tesson finit par se rappeler le mot et, en me voyant passer, elle disait, l'air bourru : « Monte seulement, mon petit gars. Encore rien du Havre aujourd'hui. »

Un soir, au début de l'hiver, en revenant de l'école, j'eus comme un éblouissement. La concierge devait être en course : sa porte était fermée. À travers la vitre, j'apercevais la petite table sur laquelle on entreposait le courrier des locataires. La nuit tombait déjà. La loge était fort sombre. Le bec de gaz du vestibule laissait choir un rayon dansant sur les lettres éparses et je vis que l'une de ces lettres portait notre nom : Pasquier. C'était une enveloppe blanche, de format commercial. Dans l'angle, on distinguait deux ou trois lignes imprimées. En écrasant mon nez sur la vitre, je finis par distinguer : *Étude...* mot qui commençait de me signifier quelque chose. Et, plus bas, un autre mot, le mot magique, le mot Havre.

Je sentis mon cœur sauter comme un chevreau. Ferdinand n'était point de retour : il préparait le certificat et suivait un petit cours supplémentaire. Désiré, qui m'avait devancé, montait les degrés lentement en heurtant le fond des marches, notre bruyante coutume. D'un bond, je fus sur lui. « Désiré, fis-je, elle est là ! » Il ne se trompa même pas une seconde sur le sens de cette phrase sibylline. Il dit : « La lettre du Havre ? » – « Oui, mais madame Tesson est partie je ne sais où. Je monte prévenir maman. » Désiré m'emboîtait le pas. « Ah ! dit-il, l'air pénétré. Elle est là ! Je l'aurais juré... » – « Comment pouvais-tu le savoir ? » Désiré fit, tout montant, un mouvement des épaules comme pour éluder la question, puis il murmura, baissant la tête : « J'ai demandé à mademoiselle Bailleul de m'apprendre une prière et j'ai prié pour ta lettre. Et, tu vois, elle est arrivée. » Son regard brillait de joie. Nous arrivions sur le palier. Notre porte était close. Personne à la maison, ce qui n'arrivait pas souvent. Je pris la clef sous le paillasson. Elle était enveloppée d'une feuille de papier blanc sur laquelle mère avait écrit : « Si vous avez absolument besoin de moi, je suis au lavoir de la Gaîté. »

— Attends ta mère chez nous, me dit Désiré Wasselin. Ou, si tu vas chez vous et que tu ne veuilles pas rester seul, je te rejoindrai dans un instant.

Je demeurais, le papier aux doigts, perplexe et, sans savoir pourquoi, soudain très triste. J'avais cru deviner que maman allait au lavoir public pendant que nous étions en classe, et cette idée m'effrayait. J'avais, de ce lavoir, une peur déraisonnable. Son haleine, respirée au passage, me soulevait le cœur. De son corridor étroit s'échappait, avec l'odeur, un bruit terrible et confus. Deux gaillards en maillot rayé paraissaient souvent sur le seuil et manipulaient en jurant de hideux ballots de linge sale.

Je pensais à toutes ces choses et n'en pris pas moins une ferme résolution. « Je vais aller dire à maman que la lettre du Havre est chez madame Tesson. » – « Si c'est ça, fit Désiré, je vais avec toi. »

Nous descendîmes ensemble. Quelques minutes plus tard, nous passions, la main dans la main, la porte au drapeau de zinc.

Si la gaîté se nourrit de bruit, le lavoir de la Gaîté n'avait pas volé son nom ; mais, vraiment, rien n'était plus triste que le bruit de cette caverne. Dès le seuil, nous fûmes parfaitement abasourdis par un terrible vacarme de battoirs, de cris, de rires et de vapeur sifflante. De grosses lampes embrumées brûlaient au milieu des nuages. Un peuple de femmes besognaient, debout devant des baquets. Tout au fond de la salle, une marmite gigantesque répandait des flots de fumée. Un homme, pareil au démon, y brassait je ne sais quoi. J'eus le sentiment d'entrevoir l'enfer de Mlle Bailleul.

— Qu'est-ce que vous voulez, les gosses ? fit un bonhomme à casquette qui devait être le patron.

Désiré répondit avec beaucoup d'assurance :

— On veut voir madame Pasquier.

Le bonhomme cria « Pasquier ! » Ce nom, qui fait partie de moi, me parut complètement étranger, méconnaissable.

Maman venait de surgir. Comme elle était petite et humble ! Que son visage était las ! Elle s'efforçait de sourire. Elle s'essuyait les mains à son tablier de grosse toile. Elle dit :

— Qu'est-ce que vous voulez, mes enfants ?

— Maman, fis-je, la lettre est là !

Le visage de ma mère s'éclaira joliment. Elle savait bien ce que je voulais dire. Elle se prit à trembler du menton, si fort que c'était presque drôle.

— J'ai justement fini. Attendez, mes enfants.

Elle remplit un panier en m'expliquant certaines choses :

— Je viens ici pour les draps et d'autres pièces de lingerie que je ne peux ni faire couler ni faire sécher à la maison. Je comprends ton sentiment, Laurent ; mais il ne faut jamais venir ici me troubler dans mon travail, sauf, bien entendu, pour la lettre du Havre.

Elle retira son tablier, couvrit le panier plein, rabattit ses manches et disposa sur sa tête une mantille de dentelle noire. Puis elle prit le panier du bras gauche et me tendit la main droite.

— Maman, fis-je à peine dans la rue, la lettre était sur la table de madame Tesson. Je l'ai vue, la lettre, mais je n'ai pu la prendre : madame Tesson était en course. Je pense qu'elle sera rentrée.

Mme Tesson était rentrée.

— Tenez, fit-elle en bougonnant, la voilà, cette fois, votre lettre.

Maman monta trois marches. Elle tenait le panier d'une main, la lettre de l'autre.

— Oh ! dis-je, lis-la tout de suite.

— Non ! répondit-elle. Chez nous.

L'escalier était long, le panier lourd. L'ascension allait lentement. Parfois, maman froissait la lettre entre son pouce et son index. En arrivant au quatrième étage, elle s'arrêta pour souffler. Elle se prit à hocher la tête.

— La lettre est bien légère, bien mince ! Mon Dieu, si ce n'était pas ça ! Si ce n'était pas ce que nous attendons !

Maman faisait toutes choses avec beaucoup d'ordre. Elle ouvrit la porte, puis alluma soigneusement la grosse lampe de la salle à manger, la grosse lampe de cuivre. Comme elle avait les doigts humides, elle sécha le verre de la lampe avec un torchon bien propre. Puis elle s'assit sur une chaise et ouvrit l'enveloppe du notaire. Je la regardais ardemment et, voyant trembler son menton, pensais à mille choses confuses, à mille êtres inconnus, aux examens de mon père, aux tantes de Lima, à l'aïeul Guillaume Delahaie, à l'exécution du Maréchal Ney… « N'aie pas peur, Guillaume… »

— Non, dit enfin maman en secouant la tête.

— C'est bien la lettre du Havre ?

— Oh ! C'est une lettre du Havre. Ce n'est pas la lettre du Havre.

— Mais qu'est-ce que c'est, maman ?

— Un papier qu'il faut signer. Je ne peux t'expliquer. Enfin, ça prouve quand même que cette malheureuse affaire suit son cours.

Maman laissa tomber la lettre sur ses genoux. Elle sentait l'eau de Javel et le savon. Elle avait les mains plissées, macérées par la lessive, et d'une blancheur douloureuse. Dès ce temps, elle portait son alliance à l'auriculaire, car ses doigts avaient grossi.

Maman regardait devant elle, fixement, vers le mur et plus loin que le mur.

— Oh ! fis-je en remuant ma main devant ses yeux, ne regarde pas ainsi.

— Pourquoi ?

— Ça me donne mal au cœur.

Ce soir-là, papa rentra tard, bien après notre dîner. Il avait dû manger au dehors et s'installa tout de suite devant sa table de travail. Je couchais depuis quelques jours sur le fameux divan de Cécile. Je m'y tenais bien coi, dormais ou faisais semblant et ne gênais pas mon père.

— Que penses-tu de cette lettre, Raymond ? disait maman.

Papa haussa les épaules.

— Elle signifie clairement que les choses ne sont pas finies. Un pouvoir ! Ils en sont encore à demander un pouvoir ! Nous en avons pour deux ou trois mois, en mettant les choses au mieux. Avec ce que je dois toucher de Cleiss, nous pouvons aller deux mois.

— Mais, Ram, les enfants ont absolument besoin de vêtements d'hiver. Et des chaussures et du linge ! Et le terme dans six semaines ! Nous n'arriverons jamais.

Papa fit un long soupir.

— J'ai pensé, dit-il, à porter, pour nous permettre d'attendre, quelque chose au Mont-de-Piété.

— Je ne dis pas non, mais quoi ?

— Le piano, par exemple.

— Effectivement, le piano.

— Je le ferai enlever demain.

— Note bien, Raymond, dit encore maman, que l'affaire suit son cours, puisqu'il demande un pouvoir. Nous finirons par le toucher, cet argent.

— Oh ! bien sûr, quand nous serons tous morts et enterrés. Madame Delahaie doit bien rire, dans l'autre monde.

Le lendemain matin, quand nous revînmes de l'école, le piano était parti. Cécile, depuis la rentrée, partageait son temps entre ses leçons de musique et les classes de la rue Crocé-Spinelli où je la prenais au passage. Elle dit :

— Où est mon piano ?

Maman soupira, l'air gêné :

— Il est en réparation.

— Mais, dit la petite fille, il n'était pas cassé.

Elle se prit à sangloter. Papa fronçait les sourcils et tirait sur sa moustache. Cécile refusa de déjeuner et même d'aller en classe. Elle s'était réfugiée à plat ventre sous un lit et ne cessait pas de pleurer. Journée misérable. Vers le soir, père eut avec maman un entretien à voix basse :

— Je porterai nos deux montres. Elles sont en or, toutes les deux. Et je reprendrai le piano.

— Mais, Raymond, rien que le transport ! Ça va manger un bon tiers de la somme.

— Tant pis ! Je me suis trompé. Je mettrai aussi ton camée et mon épingle de cravate. Mais je ne peux pas supporter d'entendre pleurer cette petite. Après tout, elle a raison. C'est son goût, son avenir.

Maman hochait la tête. Papa se remit au travail.

Le lendemain, il y eut des jurons de déménageurs dans l'escalier. Le piano reprit sa place et Cécile sa gaîté. On entendit plus souvent papa nous crier de loin : « Quelle heure est-il, à la pendule ? »

CHAPITRE XII

Nuits d'hiver. Frayeurs et fantômes. Maux d'oreilles. Connaissance de l'hôpital. Poisson rouge et canari. Excursions au Mont-de-Piété. Apparition d'une comète.

Hiver, hiver, tunnel ténébreux ! Le temps gronde, le vent soupire et l'on aperçoit de loin, très loin, peut-être de l'autre côté de la terre, une lueur bleue, éblouissante. C'est là-bas, tout là-bas, que le tunnel s'ouvre enfin sur une saison plus miséricordieuse.

Il faut vivre et patienter. Les nuits sont infinies, visitées de rêves tourmenteurs. Pourtant, bien close est la maison : l'air chante en vain sous les portes et fait sonner, par accès, le rideau de fer des cheminées. Le feu prisonnier se meurt dans le creux de la cuisinière. On a laissé toutes les portes ouvertes pour que les dernières bouffées de chaleur arrivent jusqu'au seuil des chambres. Père travaille, roulé dans sa robe de moine. Il répète des bouts de phrase en remuant les lèvres. Tantôt il retient son haleine et tantôt il la libère avec un « han ! » de manouvrier. Il ne sait pas encore très bien faire travailler son esprit sans contracter un peu ses muscles, à la façon de ses ancêtres, les paysans.

Maman coud, dans la salle à manger. Elle va vite, elle est pressée. Je ne saurais vraiment pas l'imaginer nonchalante. Elle sera toujours pressée, même plus tard, dans le paradis, dans le séjour du repos, de ce repos qui ne peut être qu'une espèce de travail agréable et sans surprise, comme de marquer du linge ou de faufiler des ourlets. De temps en temps, maman parle à voix basse, pour elle seule. C'est qu'elle fait ses comptes, ou tire des plans ou compose en secret le brouillon d'une lettre pour Lima, d'une lettre imaginaire.

Les deux frères aînés dorment dans leur chambre et Cécile dans le lit de bois. On les entend respirer, parfois rêver tout haut. C'est la paix. Le monde est sage.

Pourtant, la peur est là. C'est une créature de l'ombre, une fille de la noire nuit. Elle a toutes les ruses, toutes les fantaisies, tous les visages, toutes les formes. Parfois, et c'est terrible, elle n'a ni forme, ni visage.

La nuit d'hiver s'éternise. Maintenant, tout le monde est couché, même le père avec ses soupirs, même la maman qui, dirait-on, se dépêche de dormir pour arriver plus vite aux travaux du matin. L'enfant se lève sans bruit. Il va, pieds nus, tendant les mains, il va jusqu'au vestibule et vérifie, à tâtons, que la serrure est bien fermée, qu'on a poussé le verrou. Une seconde, l'enfant hésite. Que vérifier encore ? Le robinet du gaz ? N'est-ce pas de la cuisine que s'échappe une légère odeur de gaz ? L'enfant glisse comme une ombre sur le carrelage frais encore du dernier lavage. Le petit promeneur nocturne touche le robinet du gaz et s'éloigne, et, soudain, revient. Il n'est pas absolument sûr d'avoir bien senti que le robinet du gaz était fermé tout à fait. Ô doute ! Ô scrupule ! Deux fois, trois fois de suite, les doigts assoupis repassent tout autour du robinet, au risque même de l'ouvrir. Et cette dernière pensée détermine une vérification supplémentaire.

C'est tout ? Non. Encore la fenêtre. Elle est fermée. Pour l'atteindre, l'enfant heurte le fauteuil de papa. Presque rien : un bruit imperceptible, comme en doivent faire les revenants quand ils volettent par les chambres. Une voix cependant s'élève, somnolente, enténébrée : « On a bougé ? Qui est-ce qui marche, à côté ? C'est toi, Joseph ? » Silence. L'âme de la mère cède à la torpeur, retombe dans le gouffre. L'enfant cherche, maintenant, la place de son lit. Il a froid. Il claque des dents. Il s'imagine, il se voit errant dans le noir, comme une ombre malade. Il a soudain peur de soi-même.

Le lit ! Le refuge ! La coquille ! Tout est fermé : les ennemis de l'extérieur seront tenus en respect. Restent les autres, les insaisissables, les monstres sans corps, sans forme et sans couleur, les pensées, contre lesquelles on ne peut rien.

Quel est ce personnage couleur de phosphore ? Par quel sortilège est-il entré dans la maison ? Il s'avance étrangement sans remuer les jambes. Il a pour ombre une lumière morte dont toute la chambre est saisie. Il porte une serviette sous le bras, une redingote, une cravate blanche, un lugubre chapeau haut de forme. Il ricane en silence. Il est affreusement muet. Avec le doigt, il écrit sur le mur, en lettres de feu vert : « Je suis le notaire du Havre. »

Il s'effondre. Il se dissout dans la nuit comme un bout de sucre dans l'eau. Derrière lui, surgissent des dames. Oh ! Oh ! Les tantes de Lima ! Elles ont la peau presque noire, à cause du soleil tropical, des lèvres brûlantes de sang, de grands peignes espagnols. Pour les recevoir, l'oncle Prosper sort, tout aplati, de l'album où sont collées les photographies de la famille.

Et maintenant, ce bruit terrible ! Horreur ! c'est un squelette. Il sourit, de toutes ses dents. Il porte un chapeau bicorne et un portefeuille à chaîne de cuivre, comme les messieurs qui viennent présenter les traites. Il sourit encore et tend la main pour demander de l'argent. Tous les fantômes, rassemblés, tendent la main et demandent en chœur de l'argent, de l'argent, de l'argent, de l'argent.

Et puis, les fantômes s'envolent. Le monde réel donne de ses nouvelles : on a marché dans l'appartement voisin, l'appartement vide où ne vivent que les araignées. On a marché. Voilà qu'on tousse, tout bas, mais distinctement. Et le bruit change encore : c'est une voix d'enfant qui pleure. Oh ! Oh ! on gratte à la muraille. Là, tout contre mon lit, tout contre mon cœur. Mes cheveux prennent soudain comme une vie indépendante. Ils grouillent. Je les sens grouiller.

Diversion rude et souveraine. Ce bruit, dans la rue, au loin. C'est l'appel des pompiers. Encore le feu. Le feu ! L'hiver passé, tout un magasin a brûlé sous nos fenêtres. L'odeur et le chaud des flammes entraient jusque dans la maison. Que ferions-nous, Seigneur ! s'il nous fallait descendre de notre cinquième étage au bout d'une corde, dans le vide, ou même nous précipiter sur des matelas posés par terre, à cet effet ? Brrr ! Ah ! le cri des pompiers s'éloigne. Ce feu-là n'était pas pour nous.

Je fus réveillé, certain soir, non par un fantôme de notaire, mais par une très vive douleur logée dans le fond de l'oreille. Je n'avais pas encore libéré mon premier cri que mère était déjà sur pied. Elle vint au bord de mon lit et me regarda longtemps, d'une façon méditative. Ce regard me soulageait. Pourtant je me repris à pleurer. Maman disait : « Retiens-toi, mon chéri ! N'empêche pas ton père de travailler. » Papa me coula dans l'oreille malade une larme d'huile tiède, puis il se remit au travail. Il avait l'air inquiet. Il tenait sa tête à deux mains et faisait un effort visible pour rassembler son attention et pour penser à son ouvrage. Cela n'allait pas sans peine. Alors, maman m'emporta, roulé dans une couverture, jusqu'au bout de l'appartement. Elle me tenait et me berçait comme on berce un nourrisson en chantant tout bas, tout bas, cette complainte effrayante de la femme blessée au front. Comme je pleurais encore, elle me dit avec passion : « Laisse travailler ton père, je t'en supplie, mon chéri. Et je t'achèterai, demain, quelque chose de beau. Que veux-tu que je t'achète ? » Je cessai de pleurer pour répondre : « Un poisson rouge. »

Le lendemain, au réveil, l'abcès de mon oreille s'était ouvert tout seul. J'avais encore beaucoup de fièvre. Le café bu, l'époux servi, les enfants à l'essor, maman m'habilla chaudement. Elle avait les lèvres serrées et cet air de résolution presque farouche qu'on lui voyait dès que l'un des siens courait quelque péril. Elle m'enveloppa la tête d'un foulard, se vêtit à la hâte et me prit dans ses bras. J'étais déjà long, j'étais lourd. Elle me porta bien courageusement jusqu'au coin de l'avenue et fit signe à l'omnibus.

Que je ferme les paupières, et je revois l'hôpital. Je retrouve même la salle d'attente, avec son odeur, son poêle de fonte, ses banquettes de bois, ses angoisses. Et puis, la salle d'examen. Elle est longue comme un couloir et presque obscure. Les médecins vêtus de blanc sont rangés côte à côte comme les ouvriers d'une fabrique. Ils ont chacun leur lampe, chacun un miroir sur le front, chacun leurs instruments, leur table, leur malade appuyé contre le mur, tel un condamné. On entend, ici et là, une personne qui se plaint, qui dit : « Doucement, Monsieur. Oh ! plus doucement, je vous en prie ! » Et la voix monte et descend comme pour une chanson. Vraiment, on croirait entendre une chanson, et c'est encore plus horrible.

Mon tour vint de souffrir et de chanter aussi. Ma mère me tenait à plein bras et disait, l'air éperdu : « Je t'achèterai le poisson rouge, mon chéri. Les oreilles, c'est si douloureux ! Le poisson rouge et même autre chose encore. Mais ne bouge pas, pour l'amour de Dieu ! Que le docteur voie bien ! »

Je me retins de pleurer et demandai un oiseau.

Ma guérison ne prit pas moins de deux longues semaines et je dus retourner plusieurs fois à l'hôpital. J'eus mon poisson rouge et mon oiseau. Ils vécurent l'un et l'autre assez longtemps pour mériter une mention dans l'histoire de notre vie. Je pense que, s'ils avaient brusquement reçu le don de la parole, ils auraient eu des opinions personnelles sur le notaire du Havre. Parfois, en rentrant de l'école, je trouvais maman moins triste, l'œil plus vif, les traits détendus. « On pourrait croire, disait-elle, qu'il n'y a rien de commun entre un poisson rouge et nous. Et ce serait une erreur. Pendant les heures où je suis seule, eh bien ! cette petite bête me tient société. C'est du mouvement, c'est de la vie, quelque chose qui, quand même, nous ressemble, si peu que ce soit. L'idée ne me viendrait pas de causer avec la machine à coudre, bien sûr ; mais je parle au poisson, surtout au poisson, vois-tu ? Le serin fait trop de bruit. Il n'a jamais bien l'air d'écouter ce qu'on lui dit. »

Ce que maman pouvait confier au poisson rouge, pendant ses instants d'abandon, je l'imaginais assez bien, si petit que je fusse alors. L'hiver allait s'achever, pour nous, dans une gêne grandissante. Toutes sortes d'objets venus avec notre héritage quittaient le logement pour une destination à vrai dire non mystérieuse, car les mots de Mont-de-Piété revenaient dans nos entretiens avec une familiarité obsédante. Nous avions vu disparaître les gravures encadrées, les assiettes de faïence, le dessus de cheminée. La pendule, à son tour, partit en excursion. « Ça ne fait rien, disait père avec un grand soupir. On peut voir l'heure, par la fenêtre, aux ateliers du chemin de fer. » Le baromètre, à son tour, faillit entreprendre le voyage. « Oh ! disait ma mère, pour ce qu'on nous en donnera ! » Mon père haussa les épaules et remit le baromètre au mur. Il avait cet air obstiné que dut montrer à ses proches l'illustre Bernard Palissy. Il disait, pour maman, et nous l'entendions aussi : « J'engagerai jusqu'à mon lit, mais je passerai mes examens. Pour les premiers, Lucie, ce n'est plus qu'une affaire de jours. Je ne veux pas finir ma vie dans de vagues petites besognes. Je veux arriver, arriver ! Ça vaut bien quelques sacrifices. Ce qui me désole, c'est d'en infliger aux enfants. » Il ne parlait même pas de maman. Il l'a toujours considérée, traitée comme du petit bien.

Ainsi passaient les jours et papa serrait les dents. Nous fûmes donc assez surpris de le voir arriver, un soir, l'œil radieux, la bouche allègre.

— Nous avons, dit-il gaîment, une chance extraordinaire : nous allons être expropriés.

CHAPITRE XIII

Petit duel Delahaie-Pasquier. Miracles et fantaisies de l'expropriation. L'animal antipolitique et la philosophie individualiste. Espérances délectables, l'amicale des locataires, apologie des chemins de fer. Préparatifs d'exode. Décadence et mort d'une grande pensée.

Malgré la voix joyeuse et malgré, même, le sourire, cette déclaration tomba dans un silence effaré. La moitié de l'auditoire ne comprenait pas le mot. Le reste s'efforçait à digérer la nouvelle, à découvrir ce qu'elle pouvait comporter de vraiment favorable.

— Quoi ! s'écria d'abord Joseph, on va nous chasser d'ici ?

Joseph était un enfant ; son visage n'en exprimait déjà pas moins toutes sortes de passions fortes. Par un mécanisme obscur, ce jeune et frais visage commença de se contracter, de faire des plis laborieux et ressembla, pendant toute une minute, au visage vieil et défiant de tante Anna Troussereau. Le sourire paternel ne rassurait plus Joseph. Expropriés ! Il remâchait ce mot et le trouvait brutal, gros de déconvenues, de menaces, de visites d'huissiers, de papier timbré bleu.

Père haussa les épaules et s'assit à table. Maman réfléchissait. Comme toujours, elle demandait, pour prendre son élan, quelque peu de temps et de recul.

— Expropriés ! dit-elle. Oui ! Je pense que M. Ruaux, le propriétaire, peut y trouver bien de l'avantage et qu'il va toucher gros ; mais nous, les locataires ? Nous allons être sacrifiés, dans cette histoire. C'est seulement du travail, du tracas en perspective.

Père haussait encore les épaules, mais avec plus d'enjouement.

— On voit bien, Lucie, dit-il, que tu connais mal ces affaires d'expropriation.

— Je te demande pardon, fit maman, méditative. Mes parents Delahaie ont été expropriés, une fois, pour un terrain qu'ils avaient à la Rivière-Saint-Sauveur, quand on y a mis le chemin de fer. Mais ils étaient propriétaires.

Les traits de papa se durcirent.

— Nous ne sommes pas des Delahaie, malheureusement, et nous ne sommes que locataires, nous autres.

— Ram ! Ram ! Qu'est-ce que tu vas chercher ? Delahaie ! Mais je finirai par ne même plus me rappeler que je l'ai été, Delahaie, que je l'ai été jadis, tant je suis devenue Pasquier, comme vous autres. Oh ! Pasquier à ta façon, pas à celle de ta sœur, ni de l'homme au piston, bien sûr. Ce que je t'en ai dit, Raymond, c'est pour te mettre en garde.

Papa souriait de nouveau, mais avec amertume. Il plia le jarret de manière à montrer la semelle de ses chaussures, qui était mince et ulcérée…

— En garde… murmura-t-il. Tu penses que j'y suis, en garde. Encore un mois, peut-être moins, et je ne serai plus présentable. Les jours de pluie, je sens l'eau qui me grimpe jusqu'à la cheville.

— Je sais, dit maman. Je les vois bien, quand je les brosse, le matin, ces malheureuses chaussures.

— Dans un mois, reprit papa, mes premiers examens seront passés. C'est un grand pas, bien sûr. Mais c'est loin de représenter une solution. De l'argent à sortir, encore. Pour le moment, pas autre chose. Qu'est-ce que tu veux que je fasse ?

Toutes les figures, même les plus fraîches, semblaient soudain voilées de crêpe. La lumière de la lampe était maladive, désolée. Maman, dans ce cas-là, revenait toujours la première à la surface de l'eau.

— Heureusement, dit-elle, heureusement que nous allons être expropriés. C'est bien ce que tu disais ?

Papa se reprit à sourire.

— Tu ne m'as même pas laissé vous expliquer la chose. Tu sais, pourtant, Lucie, que je ne m'emballe jamais. Tu le sais.

Ô puissance de l'amour ! Maman secoua la tête avec flamme et même leva les bras à mi-chemin du ciel pour bien montrer qu'elle savait ce qu'on la priait de savoir et que papa était l'homme du monde le moins capable de s'emballer.

— Il est entendu, reprit cet homme calme, il est entendu que le propriétaire du bâtiment, je parle de notre maison, va recevoir le plus gros de l'indemnité. Mais nous autres, simples locataires, nous avons voix au chapitre. L'expropriation nous porte dommage et ce dommage est toujours évalué de la façon la plus large par une assemblée spéciale qu'on appelle jury d'expropriation. Attends, Lucie, que je t'explique tout.

Nous sentions bien que maman commençait d'entrer dans le jeu. Le peuple de Paris vivait encore dans le souvenir enthousiaste des grandes expropriations faites pendant le Second Empire. On racontait, dans les cafés, dans les omnibus, sous les porches, des aventures légendaires, l'histoire d'un savetier, celle d'un marchand de frites qui n'avaient cédé leur échoppe qu'en échange d'une fortune. On commentait les complots et les ruses des politiques pour attirer sur leurs clients et sur eux-mêmes les averses dorées de l'expropriation. Être chassé de chez soi par l'armée des démolisseurs, c'était pour une foule de gens le comble du succès. On propageait, sous le manteau, des renseignements magiciens. Des débrouillards, prévenus à temps, s'allaient loger sur la trajectoire future d'une grande avenue vorace. Certains n'avaient vraiment pas de chance : l'expropriation leur passait à deux mètres du nez, quelquefois moins encore, et les laissait torturés de déception pour le reste de leur vie. On en avait vu plus d'un se suicider de dépit, ou même tomber en démence. Les expropriés, cependant, roulaient carrosse, buvaient le champagne et menaient une existence scandaleuse.

— Oui, fit maman, ravalant un excès de salive, ce qui, chez elle, était grand signe d'émotion, oui, Raymond, explique-moi tout. Par qui d'abord, par qui, devons-nous être expropriés ?

— Par le chemin de fer de l'Ouest.

— C'est pourtant vrai, dit maman. Et je n'y aurais pas pensé. Je me demande même comment il se fait que ce ne soit pas arrivé plus tôt.

Elle ne partait pas tout de suite ; mais, quand elle était partie, vraiment, elle y mettait du cœur. Rien, à compter de ce moment, ne lui semblait plus impossible. Mon père aurait dit que nous allions être expropriés par la tour Eiffel à qui nous faisions de l'ombre, et ma mère l'aurait cru. Le principal était de l'amener à température convenable.

— Depuis longtemps, reprit père, il est question d'élargir la gare Montparnasse et le pont de l'avenue du Maine. Ça, c'est pour plus tard. Ce qu'on va faire tout de suite, ce sont des voies supplémentaires et peut-être même un pont pour la rue du Château, en place du passage à niveau. La Compagnie de l'Ouest achète un morceau de terrain qui longe toute la rue Vandamme. Nous sommes aux premières loges et ça ne va pas traîner.

— C'est merveilleux ! fit maman. Et comment sais-tu tout cela ?

Papa se prit à rire.

— Si je te le dis, avoua-t-il, tu vas tout de suite penser que ce n'est pas sérieux. Je le sais par Wasselin.

— Oui, bien sûr, fit maman de la façon la plus vague.

Elle était un peu déçue. Tout ce qui venait du côté Wasselin, notre Désiré mis à part, lui semblait d'odeur suspecte. Et papa pensait de même, tout au moins à l'ordinaire.

— Wasselin, reprit-il avec force, ne m'inspire aucune confiance. Je dis cela devant vous, les enfants, en vous priant de ne pas le répéter. J'ajoute que, si vous le répétez, ça m'est parfaitement égal : je ne cache pas ma façon de voir. Mais il vaut mieux n'en rien dire, tout au moins en ce moment. Car, pour une fois, les renseignements de Wasselin sont exacts. Je te l'ai dit souvent, Lucie, Wasselin a tous les vices, et le bougre a même celui de faire de la politique.

Le visage de ma mère exprima tout aussitôt l'étonnement et l'horreur. Mon père était, par nature, un « animal antipolitique » et même « apolitique » ainsi que disaient, au siècle dernier, les individualistes, précurseurs de Nietzsche.

Il y a, dans les profondeurs de la mer, des poissons qui vivent en bandes, qui vont, le flanc contre le flanc, l'aileron frôlant l'aileron, et qui, par milliers et millions, remontent les mêmes courants, affrontent les mêmes tourbillons, se livrent aux mêmes ripailles et tombent dans les mêmes filets. Mais il est, en revanche, de ces nageurs sauvages qui cherchent leur chemin tout seuls, au hasard des sargasses, des bas-fonds et des récifs. Mon père était semblable à ces enragés solitaires, non par calcul égoïste, mais par logique et raison, parce que tout ce qu'il voulait dépendait d'abord de lui-même et que, s'il fallait s'instruire, s'élever, comme il disait, le mieux était encore de commencer tout de suite et de commencer par soi. J'ajoute qu'il nourrissait un de ces orgueils exigeants qui s'accommodent mal du « nous ».

Ô père, père, comme la lumière du souvenir te va bien ! Comme elle t'éclaire avec indulgence ! Je suis parti dans mon récit le cœur torturé de reproches, malgré la mort et les années. J'avais si grand besoin de me purger de ma rancune, d'assouvir mon ressentiment. Et puis, le récit marche, ô père, mon récit dont je ne suis plus le maître. Le souvenir me verse je ne sais quelle consolation. Je me sens tout prêt, ô père, à célébrer ta louange. Vas-tu donc me tromper encore une fois, père insaisissable ? Vas-tu donc me faire oublier que je n'ai pas pu te chérir ?

De la politique ! Vraiment ! Misérable monsieur Wasselin ! Il ne manquait plus que ça ! Le visage de ma mère exprimait une réprobation tempérée de pitié. Du moment que notre père méprisait la politique, force nous était de croire que la politique était un exercice disgracieux, malpropre et somme toute damnable.

Déjà, père reprenait :

— Je croyais Wasselin bien incapable de rendre à qui que ce soit un service quelconque. Eh bien ! on ne sait jamais. Il a rendu des services à Saint-Hilaire, le conseiller municipal du quartier. Ils se rencontrent, ils se parlent. Je les ai vus ensemble. Et c'est par ce Saint-Hilaire que Wasselin a le renseignement. Nous allons être expropriés, voilà ! Et dès le mois prochain.

— Mais qu'est-ce que nous pouvons toucher, nous autres, simples locataires ?

— Attention ! Nous ne sommes pas des locataires comme les autres. Je travaille chez moi. Mon appartement est mon local professionnel, quelque chose comme mon atelier. J'entre, de ce fait, dans une catégorie spéciale.

— Oui, et que touchent, par exemple, les gens de cette catégorie ?

— Ça peut faire dix mille francs, peut-être douze mille.

— Attends, murmura maman. Attends que je fasse mes comptes.

Elle fermait l'œil à demi, remuant les lèvres en silence.

— Dix mille, dit-elle enfin. Mais, c'est énorme, Raymond. Pense qu'un déménagement nous reviendrait, tout compris, à quelques centaines de francs. Je calcule sur le dernier.

— Je sais, répliquait papa. Et c'est bien pourquoi je dis que nous avons beaucoup de chance.

— Si, par surcroît, nous recevions la lettre du Havre, ce serait presque la fortune.

— Oh ! fit papa, dédaigneux, pour ce monsieur du Havre, nous serions beaucoup moins pressés. Dix mille francs d'avance ! Et sans papiers timbrés, sans chicanes, sans procurations, sans aucune de toutes ces singeries notariales. Ça vaudrait même la peine de se soulager un peu et de lui écrire, à ce personnage du Havre. Une lettre… oh ! quelque chose de franc et de vigoureux. Toute ma façon de penser.

— Non, Ram ! non, je t'en prie. Ne mets pas cet homme contre nous. Si l'argent du Havre nous tombe, eh bien ! nous toucherons des deux côtés, et ce ne sera pas de trop.

Bouche bée, nous, les enfants, nous assistions à ces pluies d'or.

Nous eûmes, le lendemain même, la visite de Wasselin. Une véritable visite. Il avait mis des gants. Il avait l'air important, affairé, jovial. Il portait sous le bras un dossier de paperasses, un peu trop gros, sans doute, pour une affaire aussi jeune et que, d'ailleurs, il n'ouvrit pas. Il disait à papa :

— Nous avons somme toute le droit et même le devoir de formuler des vœux ou, comme on dit en bon langage, des *desiderata*. Vous, Pasquier… Permettez que je vous appelle Pasquier, tout cordialement, c'est plus simple. Vous, mon cher Pasquier, je vous inscris pour quinze mille. Regardez : j'écris quinze mille dans la deuxième colonne. Vous dites que c'est beaucoup ? Mon cher, avec les gens de cette espèce, il faut demander un tonneau pour obtenir une bouteille. Le conseiller Saint-Hilaire me le disait hier encore. Moi, je m'inscris pour douze mille, mon loyer est plus faible que le vôtre et je ne travaille pas à la maison. J'ai vu monsieur Courtois : il est inscrit pour dix mille. Pas d'enfants, vous comprenez ? Soyons prêts à nous défendre. C'est que nous allons tomber sur des pirates, sur de véritables requins.

Ce fut, pour M. Wasselin, une période brillante. Il avait de grandes pensées, de grands desseins, de grands mots. Il proposa tout de suite de fonder une « Amicale des locataires ». Il écrivait ce titre sur des feuilles de papier, en ronde, en bâtarde, en gothique. Il imaginait des sous-titres : « groupement solidaire pour la sauvegarde des citoyens touchés par les expropriations imminentes. » Il vagabondait du haut en bas de la maison, recueillant sur chaque palier des signatures bénévoles. Il disait en présentant ses paperasses : « Notre société de défense mutuelle est placée sous le haut patronage de monsieur le conseiller Saint-Hilaire, mon ami personnel. » Il persuada tout le groupe de prendre un avocat et proposa Me Mollard, « une des gloires du barreau ». Pour invisible qu'il fût, Me Mollard ne travaillait pas gracieusement et demanda tout de suite une petite provision. Les membres de l'« Amicale » versèrent chacun à Wasselin la modique somme de vingt francs.

À quelques jours de là, pendant l'heure du déjeuner, Wasselin pénétra chez nous. Il tenait à la main cette serviette de table qui lui rendait de si grands services dans les mouvements oratoires.

— Venez, dit-il, et regardez ! Je ne dis pas « hommes de peu de foi ! » car ce n'est pas la foi qui vous manque, heureusement. Ça ne fait rien : regardez quand même.

Il ouvrit la fenêtre au vent de mars et nous poussa tous, petits et grands, sur le balcon. Une équipe de terrassiers, portant pioches et pelles, cheminait sur le ballast entre les rails du chemin de fer. Deux ou trois messieurs en chapeau melon, probablement des ingénieurs, prenaient des mesures avec une chaîne de géomètre. Un secrétaire notait des chiffres sur un registre.

— Voilà ! s'écria Wasselin. Voilà les travaux qui commencent. Et l'on peut dire que ça n'aura pas traîné.

Un des ingénieurs se prit à regarder notre maison. Il fit un geste comme pour écarter quelque chose et se tourna vers ses collègues en parlant avec beaucoup de vivacité. L'enthousiasme de Wasselin ne connaissait plus de limites.

— Et c'est par notre maison que va commencer le massacre. Mon illustre ami le conseiller Saint-Hilaire le disait encore ce matin. Regardez, mes enfants, regardez ce vieux quartier qui, bientôt, ne sera plus qu'un souvenir historique, un chantier du progrès. La pioche des démolisseurs fraye la route de l'avenir. Démolir, c'est édifier. Rappelez-vous, jeunes gens, que vous aurez, dans votre enfance, assisté, muets d'étonnement, à cette magnifique expansion des chemins de fer. Je regrette de n'avoir pas, en ce moment, quelques flacons de champagne à la maison. Nous aurions bu, solennellement, aux temps nouveaux. Donnez-moi votre main, Pasquier, votre loyale main d'exproprié, membre actif de l'Amicale des locataires. Non, ne parlez pas de présidence ni de président : ce que j'ai fait n'est rien. Au surplus, je n'ai pas d'ambition terrestre. Je ne cherche pas les honneurs. Mon devoir, je n'ai fait que mon devoir, pour le salut de mes semblables et le bonheur de l'humanité.

Papa n'avait pas ouvert la bouche. Il regardait le manège des ingénieurs et des ouvriers, sur les voies. Il y avait, dans tout cela, plus que du vraisemblable et presque de l'évidence. Wasselin parti, pendant que nous achevions le repas, père dit, le regard accommodé sur l'avenir, c'est-à-dire à l'infini :

— Il faudra s'occuper quand même de chercher un autre appartement. Dans le quartier, autant que possible. Je ne pourrai guère moi-même : je suis, en ce moment, surchargé de besogne.

— Raymond, moi, je chercherai. Chaque jour, entre deux et quatre, pendant que les petits sont en classe, je peux m'absenter quelques minutes.

Mère commença de visiter le quartier. Elle rattrapait le temps perdu en s'infligeant des veillées interminables. Elle disait parfois :

— Boulevard Pasteur, on pourrait avoir cinq pièces en mettant deux cents francs de plus. Avec trois cents francs de plus, on aurait une chambre de bonne. Il ne s'agit pas de bonne, à coup sûr. Pas de folie ! J'en suis guérie pour longtemps. Mais ça pourrait être arrangé pour servir de chambre à Joseph qui sera bientôt un homme.

Wasselin pensait sérieusement à réunir en assemblée générale notre Amicale des locataires pour élaborer des statuts. En définitive, il se contenta de nous faire verser à tous un surcroît de provision : dix francs. En sorte que chacun des membres avait déjà versé trente francs.

Papa disait, le soir, à l'instant de se mettre au travail :

— L'expropriation est une chose avantageuse. Et puis, ça ne se discute pas. Ce n'est pas à prendre ou à laisser. On ne nous demande pas notre avis. Eh bien ! moi qui, d'ordinaire, déménage si facilement, je dois dire que ça me fait quelque chose de quitter cette maison. Je commençais à m'y attacher. Je n'en aurai que de bons souvenirs.

— Es-tu bien sûr, soufflait maman, que la somme, la fameuse somme, nous allons la toucher tout de suite ?

— Voyons, Lucie, sois logique. S'ils nous forcent à déménager, il est pour le moins naturel qu'ils nous donnent l'argent d'abord. Il y a, dans le lot, des gens très bien qui ne pourraient même pas s'offrir un fiacre pour s'en aller ailleurs.

— Quinze mille francs, disait maman. Franchement j'accepterais la moitié, pourvu qu'on me la donne tout de suite.

— Mais non, Lucie, mais non. Il ne faut pas capituler. Il faut défendre son droit, coûte que coûte, et n'en pas démordre.

— Eh bien ! coupons la poire en deux. Je céderais pour dix mille.

Papa haussait les épaules et retombait à son travail.

Un être que toute cette histoire avait fait sortir de son naturel, c'était mon cher Désiré. Il était presque joyeux, son regard brillait d'orgueil. « Papa, disait-il, tu ne le connais pas bien. Il a l'air, comme ça, de plaisanter ; mais il est très intelligent. S'il avait rencontré des gens capables de le comprendre, il serait devenu sûrement un personnage très célèbre. Tu ne peux pas savoir, tu ne le vois jamais qu'une minute par-ci, par-là. Mais il parle, quand il veut… Il y a de quoi pleurer tellement c'est beau, tellement ça coule. »

Nous arrivions au printemps. Papa subit avec succès le premier de ses fameux examens. Maman nous offrit un bon déjeuner, bien que notre situation se trouvât des plus difficiles. Nous mangeâmes avec joie à cause de l'examen et parce que c'était bon. Maman disait : « Il y a, dans le lapin, même cuit à la bordelaise, avec une idée d'ail, comme celui-ci, il y a toujours une bouchée fraîche et amère. Que celui qui l'aura le dise. » C'était toujours moi qui tombais sur cette bouchée, par malchance.

Les jours du printemps passèrent. M. Wasselin parlait encore de l'expropriation, mais avec moins d'ardeur. Il s'arrêtait dans l'escalier quand il rencontrait un locataire et grondait, l'œil révulsé :

— Ces gens-là sont des flibustiers. Mais, ça ne fait rien, ça ne fait rien. Nous tenons le bon bout. Notre avocat travaille. Je le vois presque tous les jours.

Désiré retombait à la mélancolie. Si nous venions à parler de l'expropriation, son visage se contractait avec une expression douloureuse. Les membres de l'Amicale commençaient, jour à jour, d'oublier cette fable dorée. Nous en discutions, nous-mêmes, de plus en plus rarement. Un jour, en poussant des soupirs, papa dit :

— … C'est comme cette histoire d'expropriation.

— Oui, murmura maman, qu'est-ce que ça devient ?

Nous en avions vécu, nous en avions rêvé pendant toute une saison et nous en parlions maintenant comme d'une vieille lune.

Des semaines passèrent encore. Le thème de l'expropriation revenait, de loin en loin, dans les propos de la famille ; mais il s'éloignait, il se mourait. On disait : « C'était au moment de cette fameuse expropriation... » Parfois, quelqu'un ajoutait : « Qu'est-ce que peut bien être devenu l'avocat choisi par Wasselin ? » « Oh ! il aura mangé la provision. Avec les gens de loi, l'argent va toujours vite. »

Avant de mourir tout à fait, cette histoire eut encore une convulsion bien étrange. Un jour, vers la fin du printemps, comme nous somnolions, côte à côte, au bout de notre balcon, Désiré Wasselin et moi, je le vis soudain tirer de sa poche quelque chose de très petit qu'il tenait dans son poing fermé. Et soudain, la voix tremblante d'émotion :

— Tiens, Laurent, tiens, dit-il, tu donneras ça, ce soir, à tes parents.

Il ouvrit la main toute grande. C'était une petite pièce d'or, une petite pièce de dix francs. Puis il ajouta plus bas :

— Il reste encore vingt francs. Je tâcherai de les avoir. Mais, surtout, surtout, qu'on n'en dise rien à papa, et même rien à maman. Je m'arrangerai tout seul. Rappelle-toi qu'il ne reste plus que vingt francs.

Chapitre XIV

Nouvelles considérations sur les lentilles. Correspondance avec la chambre des notaires. Projet de voyage en Amérique. Paul Glasermann ou la tentation. Calcul élémentaire. M. Laversin, M. Bottone et Mlle Vermenoux ou Vermenouze. Déclaration d'indépendance.

La période qui vient maintenant est triste, confuse, mal éclairée. Je voudrais la laisser sombrer corps et biens dans les ténèbres. Si j'en dis quelque chose ici, c'est peut-être parce que les mots ont le terrible pouvoir d'empoisonner les souvenirs et de les tuer à la longue.

Pendant plus de trois mois, le notaire du Havre avait cessé d'occuper le premier plan dans les rêveries familiales. Quand l'expropriation ne fut plus qu'une fumée, le notaire du Havre reparut en scène. C'était vraiment le plus silencieux des notaires. Je ne l'ai jamais vu, je ne sais même plus son nom, mais s'il m'arrive d'y penser, je l'imagine comme un monstre sans bouche et sans oreilles. La propre statue de l'indifférence effrontée.

Maman recommença d'écrire, et plusieurs fois par semaine, des lettres tantôt suppliantes, quand elle les rédigeait seule, et tantôt débordantes de rage quand mon père les avait dictées. Toutes ces lettres tombaient dans un puits sans fond et sans échos. Parfois, si mon père jugeait une épître particulièrement convaincante et de bonne dialectique, il l'envoyait recommandée. Je pense encore qu'avec l'argent des timbres que nous avons achetés pour cette malheureuse affaire, nous aurions pu vivre aisément deux mois en mangeant de la viande chaque jour. Cette remarque dernière pourrait en entraîner d'autres. Je fus, dès ce temps, bien sûr que le régime végétarien, même s'il n'est pas réjouissant, même s'il fait perdre à l'homme son fier coup de mâchoire carnassier, n'est quand même pas incompatible avec une existence laborieuse. Et, franchissant, du coup, l'abîme qui sépare, au regard du philosophe, le physiologique du psychologique, je dirai que l'excès, s'il conduit parfois à l'écœurement, mène aussi souvent à l'amour. J'aurais quelque raison d'être dégoûté des lentilles. Et pourtant non ! Je souhaite souvent d'en manger. Qu'on oublie de m'en servir et j'en demande, j'en réclame. Je répète, après mon père : « C'est du phosphore en pastilles. » Elles restent, pour moi, la nourriture par excellence. Je les savoure avec recueillement, avec piété, avec aussi je ne sais quelle salubre mélancolie.

Laissons là ces méditations gastronomiques. Un jour, dans le courrier… Non ! Que j'abandonne à mon frère Joseph ces expressions pompeuses : nous ne recevions, comme les pauvres gens, qu'une lettre par-ci, par-là, pourquoi donc parler de « courrier » ? La moindre lettre était tout de suite bien visible, bien évidente. Un jour, nous reçûmes une lettre portant la mention imprimée : *Chambre des notaires*. Elle était adressée à ma mère qui la saisit d'une main tremblante. « Mon Dieu ! Qu'allons-nous apprendre ? Quelle chose épouvantable ? Vous allez voir que cet homme du Havre a pris la fuite, emportant tout, notre argent, nos titres et quoi donc encore, mon Dieu ! »

Ma mère ouvrit la lettre et lut elle-même dix fois, car papa n'était pas là. Nous l'entourions, nous, les enfants, déchiffrant aussi le grimoire. Maman finit par comprendre que papa, sans lui rien dire, avait écrit, sous la signature de Lucie Delahaie-Pasquier, à la Chambre des notaires, pour se plaindre du Havrais, pour dénoncer ses lenteurs, sa mauvaise volonté, son inexplicable silence. Et cet exploit paternel datait au moins d'un mois, si l'on interprétait bien les textes : « *En réponse à votre honorée du…* » La Chambre des notaires, en tous cas, répondait. Une réponse vague, dilatoire, à peine polie, justifiant d'un mot tous les officiers ministériels présents et futurs, recommandant, pour finir, le calme et la patience.

Maman redoublait d'inquiétude : elle était fort prudente et même circonspecte, quand il ne s'agissait pas directement de sa nichée, car, alors, le mot de lionne serait faible. Maman, donc, réfléchissait et nous livrait, à demi-mot, une part de ses angoisses. « Si l'homme du Havre apprend ça, c'est fini. Nous sommes perdus. Nous en avons pour dix ans. »

Le soir, quand papa revint, maman lui présenta la lettre.

— Eh bien ? fit papa, la moustache en mouvement.

— Raymond, n'avons-nous pas eu tort ?

Puisqu'il s'agissait d'avoir tort, maman, qui n'était pour rien dans cette démarche extravagante, y prenait tout de suite une part.

Notre père manifesta les signes prémonitoires d'une belle colère-solo.

— Je fais ce que je crois devoir faire pour en finir une bonne fois. L'argent du Havre, je m'en moque. Ce que je ne peux supporter, c'est l'apathie de cet imbécile. Je parle du notaire. Puisque la Chambre des notaires, elle-même, prend fait et cause pour cette canaille, je sais ce qu'il me reste à faire. Je finirai par y aller.

— Où donc ? Au Havre ?

— Non, dit mon père, olympien. Pas au Havre. En Amérique. Quand je serai là-bas, je me renseignerai moi-même.

Minute d'effroi. Je crus que ma mère allait se jeter à genoux pour détourner papa d'un projet en même temps si fol et si grandiose. Elle commença de pleurer. Pendant qu'elle pleurait, papa se reprenait à sourire. Quelques minutes après, il avait oublié l'Amérique et même retrouvé ce calme recommandé si vivement par la Chambre des notaires.

Nous fûmes, cet été-là, soumis à la plus dangereuse des tentations. Je dis nous… oh ! je n'étais alors qu'un frêle petit garçon ; mais je ressentais nos épreuves avec une passion toute fraîche et les misères de mon clan me labouraient jusqu'au fond de l'âme.

Maman reçut un jour une lettre que j'ai retrouvée dans les papiers de la famille. C'est miracle que cette lettre ait résisté pendant plus de quarante ans aux caprices de notre vie aventureuse. Puisqu'elle est là, sous mes yeux, j'irai donc au plus simple et me contenterai de la recopier.

PAUL GLASERMANN
Agent d'affaires
Avance de fonds. Prêts sur gages.
Enquêtes particulières. Transactions.
Démarches secrètes. Argent de suite.

Madame,

Nous avons appris, par notre service de renseignements, qu'un héritage dont vous êtes bénéficiaire est actuellement l'objet, en France et en Amérique, de recherches litigieuses, recherches qui ne semblent malheureusement pas sur le point d'aboutir et qui peuvent demander encore de longues années avant que vous soit donnée satisfaction. Après examen des dossiers remis à notre cabinet par notre service spécial, nous sommes en mesure de vous présenter la proposition suivante, proposition que vous ne manquerez pas de juger très avantageuse. Nous pouvons nous charger d'accomplir en votre nom et place toutes les démarches nécessaires à la solution prompte et si possible définitive de cette affaire. Ces démarches comportant de grands frais et de grands risques, vous vous engageriez, par écrit, selon toutes les formes légales, à nous abandonner soixante pour cent des sommes à recevoir. Le quart du reste vous serait versé à la signature de notre accord, signature qui pourrait avoir lieu sous dix jours, à compter de votre acceptation verbale.

Nous espérons, Madame, que vous apprécierez comme il convient notre proposition et que vous voudrez bien prendre en considération les risques auxquels notre cabinet s'expose dans votre intérêt.

Veuillez agréer, Madame…

Papa relut deux fois la lettre, mot à mot. Il disait, avec un sourire vert : « Les fripouilles, les fripouilles ! Nous vivons environnés de fripouilles. C'est extraordinaire ! »

Ce mouvement d'humeur passé, papa leva les sourcils. Son visage s'éclairait.

— En somme, fit-il, ce serait dix mille francs tout de suite. Il ne faut pas se dépêcher de dire non. Cette affaire du Havre, je commence à n'y plus croire. Dix mille francs que l'on tiendrait, ça vaudrait mieux, Lucie, que ces quarante mille francs dont nous ne toucherons peut-être jamais le premier liard.

— Attends, Ram, dit maman, le visage sérieux. Il me semble que tu te trompes. Ils disent le quart…

— Oui. Le quart de quarante mille francs, ça fait dix mille. Je sais encore compter.

— Non, Ram, tu dois te tromper. Ils disent « le quart du reste ». Soixante pour cent de quarante mille, ça fait… Laisse-moi réfléchir. Ça fait vingt-quatre mille. Il reste donc seize mille. Et le quart de seize mille, ça ne fait que quatre mille. Voilà, Raymond. Voilà tout. Quatre mille tout de suite et douze mille plus tard. C'est une escroquerie, tu vois bien.

Papa calculait très mal et très lentement. Il se fit répéter dix fois ce compte pourtant si simple. Il finit même par le noter sur les marges de la lettre, comme je peux le voir encore. Et, chose poignante à dire, il eut encore une minute d'hésitation. Oh ! il n'était pas avide, mais seulement fatigué, bien qu'il ne l'avouât jamais, oui, ce jour-là, fatigué. Quatre mille francs tout de suite… Et puis il se ressaisit, et ce fut pour éclater.

— Des voleurs de grands chemins ! Des détrousseurs ! Des bandits ! Et je vais le leur écrire. Tout de suite, Lucie, tout de suite !

— À quoi bon leur écrire ? Il suffit de ne pas répondre.

— Si, dit papa, je vais écrire. Et il ajouta, plus bas : « Comme ça, je ne serai pas tenté d'y aller voir, quoi qu'il arrive. Mieux vaut couper les ponts. »

Il écrivit. Il renonçait mal à ce genre d'allégement. Je dois dire que, dans l'année qui suivit, nous reçûmes trois ou quatre propositions de même espèce. Maman disait :

— Tu vois bien, Raymond, tu vois bien : du moment qu'ils veulent tous s'occuper de notre affaire, c'est au fond qu'elle est très bonne. Patientons ! Patientons !

Nous patientions, forcément. Et les jours passaient. Car quoi qu'il arrive, et même quoi qu'il n'arrive pas, les jours passent, et les semaines et les mois. Et chaque soir, on se demande comment on pourra résoudre le problème effrayant qu'est la journée du lendemain. Et la journée du lendemain finit par être vécue.

Maman dit, un matin, en servant le café :

— Raymond, j'ai une idée.

Papa secouait la tête.

— Une excellente idée, Raymond. Nous allons prendre un pensionnaire.

Papa fronçait le sourcil.

— Où veux-tu le mettre ?

— Pardonne-moi, dit maman. Nous n'avons qu'une pièce possible : c'est le cabinet de travail. Tu t'installeras dans la chambre. Je sais que tu n'y seras pas à l'aise, mon pauvre Raymond. Mais tu travailles bien partout, quand l'envie t'en tient. Et tu n'imagines pas comme ça m'arrangerait, Raymond. J'ai fait mes comptes, tu peux me croire.

— Un pensionnaire ! Quel pensionnaire ?

Et papa frappait du pied.

— S'il faut tout te dire, Raymond, je l'ai, mon pensionnaire. C'est un monsieur Laversin, que connaît madame Tesson.

— Fais pour le mieux, Lucie.

Maman fit pour le mieux. Elle poussa le piano jusque dans la salle à manger, casa la table et les livres de papa dans la chambre qu'on appelait orgueilleusement la grande chambre, qui logeait déjà deux lits et qui n'était, faut-il le dire, qu'une très modeste petite chambre. Elle commanda, chez le serrurier, une clef supplémentaire pour la porte du palier. Ce n'étaient pas de grands frais ; c'étaient quand même des frais. « On n'obtient rien, disait maman, sans une petite mise de fonds. N'importe ! ça marchera très bien. Ce monsieur Laversin est le pensionnaire modèle : il travaille toute la nuit, dans l'imprimerie d'un journal. Et c'est, dit madame Tesson, un homme si bien élevé ! »

M. Laversin vint, un jour, avec une petite valise. L'accueil de papa fut correct et glacé. M. Laversin portait les cheveux ras et une barbiche grisonnante. Il avait le teint blême des gens qui dorment le jour. Il était un peu bedonnant, triste d'allure, mais « convenable » ainsi que l'avait annoncé Mme Tesson. Il ne prenait avec nous que le repas du soir, avant de partir au travail. Il dormait le reste du temps et déjeunait entre deux sommes, en sorte que maman n'eut plus un instant de repos. M. Laversin n'était pas d'une exigence excessive. Quand il avait besoin de quelque chose, il frappait du poing la cloison. Maman se levait tout de suite, l'air soumis et inquiet. Elle disait : « Je ne veux pas le faire attendre. Il mène une vie très fatigante ; il a bien besoin de soins. Un vieux garçon, c'est tout de suite pitoyable. »

Nous avions gardé l'habitude, comme avant, comme toujours, de jouer dans la salle à manger. M. Laversin, un jour, donna du poing dans la muraille. « Calmez donc les enfants, Madame. Vous comprenez que je ne peux pas dormir. » Nous fîmes de grands efforts pour parler bas, pour ne plus rire. Quand nous déplacions une chaise, nous nous regardions les uns les autres, effrayés, en nous querellant à voix sourde.

Un jour par semaine, M. Laversin était de repos. Il restait alors dans sa chambre et fumait la pipe. L'odeur du tabac se répandait dans tout l'appartement et nous étions, sans le dire, tristes comme les habitants d'une ville occupée par l'ennemi.

En temps ordinaire, M. Laversin rentrait vers cinq heures du matin. En l'entendant tourner la clef dans la serrure, maman se réveillait parfois et s'agitait dans son lit, ce que je sentais confusément quand je couchais auprès d'elle. Un matin, je l'entendis qui disait, à voix basse mais insistante :

— Raymond ! Tu m'écoutes, Raymond ?

— Oui, oui. Qu'est-ce que tu veux ?

— Monsieur Laversin vient de rentrer.

— Oui. Qu'est-ce que ça peut faire ?

— Raymond, monsieur Laversin n'est pas seul. Écoute, on entend deux voix. Raymond, je crois bien que monsieur Laversin est rentré avec une femme, une dame, enfin, je ne sais pas. Mon Dieu, mon Dieu !

Papa venait de s'éveiller tout à fait. Il se dressait sur son coude et prêtait l'oreille.

— C'est ma foi vrai, Lucie. On entend une voix de femme.

— Raymond ! Mais c'est impossible !

Papa fit, à plusieurs reprises, claquer sa langue contre ses dents.

— Enfin, Lucie, c'est un fait. Puisque cet homme loue une chambre, il est chez lui, dans cette chambre. Il a bien le droit, somme toute, de recevoir quelqu'un et même de recevoir une femme sans nous demander l'autorisation.

— Raymond, je te dis que c'est impossible.

— Quand on prend un pensionnaire, on sait à quoi l'on s'expose.

— Sa sœur, oui, je comprendrais. Mais, à cinq heures du matin, ce n'est sûrement pas sa sœur. Et si c'était une créature.

— Oh ! dit papa, tais-toi, Lucie. Tu l'as voulu, tu dois le supporter.

— Il y a des choses, dit maman, que je ne supporterai jamais. Ma maison ! Mon foyer ! Que penseraient les enfants ?

— Laisse-moi dormir, Lucie.

Je me rendormis aussi. Maman s'agitait beaucoup et même parlait tout bas. Je ne sais ce qui se passa le lendemain matin, car je dus aller à l'école. Quand je revins, vers midi, j'appris que M. Laversin avait bouclé sa petite valise et nous avait quittés. Je surpris des bouts d'entretien entre mon père et ma mère. « Je ne peux pas dire, avouait maman, qu'il n'a pas été convenable. Il m'a fait observer que sur ce sujet-là, nous n'avions rien prévu. On ne peut pas penser à tout. Imagine, Raymond, qu'il m'a parlé d'hygiène et que c'était son habitude à peu près toutes les trois semaines. Quant à la femme, je l'ai vue. Ce n'était pas absolument ce qu'on peut appeler une créature. Non. C'est égal, je suis bouleversée. Mais il est parti, et même il m'a payé ce qu'il devait. Je l'aurais laissé partir sans réclamer, pourvu qu'il s'en aille. »

Papa haussa les épaules et ce fut tout pour M. Laversin. Mme Tesson ne tarda pas à lui trouver un successeur. C'était un Italien nommé M. Bottone. « Je me défie toujours des étrangers, expliquait Mme Tesson ; mais, celui-là, je le garantis. Et puis, je l'ai prévenu, vous savez, madame Pasquier. Tout ce qu'il voudra, mais pas de femmes. »

M. Bottone a laissé peu de traces dans notre mémorial. Il n'amenait en effet pas de dames et se conduisait en tout avec beaucoup de politesse. Nous n'aurions pas su dire quelle était sa profession. Il recevait, chaque soir, la visite de plusieurs de ses compatriotes et ils s'entretenaient dans leur langue, sachant que nous ne l'entendions point, avec beaucoup de vivacité. Il ne nous resta que trois semaines et partit, fort civilement. Le lendemain même de son départ, nous entendîmes, vers midi, heurter vigoureusement à la porte. C'était un monsieur bien vêtu, escorté de deux sergents de ville. Il apprit avec une contrariété visible que M. Bottone n'habitait plus sous notre toit. « Vous devriez, dit-il, y regarder à deux fois, avant de louer votre chambre à des anarchistes. Nous allons quand même visiter la chambre. »

Nous étions terrorisés et maman tremblait du menton comme son grand-père Guillaume, le jour du Maréchal Ney. Au moment de se retirer, le visiteur dit encore : « Vous prenez des pensionnaires ? Avez-vous fait seulement une déclaration en règle ? Vous aurez de mes nouvelles. »

— Tu vois, dit maman le soir, tout se dresse contre nous. Voilà qu'on veut nous empêcher de prendre des pensionnaires.

Papa fermait un œil, à moitié.

— Je n'ai jamais été, Lucie, très partisan du système des pensionnaires ; mais, puisqu'on prétend nous empêcher d'en avoir, alors, je change d'avis. Je veux des pensionnaires. Tu m'entends bien, Lucie, j'en veux !

— Ne t'emporte pas, Raymond. Je vais en chercher un autre.

Les gens de la police nous oublièrent, par bonheur, et maman put dire, un soir :

— Raymond, cette fois, j'ai trouvé. Oh ! l'occasion unique. Une vieille dame ou, plutôt, une vieille demoiselle, une ancienne directrice d'école. Une personne tout à fait bien. Avec une personne âgée, nous n'aurons pas de surprise.

Je crois bien me rappeler que cette perle des pensionnaires s'appelait Mlle Vermenoux ou Vermenouze et qu'elle était auvergnate. Elle passa chez nous plus d'un mois et montra, dès le début, de surprenantes exigences alimentaires. Elle divisait les nourritures en deux catégories : celle des échauffantes et celle des rafraîchissantes. Elle combinait les unes et les autres selon des proportions rigoureusement établies. Elle reprenait ma mère sur un grain de sel, une goutte de vinaigre, un atome de saindoux, un soupçon de farine. Ma mère souffrait en silence et supportait avec résignation les conférences diététiques de cette personne impossible. Mlle Vermenouze avait en outre la passion du beau parler, ce qui la conduisit, un jour, à corriger mon père en notre présence à tous : « Mais non, Monsieur, mais non ! Le verbe aimer, suivi d'un infinitif, demande la préposition. » Mon père se mit à sourire, de ce sourire féroce qui nous jetait dans l'épouvante. « Avec ou sans préposition, c'est un verbe, Mademoiselle, que vous n'auriez pas été fâchée de conjuguer au moins une fois si l'on vous y avait aidée. » Ô terrible papa ! Comme il tapait cruellement quand il était agacé !

Mlle Vermenouze se redressa de toute sa taille en glapissant des injures. Elle nous quitta dès le lendemain.

— C'est fini, gémissait maman. Je n'en veux plus, je n'en peux plus. Pardonnez-moi, mes enfants. Je le faisais pour votre bien. Mais c'est au-dessus de mes forces. Nous ne sommes pas des gens à nous mêler avec les autres.

Nous avions tous le sentiment que ces étrangers violaient, par leur présence, notre asile, notre lieu sacré, le sanctuaire secret de notre vie, de nos joies et de notre misère. Tant pis ! Tant pis ! Nous acceptions tous de manger moins bien, de marcher avec des chaussures percées, d'avoir moins chaud, de voir moins clair, d'user jusqu'à la corde nos vêtements cent fois reprisés, à la condition d'être seuls, entre nous, du même clan, malheureux, dépourvus, mais purs, mais francs de toute alliance avec des gens d'une autre race.

CHAPITRE XV

Première communion. L'enfant humilié. Justice maternelle. Une minute de faiblesse. Vêtements de confection. Fatigue et désespoir.

Trente-six mille jours ! Voilà donc le fardeau, le trésor d'un homme qui vivrait cent ans. Les jours ! Qu'ils sont peu, les jours ! Et pourtant, quelle infinité fourmillante ! Quel désert ! Quelle solitude !

J'erre, navigateur perdu, sur les lieux d'un ancien naufrage. Des événements infimes flottent, comme des épaves, flottent de loin en loin.

Ferdinand et Désiré ont fait leur première communion. On a, pour cette solennité, trouvé l'argent nécessaire : père a vu M. Cleiss et demandé, non sans répugnance, un acompte. On a dressé le couvert dans l'appartement vide, avec la complicité de Mme Tesson. On a vu la vilaine tête de Mme Troussereau et quelques autres personnages extraits du monde Pasquier. Il paraît que, pour ces fastes, l'usage est d'inviter, même quand on est très pauvre, toutes sortes de gens que l'on n'aime pas ou que l'on connaît à peine. Ferdinand a reçu, en présents, de tel ou telle, cinq pièces de cent sous qu'il a données à maman, le soir, les dîneurs partis. Maman a pleuré, une seconde, et a dit : « Je te remercie. Je te les rendrai plus tard… » Elle n'a pas ajouté : « … quand le notaire du

Havre… » Oh ! nous y pensons toujours, mais nous en parlons beaucoup moins. Nous y mettons de la pudeur.

Mon cher Désiré Wasselin a fait une communion exemplaire. Tout le monde, à commencer par son papa, l'a trouvé laid, mal habillé, ridicule. On admet qu'il soit pieux, mais quand même pas à ce point-là. Il m'a paru très beau, très noble. Je lui ai dit, le soir, après la confirmation : « Alors, c'est décidé, tu seras prêtre ? » Il m'a répondu, l'œil noir : « Non, ce n'est pas décidé. Je ne peux rien dire encore. »

Un autre événement surnage, presque de la même saison. Ferdinand a manqué le certificat d'études. Je le revois : il est assis sur une chaise. Il a l'air d'un animal qui a reçu le coup de maillet. Il avait si bien travaillé ! Il n'a pas manqué de courage, mais plutôt de chance et de facilité. Papa le regarde avec un sourire terrible. Ferdinand soupire : « Je recommencerai. » Et c'est vrai qu'il ne craint pas de recommencer. Papa hausse les épaules. Vraiment, quelle dérision ! Vraiment, ça s'annonce très mal : Joseph est « dans le commerce » et Ferdinand est un fruit sec. Les autres sont encore trop petits. C'est lui donc, lui seul, lui, l'homme déjà mûr – il ne dit plus jamais son âge – qui va tenter, contre tout bon sens, la douloureuse, la déconcertante fortune des études. Il faut vraiment qu'on ne sait quel démon vous pique un homme dans le dos ! Tant pis, papa sera seul.

Ferdinand ne peut plus se retenir de pleurer. Nous sommes tous abattus. Quelle humiliation ! Quelle amertume ! Eh bien ! non ! maman n'est pas humiliée, et non plus amère. Elle a tout à coup pris dans ses bras le triste enfant vaincu qui pleurait seul sur sa chaise, qui pleurait de ses gros yeux myopes. Elle l'a saisi dans ses bras comme s'il était encore un très petit bébé. Elle le berce et le console. Elle énumère et célèbre les très réelles vertus de l'enfant malheureux.

La voici déchaînée pour jusqu'à la fin des jours, cette passion maternelle, cette passion de justice injuste. Il ne sera pas dit, ô mère, qu'un des enfants de ta chair sera plus malheureux que les autres. On prétend qu'il est mal doué ? Raison de plus, alors, pour le chérir, pour le choyer, pour chanter sa louange, pour le défendre contre tout et contre tous.

D'ailleurs il n'est pas mal doué, pas moins intelligent que les autres : il est seulement moins heureux dans ses entreprises, moins favorisé du hasard. Il faut bien qu'il ait, quelque part, ne serait-ce que dans un cœur, la place la plus chaude, la plus douillette, la plus haute.

Les années peuvent venir, et même le siècle nouveau tout chargé de destinées. On dit que Joseph est riche, que la petite Cécile est devenue une artiste incomparable, que la nouvelle, la Suzanne, est d'une beauté radieuse, que Laurent connaît la gloire. Tout cela, c'est très beau, et c'est peut-être même vrai ; mais le cœur maternel, jusqu'à la dernière minute, ne battra que pour la justice, que pour l'équilibre vengeur. Il y aura du moins quelqu'un pour exalter les mérites de Ferdinand, pour citer ses mots, publier son goût, louer ses ouvrages.

C'est ainsi. C'est bien ainsi. Qui donc oserait s'en plaindre ? L'homme juste doit reconnaître qu'on ne peut tout avoir. Et pourtant, à certaines heures, il comprend que l'on peut être jaloux de tout, même de certaine pitié.

Je rêve et je m'égare au milieu des saisons. Vint un nouvel hiver. Il y eut des mois d'allégresse inexplicable, pendant lesquels, sans même savoir pourquoi, nous étions sûrs que les choses allaient miraculeusement se délier. Il y eut des mois maudits pendant lesquels, comble de disgrâce et de fatigue, nous finissions par ne même plus penser au notaire du Havre. Nous vivions comme les bêtes qui marchent en regardant leurs pattes dans la poussière. Un soir, j'entendis papa dire, pour la première fois, cette petite phrase terrible :

— Lucie, je peux renoncer.

Il avait posé non les coudes, mais les deux bras à plat, sur la table. Lui, si fier, si vaillant, si bien mordu d'orgueil, il courbait le dos, il laissait aller sa tête en avant. Il avait veillé trop de nuits. La confiance, tout à coup, s'en allait, comme le sang par une blessure intérieure. Il reprit, la voix plus sourde :

— Je peux abandonner… C'est même le moment, Cleiss m'a parlé d'un travail… Une compilation énorme. Il y en aurait pour quatre ans. Si j'abandonne mes examens, c'est tout de suite l'aisance. Oh ! je sais, ce ne serait pas déshonorant, ce serait seulement… inconcevable, après tout ce que j'ai fait.

Maman étendit le bras et saisit, au ras de la table, les mains de son mari. Elle les secouait, en riant :

— Abandonner ! Mais, Raymond, c'est une idée du soir. Comme il faut que tu sois fatigué ! Demain, tu n'y penseras plus.

Père se redressait déjà.

— Fatigué ? Non, non, je ne suis jamais fatigué. Si j'ai pu envisager la chose, c'est pour te soulager, Lucie.

Maman se reprit à rire.

— Raymond, comme tu es bon ! Mais, moi, je ne compte pas. Ne t'inquiète pas de moi. Je suis, par bonheur, bien portante.

À quelques jours de là, maman revint d'une course en ville avec un énorme ballot qu'elle ouvrit, le soir, sur la table. C'étaient des pantalons d'homme, tout coupés ; il ne restait qu'à les coudre. Maman se mit au travail et veilla, par la suite, une grande partie des nuits. Elle avait trouvé cet ouvrage dans une maison de confection qui tirait bon profit des ouvrières à domicile. Maman disait : « Ce n'est pas très bien payé ; mais ça nous aidera beaucoup. Nous pourrons joindre les deux bouts. Tu comprends, Raymond, toi dans ton cabinet, moi dans la salle à manger. Comme ça, la nuit est moins longue. »

Je lui disais parfois :

— Comme tu couds, maman ! Comme tu couds bien !

Elle répondait :

— C'est ma vie.

Elle aspirait un peu de salive entre ses dents et trouvait le temps de sourire. Il arrivait qu'elle ajoutât :

— Si seulement j'avais une fille en âge de m'aider. On travaillerait ensemble et ce serait quand même plus gai. Mais rien que la petite Cécile et, tout le reste, des hommes.

Les choses allaient leur train. Certains voisins se plaignaient à cause de la machine à coudre qui les empêchait de dormir. Ils finirent par s'y habituer.

Une nuit, je fus réveillé par je ne sais quel cauchemar. Je ne pouvais plus me rendormir. Papa, couché déjà, somnolait à mon côté. Je voyais, de loin, sur le parquet, un filet de lumière venu de la salle à manger ; mais je n'entendais aucun bruit. Ce silence mortel finit par m'effrayer si bien que je me levai sur la pointe de mes pieds nus et marchai vers la clarté.

Maman dormait, assise devant la table, la tête dans son bras reployé. Elle devait être enrhumée, car un fil brillant et limpide descendait de son nez jusque sur son ouvrage. Elle était pâle et respirait mal par sa bouche entr'ouverte. Comme je lui touchais le bras, elle s'éveilla, m'aperçut et se mit à pleurer. Elle m'avait pris sur ses genoux et me serrait contre elle pour que je n'eusse pas froid, en chemise ainsi, pieds nus. Elle pleurait tout bas, tout bas, et disait des choses sans suite : « Dieu sait que je n'ai pas souhaité la mort de mes pauvres sœurs. Si je l'avais souhaitée, je comprendrais que le ciel me punisse. Mais puisqu'elles sont mortes, hélas ! Qu'on me donne mon dû, Seigneur ! et que ce soit fini. Va te coucher, Laurent. Tu seras fatigué, demain, pour aller à ton école. L'instruction, c'est beau, Laurent, surtout quand on la prend jeune. Mais, comme nous, comme nous, je veux dire comme ton père, c'est vraiment trop cher payer. Tes pieds sont froids, Laurent. Laisse-les encore une minute dans le creux de ma main. »

CHAPITRE XVI

Maladie de maman. Mystérieuse apparition du vieillard. Wasselin-le-mauvais-ange. Le hasard et la chance. Du choix d'un prêteur. Le voyage du Havre. Intervention des Courtois. Signature d'un traité.

Vers la fin de cet hiver-là, maman tomba malade. Ce fut dramatique et bref. Cela commença de nuit. Papa disait à mon oreille : « Réveille-toi, tout de suite, mon garçon, et va te coucher dans le lit de tes grands frères. » J'ouvris péniblement les yeux. Papa tenait à deux mains une cuvette pleine de sang. Maman s'efforçait de sourire : « N'aie pas peur, Laurent. Je ne suis pas à mon aise et c'est tout. » Réfugié dans la chambre de mes frères, j'entendis, jusqu'au matin, papa qui remuait des brocs, cherchait du linge dans l'armoire et faisait chauffer de l'eau, sur le gaz, dans la cuisine.

Quand vint le jour, la misérable lumière de février, maman s'habilla non sans effort. Elle murmurait :

— Ce n'est pas ma faute, Raymond ; mais la tête me tourne.

Elle descendit l'escalier au bras de notre père et partit dans un fiacre. Elle resta huit jours à l'hôpital, huit jours pendant lesquels Mlle Bailleul vint nous faire la cuisine et même laver le petit linge. Nous avons, par la suite des temps, perdu Mlle Bailleul dans la brousse parisienne. Elle doit être bien vieille, si tant est qu'elle vive encore. Elle ne doit plus songer à nous. Je la salue, elle ou son ombre. C'était vraiment une bonne et sainte fille. Elle savait relever ses manches, manier un balai, retrousser les longues robes que l'on portait en ce temps-là. Elle avait, de la charité, un sentiment rustique et populaire que je trouve bien respectable.

Papa, pendant huit jours, prit tous les repas avec nous. Il avait l'air soucieux, mais s'efforçait de faire bonne contenance et même de sourire encore. Un jour, il se leva de table soudainement, et pendant quelques minutes, alla s'enfermer dans sa chambre. Quand il revint, il me parut changé : le menton plus court, la bouche plus creuse. Il s'efforçait de manger encore, mais il ne répondait pas à nos questions. Quand il dit enfin quelques mots, je fus frappé d'horreur. Ce n'était plus sa voix, c'était une voix de vieillard, zézayante et presque infirme. Il me parut soudain que le monde allait s'écrouler. J'attendais une catastrophe. Je me sentis incapable d'avaler une bouchée de plus.

Le repas fini, Joseph nous prit à part :

— Ça vous fait de l'effet, dit-il, de l'entendre parler comme ça. Moi, je sais très bien ce que c'est : il a cassé son râtelier, vous comprenez ? ses fausses dents.

— Mais, fis-je, les larmes aux yeux, c'est impossible, impossible ! Papa n'a pas de fausses dents.

Joseph haussa les épaules.

— Si tu regardais seulement, au lieu de rêvasser, tu verrais papa, tous les soirs, laver son râtelier, dans la cuvette, avec cette petite brosse qu'il y a toujours, dans un verre.

Je ne répondis rien. J'étais désespéré. J'avais toujours trouvé mon père si beau, si jeune ! Je venais d'entrevoir le vieillard qu'il serait un jour et qu'il tâchait de nous cacher.

Deux jours durant, père fut ce triste vieillard. Le troisième jour, il revint et parla comme d'habitude, en souriant sous ses longues moustaches. Mais j'avais perdu confiance.

Le lendemain, maman revint aussi, toute seule, un paquet de linge sous le bras. Elle avait dû subir une petite opération dont on ne nous dit presque rien. Elle était extrêmement pâle et faillit s'évanouir en arrivant à la maison.

— Lucie, dit papa, tu vas me faire le plaisir de travailler le moins possible. Nous t'aiderons tous un peu. Quant à la couture du soir, c'est fini. N'en parlons plus.

Maman lançait autour d'elle un regard de détresse.

— Tu imagines, reprit papa, que j'ai cherché, tous ces jours-ci, une solution raisonnable. J'étudie un projet. Nous en reparlerons quand tu seras reposée. Ce n'est pas à huit jours près.

Je pense qu'environ ce temps mon père, le fier, le dédaigneux, fut tourmenté par Wasselin-le-mauvais-ange. Wasselin, chassé de partout, s'était mis à jouer aux courses, non plus de manière accidentelle, mais avec une persévérance, une assiduité surprenante chez cet homme « libre et volatil ». Il allait presque chaque jour en banlieue, dressait des listes, pointait des noms, se livrait à des calculs prodigieusement compliqués, consultait des ouvrages, appliquait avec rigueur des méthodes savantes qui changeaient chaque semaine. Bref il travaillait beaucoup plus qu'il ne l'avait jamais fait dans aucun emploi régulier. Saint et, s'il l'eût fallu, martyr du pari mutuel, il se livrait à des effusions apostoliques et prêchait les infidèles. Il arrêtait mon père sur le palier et tâchait à le séduire : « Je sais, je sais, disait-il, que votre affaire d'héritage vous enrichira tout d'un coup. Mais, en attendant, mon cher. Songez, en attendant ! Ce n'est pas une question de chance ; je sais que vous n'aimez pas ça. Au contraire, c'est absolument mathématique. Vous mettez cent sous, cent malheureux sous et vous touchez dix fois, douze fois la mise. Les mauvais jours, seulement sept fois, six fois. Bien entendu, vous pouvez mettre beaucoup plus de cent sous. »

Papa souriait, secouait la tête, résistait, en définitive. Il a toujours résisté. Il aimait l'aventure, non les jeux de hasard. Je n'ai jamais vu mon père jouer aux cartes, par exemple, ni prendre des billets de tombola. Ses chimères volaient ailleurs. Il était, comme tout le monde, et même beaucoup mieux que tout le monde, capable de se laisser duper, il l'a prouvé bien des fois ; mais il demandait un semblant de raison valable. Il était encore très près de ces paysans bandés contre les hasards du ciel, de la terre et des éléments. S'il avait eu de l'argent, il aurait aimé, je pense, les valeurs dites « à lots », dont il nous parlait souvent, et qui supposent une chance miraculeuse, sans toutefois qu'on doive abandonner le sentiment du capital.

Son projet essentiel, depuis la maladie de maman, était de faire un emprunt. Oh ! pas un petit emprunt ! « Quelque chose, disait-il, d'une bonne importance moyenne, qui nous permette de voir clair. »

Il courut, pendant quelques jours, le monde hideux des prêteurs. Il disait, en rentrant, le soir :

— C'est effroyable, Lucie ! Madame Delahaie avait du génie, dans son genre. Elle a pris toutes les précautions. Imagine bien que les titres, ces fameux titres dont nos enfants ont la nue-propriété, dont, toi, tu as l'usufruit, ces titres qu'on ne pourrait vendre qu'après ta mort…

— … Si seulement, soupirait mère, si seulement j'étais morte à l'hôpital, vous les auriez vendus, ces titres, et vous auriez de l'argent.

— Ne dis pas de sottises, Lucie. Nous n'aurions même pas pu les vendre. Tu n'as pas bien lu les paperasses. Moi non plus, je ne les avais pas bien lues. Mais les gens d'affaires, ça voit tout. On peut les vendre après ta mort, les titres, bien entendu. Mais à la condition que les enfants soient majeurs. À la condition, pour chacun des titres de douze mille cinq cents francs, que chacun des enfants possesseurs ait atteint sa majorité. Patience : je n'ai pas fini. Reste la question d'un emprunt. En général, il est toujours possible d'emprunter quelque chose sur un titre. Eh bien, même pour un emprunt, il est indispensable, avec tes fameux titres, que le nu-propriétaire ait atteint la majorité, ce qui, pour l'aîné, pour Joseph, demande un peu plus de cinq ans. Avoue que c'est admirable et que je n'exagère pas quand je dis que madame Delahaie avait une espèce de génie. Quelle race ! Quelle engeance !

Maman soupirait, rose de confusion, et papa repartait en chasse. Il revint un jour, l'air si las, si découragé que mère posa des questions.

— Qu'est-ce que tu as, Raymond ?

— Rien de plus que les autres jours. J'ai cherché. Je n'ai pas trouvé.

— Qui donc as-tu vu, aujourd'hui ?

— Personne qui t'intéresse.

Faite de méchante humeur, cette réponse n'était pas franche. Maman réfléchit un instant et demanda, la voix douce :

— Par hasard, tu n'aurais pas rencontré madame Troussereau ?

Alors, père avoua tout, comme un enfant pris en faute, sur le fait.

— Oui, j'ai vu ma sœur Anna.

— Tu n'as pas parlé d'emprunt ?

— Si, j'ai parlé d'emprunt. À qui veux-tu que je m'adresse ? Je ne connais personne, personne. Une sœur, ce serait naturel. Depuis son dernier veuvage, elle vit bien à son aise.

— Oh ! Ram ! Il ne fallait pas. Plutôt mourir de faim, Raymond ! Même les enfants, oui, même les enfants ! Demander à madame Troussereau ! Quelle honte ! Quelle honte !

Maman sanglotait à sec, avec rage, avec désespoir.

— Ce qu'elle a pu te répondre ! Tu n'as pas besoin de le dire. Je le devine assez bien. Comment veux-tu, maintenant, que j'ose la regarder en face ?

Papa, saoul de rancœur, ne répondit pas un mot.

Quatre ou cinq jours passèrent, et je crois bien que papa commençait de lâcher pied quand maman lui dit, un soir :

— Écoute, Raymond, j'ai trouvé.

— Qu'est-ce que tu as trouvé ?

— Une personne, pour l'emprunt.

Père fit un geste vague.

— On va nous prêter dix louis. Je vois la chose d'ici.

— Non, dit mère, posément. J'ai trouvé le prêteur. Et nous aurons dix mille francs.

— Qui ? fit père, incrédule.

— Notre voisin, monsieur Courtois.

Papa secouait la tête.

— Ma pauvre Lucie, tu rêves. Ces gens-là sont terriblement près de leurs sous. Dix mille francs ! Une vraie fortune ! Tu n'as pas regardé Courtois.

— Je te demande pardon, répliqua mère avec beaucoup de calme. Ce n'est pas une affaire en l'air. J'en ai parlé depuis deux jours. C'est même une affaire entendue. Il manque seulement un papier que je vais aller chercher, dès demain, moi-même, au Havre, chez le notaire, et qu'il ne peut me refuser : un extrait du testament concernant l'argent de Lima. Une copie ! Je ne reviendrai que le papier dans les mains et je te donne ma parole que, moins d'une semaine après, nous aurons l'argent.

— Ce serait trop beau, dit mon père. Allons, explique-moi tout en reprenant au commencement.

Et notre mère expliqua tout : les conversations préparatoires, la grande réserve des Courtois, les arguments, la discussion, les mille points soulevés par la dame, par le frère, par les Fées, par toute la bande, finalement les conditions, l'intérêt, le remboursement futur. Oh ! comme elle était habile avec son air ingénu ! Papa disait : « Sais-tu, Lucie, que tu ferais une étonnante femme d'affaires ? »

Et toutes les choses se passèrent comme maman les avait arrangées. J'étais, lors de cet événement, bien jeune, mais point inattentif.

On en a parlé, dans la suite, autour de moi, pendant trente ans, en sorte que ma mémoire, avivée constamment, oui, je dis bien, remise à vif, saigne encore pour peu qu'on la touche.

Maman fit le voyage du Havre. Il fallut, pour parer à cette dépense immédiate, engager encore quelque chose, et ce fut la bibliothèque. Je parle du meuble, bien sûr. Pour les livres, nous nous serions fait tuer plutôt que de nous en dessaisir. On les empila dans un coin, le dictionnaire de Littré bien accessible, sur le tas, car on l'ouvrait à chaque instant, comme d'autres ouvrent la Bible.

Ce petit voyage prit deux jours, deux jours pendant lesquels nous retenions notre haleine. Et puis, maman reparut. Elle montrait un visage clair et nous rassura tout de suite :

— J'ai le papier. Un extrait, une copie. Ça ne peut pas se refuser. Si je l'avais demandé par lettre, nous en aurions eu pour trois mois. On sait comment ça se passe, avec messieurs les notaires. Mais, j'étais là, j'étais là ! Je me suis assise dans un coin de l'étude et j'ai dit que j'allais attendre. Alors, quand ils ont compris que je ne m'en irais pas, ils ont fait dresser la copie. Ce matin, on a mis les cachets, la légalisation, je ne sais quoi. J'en ai pour seize francs soixante ! Rien que de ce papier.

— Alors, tu l'as vu, Lucie ?

— Le notaire ? Le notaire du Havre ?

— De qui penses-tu que je parle ?

— Évidemment, je l'ai vu. Oh ! c'est un homme comme les autres, un homme très ordinaire. Je croyais me rappeler qu'il était fort, sanguin, avec une encolure de taureau. Comme on peut se tromper, quand même ! Il est plutôt maigre, plutôt pâle. J'ai pensé, tout à coup, qu'il devait être malade. J'y ai repensé dans le train et je me suis dit que s'il mourait par hasard, ce serait une chose effrayante. Je ne parle que pour nous.

— Oui, oui. Et qu'est-ce qu'il t'a dit ?

Maman hochait les épaules.

— Tu sais que ces gens-là ne disent jamais grand'chose. Ils n'ont même pas l'air de savoir très bien de quelle affaire on leur parle. Ils en ont tant sur les bras ! Il m'a dit que notre affaire à nous n'allait pas trop mal ; seulement que le consul de France…

— Le consul de France ! Quel consul ? Voilà maintenant un consul qui se mêle de nos affaires !

— Nécessairement, Raymond. Le consul de France à Lima. Eh bien ! il a changé trois fois en deux ans, et, chaque fois, c'est tout juste s'il ne faut pas tout recommencer. Il paraît même que les frais s'élèvent, sans qu'on y pense, qu'ils s'élèvent, petit à petit.

— Quels frais ?

— Les frais des recherches.

— Oui, oui, dit papa, soucieux. Enfin, tu as le papier. Pour l'instant, c'est le principal.

Ils passèrent la soirée à régler tous les détails de cette affaire Courtois. Le prêt s'élevait en principe à la somme de dix mille francs. Nous prenions à notre charge les frais de timbre, assez peu considérables, et la perte causée par la vente des titres en un temps de moins-value. En d'autres termes, les Courtois vendaient pour dix mille francs de valeurs diverses. Cette vente, tout calculé, moins-value et commission, devait laisser, au cours du jour, neuf mille six cent cinquante francs, et nous donnions reçu pour dix mille. Papa grondait : « C'est incroyable ! » Et maman répondait : « Non ! C'est logique. Ils vendent, c'est à cause de nous, uniquement à cause de nous. C'est donc à nous de supporter la perte. » L'emprunt était consenti par M. Courtois l'aîné d'abord, et par M. Courtois le cadet agissant en son nom et au nom de ses sœurs. L'emprunt devait porter un intérêt de huit pour cent. M. Courtois avait dit : « Notre argent rapporte cinq. Si l'on tient compte du risque, vous pouvez servir huit, et ce n'est pas usuraire. » Il était stipulé qu'au moment de l'héritage, MM. Courtois seraient remboursés immédiatement, c'est-à-dire considérés comme les créanciers les plus favorisés et qu'ils recevraient alors, outre leurs dix mille francs, une indemnité spéciale de cinq cents francs en compensation des aléas qu'entraînerait un nouveau placement. Il était enfin prévu que si l'héritage, fraction Lima, tardait par trop à venir, le prêt serait remboursé, tout au moins pour les deux tiers, dès la majorité de Joseph, par le moyen d'un emprunt sur le titre nominatif dont il avait la nue-propriété.

Papa grinçait des dents. Maman tâchait à le calmer :

— Des choses comme ça t'étonnent, parce que tu n'as jamais eu d'argent, Raymond. Mais, chez mon oncle Prosper, où il y avait un peu de bien, on ne parlait que de ça, presque toute la journée : plus-value, moins-value, tant pour cent, garantie, recours en justice, et tout le reste. C'est la vie.

La cérémonie officielle eut lieu huit jours plus tard – le temps de passer les ordres – dans le « cabinet de travail ». Nous vîmes arriver d'abord M. et Mme Courtois, je veux dire Courtois l'aîné. Il était nerveux et sans cesse avançait les lèvres en poussant un petit grognement, ce qui hérissait bizarrement sa moustache teinte d'un noir-deuil. Il s'assit, les mains aux cuisses, sur le tabouret de piano. C'était un tabouret à vis. Parfois, M. Courtois virait vers la droite ou la gauche, et la vis travaillait avec un âcre grincement.

Quelques minutes plus tard, les Fées entrèrent à leur tour, suivies de Courtois le cadet. Leurs odeurs de vieux cuir, de patchouli, de peau d'Espagne et de tabac à priser supplantèrent aussitôt les odeurs de notre clan. Nous autres, les enfants, massés derrière une porte, nous avions le sentiment d'être conquis, colonisés.

Maman commença de lire, d'une voix claire, naturelle, calme, le texte cent fois repris pendant les journées précédentes et recopié, pour finir, sur des feuilles de papier timbré. De temps en temps, M. Courtois levait l'index et disait : « Plaît-il ? Voulez-vous recommencer tout le dernier paragraphe ? Ma parole, je deviens sourd. » Mme Courtois se penchait à l'oreille de mon père et murmurait : « Je n'ose pas le lui dire, mais c'est vrai qu'il devient sourd. » Parfois, M. Courtois élevait la main pour qu'on suspendît la lecture. Il pivotait à droite, à gauche, sur le tabouret de piano, fronçait les sourcils qu'il portait touffus et teints et disait : « J'entends très bien grincer la vis. Je ne suis donc pas sourd. C'est que madame Pasquier parle trop bas. » Et maman élevait la voix.

Une seconde lecture du texte fut ensuite donnée par Courtois le cadet. Les Fées branlaient la tête, à chaque phrase, en mesure, comme certaines gens sensibles à l'audition d'une pièce de poésie.

Ces deux lectures achevées, maman signa, la première : Lucie-Éléonore Delahaie, épouse Pasquier. Elle écrivit, humblement, un Delahaie minuscule et le Pasquier trois fois plus gros. Papa signa le dernier. Il souriait, l'œil lointain.

Alors, avec des gestes prudents, comme s'ils allaient saisir une bête venimeuse ou quelque substance explosive, les deux Courtois fouillèrent en même temps dans la poche intérieure de leur jaquette. Ils avaient, pour plus de sûreté, partagé la somme en deux. M. Courtois le vieux compta d'abord cinq billets de mille francs. Il dit : « À toi, maintenant ! » Courtois le cadet compta quatre mille six cent cinquante francs. Ils avaient posé les billets au milieu de la table et gardèrent pendant quelque temps la main dessus, à plat. Puis ils dirent : « Comptez vous-même. » Notre mère compta les billets et les tendit à papa. Les Courtois lisaient de l'œil le reçu sur papier timbré, avant de le plier et de le mettre dans leur poche.

Pendant une bonne demi-heure, la société fit en sorte de parler paisiblement, comme les samedis de « banque ». Ce n'était pas facile. Toutes les gorges étaient serrées par une angoisse indicible. Et le crâne de M. Courtois, si blanc d'ordinaire, était marbré de plaques rouges.

Les Courtois n'en finissaient pas de s'en aller. Ils jetaient sur toutes nos affaires, sur nos meubles, sur nos personnes, un regard nouveau, terrible, même dans le sourire : le regard de celui qui a, comme il paraît qu'on dit, des droits.

Ils se retirèrent pourtant. Papa rangea les billets dans le tiroir de la table, celui qui fermait à clef. Il chercha pendant longtemps où cacher cette petite clef. Il se résolut, en désespoir de cause, à la laisser sur le tiroir. Nous allâmes, à tour de rôle, voir si la porte du palier était verrouillée avec soin. Toutes les fenêtres du balcon furent closes, et même les persiennes. Et je peux dire que, cette nuit-là, nul de nous ne ferma l'œil, pas même la petite Cécile.

CHAPITRE XVII

De l'embarras des richesses. L'incandescence au gaz. Dialogue sur le capital et la prospérité. L'épargne française en péril. Malaises dus aux premières chaleurs. Nuit d'attente et d'inquiétude.

Maman voulut, tout d'abord, nous acheter à tous des vêtements et du linge. Il fut ensuite décidé qu'on garderait pour le courant de la maison une somme d'argent liquide, que l'on dégagerait presque tous les objets déposés au Mont-de-Piété, que l'on s'occuperait enfin de mettre en sûreté le reste de la somme, soit environ sept mille francs. Mère, avec modestie, parlait de la Caisse d'Épargne. Papa souriait dédaigneusement.

— Lucie, tu n'y songes pas. La Caisse d'Épargne n'accepte que des sommes très petites : quinze cents francs, à peu près. Il nous faudrait plusieurs livrets à des noms différents et, pour toi, par exemple, des autorisations maritales, des histoires à n'en plus finir. En outre, l'intérêt qu'ils servent est dérisoire, inexistant.

— Oui, mais nous pourrions retirer l'argent au fur et à mesure de nos besoins, facilement.

— Lucie, laisse-moi réfléchir.

— Sois prudent, je t'en supplie.

Papa ne répondit rien. Il était bien résolu, depuis qu'il avait l'argent, à n'en faire qu'à sa tête. Lui qui, si volontiers, criait :

« Lucie ! Lucie ! » dans les instants de détresse, il redevenait, avec la prospérité, le maître, le dictateur.

Il fit, sans nous en souffler mot, toutes sortes de démarches et, brusquement, un soir, il nous annonça la bonne nouvelle. Cela se passait, comme toujours, pendant l'heure du souper, et nous prenions, nous, les enfants, nous prenions à l'entretien une part variable, déjà grande pour Joseph et, pour Cécile, toute petite.

— C'est fait, Lucie, dit papa. J'ai trouvé notre placement.

Maman devint tout de suite attentive.

— Explique-moi ton projet.

— Tu te rappelles bien, Lucie, que nous devons servir à nos prêteurs un intérêt de huit pour cent.

— Sois sûr que je ne l'oublie pas.

— Huit pour cent ! Ça va bien. Je veux bien laisser Courtois répéter à tout bout de champ que ce n'est pas usuraire. C'est, en tout cas, terriblement lourd, et, je peux le dire, entre nous, à la limite de l'honnêteté. Enfin, passons ! Si nous plaçons cet argent, nous-mêmes, à trois ou quatre, nous ne récupérons pas la moitié des sommes à verser, surtout que nous payons les intérêts pour dix mille et que nous ne pouvons placer que sept mille à peu près. Il m'a donc fallu chercher une affaire exceptionnelle qui nous rapporte au moins de quoi couvrir les intérêts Courtois. Eh bien ! j'ai trouvé, Lucie. J'ai trouvé du douze pour cent.

Maman ferma les yeux.

— Mon oncle Prosper disait que l'argent ne peut pas rapporter au-dessus de dix et même qu'il ne faut pas chercher au-dessus de dix, que c'est aventureux.

— Ton oncle Prosper était peut-être un commerçant adroit, c'était surtout l'homme d'un autre temps, l'homme des petites idées. Tu comprends bien, Lucie, que ce n'est pas du douze pur. Pour obtenir ce douze, il faut additionner l'intérêt et le dividende. Sept d'un côté, cinq de l'autre, du moins pour cette année, car si nous pouvons laisser l'argent, dans quelque temps nous toucherons bien davantage.

— Attends un peu, Raymond. On te donne, à toi, de l'argent pour lequel on te demande huit. Et tu dis que c'est usuraire. Si, si, Ram, tu le dis, tout en disant que tu ne le dis pas. Et, dans le fond de mon cœur, je suis un peu de ton avis. Alors, toi, tu prêtes, à ton tour, l'argent que tu viens d'emprunter.

— Comment ça ? Je ne le prête pas : je le place.

— C'est la même chose. Un placement, c'est un prêt. Et toi qui te plains avec raison d'avoir à donner du huit, voilà que tu prends du douze. Raymond, je ne comprends pas.

— Ce que tu ne comprends pas, c'est que mon argent, celui que je place, que je prête, si tu veux, je le prête à des gens qui le font travailler. Travailler ! Tu vois, Lucie, ce que ça veut dire ?

— Oh ! oui ! Je vois. Je comprends. Qu'est-ce que c'est que cette affaire ?

— Une affaire étonnante dont Markovitch me parlait depuis plus d'un an. Le nom ne te dira rien. C'est une affaire industrielle. Tiens, voilà leur papier.

Mon père tendit une feuille sur laquelle on lisait : INCANDA-FINSKA. *Société pour l'exploitation des brevets Finska. Éclairage par l'incandescence au gaz.*

Maman lisait, le front plissé.

— Oui ? Qu'est-ce que tout cela veut dire ?

— Je te répète, Lucie : une affaire exceptionnelle. Une société par actions.

— On parlait toujours, dit maman, l'air perplexe, on parlait, chez mon oncle Prosper Delahaie, de ces affaires prodigieuses qui n'existent qu'en façade. L'incandescence au gaz ! Vraiment !

Papa se mit à frapper sur la table, en mesure, avec la pointe de ses ongles, ce qui traduisait l'agacement.

— L'incandescence ! Oui, Lucie ! Et je t'affirme que ça se voit, que ce n'est pas une illusion. Je suis allé dans leurs bureaux qui sont, comme tu le penses bien, éclairés par leurs procédés. C'est un éblouissement !

— Enfin, soupira maman, c'est une affaire à voir.

— Mais, Lucie, elle est toute vue.

— Ram, avant de rien décider, réfléchissons quelques jours.

— Lucie, c'est tout réfléchi. Il n'y avait pas de temps à perdre. J'ai eu les actions aujourd'hui pour six cent quatre-vingt-dix. On les paiera demain sept cent cinquante. Alors, j'ai donné les ordres. J'ai même donné l'argent.

Mère se mit à trembler du menton.

— Il faudrait attendre un peu.

— Puisque je te dis que c'est fait, que c'est bien fait. Nous n'avons plus qu'à dormir sur nos deux oreilles.

— Et quand nous aurons besoin d'argent pour la maison, pour tes examens de mai, pour une raison quelconque ?

— Eh bien ! nous vendrons une action, deux actions s'il le faut. Il suffit de s'y prendre quarante-huit heures d'avance.

Maman ne répondit plus rien.

Elle commença de maigrir, de pâlir, de se tourmenter. Elle parlait souvent toute seule, soit la nuit, pendant sa couture, soit quand elle était occupée à la cuisine. Je l'entendais murmurer : « De l'argent qui n'est pas à nous ! Oh ! je ne peux pas vivre comme ça. »

Pourtant, tout allait fort bien. Papa revenait le soir et disait à brûle-pourpoint :

— Sais-tu combien j'ai gagné dans la journée d'hier ? Oh ! je ne parle pas de Cleiss : ça, c'est presque négligeable. Non, je pense à l'Incanda, je parle des actions. Sais-tu combien j'ai gagné ?

— Comment pourrais-je le savoir ?

— Cent cinquante francs, Lucie. Ce que je reçois de Cleiss après vingt veillées de travail. Avoue que l'argent, c'est un truc et qu'on est un peu bête de s'user jusqu'à la fibre pour gagner dix à douze francs par nuit.

— Comment calcules-tu, pour ces cent cinquante francs ?

— Quinze multipliés par dix, c'est simple comme bonjour. Si ça continue comme ça, je voudrais t'acheter quelque chose. Qu'est-ce qui te ferait plaisir, Lucie ?

Maman secouait la tête.

— Je sais bien qu'il y a des gens et même beaucoup de gens, qui gagnent leur argent comme ça. Laisse-moi te dire, Raymond, que je ne peux pas le comprendre. Cet argent, c'est donc quelqu'un qui le gagne à notre place.

— Non, c'est l'argent qui travaille.

— Réfléchis un peu, Raymond. Ce sont les hommes qui travaillent. L'argent, lui, ne fait rien. Et si ce n'est pas quelqu'un qui le gagne à notre place, peut-être bien, alors...

— Alors ?

— Peut-être qu'il n'existe pas.

— Veux-tu que j'aille le chercher ?

— Oh ! oui, Ram ! Fais ça ! Comme je serais soulagée !

— Lucie ! Pauvre Lucie ! Que tu es bien Delahaie ! Tu ne comprends rien au monde moderne.

À quelques semaines de là, maman demanda de l'argent.

— Il faudrait tâcher, dit papa, d'attendre encore huit ou dix jours.

— C'est que nous touchons au bout. Je ne vais pas pouvoir attendre.

— Il faut attendre, dit papa. L'Incanda, pour le moment, renouvelle son matériel. Les actions baissent un peu. Nous avons été prévenus. C'est une chose tout à fait normale.

Maman devint très pâle.

— Raymond, vends-les tout de suite ! Les actions, toutes les actions !

— Tu es folle, perdre plus de mille francs.

— Tout de suite, Raymond ! Veux-tu que je te le demande à genoux ?

Papa saisit son chapeau, fit deux ou trois fois le tour de la chambre et se dirigea vers la porte.

— Cette scène est ridicule, elle est même inconvenante. Ne t'imagine pas que je vais céder à la peur et liquider mes actions. Je m'en vais, de ce pas, travailler ailleurs, dans un endroit quelconque où, du moins, j'aurai la paix.

Cinq jours plus tard, un jeudi matin, je ne l'oublierai jamais, Mme Wasselin vint quérir Désiré jusque dans la chambre où nous jouions tous deux. Elle tenait à la main je ne sais quel journal dont elle faisait sa pâture. Elle disait, de sa voix rauque et mélodramatique :

— Vous avez vu ? La catastrophe ! Ah ! il y aura des pleurs et des grincements de dents, aujourd'hui, dans beaucoup de ménages.

Maman, qui n'écoutait guère les jérémiades Wasselin, dressa tout à coup l'oreille. Elle avait, pour le malheur, une vertu de divination.

— Une catastrophe, dites-vous ? Une catastrophe de chemin de fer ?

— Mais non. Regardez vous-même. Ah ! ce sont de grandes canailles !

Maman prit le journal, y jeta les yeux furtivement, oscilla sur elle-même et tomba, d'un seul coup, tout de son long, sur le plancher.

Elle était évanouie. Il fallut dégrafer son corsage, lui mouiller les joues d'eau fraîche, lui donner des claques dans les mains. J'étais à demi mort d'angoisse et j'eus pourtant la curiosité de regarder le journal. On y lisait en grosses lettres : *L'Épargne française en péril. Le scandale de l'Incanda Finska. Arrestation des administrateurs. Les personnalités politiques compromises. Manifestation de la foule au siège de la société, etc., etc.*

Mme Wasselin tenait sur ses genoux la tête de maman. Elle disait, l'air lugubre :

— Alors, c'est que vous trinquez ? Pauvre dame, tout de même. Des soucis d'argent, Dieu de Dieu ! tout le monde en a. Si vous voulez que je vous dise : je sais ce que c'est que la vie et je ne peux imaginer qu'il y ait d'autres soucis, mais, là, de véritables soucis, que les soucis d'argent. C'est ça qui entraîne tout le reste.

Maman reprenait ses esprits et put s'asseoir sur une chaise.

— Vraiment, disait Mme Wasselin, vous auriez perdu des sous dans cette histoire de faillite ?

— Mais non, répliquait maman. Nous n'avons rien perdu, Madame. Je ne connaissais pas cette histoire. C'est seulement la chaleur. C'est seulement le mois de mai.

Nous avions tout compris. Nous, je veux dire Ferdinand et moi. Nous restions muets d'horreur et peut-être d'admiration.

Le reste de la journée, maman s'enferma dans une chambre, ce qu'elle ne faisait jamais. Nous frappâmes deux ou trois fois, pour tromper notre tristesse. Maman répondait : « Si vous n'avez besoin de rien, laissez-moi, mes enfants. Laissez-moi, je suis malade. »

Chose effrayante et rare, ce soir-là, père ne rentra pas coucher. Maman s'assit sur une chaise devant la fenêtre ouverte et passa toute la nuit là, allant de minute en minute sur le balcon pour écouter les bruits de la rue.

Papa ne revint que le lendemain matin. Il n'était ni peigné, ni rasé, ni brossé. Il avait l'air dur et terrible. Maman lui servit du café sans articuler une syllabe.

Chapitre XVIII

Misères d'été. Vues sur la nourriture et l'appétit des enfants. Allégements. Nouveaux miracles orphiques et succès scolaires. Discourtoisie des Courtois. L'épreuve du tabouret. Variations sur la démence.

Cette infortune, pour nous si poignante, prélude aux événements d'un été néfaste entre tous, l'été de 91. Les ténèbres de l'hiver jettent sur l'adversité des voiles funéraires qui en sont la hideuse parure naturelle. Mais, quand je suis malheureux, je hais l'été perfide, ses moiteurs, ses orages, ses délices vénéneuses et tout ce cruel discord entre le ciel et mon âme.

Notre salle à manger redevint un atelier de couturière. Maman partait tous les deux jours et rapportait un gros paquet de vêtements qu'il lui fallait coudre, doubler, munir de boutonnières et de boutons.

Nous avions fini, pour ne pas brouiller l'ordre des étoffes, par manger dans la très petite cuisine que je chérissais, sans le dire, parce qu'elle était toujours sombre et qu'elle s'accordait bien à la couleur de nos pensées.

J'avais un peu plus de dix ans. J'étais maigre et même chétif. Je ne mangeais presque rien, peut-être par dégoût de tout au monde, peut-être parce que, déjà, les enfants ont de ces calculs, je ne pouvais m'empêcher de réfléchir, en l'avalant, au prix de chaque bouchée. Certains jours, un flot de sang me montait du cœur au visage, ma bouche s'emplissait d'eau ;

je sentais mes dents grincer comme celles d'un jeune animal. J'avais faim, malgré tout, je voulais manger et vivre. C'est alors que j'ai découvert le sens et la force des nourritures simples : le pain, le fromage, le sucre. J'y pense encore, presque chaque jour. Et puis je me sentais ressaisi de langueur. Une fois, par-ci par-là, nous mangions un peu de viande. Supplice écœurant. Tristesse. La grosse bouchée de veau, réduite à l'état de ficelle, et qui ne veut pas descendre, et qui passe d'une joue à l'autre, pendant que les yeux de l'enfant s'emplissent de larmes claires. Heureusement, heureusement, nous avons, cette saison-là, presque oublié le goût de la viande.

Je le répète, j'avais un peu plus de dix ans. Je connaissais, de la vie, bien des choses que beaucoup d'hommes n'ont pas même imaginées, à l'instant de quitter ce monde.

Que je ne sois pas injuste, que je ne sois pas ingrat ! Certains dédommagements nous étaient parfois octroyés. Certains soirs, l'enfant Cécile s'asseyait devant le piano. Pendant une petite heure, toute misère oubliée, nous écoutions notre ange comme les animaux, jadis, écoutaient Orphée, le chanteur thrace.

J'obtins, cette année-là, mon certificat d'études, de manière précoce et brillante. Papa venait justement de passer des examens et d'y réussir. Il me soulevait dans ses bras et, me juchant sur son épaule, disait, le visage épanoui : « Voici les deux lauréats ! »

Il avait le don d'oubli, ce qui, selon les heures, est grande faute ou grande vertu. Il effarouchait maman par des réflexions telles : « En somme, il est heureux que ces affaires du Havre aient traîné jusque maintenant. Si nous avions touché la totalité de la somme, au lieu d'emprunter aux Courtois, j'aurais peut-être placé, dans cette affaire d'Incanda, trente-cinq ou trente-six mille francs. C'était une si belle affaire ! Et nous aurions tout perdu. »

Car l'affaire de l'Incanda ne laissait plus aucun espoir. Chose étonnante, père en parlait avec un mélange de fureur et de tendresse. Il a toujours, par la suite, du moins chaque fois qu'il l'a pu, trinqué dans ces grands naufrages, dans la débâcle Thérèse Humbert, dans le désastre Rochette. Le génie de ces aventuriers le fascinait bien un peu, malgré qu'il en eût et quoi qu'il en ait pu dire.

Non, que je ne sois pas ingrat ! Nous allions à la dérive, souvent dépourvus et désemparés ; mais nous avions toujours de grands projets, nous cultivions de beaux espoirs, et nos parents nous aimaient. J'inventais, à ce sujet, chaque soir, des actions de grâce et pensais avec douleur à Désiré. Son père, irrité de maintes mésaventures, de maints échecs, affronts et faux pas, s'était avisé de chercher du soulagement en battant son plus jeune fils. Oh ! non plus par caprice, mais avec régularité, deux ou trois fois par semaine, dans une intimité farouche, toutes portes closes et Mme Wasselin préalablement refoulée sur le palier.

Désiré faisait souvent, pour rester muet, un effort courageux. Parfois, il succombait aux larmes. Alors, nous entendions tout. Papa se levait, un peu pâle, sa moustache en hérisson. Il allait frapper à la muraille ou même à la porte et criait d'une voix altérée : « Arrêtez tout de suite, Monsieur, ou je vais chercher la police. À moins que je ne vous corrige de mes propres mains, Monsieur. »

Désiré, le lendemain, me disait avec un sourire :

— Laurent, ce n'est rien du tout. Dis à ton père que ce n'est rien du tout. Papa voulait s'amuser. Il ne m'a rien fait, je t'assure. Il a seulement des ennuis. Il a dû reprendre un emploi, un emploi qui ne lui plaît pas.

Notre principal souci nous venait alors des Courtois. La « banque » était devenue une institution sacrée, quelque chose d'absolument obligatoire. Maman, plantant là ses coutures, devait y figurer, et de même notre père qui n'avait pas une soirée à perdre et que ces séances exaspéraient. Les Courtois prenaient l'habitude, soit le mâle, soit la femelle, soit quelque autre citoyen de la tribu, de pénétrer chez nous, sous un prétexte même futile, comme d'apporter un journal, ou de voir l'heure, ou d'emprunter une allumette, ou même de regarder, avant une promenade, notre baromètre à mercure dont les Fées disaient : « C'est un appareil de valeur. » Mme Courtois, si nous étions à table, c'est-à-dire dans la cuisine, s'appuyait une minute au chambranle de la porte. Elle disait : « Tiens ! vous avez des cerises ! Nous n'y avons pas encore goûté cette année, nous autres. » Maman répondait : « C'est que nous ne prenons pas de viande. » Alors Mme Courtois : « La salade, c'est bon, l'été ; mais ça mange beaucoup d'huile. Il faut savoir se priver, dans le temps que nous traversons… »

Quand elle était partie, maman murmurait, le souffle court : « Si nous avions encore l'argent, je le leur rendrais tout de suite. »

Nous finissions par nous cacher de tout, aux yeux de nos créanciers. En revenant, le matin, avec ses maigres provisions, maman se dépêchait de passer devant la porte des Courtois. Elle gémissait : « Mes pauvres petits, vous n'avez que de vieux vêtements, et c'est une bénédiction. Si l'on vous en donnait de neufs, je n'oserais même pas vous les mettre, pour ne pas m'attirer une réflexion désobligeante. »

En vérité, je crois que notre imagination malade cherchait, trouvait, inventait, à tout propos et même hors de tout propos, de folles raisons de souffrir. Et les choses en étaient là quand accourut à la traverse un événement ravageur.

M. Courtois devenait sourd. Ses proches l'avaient remarqué. Nous le savions, nous aussi. Il arrivait qu'il pénétrât dans la maison, j'entends chez nous, sans même frapper à la porte. Il était escorté de sa femme et poursuivait, en entrant, une querelle, toujours la même : « Vous permettez, disait-il, que j'aille au tabouret ? » Il s'agissait de notre tabouret de piano dont le grincement, fort aigu, traversait encore assez bien cette surdité grandissante. M. Courtois faisait grincer le tabouret et, se retournant vers sa femme : « J'entends parfaitement le tabouret, criait-il d'une voix victorieuse. Du moment que j'entends le tabouret, c'est donc que je ne suis pas sourd. »

Et Mme Courtois disait :

— Mais, mon ami, personne ici ne pense que tu es sourd.

Le bonhomme tournait le dos et sortait, bien tranquillement, tout fier de sa démonstration.

Nous commencions de trouver cette cérémonie naturelle, mais les choses changèrent d'allure.

Un soir, M. Courtois fit son entrée comme d'ordinaire, en tournant, sans façons, la clef du vestibule. Nous achevions de souper, et pressentant quelque chose d'anormal, nous passâmes aussitôt dans la salle à manger toute pleine d'étoffes, de coupons, de fils, de pelotes, d'épingles. Derrière M. Courtois s'avançait la tribu : la femme, le frère et les Fées. Ils avaient les traits tirés, les mains tremblantes, l'odeur folle. Ils regardaient avec effroi leur chef, maître et seigneur.

M. Courtois ne fit qu'un signe et ne dit qu'un mot : « Je vais au tabouret. » Il ne s'excusa même pas. Il obtint du tabouret divers grincements, il vint dans la salle à manger et s'assit sur une chaise, les mains aux cuisses, le visage d'une pâleur inhumaine, des gouttes de sueur au bout des poils.

— Non, dit-il, je ne suis pas sourd. Ceux qui tâchent de l'insinuer pourraient bien s'en repentir.

Il y eut un instant de silence. Enfin M. Courtois cria d'une voix furieuse :

— Si l'on dit que je suis sourd, savez-vous ce que je vais faire ? Je vais redemander l'argent. Je vais exiger mon argent. Qu'a-t-on fait de mon argent ?

Mme Courtois s'avançait. Elle parlait très doucement, comme on parle aux enfants malades :

— On te le rendra, ton argent. Sois tranquille, mon mignon ! N'est-ce pas, Madame et Monsieur, qu'on lui rendra son argent ? Sois tranquille, mon chéri, va faire tourner le tabouret. Tole, veux-tu ? fais-lui tourner le tabouret.

Courtois le cadet poussait doucement le bonhomme dans la pièce voisine. À peine furent-ils sortis, Mme Courtois et les Fées commencèrent de pleurer.

— C'est affreux, madame Pasquier. Il est devenu fou, depuis cette misère d'oreilles. Il est complètement fou. Qu'est-ce que nous allons faire ?

— Il faut, dit mon père, il faut aller chercher le médecin.

Mme Courtois sursauta. Les larmes délayaient sa poudre. Elle était monstrueusement laide.

— Un médecin ! Vous n'y pensez pas. Si les médecins s'en mêlent, ils voudront me l'enfermer. Je ne veux pas qu'on me le prenne. Je veux le garder, le soigner moi-même.

— Madame, dit maman avec beaucoup de présence d'esprit, je vous comprends très bien. J'en ferais autant à votre place. Enfin, Ram, tu me comprends : il ne s'agit pas de toi. N'appelez pas le médecin. Nous ne dirons rien, bien sûr. Mais si monsieur Courtois réclame encore l'argent, cela fera des histoires et tout le monde verra bien que monsieur Courtois est malade.

Mme Courtois s'était arrêtée de gémir. Elle nous lançait maintenant un regard sec et menaçant. Le problème venait d'être posé par maman de façon irréprochable. Mme Courtois mit un peu de poudre et se tourna vers ses belles-sœurs.

— Vous allez me faire le plaisir de vous torcher la figure et de sourire. Compris ? Qu'il ne s'aperçoive de rien. Quant à vous, madame Pasquier, je vais le calmer, pour l'argent. Oh ! je sais comment m'y prendre. Même fou, c'est encore mon mari. Je le connais. Je vous répète que je vais le calmer. Seulement qu'on ne dise rien au dehors et qu'on soit gentil avec lui. Vous m'entendez, les enfants ?

Elle jetait un regard à la ronde. Mon père avait disparu. Je pense qu'il était allé se promener dans le quartier. On ne le revit que vers la mi-nuit. Les Courtois, avec des mots, des caresses, des douceurs, emmenaient leur dément qui ricanait et criait : « J'entendrais voler un moustique. J'entendrais tomber une épingle. Je ne suis pas plus sourd qu'un autre. »

La porte refermée, maman se laissa choir sur une chaise. Elle se tordait les mains. Elle disait : « C'est intolérable ! Qu'avons-nous fait pour mériter une punition pareille ? » Elle entrevoyait encore, en tout malheur, un châtiment.

Les jours suivants, M. Courtois fit des apparitions brèves, tantôt seul et tantôt sous escorte. Il allait au tabouret et le faisait grincer longuement. Il disait aussi, l'air bonasse : « Attention à mon argent ! Un mot de travers, pas plus, et je suis homme à le réclamer, mon argent. »

Il tenait aussi des propos de la plus pure démence. Nous commencions, nous, les enfants, d'en rire à la dérobée, car ce n'était pas seulement affreux, c'était quand même assez drôle.

Parfois, saisi de frayeur, je me sauvais sur le balcon. Désiré venait me rejoindre. Nous passions là des heures à communier dans la tristesse. Je disais :

— Est-ce que tu veux toujours te faire prêtre ? Moi, ça me plairait bien.

Et Désiré de répondre :

— Je t'ai déjà dit que non. C'est fini. Je ne veux plus.

Chapitre XIX

Bruits de fête. Émotion de Joseph. Une catastrophe.
Intervention regrettable de M. Ruaux.
Jupiter et la foudre. Un soir d'orage.
Silence et douleur. *In memoriam.*

C'était un jour de la mi-juillet, la veille ou l'avant-veille de la fête nationale, je ne pourrais préciser. Je sais que la poste marchait, puisqu'il y eut, dans la soirée, une distribution de lettres. Je sais que les maisons de commerce travaillaient encore, puisque Joseph était parti, dès sept heures, comme à l'ordinaire. Je sais que, ce matin-là, nous avions été, Ferdinand, Cécile et moi, à l'école. Et je sais même que la quittance du terme n'avait pas été présentée. Mais c'était bien la mi-juillet : à l'effroi de cette journée se trouvent mêlés, vers le soir, des envols de piston, des gloussements d'ophicléides. L'ombre orageuse et brûlante est incendiée de lampions. Une triviale rumeur foraine souille à jamais l'un de mes plus noirs souvenirs.

Joseph rentra vers midi. La maison était calme encore ; les murmures de la rue disaient que tout le quartier commençait de trembler des pattes et s'apprêtait à valser sur les bitumes ramollis.

Joseph arrivait toujours le dernier, car il travaillait au loin. Quand il entra, nous étions tous à table. Il retira son chapeau, s'épongea le front et dit :

— Vous ne savez donc rien ?

Et, comme nous restions béants :

— Monsieur Wasselin est en prison.

À la louange de mes parents, je dois dire qu'ils n'accueillirent pas cette nouvelle avec des « je m'en doutais », ou des « ça ne m'étonne pas ». C'étaient des gens simples et droits, encore bien proches de ce peuple pour qui le mot de misérable désigne indifféremment le coupable et le malheureux.

— Comment le sais-tu ? dit papa.

— La police est en bas, dans la loge de la concierge. Le père Tesson m'a tout dit parce que je voulais entrer, voir s'il y avait des lettres. Monsieur Wasselin est allé, ce matin, à son bureau, dans cette nouvelle maison, *Au Petit Saint-Germain.* Ce matin comme tous les jours. Et c'est dans son bureau même qu'on est venu l'arrêter.

— Qu'est-ce qu'il a fait, mon Dieu ?

Joseph ne donnait pas à croire qu'il serait un homme tendre. Pourtant, il baissa la tête et dit d'une voix effrayée :

— Il a détourné deux mille francs. On dit : détourner. C'est la même chose que voler. Mais voler, voler, c'est trop triste.

Maman soupirait :

— Assieds-toi, Joseph. Il faut quand même que tu manges quelque chose.

Et Joseph répondit :

— Je n'ai plus faim.

Le repas, le semblant de repas s'acheva dans le silence. Maman dit, en terminant :

— Si j'allais chercher Désiré. Nous pourrions le garder ici.

Papa secoua la tête :

— C'est trop tard. Les voilà.

On entendait, sur le palier, des pas d'hommes. Et puis un coup de sonnette, lointain, maigre, perdu dans le fond d'un autre monde. Et puis la voix de Mme Wasselin. Et puis un cri farouche, un cri de tragédienne à qui l'on viendrait apprendre que son époux est mort, non celui de la tragédie, mais bien celui de la chair.

Nous étions tous debout, l'oreille attentive.

— Ram, dit maman, Ram, s'il faut consoler cette pauvre dame, j'irai, le moment venu. Mais toi, Raymond, tu ne peux rien. Autant vaut sortir, Raymond, et t'en aller à tes cours.

Papa répondit qu'aux approches d'un jour de fête il n'avait rien à faire au dehors et que les bruits de la rue lui retiraient toute envie de sortir. Il prit un livre et s'assit, tenant sa tête à deux mains. Bien qu'il ne fumât jamais, il alla chercher, dans une boîte, une vieille cigarette toute jaune et se prit à la fumer. On s'aperçut, trois heures sonnées, que nous n'étions pas retournés à l'école, nous les petits, et que Joseph avait oublié son bureau. Nous attendions. Nous attendions quelque chose d'extraordinaire.

Vers trois heures et demie, les gens de la police quittèrent la place. Le bruit de leurs souliers finit par s'abîmer dans le silence anxieux de la maison. Je ne sais ce qu'avait pu redouter maman, mais elle eut un profond soupir.

— Jurez-moi, dit-elle, de ne bouger ni les uns, ni les autres. Je vais voir la pauvre dame.

— Maman, fis-je à mi-voix. Je voudrais parler à Désiré.

— Laisse Désiré tranquille. Si je peux le ramener, il dînera ce soir avec nous.

Maman sortit et tira la porte. Elle revint dix minutes plus tard.

— C'est triste à voir, dit-elle. Ils ont tout bouleversé, dans l'idée de retrouver l'argent. Ça ne peut pas se raconter : le linge au milieu de la chambre, toute la vaisselle par terre, l'édredon décousu et le courant d'air qui fait voler le duvet. Ils ont ouvert les livres de classe des enfants. Ils ont même décroché les gravures et la suspension de la salle à manger. Pourquoi ? On se le demande. Ils n'ont rien trouvé, cela va sans dire. Ces deux malheureux mille francs, monsieur Wasselin a dû les laisser sur les champs de courses. Ou quoi ? Mon Dieu ! Quoi donc ?

— Et madame Wasselin ?

— Elle est à plaindre. Elle ne savait rien, c'est sûr. On l'a traitée comme une voleuse. Les grands enfants ne sont pas là.

Le fils est un garçon perdu. La fille ne vaut guère mieux. C'est une famille en cendres.

— Et Désiré ? fis-je à voix basse.

— Désiré pleure, derrière le lit. Ni sa mère ni moi-même nous n'avons pu le tirer de là. Pauvre Désiré ! Mes enfants, c'est bien triste. Faites ce que vous pouvez pour passer le temps. Soyez sages. Je vais aider cette dame à remettre de l'ordre. Il faut quand même ranger le linge et la vaisselle. Qu'est-ce que tu fais, Raymond ?

— Moi ? Rien. Tu vois, je travaille.

Maman retourna chez les Wasselin et deux grandes heures passèrent. De temps en temps, papa se levait et sortait respirer sur le balcon. Il avait l'air irrité. Il ne disait pas un mot. Il tirait sur sa moustache et regardait le ciel épais, sourcilleux, chargé de foudre.

Il était plus de six heures et l'après-midi se mourait quand nous entendîmes sonner à la porte des Wasselin. Nous avions l'oreille en garde et nous retînmes notre souffle. Une voix lourde, lente, disait :

— Je veux voir madame Wasselin.

— Monsieur, répondit maman, vous feriez mieux d'attendre. Madame Wasselin vient d'être bien cruellement éprouvée.

— Je le sais, et c'est pour ça que je veux la voir tout de suite. Enfin, Madame, je pense que vous devez me connaître. Je suis monsieur Ruaux, je suis le propriétaire, je suis votre propriétaire.

Papa venait de se lever. Il avançait à pas de chat vers la porte de l'entrée. Il se tint là, silencieux.

— Vous comprenez, Madame, disait le visiteur, que je ne veux plus jamais voir la police dans mon immeuble. Monsieur Wasselin est en prison, ce n'est drôle pour personne. Mais madame Wasselin est là. C'est à elle que je vais parler. Vous pouvez lui dire, Madame, que je lui donne son congé. Et ce n'est pas pour l'année prochaine, c'est pour tout de suite, pour tout de suite. Je ne veux pas de voleurs dans ma maison.

Le bonhomme élevait la voix. Une espèce de gémissement nous fit comprendre à tous que Mme Wasselin venait enfin de comparaître.

— Pas de voleurs dans ma maison !

C'est alors que, tout doucement, mon père ouvrit notre porte. Je dois dire qu'à cette minute il me parut très beau, très fier. Il a toujours été maigre, mais il était, en ce temps-là, presque aussi maigre que l'illustre gentilhomme de la Manche. Sa longue moustache remuait, comme animée d'une vie propre. Il avait d'assez belles mains, glabres, blanches, nerveuses et dont il jouait. Il ouvrit la porte, bien doucement, puis en grand. Nous étions tous derrière lui, fascinés, émerveillés, avec le sentiment qu'on allait soulever le poids qui nous écrasait la poitrine.

— Monsieur, dit papa posément, vous êtes le propriétaire. Et moi, je suis monsieur Pasquier. Eugène-Étienne-Raymond Pasquier.

Le propriétaire fit front. Il était massif, de poil gris. Il avait une barbe claire, les pattes en cerceau, le ventre en pointe. Il était parfaitement chauve et je sentis tout de suite que cette dernière disgrâce allait aggraver son cas.

— Vous êtes monsieur Pasquier ? Eh bien ? Qu'est-ce que ça peut faire ?

— Cela fait, Monsieur, dit papa, que je vous prie de descendre et de ne pas troubler plus longtemps la paix de cette maison.

Le bonhomme devint rouge, puis violâtre, puis noir, et l'on put croire une seconde qu'il allait tomber, d'une pièce, écumer, saigner du nez, mouiller ses chausses.

— La paix de cette maison ! Vous parlez de ma maison ! Ma maison, Monsieur, ma maison !

Papa se mit à sourire, son calme devint effrayant et nous comprîmes tous qu'il était parti, sans retour, pour une colère majuscule, une colère telle qu'un homme n'en fait pas trois d'aussi belles dans sa vie.

— Il est possible, dit-il, que cette maison vous appartienne. Mais c'est nous qui l'habitons et nous avons droit à la paix, nous payons aussi pour la paix. Monsieur, vous choisissez l'instant où le malheur s'abat sur une famille pour faire une chose très vilaine. Et vous croyez, Monsieur, que je vous laisserai faire sans vous châtier, à ma façon ?

Petit à petit, mot à mot, mon père élevait la voix. C'était un crescendo bien contenu, une gradation savante. Et le bonhomme Ruaux, saisi soudain d'épouvante, commença de lâcher pied. Il reculait, ligne à ligne, et bredouillait : « Mais, c'est inimaginable ! »

— Oui, Monsieur, je vais vous châtier ! Vous ne méritez pas autre chose. Vous êtes laid. Vous êtes gras. Vous êtes ridicule et bête. Vous avez le regard faux. Et même, vous ne vous refusez rien : vous vous offrez d'être chauve !

Cette période ascendante faillit être compromise par la brusque apparition de M. et Mme Courtois. Le peintre-de-roses-à-la-gouache montrait un visage radieux. Il criait : « J'entends ! J'entends ! » comme un autre avait pu crier : « Et moi aussi, je suis peintre ! »

Mais notre père était parti. Rien ne pouvait plus l'arrêter. En vain ma mère et Mme Wasselin s'accrochaient aux basques de sa jaquette. En vain Mme Courtois disait : « Vous dépassez les bornes. » En vain les autres locataires, arrachés à leur terrier, commençaient de monter les marches. Notre père était en route pour un chef-d'œuvre de colère.

— Vous vous offrez d'être chauve, d'être ventru, d'être cagneux et, pour couronner le tout, vous êtes méchant, vous êtes ignoblement méchant. Monsieur, vous êtes un mufle ! Vous êtes le modèle des mufles. On le saura, Monsieur, on le saura. Je veux que la maison le sache, que toute la rue le sache, que tout le quartier le sache. Je veux que tout Paris le sache, que le monde entier, Monsieur, sache que vous êtes un mufle. Un mufle doublé d'une canaille, une canaille doublée d'un fauve, un fauve doublé d'un niais…

Le bonhomme battait en retraite. Il descendait les degrés, deux par deux, puis quatre à quatre. C'était une fuite, un galop farouche et harcelé. D'un étage à l'autre, les locataires faisaient la haie, les uns stupéfaits, les autres goguenards. Et papa dégringolait sur les talons de sa victime.

— Un niais doublé d'un poltron, car, Monsieur, vous êtes un lâche. Et quelque chose me dit que vous êtes même cocu ! Il suffit de vous regarder pour comprendre, Monsieur, à quel point vous l'êtes, cocu ! Et vous êtes un cocu triste, l'espèce la plus redoutable…

La voix s'enflait encore, mais commençait de s'enfoncer dans les entrailles de la maison. Une minute plus tard, elle éclatait dans la rue. Nous étions tous au balcon, en même temps dévorés d'angoisse et curieusement soulagés. La colère de papa venait de crever l'air libre. Ruaux, le malotru, tâchait à fuir ; mais l'ange de la justice ne le quittait pas d'une semelle. Une foule surexcitée faisait cortège aux deux hommes. C'était vraiment la plus étonnante colère qu'il nous avait été donné de voir, d'entendre et d'admirer. Le groupe, au bout d'un instant, disparut dans la rue Vandamme. Nous percevions encore les éclats de la voix vengeresse, des mots, des mots, des mots. Enfin, le bruit se perdit du côté de l'avenue du Maine.

Nous restions sur place, assommés. Nous avions vu Jupiter.

Papa ne revint que dix minutes plus tard. Il montait l'escalier posément, en s'éventant avec un bout de journal, car il avait grand chaud. Il donnait des poignées de main à certains locataires demeurés sur son passage pour lui témoigner leur respect, leur estime, leur vibrante admiration.

Mme Wasselin soupirait, sur le seuil de notre cuisine. Maman me souffla, d'une voix défaillante :

— Ne dis rien à ton père. Ce qu'il a fait est d'un bon cœur ; mais c'est épouvantable. Va voir ton pauvre Désiré.

Le jour mourait. Le ciel était bas et noir. Le monde espérait l'orage. Je me glissai comme une ombre dans le logement des Wasselin. Je préfère ne pas raconter ce que je vis en pénétrant dans leur salle à manger…

Quand, au bout d'une petite heure, je repris connaissance, entre les bras de ma mère, j'entendis que l'on disait, à voix basse, autour de moi : « C'est un grand malheur ! Quel malheur épouvantable ! » Alors l'esprit me revint et je revis, devant mes yeux, tel je le revois encore en rêvant, les soirs d'orage, Désiré Wasselin pendu par le cou, à l'anneau de la suspension.

Non ! Pas un mot ! Pas un mot !

Un peu plus tard, dans la soirée, maman ouvrit les fenêtres. On entendait la musique des bals populaires qui tourbillonnaient au loin, sur le boulevard de Vaugirard et l'avenue du Maine.

Maman dit :

— Il faut, quand même, au moins pour coucher ce petit, il faut allumer la lampe à pétrole.

Père alluma notre lampe et dit, en s'essuyant les mains :

— Qu'est-ce que c'est que cette lettre ?

— Quelle lettre ? fit maman, la voix morte.

— Cette lettre qui est sur la table.

Mère allongea le bras, sans cesser de me bercer. Elle retournait la lettre avec lassitude. Elle la reposa même un instant et dit à papa, tout bas :

— Sans en avoir l'air, regarde. Le pauvre Laurent s'est mis à trembler du menton. Il tremble même très fort, comme moi, comme mon père et comme le grand-père Guillaume.

Puis elle reprit la lettre et l'ouvrit d'une seule main, maladroitement. Elle l'ouvrit et dit aussitôt :

— C'est une lettre du Havre !

Chapitre XX

La lettre du Havre. Divers points d'histoire familiale.
Sur trois vers de Boileau. La part d'Aurélie
et la part de Mathilde. Leçon d'arithmétique.
Fièvre et délire. Miracle n'est pas œuvre.

C'était la lettre du Havre.

Je vais en parler tout de suite, ne serait-ce que pour tromper l'assaut des ombres, pour disperser le vol des anges blancs et noirs. Il y a, dans les chiffres, une aridité polaire, une sécheresse inhumaine et, de ce fait, reposante, comme doit l'être le néant.

Je vais en parler brièvement, bien que ma mère ait pris toute une nuit pour en débrouiller le jargon, pour en extraire la substance, et bien que je soupçonne mon père de n'avoir jamais tout à fait compris ce mirifique document.

Je vais, en tout cas, donner mon interprétation personnelle, que la suite des événements a justifiée, éclaircie et qu'on peut tenir pour bonne. J'y ajoute quelques détails obtenus, bien des années plus tard, grâce aux relations personnelles que j'ai nouées avec mes confrères de Lima.

Les deux sœurs de ma mère n'étaient pas mortes en 1866, comme avait pu le faire croire une lettre expédiée, vers ce temps, par l'associé de mon grand-père pendant la maladie de ce dernier. Mon grand-père Mathurin avait bien alors perdu deux filles, mais deux filles du second lit, mortes toutes deux ensemble, au cours d'une épidémie. Les deux filles du premier lit, les deux filles venues de France, les vraies sœurs de ma mère, s'étaient mariées en 67, comme d'ailleurs Mathurin l'avait fait savoir à Prosper. L'aînée, Aurélie, était morte en couches, à peu près au bout d'un an, c'est-à-dire en 68. La seconde, Mathilde, avait quitté Lima pour suivre son mari, négociant à Cusco. J'y ai songé souvent, plus tard, en récitant à mes maîtres ou en relisant pour moi-même, ces vers de Boileau-Despréaux, ces vers dont l'un est plat, le second d'une mélancolie romantique et le troisième ridicule :

Le bonheur tant cherché sur la terre et sur l'onde
Est ici comme aux lieux où mûrit le coco,
Et se trouve à Paris de même qu'à Cusco.

En 69, soit deux ans après son mariage, cette sœur, qu'il me faudrait, somme toute, appeler ma tante Mathilde, avait quitté sa maison au moment d'un tremblement de terre. Les phénomènes de ce genre sont, paraît-il, assez fréquents dans cette région du monde et les Péruviens savent tous que, dès la première secousse, il faut sortir de chez soi pour n'être pas enseveli sous les décombres. La tante Mathilde avait donc quitté sa maison, comme tout le monde. Le tremblement de terre passé, on avait en vain cherché la jeune femme. Il avait été impossible de la retrouver, morte ou vive.

Il existe un texte de loi, paraît-il, interdisant de dresser un acte de décès régulier pour des personnes disparues, tant que le cadavre n'a pas été découvert et dûment identifié. À défaut d'une telle identification, la mort ne se trouve admise et l'acte délivré qu'après un délai de trente ans, à compter du jour même de la disparition.

Tels étaient les renseignements – je les résume – fournis après de longues et difficultueuses recherches par le consul de France à Lima.

L'acte de décès d'Aurélie ayant été légalement délivré, puis expédié en France, le notaire du Havre, exécutant à la lettre les dispositions testamentaires de Mme Delahaie, mettait à la disposition de ma mère la part dite « part d'Aurélie », soit environ vingt mille francs, en fonds d'État. Quant à la part de Mathilde, elle devait rester en dépôt, sous la gérance du notaire, jusqu'en 1899. Et je dois dire qu'à cette époque nous en touchâmes le montant.

Mais, quand la lettre arriva, la lettre que j'analyse, nous étions en 91. La part d'Aurélie, je viens de le dire, consistait en fonds d'État, au porteur, et négociables. Le notaire s'offrait lui-même à donner des ordres de vente. Ces titres venaient de subir une légère dépréciation, ce qui ramenait leur valeur, au cours du jour, à dix-neuf mille deux cents francs. En revanche, il fallait ajouter, à ce principal, les intérêts, trois pour cent, depuis la mort de Mme Delahaie, c'est-à-dire pendant neuf trimestres. Ce qui faisait un total de vingt mille cinq cent cinquante francs.

Cette somme se trouvait grevée de beaucoup de frais notables : frais de succession, frais d'études, et, surtout, frais de recherches, réclamés par les agences péruviennes. L'ensemble de ces débours s'élevait – j'ai conservé toutes ces affreuses paperasses – au chiffre effarant de sept mille trois cent quinze francs.

Ma mère, pendant bien des jours, considéra ce chiffre en se mordant le bout des doigts.

Elle donnait à l'arithmétique toutes les minutes que lui laissaient les soucis de la maison et la catastrophe Wasselin. Papa disait, en regardant les papiers par-dessus l'épaule de ma mère :

— En somme, ça fait un peu plus de treize mille deux cents francs que nous aurons devant nous.

Mère se retourna, toute raide, et considéra longuement ce compagnon extraordinaire, l'homme de sa vie, l'homme dont elle était devenue, pour toujours, l'ombre fidèle.

— Tu dis, Ram, treize mille francs... Mais tu ne penses donc pas que, là-dessus, nous devons rembourser aux Courtois dix mille francs, plus cinq cents francs, plus un trimestre, à huit, en calculant sur dix mille, ce qui fait deux cents francs. En tout, dix mille sept cents.

Papa leva les bras au ciel. Il commençait d'oublier cet emprunt aux Courtois, le désastre de l'Incanda Finska et la folie du vieux prêteur et les scènes au tabouret.

Maman n'était pas abattue. Je dois même dire que, jamais, nous ne l'avions vue si forte que dans ces jours de détresse. Elle ne disait plus : « Mon Dieu, j'ai la tête perdue ! » Elle avait la tête haute, l'œil limpide, la bouche serrée. Elle commençait de grossir et nous apprîmes bientôt qu'elle devait mettre au monde un nouvel enfant, frère ou sœur. (Ce fut la petite Suzanne, en janvier 92.) Mais notre mère nous a tous portés en pleine course, en pleine bataille.

Maman se dressa donc et dit :

— Écoute bien, Raymond. Tous comptes faits, restent deux mille cinq cent trente-cinq francs. De quoi préparer l'automne et, bien entendu, de quoi déménager, car il nous faut déménager. Monsieur Ruaux n'a pas attendu : j'ai le congé dans ma poche. J'irai le voir après-demain et j'espère bien arranger les choses pour le terme d'octobre, en admettant toutefois qu'il ne s'avise pas, Raymond, de nous attaquer en justice. Deux mille cinq cents francs, Raymond. Et c'est fini, bien fini. Nous toucherons peut-être, un jour, plus tard, dans bien des années, cette part de Mathilde. Possible. Je ne veux plus y penser. Je ne veux plus, Raymond, c'est fini. Je ne veux plus compter que sur nous, sur nos quatre bras, sur nos deux têtes. Et je t'affirme, Raymond, que ça vaut mieux comme ça.

Papa relevait les yeux.

— Oui, dit-il, ça vaut mieux. Et quelle leçon, ma femme ! Quelle leçon, mes enfants ! Je jure bien que c'est fini. Me remettre encore une fois aux mains de ces aigrefins, de ces prêteurs, de ces voleurs, de ces Incandas, de ces hommes de loi ! Jamais ! C'est fini. C'est fini.

Il fit un sourire étrange. Nous étions tous, à part Cécile, bien assez grands pour savoir que les planètes soupirent, peut-être, dans les espaces du ciel : « c'est fini » et qu'elles tournent quand même.

Papa répétait : « C'est fini ! » Maman dit : « Parle plus bas. Le cercueil n'est pas fermé. Madame Wasselin est seule. Je vais aller passer quelques heures avec elle. Il faut qu'elle dorme un peu. »

J'écoutais toute cette scène de mon lit, de ce grand lit de bois où j'allais languir encore bien des jours et bien des semaines dans la fièvre et l'égarement et d'où je devais enfin sortir, un matin de l'extrême été, guéri, guéri, pour jamais, du miracle, des prodiges et des événements magiques.

Quelque chose, en vérité, quelque chose était fini. Un long rêve s'achevait, ce rêve qui, pendant plus de deux ans, nous avait dupés, perdus, rassasiés de nos faims, désaltérés de nos soifs, repus de toutes nos disettes.

Nous repartions, brisés, déçus, saouls de fatigue et de souffrance, mais allégés, allégés quand même. Nous repartions pour d'autres combats que je raconterai plus tard, si la vie m'est conservée, avec la force et le courage.

Livre II

Le Jardin des bêtes sauvages

« C'était vraiment un homme du dix-neuvième siècle,
de ce siècle qui n'a pas voulu douter du savoir souverain,
de ce siècle qui a fait la sourde oreille aux avertissements
de Schopenhauer et s'est plu tenacement à confondre
science et sagesse. »

Laurent Pasquier.
(*Le Notaire du Havre.*)

Chapitre Premier

Remarques sur certains animaux marins.
Approche du renouveau.
Justin Weill ou la vertu juive.
Propos sur la rédemption du monde et la pureté des mœurs.
Premières clartés sur l'avenir de la science.

Exilés du sable natal, captifs dans quelque aquarium de verre, au fond d'un laboratoire, les convoluta, petits animaux du littoral, continuent, par l'effet d'un avertissement secret, d'obéir au rythme des marées, de descendre à l'heure du flot, de monter quand le jusant découvre les côtes lointaines.

Les mouvements de cette humble nostalgie m'ont rappelé souvent le sort des enfants parisiens qui ne savent presque rien de la marche des saisons, mais la pressentent, mais l'imaginent à l'odeur des averses, à la couleur des nuées, à la flèche de lumière qui, chaque jour, descend plus bas dans le recoin de la cour, au verdoiement d'une feuille d'herbe solitaire, jaillie toute droite entre deux dalles de granit, à la fuite des rayons dans le maquis des cheminées, aux muets élans de la plante domestique dont toutes les feuilles se tournent avec adoration vers la fenêtre.

L'adolescent que j'étais, au début de ma quinzième année, ne se jugeait pas, que je le dise, trop cruellement retranché de la nature.

Nous avions passé les vacances de Pâques à Paris, pour des raisons qu'on ne tardera pas à comprendre ; mais je possédais, par échappées, le Jardin des Plantes, ses plates-bandes pavoisées d'étiquettes, ses teigneuses pelouses d'hiver, ses pavillons délabrés au front desquels tremble le lierre, et, par bouffées suffocantes, les serres chaudes à l'odeur de bain public. Je voyais même, par-dessus les grilles et les pavillons boiteux, les platanes de la Halle aux vins. Pourtant, mon témoin familier du sol et de la vie végétale, c'est ailleurs que je l'avais élu. Je passais, quatre fois par jour, rue Clovis, au pied d'une grosse butte de terre enclavée dans les masures comme un nœud de forêt sauvage : une pente noire, couverte d'arbres et de buissons, une vraie colline prisonnière qui s'épaulait à l'est sur un pesant débris de l'enceinte construite par Philippe-Auguste et qui, partie du trottoir, s'enlevait roidement vers le ciel. – La muraille de Philippe-Auguste se voit encore aujourd'hui, ruine épaisse et sans beauté ; quant au bouquet de forêt sauvage, il a capitulé devant des bâtisses dévorantes. Que sa senteur fugitive, que sa bouffée de verdure, que son refuge de rêverie reçoivent, pour la dernière fois, mon salut reconnaissant.

C'est là que j'épiais le printemps, là que, quatre fois la journée, je lui dédiais au passage un hymne de muette allégresse.

Dès qu'elle a croisé la rue Descartes, à l'enseigne philosophique, la rue Clovis, au nom guerrier, s'engage dans la descente. Elle part bien, elle mériterait une longue carrière ; mais, après le premier virage, Clovis, inexplicablement, cède le pas au cardinal Lemoine. En deux bonds, ce prélat conduit le passant jusqu'au fond du val de Seine.

L'altitude est un bien. J'entends ce mot au sens paysan : c'est une possession, une propriété. C'est de la force en réserve, une richesse que l'homme prudent ne dilapide pas à la légère. Parvenu sur le trottoir de l'École polytechnique, j'hésitais toujours une seconde avant d'abandonner ma petite fortune d'altitude, avant de choir à la pauvreté des plaines. Cet arrêt bien marqué, je consultais de l'œil Justin Weill et disais ou, parfois, pensais seulement : « On y va ? »

L'infime question posée, Justin ne répondait pas toujours. L'économie de sa vie ne ressemblait guère à la mienne. Il était encore tout chaud du lycée et de nos querelles. Ses oreilles épanouies, mobiles, détachées du crâne, ses oreilles allumées par une dernière bouffée de colère, interrogeaient le vent, comme font celles des chevaux. Ses larges yeux, visités de lueurs intelligentes, s'élargissaient encore pour suivre le vol d'une idée, l'explosion d'une image, la course d'un mot. Ses narines commençaient de battre avec force.

Ce jour-là, comme je restais sur un pied, Justin Weill répondit quand même, d'un air préoccupé : « Oui, descendons. » Et, tout de suite, il se prit à rire. Il écartait déjà ses lèvres toutes luisantes d'éloquence.

— Cette fois, dis-je, c'est enfin le printemps. Des feuilles ! De vraies feuilles !

Nous passions devant mon asile de forêt sauvage. Une odeur de végétation en ruisselait, comme d'une source fluette, jusque sur la chaussée. Je respirais ce message avec dévotion. L'hiver de 1894-95 avait été exceptionnellement maussade et pénible. Les gens de ma sorte, exaspérés d'une si longue attente, insultaient depuis des semaines aux lenteurs du ciel.

Comme s'il eût voulu mettre un terme à mes effusions, Justin fit entendre un « oui » bref et indifférent. Et, tout de suite, jugeant sans doute qu'il m'avait suffisamment fait écho, mon compagnon revint à sa querelle, à sa rougeur, à son tourment :

— Que disait Lyon-Després au censeur ? Réponds, Laurent. Que disait-il, pendant la fin du dessin ?

— Oh ! répondis-je, l'épaule vague, si tu crois que j'écoute les sottises de Lyon-Després.

Justin s'arrêta net avec un trépignement puéril. Nous venions de nous engager sur la pente du cardinal Lemoine. J'étais en avance d'un pas ou deux. Je me retournai vers mon camarade et le regardai tout à mon aise. Il était de petite stature. Il avait, comme moi, plus de quatorze ans, mais il paraissait beaucoup plus jeune. Il portait encore des culottes courtes, une vareuse croisée, une casquette d'uniforme. Il tenait son cartable à deux mains, contre ses reins, de façon désinvolte et enfantine. La voix était en pleine mue, avec, de temps en temps, des sonorités ronflantes dont Justin profitait pour tirer quelque effet théâtral, car il admirait et imitait à la perfection plusieurs comédiens illustres. Sous une tignasse flambante, le visage au teint transparent brillait d'intelligence et de passion.

Pour moi, un peu plus grand que Justin, sans être de taille élevée, j'avais l'air d'un jeune homme et j'usais les pantalons de mon frère Ferdinand. J'avais la voix grave, déjà formée, un parler plus circonspect et, d'ailleurs, les idées moins promptes.

Justin me poussa, du doigt, contre le mur de l'École polytechnique.

— Ce que Lyon-Després a dit, eh bien, moi, je le sais : moi qui n'étais pas, comme toi, tout près de lui. J'ai deviné, deviné ! Il a dit : « Regardez-moi donc ce sale juif ! »

— Eh bien, tu n'y es pas, répondis-je en riant, Lyon-Després a dit…

Justin trépignait de rage.

— Sale juif… Sale juif… Oh ! rien qu'à leur façon d'avancer les lèvres, rien qu'à leur façon de sourire, je comprends qu'ils parlent des juifs, je devine qu'ils parlent de moi. Mais Lyon-Després, Laurent ! C'est monstrueux !

— Justin, tu m'agaces. Lyon-Després a dit au censeur en te désignant du menton, il a dit exactement : « Extraordinaire, le petit juif ! Il est extraordinaire ! »

Justin devint soudain tout pâle. Il hocha doucement la tête et se reprit à marcher.

— Tu sais, fit-il, que Lyon-Després est juif. Un juif pur, mais un juif honteux. L'espèce que j'abomine. Il est Després par sa femme. Je te demande un peu ! Non, mais comment appeler une lâcheté de cette espèce ? Alors, pour faire oublier sa mauvaise juiverie, il parle de moi, Justin Weill, en souriant. Il dit : « le petit juif… » Car il est quand même fier de moi, le lâche. Petit juif ! Laurent, que je vive seulement, et c'est un grand juif ! que je deviendrai, un véritable grand juif.

Pour rejeter sa casquette en arrière, il lâcha des deux mains son cartable qui tomba sur le trottoir avec une détonation.

— Rappelle-toi ce que je te dis, reprit-il d'un accent légèrement dramatique. Un grand ! Un grand ! Ou rien.

Nous arrivions au carrefour de la rue Monge. À quel point le Paris de ce temps-là pouvait être ample, spacieux, libre, voilà ce que ne comprendront jamais les enfants d'un siècle encombré, d'un siècle où toute place est encore trop chiche pour les ébats de la vitesse. Je le répète, même en ses parties les moins pompeuses, Paris offrait alors au promeneur, au passant, des voies et des carrefours que les masses en mouvement n'arrivaient pas souvent à rendre inaccessibles.

— On prend la rue des Boulangers ? fis-je pour ramener Justin aux soins de l'itinéraire.

Il respira fortement en secouant la tête de manière à me faire entendre que la rue des Boulangers lui semblait une rue bien médiocre pour un futur grand juif :

— Non, dit-il, faisons un détour. Viens, nous avons le temps.

Il se prit à sourire avec une grâce inquiète et poursuivit, la voix soudain chancelante :

— « Il est extraordinaire… » Extraordinaire ! Toi, Laurent, qui es mon ami, trouves-tu vraiment que je sois extraordinaire ?

Je nourrissais, pour Justin, une admiration fougueuse, intempérante certains jours, et le plus souvent récompensée, car Justin, âme exaltée, m'en vouait une semblable, encore que plus loquace.

— Oh ! dis-je avec une ferme conviction, qui pourrait-on te comparer ? Cherche dans tout le grand lycée.

— Si, Laurent, répondit Justin avec une courtoisie parfaite. Si, toi, Laurent.

Il ajouta, dans un sourire : « Mais toi, tu n'es pas juif. »

Je cherchais encore la formule susceptible d'exprimer mon regret sincère de n'être pas juif, quand Justin reprit avec flamme :

— Vous autres, chrétiens, vous ne pouvez pas mesurer votre misère. Vous êtes des gens sans espoir. Si, Laurent, comprends bien : pour vous, le messie est venu. C'est fini, à tout jamais fini, car il ne viendra pas deux fois. Mais pour nous, Laurent, quel rêve ! Quel avenir ! Je me demande si tu peux comprendre ce que je veux dire. Attendre le messie, c'est quelque chose, Laurent, c'est magnifique. Mais le plus beau, mais le plus étonnant…

Il écrasa d'un coup de poing sa casquette sur son front qui était large, blanc, bellement sculpté, puis il se mit à cligner de l'œil :

— Le plus beau, c'est de se dire que le messie.

Il attendait, riant à des vols d'anges, la bouche si pleine de salive qu'il en laissa partir une goutte au fil du vent. Et, soudain, avec une indicible gravité :

— Le messie, c'est peut-être moi.

Je me sentis parcouru par un frisson d'enthousiasme.

— Le messie !

— Oui, reprit-il majestueusement. Puisqu'il n'est pas encore venu et puisqu'il doit venir, il n'y a aucune opposition à ce que moi, Justin Weill, fils de Simon Weill…

Il se caressait rêveusement le menton.

— Oh ! je sais bien, poursuivit-il plus bas, tous les petits juifs de mon espèce ont, au moins, un matin de leur adolescence… S'ils n'y ont pas pensé, c'est que ce sont des traîtres ou des pauvres d'esprit. Un matin ! C'est surtout le matin que cette idée me tourmente. Seulement, pour moi, ce n'est pas simple.

Justin Weill fit quelques pas en silence et, soudain, me considérant d'un œil tragique :

— Est-ce que tu es pur, toi ?

Comme j'hésitais à répondre, non que je fisse erreur sur le sens de la question, mais par pudeur, il affermit sa voix :

— C'est grave, Laurent. Comprends-moi bien : est-ce que tu es pur ?

— Non, répondis-je dans un souffle.

Justin s'exclama furieusement :

— Eh bien ! moi non plus ! C'est incroyable : moi non plus.

Nous fîmes encore quelques pas et Justin répétait, l'air soucieux : « Moi non plus. »

Comme je ne disais rien et qu'il avait encore le cœur plein, il ajouta :

— Ce n'est pas tant l'histoire de regarder les femmes. Chez nous autres, on peut être sauvé malgré les femmes. Un rabbin peut avoir une femme. Un prophète même peut avoir une femme. Non ! C'est une chose... une chose qui n'est pas possible pour un messie, enfin qui ne me semble pas possible. Le messie ! voyons ! le messie...

Il se tut et rougit bravement.

Le silence dura plusieurs minutes, ce qui, pour nous, en ce temps-là, semblait une éternité. Comme Justin se taisait toujours, je soufflai, l'air résolu :

— Ça m'est égal de ne pas être pur.

— Pourquoi ? fit Justin en me lançant un regard en même temps naïf et interrogateur.

Je hochai les épaules. Pouvais-je, même à Justin, expliquer comment j'avais, non sans désespoir, pris mon parti de n'être pas pur, à la condition, toutefois, qu'il y eût des êtres purs dans le monde. Et, de cela, je ne pouvais douter, car il me suffisait de jeter les yeux autour de moi pour être pleinement rassuré.

Comme s'il eût suivi les détours de ma pensée, Justin dit encore :

— Des âmes pures, tu en connais ?

Je fis un imperceptible signe de tête auquel Justin Weill répondit par un adverbe :

— Effectivement.

Puis avec une courtoisie bien disante et qui sentait un peu la scène, il ajouta :

— Peut-être t'ai-je blessé, Pasquier, toi qui es chrétien ?

— Non, tu ne m'as pas blessé.

— Crois-moi, reprit-il avec l'air de me donner un conseil précieux, crois-moi : pour quelqu'un qui se propose de faire des choses considérables, il vaut mieux se dire – c'est mon oncle Jacob qui parle comme ça – il vaut mieux se dire que le monde n'est pas racheté, enfin, pas encore racheté.

— Mon père, m'écriai-je avec cette flamme qui m'animait toujours quand je confessais les principes du clan, mon père affirme que le monde sera racheté – il ne dit pas racheté, mon père, il ne dit même pas sauvé, il dit perfectionné, mais au fond c'est la même chose – eh bien ! il explique très bien que le monde sera racheté – si tu aimes mieux – par la science.

Depuis quelques minutes, Justin, sautelant sur un pied, poussait devant lui, le long du trottoir, comme au jeu de marelle, un petit éclat de pierre plate.

— Attends ! cria-t-il en retombant sur ses dix orteils. Attends ! La science, oui ! C'est une tout autre affaire. Ton père, en un sens, a parfaitement raison. Ça dépend du point de vue. La science, Laurent ! Tu sais que personne plus que moi ne respecte la science et le progrès…

Il affermit sa casquette, remonta son cartable d'un coup de rein et leva l'index vers le ciel. Jusqu'à la rue Guy-de-la-Brosse, nous devisâmes de la science.

CHAPITRE II

Présentation de Valdemar Henningsen.
Inquiétude et trouble de Justin.
Beauté de ma sœur musicienne.
Caractères particuliers du rondo en la mineur.
Générosité de Mozart. Colère de Cécile.
Philosophie maternelle.

La rue Guy-de-la-Brosse, qui est encore un lieu fort calme, était alors un vase de pur silence provincial. Le soleil du soir venait toucher obliquement le front de notre maison et, comme à la prière de cette lueur mélancolique, un chant de piano s'exhalait d'une fenêtre entr'ouverte dans les hauteurs. Un chant plus délié qu'une vapeur d'encensoir et, comme elle aussi, fuyant, effarouché.

— Monte un instant, dis-je à Justin Weill. Cécile est au travail. Nous l'écouterons sans la déranger. C'est le fameux rondo, tu sais bien : celui que je fredonne tout le temps, même en classe, depuis huit jours.

Le visage de Justin devint, soudain, rose.

— Non, dit-il, non. Je ne voudrais déranger personne.

Je le saisis par le bras en riant. Il résistait pour la forme et, tout de suite, céda.

— Un instant, rien qu'une minute, soupira-t-il, pour entendre ton fameux rondo.

Nous étions déjà dans l'escalier. Nous montions en heurtant le fond des marches, à la manière des enfants.

— Chut ! dit Justin. Montons plus doucement. Je ne veux pas gêner ta sœur. Je ne veux même pas qu'elle sache que je suis avec toi. La musique, c'est sacré.

— Sûrement, fis-je en m'arrêtant sur un degré, Cécile n'est pas seule.

— Comment le sais-tu ?

— Je le reconnais à son jeu. Tant mieux, tu feras la connaissance de Valdo.

L'escalier était sombre, mais non à ce point qu'il me fût impossible d'apercevoir les traits de mon ami. Ces traits venaient soudainement de se rembrunir. Il hésita, s'arrêta, redescendit deux ou trois marches.

— Écoute, Laurent, je reviendrai une autre fois.

— Es-tu fou ? Ta soirée est libre : tu me l'as dit en sortant du lycée.

Justin hésitait, une grimace boudeuse aux lèvres.

— Non, pas ce soir.

Mais il ne se résolvait point à la retraite et reprit, l'accent incisif :

— Quel est donc ce Valdo dont tu parles à tout propos ?

— Je vais te le présenter à l'instant, ou, plutôt, je vais te présenter à lui.

— Pourquoi cette nuance ? gronda Justin, rétif.

— L'âge, Monsieur, l'âge ! Valdo est notre aîné de cinq ou six ans. Valdemar Henningsen, seigneur danois, qui ne connaît pas dix mots de danois. À part cela, parle convenablement quatre ou cinq langues européennes. A vécu partout, sauf au Danemark. Mère de nationalité indéfinissable, peut-être tout simplement française. Père viking – *dixit* Valdemar – et d'ailleurs décédé, enfin, sorti du champ visuel. Vingt ans – c'est de Valdo que je parle – compositeur de musique. Homme extraordinaire. Présentement notre voisin. Habite avec sa mère un cinquième étage aménagé comme un atelier d'artiste. Professeur bénévole, surnuméraire, exceptionnel de ma sœur Cécile. Initiateur musical, Monsieur, de votre serviteur, Laurent Pasquier. Oh ! je ne suis pas un ingrat. Valdemar est un garçon prodigieux.

Justin se mordait avec force la lèvre inférieure qu'il avait charnue et gonflée de sang. Il empoigna la rampe et fut saisi d'un frémissement dans lequel se mêlaient un trouble sincère et une certaine exagération comédienne. Je le connaissais bien et compris qu'il souffrait à sa façon : tout éloge d'autrui le soulevait d'une fureur jalouse qui demeurait d'ailleurs, à mon regard amical, une noble jalousie.

— Eh bien ! gronda-t-il, va le rejoindre, ton Valdo ! Grand bien vous fasse ! Adieu, Laurent.

— Justin, fis-je en l'empoignant par le bras et en le secouant avec vivacité, Justin, tu n'es plus un enfant. Tu vas me faire le plaisir de monter saluer Cécile et, si Valdemar est là, tu te conduiras comme un gentilhomme.

Justin fourra dans sa poche, d'un geste tragi-comique, sa casquette de collégien et dit, l'air faussement accablé :

— C'est bien. J'obéis.

Nous déposâmes nos cartons et nos livres dans le petit vestibule obscur où brûlait nuit et jour une lampe Pigeon. De la salle à manger, venaient en même temps une rumeur de conversation et la voix, maintenant toute proche, du vieux piano.

— Dans ta chambre ! murmura Justin Weill en me tirant avec énergie par ma veste. Dans ta chambre ! Nous entendrons tout aussi bien et nous ne gênerons personne.

Je haussai les épaules et passai dans notre chambre. Elle était encombrée de deux lits. Dans l'un, le plus grand, je couchais d'ordinaire avec mon frère Ferdinand. Joseph couchait dans l'autre ; mais, depuis le départ de Joseph au régiment, je dormais seul, avec délice, dans le petit lit de l'absent.

Ma chambre s'ouvrait directement dans la pièce qui servait de salle à manger, qui logeait alors le piano et dans laquelle on dépliait, le soir, un lit pour ma sœur Cécile. Marchant avec une prudence exagérée sur la pointe de l'orteil, Justin vint s'asseoir près de la porte et légèrement en retrait. Si peu de bruit que nous ayons fait, l'oreille de la musicienne en fut quand même frappée.

— C'est toi, Laurent ? cria-t-elle soudain, tout geste suspendu. C'est toi ? Tu n'es pas seul ?

— Non, répondis-je. Nous sommes montés tous deux, Justin et moi, pour écouter mon rondo. Cécile, tu sais que ce rondo est mon rondo ?

Cécile s'était retournée à demi. Elle fit, de la tête, un signe vif et gracieux.

— C'est Justin Weill ! cria-t-elle. Oh ! restez, restez, Justin. Mais tant pis ! car je ne suis pas contente de moi. N'écoutez pas, Justin. Ça ne vaut absolument rien.

— Permettez, dis-je en faisant un pas dans la pièce. Il faut maintenant que je présente à Valdo mon ami Weill. Justin, voici Valdemar Henningsen.

Justin fit un pas, le visage empourpré. Lui, si parfaitement à l'aise en toute circonstance, lui si fier et si vindicatif, il avait soudain l'air humble et embarrassé, honteux de ses culottes courtes, de sa petite stature, de son grand nez aux ailes remuantes, de ses cheveux rouges. Ses oreilles trop larges et trop écartées s'étaient éclairées d'incarnat. Il serra la main de Valdemar avec un geste qui manquait de chaleur et de simplicité.

— Vous aimez la musique ? demanda Valdemar. Justin se redressa.

— Passionnément, bredouilla-t-il. Et, comme s'il eût senti la vanité du mot, il reprit, d'une voix maîtrisée : « Beaucoup. Je veux dire beaucoup. »

— Tant mieux, dit Valdemar avec flegme. Et tout de suite il revint à la petite musicienne.

— Vous allez, dit-il, reprendre tout cela dès le début. Je ne vous arrêterai pas. Je ne vous dirai rien. Nous parlerons quand vous aurez fini. Allez, Cécile, et ne me faites pas souffrir, je vous en prie.

Cécile, toute droite, attendit une grande minute, comme si, d'instinct, elle eût senti le besoin d'une pause préalable, d'une belle marge de silence. Je la contemplais avec plaisir, avec admiration.

L'extraordinaire beauté, je devrais même dire la dramatique beauté de ma sœur Suzanne a, dans la suite des saisons, fait oublier celle de Cécile en son jeune temps. La beauté de Suzanne était – est encore, sans doute – pure, je veux bien dire sans mélange. L'émotion qu'elle faisait naître, pour complexe qu'elle fût, avait son principe souverain dans l'enchantement du regard. Mais la grâce de Cécile, elle est, dans mon souvenir, toute vibrante et, plus justement, je peux dire toute embaumée de musique. Cécile ressemblait à l'un des anges de Van Eyck, à celui dont on entrevoit le profil, à demi caché par les autres figures séraphiques, au dernier rang des chanteurs célestes. L'œil éclairé d'un large blanc nourri d'azur ; le front bien construit, découvert ; des bandeaux sombres, ce qui nous éloigne un peu du peintre flamand, des bandeaux finalement résolus en deux tresses vigoureuses ; un nez droit, un peu hautain ; une bouche d'un dessin puéril, avec sa lèvre supérieure courte, une bouche, pourtant, toujours prête à se refermer sur quelque pensée secrète ; un col animé du plus gracieux élan. Est-ce là Cécile, toute Cécile ? Oh ! que non pas ! Ce que je ne saurais peindre, c'est la fierté de cette petite fille, son port de jeune Diane. Au point où je prends ce récit, ma sœur Cécile avait un peu plus de douze ans. Elle avait grandi très vite. Sa jupe trop courte dégageait des jambes nerveuses, élégantes. Elle se tenait toujours très droite, elle semblait toujours sur le point de relever un défi. Dans ce visage d'enfant, brûlait un regard attestant la maturité, l'autorité. Je la contemplais avec une tendresse ardente et je pensais, de minute en minute : « C'est une petite fille peut-être ; mais c'est la plus belle des femmes, et c'est une grande artiste, et c'est ma sœur. »

Elle commença de jouer. C'était un rondo de Mozart, le rondo en la mineur, un « six-huit » assez lent, hésitant, presque indolent d'abord, avec de flexueuses flammes d'agilité, un rondo qu'on trouve, isolé, dans les recueils de pièces diverses. Après plus de trente-cinq années, que ce chant vagabond vienne à me traverser l'esprit, telle une pensée souffrante qui s'évertue vers l'azur, et me voilà tremblant d'amour, comme aux jours de mon enfance.

Cécile donc se prit à jouer. Elle était devenue une virtuose extraordinaire, un monstre délicieux. Je dirai sans doute plus loin comment les choses et les hommes s'étaient concertés en vue de ce miracle. Puisque je suis au rondo, qu'au moins je l'entende encore, tout entier, une fois encore, dans le recueillement du souvenir.

Valdemar était resté bien sage pendant la première partie du morceau et, comme il ne nous regardait guère, nous pouvions le considérer tout à notre aise. Il était grand, très frêle, corps et visage de haute finesse, avec, bizarrement greffés sur des jointures légères, de grands pieds, des mains osseuses qu'on ne comprenait pas tout de suite, dont il semblait d'ailleurs un peu embarrassé, un peu irrité, comme de présents importuns venus d'un parent maladroit. Le visage, encadré d'une barbe vaporeuse, telle en portaient les jeunes gens de ce temps-là, eût été fort agréable aux yeux s'il fût resté plus serein ; mais Valdemar accompagnait toutes ses pensées de grimaces expressives et parfaitement involontaires. Il avait de magnifiques cheveux blonds et bouclés. Son vêtement, de grosse laine claire, montrait une élégance exotique assez remarquable dans une société comme la nôtre. Que je mentionne encore une cravate bleue à pois blancs qui tenait à la fois de l'artiste et de l'écolier. Il demeurait assis, dans une pose en même temps abandonnée et tendue : le genou fléchi dans ses doigts entrecroisés que la pression marbrait de blanc et de rouge. Il suivait le chant du piano avec une attention de toutes les fibres. Parfois, il laissait aller un peu la tête, puis la redressait et la secouait d'un geste furieux.

Ce rondo en la mineur se prête à de grandes libertés de mouvement. Valdemar ne marquait pas un rythme rigoureux, ainsi que font maintes âmes simples, facilement asservies aux forces élémentaires. Par une pression secrète, il semblait plutôt guider, escorter dans son essor la jeune voyageuse des sphères.

À l'instant où paraît la tonalité majeure, Valdemar se prit à marcher dans l'étroite pièce. Comme le vieux plancher gémissait un peu, le jeune homme aussitôt s'arrêta ; tous les muscles de son corps et de son visage étaient en action ; ils exprimaient tour à tour l'angoisse, le dépit ou la béatitude.

Les dernières notes envolées, le jeune homme enfonça les mains dans ses poches et commença de tourner autour de la table. Il ne regardait plus Cécile, il n'avait pas même l'air de percevoir notre présence. Il nous donnait le spectacle, qui ne m'était pas encore familier, de ces êtres dont la musique est, en même temps, la nourriture et le poison. Il commença de parler. Il s'adressait non pas à nous, mais au concile des âmes présentes et futures.

— Vous avez entendu ? Un esprit créateur ne peut pas faire plus généreux présent aux autres hommes. Comprenez : il nous donne tout ! Il nous permet de croire que cette page que nous jouons, nous l'inventons en la jouant, et même que nous l'inventons en l'écoutant. Pas de plus grande charité. Qu'il est bon ! Comme il est libéral ! Je joue, et j'ai l'air d'improviser ce que je joue, de trouver les notes, une à une, les accents, les détours, les traits. Il me donne tout : l'œuvre et le secret de l'œuvre. Il consent, pour une minute, que son œuvre soit la mienne, que moi, Henningsen, je puisse m'en emparer comme de ma propre pensée, en faire ma propre pensée. Quelle magnificence ! Ils ne sont pas nombreux les héros qui ont de ces prodigalités. Ils gardent leur génie pour eux, jalousement. Ils nous y convient comme des pauvres à la table de Crésus. Lui, le Mozart, il nous prête son génie pour dix minutes, il nous prête son beau joujou d'enfant riche... Cécile, il me semble que vous avez inventé quelques mesures, par-ci, par-là. Et pourtant, c'est impossible. C'est peut-être moi qui ai inventé quelque chose avec mon oreille, avec mon cœur.

Le jeune homme se laissa choir sur une chaise et, délicatement, de ses grandes phalanges noueuses, il se mit à caresser les mains de Cécile. Il riait, maintenant : il avait l'air heureux, comblé.

— Cécile, mon enfant ! C'est bien ! Vous avez joué toute la page avec une parfaite candeur, une parfaite innocence. Écoutez, Cécile, comment finissez-vous ce trait ?

Il avait poussé sa chaise devant le piano et s'efforçait de reprendre le trait. Il avait les doigts non pas inhabiles, mais lourds et, pour dire juste, insoumis. À deux ou trois reprises, il retraça le dessin mélodique avec fièvre, avec rudesse. Il finit par hausser les épaules, se leva de nouveau, vint chez nous. Il montrait un sourire amer.

— C'est injuste ! fit-il, haussant les épaules. C'est injuste et même ridicule. La musique est une duperie, une tombola. Je suis Henningsen ! Un homme ! J'ai vécu, j'ai souffert. J'ai voyagé. J'ai vu des gens mourir. Tout, tout ! Je suis un artiste, moi ! Cette page-là, je la comprends mieux que personne au monde. Ne riez pas ! Mieux que Mozart, mieux que Dieu ! Et je suis un pianiste misérable. Si je la joue, cette maudite page, si j'essaye de la jouer autrement qu'avec mon cœur, j'ai l'air d'un écolier qui ne sait pas même ce qu'il lit. Mais, écoutez la petite fille ! Écoutez la petite fée ! Elle a l'air de tout comprendre. Elle n'a qu'à remuer les doigts et elle a l'air d'avoir une âme. Et pourtant, c'est un bébé qui ne comprend rien encore. Injustice ! Injustice !

Il s'adressa soudain à moi, comme s'il eût aperçu ma personne véritable et non plus mon fantôme. Il répétait comiquement :

— Que dis-tu, Laurent, d'une telle injustice ?

Je n'eus pas le temps de répondre. Cécile venait de se lever, toute droite, toute pâle et les sourcils en bataille.

— Je comprends tout cela mieux que vous, cria-t-elle. Vous êtes un orgueilleux et un fou. Je vous déteste ! Je vous déteste !

Elle se couvrit le visage de ses mains, se prit à sangloter, puis s'enfuit dans la chambre de nos parents et nous entendîmes, au bruit des clefs, qu'elle s'y enfermait.

Valdemar s'était jeté contre la porte. Plié en deux, il parlait devant le trou de la serrure :

— Cécile, soufflait-il, je me repens, je m'accuse. Je suis un sale orgueilleux. Cécile, c'était pour rire.

Il donna, de la paume, deux ou trois coups sur la porte, puis il vint vers nous, secouant la tête. Il ne pouvait contenir un étrange accent quasi germanique.

— Je lui ferai des excuses. C'est une fée. C'est une personne magique. Vous partez ? Mais pourquoi ? Dans un quart d'heure, elle sera guérie et elle recommencera de jouer, je vous assure. Je la connais comme une mère connaît son enfant.

Justin s'était levé, le visage pourpre, l'œil sombre. Il bredouilla quelques paroles d'adieu, puis se tournant vers moi d'un air suppliant :

— Viens m'accompagner un peu, Laurent. J'acquiesçais de la tête. Comme nous traversions le petit vestibule, maman entra. Elle avait, par grande gâterie, pris sur ses bras notre petite sœur Suzanne pour monter le long escalier, en sorte qu'elle était essoufflée. Elle posa l'enfant, se retint de respirer une seconde, comme pour écouter le cœur de la maison et dit :

— Qu'est-ce qu'il y a encore ?

— Oh ! fis-je en haussant les épaules, rien, absolument rien. Valdo s'est disputé avec Cécile, une fois de plus. Ils vont se raccommoder, le temps que j'accompagne Justin.

Maman secouait la tête de gauche à droite, les yeux au plafond.

— Oh ! murmura-t-elle. Cette musique ! Cette musique ! Comme si on n'avait pas assez de soucis sans la musique !

CHAPITRE III

Épanchements. Abrégé de l'histoire familiale. Reconnaissance à Valdemar. Paix sur la maison. Le visage de ma mère.

À peine dans la rue, Justin fit explosion :

— Il nc mc plaît pas, cria-t-il. Pas du tout.

— Oh ! m'écriai-je, pour l'exciter un peu, car je l'aimais dans l'enthousiasme ou le courroux, c'est pourtant le plus beau de tous les rondos de Mozart.

— Il ne s'agit pas du rondo, fit Justin Weill avec dépit. Le rondo, n'en parlons pas : il est admirable.

— N'en parlons pas ? Et pourquoi donc ? Parlons-en.

Justin sortit de sa poche sa casquette à galons d'or dont la visière était toute craquelée. Il s'en coiffa d'un geste furieux.

— Il est violent, grossier et, surtout, incorrect. C'est un rastaquouère.

J'entendais le mot pour la première fois et demandai en riant qu'il me fût répété.

— Rastaquouère ! Je dis rastaquouère ! Un chevalier d'industrie, un aventurier ! Et voilà justement l'homme dont tu tolères la présence auprès de ta sœur ! Tu m'étonnes, Laurent.

L'ombre s'exhalait maintenant du plus creux des rues parisiennes. La gaule à l'épaule, un allumeur de réverbères cheminait d'un pas pressé sur le bord du trottoir, laissant derrière lui une traînée d'étoiles vacillantes. L'heure me parut lyrique et propice aux abandons.

— Oh ! fis-je, tu ne peux pas savoir...

Je marquais l'arrêt, l'air pénétré, la bouche entr'ouverte. Justin fut admirable d'abnégation : il tendit ses larges oreilles, baissa la tête et m'écouta.

— Oh ! repris-je avec flamme, tu ne peux pas même imaginer ce que représente, pour nous, l'entrée de ce garçon dans notre vie. Tu connais mon père. Tu l'as vu quelquefois. Sois bien sûr que c'est un homme extraordinaire...

— Extraordinaire ! affirma Justin Weill en secouant la tête de haut en bas.

— Un homme, repris-je avec un élan soudain excessif, comme si j'allais entonner l'hymne de la famille, un homme qui a fait tous les métiers, tout tenté, tout essayé et qui s'est mis en tête d'apprendre le grec et le latin à l'âge où les autres hommes commencent à parler de retraite. Ce sont des choses, vois-tu ? que je ne dirais pas à tout le monde. Non que j'en aie honte... mais ce sont nos affaires à nous. Papa ! non ! Imagine, Justin : « *rosa*, la rose », le supin, et le duel et l'aoriste, avec cinq enfants. En fait, à ce moment-là, nous n'étions que quatre, mais papa dit parfois sept, parce que nous devrions être sept, sept enfants.

— Moi, déclara Justin avec un large mouvement du bras, moi je trouve ça très beau.

— Le grec et le latin, c'est déjà de la vieille histoire. Maintenant, c'est la médecine, et il va réussir, Justin ! Un an, deux ans peut-être et il aura son diplôme. Et nous sommes là, tous, fascinés, comme devant un acrobate qui fait du trapèze au cirque. Et maman nous répète : « Aimez votre père, mes enfants, c'est un homme courageux. »

Justin me tendit la main avec une juvénile emphase.

— Il y a de quoi être fier, Laurent !

— Oui, je sais, fis-je en me rengorgeant un peu. Il y a, sans doute, de quoi être fier. Mais... oh ! comment t'expliquer tout ?

Soulevé soudain par cette rage de confession qui tourmente certains hommes, tous les hommes peut-être, et qui me point encore alors que, mémorialiste à cheveux gris, j'écris ces lignes, je commençai, non sans retours, non sans réticences et allusions mystérieuses, je commençai d'expliquer notre famille, nos secrets, toutes les choses profondes et terribles du clan Pasquier. Certaines histoires m'étaient légères à dire ; mais quand j'en venais à notre pauvreté, aux insolubles embarras si particuliers à nous qu'ils étaient, dans mon cœur, les embarras Pasquier, la misère Pasquier, quand j'en venais à ces tourments ineffables, je me sentais saisi d'une honte toute semblable à l'orgueil.

— Cinq enfants, Justin ! Toi, tu es fils unique. Fils unique ! Je ne peux pas imaginer ce que ça représente, moi qui ai toujours eu une petite sœur à garder, à faire jouer. Cinq enfants ! Et encore, nous devrions être sept, je te l'ai dit. Il y a eu Marthe et Michel, qui sont morts. Il y a des années de cela, et maman parle d'eux presque tous les jours. Elle pense à eux tous les jours. De temps en temps, elle se trompe, elle m'appelle Michel. Et pourtant, il y a des années ! Avant d'habiter ici, nous étions rue Vandamme. J'aimais notre maison de là-bas, mais il a fallu la quitter, à cause d'une colère de papa. Les colères de papa sont terribles. Quand il commence, quand je sens qu'il va commencer, mon cœur s'arrête et j'ai tout de suite les mains froides, et pourtant nous y sommes habitués. Il me semble bien que, certaines fois, il se met en colère seulement pour s'amuser. Ce n'est pas sérieux. C'est quand même effroyable. Enfin nous sommes venus rue Guy-de-la-Brosse. On a déménagé. Comme toujours, papa disparaît, à cause de son travail, et c'est maman qui s'occupe des meubles et de tout. Elle parle aux hommes, aux déménageurs, d'une façon si gentille : elle n'a jamais d'histoires. Il vaut mieux que papa ne soit pas là. J'aime ce quartier. Je t'expliquerai : ça sent les livres, l'étude, l'école. C'est un nouveau Paris, plus intelligent que l'ancien et pauvre, malgré tout. J'aime mieux ça : nous sommes pauvres et je ne me sens à l'aise que dans les quartiers où notre pauvreté est d'accord avec le reste. Oh ! que je puisse travailler ferme ! Cinq ans, six ans, et je serai sauvé, je serai un homme. J'ai eu la chance d'obtenir une bourse pour Henri IV. C'est maman qui s'est occupée de ça. Extraordinaire, Justin ! Maman n'est pas très instruite… enfin, elle est instruite, bien sûr, mais pas comme nous. Elle ne sait rien du latin, par exemple. Eh bien ! elle est extraordinairement intelligente. Elle comprend tout. Pas le latin, mais les choses qui arrivent, ce que font les gens, ce qu'ils disent et même ce qu'ils pensent. Papa ne peut pas s'occuper beaucoup de nous. Il lui faut gagner l'argent pour tout le monde et préparer ses examens en même temps. Et la Faculté, l'hôpital ! Papa dit parfois lui-même que c'est un véritable tour de force. Papa est un homme très intéressant et, chose curieuse, il a très peu d'amis. Et maman n'a pas le temps de s'occuper des étrangers. Il y a deux ans encore, nous ne fréquentions personne, à part les demoiselles Segrédat. Je te dirai : des voisines, des personnes tout à fait bien. Mais Cécile – car c'est à propos de Cécile que je te raconte toute cette histoire – Cécile avait un professeur, depuis la rue Vandamme, une personne qui lui donnait des leçons. Tu comprends : pour le plaisir, car nous ne pouvions pas payer un vrai professeur qui prend de l'argent. Alors il lui est arrivé une chose étonnante. En quelques mois, sans qu'on puisse comprendre comment, Cécile est devenue beaucoup plus forte que son professeur. Et madame Malezieux – c'est comme ça qu'elle s'appelait – elle avait l'air d'une poule qui a couvé un œuf de cygne. Alors, un jour que Cécile jouait, toute seule, on a frappé à la porte. Maman est allée ouvrir. Elle faisait une lessive – car elle ne veut laisser personne laver notre linge, elle a ses idées là-dessus – et elle avait un tablier bleu tout mouillé. Je t'affirme que, même petite comme elle est, elle avait l'air respectable, l'air d'une dame. Elle a ouvert la porte et Valdemar est entré. Il habitait la maison, il revenait de voyage, il avait entendu… Tu ne peux imaginer cette entrée de Valdemar. Tu dis un aventurier. Mais non, Justin. Un prince ! Cinq minutes plus tard il était assis à côté de Cécile et il commençait de parler comme tu viens de l'entendre parler. Il a trouvé, pour le piano, pour la technique pure, comme il dit, un des amis de sa mère, un grand professeur, le célèbre monsieur

Diétrich. En moins de deux ans, Valdemar et monsieur Diétrich ont fait de Cécile une véritable artiste. Valdemar est quelque chose comme le professeur… je ne sais pas dire… le professeur de pensée ! C'est assez ça. Il donne à Cécile des conseils. Les grands conseils. Des devoirs aussi, bien sûr, l'harmonie et tout ce qu'il faut. Valdemar est là très souvent. Il reste parfois cinq minutes, parfois une demi-journée. Il dit qu'au mois d'octobre, Cécile pourra donner son premier concert public. Il dit que c'est son affaire à lui, Valdemar. Mais surtout, surtout, il nous a fait comprendre la musique, la vraie musique. Même quand il est injuste, même quand il me tape sur les nerfs, même quand il est exaspérant, je ne peux le regarder sans reconnaissance.

Justin baissa la tête d'un air lugubre.

— C'est bien, gronda-t-il. Mettons que je n'ai rien dit.

L'instant d'après, il retira sa casquette, s'essuya le front qu'il avait large et d'un blanc parfait et déclara :

— Ta sœur Cécile est assurément une personne tout à fait remarquable. Elle a peut-être du génie.

Comme nous passions sous un bec de gaz, je pus voir que le visage de Justin venait de s'empourprer.

Les parents de Justin Weill habitaient boulevard de l'Hôpital, en face de la Salpêtrière. Trois frères associés exploitaient ensemble une petite compagnie de fiacres. Outre leurs familles respectives, ils hébergeaient des vieilles tantes, des cousines étranges, venues d'Alsace ou de Pologne, et vivaient là dans une communauté bien close, où j'étais toutefois admis, à titre de visiteur amical.

Je quittai Justin vers la fin de la rue Geoffroy-Saint-Hilaire et revins précipitamment sur mes pas. Comme il m'arrivait souvent dans mes jeunes années, comme il m'arrive encore parfois, j'éprouvais un brusque et poignant besoin de retrouver la maison, de voir si le malheur ne voletait pas à l'entour, de m'assurer que tout était en ordre, en place.

Tout était en ordre, en place. Suzanne jouait dans ma chambre, avec un de ces infimes jouets qui sont les seuls jouets chéris des petits enfants. Père et Ferdinand n'étaient pas encore de retour. Cécile travaillait avec application. De temps en temps, la voix de Valdemar retentissait, égale, sereine. Mère devait s'occuper des aliments, dans la cuisine. Elle me cria : « Laurent, surveille un peu ta petite sœur. »

Je me mis à mes devoirs : un thème latin, ce soir-là. Suzanne rampait entre mes jambes et chantonnait une douce petite chanson baveuse. Parfois, le piano de Cécile s'irritait, lançait quelques vagues écumantes. Je commençais à m'y faire : j'ai, presque toujours, depuis, travaillé dans le bruit, creusé mon silence à même le bruit.

Plus tard, dans la soirée, j'allai voir maman pour lui demander l'heure.

Elle était assise devant la table de la cuisine et ne travaillait pas. En m'apercevant, elle eut un sursaut nerveux et laissa tomber une pomme de terre qu'elle allait peler. Je la regardais comme on peut regarder l'être que l'on connaît le mieux au monde, c'est-à-dire avec une confiance voisine de l'inattention. Ma mère répétait tout bas : « Déjà huit heures ! »

Elle avait ramassé la pomme de terre et la pelait en hâte.

Et, tout à coup, j'eus le sentiment que le visage de ma mère était changé. Dans le mouvement des lèvres pour se serrer, dans les deux ou trois plis qui descendaient, à travers le front, vers la racine du nez, dans l'agitation des paupières, dans ce tremblement du menton que je connaissais bien et qui représentait à mes yeux l'indice même du trouble intérieur, dans le frémissement du col où passent et battent des organes si mystérieux, dans la conjugaison de tous ces signes, il me fallait bien distinguer quelque chose de nouveau, de très triste et de très angoissant. Non, ce n'étaient pas les fatigues et les douleurs quotidiennes. C'était une menace extraordinaire et incompréhensible.

Je compris tout cela soudain et je compris presque aussitôt une autre chose non moins surprenante. Ce grand changement n'était pas l'œuvre de la journée : il était accompli, déjà, depuis des jours et des jours. Et je ne l'avais pas encore remarqué, pas encore admis. Je savais qu'il était là, ce changement ; mais, depuis des jours et des jours, j'avais refusé de le savoir, dans le fond de mon cœur.

Devinant que je la regardais, ma mère fit un sourire pénible et qui lui brouilla les traits.

— Huit heures ! dit-elle en secouant la tête. Et Ferdinand qui n'en finit pas d'arriver.

CHAPITRE IV

Le soleil, principe de toute énergie. Avantages et dangers de l'esprit critique. Influence du soleil sur l'instinct migrateur. Entretien dans un cabinet de toilette mal éclairé. Hygiène pure et simple. Observations sur les femmes. Regard jeté dans le monde souterrain.

Mon père disait, chaque matin :

— Je ne resterai pas un mois de plus dans cette baraque, il n'y a pas assez de soleil.

Tremblants de crainte, nous écoutions ces déclarations menaçantes. Le logis nous plaisait, nonobstant son exiguïté. Nous y avions moulé le petit monde Pasquier, âme et chair. Nous en avions adopté les murailles pour coquille. Trois années ! Répit mirifique dans notre existence nomade. Ces trois années, mon père les avait consumées en des efforts d'esprit si rigoureux qu'ils semblaient appeler tous les muscles à la rescousse et qu'ils faisaient songer à l'effort élémentaire du laboureur et du bûcheron. Le démon de la fugue et de l'aventure avait, pendant ces trois années, fait trêve. L'homme fantasque, instable, s'était accroché provisoirement au roc pour mieux se rassembler sur un unique souci. Mais nous le sentions prêt à tendre l'aile, à s'envoler au moindre souffle, et nous frémissions un peu, car, sur nos cœurs, la fantaisie migratrice n'avait plus grand empire.

— Le soleil, répétait mon père, est le principe de la vie, de l'énergie, de toute énergie. Et, dans cette malheureuse maison, nous ne recevons pas le quart, pas le dixième de notre ration lumineuse normale. Il faut s'en aller.

Père entreprenait un léger discours sur le soleil, origine de l'énergie. Notre père n'était, avec nous, ni très ouvert, ni très démonstratif ; mais il aimait, abeille enivrée, il aimait de nous offrir un peu du miel qu'il allait, non sans grand'peine, butiner dans les écoles et les bibliothèques. Comme toutes les âmes novices, il subissait d'autant plus volontiers la séduction des idées qu'elles ne sont pas, encore qu'il y paraisse, principes d'élan, instruments d'exploration, cimes périlleuses, mais bien, au contraire, résultats encombrants, jalons, citadelles, refuges.

La connaissance des lois naturelles procure aux hommes de cette sorte une satisfaction sans ombre. Il avait bien assez d'apprendre ces lois et souffrait difficilement qu'elles pussent être affaiblies par de nombreuses corrections. Son effort était merveilleusement positif. L'esprit critique, sans lequel toute science est chimérique, mais dont les excès énervent l'invention, n'avait guère crédit dans cette ferveur novice. Je pense encore que, s'il n'avait dû tout apprendre à partir du commencement, il eût, avec une si belle candeur animée de fantaisie naturelle, il eût, dis-je, été capable de quelque chance géniale. Venu tard au festin du savoir, il l'a quitté dans la conviction pieuse et non point sereine, mais péremptoire, mais agressive, que le monde était complètement déterminé par des lois sinon simples du moins simplifiables, du moins en voie de simplification et que l'homme allait, dans un délai fort bref, être maître de ses destinées et, bien entendu, de l'univers. Il disait, laissant s'exalter dans sa voix un rien de professoral que nous admirions, les uns et les autres, Joseph avec défiance, Ferdinand avec lenteur, Cécile avec politesse, mère avec fièvre, moi-même avec un intérêt combatif, il disait :

— Tout vient du soleil, c'est démontré. Ce que nous mangeons, d'abord. Les haricots, bien sûr ; et le bœuf, parbleu ! Ce n'est pas difficile à comprendre. Mais je dis tout, tout. L'eau de la carafe, Ferdinand ? D'où vient-elle ?

Ferdinand concentrait sur la carafe son regard de myope et répondait sérieusement :

— Du robinet. Eh bien oui, quoi ! Des réservoirs de la ville.

Comme je ne pouvais m'empêcher de rire, Ferdinand me considérait d'un air offensé. Mais papa :

— Du soleil, voyons, Ferdinand ! C'est le soleil qui fait évaporer l'eau de la mer et qui forme les nuages. Et le charbon des machines, c'est le soleil qui, dans les temps anciens... C'est d'une simplicité parfaite. Tout du soleil ! Tout par le soleil !

Ferdinand réfléchissait une seconde et proférait, en conclusion, une de ces formules de comptable dont sa conversation est nourrie :

— Parfaitement exact.

Il acquiesçait, mais il n'avait pas l'air surpris. Papa se montrait un peu déçu, car il admirait sans réserve les arguments et les solutions de la science. Une légère colère improvisée lui servait alors de dérivatif :

— C'est bien pourquoi nous quitterons cette sale baraque où le soleil nous est vraiment trop mesuré.

— Ram, insinuait maman qui maniait avec adresse les mots sacrés, Ram, attends d'avoir ton diplôme. C'est si proche, maintenant !

Déjà, père s'envolait vers d'autres pensées, d'autres projets, non sans avoir, au passage, salué le mot diplôme d'un sourire bleu comme un éclair.

Je dois reconnaître que le soleil nous visitait rarement. Il se montrait, au fort de la journée, dans la cuisine et dans l'ancienne salle à manger que mes parents avaient dû prendre pour chambre, à raison de certains calculs domestiques dont je n'ai plus souvenir. Je me rappelle seulement qu'il fallait, pour gagner la salle à manger, traverser avec les plats la chambre de nos parents. En fin de journée, le soleil caressait les deux pièces ouvertes sur la rue. Nous, les enfants, nous ne songions guère au soleil et les revendications de papa nous surprenaient un peu. Je pense aujourd'hui que, chez cet homme soutenu par une rare énergie et un prodigieux désir de jeunesse, le besoin de soleil fut longtemps la seule marque de l'âge. Un autre signe dont je parlerai plus tard, et qui m'a beaucoup frappé, fut, au milieu d'une vieillesse non seulement verte mais reniée, le souci constant qu'il eut de sa sépulture, souci qui m'a fait comprendre les coutumes de l'ancienne Égypte. Mais revenons rue Guy-de-la-Brosse.

Mordant sur le petit vestibule, il y avait encore un réduit transformé, pour notre usage, en cabinet de toilette et qui prenait jour de notre chambre, la chambre des garçons, par une imposte fixe devant laquelle on avait dû poser des rayonnages et qui s'en trouvait aveuglée plus qu'à demi.

Ce réduit était donc fort sombre et nous nous en plaignions. Un matin, j'eus à m'en réjouir. Deux ou trois jours après les scènes que j'ai rapportées déjà, mon père ouvrit la porte de ce cabinet, alors que j'étais en train de m'y savonner de mon mieux.

— Une minute, dis-je, et c'est fini.

Père eut un geste onduleux des épaules.

— Non. Continue. Je pensais seulement…

Lui si volontiers péremptoire, il avait l'accent indécis. Il s'était accoté distraitement au chambranle de la porte et dit encore :

— Si ça ne te fait rien, je vais rester un instant.

— Mais, c'est que…

— Oui, je vois, tu es à ta toilette. C'est justement à ce propos que je voudrais te parler.

Et, soudain, la voix affermie :

— Laurent, mon cher – il avait pris l'habitude, fort désagréable à maman, de nous appeler « mon cher » – Laurent, tu vas bientôt cesser d'être un enfant. Te voici, tout au moins, à l'âge où l'enfant commence de se transformer en homme. Il est temps de te mettre en garde contre certaines aventures. Mon cher, je ne pense qu'à ta santé. C'est en médecin que je dois te donner certains conseils. Est-il arrivé déjà qu'une dame t'adresse la parole dans la rue ?

Le visage de mon père était peu visible dans l'ombre. Je le regardais à la dérobée et j'y distinguais un sourire en même temps sérieux et lointain, un sourire qui m'indisposa. J'eus la certitude que mon père allait parler, là, tout cavalièrement, de certaines choses auxquelles je pensais chaque jour, de certaines choses inexprimables, incommunicables, qui m'étaient absolument personnelles, qui étaient mon secret farouchement gardé. Mon père était la dernière personne au monde avec laquelle un entretien sur ce sujet me parût souhaitable et même possible. Or la catastrophe semblait assurée. J'attendais, saisi d'une sincère horreur qui se colorait de curiosité et même d'impatience. J'attendais, l'éponge au poing, les mâchoires serrées, tout prêt à fuir, à me rétracter dans les profondeurs.

— Il est possible, reprit mon père, que certaines dames t'aient parlé, le soir, dans la rue.

J'avais tout de suite compris que c'était une question posée par un homme à un homme. Non sans étonnement, je m'entendis répondre :

— Oui, papa, c'est arrivé.

— J'en étais sûr. Tu n'es pas fort grand, mais assez large et de bon aspect. Tu portes des pantalons longs et, le soir, on pourrait te donner dix-huit ans, d'un peu loin. Où cette rencontre a-t-elle eu lieu ?

— À l'entrée du pont d'Austerlitz, devant l'usine des Eaux.

— Oui. Et quel genre de dame ?

— Oh ! fis-je en baissant la tête, elle n'était pas bien belle, plutôt grosse et sans chapeau, avec un tablier à poches. Elle ressemblait à une femme de charge.

— Ça ne fait rien. Pas d'erreur. Et qu'a-t-elle dit ?

— Elle est arrivée tout près de moi. J'ai d'abord cru qu'elle allait me demander un renseignement, ou même une charité. Mais elle a dit…

— Quoi ?

— Qu'il fallait aller chez elle. À ce moment, j'arrivais juste sous le bec de gaz et, alors, elle s'est mise à rire. Elle criait : « Non ! Mais c'est une jeune fille. Parole ! On dirait une mademoiselle. »

— C'est tout ?

Je me sentis rougir. Heureusement, nous étions, père et moi, dans une obscurité fort indulgente.

— C'est tout.

— Bien ! fit mon père d'un ton méditatif.

Il poursuivit presque tout de suite et, cette fois, avec autorité, presque avec légèreté :

— Mon cher, il pourra t'arriver encore, et de plus en plus souvent, d'être abordé, le soir, et non plus par de vieilles dondons, mais par des femmes jeunes, des femmes agréables à regarder. Eh bien, je t'engage vivement à te défier de ces personnes. Je ne te dis pas d'être malpoli ou de baisser les yeux comme un sot. Non, il y a la manière. Ça viendra. Tu es en âge de tout comprendre et mon devoir est de te mettre en garde. Ce que ces dames te proposeraient… Je pense que tu en sais quelque chose. Règle générale : méfie-toi des dames de la rue, des dames qui font métier de leurs charmes – ici père fit une petite grimace et ferma l'œil à demi – tu sais ce que parler veut dire. Maintenant, il pourrait arriver, plus tard, évidemment, beaucoup plus tard que tu sois assez bête, je veux dire assez faible pour ne pas te défier. Laurent, je ne fais pas de morale. Je te le répète : je parle en médecin, rien de plus. L'hygiène, mon cher, l'hygiène pure et simple. Un garçon de ton âge doit savoir se laver correctement. Comment te laves-tu ? Eh bien ! non ! Ce n'est pas cela du tout. Du courage, mon cher. Tu trembles comme si tu avais peur. C'est absurde. L'eau n'a jamais fait de mal à personne. De l'eau ! De l'eau ! Et du savon. Comme les mains mon cher, comme les mains. C'est une habitude. Bien. Maintenant, autre chose. Un garçon de ton âge doit commencer à se défier des dames de la rue. Et d'un ! Écoute la suite. Défie-toi aussi des jeunes filles, oui, des très jeunes filles. Et de deux ! Ça t'étonne ? Possible. Tu me comprendras un peu plus tard. Ah ! Je devrais aussi te parler de certaines rencontres, de certains camarades, mais c'est plus rare qu'on ne le dit et, surtout… Non. On reparlerait de ça s'il y avait lieu. Je le verrais quand même bien. Au revoir, mon cher, et rappelle-toi ce que je t'ai dit : primo, les dames de la rue ; secundo, les jeunes filles. Voilà pour l'instant.

Mon père me fit un léger salut de la main, alluma une cigarette qu'il venait de rouler et s'enfonça dans la nuit du vestibule pour rejoindre sa chambre. Un instant après, j'entendis qu'il sifflait à pleines lèvres.

J'étais si cruellement troublé que je n'arrivais plus à boutonner mes vêtements. Papa sifflait toujours. Qu'il pût siffler avec tant de désinvolture, alors que je me sentais au bord de la détresse, j'en éprouvais de l'humiliation et du ressentiment.

Cécile commença de faire parler le piano. Vers ce temps, elle ne travaillait pas moins de huit heures par jour et s'y mettait dès le matin. Elle s'arrêta bientôt et cria :

— Laurent ! Laurent ! Une minute.

Je sautai sur la clef de ma chambre et la tournai par deux fois.

— Non, dis-je, d'une voix altérée. Je suis en retard et je me sauve.

Déjà l'impatiente secouait la porte.

— Méchant ! Méchant ! Vilain frère, criait-elle avec fureur. J'avais justement quelque chose de beau à te dire.

J'entendis qu'elle se jetait sur le clavier comme sur une vengeance.

Mon cartable sous le bras, je me glissais dans les ténèbres de l'escalier. Voir Cécile, approcher Cécile, la pure, la blanche, alors que j'étais en proie à un trouble inavouable, cela me semblait impossible et sans doute impardonnable.

Le tumulte de la rue, remède souventes fois éprouvé, me rendit un peu de calme et la faculté d'analyse. Rien, dans les paroles de mon père, ne représentait à mes yeux une révélation. Depuis bien des mois, je vivais, j'avançais, escorté de pensées qui m'inspiraient une honte inexplicable, car elle était enivrante. J'avais accepté cette honte et me trouvais résolu fermement à la tenir secrète. Les propos et les plaisanteries de camarades dévergondés, propos que je me défendais d'entendre et auxquels je faisais en sorte de ne pas répondre, ne m'avaient pas encore détourné de croire que j'étais un cas exceptionnel. Quelques allusions ou confidences de Justin Weill n'avaient aucunement altéré cette accablante et exaltante certitude. J'étais un monstre, et je n'avais qu'à en prendre mon parti. Et voici que mon père, l'homme que j'admirais et redoutais entre tous, se mettait à disserter soudain de ces pensées tourmenteuses, avec un tranquille sourire dans lequel il y avait de la bonhomie, sans doute, mais aussi quelque chose d'un peu semblable à de la complicité. Mon père s'aventurait dans les ténèbres souterraines avec une belle tranquillité de professeur : « L'hygiène, vois-tu, mon cher, l'hygiène ! » Comme il avait parlé légèrement des profondeurs terribles ! Et la pureté, la pureté ? Pas un seul mot de la pureté. Pas même une parenthèse. Des conseils, des conseils, comme au débutant qui va, pour la première fois, monter dans une de ces fameuses voitures à pétrole.

En vain, d'une langue inquiète, je cherchais, au fond de ma bouche, une introuvable goutte de salive. L'ordre du monde était en péril et ma position au sein de ce monde perturbé, me semblait assez effrayante.

J'abordai la rue Clovis, qui m'allait conduire au lycée. L'incompréhensible sourire de mon père passait et repassait devant mes yeux et je reprenais, dans l'espoir de les éclaircir, tous les détails de cette petite scène mémorable à laquelle j'ai repensé mille et mille fois par la suite et dans laquelle mon père venait de jouer, avec adresse et rondeur, un rôle qu'aujourd'hui je trouve assez difficile.

CHAPITRE V

Transparence et perméabilité de nos frontières. Invasion du monde Pasquier par le monde mondial. Éveil de la maison. Variations sur le thème de l'éternelle jeunesse. Les servitudes bureaucratiques et le génie de l'indépendance. Rêveries d'Ariel. Le jardin des filles-fleurs. Les marches du pays latin. L'odeur des autres. Les demoiselles Segrédat. Dénombrement des malheurs imaginables et prélude au sommeil.

Pour bien raconter, pour bien chanter notre année 1895, je sens que ne me suffit plus la petite flûte de fer blanc sur laquelle j'ai célébré les saisons de ma première enfance.

Comme ces parchemins qui se trouvent, en certaines de leurs parties, d'une fine transparence cornée, l'histoire Pasquier laisse, parfois, entrevoir l'histoire du siècle. Le monde Pasquier n'est pas si clos qu'on n'y sente errer les clartés, les souffles, les rumeurs de l'univers. Je l'ai dit dans un autre récit, mon père était un assez bon exemple de ce que les philosophes allemands ont appelé « l'animal anti-politique ». Il était beaucoup trop occupé de soi-même pour apporter à la maison l'odeur des événements extérieurs, la vibration des passions publiques. Une partie des grandes nouvelles visitaient notre retraite par hasard, ou même par effraction. Il en résultait, il en résulte encore, dans mon souvenir, une juxtaposition assez incohérente des images, quelque chose de comparable à ce que les photographes nomment surimpression.

Si je m'abandonne aux songes, ce qui, d'abord, comble mon cœur c'est le souvenir de nos querelles, de nos drames, de toutes ces misères Pasquier qui n'ont pas encore cessé de déformer ma vision, et qui sont pourtant mon patrimoine le plus sûr. Mais l'esprit de l'enfant s'entr'ouvre, bien qu'avec défiance : à travers les colères paternelles sonnent, de temps en temps, inopinés, impérieux, les clairons de Madagascar. Notre famille est consumée par une flamme intérieure. Les grandes puissances d'Europe achèvent de se partager la terre. Dans le regard de ma mère tremble une douleur poignante. Paris et la province retentissent chaque matin de la clameur des grévistes, quelque chose de violent, de furieux s'allume sur le visage des hommes qui traversent toute la ville, à pied, bien avant l'aube, pour aller à leur besogne. Cécile joue sur un grand piano noir, des airs d'une beauté déchirante. Elle s'arrête parfois et j'entends comme des cris et des détonations : les Prussiens ont percé, d'une mer à l'autre, un canal, sous le Danemark. Les Japonais et les Chinois poursuivent une chamaille féroce et sans fin. Je grimpe, tremblant de frayeur, un escalier, rue de Fleurus. Bismark est malade, malade ou mort. Je vois son portrait, sous un casque hideux, dans un journal du dimanche. Les images des illustrés, avec leurs couleurs cruelles et périssables, ont parfois plus de force que des souvenirs personnels. Ferdinand est assis, tout honteux, sur une chaise. De longues larmes viennent s'égarer dans sa jeune moustache. Cela n'a vraiment aucun rapport avec le président Félix Faure, ni même avec les malheurs de l'Espagne dans une île des lointaines Antilles. Et pourtant tout cela reste confondu, faits et sentiments entrelacés dans une étreinte dérisoire. Père et moi, blêmes tous deux, tous deux les dents et les poings serrés, nous nous regardons en silence, avec défi, avec fureur, dans une chambre sans issue. Les bombes des anarchistes éclatent, de-ci, de-là, pour assouvir ou pour accroître mon angoisse. Un été brûlant, haletant, attisé de toute ma colère, pille les jardins poudreux. Parfois, les événements se compénètrent, s'associent. L'histoire entre dans notre logis et s'incorpore vraiment à nos pensées. Pasteur est mort. On en parlera chez nous pendant une semaine. On pourrait croire que papa va nous faire prendre le deuil. Il a trouvé ses dieux et les honore à sa façon. Cécile s'avance, mince et fière, sur un théâtre immense, au milieu des musiciens. Le monde entier regarde la belle petite fille. Tananarive est tombée. Wagner entre dans ma vie comme un corsaire, à l'abordage. Parfois, parce qu'ils sont proches, d'infimes événements me cachent le reste de la terre. Le bruit menu que fait ma mère, dans la cuisine, m'empêche, certains jours, d'entendre le pas des nations qui s'acheminent vers leur destin.

Et, cependant, les grandes passions qui vont, pendant bien des lustres, faire virer la roue du monde, s'enracinent, de toutes parts, dans le siècle finissant. Toutes les idées qui vont, pendant bien des années, alimenter, exalter, puis décevoir des millions d'esprits avides, toutes ces idées commencent de couler comme des sources à travers l'été suffocant de l'année 95. Ce monde, si loin de nous, hommes de 1932, ce monde qui n'avait ni notre pas, ni nos goûts, ni notre rythme, ni nos craintes et ni surtout nos plaisirs, ce monde est là, bien proche encore, encore tout chaud, sous une fine couche de cendre.

Que je m'en tienne à mon propos ! Que, fidèlement, je conte l'obscure histoire de nous, l'histoire Pasquier. Je voudrais, pour ce faire avec ordre, rappeler, sous une lumière attentive, les hommes et les paysages.

Maman s'éveillait toujours la première, bien avant le jour en hiver. À travers les derniers nuages de sommeil, nous l'entendions errer doucement dans la maison. Elle traversait notre chambre et elle examinait nos vêtements, notre linge. Elle en prenait souvent une pièce et s'en allait la ravauder dans la cuisine, sous la lueur d'un bec Auer au manchon fragile et délabré. Un peu plus tard, maman descendait dans la rue pour acheter du pain. Elle tirait la porte doucement. Nous savourions en hâte les dernières minutes de néant. À peine de retour, maman nous embrassait pour nous encourager au réveil. Venaient alors les frissons du matin frais, l'eau, l'éponge et la cuvette. Déjà rasé, déjà peigné, père criait, la voix tonnante :

— De l'eau froide, beaucoup d'eau froide, pour durcir l'épiderme. Sans cela, vous aurez des poches sous les yeux et vous serez vieux à vingt ans.

Je viens d'écrire : « la voix tonnante »… En fait, mon père n'avait pas une voix extrêmement forte. Il se déclarait lui-même, non sans regret, « ténor léger ». Pour tempérer ce regret, il se procurait, au prix de petits artifices, l'illusion de la puissance vocale et parvenait parfois à donner, pendant quelques instants, cette même illusion aux autres.

La toilette finie, les vêtements endossés, toute la famille se réunissait à table. Nous aidions Cécile à reployer son lit, ou, plutôt, nous nous hâtions de le reployer sans elle, car Cécile, avec raison, ménageait ses précieuses mains. L'odeur du café, par vagues, flânait de chambre en chambre.

— Ne bâillez pas ! criait papa. C'est affreux et débilitant. Plus vous bâillez, plus vous ressentez la fatigue. Allons, respirez ! Poitrinez ! Parlez nettement ! Articulez ! Vous ne dites pas « papa », vous dites « vava », par mollesse. Et c'est honteux. On n'a pas le droit d'être fatigué, à votre âge, surtout au saut du lit.

Là-dessus, père bombait le torse et tirait sur ses moustaches flambantes. Il disait, indiquant, par une simple inflexion de la voix, que la phrase était destinée à maman :

— J'ai rendu visite à Chevallereau. Quel âge peut-il bien avoir ? Deux ou trois ans de moins que moi, pour sûr. Eh bien ! il est tout décati, tout déplumé. Et le peu qui lui reste est plus sel que poivre.

Là-dessus mon père haussait le ton et s'adressait non seulement à nous, les enfants, mais à la foule des hommes pour une prédication vigoureuse.

— Il faut être jeune et vert. Il ne faut pas se laisser avachir. Quand on est vieux, il est impossible de redevenir jeune. Règle absolue : ne pas se laisser vieillir. Voilà ! Je suis l'apôtre de la jeunesse.

Cet enseignement, dont je ne médis point, nous trouvait en général silencieux, car nous étions tous jeunes, fort jeunes, et la vieillesse nous apparaissait comme une éventualité bien lointaine et même improbable. Il m'arrivait, pendant les explosions de l'éloquence paternelle, de regarder ma mère et j'observais alors qu'elle, toujours si généreuse dans l'assentiment, serrait les lèvres et baissait à demi les paupières quand cette éloquence s'exerçait sur le thème favori, le thème de l'éternelle jeunesse.

Le petit déjeuner pris, ce qui n'était pas fort long, papa se levait et s'éclaircissait la voix par deux ou trois « hum ! » énergiques. Il n'était pas de haute taille ; mais il jetait sur les choses et les hommes un regard bleu-frais, ironique, toujours un peu dédaigneux, et ce regard indéchiffrable faisait paraître mon père plus grand qu'il n'était en réalité, phénomène qui m'a beaucoup frappé dans mon enfance et que je relate sans entreprendre de l'éclaircir. Il avait des cheveux bouclés, d'un blond chaleureux, des traits nets, un teint clair dont il prenait grand soin. Bien qu'il fût alors en pleine maturité, tout le monde s'accordait à lui trouver l'aspect de la jeunesse et, quand l'opinion des autres sur ce sujet captivant tardait à se faire jour, il la sollicitait délibérément. Il portait, comme les étudiants parmi lesquels il vivait, de légères cravates lavallière. Il se plaignait souvent de ses vêtements, qu'il jugeait défraîchis et que je trouvais, à part moi, d'une parfaite élégance.

Tout de suite, la famille se dispersait pour les travaux de la journée. Cette année-là, je l'ai dit, mon frère Joseph était soldat, en garnison dans une ville de l'Est. Ferdinand préparait non sans peine des examens pour entrer dans l'administration. Il accomplissait, en attendant, un stage d'expéditionnaire chez un avoué de la place Vendôme. Parfois, mon père laissait tomber sur Ferdinand son regard pervenche, avec un sourire de paisible mépris, et il disait à mi-voix : « gratte-papier », car il avait gardé, brûlante au cœur, une belle fièvre d'indépendance. La plume lui semblait préférable à la bêche, certes, mais à condition d'être franche de chaînes et de barreaux. S'il souhaitait de s'élever et s'il le répétait sans cesse, il avait l'horreur des servitudes bureaucratiques et n'eût pas considéré comme une élévation de travailler à heures fixes, derrière des portes closes, même au prix d'un traitement princier. Encore qu'il fût incapable d'une longue rancune, il n'envisageait pas sans amertume et sans bouffées d'humeur le destin de ses deux aînés : Joseph dans le commerce et Ferdinand dans les bureaux !

Peu de minutes après Ferdinand, je sortais à mon tour. Je retrouvais Justin Weill au coin de la rue et gagnais le lycée. Père partait pour l'hôpital où il était élève. Mère s'occupait des soins de la nourriture et du ménage. Cécile, avec une indifférence olympienne, s'installait au piano. La petite Suzanne piaillait de pièce en pièce, jouait avec un grain de poussière, léchait avec une application jubilante les moulures des meubles. La maison, ivre de gammes et d'arpèges, entrait dans une paix sonore.

Ferdinand prenait le repas de midi au dehors, à l'étude : la traversée de Paris en omnibus était un assez long voyage. Papa, pour des raisons analogues, ne rentrait pas déjeuner. Jusqu'au soir, entre les heures du lycée, la maison était mon domaine. Quand je dis la maison, j'entends une partie de la tranche de bâtisse formée par le quatrième étage.

Domaine traversé, domaine envahi. On entendait, à toute heure, les longs doigts de Valdo battre une charge capricante sur le panneau de la porte. Nous allions, mère ou moi, tourner le bouton, car Cécile, une fois au travail, ne se dérangeait jamais. En général, nous tenions toujours fermée la porte du palier. Comme tous les Français, constructeurs d'enclos, nous avions un sens jaloux de notre particulier, le goût des murailles, des serrures et d'une sécurité même illusoire, ce goût que certains peuples étrangers tournent volontiers en dérision.

Valdemar Henningsen, à peine dans la citadelle, plaçait tranquillement la clef à l'extérieur de la porte, ce qui devait lui permettre de circuler plus librement.

— Eh quoi ! disait-il, avez-vous donc peur des voleurs ?

Excellent Valdemar ! Il n'a sans doute jamais compris que si nous poussions – tout au moins maman et nous, les petits – si nous poussions toujours soigneusement les verrous, c'était pour défendre, plus encore que nos hardes et nos meubles, le génie du foyer, les dieux de notre clan.

Guidé, aspiré par la musique, Valdemar entrait sans même frapper dans la chambre où travaillait Cécile. Il ne prenait pas toujours le temps d'un salut : il tirait une chaise, s'asseyait, décrivait dans l'air, avec son index noueux, quelque signe ésotérique. La leçon commençait. Était-ce vraiment une leçon, au sens étroit du mot ? C'était plutôt, j'y ai souvent songé depuis, une transfusion mystique. Il restait là parfois dix minutes et parfois trois heures. Il s'en allait, revenait, hantait la maison comme un esprit aérien. Parfois, il partait sans avoir dit une syllabe. D'autres fois, il se répandait en propos querelleurs, stimulait, exaspérait l'ange musicien qui devenait alors semblable à quelque juvénile furie.

Deux fois la semaine, Cécile s'habillait avec soin, remplissait un grand carton de cahiers et de livres et s'en allait prendre sa leçon officielle chez le vieux M. Diétrich, qui venait de renoncer à la gloire du virtuose et se consolait avec celle du pédagogue.

Le maître, l'inspirateur véritable, c'était bien, à mes yeux, notre extraordinaire Valdemar, ce feu-follet, cet Ariel chargé, par une malédiction dérisoire, de grandes mains et de grands pieds. Si ma sœur Cécile est devenue l'artiste souveraine qu'elle est, au regard du monde, elle le doit certainement à cette âme fugitive et radieuse, à ce grand Valdemar qui lui a fait sûrement beaucoup de bien et, plus tard, beaucoup de mal.

Comment cet étranger, cet homme-oiseau, cet esprit voltigeur avait-il pu, dans une tanière aussi fermée que la nôtre, prendre tant de place, tant d'autorité, c'est ce que je me demanderais encore, si je n'étais fait et même allègrement résigné à toutes les contradictions qui sont l'ordre même de la vie morale. Les mots de séduction et de prestige ont un sens : ils éclairent assez bien le mystère de nos rapports avec Valdemar Henningsen. Le détachement sublime, aérien avec lequel Valdo traitait une part de ma famille n'a jamais risqué, chose étrange, de lui en interdire l'accès, à l'origine de nos relations. Valdemar s'est introduit tout naturellement dans la série des mystères orphiques inaugurés par les premiers essais de Cécile et l'arrivée du vieux piano. J'ai même toujours pensé que, dans l'animosité mal celée de Joseph à l'égard de Valdemar, il y avait une forme superstitieuse du respect. Joseph a pu, par la suite, invectiver contre Valdemar et triompher bruyamment, je suis bien sûr qu'un sourire de Valdemar procurait, dans les commencements, à mon frère Joseph, une espèce de joie humiliante qu'il redoutait et souhaitait avec haine.

Presque chaque jour, Valdo, frappant de la paume sur le vieux piano, disait :

— Ça ne peut pas durer ! Il faut un piano demi-queue, pour le moins. Il est grand temps. Je vais m'en occuper.

Mère levait les bras au ciel. Valdemar poursuivait, avec un geste plein de noblesse :

— J'en fais mon affaire, madame Pasquier. Un mot, et le grand piano est là. Je vous dis que je le tirerai de mon chapeau.

— Où mangerons-nous ? demandait maman tout bas.

Valdemar avait un sourire céleste.

— Manger, manger ! Mais cela n'a vraiment aucune importance.

Cécile assistait à ces débats avec une impassibilité parfaite. Le grand piano viendrait en son temps. Cécile avait remis sa cause aux mains du chevalier. Elle semblait, dès ce temps, sûre de ses destinées.

Je crois que Valdo m'aimait bien. Souvent, il me prenait par le bras et me disait laconiquement :

— Viens.

— Où donc ?

Valdemar avait un geste magnifique pour m'ouvrir l'espace infini du monde.

Nous descendions dans la rue. Mon camarade était plus âgé que moi et beaucoup plus grand. Il me prenait par l'épaule, geste qui m'est, d'ordinaire, insupportable, car j'aime tous les aspects de la liberté, geste que, de Valdemar, je tolérais bien volontiers.

La rue Guy-de-la-Brosse dormait, comme un bras mort, entre la paisible rue de Jussieu et la rue Linné que faisait retentir, ferraillante, hennissante, la course des omnibus. Les platanes de la Halle aux vins poussaient leur jeune feuillage. Parfois, dans une bouffée de vent, nous parvenaient les odeurs et les rumeurs de cette ville secrète, un aigre borborygme de cave, comme d'un estomac d'ivrogne, l'haleine d'un alambic ou d'une bonbonne brisée, le bruit creux des futailles maniées par des tâcherons habiles et, plus loin, du côté de la rue des Fossés-Saint-Bernard, le maillet des tonneliers.

Presque toujours, Valdo m'entraînait vers le Jardin des Plantes. Il ne se plaisait guère aux bosquets ou même aux cages des fauves. Il n'avait de regard que pour des rêves et des pensées et ne daignait pas toujours m'admettre au partage. Parlait-il, c'était, le plus souvent, avec véhémence, de la musique et des musiciens. J'écoutais, religieusement. Il commençait de me faire connaître des dieux que j'ai, pour mon allégement et ma joie, confessés dans la suite des jours.

Valdemar employait, à tout le moins dans notre intimité, un système de valeurs qui tirait de la musique ses principes, ses comparaisons et son vocabulaire. Il regardait le pesant édifice du muséum de zoologie et sifflait avec mépris : « Je donne tout ça pour deux mesures de Bach. » Il appelait l'asthmatique du rez-de-chaussée « quart de soupir », la concierge « point d'orgue ». Jugeait-il tel personnage illustre qu'il avait entrevu, même fantaisie véhémente : « C'est un néant. Il prend Purcell pour un fabricant de vélocipèdes ! »

En ces années, que j'appelle encore les années Guy-de-la-Brosse, Valdemar délirait chaque jour à propos de Wagner : « Ce n'était pas un homme, c'était le démon de la musique. Il avait vécu comme un roi, avec des rois, dans un palais, au fond d'un domaine enchanté. Il avait construit, sur une colline, le vrai temple de l'art où des séraphins soufflaient dans des trompettes d'argent pour célébrer une coupe sublime pleine de sang enflammé. On disait qu'il était mort à Venise ; mais, en vérité, il errait par le monde, comme un conquérant et versait à ses disciples des breuvages délicieusement empoisonnés. »

Là-dessus, Valdemar entrait en extase. Il murmurait, le visage au ciel : « Moi aussi, je veux errer par le monde ! Il y a des hommes si terriblement enfoncés dans leur vie que rien ne peut les en extraire, ni le flot, ni le feu, ni les bourrasques. Mais moi, moi, moi, je suis une âme voyageuse. Rien ne me retient, pas même ma mère, que j'adore. Non, pas même madame Henningsen. Dans deux mois, je serai peut-être assis au seuil d'une *estancia de la pampa*, peut-être sur une jonque chinoise, peut-être en prison. Je ne sais pas. Je ne veux même pas savoir. Je suis merveilleusement prêt à tout. »

Il retombait de ces hauteurs en de romantiques mélancolies et, certains soirs, il parvenait à me faire peur. Nous longions l'interminable muraille de la Pitié. Il disait soudain, très profondément effrayé lui-même :

— On n'entend pas les malades. Est-ce possible ? C'est que nous faisons trop de bruit. On devrait les entendre gémir. Et les morts ? Les morts n'ont pas de voix, heureusement. Si les morts pouvaient se plaindre, quel cri, Laurent ! Quelle clameur ! On ne s'entendrait plus vivre.

Quelques minutes plus tard, calmé, guéri, Valdo se prenait à siffler. Il sifflait avec une force, une habileté vraiment exceptionnelles. Il imitait les oiseaux, les instruments de l'orchestre et les bruits de la nature.

Nos rêveries louvoyaient souvent aux abords du jardin botanique de Bâillon. C'était un jardin clos de haies épaisses et si hautes que le regard ne les pouvait franchir. Ce jardin occupait alors l'emplacement sur lequel, deux ans plus tard, on devait commencer de construire l'École des Sciences physiques, chimiques et naturelles. Conservé comme un musée de plantes rares par le vieux professeur dont il portait le nom et dont mon père parlait avec révérence, le jardin de Bâillon dépendait de la Faculté de Médecine.

En croisant dans les parages, Valdo murmurait, l'œil mi-clos :

— C'est le jardin des filles-fleurs. Il faut entrer là-dedans.

— Mais, Valdo, c'est défendu.

— Pff... Pff...

Il haussait les épaules et commençait de chantonner des improvisations. « Je suis le pur, je suis le vaillant. J'entrerai dans le jardin ! »

Un jour, voyant la porte entr'ouverte, il me saisit par le bras et m'entraîna dans le jardin mystérieux.

J'ai souvenir d'un espace assez découvert où commençaient de verdoyer toutes sortes de petites plantes souffreteuses et même des arbustes. On voyait encore une serre fermée comme une châsse et dont les vitres étaient laiteuses de buée. Au-delà, le dos des maisons fuligineuses, des lucarnes aveuglées de torchons sales.

Valdemar considérait tout cela d'un œil glacé, presque féroce.

— Ce n'est pas le jardin des filles-fleurs, siffla-t-il, c'est un jardin d'apothicaire.

Et, soudain, la voix corrosive :

— Regarde : voici Klingsor.

Un vieil homme accourait sur nos pas. Il avait l'air triste et mécontent.

— Êtes-vous étudiants en médecine ? demanda-t-il.

Je me rengorgeais un peu, fier d'être pris pour un étudiant. Le vieux répéta sa question.

— Non, heureusement, répondit Valdemar avec insolence.

L'archange à cheveux blancs nous montra la porte :

— Alors, déguerpissez.

Valdemar haussa les épaules et m'entraîna, sifflant à pleins poumons.

Presque toutes nos promenades nous ramenaient vers cette petite place sans nom qui bée à l'angle occidental du Jardin des Plantes et sur laquelle donnait alors l'hôpital de la Pitié. Noires, sordides, pareilles à des constructions pénitentiaires, les bâtisses du vieux lazaret s'ouvraient au monde par un portail de forteresse. Les jours de visite, la place attirait les voiturettes des marchands d'oranges et de sucreries. Une foule soucieuse, endeuillée comme les murailles, à demi muette, attendait là, patiemment, quelque froide confirmation de ses angoisses. Un jour, je vis cette foule s'écarter brusquement, comme au passage d'un prince. Une grande pauvresse blonde parut, soutenue sous les bras par des ombres compatissantes. La malheureuse mordait à pleines dents son mouchoir et hurlait sourdement.

En face de toutes ces douleurs, une grande fontaine publique gargouillait avec un bruit d'éternité. Les cochers à chapeau de cuir y puisaient, pour abreuver leurs chevaux pommelés. Les omnibus de Montmartre arrivaient là, dans un jovial tintamarre de vitres. Ils avaient traversé presque toute la ville, fait retentir les quartiers du centre où travaillaient les hommes d'affaires, franchi le fleuve chargé de chalands et de remorqueurs. Les gens qu'ils déposaient au terme d'une si belle course avaient l'air d'explorateurs émerveillés.

À l'ouest de ce forum confus, commençait, commence encore la colline Sainte-Geneviève, avec ses venelles et ses masures cariées que le siècle nouveau, une par une, renverse et pile.

Malgré les réduits puants, la foule clabaudeuse, les sentines et les taudis, cet étrange quartier me signifiait une vie nouvelle. De grandes et puissantes écoles s'y dressaient, sourcilleuses forteresses du savoir. À quelques minutes vers le ponant, je pénétrais au cœur même de la ville spirituelle, la ville des bibliothèques, des laboratoires et des musées. Et nous, nous, les Pasquier, arrivés du quartier de Plaisance comme une tribu d'émigrants aux yeux ouverts, à la cervelle avide, voilà que nous avions audacieusement installé nos lares sur la marche de l'empire sacré.

Beaucoup trop pauvres, au moment de notre arrivée, pour renouveler les peintures du logement ou obtenir du moins qu'elles fussent rafraîchies, nous avions souffert, tous ensemble et chacun selon nos vertus, d'avoir à toucher et à sentir la crasse des autres. Alors maman, jour après jour, s'était mise à lessiver les murailles, les plinthes et tout ce qui pouvait souffrir un traitement tel. Puis elle avait, de-ci, de-là, collé des lés de papier propre. Ce grand labeur, joint aux besognes journalières, lui avait corrodé les mains et l'avait exténuée, mais nous avait, à tous, procuré si grand soulagement que mère en parlait comme d'une fête et en gardait un souvenir béni.

Malgré ces soins purificateurs, l'odeur de nos prédécesseurs était restée, pendant longtemps, embusquée dans les planchers et les murailles. Mère et moi, plus sensibles du nez que les autres, en étions encore affectés. Maman disait parfois : « Ça sent l'habitant. » Moi, je lançais : « Ça sent les autres. » Petit à petit, l'odeur des prédécesseurs s'était évanouie, soit qu'elle eût cessé de nous être perceptible, soit qu'elle eût été finalement supplantée par nos odeurs à nous, par les odeurs de notre vie à nous. Il arrivait d'ailleurs que cette odeur des autres ressurgît, brusquement, du fond de l'oubli. Parfois, elle nous attendait, au retour d'une promenade. Parfois, nous la trouvions assoupie derrière un meuble, retranchée au fond d'un placard. Nous avions tôt fait de l'effaroucher et de la mettre en fuite.

J'ai dit, plus haut : « nous étions beaucoup trop pauvres... » C'est vrai, depuis bien des années, nous connaissions une pauvreté d'autant plus amère qu'elle était éperonnée d'ambition. Pour m'expliquer tout à fait sur ce point, je dois ajouter une remarque où se peint le génie même de notre langue. Dans la pauvreté, nous avons été bien souvent jusqu'à l'adjectif ; nous ne sommes jamais tombés au substantif. J'entends que si nous avons été presque toujours pauvres, en ce temps, nous n'avons, heureusement, jamais été des pauvres.

Les classes finies, je regagnais la maison dans la société de mon cher Justin Weill. Pendant que je faisais mes devoirs avec ce mélange d'application et d'aisance qui fut la marque de tous mes travaux scolaires, nous recevions souvent les demoiselles Segrédat.

Père n'avait que de rares camarades et je sens aujourd'hui que nous savions peu de choses, hors la vie de la maison. C'est dans notre voisinage immédiat que se sont toujours déclarés nos quelques amis. Les demoiselles Segrédat habitaient le logement voisin du nôtre. Elles étaient trois, deux nièces et leur tante, personne antique, presque aveugle, qui ressemblait étonnamment au portrait que Dürer nous a laissé de sa mère. Cette ressemblance est, à vrai dire, devenue plus vive, avec les années, car le portrait, toujours présent, supplante un souvenir à l'agonie.

Les nièces approchaient toutes deux de la trentaine. Honorine, l'aînée, était une assez forte fille, un peu pauvre d'esprit, laide, gâtée encore par une prononciation zézayante et postillonneuse. La plus jeune, Thérèse, était imperceptiblement bigle, mais douce de visage, de cœur et de voix, et blanche de peau, ce que soulignait un deuil perpétuel. Elles étaient pieuses toutes trois, la tante avec désolation, la petite avec tendresse, la grande avec frénésie. Elles étaient toutes les trois sensibles à la musique et venaient souvent, subjuguées, entendre Cécile qui n'avait pas toujours l'air de les voir. J'aurai lieu de les ramener dans mon récit.

La nuit renouait toute la famille. En général, père rentrait pour dîner, mais ce n'était pas de règle. Une fois la semaine, au cours du repas, mère donnait lecture d'une lettre dans laquelle Joseph racontait la caserne et demandait un peu d'argent. Père tapait, du bout des doigts, sur la table et poussait un soupir d'une espèce particulière, un soupir qu'on entendait seulement quand il était question d'argent.

Le piano calmé, Cécile écrivait des devoirs d'harmonie, pour nous incompréhensibles. Ferdinand, couché sur la table à cause de sa mauvaise vue, alignait des chiffres, colonnes par colonnes. Papa, quand il était là, travaillait dans sa chambre, la plume aux doigts et les lèvres en mouvement, car il forçait sa mémoire comme un cheval rétif.

Et puis je m'endormais, dans le lit de Joseph. Pendant l'instant de lucide raison qui suit le coucher et la résolution des muscles, je dénombrais les périls qui pouvaient fondre sur notre foyer, sur cet asile étroit où nous vivions si proches les uns des autres qu'on percevait, la nuit, tous les souffles emmêlés et qu'en écoutant bien on eût distingué les battements de tous les cœurs. Quels malheurs connus ou inconnus pouvaient donc heurter à la porte ? Une traite ruineuse et oubliée ? Un huissier brutal ? Quelqu'une des affreuses, des éternelles surprises de l'argent ? Et quoi donc encore ? La maladie ? La mort ? Fallait-il penser à la mort, juste Dieu ? Fallait-il penser à ces calamités qui tombent du ciel, sortent du sol, accourent du fond de l'étendue ? Fallait-il compter avec le feu, la foudre ? Et quoi de plus terrible ? L'émeute ? La guerre ?

Je retournais toutes ces pensées dans ma tête. Je n'avais rien oublié. J'avais répandu quelques gouttes de sang sur l'autel de tous les démons. Que pouvait-il survenir d'autre ? Rien. Rien, bien sûr.

Alors, prêt pour le sommeil, j'attendais le signal mystérieux. Il arrivait. Je commençais de voir défiler, sous les yeux intérieurs de l'âme, tous mes paysages secrets, avec leurs détails délicats, leur arbre foudroyé, leur maison perdue, leurs abîmes fleuris, leurs gorges de roches sépulcrales, leurs montagnes aux éternels sentiers solitaires, leurs ciels de soie noire, tous ces paysages, connus de moi seul, qui glissaient de plus en plus vite, dans la ténèbre, et dont la vue m'annonçait, m'annonce encore, l'imminente extase du néant.

CHAPITRE VI

Une leçon d'accompagnement.
Valdemar parle de Gœthe avec irrévérence.
Si la musique est une nourriture céleste
et pas autre chose. Dialogue dans la cuisine.
Une commission mystérieuse. Signification véritable
de la sonate en fa. Mme Henningsen
et le genre artiste.

Maman se pencha sur mon épaule et murmura :

— Viens me rejoindre dans la cuisine, Laurent. J'ai quelque chose à te dire.

C'était un jeudi de mai. J'ai souvenir qu'il faisait beau. Cette journée, pour moi, demeure baignée d'une lumière jaune, un peu lourde, maculée d'ombres à l'encre violette, la poignante lumière des soleils qui ont éclairé nos tourments.

Mes devoirs étaient finis. Belle matinée de vacances. À cheval sur une chaise au cannage fourbu, j'écoutais Valdemar et Cécile. Par la fenêtre ouverte, nous arrivait le reflet d'une grande maison blanche, éblouie. J'avais chaud, j'étais bien.

Valdemar, avec la même pathétique maladresse, jouait de quatre ou cinq instruments différents. Il avait, ce jour-là, descendu son violon, un beau violon ancien qu'il disait provenir de Kreutzer et dont il racontait l'histoire non sans une profusion de détails discordants.

C'était donc, ce jour-là, ce que l'on appelait la leçon d'accompagnement. Valdo jouait soi-disant pour faire travailler Cécile, mais il y goûtait un plaisir jaloux, un plaisir grondeur et traversé de déceptions. Il disait :

— Le *largo*, maintenant. Et du calme ! De la sérénité, bon Dieu ! C'est la plus belle page de Jean-Sébastien. Il a composé cette page-là pour moi, uniquement pour moi, Valdemar Henningsen. Quand les médecins m'enlèveront le cœur, ils trouveront toutes ces notes-là gravées sur la chair de mon cœur. Et si je deviens roi, je défendrai que les autres jouent ce *largo*. Oui ! Sous peine de mort, ou de torture, ou de je ne sais quoi. Tout doux, Cécile ! Non ! Attendez un peu que je me remette, que je ne tremble plus.

— Pour toi ! fis-je, pendant cette pause. Il a écrit cela pour toi seul ! Vraiment ? Et que pouvait-il bien te dire ?

Valdemar faillit lâcher son violon. Il roulait des yeux féroces.

— Il a voulu me dire les choses du ciel qui ne s'expliquent pas avec des mots. Alors quoi, Laurent ! Toi aussi ! Toi aussi ! Je t'ouvre la porte du temple et tu es encore assez godiche pour demander ce que la musique veut dire ! Et que veut-elle dire, monsieur le nigaud ? Des bêtises, peut-être ? « L'instant où nous naissons est un pas vers la mort. » On m'a fait apprendre tout ça dans vos écoles. Ou des choses fameuses pour jeunes personnes sentimentales… « L'homme est un dieu tombé qui se souvient des cieux. » Pas possible ! Mais, Laurent, Laurent, quand elle te donne, ta mère, des petits pois ou du pain blanc, est-ce pour te dire que l'homme est un dieu tombé ? Non, Laurent, non, c'est pour te nourrir, pour faire la chair de ton corps et de ton âme. L'homme est un dieu tombé… Je ne dis pas le contraire ; mais c'est autre chose, tout autre chose.

À mon tour, je secouais la tête avec passion.

— Et si cet air que vous jouez là m'explique à moi quelque chose, à moi…

— Non ! cria furieusement le jeune homme. C'est pur de toutes vos idées, de toutes vos sales idées. C'est la vue de Dieu, et c'est assez et c'est tout. Le grand Gœthe a parlé de la musique, oui, tu sais… Il dit : « des hommes vêtus de rouge qui se promènent sur les marches d'un escalier. » Je te demande un peu ! Il a parlé comme une bourrique. Quoi ? Bourrique ce n'est pas respectueux pour le grand Gœthe ?

Pardon, Monsieur, pardon ! Mais pourquoi le grand Gœthe va-t-il dire des niaiseries et se mêler de nos affaires ? Est-ce donc impossible de ne pas ouvrir la bouche ? Ils croient, les poètes, qu'ils peuvent raconter de tout. Mais non, il n'y a qu'à se taire et à recevoir. Alors, tais-toi, car tu n'es même pas poète.

Il avait replacé le violon contre sa gorge et, comme le piano s'élançait, impatient de la terre, Valdo fit entendre une interminable note suppliante.

Je sentis, à cet instant, que ma mère, survenue à pas de fantôme, par la porte de notre chambre, se penchait vers mon oreille :

— Laurent, soupira-t-elle, viens me rejoindre dans la cuisine, j'ai quelque chose à te demander.

— Tout de suite, maman, tout de suite.

Je répétais « tout de suite » et, dans mon cœur, j'ajoutais avec une voluptueuse langueur : « Un petit instant, mère, encore un petit instant ! »

Que la musique fût comparable à la nourriture céleste, je le sentais bien ; mais étais-je vraiment sot et impur parce que la musique me montrait, à moi, Laurent, toutes sortes d'images vives, parce qu'elle appelait tantôt une pensée, tantôt un vers et tantôt une odeur, parce que, dans son vol, elle rasait souvent la terre et s'y déchirait et s'y blessait avec des cris ?

Ils étaient partis, maintenant, les compagnons de la nuée. Cécile montrait, à son ordinaire, un visage impassible. Elle savait bien qu'elle n'avait pas la première place, qu'elle devait obéir, suivre fidèlement l'autre voix, la dominatrice. Cécile connaissait apparemment le texte, car elle regardait non le cahier, mais quelque chose d'invisible, à travers la muraille. Parfois, son œil redescendait et Cécile avait l'air d'apercevoir ses mains, de contempler avec étonnement le miracle de ses mains, d'assister, étrangère hautaine, à l'œuvre prodigieuse de ses mains. Pendant de longues minutes, elle suivait docilement le guide ; à d'autres moments, ressaisie, insoumise, elle élevait la voix, s'acharnait à son chant, tirait sur ses liens. Une lutte s'engageait entre ces deux âmes farouches. C'était beau. Était-il possible que cela ne signifiât vraiment rien de plus que la nourriture de l'âme ? Je regardais par la fenêtre et j'apercevais un petit carré de ciel qui ressemblait à cette musique. Un nuage brillant, joufflu, avançait, navigateur, à travers cette page de ciel et, juste, la musique prenait la forme du nuage. Il y avait, de l'autre côté de la rue, une fenêtre énigmatique à laquelle se montrait, le soir, un pâle visage de femme souffrante. Entre ce visage toujours noyé sous la vitre et les élans du violon, se pouvait-il qu'il n'y eût vraiment aucune concordance cachée ? Et la fleur captive qu'on voyait sur l'extrême bord de la fenêtre, la fleur prête au bond suprême, prête au suicide, ne venait-elle pas, à l'instant même, de pleurer sous les doigts de Cécile ?

« Tout de suite, maman. Tout de suite… » J'irais, bien sûr, j'irais retrouver ma mère dans la cuisine. Mais, une minute, une minute encore ! Se pouvait-il que toute cette musique fût dégagée des pensées humaines, alors que la paix de mon esprit exigeait justement que j'attendisse la fin du chant comme on espère la conclusion d'un raisonnement, d'un plaidoyer, d'une prière ?

L'idée me vint, furtive, que je retardais l'instant d'aller rejoindre mère dans la cuisine comme on diffère, d'instinct, l'effort ou la douleur. Mais non ! Il me faudrait tout simplement courir place de Jussieu et remonter une livre de gros sel ou peut-être un sac de farine, rien de plus.

De nouveau, je sentis un souffle chaud contre mon oreille. Que maman était respectueuse de la musique, de cette musique étrangère, trop savante pour son âme tendre ! Elle aurait pu crier, de loin, sans ménagement, troubler le concert des altitudes. Mais non, elle arrivait, sur la pointe de l'orteil, et elle soufflait tout bas un mot, un seul mot, mon nom seul :

— Laurent !

Valdo venait de lever l'archet. Le repas céleste était fini. Comme on secoue de soi les gouttes de pluie, je me secouai pour laisser tomber toutes les belles gouttes de musique, et je courus dans la cuisine.

Elle était claire, elle ouvrait sur la cour par une fenêtre point trop petite. Je vis donc, dès l'entrée, que ma mère avait encore ce visage soucieux, un peu égaré, que je lui avais découvert un soir d'avril et qu'elle préparait en secret depuis bien des jours. Son menton tremblait finement, comme il lui arrivait quand elle était saisie de quelque chagrin, comme il m'arrive à moi, de même, aux instants graves de ma vie. Ce n'est certes pas le menton dur qui tremble, la sévère charpente de pierre, c'est – il me suffit d'y penser avec force pour que s'ébauche le phénomène – c'est une délicate vibration des muscles, sous la lèvre inférieure.

Ma mère dit, baissant les yeux d'une manière qui ne lui était pas naturelle :

— Tu vas, Laurent, me rendre un petit service.

Sur le bord de la hotte, au-dessus du foyer, étaient rangés des pots de grès. Maman souleva l'un de ces pots.

— Bon, dis-je, c'est pour la farine.

Maman souleva le pot et découvrit un papier. Comme elle était petite, elle avait dû monter sur un tabouret. Elle hésitait à descendre, à me montrer le papier. Elle dit enfin :

— Tu es chaussé, tout prêt. Regarde bien cette adresse, Laurent. Non, ne la copie pas, ajouta-t-elle d'un air effrayé. Non, toi, heureusement, tu as de la mémoire. Tu vas aller à cette adresse et alors…

Elle s'arrêta, mordant sa lèvre inférieure pour contenir ce menton qui tremblait toujours. Mais pouvait-elle contenir le tremblement de ses épaules, de ses bras, de ses mains, de ses doigts marqués par l'aiguille et le feu, le tremblement de cette lettre même sur laquelle je lisais : *Monsieur Raymond Pasquier, 16, rue de Fleurus, Paris.*

Et, soudain, la volonté fit son œuvre. Tout cessa de trembler, les mains, le menton, la voix même et maman dit, l'accent affermi :

— Tu n'oublieras pas, Laurent ? Alors, si la concierge répond : « C'est bien ici », tu diras : « Merci, Madame » et tu reviendras.

Maman me congédiait, du geste. Malgré moi, je restais sur place. J'attendais une explication qui vint, péniblement.

— Il ne s'agit pas de ton père, bien sûr ; mais de quelqu'un qui porte le même nom.

— En ce cas, qu'est-ce que ça peut nous faire ?

— Si, si, Laurent. J'ai peur que cela ne nous cause quelque désagrément, car ton père a ouvert cette lettre, par erreur. Tu comprends ?

Je ne comprenais absolument rien.

— Comment l'a-t-il reçue ? Puisqu'elle était adressée rue de Fleurus ?

Mère eut une réponse étonnante :

— Oui, comment l'a-t-il reçue ? C'est ce que je me demande.

Il y avait, dans tous les actes et les mobiles apparents de mon père, un élément qui me demeurait surprenant, une part de mystère, une ombre que je redoutais toujours d'apercevoir et que j'apercevais toujours, en définitive. En avouant ne pas comprendre quelque chose, mère venait de me ramener à l'ordre normal et presque de me mettre à l'aise, puisque l'ordre normal voulait précisément qu'il y eût toujours en mon père quelque chose d'incompréhensible.

Je secouais déjà la tête en signe d'acceptation. Là-dessus, maman, pensant mieux faire, brouilla tout.

— Dépêche-toi, Laurent. Et si, par hasard, ton père rentrait à la maison, ce matin, eh bien, ne lui parle de rien. Il voudrait aller lui-même là-bas…

— Il y est peut-être allé déjà.

Maman fronça les sourcils. Elle suivait une autre piste.

— Si tu le rencontrais, là-bas, ton père, sur le trottoir ou sous la porte… Non, non ! il ne faut pas que tu le rencontres.

Le besoin d'éclaircissement recommençait de me poindre, ce besoin qui m'a tourmenté toute ma vie, ce besoin qui représente sans doute, un philosophe l'a dit, le commencement de toute science.

— Quel mal y aurait-il à rencontrer papa ?

— Non ! il n'aime pas que l'on s'occupe de ses affaires. Alors, tu entreras chez la concierge et tu diras : « Est-ce bien ici qu'habite monsieur Pasquier ? » Alors, la concierge te répondra sûrement oui. Tu diras encore : « Un grand monsieur brun, plutôt gros, avec une barbe… »

— Pourquoi ?

— Il ne ressemble pas du tout à ton père, ce monsieur de la rue de Fleurus.

— Tu le connais ?

Maman fit un faible signe de tête. Elle recommençait de trembler du menton. Une lueur trouble et malheureuse dénaturait son regard toujours si net. Elle coupa court :

— Va, mon enfant.

J'allais poser encore une question. Maman détourna la tête. Elle avait un air honteux et implorant que je ne lui connaissais pas.

— Bien, maman.

Deux minutes plus tard, j'étais dehors et je montais la petite rue des Boulangers. C'était mon chemin familier, celui que je faisais quatre fois par jour pour aller au lycée ou revenir à la maison. Le jeudi est un jour magique, un jour chaleureux, sucré, riche de rayons et de parfums. Mon chemin familier éprouvait, comme tout au monde, l'enchantement du jeudi : à le suivre pour mon plaisir, je ne le reconnaissais plus. Pour mon plaisir ? Hélas, ce n'était pas pour mon plaisir que j'allais ainsi, piaffant de dalle en dalle. Un combat s'engageait, au fond de mon cœur, entre un Laurent qui voulait souffrir et un Laurent qui refusait toute souffrance.

La rue du Cardinal – c'est ainsi que nous l'appelions alors, amicalement – la rue du Cardinal s'ouvrit, qui demande un petit effort et s'achève sur une légère victoire. L'idée me vint, en la gravissant, que j'aurais pu prendre Justin Weill pour m'accompagner dans cette excursion. Je repoussai tout aussitôt une telle idée : j'aimais Justin, mais je sentais avec force que l'histoire de la rue de Fleurus cachait un secret trop purement Pasquier pour qu'on pût y associer qui que ce fût, même… oui, même le Dieu des prières.

Le jardin du Luxembourg me fut ivresse et tentation. Toutes feuilles dehors, il s'ébrouait dans la brise avec une confiance contagieuse. Il me donnait envie de muser au long des bassins, d'asseoir sur chaque banc une philosophie paresseuse, de respirer dans chaque pelouse une savane, une forêt vierge dans chaque bosquet, d'oublier, d'oublier enfin cette rue de Fleurus piquée dans mon loisir comme une épine vénéneuse.

La rue de Fleurus était pourtant là. Elle m'attendait au sortir du jardin. Elle était claire et paisible. Je l'eusse préférée obscure et troublée pour m'y faufiler plus à l'aise. Et, tout de suite, les événements se déroulèrent avec une étonnante simplicité.

La concierge du 16 se tenait debout devant la porte. C'était une personne au visage morose, à l'œil soupçonneux, en somme tout le contraire de ce que j'avais pu espérer.

— Madame, fis-je d'une voix trébuchante, est-ce bien ici qu'habite monsieur Raymond Pasquier ?

— Hein ? Quoi ? gémit cette dame avec un sursaut de la bedaine.

Le regard qu'elle arrêta sur moi montrait encore plus de curiosité que de hargne. Elle attendit une bonne minute avant de répondre, en sorte que j'eus le temps de reposer ma question.

— Non, non ! soupira la dame en entraînant dans un mouvement des sourcils les mille plis de son visage. Non, je n'ai pas ce nom-là.

Comme je tardais peut-être à m'éloigner, elle répéta, l'air bourru : « Je vous dis que vous faites erreur. »

Cette réponse qui aurait dû me donner tout apaisement, me jeta dans le désarroi. En vain, le jardin du Luxembourg m'ouvrait ses nobles carrières, en vain les arbres frais vêtus versaient sur mon front, au passage, toutes les senteurs de la sève, le poison infusé dans mon âme commençait d'y tracer son chemin. Muscles ramassés, lèvres closes, je fis un effort douloureux pour appliquer au problème les ressources d'une logique naissante. Cette histoire de lettre était par trop confuse. Qu'il existât un monsieur Raymond Pasquier autre que mon père, ce n'était pas impossible. Je savais déjà que notre nom était assez répandu. Mais quelle raison pouvait avoir ma mère de s'intéresser à cet autre Pasquier ? Aucune raison raisonnable. Ma mère vivait dans le souci, admirable sans doute mais forcément exclusif, des siens, de ses Pasquier à elle, de son lourd fardeau Pasquier. Et comment aurait-elle pu tenir entre ses mains une lettre adressée à cet homonyme étranger ? Non, non, la lettre ne pouvait être destinée qu'à mon père. Ma mère était assurément incapable de mentir, mais elle pouvait se trouver dans l'obligation de me cacher certaines choses. On ne dit pas tout aux jeunes gens de quinze ans. D'ailleurs elle n'avait pas eu le temps de me donner une explication satisfaisante. Qu'elle fût troublée, cela n'avait pu m'échapper. Oui, troublée et même et surtout malheureuse, inquiète. Nul doute, cette lettre était destinée à mon père. Alors, cette adresse ? Il n'y avait aucune surcharge, le timbre était normalement oblitéré. Mon père avait donc reçu cette lettre rue de Fleurus. Or on ne l'y connaissait pas. Du moins cette femme, cette concierge le disait. Cette femme devait mentir. Et qu'aurait donc fait mon père dans cette maison inconnue ? À poser cette dernière question, je sentis une douleur précise. Je devais mettre le doigt sur le siège exact du mal. Oui, que pouvait faire mon père dans cette rue de Fleurus, loin de sa maison, de son foyer, de son clan ? De se trouver localisée, la question n'était pas éclaircie. Toute une part de la vie de mon père m'échappait, ce qui n'est pas étonnant quand un homme travaille hors de chez soi, et durement. Ce qui ne m'échappait guère moins, c'était le véritable caractère de mon père. Il m'était impossible de prévoir quoi que ce fût de ses gestes et de ses propos. Plus justement, je pouvais prévoir avec certitude que mon père, toujours, dirait et ferait quelque chose d'imprévu, d'alarmant, d'un peu extravagant et terrible.

Le beau jardin était loin, abandonné, renoncé, malgré ses séductions et ses parures. Tout en contournant le récif du Panthéon, je ruminais une question que je devais me poser mille et mille fois par la suite, une question que je sentais déjà familière à toutes mes fibres : « Allons ! Qu'est-ce qu'il y a encore ? Qu'a-t-il encore inventé ? » Oui, telle était la question qui, plus ou moins bien formulée, s'élevait du fond de mon cœur quand je voyais maman serrer les lèvres jusqu'à les vider de toute couleur, ou quand papa préludait en public à quelqu'une de ces colères théâtrales qui avaient fait, qui faisaient encore la terreur du clan. C'était bien la question que nous nous posions tous avec plus ou moins d'appréhension quand l'homme énigmatique rentrait à la maison, le regard pâle et la moustache érectile. Nul doute, le lendemain, le soir même, nous allions apprendre quelque nouvelle renversante, une inextricable aventure d'argent, une fâcherie désastreuse, un échec querelleur, un conflit, une défaite sur un terrain que nous ne pouvions pas, d'avance, imaginer.

Le tourment marche vite, j'étais déjà rue Guy-de-la-Brosse, déjà dans le noir de l'escalier. À peine eus-je besoin de frôler la porte : ma mère devait attendre et fit aussitôt jouer la serrure. Elle dit à voix basse :

— Eh bien ?

— On ne connaît personne de ce nom-là, fis-je. La concierge l'a bien répété : personne.

— C'est bon, fit ma mère, déçue par la pauvreté du renseignement. Merci, Laurent.

Après quel détour les musiciens se trouvaient-ils ramenés à leur point de départ, je ne pouvais pas le savoir, mais le même chant remplissait encore l'espace de notre maison.

Je passai dans la chambre et m'allongeai sur le lit de Joseph. Je venais de prendre une résolution qui m'apportait un peu d'allégement. Il me fallait, coûte que coûte, connaître le contenu de cette lettre, la lettre sous le pot de farine…

Je passai là dix minutes et sentis bientôt que la musique allait reprendre son empire. Seulement, cet air lent, méditatif qui, une heure plus tôt, signifiait un petit morceau de ciel, un nuage, une fenêtre, un visage de malade, une fleur désespérée, ce même air, maintenant, chantait l'angoisse d'un enfant dans un jardin de mai, les fureurs d'un homme au regard de glace, la détresse d'une femme vieillie dont tremblait, tremblait, tremblait le menton. Hélas ! Je n'étais pas pur. La musique, pour moi, ne serait jamais la sublime nourriture céleste, ou, comme aimait à dire Valdemar, « la société de Dieu et c'est assez et c'est tout ». La musique ne serait jamais que ma fidèle compagne de souffrance.

Là-dessus le chant prit fin. J'entendis que Valdo remettait son violon dans l'étui. Puis il entra dans ma chambre pour regagner la porte du palier.

— Tu étais là ! s'écria-t-il. Ah ! Sournois ! Ah ! Espion !

Tout de suite, il me prit par le bras.

— Monte à l'atelier. Il faut que les rêves changent d'air. Viens saluer madame Henningsen.

La mère de Valdemar avait quelque peu de fortune, mais elle jouissait d'une certaine renommée comme peintre de miniatures et ne dédaignait pas de mettre à profit son talent. C'était une femme assez grande, belle encore, malgré les poudres et les crèmes dont elle faisait un usage intempérant. Elle portait, rabattue jusque sur les sourcils, cette frange de cheveux qu'on appelait, je n'ai jamais su pourquoi, « des chiens ». De grands yeux travaillés au crayon bleu, ce qui ne se voyait guère alors, dans la société bourgeoise. Au col, un nœud de ruban noir. Des peignoirs à volants, à franges, à dentelles qui l'environnaient d'une nébuleuse mouvante. Fait notable, elle fumait, ce qui scandalisait les petites gens de la maison. Nous avons pu vérifier plus tard qu'elle était française ; mais elle parlait avec un accent étranger, indéfinissable, savoureux d'ailleurs et qui jetait un voile plaisant sur ses libertés de langage. Elle avait, enfin, ce genre artiste copié depuis par une part de la société mondaine, mais avec lequel nous n'étions encore nullement familiarisés.

Nous la trouvâmes au travail, devant la fenêtre, de grosses lunettes sur le nez, une pointe de langue au coin des lèvres, palette et pinceaux aux doigts. Elle inclina la tête à droite, à gauche, considéra son ouvrage en faisant la moue, puis se tourna vers moi avec cet air de hauteur cordiale qui lui était naturel.

— Il n'a pas l'air trop gai, ton jeune copain, dit-elle en allumant une cigarette.

D'une bourrade, Valdemar venait de me pousser sur un divan drapé de cachemire poudreux.

— C'est, dit-il, un enfant triste. C'est un jeune homme qui voit des choses dans la musique, ni plus ni moins que le grand Gœthe.

— Valdemar ! fis-je, la voix tremblante. Tais-toi ! Tu ne peux pas comprendre.

— Vraiment ? soupira Mme Henningsen. Et qu'est-ce qu'il ne peut pas comprendre, notre monstre de Valdemar ?

— Vous non plus, fis-je en baissant la tête.

— Quoi ? Moi non plus ? Voyez-vous ça ? Et qu'est-ce que c'est donc ?

Je secouai les épaules avec embarras et dis tout bas :

— La tristesse.

Mme Henningsen retira sa cigarette de ses lèvres et se prit à me flatter la joue du revers de ses doigts.

— Pff ! Pff ! Petite merde ! murmura-t-elle avec un souriant mépris, mais d'une voix caressante.

C'était beaucoup trop pour une seule matinée. Je me mis à sangloter, la tête entre les genoux.

CHAPITRE VII

Sommeils. Malices et morsures de l'argent, vanité des chicanes testamentaires. Le Capital mutuel. Le thème du diplôme et le thème de l'emprunt. Une heureuse nouvelle. Le souvenir de tante Coralie. L'ordre naturel du monde paraît ébranlé.

Parfois l'argent s'endormait. Pendant quelques jours, quelques semaines, on cessait d'en parler. Nous, les enfants, nous cessions même d'y penser. La nourriture se trouvait disposée sur la table aux heures habituelles, les chaussures montraient au pavé des semelles suffisamment saines, les vêtements rallongés, retournés, rapiécés, repassés, faisaient encore bonne contenance. Sans doute, mère veillait-elle aux rafales. Nous savions bien qu'elle devait observer les alentours, interroger le vent et les étoiles, faire, dans le silence des nuits, maintes supputations prudentes. Mais elle n'en disait rien et nous nous laissions aller au bonheur de vivre comme les personnes pour qui l'argent n'est pas une plaie saignante.

Ces périodes bénies ne duraient jamais bien longtemps. Le démon de l'argent surgissait à l'improviste et nous plantait ses crocs dans la chair vive. Pendant bien des jours, cette douleur secrète était notre principale pensée.

Pour les gens que nous étions alors, on ne saurait parler de fournisseurs, de mémoires… Les grosses dettes sont un privilège de la fortune. Il s'agissait toujours, pour nous, d'une multitude humble et pressante de petits problèmes. Il fallait penser aux billets que l'on avait signés, c'est-à-dire écartés pour trois mois, pour six mois et qui revenaient presque tout de suite à l'offensive, car trois mois et même six mois, cela passe incroyablement vite au milieu des soucis. Il y avait les traites harcelantes des achats dits à tempérament : on payait ainsi les livres de père et même le linge et beaucoup d'autres choses. À dates fixes – mais rien n'est plus fantasque et même inattendu qu'une date fixe –, arrivaient les quittances du loyer et les feuilles de contributions qui changeaient vite de couleur. Il y avait aussi les intérêts du *Capital mutuel*. Et cela vaut un mot d'explication.

Nous possédions, nous, les enfants, Suzanne exceptée, car elle était née trois ans trop tard, nous possédions chacun par héritage la nue-propriété d'un petit titre de rente dont notre mère était usufruitière. J'ai raconté, dans un précédent récit, comment une tante de ma mère avait pris ces dispositions compliquées dans le dessein d'empêcher notre père, qu'elle n'aimait point, de dilapider un si modeste patrimoine. J'ai, pendant longtemps, comme tout le monde, à la maison, jugé de telles mesures chicanières et même cruelles. Plus tard, je les ai trouvées prudentes et même sages. Aujourd'hui, je sais qu'elles étaient, qu'elles sont toujours inutiles. Le testateur le plus habile ne peut compter avec tous les détours de la loi, ni, surtout, avec les aventures de la société : guerres et faillites des États. Mais quoi ! il est dans l'esprit des Français d'ordonner obstinément cet avenir qui leur échappe sans cesse.

Nous ne devions, nous, les enfants, nu-propriétaires, entrer en possession complète de nos titres qu'après le décès de notre mère, éventualité à laquelle nous ne pensions jamais. Or, quand Joseph atteignit sa majorité, mon père, pressé d'argent, comme toujours, finit par découvrir une société financière nommée le *Capital mutuel* qui s'offrait à prêter, sur le titre de Joseph, avec le consentement de l'usufruitière et de Joseph lui-même, une somme représentant à peu près le tiers de la valeur, soit quatre mille francs. Ce prêt portait intérêt à six pour cent et cet intérêt était payable par trimestre. Ces échéances exaspéraient mon père : il admettait difficilement qu'on eût à payer quelque chose au sujet d'une somme disparue très vite et sans laisser de trace appréciable. Je dois ajouter, pour en finir avec cet épisode, que Joseph consentit sans détour à cet emprunt, car il observait encore la discipline du clan, mais que, bien des années plus tard, quand je fus majeur à mon tour, il me fit signer un papier par lequel je reconnaissais ma part dans cette dette si la somme ne se trouvait pas remboursée par nos parents – et il n'y avait aucune apparence qu'elle le fût jamais – et devait venir en déduction sur la vente finale du titre. – Je reprends sans le juger le jargon de cet écrit. – Est-ce tout ? Non, certes, mais j'abrège. Ces affaires ont été fortement embrouillées par les emprunts que nous avons dû contracter, dans la suite, sur les titres de Ferdinand, sur le mien, sur celui de Cécile. Heureuse Suzanne qui, n'ayant rien reçu, fut exemptée de ces misères !

Dès l'année 95, on parlait déjà d'un emprunt sur le titre de Ferdinand. Cet emprunt, papa l'envisageait comme indispensable à l'établissement qu'il devrait faire, après l'obtention de son diplôme. Le thème de l'emprunt et le thème du diplôme alternaient dans les hymnes que nous chantions à l'avenir. Il y avait, dans les efforts de mon père, une part de désintéressement sincère : il désirait la science d'abord pour elle-même ; l'orgueil et l'argent ne jouaient pas le premier rôle, en principe ; mais l'argent, le cruel argent finissait toujours par venir à l'avant-scène. Je n'en ai que mieux compris, plus tard, la passion désespérée avec laquelle une noble génération de savants a tenté de purifier le savoir de toute souillure d'argent. Encore faut-il dire qu'au siècle dernier, si la science pouvait proclamer le désintéressement de ses œuvres, elle supposait à l'origine un sacrifice au dieu rapace. Les fruits de la science étaient parfois gratuits, ses racines ne l'étaient pas.

Revenons rue Guy-de-la-Brosse. Les thèmes du diplôme et de l'emprunt étaient les plus fréquemment développés ; ils n'étaient pas les seuls. Papa disait parfois, l'œil au plafond : « Encore quatre ans, et nous toucherons la part de Mathilde. Vingt mille francs ! C'est invraisemblable ! Il arrivera, cet argent, quand nous n'en aurons plus besoin, car, à ce moment-là, je gagnerai largement notre vie. »

Un instant de silence, et l'offensive se précisait : « Quatre ans ! Et c'est aujourd'hui que nous avons besoin de cet argent. Eh bien ! je suis sûr que le *Capital mutuel* nous prêterait quelque chose là-dessus. »

Ce que nous appelions la part de Mathilde, c'était un morceau d'héritage qui devait revenir à ma mère d'une de ses sœurs, disparue dans un tremblement de terre, à Cusco, en 1869. Faute d'acte de décès, il avait fallu, il fallait – conformément aux dispositions légales – attendre trente ans cet argent qui nous demeurait destiné. Supplice de Tantale. Que mon père y pensât et, tout de suite, il grattait furieusement le bois de la table avec ses ongles, geste affreux qui me faisait mal aux dents.

— Ram ! soupirait maman. Ram ! Raymond ! Ne parlons pas de cet argent. Tu m'as promis de n'en plus parler jusqu'à ce que le moment soit venu. Si nous continuons comme ça, nous n'aurons mangé que des fruits verts.

L'œil de mon père lançait une lueur de glace :

— Je suis assez grand garçon pour parler de ce qui me plaît.

Malgré tous ces calculs, ces espoirs et ces déboires, malgré les emprunts, les échéances, les encaisseurs et le papier timbré, malgré toutes ces douloureuses misères, il y avait, je le répète, des moments bénis pendant lesquels l'argent s'endormait, au fond de notre vie, comme une douleur lasse d'elle-même.

Or, le soir du jour où j'avais poussé, rue de Fleurus, ma première reconnaissance, notre dîner fut troublé par un extraordinaire caprice du démon familier.

Papa venait de rentrer pour souper. Il s'assit et posa sur la toile cirée de la table deux ou trois enveloppes. Il commença de manger, fendit une enveloppe, en saisit une autre et dit : « Ah ! Lucie, une lettre pour toi. » Il ouvrit la lettre aussitôt, car il était le maître souverain. Il l'ouvrit donc et dit : « En voilà une surprise ! »

Mère avait, ce soir-là, son visage le plus triste. Ce visage, aussitôt, se tordit, pâlit un peu. Elle murmura :

— Qu'est-ce que cela peut être, mon Dieu !

Père souriait :

— Une bonne nouvelle, Lucie ! C'est incroyable et c'est pourtant vrai : une bonne nouvelle !

Mère secouait lentement la tête. Elle n'avait pas confiance.

— Je dis : une bonne nouvelle ! répéta notre père. Tu as bien assez pleuré ta tante Coralie, tu peux prendre la chose comme elle vient. Coralie, elle, était une excellente femme. Elle n'avait que peu, et en viager, c'est sûr. Comment s'y est-elle prise pour mettre ça de côté ?

— Mais quoi ? fit maman d'une voix défaillante. Papa tournait et retournait le papier.

— Dix-huit cents... Oui. On ne sait jamais, avec ces gens de loi. Mais oui, dix-huit cents. Ta tante Coralie a dû faire des prodiges d'économie.

Mère avait enfin tendu la main et saisi le papier. Elle le regardait d'un œil sagace et rougissait par flots successifs.

— C'est incroyable, reprit papa. Quand on attend l'argent, il ne vient pas, et, quand on ne l'attend pas, il tombe.

Il y eut un moment de profond silence. La petite Suzanne but à perdre haleine, reposa son gobelet en soupirant « hon ! » et nous montra ses beaux yeux que l'effort noyait de larmes.

Maman ne regardait pas Suzanne. Elle ne regardait même plus le papier. Les paupières baissées, elle semblait toute occupée à mettre de l'ordre dans ses traits et dans ses pensées.

Des trois tantes de ma mère, Coralie avait été la plus pauvre. Elle venait d'achever ses jours dans une maison de retraite. Et cette petite somme épargnée sou par sou, elle l'offrait, sans détour, sans condition, comme le suprême présent d'une tendresse très vieille mais non pas impuissante, mais non pas stérile.

Papa, le premier, se libéra des images sentimentales.

— Il faut, dit-il, reconnaître que ça tombe à pic.

Le visage de mère, petit à petit, perdait toute couleur. Elle ne répondit rien.

— Tu me donneras une signature dès demain, poursuivit notre père d'une voix allègre. Et je ferai le nécessaire.

Comme le silence de maman se prolongeait, père dit encore :

— Je ferai le nécessaire sans tarder. Et l'on peut dire que ça tombe à pic : mes examens viennent dans un mois.

— Je croyais, dit maman sans lever les yeux, je croyais que tu n'avais plus d'examen avant l'automne.

— Oh ! ce sont des examens supplémentaires et dont je ne t'avais même pas parlé pour ne pas t'inquiéter.

Mère dit avec effort :

— Si nous n'avions pas reçu cet argent de tante Coralie, tu t'en serais forcément passé, Ram...

Cessant tous de remuer la fourchette et même les mâchoires, nous écoutions, stupéfaits, ce dialogue si simple. Tous les mots en étaient prononcés avec grand calme d'une part, avec bonne humeur de l'autre ; pourtant nous sentions qu'un événement sans exemple se développait dans la profondeur du clan Pasquier. Papa souriait. Un sourire inquiétant qui lui retroussait la moustache et montrait une canine.

— Raymond, dit maman de plus en plus bas, c'est une chose que nous n'attendions pas, à laquelle nous ne pensions pas il y a une heure, une chose avec laquelle tu n'avais pas compté...

— Alors ?

— Alors, laissons cet argent en repos. J'en aurai besoin pour les enfants.

La petite Suzanne elle-même s'était tue, frappée de notre silence. Nous, les trois grands, nous attendions quelque dénouement effroyable : l'éclair et la foudre, une tempête sur Paris, un tremblement de terre et, qui pouvait savoir ? des choses plus directes : notre maison allait se fendre avec un craquement tragique ; nous allions peut-être tous rouler par terre, en proie au mal caduc. L'ordre du monde était bouleversé : maman venait de refuser quelque chose à notre père. Cela s'était passé le plus doucement du monde, mais c'était accompli.

À la pointe de l'ongle, papa grattait une tache, sur la toile cirée. Tous les poils de sa moustache se dressaient, l'un après l'autre. Il attachait sur maman son œil distrait, toujours souriant du même sourire terrible.

Au bout d'un long temps, notre mère leva les paupières. Elle regarda papa, posément, d'une manière si tranquille et si triste que, soudain, l'homme invincible courba la tête.

Et je fus alors bien sûr qu'un monstre inconnu s'avançait à travers notre vie et qu'il allait tout écraser, tout broyer, tout déchirer.

Chapitre VIII

La lettre sous le pot de farine. Inconvénients des logis exigus. Étude pour la main gauche. Le premier chant des géorgiques. Colère matinale. Douleur. Recherche d'une solitude. Un texte obscur.

Je vais essayer de retracer avec ordre et si possible avec sobriété les événements du lendemain.

Je dormis mal et m'éveillai de très bonne heure. Comme chaque jour, j'entendis maman errer de chambre en chambre, puis sortir pour aller chercher le pain. Quand elle eut tiré la porte, ce qu'elle faisait toujours bien doucement, je sautai du lit et fis quelques pas sur la pointe des pieds.

Nous vivions tous si près les uns des autres qu'il nous était impossible de risquer un geste inhabituel sans qu'il fût remarqué. Ferdinand soupira :

— Où vas-tu ?

Je haussai les épaules et gagnai le vestibule. Une seconde après, j'étais dans la cuisine et, juché sur un tabouret, je soulevais le pot de farine. La lettre était là. Je la saisis, la pliai rapidement et, comme j'étais en chemise de nuit, force me fut de garder la lettre pliée dans le creux de ma main. À ce moment, la voix de mon père retentit, de l'autre côté de la cloison.

— C'est toi, Laurent ?

Il était décidément impossible de faire un pas sans être épié. Une seule retraite s'offrait où je pouvais espérer au moins cinq minutes de calme. J'en écartai tout aussitôt l'image comme trop peu noble et même trop peu sûre, car la porte se verrouillait mal.

— Qu'est-ce que tu fais, Laurent ? reprit mon père.

— Je venais voir l'heure au réveil.

— Encore un quart d'heure. Va te coucher.

Je passai ce quart d'heure, immobile, sur le dos, la lettre serrée, moite, un peu ramollie dans ma paume. Je m'habillai de mon mieux sans ouvrir la main droite. Ferdinand dit :

— Qu'est-ce que tu as à la main ? Tu es blessé ?

Je sentis de plus en plus douloureusement à quel point nos vies se compénétraient et, pour la première fois, j'en souffris. Je glissai la lettre dans ma poche. L'idée que je pouvais la faire tomber en tirant mon mouchoir me rendit très malheureux.

Le déjeuner fut rapide. Père avait l'air sombre, distrait. À deux ou trois reprises, il poussa ce long soupir à vocalises que je devrais appeler le soupir de l'argent. Ferdinand partit bientôt, la dernière bouchée dans la joue. Cécile se mit au piano. Je ne sais trop où rôdait la petite Suzanne. J'avais encore une demi-heure devant moi. Je dis à maman : « Veux-tu me faire réciter ma leçon ? » Et, sans attendre la réponse, je lui posai sur les genoux mon *Virgile* grand ouvert.

En ce temps-là, nous apprenions beaucoup de vers latins par cœur. Maman n'entendait certes pas le latin ; mais elle me faisait répéter mes textes et me reprenait, quand il le fallait, avec beaucoup d'application.

Je commence donc :

Idcirco certis demensum partibus orbem
Per duodena regit...

Maman m'entraîne dans sa chambre et ferme la porte pour que les gammes de Cécile ne nous assourdissent point. Maman a posé mon livre sur le lit. Ainsi, les doigts libres, elle recoud un bouton, le bouton, l'éternel bouton qu'elle recoudra sans fin jusque dans le séjour des morts. Moi, j'ai la main dans la poche de mon pantalon. Je sens la lettre et, d'y penser, j'en bégaye parfois.

et... t... t... torrida semper ab igni...

Cécile joue. Je récite. Maman, de temps à autre, aspire la salive entre ses dents. La maison est paisible, comme aux meilleurs jours. Eh bien ! non, la maison n'est pas paisible. Papa marche, dans le vestibule, dans ma chambre, je ne sais où. Il marche autour de nous et son pas signifie colère. Je le connais, ce pas sec, jamais défaillant et qui trahit tous les mouvements de la pensée. La colère de mon père tourne autour de nous comme une bête sauvage qui chasse. Je ne suis pas seul à le sentir. Ma mémoire trébuche : « *Obliquus quâ... quâ... verteret ordo.* » J'ai dû passer quelque chose d'essentiel et maman ne l'a pas remarqué.

À ce moment, Cécile, rafraîchie par ses exercices préliminaires, commence de jouer une étude pour main gauche, de Chopin, cette étude où se répand une plainte si fière. Je ne sais pas, je ne peux pas savoir, en cet instant, que cette plainte va s'enfoncer dans mon être et qu'elle n'en sortira plus jusqu'à la fin des jours.

Mundus ut ad Scythiam Rhipaeasque...

Il s'agit bien du pays scythe et des confins du monde. Papa vient d'entrer dans la chambre. Il dit :

— Où est ma veste bleue ?

— À sa place, Raymond. Je l'ai brossée hier soir. Papa sort encore une minute et revient. Il n'est ni pâle ni rouge. La colère ne le défigure jamais : c'est une affaire du regard, du poil et de la voix. Le regard devient très clair, presque blanc, la voix s'enfle, la moustache se dresse. Rien de plus et c'est effrayant.

— Il y avait des papiers dans la poche de cette veste. Il y avait une lettre. Je ne la retrouve pas.

Maman s'est levée. Elle n'est pas de grande taille, au contraire ; mais elle se tient très droite. Elle est nette, parfaitement propre et soigneuse dans son vêtement. Elle regarde père avec un calme que j'admire et elle dit :

— Je vais chercher cette lettre.

Elle sort de la pièce. Que dois-je faire ? Que puis-je faire ? C'est pourtant la minute de faire quelque chose. Je vais crier : « La lettre est dans ma poche ! » Hélas, non, je ne vais pas crier une chose telle. Impossible ! Impossible !

J'entends ma mère qui, dans la cuisine, déplace les objets. Elle doit être émue, malgré sa fermeté. Elle tarde à revenir. Évidemment, elle ne peut pas trouver la lettre, puisque cette lettre est dans ma poche. Je pourrais me glisser dans la cuisine. Absurde ! Père me tient sous son regard. Ah ! Cécile arrive au plus beau de son étude. Le plus beau, le plus cruel aussi. La voix est si basse, si désolée. Elle soupire : « Jamais, jamais plus… »

Et maman qui ne revient pas. Mon père arrête sur mon visage un regard que je ne peux soutenir. Si j'osais le regarder bien en face, une longue minute, je comprendrais peut-être quelque chose de lui. J'oserai, un jour, j'oserai. Il piaffe, comme un cheval ombrageux. Et, soudain, il jure, il jure sourdement dans les poils de sa moustache. Je connais ses jurons ordinaires. Mais, oh ! oh ! Est-ce possible ?

Mon père a prononcé, distinctement, avec force, un mot énorme, un mot qui m'entre dans la tête comme une balle explosive. Et, juste, Cécile en est à chanter la phrase la plus noble, celle qui serre le cœur. Eh, quoi ! Ce chant et ce mot vont-ils être confondus, enfoncés l'un dans l'autre pour toujours ? C'est monstrueux. Mon père lâche le mot une seconde fois. Quel mot ! Il me fait une profonde horreur. Ce n'est pas vrai ! De telles choses, de telles maisons n'existent pas ! Ce sont des inventions de cervelles malades ou d'enfants vicieux. Et pourtant, si mon père connaît aussi le mot, s'il le prononce…

À ce moment, un grand bruit dans la cuisine. Maman vient de casser un pot, le pot de farine, sans doute. Elle ne peut retenir un gémissement. Elle revient. Elle se dirige tout droit vers le lit et saisit le *Virgile.* Aussitôt, papa :

— La lettre ?

Cette fois, maman est à bout de force. De ses lèvres si blanches, elle dit, mais on l'entend à peine :

— Je ne sais pas.

— Comment ? Tu ne sais pas ? L'as-tu vue ?

— Oui.

— Tu l'as lue peut-être ?

Plus bas encore, maman répond :

— Oui.

— Tu es bien avancée. Et maintenant, rends-la moi.

— Je ne sais plus, Raymond. Je ne sais plus ce qu'elle est devenue.

Il faut crier la vérité, sortir cette lettre de ma poche. Mais je ne peux pas : je suis paralysé par la honte et la peur.

— Encore une fois, Lucie, rends-moi cette lettre.

Maman est debout, contre le lit. Elle pose le *Virgile* et ouvre les deux mains en un mouvement de sincérité qui devrait désarmer le diable.

Papa dit :

— Encore une fois !

Et, soudain, il se détend, comme un ressort prompt et précis. La chambre est si petite qu'il n'a guère plus d'un pas à faire. Il fait ce pas et il fait, très vite, un autre geste que je ne peux dire, auquel, après plus de trente-cinq ans, je ne peux même pas penser sans un tremblement.

Maman a levé le bras, comme font les enfants. Elle ne recule pas, à cause du lit. Elle respire d'une manière extraordinaire, rauque, épouvantable. Oh ! que Cécile se taise ! Que Cécile s'arrête ! C'est trop horrible.

Mon père a soudain l'air de m'apercevoir. Il prend le *Virgile*, me le tend et gronde :

— Tu es là, toi ! Tu es là ! Mais qu'est-ce que tu fais là ? Vite, vite, au lycée !

Je n'avance pas la main. Je ne sais ce qui va se passer. Je vais peut-être bondir, peut-être mordre. Que signifie tout cela ? Nous étions, hier encore, heureux et paisibles. Mes dents ? Elles grincent. C'est la colère ! Moi aussi, je connais la colère. Je regarde avec haine l'homme que j'aime et admire le plus au monde, l'étonnant, le grand, le père !

Alors il me place le livre entre les mains et me pousse vers la porte. Il dit, d'une voix déjà calmée :

— Mais, va-t'en ! Va-t'en donc !

Et je m'en vais. Comme je suis faible et lâche ! Ma colère, elle aussi, vient de tomber. Ressemble-t-elle tant à celle de… Non ! je ne dirai pas père, je dirai lui, je dirai l'autre, je dirai n'importe quoi sauf père, sauf papa.

Je suis dans l'escalier. Impossible de lire cette lettre : on voit trop peu clair dans ce maudit escalier.

Au bas de l'escalier, il y a Justin Weill. Que faire ? Justin m'attend, comme chaque jour. La lettre restera dans ma poche. À force d'y porter la main, je vais peut-être la déchirer, cette lettre.

Nous montons la rue des Boulangers, la rue du Cardinal. Justin babille. Je parle soudain, d'une voix altérée – mais, vraiment, impossible de me contenir.

— Tu sais comment on appelle ces maisons où les hommes vont, la nuit, pour faire certaines choses avec les femmes ?

Justin s'arrête et me regarde fixement.

— Oui, bredouille-t-il. Bien sûr. On dit…

— Ne le dis pas ! Ne le dis pas ! Ce que je peux t'assurer, c'est que de telles maisons existent. C'est incroyable, mais c'est vrai. Tais-toi, Justin. Au nom de notre amitié, tais-toi !

Justin me donne une grande preuve d'amitié : il se tait.

Voici le lycée, la foule des camarades, la classe. Heures épouvantables. Je récite :

Mundus ut ad Scythiam Rhipaeasque…

— Pasquier, dit M. Cortaillod, notre professeur, Pasquier, je vous prie de retirer la main de votre poche quand vous récitez.

Je retire la main de ma poche. Dans le creux de cette main, je tiens la lettre pliée en quatre. Quelle imprudence ! Tant pis ! Si M. Cortaillod me disait : « Montrez-moi donc ce papier », eh bien ! je mangerais le papier et je me tuerais avec mon canif.

M. Cortaillod ne demande rien. La classe languit. Et voici le retour et encore Justin.

Je ne rentrerai pas à la maison sans savoir. Au coin de notre rue, je laisse filer Justin et je m'élance, regardant à droite et à gauche. Deux pas, dix pas, cent pas et c'est le Jardin des Plantes. Il y a de bons endroits du côté des cèdres. Il y a même un banc de pierre. Enfin, j'ouvre la lettre, la lettre, la lettre !

Une écriture inconnue. Vingt lignes à peu près incompréhensibles où il est question de Rambouillet et de la rue de Fleurus. On appelle papa Raymond et on lui dit « tu ». C'est signé d'un S. Il y a un post-scriptum : « Jusqu'au 25, le mieux est de m'écrire à l'adresse suivante : Madame Solange Meesemacker, rue du Hasard, à Rambouillet. »

Vingt fois, je retourne entre mes doigts cet inerte papier. Il est plus de midi. Le jardin est silencieux. Deux tourterelles roucoulent dans le feuillage. C'est comme si elles parlaient avec des mots. Je ne peux pas m'empêcher d'y penser. J'entends :

Viens mon… amour !
Viens mon cher… amour !

La voix s'arrête un peu, d'abord après la seconde syllabe, puis après la troisième. *Mundus ut ad Scythiam, Rhipaeasque…* Meesema… Meesemacker. Oh ! Tout cela ne s'accorde pas ensemble. Comme je suis fatigué !

Chapitre IX

Le monstre dans la maison. La servante des Dieux.
Le ciel de Cécile m'est inaccessible.
Tristesse au Jardin des Plantes. On a brisé les Tables de la Loi. Une pomme véreuse.
Misères de l'adolescence. Les saints de glace.
Dialogue de la mère et de l'enfant.
Résolution concernant la rue de Fleurus.

Une période vient maintenant, noire, désordonnée, devant laquelle je sens toute méthode infirme. C'est un nœud de souvenirs, un nœud que je ne pourrai ni débrouiller, ni trancher.

Le grand piano est là. Il est tombé dans notre vie comme un monstre. Je n'étais pas à la maison quand les hommes l'ont apporté. Je me demande par quel stratagème ils ont pu l'introduire et l'installer au plus profond de notre repaire. La salle à manger en paraît suffoquée. On a transporté les chaises dans la chambre des garçons. Le lit pliant de Cécile et la table sur laquelle nous mangeons sont refoulés dans l'ombre des angles. On circule à travers la pièce comme entre les récifs d'un archipel. Le grand piano règne. Il nous a fait, quelque temps, oublier tous nos soucis.

Ferdinand qui ne peut, à cause de sa myopie, voir en entier un objet de cette importance, Ferdinand a considéré le piano, morceau par morceau. Il a étouffé un petit rire nasal et il a dit :

— C'est excessif.

Ferdinand n'a pas formulé d'autres critiques : il respecte jusqu'aux plus obscures volontés du clan.

Maman a réprimé de son mieux un regard d'étonnement et d'inquiétude. Maman est malade. Elle cesse parfois de travailler, s'assied sur une chaise et reste là deux ou trois minutes, attentive au cheminement d'une douleur.

Notre père a regardé l'hôte encombrant et il a murmuré : « C'est bien. » Il n'aime point la musique, du moins notre musique, celle de Cécile, celle de Valdemar. N'importe ! Il sent que la musique est nécessaire à cette vie supérieure dans laquelle il faudra pénétrer, un jour, de gré ou de force. Mon père… Pendant plusieurs jours, je ne l'ai pas regardé en face. Pour n'avoir pas même à lui répondre quoi que ce soit, je multiplie les ruses. Un matin de la semaine passée, je l'ai baisé sur la joue, je lui ai mis les mains sur les épaules. Nous ne savions ni l'un ni l'autre que c'était la dernière fois, oui, la dernière fois que je l'embrassais de franc cœur.

Cécile s'est assise devant le grand piano, sans émotion visible, avec un léger sourire hautain, ce même sourire qu'elle montrera plus tard quand elle jouera pour les derniers empereurs du monde. Cécile mesure son destin, dès cette époque, avec un sang-froid presque effrayant.

Valdemar est à peine plus véhément que d'ordinaire. Il ouvre un peu le volet de l'instrument et dit :

— Doucement ! Doucement, Mademoiselle. Il faut posséder une grande puissance et ne s'en servir presque jamais. Voilà le mystère de l'art.

Pendant qu'elle joue, il regarde Cécile et me dit :

— Moi, je grimace. Elle, Cécile, ne grimace jamais. C'est la servante des Dieux. Elle porte le signe. Il y en a qui montrent le blanc de l'œil, avalent leurs joues, plissent le front, lèvent les sourcils. Non, non, je te dis que cette fille est consacrée. Regarde : elle ne vieillit pas d'un pli, dans les passages difficiles ; elle n'ouvre pas la bouche, elle n'a pas l'air d'avaler de travers, de manquer de respiration ou de retenir une envie de pleurer. Elle verse le breuvage des Dieux. Et c'est tout et c'est assez.

J'aime Cécile, ma sœur. Les paroles de Valdemar devraient me combler d'orgueil. Mais non. Je suis trop malheureux pour me réjouir dans le ciel de Cécile.

J'erre dans le Jardin des Plantes. Il fait froid. Le printemps s'est retiré de nous. Qu'une heure me soit donnée pour mon loisir et je viens chercher refuge au Jardin des Plantes, comme si je n'avais plus confiance dans les retraites du clan. C'est vrai, je n'ai plus confiance : on a brisé les Tables de la Loi. Notre chef, notre maître est maintenant sacrilège. Nous l'admirions, nous le regardions de tous nos yeux avec une tendresse effrayée. Comme le héros qui répond aux sollicitations de la sphynge, comme le chevalier qui combat pour l'amour d'une relique, notre chef, notre maître, depuis bien des saisons, travaille à la conquête de la science. Un jour futur, il sera sûrement un savant. Il est déjà presque un savant : il sait tant de choses étonnantes. Il nous a mille fois expliqué le grand principe : quand les hommes seront moins ignorants, le monde sera moins malheureux. Notre chef, notre maître vient de faire plusieurs choses qu'il est impossible d'estimer sages ou même raisonnables, car elles sont telles qu'on aimerait mieux n'y point penser. Et puis, lui, qui ne peut nous souffrir un mot grossier, il a dit... Tout cela est incohérent, incompréhensible.

Je marche dans les allées du Jardin et, de minute en minute, je m'arrête pour observer un insecte ou une herbe. Comme je suis distrait ! Je ne peux même pas songer à ma douleur avec persévérance.

Pour la rue de Fleurus, je sais à quoi m'en tenir. J'ai relu la lettre dix fois, pesé les choses point par point. J'ai compris, parfaitement compris : je ne suis pas à ce point naïf. Certains détails me restent obscurs et il n'y a malheureusement près de moi personne à qui je puisse m'ouvrir d'un secret si pesant, si terrible. Je dis terrible et ce n'est pas exagéré. Depuis que je sais ce que je sais, la maison est comme gâtée, ou plutôt, j'y songe comme à une pomme véreuse. D'ailleurs, en ce qui concerne la rue de Fleurus et cette dame S. M. j'ai mon idée, mon plan. J'ai conservé la fameuse lettre. Personne jamais ne me l'arrachera, même pas maman. Qu'a donc maman ? Elle est malade. Elle « couve quelque chose ». C'est ainsi qu'elle dit quand elle nous voit l'œil un peu luisant.

Je me promène dans les allées du Jardin désert. Parfois, pour empêcher mes mains de s'envoler, je les enfonce dans mes poches. Mon agitation est grande. Je suis dans ma quinzième année. On m'appelle « jeune homme ». Je suis un adolescent. Eh bien ! pitié pour moi ! Pitié pour tous les adolescents du monde ! Je ne suis pas heureux. Tout, en moi, est discordance et combat. Mon cœur est d'un enfant, mais j'ai la voix grave d'un homme, les mains, les pieds, les muscles d'un homme. Le poil commence à me pousser aux joues, et pourtant, comme un très petit garçon, j'ai parfois envie d'un gâteau, d'un bonbon. Il paraît que je ne sais rien de la vie et l'on baisse encore la voix pour parler de certains sujets en ma présence, et puis, de temps à autre, on lâche négligemment à mes oreilles des mots, des idées qui font explosion en moi ou qui s'insinuent dans mon esprit comme des parasites venimeux. Je suis impur, je le sais, j'en ai pris mon parti, je le cache avec honte ; mais, heureusement, le monde est pur autour de moi. Si, si, malgré les erreurs, les fautes, les malheurs, je dis que le monde est encore pur, il faut que le monde me soit pur. Je suis faible et, certains jours, ma force m'étonne. Je ne sais rien, mais je saurai tout. Je deviendrai savant, très savant et c'est ainsi que j'effacerai mon impureté. À moins que… Non ! Je veux réfléchir encore. Je sens des élans, des emportements et tout me retient, tout m'attache. Je crois en Dieu. Oui, je crois encore en Dieu. Depuis quelque temps, ce mot « encore » s'est introduit dans tous mes actes de foi. Il grossit, il me gêne.

Je suis un enfant. Jouer aux billes ne me serait pas désagréable. Alors, pourquoi cette pensée de la rue de Fleurus ? Comment m'y prendre pour bien faire ce que je veux faire ?

Je donnerais avec ardeur cinq ans de ma vie ! Oui, cinq ans, pour en avoir fini de cette odieuse adolescence. Cinq ans et je serai tout à fait un homme ! J'aurai des devoirs qui seront de francs devoirs. J'aurai des droits que nul n'osera tourner en dérision. Je déteste qu'on se moque de moi. Les gens qui rient en me regardant, je voudrais les tuer… Vraiment, je voudrais tuer ? Je suis un enfant tendre et pacifique. Il m'arrive de me moquer de moi-même. C'est à de tels moments que je voudrais aussi me tuer.

Cinq ans ! Et je serai le maître du monde. Cinq ans, et je regarderai le soleil en face. Pour l'instant, je ne peux même pas regarder mon père en face. Je ne le peux pas, car, en vérité, je ne le veux pas. Ça viendra, ça viendra.

Je me revois, errant, dans les allées du Jardin transi. Il fait vraiment froid. Mère a dû rester au lit. Il faut qu'elle soit bien malade. Thérèse Segrédat, notre voisine, la petite, la blanche, est venue soigner maman et faire cuire la nourriture. Thérèse Segrédat murmure en regardant le ciel de la cour : « Ce sont les saints de glace. »

Cécile joue, sur le grand monstre. Notre vieux piano, celui de la rue Vandamme, est parti, on ne le reverra plus. La voix de Cécile a changé. Comme la mienne depuis l'hiver.

Maintenant, je suis seul avec maman, dans leur chambre. Suzanne gratte le pied du lit avec un bruit de rongeur. La maison est silencieuse, je veux dire qu'on ne parle pas, car le piano de Cécile fait partie de notre silence. Je dis « notre », je dis « nous », et pourtant, ces mots me font mal : ils sonnent comme un plat fêlé.

Le silence dure longtemps et, petit à petit, les pensées deviennent visibles. Elles sortent du corps, telles des bêtes d'un rocher marin, et elles rampent dans la triste clarté de la fenêtre.

Je dis soudain :

— Tu ne lui as pas répondu ! Tu ne lui as pas résisté !

Le visage de maman se déprime. Ses joues s'abaissent, comme tirées par une main d'ombre. Elle a l'air d'implorer le ciel pour que je ne parle pas. Trop tard : j'ai parlé. Maman regarde au plafond et dit :

— Laurent ! Ton père ! C'est ton père. Il vous aime. Il nous aime tous. Il a toujours été bon pour toi, pour nous tous. Sois sage et tâche de comprendre. Moi, je comprends bien.

Je fonce à travers la chambre. Oh ! deux pas dans un sens et deux pas dans l'autre. Tout nous est mesuré, l'air, l'espace, l'élan. Tout travaille froidement à nous reployer sur nous-mêmes.

Je parle et c'est d'abord pour moi :

— Il est en train de devenir ce qu'il appelle un homme supérieur et c'est juste à ce moment-là...

— Mais oui, Laurent, il a trop travaillé. Tu sais déjà comme le travail de tête est épuisant.

Nous ne sommes pas d'accord. Nous ne pensons peut-être pas aux mêmes misères. Ce que maman, avec une inflexion de respect, appelle le travail de tête n'a sans doute rien à voir avec la rue de Fleurus. Maman croit que je pense à certaine scène près du lit... « *Mundus ut ad Scythiam...* » Je pense à la rue de Fleurus, et, pour la rue de Fleurus, j'ai mon plan.

Je regarde à la dérobée le visage de ma mère. Deux larmes descendent doucement vers ses oreilles. Elle parle très bas :

— Ne pense plus à tout ça, Laurent. Ce ne sont pas des pensées pour un garçon de ton âge. Il est bouillant, il est vif ; mais il nous aime. Il est bon et c'est le principal. Tu me comprendras plus tard. Encore un mot, Laurent : si tu allais penser, plus tard, que je fais ce que je fais... pour moi. Oh ! comme j'aurais honte ! Comme je serais triste ! Tu te rappelleras, Laurent.

Je ne réponds rien. Je ne promets rien. Je suis résolu fermement à ne pas introduire le mensonge dans cette histoire déjà très compliquée.

Nous ne dirons pas un mot de la lettre. Maman se garde bien de m'en parler et il est clair que je n'en peux rien dire moi-même.

Et, soudain, parce qu'elle est malade, maman se prend à trembler du menton et soupire :

— Comme je suis seule, mon Dieu ! Comme je suis seule !

Je demeure interdit, impuissant. Je lui ai pris la main. Ça ne suffit pas pour étancher cette plainte qui devient puérile, qui sombre dans le balbutiement :

— Seule ! Toujours seule ! Je me disais : j'aurai de grandes filles, un jour. Ce n'est pas seulement pour m'aider à tout, c'est aussi pour être près de moi, à certaines minutes. Et voilà, Cécile, c'est la musique ! Je comprends bien, je comprends tout, mais je suis seule. Toi, Laurent, tu es bon, mais tu es un garçon et tu as des idées qui te tourmentent.

Je lui pose la main sur les cheveux. Une petite demi-heure passe et l'envie me prend de remuer les jambes parce que je suis, en effet, un garçon.

Mère ferme les yeux pour me faire croire qu'elle dort. Alors, je m'en vais. En propres termes, je m'enfuis.

Valdemar est debout contre le grand piano. Valdemar vient d'arriver et tire son violon de la boîte. Il me regarde longuement, curieusement. Enfin, il me pose un doigt sur le front et dit, la voix sérieuse :

— Je vais lui donner le pain et le vin.

Il commence de jouer quelque chose, je ne sais plus quoi. Il peut jouer ce qu'il voudra. J'ai mon plan. J'irai rue de Fleurus.

Chapitre X

Honnêtes mensonges. Hommage à Fenimore Cooper.
Chingachgook sur la piste de pied-noir.
Itinéraire de la Bastille à Montparnasse.
Un escalier orné de tapis. Intérieur japonais.
Émotions diverses. Effusions sentimentales.
Admirables conséquences de la volonté.

Je m'aperçus bien vite que, passé la porte de la maison, je ne savais presque rien de mon père. Dès l'aube, il nous échappait. Il plongeait aussitôt dans le profond océan parisien. Il n'en émergeait le plus souvent qu'au soir et parfois même fort avant dans la nuit.

Le dimanche n'est pas un jour normal, physiologique, c'est un hiatus, une solution de continuité dans la trame des jours vivants. Je résolus d'attendre un jeudi. Nous étions dans les premiers jours de juin. Il faisait une chaleur orageuse. À tout événement, une pleine journée de liberté me semblait nécessaire. J'avais prévenu ma mère que nous pensions, Justin Weill et moi, déjeuner dans le bois de Clamart, et ma mère, qui commençait de se rétablir, m'avait préparé deux tartines. Dès cet instant, j'avais compris qu'il était nécessaire, bon gré, mal gré, de recourir au mensonge. L'idée qu'il s'agissait d'un honnête mensonge ne me consolait pas tout à fait. Ma mère m'avait prié de prendre une pèlerine – « ce Clamart, mon Dieu ! c'est au diable ! » – et, comme je voulais être léger, vif, peu visible, comme la pèlerine me gênait, mon premier soin fut de la déposer chez notre concierge en le priant de ne rien dire à ma mère pour ne la point inquiéter. Premier complice. Mon autre complice était Justin, que j'avais entrepris dès la veille. J'avais dit : « Justin, tu me verras peut-être demain dans la journée ; mais, je t'en prie, ne viens pas à la maison. Je te raconterai peut-être un jour… C'est sérieux. Ta parole d'honneur. » Et, comme il me regardait avec étonnement, j'avais ajouté : « C'est sérieux, mais ce n'est pas grave et, surtout, ça ne te concerne pas, Justin. Tu peux toujours venir à la maison, sauf demain, parce que, demain… Tu sais que je ne mens jamais… » Justin Weill aimait tout ce qui fleurait l'intrigue et le théâtre. Il m'avait donné sa parole d'honneur et avait bien voulu reconnaître que je ne mentais jamais.

Je quittai la maison plus d'un quart d'heure avant le moment où mon père se mettait en route d'habitude. À cette époque, mon père fréquentait l'hôpital Saint-Antoine et s'y rendait à pied. Je l'attendis donc à l'entrée du Jardin des Plantes, qu'il traversait pour gagner le pont d'Austerlitz. À peine sa silhouette engagée dans la rue de Jussieu, je vins m'embusquer à l'abri d'un pavillon ruineux où moisissait, pour l'étonnement des promeneurs, le squelette d'un cachalot. J'ai, cent fois, dans la suite, revu cet innocent épouvantail et toujours avec émotion : il occupe, entre mes souvenirs de jeunesse, une place doucement ridicule.

La fontaine des otaries versait dans le silence une chanson de cascatelle. Je dus attendre deux ou trois minutes. Il m'en fallait beaucoup moins pour rêver à l'aventure. En ce temps-là, grâce au ciel, les romans et films policiers n'empoisonnaient pas les loisirs des adolescents, mais nous avions Fenimore Cooper, *Le Dernier des Mohicans*, mon frère au visage pâle, les Delawares, la prairie et le sentier de la guerre. Même aux pires instants de ma vie, je n'ai jamais été maître des images et j'ai trouvé, dans leurs jeux, je ne sais quel discordant attrait. Malgré mon chagrin, malgré les mouvements de la rancune, je ne pus m'empêcher d'inventer aussitôt une fable : j'étais le jeune Chingachgook sur la piste de Pied-Noir.

Précisément, Pied-Noir traversa l'espace libre à ma droite et disparut derrière une orangerie au crépi rose vif, bâtiment délicieux qui n'existe plus aujourd'hui. Avec des précautions de trappeur, Chingachgook s'élança sur les traces de Pied-Noir. À vrai dire, les précautions étaient bien superflues : Pied-Noir ne se retourna pas une seule fois. Cependant, j'allais d'arbre en arbre, admirant malgré moi la parfaite aisance de Pied-Noir, qui n'avait certes pas l'air d'un homme poursuivi.

Je me revois, assis sur un banc, devant la porte de l'hôpital. L'arroseur descendait le boulevard Diderot, au pas de son cheval cagneux. Il abandonnait derrière lui une odeur de ruisseau, de crottin lavé, de poussière et de marais. Parfois, j'allais, pour tromper mon agacement, jusqu'à la rue de Chaligny. Une sonnerie de clairon jaillissait derrière une haute muraille et semblait me rappeler à l'ordre. Je revenais alors au pas gymnastique jusqu'à mon poste d'observation. Le banc, la promenade, et, de nouveau, le banc. L'impatience commençait de me faire trembler. Je courus acheter un journal et m'en applaudis : à l'abri de la feuille déployée, je pouvais épier sans crainte.

Je m'étais mis à lire pour tromper les minutes. Je me rappelle encore cette lecture dérisoire, à fleur d'œil. Le président Félix Faure est en voyage. Une dame qu'on nomme la belle Otero a de graves démêlés avec ses créanciers. La bicyclette jouit d'une vogue excessive : elle empêchera, dit-on, le peuple de lire et d'aller au théâtre. On joue, à l'Odéon, *Pour la Couronne*, cette pièce merveilleuse dont Justin Weill m'a parlé...

Tout à coup, je fis un bond et faillis déchirer le journal. Chingachgook était un médiocre coureur de prairies : il avait bien failli manquer Pied-Noir.

En fait, Pied-Noir descendait fort paisiblement le boulevard en société de deux jeunes gens. La chasse recommençait. J'eus d'ailleurs le sentiment qu'elle allait se terminer aussitôt, que cette longue matinée d'attente aboutirait au moins glorieux des échecs. En arrivant à l'angle de la rue de Lyon, Pied-Noir venait de faire la chose la plus simple du monde, la chose à laquelle je n'avais précisément pas songé. Il venait de lever un doigt vers le conducteur du tramway.

Le tramway Bastille-Montparnasse était alors tiré par deux chevaux indolents. Dissimulé dans l'ombre d'un kiosque, je dus improviser un stratagème hardi.

Pied-Noir vient de grimper à l'impériale. – Comme il a l'air jeune ! Comme il est alerte ! – Il s'est installé tout près du cocher. Je ne le vois plus. Il ne peut me voir. Le tramway démarre au pas. Je prends ma course. Hop ! je saute en marche. Je m'enfourne dans l'intérieur de la voiture. Tout de suite au fond, et le journal déployé. Je suis sauvé.

Boulevard de l'Hôpital. Un petit battement de cœur et de paupière pour la maison de mon cher Justin. Boulevard Saint-Marcel. Boulevard de Port-Royal. Dieu ! que la course est longue. Où va Pied-Noir ? Je le sais. On peut descendre avenue de l'Observatoire, peut-être plus loin, rue Bréa. Il est midi moins dix minutes. Pied-Noir ne descend pas avenue de l'Observatoire. Par-dessus le journal, je risque un œil. Ah ! Pied-Noir est là, sur le marche-pied. Il a tiré la ficelle. Il saute. Il s'éloigne. Il se dirige de son pas élégant vers la rue Bréa. À mon tour, maintenant, et la course. Il faut que j'arrive le premier, avec une avance notable.

Quelques minutes plus tard, je débouchais rue de Fleurus. J'étais hors d'haleine et trop bien lancé pour considérer froidement l'aventure dans laquelle je m'allais engager.

Je me rappelle une très petite cour où se mouraient de filandreuses plantes vertes. Chingachgook et Pied-Noir ? Il n'y avait plus, sous la porte cochère, qu'un enfant très effrayé, presque trébuchant d'émotion. La loge de la concierge était à gauche. Cette dame allait-elle sortir, m'interroger, me reconnaître ? D'instinct, je me jetai vers la droite où se trouvait la porte de l'escalier. Elle était fermée. En l'ouvrant, je fis retentir un timbre, ce qui me remplit d'épouvante. Un quart de seconde plus tard, j'étais au premier étage et je m'arrêtais, écoutant mon cœur dont les secousses faisaient, me semblait-il, gronder la rampe, l'ombre, les murs, le monde entier.

Pour simple qu'il fût, mon plan présentait un défaut grave et que je n'avais pas manqué d'imaginer déjà. Une fois encore, je fis en sorte de chasser cette idée démoralisante. D'ailleurs, impossible de reculer. J'avais voulu venir là, j'y étais. J'eus, un instant, l'idée que je m'étais peut-être trompé, que mon père n'allait pas venir rue de Fleurus, qu'il n'avait rien à faire dans cette odieuse rue de Fleurus, que tout cela n'était qu'une espèce de rêve très désagréable. Je commençais de trouver du soulagement dans cette idée quand le timbre retentit au-dessous de moi. Aussitôt, un tout petit mouvement de la tête, un regard plus prompt qu'un vol de guêpe. Hélas ! impossible de se tromper : je venais d'apercevoir certaines bottines à boutons que ma mère cirait soigneusement tous les matins.

D'un seul élan, je grimpai, rasant les murs, jusqu'au deuxième étage. Nouvel arrêt. Nouvelle angoisse. Le pas montait – ce pas que je reconnaîtrai, le jour du jugement, entre des millions de pas. – Il me parut toutefois plus sourd que dans notre maison et je vis que l'escalier où nous étions s'ornait d'un tapis. Le pas, cependant, parcourait le long palier du premier étage. Je pris aussitôt ma course, et gagnai le troisième. Au fur et à mesure que je m'élevais, le défaut de mon plan devenait plus évident et plus dangereux. « Le pas » allait-il m'acculer sur l'extrême palier, au dernier étage de la maison ?

Cette maison était fort calme, plus silencieuse que la nôtre. Des familles entières devaient manger derrière ces portes, derrière ces murs. Il était beaucoup plus de midi. À cette heure-là, Paris mange… « Le pas » venait de s'engager sur le palier du deuxième étage, et, plus furtif qu'une ombre, je bondis jusqu'au quatrième. Je levai les yeux avant d'y parvenir et une peur froide me serra le ventre. C'était le dernier palier. Par bonheur, en y arrivant, j'aperçus un petit escalier de meunier qui s'enfonçait dans l'épaisseur de la maçonnerie vers quelque étage perdu. Si « le pas » devait s'arrêter au quatrième, il me restait cette retraite. Et s'il montait encore ? S'il allait au plus haut ? Eh bien ! tant pis, tant pis ! Il me trouverait là, debout contre le mur, debout contre la dernière porte. Qu'il vienne ! Qu'il me batte aussi ! Qu'il me frappe au visage ! Oui, que je sois humilié, vaincu. Et s'il veut me tuer, qu'il me tue ! En ce moment, tout m'est égal.

Je compris soudain que « le pas » s'arrêtait au troisième étage. À droite ? À gauche ? « Le pas » avait, bien évidemment, parcouru tout le palier. Donc, à gauche. Aucun bruit de clefs. Alors, un coup de sonnette ? Non. Oui. Ah ! le bruit d'une porte qui se referme. Vite, il faut descendre. Ciel, à gauche, il y a deux portes, mais le cordon de l'une d'elles remue encore. Noter : la plus petite des deux portes.

Un énorme soupir me vint aux lèvres. Je savais ce que je voulais savoir. La pensée que la porte pouvait s'ouvrir me conseillait la retraite. Je descendis, vite d'abord, puis plus lentement. L'escalier n'était pas sombre : de faux vitraux y répandaient un jour bigarré. Je descendais, soudain ravagé par la pensée jalouse que, chez nous, il n'y avait pas de tapis.

La rue, assommée de soleil. Une promenade lente, dans un ruban d'ombre orageuse. Deux tartines, et la plus imbécile des soifs. Que fais-je là, mon Dieu ? N'est-ce point là ce qu'on appelle d'un mot affreux : espionnage ? Je n'agis que pour le bien et je ne suis pourtant pas très fier de ce rôle. Tant pis, je ne reculerai pas. Je suis – je serai toute ma vie – furieusement entêté. Est-ce une vertu ? Pas l'instant d'y penser. Regarder. Attendre. Épier, oui, bien sûr, épier.

Vers deux heures, j'aperçus certain chapeau panama qui filait à bonne allure. Pas de chaleur, jamais d'accablement pour cet homme extraordinaire ! Mon père se dirigeait vers la ville des écoles et des bibliothèques, vers la ville de sagesse. Par la fenêtre losangique d'une guérite de gardien, je suivais le chapeau panama dans les allées du Luxembourg. Mon père ! Comme il avait l'air tranquille, audacieux et même fier ! Était-il possible que l'on pût conserver une telle aisance dans l'accomplissement de ces actions que l'on dit coupables ?

Comme il faut toujours à la honte une proie, même ingénue, je me sentis rougir.

Le chapeau panama venait de s'évanouir au loin. Je m'en allais, d'un pied inquiet, vers la fin de mon aventure. L'idée d'être interrogé par la concierge ne me paralysait plus guère. Pour en finir, j'étais prêt à tous les mensonges : « On m'attend chez la dame du troisième. Vous savez bien : madame Meesemacker. »

La concierge n'arrêta même pas, sur mon modeste personnage, un regard tout embrumé par la digestion. Après la chaleur de la rue, l'escalier me semblait frais, propice au recueillement raisonnable, peut-être même aux prudentes capitulations. Mais non ! Une seule chose compte au monde : la volonté, la volonté, la volonté.

Marche après marche, la volonté me conduisait jusqu'au troisième étage. La volonté me fit saisir et tirer le cordon de sonnette. La volonté ne pouvait empêcher de trembler certain menton qui n'est point Pasquier, mais Delahaie, ce menton qui tremble, dans ma famille maternelle, depuis quatre générations, depuis la grande frayeur de mon aïeul Guillaume… « Que vient faire Guillaume Delahaie, soldat de l'Empire, dans l'escalier de la rue de Fleurus ? Je dis volonté, volonté, volonté ! Je ne peux même pas maîtriser les ombres. »

La sonnette est tirée et l'on n'entend personne. La dame est sortie. Cas de force majeure. Lâcheté délicieuse. Non : une porte grince dans les profondeurs. Une chanson fredonnée vient vers moi. Je la connais : c'est une chanson de mon père. « Pour vous obliger de penser à moi… » La porte s'ouvre.

La porte s'ouvrit, en effet, sur une claire petite antichambre. Des lanternes de papier, des nattes peintes, des ombrelles déployées, tout un étalage de ces japonaiseries alors en pleine vogue, voilà ce que j'aperçus d'un coup d'œil, et, au milieu de tout cela, une personne vêtue d'un kimono rose, une dame beaucoup plus grande que moi, blonde, au teint frais, aux bras nus. Elle disait, l'air insouciant :

— Qu'est-ce que c'est, jeune homme ?

— Je voudrais parler à madame Solange Meesemacker.

Même altérée, ma voix produisit quelque effet sur la dame au kimono rose, car elle dirigea soudain vers moi un large regard fort pénible à soutenir.

— C'est moi.

Elle attendit une seconde et poursuivit :

— Qu'est-ce que vous avez à dire ? Du sérieux ? Alors entrez par ici.

Elle me poussa familièrement dans une pièce et tira la porte sur nous. C'était une manière de salon dont l'aspect me rappela le « genre artiste » de Mme Henningsen. On y voyait un sopha chargé de coussins, des fauteuils dépareillés, un guéridon sur lequel on avait dû manger, car des miettes de pain jonchaient encore le parquet. Sur la cheminée, deux statuettes de plâtre blanc. Une odeur de café, de cuisine, de cigarette et d'eau de Cologne. Malgré cela, nul désordre évident et même une certaine élégance.

Solange Meesemacker me considérait avec une attention croissante. Elle prononça, d'une voix nette, bien timbrée :

— Et maintenant, expliquez-vous, jeune homme.

J'eus le sentiment de pâlir un peu, comme il convient au justicier dans l'exercice de ses fonctions.

— Madame, fis-je posément, je suis le fils de monsieur Raymond Pasquier.

Les lèvres de la dame se rapprochaient et s'écartaient en silence comme pour articuler « Be… be… be… ». Soudain, elle éclata de rire. Un rire qui lui secouait la gorge et les joues, un rire qui lui faisait venir aux yeux de grosses larmes brillantes, un rire dont je fus, en même temps, offusqué, bouleversé, furieux.

Toute riante encore, elle me saisit par les épaules et me tira vers la fenêtre. Elle disait :

— J'aurais dû m'en douter. Vous êtes sans doute Laurent. Vous ressemblez énormément à votre père.

— Madame, répliquai-je d'une voix étranglée, c'est à ma mère que je ressemble.

Elle secouait la tête de droite à gauche et de gauche à droite. Elle soupirait, calmée, attentive : « Ta, ta, ta. Votre père ! Attendez que je vous regarde. Même la colère ! Seigneur, c'est le père tout pur. Eh bien ! en voilà une histoire ! Asseyez-vous, n'ayez pas peur. Je ne mange pas les petits garçons. »

Elle se reprit à rire, ouvrit vivement la porte, regarda, comme pour s'assurer qu'il n'y avait aux alentours aucune oreille indiscrète et revint vers moi. Elle grondait doucement :

— Ce n'est pas ordinaire. Le petit Pasquier, maintenant ! Il faut avouer que c'est ridicule, ridicule.

Je commençais de rougir et de me sentir mal à l'aise. J'avais tout imaginé, tout prévu, la froideur, l'éclat, même la bataille, tout, sauf le ridicule. Cette dame avait raison, je devais être ridicule. Je le sentais et j'en avais grande vergogne. Qu'étais-je donc venu faire dans cette maudite rue de Fleurus ?

Solange Meesemacker avait cessé de rire. Elle s'assit en face de moi. Elle se tenait très droite et je pense que son buse de corset devait la gêner un peu. Elle s'assit donc et, du bout de l'index, ébaucha le geste de relever une mèche de mes cheveux qui me descendait devant l'œil. Elle disait, la voix grave :

— Ce n'est pas une chose sensée. Non, non, cela ne se fait pas. Un jeune homme bien élevé ne vient pas chez l'amie de son père. Vous me mettez dans une situation impossible. Vraiment, ce n'est pas convenable. Si votre père le savait, nous en entendrions de belles. Votre papa n'est pas un monsieur particulièrement commode. Et vous savez aussi bien que moi qu'il a horreur des situations ridicules.

Elle sourit soudain et poursuivit :

— Voulez-vous une tasse de café ? Pourquoi ne prendriez-vous pas une petite tasse de café ? Il y en a encore un peu dans la cafetière. Ça vous donnerait du cœur. Et vous me diriez peut-être pourquoi vous êtes ici.

Ce déluge de paroles me permettait de me ressaisir. D'une voix plus ferme, je commençai de parler :

— Madame, je suis ici...

Je ne pus aller plus loin : la sonnette de l'entrée venait de retentir. Solange tourna la tête et fronça les sourcils.

— Allons bon ! souffla-t-elle. Voilà des complications. Maintenant il faut que je vous cache, Monsieur l'imprudent.

— Inutile, fis-je d'une voix blanche. Qu'il me voie ! Ça m'est égal.

— Taisez-vous donc. À moi, ça ne m'est pas égal. Venez par ici. Et pas de bruit, s'il vous plaît. N'allez pas éternuer à cause du poivre en grain. N'ayez pas peur : je ne vous oublierai pas là.

Elle avait ouvert une porte et me poussa dans un réduit qui sentait le poivre, le camphre et le patchouli. Je n'y passai que deux ou trois minutes, mais jamais je n'en oublierai ni la nuit chaude, ni l'odeur. La porte se rouvrit bientôt et Solange Meesemacker me prit la main. Elle ne riait plus. Elle avait même l'air soucieux.

— En voilà des émotions. Oh ! je ne parle pas du coup de sonnette : c'est le bonhomme du Bon Marché. Qu'est-ce que vous aviez bien pu croire ? Des folies, des horreurs, que je trompais votre père, peut-être. Hélas, non ! je ne l'ai jamais trompé et je voudrais bien qu'il puisse en dire autant de son côté. Allons, vous me faites lâcher des bêtises. Vous êtes un enfant et vous ne pensez pas que je vais vous raconter mes petites affaires. Qu'est-ce que vous voulez ? Qu'est-ce qui vous amène ? N'allez pas me débiter des choses désagréables : je ne suis pas d'une si bonne santé. J'ai le cœur fragile.

— Madame, m'écriai-je, soudain debout, ma mère est très malheureuse et je vous assure qu'elle ne le mérite pas. Vous ne la connaissez pas et vous ne pouvez pas savoir…

Solange allait et venait dans la pièce, déplaçant les chaises et, par accès, tapant du pied.

— Je ne la connais pas ? Je ne peux pas savoir ? Mais si, mais si, je la connais. C'est elle qui ne me connaît pas. Moi, je la connais : votre père me parle d'elle à peu près tous les jours. Elle est comme ceci, comme cela. Elle a toutes les vertus, tous les principes. Il n'a que ça dans la bouche, les principes ! Et voilà, votre mère est malheureuse et c'est ma faute, naturellement.

Elle s'était assise près de moi. Elle respirait fort. Je sentis soudain qu'elle allait pleurer. Elle se mit en effet à pleurer.

— Et vous croyez peut-être que tout cela m'amuse, que tout cela me fait plaisir ? Et vous imaginez peut-être que ce sont des scènes supportables pour une femme qui a du cœur ?

Elle m'avait saisi les mains, soudain bredouillante, bafouillante, suffoquée. Elle disait des choses extraordinaires :

— Je n'aimais pas les hommes mariés : ils ont trop leurs habitudes. Mais voilà… Ram ! Oui, je comprends, ça vous gêne de m'entendre l'appeler comme ça. Vous me regardez, vous pensez qu'une blonde qui pleure, ça n'a rien de beau. Ça serait plus grave si je mettais de la poudre. Je ne mets jamais de poudre, votre papa n'aime pas ça. Allons, c'est fini. Moi, je suis plutôt d'un naturel gai.

Elle secoua vivement mes mains et soupira, l'air dramatique :

— Alors, qu'est-ce que vous demandez ? Qu'elle se retire, qu'elle disparaisse ? Oui, c'est de moi que je parle. Mais, allez-y donc franchement.

À force d'énervement, je me sentais moi-même tout près des larmes. Je soupirai avec ferveur :

— Oui, Madame, oui. Je vous en supplie.

Elle se leva, puis commença de marcher dans la pièce en serrant ses mains l'une contre l'autre.

— C'est décidé. C'est décidé. On ne peut pas dire que ça fasse du bien par où ça passe. Non, je sens que je vais être malade au moins huit jours. Rappelez-vous ce que vous voyez là. Vous ne connaissez pas les femmes. Oh ! vous les connaîtrez un jour, avec des yeux comme ça. C'est fini. Maintenant, je suis forte...

L'entretien eut une fin des plus sentimentales. Solange Meesemacker gémissait : « Je veux que vous gardiez un joli souvenir... » Et moi, tremblant, ivre d'émotion, rassemblant toutes les ressources de mon vocabulaire romanesque, je serrais les mains de la dame et bredouillais : « Quelle reconnaissance, Madame ! Comme c'est noble et beau... »

Elle me prit aux épaules, maternellement, me regarda pendant une minute et soudain :

— L'alliance est signée ? Alors, on s'embrasse.

Éperdu de surprise, je reçus dans les environs du nez un baiser au café. Déjà, Solange me poussait vers la porte. Elle mit un doigt sur ses lèvres, passa devant moi, prêta l'oreille et me fit signe en souriant :

— Filez maintenant. Pour une visite émotionnante, c'en est une. On vous fait sortir en cachette, comme un beau petit ami. Avouez que c'est charmant. Allez, maintenant, au trot, et sans tourner la tête. Et tâchez de ne pas faire de mauvaises rencontres. C'est promis. C'est juré...

Deux minutes de course et j'étais dans la rue. Les premières gouttes de l'orage commençaient de moucheter le bitume. Je courus d'une haleine jusqu'au jardin, jusqu'à ce petit pavillon en forme de parasol sous lequel les bonnes d'enfants venaient abriter leurs charrettes.

Cette entrevue déconcertante ne ressemblait à rien de ce qu'il m'avait été possible de prévoir. J'avais la tête brûlante, la bouche râpeuse. Je ne parvenais pas à mettre de l'ordre entre mille impressions discordantes. Pourtant un espoir joyeux m'emplissait le cœur. Le monde était impur, sans doute, mais non point indigne de rédemption. Je venais d'en faire l'expérience : il suffisait d'avoir une inébranlable volonté, du courage et de toucher à la bonne place.

Chapitre XI

Méditations d'un futur homme remarquable. Bottines à boutons et pantalon à petits carreaux. Le bitume parisien et la culture des souffrances romantiques. Allégements demandés à l'art musical. Influence des inventions sur la sécrétion lacrymale. Nouvelle tristesse du jeune L. P.

Ce jeune homme qui, d'un pas ferme et gracieux, marche sur le trottoir de la rue des Écoles, ce jeune homme, c'est L. P., le futur homme remarquable.

Si les passants étaient doués, à quelque degré, de l'esprit de finesse et de la faculté de pénétration, ils reconnaîtraient L. P. à des signes imperceptibles mais indubitables, ils le regarderaient avec un intérêt respectueux et peut-être même lui feraient-ils un large salut du chapeau.

Il est bien évident que le jeune L. P. n'est encore qu'un personnage faible et inexpérimenté. Mais il donnera sa mesure pour l'étonnement du siècle. Il a, dès aujourd'hui, mené fort habilement une difficile négociation. Il a rétabli l'ordre du monde, le bonheur du clan. Le jeune L. P. possède une méthode admirable et infaillible pour accomplir des actions rares et mériter la reconnaissance attendrie du genre humain.

L. P., d'ordinaire, ne tient pas particulièrement à fixer l'attention des passants. Il a même le plus vif et le plus constant désir de passer inaperçu. L. P. est secrètement sûr d'éclipser, par le jeu de vertus éminentes, la plupart des jeunes gens de son âge – exception faite pour un certain Justin Weill qui ne connaît rien de la vie, mais qui est quand même un esprit supérieur. – Et pourtant, L. P. apporte un soin tout imprégné de modestie à ne point se distinguer des autres jeunes hommes par quelque signe bassement extérieur.

En temps normal, par exemple, L. P. manifeste une vive répugnance pour « les souliers en cuir de Russie ». On appelle ainsi, dans la famille, certaine paire de bottines à boutons d'une belle couleur carminée dont on ne sait plus très bien l'origine et que personne, chose étrange, n'a jamais voulu porter, même aux heures de pire détresse. Joseph a mis, jadis, les bottines dix minutes et il a déclaré que « ça faisait cocotte ». Bourrées de papier, poissées d'encaustique, les chaussures fatales ont attendu, dans un placard, que le pied de Ferdinand fût assez grand. Le temps venu, Ferdinand a boutonné les bottines et déclaré qu'elles lui convenaient à merveille. Il les a portées, un dimanche, pendant toute la matinée. Au retour, il les a retirées, disant qu'il préférait ne pas se faire remarquer. L. P. est, par essence, un jeune homme exempt de préjugés. Il sait que l'achat d'une paire de chaussures représente, pour sa maman, beaucoup de calculs et parfois de privations ; mais ces bottines russes lui inspirent un éloignement indicible. Eh bien ! aujourd'hui, L. P. est si fier, si grand, si délivré de toutes les bassesses du monde qu'il mettrait au besoin – il ne les réclamera pas : il ne faut pas aller follement au devant du sacrifice – oui, qu'il mettrait les souliers de cuir incarnat. Mieux même, L. P. se sent de force, aujourd'hui du moins, à porter d'un cœur léger le pantalon à petits carreaux qu'on lui a taillé dans un vieux vêtement de son père et qui lui inspire d'ordinaire une horreur souveraine, car il n'y a pas, dans tout le lycée Henri IV, un seul autre pantalon de cette espèce extravagante.

L. P. n'aura probablement aucun besoin de fournir de telles preuves de grandeur d'âme. Il doit garder sa joie pour lui. Il y est même bien forcé.

L. P. n'a pas encore quinze ans et, pourtant, il a promené, le long des rues natales, de ces tristesses juvéniles qui défigurent l'univers. L. P., si jeune soit-il, a déjà cultivé, sur l'aride bitume parisien, des tristesses romantiques auxquelles il pensera plus tard comme à des modèles de tristesse. Même quand elles sont romantiques, les tristesses de L. P. ont toujours quelques racines dans la plus acre réalité. Et puis, les tristesses romantiques font souffrir autant que les autres. On en mourrait, certains soirs, n'était le sourire maternel et si la vie n'avait une extraordinaire tendance à patienter jusqu'au lendemain.

L. P. a connu presque toutes les misères de l'argent et de la pauvreté. Maintenant, c'est la misère des passions humaines, comme disent les commentateurs des poètes tragiques. C'est assurément terrible, mais un homme ferme et résolu vient à bout de tout ça comme du reste. L. P. est un homme ferme et résolu. Voilà pourquoi L. P. marche sur le trottoir de la rue des Écoles avec une si paisible majesté.

De temps en temps, L. P. rumine certains détails d'une scène à jamais mémorable, dans laquelle il a brillé moins par l'éloquence que par une incomparable sobriété. Certains traits de cette scène dramatique ne laissent pas d'inquiéter L. P. et même de l'offusquer. Qu'il y pense, et le voilà rougissant, comme s'il entrevoyait quelque chose d'un peu louche, d'un peu bas. Mieux vaut n'y pas penser et ne considérer que le résultat final. Un noble résultat.

L. P., de retour à la maison, ne peut dissimuler les effets d'une griserie bien naturelle. Qui le remarquera ? La maison est dans la torpeur. On n'entend rien, pas même le piano de Cécile. Dans le coin le plus retiré de la cuisine, maman fait des calculs sur un très petit papier. Comme sa mère le considère avec une attention soudaine, le jeune héros prononce des paroles dépourvues de sens. Il dit : « Tu verras, maman, tu verras. » La maman de L. P. demande : « Quoi donc, mon enfant ? » L. P. ne sait que répondre pour ne point se trahir. Il se réfugie dans les généralités : « Tu verras, mère, comme on sera heureux. » La maman hoche les épaules d'un air pensif et fait « oui » distraitement, en aspirant l'air au lieu de le souffler. Elle sait bien que les enfants, quand ils s'en vont en promenade, découvrent des choses étonnantes, des arbres, des nuages, des rayons, des existences, et qu'ils reviennent parfois un peu ivres, un peu fous. Elle sait cela, mais elle ne peut s'empêcher de considérer le jeune garçon et de lui trouver « un petit quelque chose de drôle » et peut-être même une odeur, oui, c'est bien cela, une odeur suspecte. Dieu du ciel, est-ce que déjà... Oh ! ce n'est pas possible !

L. P. a besoin d'un soulagement immédiat, car sa joie commence de se nouer en boule, à mi-chemin de la gorge et de l'estomac. Il ira donc rejoindre Cécile.

Laurent et Cécile sont les maîtres souverains d'un petit royaume fermé. Quand il désire en obtenir l'accès, Laurent dit, presque à voix basse : « Bonjour, toute-sœur ! » Et Cécile comprend que Laurent est en état de grâce.

Laurent et Cécile observent des conventions secrètes. Ils ne chantent ou ne fredonnent jamais que la musique du ciel. Pure et vraie musique. Si l'un ou l'autre se laisse aller – les croyants ont de ces faiblesses – à soupirer quelque rengaine venue du monde inférieur, alors il paiera l'amende. Il y a, dans un tiroir, une tirelire bien cachée. Voilà certes une religion austère avec laquelle on ne plaisante pas.

Quand il n'y a personne pour les entendre, les troubler, les distraire, Cécile et Laurent se racontent « leurs inventions ». Ce sont de ces histoires fabuleuses que l'on ne se dit ordinairement qu'à soi-même et qui font monter aux yeux de petites larmes, telles sans doute en distilla Dieu lorsqu'il imagina l'univers. Des larmes qui piquent le nez mais qui, dans les circonstances normales, ne doivent pas se répandre au dehors.

Cécile regarde L. P., ce jeune homme magnanime, et elle dit : « Qu'est-ce qui te prend ? » Il faut reconnaître que Cécile manifeste, à l'égard de son frère, une surprenante perspicacité.

L. P. sourit. Il a visité les profondeurs. Il est descendu dans l'abîme des passions humaines et il en est sorti vainqueur. Ce ne sont pas des choses que l'on raconte aux petites filles, surtout à la plus pure des Cécile. Il dit : « J'ai été premier en math... » Cécile regarde encore le cher benêt et hausse les épaules. Les math... ne sont pas admises dans le ciel cécilien.

Alors, comme il faut, à tout prix, offrir quelque chose à la joie, lui donner le pain et le vin, L. P. dit : « Joue-moi ta plus belle musique. »

Cécile hausse encore une fois les épaules. Elle commence, depuis quelques mois, à se faire prier pour jouer devant les Philistins. Pour son blanc-bec de frère, elle dira toujours « oui ».

Cécile s'assied devant le grand piano qui n'est pas sans analogies inexplicables avec certaine baleine dont le squelette règne au Jardin des Plantes. Et Cécile joue, sereinement.

L. P. ne saurait dire au juste ce que Cécile a choisi. C'est beau, c'est calme, c'est lent.

L. P. écoute. Il est content et, quand même, petit à petit… Enfin, pourquoi, mon Dieu ! pourquoi ? Est-ce que la joie est déjà finie, déjà perdue ? Elle prend, de seconde en seconde, le même goût que la tristesse. Allons, c'est bien tout. L'épuisante journée est accomplie. Les notes, les accords s'envolent et le jeune héros contient à grand'peine une ineffable envie de souffrir. La tristesse est revenue.

CHAPITRE XII

Trois images d'une vie. Manifestations explosives de l'esprit Pasquier. L'abîme Ferdinand. Une conjuration. Harmonies imaginaires. Passage d'un papier bleu. Le sentier de la guerre. Manœuvres et stratagèmes.

Ce sentiment de victoire menacée, de joie nuageuse, il devait vingt fois m'abandonner et me ressaisir pendant les orages de juin. L'été de 95, qui s'est achevé dans l'incandescence et la consomption délicieuse, commençait dans le tumulte. Mes pensées y trouvaient, selon les jours, des couleurs, des accents, des thèmes.

Si le poète a raison, si l'éternité réserve à la personne humaine une métamorphose sublime, se peut-il qu'elle fasse, un jour, sortir de l'ombre quelque visage de ma mère que je ne connaîtrais pas encore ? Ne va-t-elle pas plutôt, pour sa besogne d'embaumeuse, élire un des fantômes familiers qui se promènent dans mes songes ?

Je vois trois statues de ma mère. Et le mot de statue n'est pas, je le dis, présomptueux, pour ce que signifiait au monde cette personne humiliée.

La mère de ma petite enfance est, tout entière, assentiment, extase, don et pardon. Parfait don de soi et total pardon de toute offense. Elle est jeune encore, mais courbée vers des travaux sans fin, des douleurs acceptées dans l'enthousiasme et savourées comme les nourritures de l'âme.

S'élève ensuite une figure plus austère. Non pas moins pure, non pas moins tendre, mais roidie contre le vent. C'est le visage de l'été. Toute la ramure est pesante de fruit. Elle va fléchir, craquer peut-être. Quel effort de chaque fibre pour ne pas laisser périr l'épuisant, le vivant fardeau !

Et c'est plus tard, bien plus tard, que surgit la troisième personne. Elle n'est pas, comme on le pourrait croire, usée par les défaites, ruinée dans sa substance et dans sa foi, mais, au contraire, confirmée dans la majesté des vieilles régences, dans la victoire obstinée des traditions, des mensonges réconfortants, des fables purificatrices.

Que l'éternité choisisse la première ou la dernière de ces images ! Pour l'autre, la souffrante, si je la fais revivre ici, c'est peut-être dans l'espoir de la bercer, de l'endormir, de l'ensevelir enfin dans le consolant sommeil.

Construire un pont, discerner une loi de la nature, composer un livre, ordonner une symphonie, voilà de grands et difficultueux travaux. Faire une famille, la réchauffer sans cesse, l'étreindre jusqu'aux suprêmes démembrements, c'est une œuvre d'art aussi, la plus fuyante, la plus décevante de toutes. Combien de fois ai-je découvert, dans un visage de femme, cette pensée opiniâtre, cette pensée presque toujours muette et qui travaille à tâtons, et qui, souvent, demeure ignorante d'elle-même ?

En ce fameux mois de juin, mon frère Ferdinand parvint à me distraire de mes aventures personnelles. Il avait alors dix-huit ans. Il était beaucoup plus grand que moi, plus grand même que notre père et que mon frère Joseph. Il avait les épaules tombantes, le dos bombé. Sa myopie, l'obligeant à regarder toutes choses de près, exagérait encore la disgrâce de son attitude. Il n'était guère Pasquier en tout cela, car nous nous tenions fort droits et, selon l'expression de mon père, « nous poitrinions » volontiers. L'âge, en exagérant le disparate spirituel, accuse aujourd'hui de vaines ressemblances extérieures ; mais, au temps de notre jeunesse, Ferdinand représentait assez bien le type aberrant que l'on rencontre presque toujours dans une famille et qui, par ses traits singuliers, émeut la sollicitude maternelle. Il avait le teint blanc, les tempes creuses, une chevelure noire, épaisse et rétive, un nez long, d'aspect fragile, des yeux veloutés, assez beaux, qu'on distinguait d'ailleurs mal à travers les énormes verres biconcaves du pince-nez. Il aimait la lecture des journaux, les plaisirs immobiles, les conversations tièdes, les jeux de mots. Il était appliqué, silencieux et semblait modeste. On oubliait volontiers Ferdinand et il se peut que j'aie même l'air de l'oublier, dans mon récit. Et, soudainement, après de longues bonaces, Ferdinand éclatait. Pendant une minute, pendant une heure entière, Ferdinand était soulevé de frénésie. L'esprit Pasquier, dont Ferdinand paraissait à l'ordinaire si mollement dépourvu, entrait en éruption, parmi les fumées du soufre. On entrevoyait alors les profondeurs de l'abîme Ferdinand. Comme ces vases qui se remplissent goutte à goutte et qu'un siphon brusquement amorcé tarit d'un coup, Ferdinand épanchait ainsi d'étonnantes réserves de rancune et de revendications. Les choses rentraient assez vite dans l'ordre. Ferdinand retombait en torpeur. On recommençait de l'oublier. Et, goutte à goutte, sans qu'il en eût lui-même une conscience immédiate, la poche au ressentiment recommençait de se gonfler.

Maman était toujours avertie, par quelque correspondance organique, de l'imminence du phénomène. Il se produisait d'ailleurs, entre les sourcils de Ferdinand, à la racine du nez, une tuméfaction houleuse et douloureuse où j'appris moi-même, instruit par l'expérience, à distinguer l'avertissement du désordre.

Or, pendant ce mois de juin, Ferdinand souffrit de fausses crises, de crises avortées. Dix fois, j'eus la certitude qu'il allait éclater, se répandre et, dix fois, je le vis se refermer. Le mécanisme de sa vie semblait détraqué, détendu ; j'en éprouvais du malaise, car nous vivions fort près l'un de l'autre. Il lui arrivait non seulement de rougir, mais encore de rester rose. Parfois, il arrêtait sur moi des yeux déserts, mouillés d'un feu lointain. Il commença, lui si peu loquace, de me tenir des discours confus, presque poétiques par le tour et le vocabulaire, de me parler du ciel et de la saison. Un jour, il soupira : « Pourquoi m'a-t-on appelé Ferdinand ? Je ne voudrais pas m'appeler Ferdinand. C'est un nom qui me déplaît. » – « Vraiment ? » fis-je, railleur à demi, « et comment voudrais-tu donc t'appeler ? » Il répondit, la voix chancelante d'émotion : « Guy. Ça, c'est un joli nom. Je voudrais m'appeler Guy. » Tout cela m'intriguait ou m'irritait sans parvenir à m'émouvoir. Nous avions chacun nos misères et elles me semblaient incommunicables.

Et puis, un soir, l'accès longtemps différé se déclara subitement. Nous venions de dîner. Père était absent, Cécile au travail. Ferdinand suivit maman dans la cuisine dont il ferma la porte. J'entendis, de loin, deux ou trois éclats de voix, puis une espèce de sanglot. Un instant de silence et Ferdinand, traversant d'un bond le vestibule, se lançait dans l'escalier.

Je courus vers notre mère. Elle était assise, toute droite, entre la table et le mur. C'est là qu'elle aimait, je crois, de penser à ses tourments. Les humbles objets qui l'entouraient, tous compagnons de ses tâches quotidiennes, lui formaient une forteresse, la soutenaient de toutes parts, l'empêchaient de fléchir.

— Qu'est-ce qui lui prend, maman ? Qu'est-ce qu'il a dit ?

Elle fit un geste désolé.

— Il est malade, ce petit.

Et, tout de suite, par une pente insensible, elle revenait à sa plainte : « Comme je suis seule. »

— Mais non, mère, tu n'es pas seule. Je suis là. Je suis près de toi. Qu'est-ce qu'il veut ? Qu'est-ce qu'il demande ?

Elle écarta les bras, faiblement, et dit avec désespoir en baissant la tête :

— De l'argent, bien sûr. De l'argent, mon Dieu !

J'étais exaspéré.

— Bien sûr ? Pourquoi « bien sûr » ?

Mère fit encore un geste pour m'apaiser, m'exorciser peut-être.

Quelques minutes plus tard, la porte s'ouvrit. C'était Ferdinand. Il était calmé. Il était, selon le mot de Joseph, au point mort. J'allais me jeter dans une querelle, mais Ferdinand me fit un sourire bizarre, un sourire que je dirais animal si les animaux souriaient. Je battis en retraite. Un peu plus tard,

Ferdinand commença de se déshabiller et, pendant qu'il me tournait le dos, il se prit à chanter, d'une voix fausse, vacillante. Les colères de Ferdinand ne me touchaient pas toujours, et cette chanson me serra le cœur. Sur les tourments inconnus de ce caractère muré, elle m'en fit comprendre plus long que toutes les effusions.

À quelques jours de là, maman me dit :

— Il y a une lettre de Joseph. Elle ajouta, presque aussitôt :

— Lui aussi me dit que j'ai tort, et que je devrais signer.

— Signer, mère ? Signer quoi ?

— Le pouvoir, pour ton père, le pouvoir, enfin, le papier pour l'argent de tante Coralie. Tu ne vois donc rien, Laurent ? Tu ne fais donc attention à rien ? Comme tu es distrait, Laurent !

— Mais non, je t'assure, maman. Je me rappelle bien. Maman remuait la tête, parlant aux ombres :

— Joseph me demande de signer. Et Ferdinand me dit la même chose tous les jours. Et Cécile, oui, Cécile, qui ne comprend pourtant rien à la vie, eh bien, elle aussi m'a dit que je devrais signer. Ils sont là, tous, à me pousser. Ils sont là, tous, comme si… Mais, Seigneur ! ce peu d'argent, c'est pour eux, pour eux seuls que je voudrais le garder.

Si j'avais été moins requis par mes démons familiers, moins souvent hanté de mes fables, j'eusse mieux compris sans doute la petite conjuration qui se nouait alors autour de notre mère. Chose remarquable, je suis à peu près sûr que papa n'y prit point part. Les volontés du clan, pour se manifester, trouvaient obscurément des pentes et des issues.

Mère secouait toujours la tête. Elle ajouta :

— Jusqu'à la petite Segrédat, oui, jusqu'à Thérèse qui m'a parlé – oh, discrètement, la pauvre – de cet argent de tante Coralie.

J'attendais, bouche bée, quelque surcroît de confidence. Une fois encore, maman soupira : « Je suis seule, trop seule… »

Que venaient faire, au milieu de mes soucis, les histoires de Ferdinand et l'argent de la pauvre tante ? Toutes mes pensées tournoyaient encore sur la rue de Fleurus. J'avais, les premiers jours, espéré quelque dénouement de style magnanime. Un soir, père m'arrêterait dans le vestibule. Il m'envelopperait d'un regard non plus froid et dédaigneux, mais tendre, mais reconnaissant. Il me donnerait une poignée de main. J'hésitais quant à savoir s'il ajouterait un mot et je me demandais si ce serait « merci » ou « tout est oublié », ou peut-être même quelque chose de plus large : « C'est rudement bien, mon petit ! » On ne sait pas ! Il y a des pères qui trouveraient des choses telles. J'étais, en tous cas, bien sûr que le visage de ma mère allait s'ouvrir, se détendre, redevenir pour toujours ce visage lisse et confiant dont mon enfance avait été illuminée. Et que n'attendais-je pas encore ? Quelles vagues d'harmonie notre famille ressaisie n'allait-elle pas déverser sur le monde ?

Les jours passèrent et l'inquiétude reprit son empire. Mon père, à nuit close, ramenait parmi nous le même sourire bleu, distrait, impénétrable. Rien n'annonçait vraiment qu'il dût m'attirer dans le vestibule pour m'y faire entendre quelque parole de mâle renoncement.

Un soir, comme nous commencions de manger, mon père tira de sa poche et posa près de son assiette une feuille de papier bleu. Nous connaissions tous déjà cette couleur inimitable et nous regardâmes ce papier dans le plus grand silence.

— Qu'est-ce que c'est ? demanda mère, après une minute d'attente.

Papa lui passa la feuille, par-dessus la table.

— C'est pour le billet Duchaussoy. Il fallait s'y attendre.

Il ajouta tout aussitôt, la voix sincèrement navrée :

— Je ne peux plus demander le moindre acompte à mon journal. Je ne sais pas, je ne sais pas.

De tels appels, nous en avions entendu mille. Jamais ils ne tombaient dans le vide. Nous demeurâmes anxieux, sans mot dire.

Le rite ordinaire était le suivant : mère lisait le papier timbré, parfois à deux ou trois reprises. Puis elle le pliait, le serrait dans son porte-monnaie d'un air méditatif et murmurait : « J'irai demain. » Le lendemain, mère mettait des vêtements noirs, ces vêtements qui sont comme l'uniforme du souci. Nous comprenions, à la lenteur de ses gestes, qu'elle réfléchissait, qu'elle préparait jusqu'aux termes de son plaidoyer. Elle s'en allait ensuite dans Paris et restait parfois longtemps absente. Elle revenait presque toujours avec un sourire las, mais satisfait. Elle était allée voir les hommes de loi jusque dans leur réduit, elle s'était fait recevoir, à force de ténacité, elle avait combattu pouce à pouce, usant la patience des uns, désarmant la brusquerie des autres, rayonnante de bonne foi, de volonté, savante aussi, et bonne calculatrice. Oui, je dis bien : savante, habile à ce jeu cruel de la justice et de l'argent.

Ce soir-là, maman ne glissa pas le papier timbré dans son porte-monnaie. Elle le rendit à mon père sans une parole.

Père souriait, ressaisi. Il dit, d'une voix égale :

— Comme tu voudras, Lucie, comme tu voudras.

Mère le regardait en face et ne répondait rien. À notre grande surprise, il ne se mit pas en colère.

Deux jours plus tard, Chingachgook était de nouveau sur la piste de Pied-Noir et cette piste, le plus naturellement du monde, aboutissait à la rue de Fleurus.

Je ne saurais rapporter par le menu les événements qui me déterminèrent à tenter une seconde expédition rue de Fleurus. Pour vifs et cuisants que demeurent ces souvenirs, ils ont été, dans la suite des jours, retouchés, surchargés, déformés par beaucoup d'autres souvenirs analogues, car l'homme que j'entreprends de peindre m'a donné, de la persévérance, une idée détestable sans doute, mais qui touche, en certains points, aux sphères de la perfection. Ce que je retrouve, et très bien, pour peu que je sois de loisir, c'est le goût de mes colères juvéniles, de mes peurs, de mes déboires. Je me revois dans cet escalier de Fleurus, montant les degrés non pas en solliciteur, en suppliant, en naïf, mais avec la rage aux dents, une belle fringale de menace et d'insulte.

Ce ne fut pas S. M. qui vint m'ouvrir, mais une très vieille dame dont je ne pus discerner ni la condition ni le rôle exact et qui me répondit d'une voix maussade que la personne demandée ne se trouvait pas à la maison. Au même instant, une porte s'ouvrit et Solange parut. Elle était en costume de ville avec de grosses manches soufflées, un chapeau écrasé sous les fleurs de celluloïd. Une ombrelle aux doigts.

— Mais si, dit-elle, mais si, madame Mathieu. Je suis là pour ce jeune homme.

— Avec toutes vos complications, soupira la vieille, vous allez me faire passer pour une folle ou pour une menteuse.

Solange haussa vivement les épaules et me poussa dans la chambre où j'étais déjà venu. Elle avait l'air mécontent. Elle retira son chapeau, tapota ses cheveux qui faisaient de gros bourrelets sur le front, tendit le col pour le dégager d'un flot de mousseuse dentelle, se caressa longuement les hanches avec les paumes de ses mains. Elle grondait, à voix basse, des paroles extravagantes ou qui, du moins, me paraissaient telles :

— Folle ou menteuse ? Oh ! les deux ! Voilà les histoires qui commencent. Eh bien ! j'en ai plein le dos. Si cette vieille guenon a pour un liard de comprenette, elle va raconter des horreurs. Qu'on m'accuse de ce qu'on voudra, mais pas de coucher avec les deux. Mon Dieu, que tout ça m'agace !

Elle fit volte-face et vint vers moi :

— Reconnaissez que vous auriez mieux fait de rester chez vous à jouer au Nain jaune. Et vous n'avez pas l'air content, par-dessus le marché. Vous auriez peut-être le front de me raconter des sottises. Vous m'aviez pourtant promis de ne pas remettre les pieds ici.

— Et vous, Madame, fis-je, prenant mon élan, vous m'aviez promis autre chose.

Elle s'assit et fit bouffer ses jupes d'un léger mouvement des reins. Elle écartait les bras avec un embarras simulé.

— Tant que je serai ici, vous savez bien qu'il reviendra. Non, vous ne le savez pas ? Vous l'apprendrez, un jour. Vous l'aurez aussi, votre rue de Fleurus, et vous y retournerez.

Elle se prit alors à raconter, moitié pour moi, moitié pour les murailles, une histoire confuse où il était question de Rambouillet, d'un déménagement, de la morte-saison, d'une somme de quatre cents francs, de bien d'autres choses encore. Elle grondait, à certains moments, s'attendrissait à d'autres et soudain me caressait la joue ou me prodiguait de petites tapes sur l'épaule, dont j'étais décontenancé.

— Votre père ne m'a jamais donné d'argent. C'est un principe chez lui et je le comprends. C'est un principe aussi chez moi ; mais les quatre cents francs que je dois à cette vieille bique, ça ne se trouve pourtant pas sous le pied d'un cheval.

Petit à petit, un flot de honte me gagnait le cœur. L'étrange créature continuait de rire et de pleurnicher tour à tour. « Je n'ai qu'une parole, bien sûr ! mais qu'on me laisse le temps. Déménager, c'est vite dit. Quatre cents francs, en voilà une somme ! »

Je ne sais plus comment je sortis de ce marécage. Je me revois marchant dans les allées du Luxembourg. Je mettais en toute hâte un peu d'ordre entre une foule d'idées qui ne me semblaient, pour la plupart, ni claires, ni consolantes. L'argent avait été, jusqu'ici, du moins je le croyais, le seul principe de nos disgrâces. Aussi loin que mon souvenir pouvait remonter dans la nuit, nous avions lutté pour l'argent, contre l'argent. Nous avions lutté, sans réserve, bien serrés les uns contre les autres. Notre infortune était pure de tout calcul bas, de toute pensée égoïste et, je pensais, de tout mensonge... Dans notre pauvreté courageuse, il n'y avait eu, jusqu'ici, que sacrifice mutuel et misère partagée. Ce passé triste et respectable m'apparut soudain corrompu.

N'importe, il fallait chercher et trouver son chemin, malgré les embûches.

Je fis, avant de rentrer à la maison, une longue marche dans les rues et me lavai le visage et les mains au jet d'une fontaine Wallace. Le parfum de la rue de Fleurus imprégnait, me semblait-il, chaque fil de mes vêtements. Ma mère était comme moi, fort sensible aux odeurs. Cependant se formait, dans mon esprit, un raisonnement laborieux.

L'occasion que j'espérais ne vint que le lendemain. Je partais pour le lycée. Mère me donnait, au passage, un coup de brosse attentif.

— Maman, fis-je, sais-tu que j'ai réfléchi ?

— À quoi, mon enfant ?

— Eh bien ! je suis bien près de penser que les autres ont raison.

Maman me regardait, vigilante et sans répondre. Je poursuivis, plus timidement :

— Cet argent de tante Coralie, vraiment, nous n'en aurons jamais besoin plus que maintenant. Vois, tout le monde est d'accord.

Ma mère attendait, la brosse en l'air. Elle me jeta, de biais, un bref et pénétrant coup d'œil. Puis son visage prit, soudain, trait par trait, une extraordinaire expression d'entêtement, de refus. Elle secouait la tête et disait :

— Non, Laurent. Non. Je ne veux pas.

CHAPITRE XIII

Apparition de Joseph. De l'impartialité historique. Une audition musicale. Dialogue au bord du fleuve. Révélations diverses. Critique fraternelle de mes facultés d'observation. Desiderata d'un homme positif. La volonté, principe de l'épargne. Que les humanités ne sont pas indispensables à l'accomplissement de vastes desseins.

Au début de juillet, mon frère Joseph vint en permission. Nous ne l'attendions qu'à l'automne. Sa présence apporta tout d'abord de la flamme et même un principe de communion dans notre logis troublé.

Si je devais tracer, de Joseph, un portrait purement 95, j'y aurais quelque peine. Il me faudrait appeler de vains détails extérieurs. L'homme a vraiment peu changé. Même dans l'obscurité des commencements, même dans l'anonymat de l'interlude militaire, il montrait déjà cette pesante autorité, cette violence parfois triviale de la pensée comme du mot, ce mépris de toute valeur étrangère à son système intellectuel, cette ambition jalouse et fascinée, bref tous ces caractères puissants qui, selon les jours, sont ou vices ou vertus. Dois-je dire que ces linéaments n'étaient pas encore, en toutes leurs parties, dégagés du bloc primitif ?

Je commettrais une erreur et une injustice en laissant croire, par exemple, que Joseph n'a pas souffert. Il a, plus vivement que personne autour de moi, souhaité la possession des biens matériels. Une telle passion, quand elle est pure, je veux dire non allégée de quelque espérance étrangère, connaît des ardeurs poignantes et de hideux découragements.

L'impartialité historique est une duperie. L'historien véritable n'est point greffier, mais poète. Il se prend d'amour pour Anne de Boleyn, de haine pour Jane Seymour. S'il ressuscite Philippe II, c'est dans l'âpre dessein de le châtier. Peindre, n'est-ce pas s'assouvir ?

Cela dit, pour mon soulagement, je me sens fort libre à l'égard de Joseph. Il m'a blessé si souvent et si souvent aux mêmes places que je lui suis redevable de maints durillons, salutaires, sinon confortables. Ce que je lui pardonne mal, ce que je redoute chez lui, ce ne sont pas les mille traits par lesquels il a montré qu'il ne me ressemblait pas. Non, certes, ce n'est pas cela.

Et maintenant, à mon récit.

Joseph arriva dès les chats. Il avait passé toute la nuit en wagon. Il était un peu charbonneux, un peu poudreux, mais rustique d'allure, tranquille et apparemment franc de nos soucis. Il respirait d'un nez surpris l'odeur de la maison ensommeillée. Et nous tous, les cheveux épars, les traits mal réduits, la bouche paresseuse, nous regardions le voyageur en souriant.

Papa dit, l'air affable, une petite phrase toute simple et qui, pourtant, me fit dresser l'oreille : « Je vais m'arranger pour déjeuner à la maison, ces jours-ci. »

Joseph montra, du nez, le grand piano noir, haussa les épaules avec rondeur et dit : « C'est complètement absurde. »

Le premier déjeuner fut gai. Mère, au prix de calculs astucieux, avait cuisiné des plats délicats. Elle prenait dans son assiette tout ce qui était mangeable et le posait sur l'assiette de Joseph. Elle répétait, en regardant ce rude gaillard, des mots de tendresse couveuse : « Mon petit garçon, mon pauvre petit... » Joseph riait, grondait, piaffait avec assez de bonne humeur et repartait à pérorer. Il commençait, à cette époque, d'introduire dans ses propos des déclarations sommaires, telles que : « Je suis un esprit positif », ou : « Je ne vois que le point de vue pratique ».

Le repas fini, maman regarda Cécile.

— Veux-tu lui jouer quelque chose ?

— Oh ! fit Cécile d'un air lointain, si je pensais seulement que ça l'intéresse.

— Pourquoi, répondit Joseph, pourquoi ça ne m'intéresserait-il pas ? Joue toujours.

Il n'était certes pas agressif, mais en garde, avec, dans le sourire, cette pointe de canine qu'il montrait et montre encore quand nous parlons de nos royaumes, de ces régions de l'esprit dont il s'imaginait sans doute que nous souhaitions de l'exclure et dont il s'est, par entêtement, lui-même, interdit l'accès.

Cécile s'assit devant le piano, laissant tomber sur le fort et lourd garçon un sourire de princesse. Elle joua le premier mouvement d'une sonate de Mozart, une de nos sonates préférées. Insoucieuse, je le sentais, de faire quoi que ce fût pour amadouer, pour séduire ou duper l'auditeur, elle joua parfaitement bien cette page difficile et simple. Joseph écoutait. Il n'est certes pas dépourvu de la faculté d'attention. Bien assis sur sa chaise, les mains aux cuisses, le sourcil sérieux, il écoutait donc. Je pense que, secrètement, il n'était pas insensible à l'enchantement d'un art souverain, mais on eût dit qu'il résistait, tout au moins pour la dignité de son personnage. Il prononça, comme Cécile écoutait le dernier accord :

— Aucun doute, c'est bien. Et ne crois pas que je ne comprenne pas ça tout aussi bien que vous autres. Ce n'est pas si difficile que vous avez l'air de le dire. Et maintenant, Cécile, un mot. Gagne de l'argent, ma sœur. Gagne de l'argent avec ça, je veux dire avec ton talent. Et ce sera tout à fait bien. Un point, c'est tout.

Cécile jeta sur Joseph un regard étincelant.

— J'en gagnerai ! siffla-t-elle.

Et Joseph, la voix placide :

— Je ne demande pas mieux.

— Cécile ! m'écriai-je, si Valdemar t'entendait.

Elle me désigna Joseph, d'un mouvement du menton, et sourit pour me rassurer.

Père poussait, dans le silence, un long soupir musical, ce soupir que, précisément, j'appelais, par devers moi, le soupir de l'argent. Il fit une cigarette et dit qu'il allait nous quitter, et qu'il était temps pour moi de gagner le lycée.

— J'irai te prendre un jour ou l'autre, à la sortie, me lança Joseph.

Le soir même, je le trouvai sur la place du Panthéon. Il avait mis des vêtements civils et s'était bien savonné. Il avait l'air non pas élégant – il n'a certes jamais recherché l'élégance – mais correct et soigné. Il méprisait tout ce qui sentait le relâchement, la négligence. Il était monté deux ou trois fois chez Mme Henningsen et il avait dit, au retour, avec une moue féroce : « Peuh ! genre artiste ! » expression demeurée, malgré nous, dans notre vocabulaire. On sentait ce Joseph déjà fortifié sur toutes ses positions et prompt à la riposte, prompt à l'attaque.

Il me prit le bras d'un geste qu'il voulait amical et qui l'était, avec un rien de brusquerie. À vrai dire, cette brusquerie, je l'exagérais moi-même par ma propre résistance. Je me suis toujours trouvé, vis-à-vis de Joseph, en état de contracture. Quand nous étions petits, Joseph, conséquent à sa doctrine d'autorité, nous distribuait des taloches. Cette coutume a duré jusqu'à ma douzième année, jusqu'à certaine bataille en règle où j'eus peut-être le dessous, mais qui, du moins, m'assura l'autonomie. De tels souvenirs sont vivaces : j'ai, pendant des années, au moindre mouvement de Joseph, senti mes muscles, malgré moi, se mettre sur la défensive.

— J'espère, dit-il, que tu n'es pas pressé. Car il faut que je te parle.

— Parle.

— Non, tout à l'heure, quand nous aurons plaqué tous tes camarades.

Il ne souriait plus. Il allait, regardant droit devant lui, car il n'est pas de ceux qui méditent la tête basse. Il avait ce visage contrarié qui, chez lui, exprime la tristesse. Il m'entraîna jusqu'aux quais de la Seine et commença tout à trac :

— Qu'est-ce qu'il y a ?

— Moi ? rien.

— Il ne s'agit pas de toi. Il s'agit de la maison. Qu'est-ce qu'il y a ? Qu'est-ce qui se passe ?

Je me sentis rougir et pris mon air le plus froid pour suivre de l'œil un bateau qui remontait le fleuve en criant.

— Quand j'étais ici, poursuivit-il, je voyais tout, je savais tout. Mais, maintenant ! Ce n'est pas à cette grande mollasse de Ferdinand que je peux m'adresser. Il n'a point de bon sens. Alors ? Toi, tu n'es encore qu'un gosse, mais tu n'es pas absolument une moule.

— Merci.

— Je dis ce que je pense.

Il fit quelques pas et reprit d'une voix moins rogue où l'on sentait flotter une ombre d'inquiétude :

— Enfin, qu'est-ce qu'il y a encore ?

Il me jeta un regard de biais et lança :

— Une histoire de femme ?

J'étais résolu, depuis le début de l'entretien, à fuir toute confidence. Il n'y avait, dans mes drames intimes, aucune place pour Joseph ; rien, dans mes pensées, à la couleur, à la mesure de Joseph. Je fus pourtant pris au dépourvu.

— Comment le sais-tu ? m'écriai-je.

Il haussa les épaules d'un air excédé.

— Qu'est-ce que tu veux que ce soit ?

— Penses-tu que les sujets d'ennui manquent à la maison ?

— Non, trancha le grand garçon, secouant la tête. Non. Je sais ce que je dis. Suffit de regarder maman. Alors, toi, tu sais quelque chose…

— Non. Rien. Si… si… Peut-être. L'histoire, oui, l'histoire dont tu parles, eh bien ! je pense que ça se termine.

Joseph me lança, de côté, un regard inquisiteur.

— Tu n'es pas tout à fait aussi… chose qu'on pourrait le croire. Et qu'est-ce qui te fait penser ça ?

— Peux pas dire. Une impression.

— Une impression ? Parole ! Autrement dit, tu ne sais rien. Et ça n'a d'ailleurs aucune importance. Si cette histoire-là se termine, une autre commencera.

Il se prit à frapper le sol de son pied. Il grondait :

— Faut en prendre son parti ; mais c'est dégoûtant quand même.

— Pourquoi penses-tu que ça recommencera ? Non, ce n'est qu'un…

— Quoi ?

— Je ne sais pas. Un accident.

— C'est ça ! Un égarement, comme on dit dans les feuilletons. Je vois qu'en définitive tu n'es pas très malin, mon garçon. À ton âge, oui, à ton âge, moi, je savais tout, je voyais tout, j'étais au courant de tout.

— À mon âge ! Quand tu avais mon âge, tu ne pouvais rien voir. Il n'y avait rien à voir.

Je devais changer de couleur, trembler un peu. Joseph laissa paraître un sourire de compassion. Il m'avait saisi le bras, triomphant de ma résistance. Il m'entraînait, il accordait son pas au mien. Il parlait d'une voix sourde et d'un air soucieux qu'on ne lui connaissait guère.

— Tant pis ! Il faut que tu saches. Ça va peut-être te désoler, parce que tu es une âme sensible. Que veux-tu ? Il est comme ça.

— Joseph ! Tu ne veux pas dire… Il n'a jamais rien fait…

— Qu'est-ce que tu vas imaginer, maintenant ? Tu es pire qu'une femme nerveuse.

— Il n'a jamais rien fait de très mal.

Joseph haussa les épaules.

— Ne me fais pas rire : je n'en ai pas la moindre envie. Pour lui, tout ça n'est pas mal. Je te dis qu'il est comme ça. Il ne peut pas regarder une femme sans… Je comprends. Je comprends bien. Quand même, à ce point-là !

— À quel point, Joseph ?

Joseph écarta les bras d'un geste large.

— Toutes, ma foi ! Oui, toutes celles qui passent à portée de sa main. Beaucoup dont nous n'avons rien su et d'autres que nous connaissions.

— Mais, Joseph…

— Il n'y a pas de mais. C'est comme ça. La personne de maintenant, je n'en peux rien dire. Je suis à Toul, tu comprends ? Toul ! Une ville moisie, au tonnerre de Dieu. Mais avant, c'était madame Hemmer.

— Joseph, c'est impossible. Madame Hemmer, la brodeuse...

— C'est parfaitement possible. Et, avant madame Hemmer, c'était Georgette Duc. Celle-là, tu ne l'as pas connue. Elle n'était pas mal. Et, avant Georgette Duc, la teinturière de la rue Perceval. Je ne me rappelle plus son nom. On ne peut pas se les rappeler toutes. Et, avant Georgette Duc aussi, ou peut-être en même temps, la fameuse histoire avec mademoiselle Legris. Et, tiens : tu te rappelles mademoiselle Bailleul ?

— Oh ! fis-je, mademoiselle Bailleul ! Non ! Non !

— Effectivement, poursuivit Joseph en baissant la voix, celle-là, il n'a pas réussi. Elle était quand même trop pieuse. Mais il a tourné autour pendant des mois et des mois. Qu'est-ce que tu as, Laurent ?

— Rien.

— On en prendrait son parti, si nous étions seuls, nous, les enfants. Si elle... n'était pas comme elle est, malheureuse comme elle est. Encore une fois, qu'est-ce que tu as ? Tu n'es pas une petite fille.

— Je n'ai rien. C'est terrible.

— C'est embêtant, voilà. C'est embêtant qu'il soit comme ça et qu'il n'y ait rien à faire.

Il avait lâché mon bras et fourré les mains dans ses poches. Il regardait devant soi, à l'infini, l'air si sincèrement navré qu'il me toucha le cœur. Puis il repartit, l'accent plus dur :

— Toi, Laurent, tu es ce qu'on appelle un garçon sentimental. Je n'y vois pas d'inconvénient. C'est ta qualité comme ça. Mais je te répète qu'à ton âge, j'avais tout vu, tout compris. Tu fais du latin, du grec. Tu dis que ça développe la faculté d'analyse. C'est possible, c'est bien possible. N'empêche que tu n'es pas observateur. Madame Hemmer ! Tu ne savais pas madame Hemmer ? Une histoire qui crevait les yeux. Ça prouve que tu n'es pas observateur. Tu veux devenir un savant. Ce n'est pas plus bête qu'autre chose. N'empêche que tu devrais commencer par comprendre ce qui se passe autour de toi.

Joseph retrouvait un de ses thèmes de querelle. Je ne relevai pas le gant.

— Joseph, murmurai-je, il faut que tu me dises quelque chose.

— Oh ! maintenant, tout ce que tu voudras.

— Joseph, tu l'aimes encore ? Tu peux encore l'aimer ? Il inclina légèrement sa tête sur le côté :

— Moi ? Oui. Bien sûr. Pourquoi pas ?

— Il nous a trompés.

— Il ne t'a pas trompé du tout. Ce n'est pas toi qu'il a trompé.

— Si ! si ! si ! Je te dis qu'il m'a trompé.

— Il se moque pas mal de tes idées sentimentales. Et moi, eh bien, oui, je m'en moque aussi, sache-le. Ce que je lui demande, ce que je lui demanderais, si je pouvais lui parler…

— Mais tu ne peux pas, tu n'oses pas.

— Moi, je suis positif, je ne me bats pas contre les murailles. Mettons même que je n'ose pas. Ce que je lui demanderais, vois-tu ? c'est de ne pas brouiller les choses, d'éviter les imprudences, de ne pas se faire remarquer, de ne pas nous rendre la vie impossible.

— Et le mensonge, fis-je avec désespoir, le mensonge ! Joseph me regardait, surpris :

— Quel mensonge ?

Nous fîmes encore quelques pas et Joseph, avec un geste de magister :

— N'oublie pas, quoi qu'il arrive, n'oublie pas qu'il te nourrit.

— Ça m'est égal.

— Tu dis ça, parce que tu ne sais pas ce que c'est de ne pas manger, je veux dire de ne pas manger du tout.

— Tu ne le sais pas non plus.

— Si. Moi, j'en sais quelque chose.

Il sourit drôlement et prit un air confidentiel.

— Quand j'étais chez Meyer et Greffhule – rappelle-toi : plus de deux ans –, je ne rentrais pas déjeuner à la maison, à cause des omnibus, et j'avais dix sous pour ce repas. Eh bien ! pendant plus de deux ans, je me suis privé de nourriture. Je laissais les copains filer, et moi, le temps de leur déjeuner, une heure et demie, je tournais autour d'un pâté de maisons. Rue Montmartre, rue du Mail, rue Notre-Dame-des-Victoires, etc., etc. Oh ! Je connaissais toutes les boutiques et je ne marchais pas trop vite pour ménager mes chaussures.

— Oui, fis-je, la volonté !

— La volonté, naturellement, et le reste. Au bout de deux ans, j'avais deux cents francs à moi, bien à moi.

— Deux cents francs ! Qu'est-ce que tu en as fait ? Joseph rit, cligna de l'œil, puis, d'une voix grave :

— Je les ai mis dans une affaire.

— Et ils existent toujours ?

— Bien sûr ! Moi, je ne suis pas… comme lui. Je ne gaspille pas l'argent. Ils existent, mes deux cents francs, et c'est même tout à fait comme s'ils n'existaient pas.

— Je ne te les demanderai pas, sois tranquille.

— Et tu feras bien, car je ne te les donnerais pas. L'argent placé, c'est sacré. On n'y touche à aucun prix. On l'a, mais c'est comme si on ne l'avait pas. Tu comprendras plus tard, si tu deviens un homme sérieux.

— Je ne sais pas ce que tu appelles un homme sérieux, mais je sais bien ce que je veux. Je veux une vie où l'on ne parlera jamais d'argent, une vie sans papier timbré, sans traites, sans encaisseurs, sans protêts, sans billets, sans hommes d'affaires…

Joseph riait à pleine gorge.

— Le paradis terrestre, avec les serpents qui caressent les petits agneaux. Et de beaux livres de latin et de grec pendus à l'arbre de science.

— Oui, fis-je, les dents serrées, avec le latin et le grec dont tu as bien tort de te moquer.

— Les gens de ton espèce, gronda Joseph enfin saisi de sa querelle, ont tendance à s'imaginer qu'on ne peut pas faire de grandes choses sans avoir, au préalable, récité Virgile par cœur. C'est un point de vue de pion.

— Tu ne sais pas ce que tu dis. Même ceux qui tracent les routes, même ceux qui construisent des bateaux ou des locomotives, ils ont récité Virgile.

— Je te prierai de remarquer, fit Joseph d'une voix insinuante, que tu ferais mieux, tout bien pesé, de ne pas placer la discussion sur ce terrain-là. Si tu fais du latin et du grec, toi, Laurent, c'est que moi, Joseph, moi, l'aîné, je me suis sacrifié pour les autres. C'est un compte qu'il nous faudra régler, un jour à venir. Ne dis pas le contraire, ou je te donnerai des preuves, chiffres en main. Mais nous reparlerons de ça. S'il faut du grec et du latin pour faire ce que je veux faire, sois tranquille : on en aura.

Et, comme je le regardais avec étonnement, il dit encore :

— S'il faut des latinistes pour faire ce que je veux faire, eh bien, j'en achèterai. Les savants de ton espèce, on les achète, comme les autres, comme le reste, et on les fait travailler, comme les autres, comme des employés, comme des domestiques, et puis, quoi… comme tout le monde. Et voilà : j'en achèterai.

— Avec tes deux cents francs ?

— Ils auront fait des petits.

Nous remontions, si je me souviens bien, la calme rue Cuvier. Joseph marcha longtemps sans lâcher une syllabe. Et, soudain, d'une voix tranquille, comme s'il parlait aux anges, il murmura :

— Je m'en fous. Oui, parfaitement, voilà le mot : je m'en fous.

Chapitre XIV

Une visite fâcheuse. Conséquences de l'obscure affaire Duchaussoy. Chanson populaire et musique de scène. Propos sur les officiers ministériels. Que le mot saisir est énergique, même au sens figuré. Une colère bien contenue. Argument tiré d'un piano. Capitulation de notre mère.

C'était un jour de semaine et, pourtant, nous devions manger tous ensemble, à cause de Joseph. Père était revenu de bonne heure et nous n'attendions plus que Ferdinand. Thérèse Segrédat, notre douce voisine, aidait maman à mettre le couvert. Thérèse était petite, ronde en tous ses gestes, laiteuse de teint, toujours vêtue de noir. J'aimais son visage au regard effarouché. Je prenais un indicible plaisir à la contempler, de loin, quand elle ne me voyait pas et que je ne risquais point de l'intimider.

Une fenêtre était ouverte, dans la chambre des parents. De la cour, montait une voix rauque, accompagnée par des violons. Elle chantait une chanson qu'Eugénie Buffet venait d'apprendre à tout Paris :

Nous nous rions de toutes choses,
Ayant déjà tout éprouvé,
Tout rêvé...

De temps en temps, on percevait, sur le pavé, le bruit d'un sou de bronze.

La sonnette de la porte tinta. Joseph dit : « Voilà Ferdinand. » Et il passa dans l'entrée. Il revint presque aussitôt et murmura : « Maman, c'est l'huissier. »

Il y eut un instant de silence. Maman s'assit sur une chaise, porta la main à sa poitrine, pâlit un peu et répondit avec beaucoup de simplicité :

— Dis-lui d'entrer, Joseph.

— Ils sont trois.

Mère fit un geste vague. Joseph restait immobile et cherchait papa du regard. Notre père était debout contre la porte de la salle à manger. Il se redressa, « poitrina », sourit, tira sur ses longues moustaches dorées et dit :

— Qu'est-ce que tu attends, Joseph ?

Joseph s'enfonça dans le noir du vestibule. On entendit un bruit de souliers. Notre logement était petit. Le vestibule traversé, ce qui se faisait en deux ou trois pas, les visiteurs pénétraient soit dans la chambre des garçons soit, de préférence, dans la chambre des parents, qui semblait moins encombrée. Thérèse Segrédat fit un mouvement pour se retirer. Elle semblait fort émue. Mère dit à voix basse :

— Restez, je vous en prie, Thérèse.

Et Thérèse se tint debout, derrière la chaise de maman, comme une demoiselle d'honneur.

La porte s'ouvrit alors et les hommes de loi parurent.

Le premier, l'huissier, le chef, était un gros personnage encore jeune, membru de long, vêtu d'une jaquette sombre. Il retira son chapeau, un canotier de paille jaune et s'en servit pour s'éventer. Il avait des mains énormes, couvertes d'un duvet rouge. Il était à moitié chauve et portait, aux joues, ces grosses touffes de poil crépelu mises à la mode, je pense, par l'empereur François-Joseph.

Son principal assistant était un vieillard minable, accoutré d'une longue redingote et d'un gilet à fleurettes tout maculé de morve et d'œuf. L'autre clerc était un enfant à peine plus âgé que moi. Tous deux portaient de grands portefeuilles de cuir bondés de paperasses.

Ils entrèrent et, comme la chambre était étroite, nous fûmes aussitôt si près les uns des autres que nous ne pouvions plus faire un geste.

— Madame, dit lestement l'huissier, c'est pour l'affaire Duchaussoy.

Et, comme notre mère faisait un signe de tête, il ajouta, le ton plaisant :

— Vous vous en doutiez. Moi aussi.

Papa lâcha le plus fulgurant des sourires. Il dit, pesant chaque mot :

— Monsieur, faites votre travail, et sans commentaire. Je connais la cérémonie et ne supporterai aucune fantaisie désobligeante.

Le gros homme gonfla ses joues, souffla, se tourna vers ses clercs.

— Alors, donnez lecture.

Le vieillard commença de lire un cahier de papier timbré. Par la fenêtre ouverte, entraient les bruits de la cour.

Et loin des lilas et des roses,
Gaîment nous battons le pavé.

— Ferme la fenêtre, Laurent, soupira ma mère.

J'obéis. La chambre parut aussitôt plus lourdement chargée de contrainte et de courroux. Le vieux clerc marmonnait, papa souriait au plafond, maman baissait la tête, l'huissier remuait son chapeau comme un éventail. Là-dessus, Ferdinand survint. Il bégayait : « Qu'est-ce qu'il y a ? Qu'est-ce qui se passe ? » Joseph lui dit : « Tais-toi ! » Et Ferdinand se tut, regardant l'un après l'autre tous les visages, avec ses yeux de myope qui ne distinguaient rien. Cécile était debout, tout à côté de notre père. Elle semblait parfaitement indifférente, mais sa bouche se serrait sur une belle petite colère Pasquier. Soudain, elle passa la porte et la referma derrière elle. Presque aussitôt le piano se fit entendre.

— Qu'est-ce que c'est ? dit l'homme de loi.

— La musique, Monsieur, fit mon père, le doigt levé, gravement. Nous vous devons l'accès des lieux, nous ne vous devons pas le silence.

Le bonhomme posa son chapeau sur le marbre de la commode. Il soufflait jusque dans les touffes de crin de ses joues :

— Ne faites donc pas le malin. Vous n'avez rien à y gagner. Si vous aviez payé vos dettes, nous ne serions pas chez vous.

— Pas de morale, Monsieur, répondit papa. Si nous n'existions pas, nous autres, les mauvais payeurs, nous autres, les pauvres gens, vous claqueriez du bec, vous et votre séquelle ; vous n'auriez rien à faire au monde. Nous sommes votre raison d'être, nous sommes votre gagne-pain. Vous devriez nous bénir, nous saluer à pieds baisés.

L'huissier haussa les épaules et dit, tourné vers ses gens :

— Écrivez. Je vais dicter.

La température de la chambre s'élevait petit à petit. Notre père semblait résolu fermement à ne pas se mettre en colère ; mais de la force comprimée s'échappait de lui, comme un fluide, et nous montait à la cervelle. Nous étions tous empoisonnés par cette fureur sans issue. Notre petite sœur Suzanne, à laquelle nous ne pensions plus, commença soudain de pleurer. Maman se couvrit les oreilles de ses paumes. Elle disait :

— Emmenez l'enfant, Thérèse. Elle ne devrait pas être ici.

Et l'huissier, pendant ce temps :

— Une commode en acajou, de style Louis-Philippe... Thérèse prit Suzanne et quitta l'appartement. De l'autre côté de la cloison, Cécile jouait à plein clavier. Je ne pouvais pas m'empêcher d'entendre ce qu'elle jouait, et j'admirais son sang-froid, son courage aussi. Pour moi, j'avais les yeux brûlants, la respiration courte. Je regardais mon père avec une frayeur religieuse, car je savais ce dont il était capable. Mais il semblait, ce jour-là, parfaitement maître de lui. Son sourire, seulement, prenait une couleur cruelle.

Les gens de loi progressaient pas à pas dans la chambre. Le plus vieux écrivait, sur une planche à laquelle était fixé un petit flacon plein d'encre. Le chef dictait, en grande hâte. Il décrivait nos meubles en quelques mots, et nous avions le sentiment que, par ces quelques mots, il nous confisquait nos meubles, qu'il nous les prenait déjà. Maman demeurait assise, fière, muette, bien droite. Papa toucha ses propres joues à la place même où le gros huissier portait des touffes de barbe, et il regarda le ciel avec un extraordinaire sourire de pitié. Puis il dit, la voix chantante :

— Vous, Monsieur, qui êtes de robe, ou c'est tout comme, vous savez peut-être ce que ça peut coûter, au point de vue légal, s'entend, quand on se laisse aller à certaines libertés. Par exemple : une paire de gifles ?

L'huissier répondit froidement :

— Je ne sais pas, à mille francs près, mais ça peut revenir très cher.

— Dommage, fit mon père, car, en ce moment, je ne suis pas en état de m'offrir une grosse dépense. Monsieur, vous avez de la veine.

— Plaît-il ?

— Oui, c'est à vous que je pensais. Vraiment, vous avez de la veine. Ne cherchez pas : je connais les subtilités de la loi. Je déclare publiquement que je n'ai pas l'intention de vous donner une paire de gifles.

Son œil luisait, glacé.

— Allons, restez donc tranquille, fit le bonhomme en haussant les épaules. Si vous continuez comme ça, vous allez gâter votre affaire.

— Raymond ! dit enfin maman. Pour l'amour de Dieu !

L'huissier murmura : « Permettez », et passa dans la salle à manger. Nous le suivions, serrés les uns contre les autres, sauf notre mère qui n'avait pas quitté sa chaise. Joseph, les mains aux poches, me disait avec froideur :

— Ça ne sert absolument à rien d'exciter ce malotru. Il ne fait que sa besogne. Il faut aller trouver les gens et s'arranger avec eux. Maman m'étonne. Quel changement !

Cécile s'arrêta de jouer. L'huissier disait :

— Écrivez : un piano à queue Pleyel. Numéro de série...

— Je vous demande pardon, dit papa, soudain sérieux. Ce piano n'est pas à nous.

— En ce cas vous devez produire une lettre du propriétaire, datant de l'entrée du meuble et réservant tous les droits.

Nous nous regardâmes avec consternation. Nous n'avions même pas notion qu'une telle lettre pût être nécessaire.

— Peut-être, balbutia Joseph, que Valdemar possède une lettre…

Père semblait complètement déconcerté. Il fronçait le sourcil :

— Tu entends, Lucie ? Mère fit « oui », de la tête.

— Je vous répète, cria papa, que ce piano n'est pas à nous.

— Qu'est-ce que vous voulez que j'y fasse ? dit le gros homme avec ennui. Vous n'avez qu'à montrer la preuve. Vous devriez être en règle, au lieu de faire le fendant, au lieu de vous moquer du monde. Écrivez : B. 28. 016.

— Je ne peux pas vous laisser faire.

— Vous ne pouvez pas m'empêcher. Au reste, soyez tranquille, ce n'est pas moi qui vais l'emporter, tout de suite, sur mes épaules. Après tout, débrouillez-vous. Vous avez la langue assez bien pendue.

Cécile recommença de frapper le clavier. Papa disait : « Ce n'est vraiment pas possible. » Joseph, les mains aux poches, mordillait sa jeune moustache et moi, tout près des larmes, je lui disais : « Je peux devenir un homme. Jamais, Joseph, jamais, je ne veux voir ces gens-là dans ma maison, quand j'aurai une maison. »

Joseph secoua la tête :

— La saisie n'a pas d'importance. On peut toujours arrêter les frais. Ce que je trouve ridicule, oui, ridicule, c'est de se laisser saisir pour trois cent vingt-cinq francs.

Les gens de loi terminaient l'inventaire. Ferdinand soupira : « Ça sent le brûlé. » Je courus dans la cuisine. Des mots m'arrivaient de loin : « Une armoire de noyer ciré, ferrures de cuivre… »

Quand je songe à ce jour d'été, je vois encore une autre scène. Les gens de loi sont partis. Nous discutons, toutes portes closes, entre nous, entre Pasquier. Nous discutons à voix sourde. Papa, dans un coin, affecte de lire son journal en fumant une cigarette. Maman est assise dans le fauteuil, son visage est contracté. Nous sommes tous, nous, les enfants, rassemblés autour d'elle pour la prier, pour la convaincre. Joseph dit de ces choses que l'on dirait à une malade : « Nous pouvons laisser tout vendre, c'est entendu, c'est convenu.

Même le buffet de tante Aphonsine, même l'armoire de noyer. Mais pas le piano de Valdemar ! Nous ne pouvons pas laisser vendre une chose qui n'est pas à nous. » Maman balbutia les mots d'une résistance exténuée. Joseph repart à l'attaque : « Nous savons que cet argent, c'est pour nous que tu voulais le garder. Eh bien ! nous y renonçons. Signe, maman, signe. Et qu'on n'en parle plus, que ce soit fini. Père et moi, nous ferons le nécessaire. »

Maman dit alors : « C'est fini. Je vais signer. Vous êtes là, tous, autour de moi. Vous me brisez la tête. Ne dirait-on pas, mon Dieu ! C'est affreux. Allons, mettez-vous à table. Puisque je vous dis que je signerai. »

Le repas commence. Nous n'avons pas encore ouvert les fenêtres, comme si nous avions quelque chose à cacher au monde, comme si notre angoisse avait de l'odeur. Chacun, du bout des lèvres, feint de saisir une bribe. Rien ne passe, même pas l'eau. Ferdinand s'en va le premier. Cécile se cache dans un coin. Père et Joseph restent là, couvant maman du regard. Et maman soupire, la voix morte :

— Rends-moi service, Laurent : va promener ta petite sœur. J'écrirai, pour ton lycée. Pardon, Laurent.

Je prends Suzanne par la main. Une minuscule patte brûlante. Pendant deux heures, nous errons, la petite fille et moi, dans ce jardin poudreux que Cécile enfant appelait le jardin des bêtes sauvages.

CHAPITRE XV

Générosité de Thérèse. Compliments malheureux. Les secrets d'un partage. Bouquet de roses et Saint-Honoré. Effets de la chaleur sur des âmes musiciennes. Berceuse. Fenêtre ouverte sur la nuit parisienne.

Le lendemain, Thérèse Segrédat vint nous voir à la fin de la matinée. Elle était en costume de ville. Elle portait des mitaines de tricot noir et un réticule de crêpe. Je l'apercevais, assise à côté de maman, dans la salle à manger où Cécile écrivait sur de grandes feuilles réglées.

Soudain, Thérèse baissa la voix. Elle était moins pâle qu'à l'ordinaire. Elle semblait contenir avec peine un besoin de larmes. Elle dit :

— Madame Pasquier, je suis sortie, ce matin, et je vous apporte l'argent.

Maman regarda soudain Thérèse avec cette fixité léthargique dont, parfois, j'avais grand'peur. Elle murmurait :

— Quel argent ?

Thérèse commença de trembler de tout son corps et tira du réticule une enveloppe jaune, cachetée.

— Il est à moi, Madame, à moi, je vous assure. Et le voilà ! Prenez-le ! Je ne veux pas que vous soyez malheureuse. Je ne veux pas, non, je ne veux pas que monsieur Pasquier se mette en colère. Alors, prenez, Madame. Prenez ! Je serai si contente.

Elle baissa la tête et se mit à pleurer. Notre mère lui caressait les cheveux, soupirant :

— Pauvre Thérèse ! Pauvre enfant ! Elle ferait comme elle le dit. Mais non, je vous remercie. Tout est arrangé, ma gentille Thérèse. L'argent, nous l'avons trouvé. Enfin, ils l'ont. Mon mari, en ce moment, doit faire le nécessaire. Oui, c'est ça, le nécessaire. Pauvre Thérèse ! Je ne peux pas vous expliquer.

Thérèse, maintenant, souriait, le regard au zénith. Elle tenait toujours l'enveloppe entre ses doigts frémissants. Bien sûr, elle ne pouvait pas comprendre les obscures convulsions de notre clan, de notre monde. Elle n'entrevoyait, de loin, que la lueur de nos orages. Elle n'était qu'ignorance, douce ignorance et compassion. Je lui dédiai, de loin, un cantique de gratitude et de tendresse.

Mère la regardait toujours, du même regard attentif. Elle prit l'enveloppe et la replaça soigneusement dans le réticule de crêpe. Thérèse disait, cependant :

— J'y ai pensé toute la nuit. J'ai prié toute la nuit et voilà que vous n'acceptez pas.

— N'ayez crainte, disait maman, l'œuvre vous sera comptée comme si vous l'aviez faite.

Les deux femmes échangèrent encore quelques propos apaisés. Thérèse regarda Cécile et dit :

— Je n'avais jamais remarqué comme vous ressembliez à votre frère, je veux dire à votre frère Joseph, que nous ne voyons pas souvent. Il a l'air très intelligent et, surtout, très énergique.

Cécile se leva sans répondre, jeta la tête en arrière pour laisser tomber ses grandes nattes et vint jusque dans ma chambre. Elle se promena quelques instants entre les lits. Elle jetait de longs coups d'œil au miroir de la muraille. Et, soudain, me montrant un visage décomposé, elle cria tout bas :

— Cette fille est complètement folle.

— Oh ! Cécile, murmurai-je, la voix grosse de reproche et même de dépit, n'as-tu pas entendu, n'as-tu pas compris ce qu'elle vient de faire ? Thérèse est un ange.

L'enfant, comme une jeune cavale, grattait le sol à coups de pied.

— Elle est bonne, mais elle est bête.

Cette colère me bouleversa. Je n'étais toutefois pas sans comprendre Cécile. On me disait alors, souvent, que je ressemblais à l'un ou l'autre de mes frères, et cette remarque, même présentée parmi d'autres compliments, cette remarque faite, je pense, dans le dessein de me complaire, me causait un vif malaise. Je me suis, depuis ce temps, donné comme règle de ne jamais parler à qui que ce soit d'une ressemblance, même flatteuse, et surtout de parentèle : on ne sait pas ce qui fermente dans le tréfonds des familles.

Ainsi que le disait maman, notre père avait fait, dès le matin, « le nécessaire ». Il y eut, à la maison et peut-être hors de la maison, des conciliabules à l'écart desquels je fus tenu, sans doute à cause de mon âge et peut-être aussi de ce que Joseph appelait « mon absurde sensibilité ». J'appris, plus tard, que Ferdinand avait reçu, de mon père, une somme de cent francs, et je me demande encore quelle éloquence insoupçonnée lui valut cet apanage. Joseph se fit attribuer une somme de deux cents francs, en remboursement partiel de l'emprunt négocié sur son titre. Papa garda le reste, comme il faisait toujours. Quant à mère, elle semblait soudain lasse, étrangère et complètement indifférente à cette ténébreuse petite curée. Je donne ces menus détails pour ce qu'ils jettent de clarté sur certains points de mon récit.

Toute la journée se passa dans une fièvre chuchotante. Père sortit, revint, sortit encore, le tout avec un grand luxe de sourires bleus. Vers six heures, il reparut. Il portait un bouquet de roses et un de ces gâteaux à la crème appelés « Saint-Honoré ». Il posa le tout sur la table et dit d'un air gracieux qu'il y avait conférence à la Faculté de Médecine et qu'il regrettait beaucoup de ne pas dîner avec nous. Ferdinand, ce soir-là, devait aller au théâtre en société d'un camarade qui l'avait, en outre, prié au restaurant. Joseph restait, mais déclara qu'il sortirait, dans la soirée, « pour ses affaires ».

La chaleur était pénible et le repas fut sans joie. Maman faisait, avec lenteur, des gestes de somnambule. Valdemar parut, comme nous quittions la table. Il avait l'air agité. Il dit à Cécile : « C'est une journée gâchée. Je ne vous ai guère entendue… Et vous n'avez rien fait de propre. Il faut travailler une grande heure. »

Mère débarrassa la table. Valdemar faisait claquer son pouce contre son médius. Joseph regarda tous les visages à la ronde, haussa froidement les épaules et prit son chapeau. Les musiciens s'enfermèrent et, tout de suite, le piano parla. Il ne parlait pas seul. La voix de l'étrange professeur jaillissait, par intervalles. Cécile répondait, s'arrêtait de jouer, s'y reprenait avec fureur. L'éternel combat de ces deux âmes grondait dans le soir de juillet. J'avais pris un livre et ne pouvais lire. Soudain, j'entendis Cécile fermer le clavier. Elle criait, d'une voix vibrante : « Non ! Non ! J'aime mieux laver la vaisselle ! J'aime mieux gratter le plancher avec la paille de fer. Je ne veux pas qu'on me martyrise ! »

Nous étions faits à ces éclats et, pourtant, mère et moi, nous écoutions, le cœur lourd.

La porte s'ouvrit et Valdemar parut. Était-ce l'effet de la chaleur, il avait l'air d'un homme ivre. Il fourrageait sa chevelure et criait :

— Je suis l'esprit. Moi, moi, je suis le génie. Et, par erreur, par dérision, par malédiction, j'ai des mains de terrassier. Mais elle, la petite fille, c'est elle qui a mes mains. Elle a mon corps. Elle a le corps de mon génie. Alors, il faut qu'elle obéisse.

Il nous aperçut, mère et moi, tous deux assis sous la lampe et dit, riant bizarrement :

— Elle obéira, je le jure. Ou je me trancherai le poignet, rien que pour lui faire comprendre que j'ai besoin de ses mains, rien que pour qu'elle sache qui je suis. Valdemar Henningsen ! Je vais me trancher le poignet.

Il regardait autour de lui, cherchant une arme, un couteau. Alors nous vîmes une chose extraordinaire : l'impassible, la froide Cécile sortit de l'ombre et se jeta sur Valdemar. Elle lui serrait les mains, puis elle le tint embrassé. Elle gémissait :

— Dites-lui qu'il se calme ! C'est quand il est comme ça que je ne fais plus rien de bon. Laurent, Laurent, je ne veux pas qu'il me tourmente. Et je ne veux pas non plus qu'il dise des choses effrayantes.

Nous eûmes bien du mal à pacifier nos fous. Enfin Valdemar partit et Cécile fut se coucher. Nous l'entendions, tout près de nous : elle toussait parfois d'une voix rauque et, parfois, elle se retournait d'un tel bond que les ressorts du lit pliant répandaient une longue vibration sanglotante.

Maman s'arrêtait de coudre. Elle écoutait, d'une manière particulière, repliée, comme si le bruit de toutes ces existences enchaînées, elle l'eût perçu non dans le vaste monde, mais à l'intérieur d'elle-même.

— Maman, dis-je tout bas, pour Cécile, tu sais bien que ce sont des enfantillages.

Elle hocha la tête à petits coups et ne répondit pas tout de suite. Enfin, d'une voix des lèvres, d'une voix à peine exhalée :

— Des enfantillages ? Peut-être. Mais, je ne sais plus, je ne sais plus. Mon Dieu ! comme j'aurais voulu que vous restiez toujours des petits, mes tout petits. J'avais du mal ; mais j'étais si heureuse. Je vous écoutais, la nuit, respirer contre moi, et rien ne m'était trop dur. Maintenant, voilà que vous êtes là, tous, avec vos idées, vos tracas, toutes vos histoires à vous que je ne comprends même plus et dont vous ne me dites rien.

Nous retombâmes dans le silence. Je relevais parfois les yeux. J'apercevais alors ma mère courbée sur sa couture et j'essayais d'imaginer les pensées qui remuaient sous ce visage fatigué. À un moment, la petite Suzanne se prit à geindre. Elle devait faire un cauchemar et respirait avec effort. Maman s'assit près du lit et chanta tout bas cette berceuse de notre enfance à tous, cette complainte naïve et cruelle qui nous a tous effrayés, tous endormis :

... Si l'enfant se réveille,
On lui coupera l'oreille,
On la mettra à fricasser
Dans un petit pot cassé.

Suzanne se rendormit. Maman prit la lampe.

— Allons dans ta chambre, Laurent. La petite dormira mieux.

La fenêtre de ma chambre était ouverte. Elle donnait, je l'ai dit, sur la rue. Je me remis à lire et maman reprit son ouvrage. Deux ou trois fois encore, nous entendîmes Cécile se retourner dans son lit et, chaque fois, un ressort se détendait avec un doux son de cloche. Puis le silence vint. Maman soupira : « Onze heures », et je compris, au timbre de sa voix, qu'elle avait dit cela, cent fois, mille fois, dans une solitude mélancolique où j'étais, ce soir, admis.

De longs moments passèrent encore. Il m'arrivait de lire deux ou trois pages de mon livre sans savoir ce que j'avais lu. Alors, je recommençais, ligne à ligne, mot à mot.

Paris bouillonnait au loin, comme une sombre chaudière. À notre droite et derrière nous, on devinait de grandes étendues de silence noir : le Jardin, la Halle, le fleuve. De temps en temps, un omnibus passait, au bout de notre rue, dans un bruit de galopade. À d'autres moments, on percevait le roulement assoupi d'un fiacre maraudeur, à d'autres moments encore, un craquement de semelles sur le trottoir. Maman commença d'aller chaque fois à la fenêtre.

Un peu plus tard, on entendit chanter un coq, du côté de la Halle aux Vins. Puis une cloche aérienne. Maman murmura : « minuit ». Elle ajouta, bientôt : « Mon pauvre Laurent, couche-toi. Tu n'as pas l'habitude, tu serais fatigué demain. »

— Mère, dis-je, tout à coup, ne t'inquiète pas, pour Ferdinand. Tu sais comme il est tranquille.

Maman mit un doigt sur mon front :

— Tranquille ! On ne sait jamais. Il faudrait être à l'intérieur, pour savoir. Oui, dans son âme, dans son cœur. Il est tard, couche-toi, Laurent. Je vais rester à la fenêtre et je ne me retournerai pas, pour ne pas te gêner.

Je me déshabillai en hâte et me glissai dans mon lit. La fraîcheur de la nuit gagnait maintenant la chambre. Mère prit un châle de cachemire noir et le jeta sur ses épaules. Elle paraissait ainsi plus grande, plus sévère et presque majestueuse, comme une reine de tragédie.

Elle ouvrit la porte de la pièce où dormait Cécile et disparut un grand moment. J'entendais le souffle régulier, profond parfois, de ma sœur. Que faisait mère auprès de Cécile endormie ? À quelle incantation, à quelle ardente prière se livrait-elle au chevet de la servante des Dieux ? De quelle caresse effleurait-elle ce jeune visage possédé ?

Maman revint dans ma chambre, baissa la flamme de la lampe et la cacha derrière une pile de mes livres. Alors, doucement, doucement, dans cet espace étroit où nous ne pouvions même pas jouer, elle commença de marcher, de droite à gauche et de gauche à droite, comme faisaient, là-bas, dans le jardin ténébreux, les bêtes captives, au fond de leur cage.

Paris ronronnait, maintenant, dans l'ouverture de la fenêtre. Chaque fois qu'un bruit, même léger, montait du creux de la rue, maman allait à la fenêtre et regardait dans la nuit. Je ne dormais pas encore et elle dut le sentir. Elle vint jusqu'à moi, se pencha, m'effleura l'oreille de ses lèvres et dit : « Dors donc, Laurent. Non, je ne suis pas inquiète. Ils vont rentrer. » Elle ajouta, mais sa voix était plus ténue qu'un fil : « Un jour, ce sera pour toi, et tu n'y penseras même pas. »

Je finis par m'endormir.

Je me réveillai, dans la nuit, une ou deux heures plus tard. La maison semblait morte. La lampe s'était éteinte, mais le ciel de Paris répandait dans toute la chambre une lumière surnaturelle. J'étais toujours seul dans mon lit et l'autre lit toujours vide. L'ombre de maman se dressait, droite, devant la fenêtre. De ses bras croisés, crispés, elle semblait serrer contre elle quelque chose d'invisible. Elle semblait faire un effort muet, un effort affreux pour empêcher de tomber, de s'écrouler, de se dissoudre dans la nuit quelque chose qu'elle seule pouvait sentir et étreindre.

Je la regardais en retenant mon souffle et la force d'âme, la volonté m'apparaissaient dans l'ombre, non plus comme des mots, mais comme une personne vivante.

Je ne voulais plus dormir. Je me rendormis quand même.

CHAPITRE XVI

Je prends un engagement solennel. Petits comptes de Joseph. La finance et les aspirations à l'éternel. Une leçon sur les dangers de Paris. Malaise et prière. Une lettre qui sent l'aventure. Nouveau triomphe d'un jeune homme remarquable.

Deux jours plus tard, sa permission finie, Joseph nous quitta. Il me souvient de notre dernier entretien, qui fut animé. C'était le matin. Joseph brossait et revêtait l'une après l'autre les pièces de son uniforme.

— Pourquoi, lui dis-je avec rancune, pourquoi n'es-tu pas rentré plus tôt, l'autre soir, je veux dire l'autre matin ? Qu'est-ce que tu as bien pu faire ?

Il haussa les épaules – c'était décidément son geste de prédilection. – Puis, après un long silence :

— Ne te monte pas la tête. J'étais avec mon ami Valencin.

— Qu'est-ce que c'est que ce Valencin ?

Le cou de Joseph augmenta de volume, ce qui exprimait à merveille le respect, le contentement. Il dit avec une religieuse ampleur :

— C'est un monsieur puissamment riche.

— Oh ! m'écriai-je, furieux, tu ne penses donc qu'à l'argent ?

Joseph me considérait d'un œil dédaigneux.

— Moi, fit-il, je suis logique et, surtout, je suis honnête. Je dis les choses comme elles sont. Il faut toujours penser à l'argent et tout le monde pense à l'argent, car tout repose sur l'argent. Même tes miteux, tes « purées », tes rats de bibliothèques, tes chafouins, tes crâneurs, tes martyrs de la science, eh bien, ils ne pensent qu'à leur traitement, à leur retraite, à leurs sous. Seulement, ils ne le disent pas, parce qu'ils ne sont même pas sincères. Pour mépriser les choses, il faut commencer par les avoir.

— Joseph, m'écriai-je, tremblant de sainte horreur, je jure sur la tête de notre mère…

— Ne jure pas. Tu vas dire une sottise.

— Mon premier billet de mille francs, Joseph, oui de mille francs, de mille francs, je jure de le déchirer en morceaux gros comme des confettis, tu m'entends, et de le jeter dans le feu pour expier ce que tu viens de dire.

Joseph eut un haut-le-corps.

— J'avais bien prévu que tu dirais une sottise. Et quelle sottise ! Si tu fais ça… ! Mais tu ne le feras pas. Tu as bien tort de jurer.

Il allongea le col et noua sa cravate.

— Avant que tu ne brûles les billets de mille, nous allons régler notre petit compte.

— Quel petit compte ?

Il était tout à fait calmé. Il baissait un peu la voix. Il me montrait ce sourire en même temps impérieux et commercial où je reconnais encore qu'il va me demander de l'argent.

— Tu n'as pas oublié, Laurent, que nous avons un petit compte ?

Je ne me rappelais rien de tel ; mais je n'étais pas surpris. Avec Joseph, on a toujours un petit compte. Il sortit un carnet, le feuilleta, l'étala dans sa main gauche. Il disait, la voix engageante :

— Voilà, Laurent. Janvier. Deux francs, plus trois francs, plus un franc soixante… ça fait, en tout, six soixante. Entre nous, on ne parle pas d'intérêt.

— Mais qu'est-ce que c'est que ça ? Janvier… Janvier. Je ne vois pas.

— Je te demande bien pardon. À ma dernière perm, nous sommes allés au théâtre, les deux. Nous avons, avant le théâtre, mangé dans un bistro. Le soir, à la sortie, nous avons pris une consommation. Tu peux voir, tout est marqué.

— Mais je suis sûr que maman t'avait donné l'argent pour deux.

— Non. C'était de l'argent à moi. Exactement, c'était de l'argent qu'elle me devait. J'espère bien que tu ne vas pas ennuyer maman avec ça, surtout dans l'état où elle est. (Ici, le visage de Joseph prit une expression sincèrement affligée.) Je trouve même que tu devrais la laisser un peu tranquille, ne pas lui conter des histoires, ne pas lui monter la tête. Sois sûr : j'ai des renseignements. Elle a besoin d'être ménagée.

— Mais, dis-je, vraiment, pour cette histoire de janvier, je ne me rappelle pas…

— Ah ! cria-t-il en frappant du pied, vous êtes tous les mêmes, vous les désintéressés. Vous faites de la grandeur d'âme avec l'argent des autres.

Je ressentais, comme toujours dans les histoires de Joseph, une telle humiliation que je fus chercher l'argent. Mes minces économies, par bonheur, allaient à peu près jusque-là.

J'ai narré cette petite scène parce que Joseph me l'a jouée non pas une fois, mais plusieurs centaines de fois, et qu'elle peut servir à faire comprendre mon frère. L'argent va, vient, vole. L'argent s'évapore et se perd… Sauf entre les mains de Joseph. Mes six francs soixante, ils vivent toujours, j'en suis sûr. Il existe, quelque part, dans le sous-sol d'une banque, un brave paquet de titres dont la cellule initiale, si j'ose ainsi parler, est formée par mes six francs soixante. Joseph accumule et conserve. C'est une des fonctions humaines. Les vrais hommes d'argent sont tourmentés, à leur manière, par le goût de l'éternel.

Joseph m'a démontré cent fois, par le geste et par le verbe, que les richesses du monde appartiennent effectivement à ceux qui ont l'audace de s'en déclarer possesseurs.

Mais j'espère trouver le temps, plus tard, de raconter Joseph. Pour le moment, qu'il nous quitte.

Il nous quitta. Deux ou trois jours passèrent. La maison tomba dans le calme et j'allais y sombrer quand nous eûmes une singulière alerte. Je revenais du lycée. Il n'était pas loin de midi. Je rencontrai dans l'escalier Cécile et la petite Suzanne.

— Tu vas faire une course ? dis-je.

— Une course. Oui, si l'on veut. Il y a quelque chose là-haut. On s'est débarrassé de moi.

En trois bonds, je fus chez nous. La clef se trouvait sur la porte et je pus entrer sans bruit. De la chambre des garçons, venait la voix de notre père. Elle était solennelle et courroucée : « La première fois, disait papa, que nous commettons l'erreur de te donner un peu d'argent ! Ta première sortie de jeune homme ! Tu nous parles de théâtre ! Et voilà le résultat. Tu peux pleurer, mon cher, il y a de quoi pleurer. »

Un silence trouble suivit. Notre père se reprit à gronder : « À ton âge, et tranquille comme tu l'es, pouvions-nous imaginer que tu penserais à des choses… à des choses incorrectes. Et voilà ! Du premier coup ! Si je connaissais la personne… »

J'entendis Ferdinand protester en hoquetant : « Je ne veux pas qu'on l'insulte ! Elle est irréprochable. »

« N'ajoute pas, criait papa, le ridicule au dévergondage. Si je connaissais la personne, je la ferais pincer pour détournement de mineur. Le mineur, c'est toi, mon cher. En attendant, tu vas forcément rester sage pendant plusieurs semaines et même plusieurs mois. Nous sommes, ta mère et moi, profondément tristes. »

La porte s'ouvrit. J'aperçus Ferdinand assis sur une chaise, les bras pendants jusqu'à terre. Il pleurait. Mon père le regardait d'un air mécontent et choqué. Soudain, Ferdinand cria :

— On ne m'aime pas, ici. Tout le monde me méprise. Maman s'était précipitée. Elle avait saisi dans ses bras ce grand garçon lamentable. Elle le berçait, le câlinait, disait avec une vibrante douleur :

— Comment peux-tu penser qu'on ne t'aime pas ? Comment peux-tu penser qu'on te méprise ? Mais moi, moi, je suis là. Moi, je ne te fais pas de reproches. Moi, je ne veux que te consoler.

Père m'aperçut et referma la porte. Il commença de faire, à voix un peu doctorale, une leçon sur les dangers de Paris, une leçon qui, petit à petit, devenait, pour mon étonnement, édifiante, moralisatrice.

Ferdinand s'apaisait. Père sortit enfin pour chercher diverses herbes à tisanes dont l'odeur douceâtre, pendant des semaines, vogua dans la maison au gré des courants d'air.

Cette scène étouffée, ces propos ensevelis aussitôt dans un silence chagrin, je me sentis oppressé d'un grand malaise et même, à certaines heures, d'une horrible curiosité. Saison maudite ! Le monde, autour de moi, n'était plus que fondrières, orties puantes, ronciers perfides, fuites de reptiles. Oh ! que tout ne me soit pas souillé ! Qu'il me reste quelque refuge et quelque adoration ! Et si je me dégoûte moi-même, si je me recrache et me renie à certaines heures, que je puisse encore compter sur une gorgée d'air glacé, sur un verre d'eau pure, un saint visage, un cœur de cristal !

J'en étais là de ma détresse quand un petit événement me fit rebondir aux nues. Je reçus une lettre. Valdemar me la remit comme nous descendions ensemble l'escalier.

— Tiens, dit-il. J'ai trouvé ça sous une enveloppe à mon nom. Et c'est pour toi, misérable ! C'est pour toi, cachottier ! Comme si j'étais ta soubrette ! Comme si j'avais pour fonction de protéger tes amours ! Sens-là, cette lettre. Ça sent l'aventure. Ça sent les fêtes galantes. Et moi qui te croyais aussi blanc que Parsifal. Quelle désillusion !

Il me mit la lettre sous le nez. Elle sentait la rue de Fleurus. Je la lus, un peu plus tard, seul, dans une allée du Jardin. Elle disait :

> « *Vous pouvez vous flatter d'être un habile avocat. Tout est fini. Tout est rompu. Ne méprisez pas les femmes et, si vous avez du cœur, pensez parfois avec gentillesse à S. M.* »

Dois-je dire que la lecture de ce petit billet me jeta dans une agitation délirante ? Le monde, en une seconde, reprit flamme et clarté. Les allées du Jardin des Plantes virent, avec une indulgence colorée d'admiration, passer un jeune homme extravagant mais remarquable. Il zigzaguait drôlement, comme les animaux auxquels les expérimentateurs ont enlevé une partie de la cervelle ; mais il donnait quand même le spectacle réconfortant du succès, de la valeur, de l'orgueil calme et surtout de la volonté, de l'invincible et toute-puissante volonté.

Le fait que la lettre me fût parvenue par l'intermédiaire de Valdemar m'étonnait sans m'arrêter. Ce n'était, au bout du compte, qu'une précaution délicate. Et puis quelque détour romanesque n'était pas pour me déplaire.

Comme un esprit scientifique se manifeste de bonne heure par le goût de la certitude et du contrôle, je tentai, le lendemain même, une expédition rue de Fleurus.

La porte me fut ouverte par la vieille personne morose que S. M. avait appelée, devant moi, Mme Mathieu. Elle s'essuyait les doigts à son tablier de toile et, tout de suite, elle cria :

— Partie ! La dame est partie. Et même sans laisser d'adresse. Bon vent ! Bon voyage ! Voilà tout ce que je lui souhaite.

Elle me poussa la porte au nez.

En descendant l'escalier, j'éprouvais le sentiment que peu de choses, à l'avenir, me seraient impossibles.

CHAPITRE XVII

Le désert parisien. Nuits laborieuses et ferveur scientifique. Musique, ô ma belle excuse ! Opinion sur les virtuoses. Retraite à Jouy-en-Josas. Rêveries et confidences. Aspect bureaucratique de la passion. Sur le choix d'une mort. Fin de l'été. Passage d'un prince.

La rage de l'été, maintenant, est sur nous. Quelques pluies sont tombées, les dernières, les purificatrices et le ciel s'est enflammé. Il va brûler longtemps.

Virgile et Salluste sont en vacances. Il n'y a plus, pour moi, que d'immenses journées désertes, des virées dans l'ombre sans miséricorde, au long des ruelles assoupies, un jardin sec où je m'égare avec mes livres et mes rêves.

Paris est vide, sonore, peuplé d'échos, comme une ville abandonnée. On entend toutes les pendules s'appeler dans le silence. Paris appartient aux pauvres qui ne vont pas voir la mer. Je possède amèrement la solitude parisienne. Une ivresse me vient de cette perfection mortelle, de cette radieuse aridité. Que la saison s'éternise et s'exaspère ! Que l'été calcine le monde !

Chaque nuit tombe sur moi comme la dernière nuit de la terre. Un souffle s'élève, lentement, de l'étendue ténébreuse : le souffle suprême de la vie. Je ne suis pas malheureux, mais, à certains moments, je pense avec douceur que je pourrais ne plus être.

Pour soulager un peu le cœur du logis, on laisse, le soir, toutes les portes et toutes les fenêtres ouvertes. J'aperçois, de mon lit, comme au temps de ma petite enfance, mon père assis à son travail. Il ne souffre pas du chaud. Il est alerte, il est agile, même dans l'immobilité. Le vieux froc de bure qu'il revêt, pendant les nuits froides, en l'honneur – j'en pourrais jurer – en l'honneur de M. de Balzac, dont il est lecteur fidèle, le vieux froc pend à la patère. Père a les bras nus, comme les coltineurs des quais. Il « poitrine », pour lui seul. Il lit, il écrit longuement. Parfois, il s'arrête et, de son porte-plume, heurte distraitement ses dents. Je vois les muscles de ses bras qui se contractent, qui se nouent, quand il a de la peine pour arracher les mots. De temps en temps, une vague d'air chaud roule d'une fenêtre à l'autre. La lumière se prend à vaciller. Une voix, celle de maman, dit tout bas : « la lampe file. » Alors, père allonge la main et, soigneusement, règle la flamme.

Père est ressaisi de la ferveur scientifique. Il est allé entendre une conférence de Maragliano sur le traitement de la phtisie par les vaccins. Il est revenu travaillé d'enthousiasme. Il nous en entretient chaque jour, non sans lyrisme. Il chante aussi la louange du sérum antidiphtérique. Il parlera toujours des plus belles découvertes, comme s'il en était l'auteur, avec un charmant orgueil. Quel dommage, vraiment, que je ne puisse plus l'admirer ! Car il m'est désormais interdit de l'admirer.

Maman ne retrouvera plus jamais son jeune visage lisse. Elle fait tout, comme autrefois : elle cuit les aliments, lave et brosse, ravaude et tricote, panse et console, sourit et chante. Quand le maître parle de la science, elle dit, comme autrefois : « Mes enfants, écoutez votre père ! » Que l'un de nous tousse, ou même simplement soupire, et la voici, offrant ses mains magiciennes, son regard plus suave qu'un baume, sa voix chargée de bénédictions. Mais elle est triste. Je ne sais même plus très bien si la tristesse est en elle ou peut-être aussi dans mes yeux. Pourtant, elle devrait être heureuse, puisque « tout est fini », puisque j'ai triomphé, puisque l'ordre est revenu.

Joseph peut railler « mes facultés d'observation », Joseph peut hausser les épaules et grogner : « Il n'y a rien à faire », je sens bien que l'ordre est revenu dans la maison.

Même la musique de Cécile est sage, est pacifiée.

Si j'ose, après tant d'années, raconter les traverses de notre vie sans éclat, c'est que la musique est là, partout présente, jaillissante. Ce noble et riche accompagnement rehaussait toutes nos misères. Il y eut, en ce temps-là, pour chaque instant de chaque jour, pour chacune de nos pensées, des mélodies, des accords, des concerts ineffables.

Que je chante aujourd'hui l'un de nos chants d'autrefois, et l'ombre me rend mes trésors. C'est un nuage vert, une lassitude exquise, une prière au crépuscule, un visage attiré par des mains suppliantes. C'est une senteur voyageuse, un frisson réprimé sous un châle. C'est une plaine en déroute. C'est un archipel diapré surgi des gouffres marins. Qui voudrait se refuser à la fée mélancolique ? Comme au jour du jugement, tous les êtres ressuscitent, et ceux qui dorment déjà sous la cendre, ceux qui semblent les plus lointains sont les plus ardents à revivre, les plus fidèles, les plus sûrs.

C'est par la musique, porte d'azur, que nous sommes sortis de la vraie pauvreté, celle de l'âme. C'est la musique souveraine qui nous a fait entrevoir les vraies dimensions de l'homme.

Et c'est la petite Cécile qui fut désignée par le sort pour, avec des doigts d'enfant, nous donner ce beau baptême. Je ne suis pas jaloux de ma sœur Cécile. J'ai vieilli dans des travaux dont le monde entier veut bien croire qu'ils peuvent servir aux hommes, ce qui signifie, ordinairement, les empêcher de mourir, éloigner les chances de mort. Eh bien, si j'avais à choisir, si je pouvais, librement, recommencer une vie, ouvrir une carrière et désigner mes vertus, je prierais que me fût accordée celle de la musique dont l'œuvre aide les hommes non pas à ne point mourir, mais à supporter la vie.

Je contemplais Cécile et j'éprouvais, dès cette saison, le sentiment qu'elle n'avait pas la jouissance de son talent, mais bien plutôt la garde, et qu'elle en était comptable, pour parler comme Corneille.

Ce long été durant, Cécile travailla sans relâche. Valdemar était radieux et, mieux encore, serein. Mme Henningsen et lui avaient multiplié les démarches, vu les maîtres, fait entendre en plusieurs places notre ange musicien. Cécile jouerait, en octobre, à Paris, dans un grand concert, la chose était décidée. Parfois, Valdo me saisissait le bras et fermait un œil à demi.

— Montons, disait-il, chez Madame ma mère. De là-haut, nous écouterons Cécile bien plus tranquillement. Il faut la laisser courir la bride sur le cou.

Nous montions. Mme Henningsen, ennuagée de mousseline et de tulle, peignait ses miniatures avec des pinceaux plus fins que l'ombre d'une aiguille. Elle me passait sur la joue deux doigts qui sentaient la peinture et m'offrait une cigarette que je n'acceptais pas.

Nous nous couchions sur le divan et nous écoutions Cécile. La musique montait vers nous à travers planchers et murailles. Valdemar disait :

— Elle est libre, mais les Dieux veillent. Oh ! Oh ! On ne fera pas de Cécile une mécanique. Je suis là pour y parer. Mais il faut qu'elle soit plus habile que personne. Moi, je méprise les virtuoses ; mais je méprise les musiciens qui ne sont pas capables de virtuosité. Donc, pas d'erreur : il faut être virtuose et que ça ne se sente pas. Il faut, surtout, être virtuose sans le savoir.

Il rêvait un petit moment et lançait vers le ciel sa conclusion mystérieuse : « Et c'est tout et c'est assez ! »

Je redescendais chez nous et je trouvais souvent les trois demoiselles Segrédat, les deux jeunes et la tante, assises dans notre chambre, derrière la porte de Cécile. Elles écoutaient, comme à l'église, la bouche entr'ouverte et les mains croisées sur les genoux. Une perle claire, parfois, pointait aux cils de Thérèse, et je louais la musique libératrice qui nous vaut de tels allégements. Enfin réveillées de l'extase, les demoiselles balbutiaient des excuses et s'esquivaient avec embarras.

Dans les premiers jours de septembre, je reçus une lettre de Justin Weill. Il était à la campagne, près de Jouy-en-Josas, dans ce vallon rendu célèbre par la tristesse d'Olympio. Ses parents habitaient là, pendant la belle saison, une maisonnette assise parmi les bosquets et les fleurs. Justin me priait d'y aller passer huit jours.

Ma joie fut grande. Mère trouva, je ne sais où, une petite valise présentable. Elle reprisa mon linge et repassa mes vêtements. Elle glissa même dans ma poche quelques piécettes d'argent. Et je partis en voyage.

Il n'y avait, je crois bien, pas tout à fait une heure de train. Justin m'attendait à la gare. Il avait le visage et le vêtement d'un homme. Ses cheveux roux, qu'il laissait croître, lui donnaient l'aspect d'un jeune poète romantique. Il m'entraîna tout aussitôt dans la campagne altérée. Sa voix devenait grave et très belle. Et, comme il était déjà tout enivré de littérature, il se servait de cette voix, et fort agréablement, pour déclamer, pêle-mêle, des tirades entières de la *Princesse lointaine* et des vers de Heredia. Puis il parla d'une pièce, *La Figurante*, que la Comédie-Française venait de refuser, ce qui était une honte. Il parla d'un grand écrivain anglais que l'on avait condamné cruellement aux travaux forcés, ce qui était aussi une honte. Il parla d'un poète nommé Verlaine, que l'on finirait par laisser mourir à l'hôpital, ce qui serait une honte plus grande que toutes les autres. Il vivait d'enthousiasme et d'indignation. Il m'avoua que les livres de Paul Verlaine avaient été confisqués par M. Weill père, mais que lui, Justin, les savait déjà par cœur. Il me prenait le bras et murmurait, l'œil sur la ligne d'horizon :

Je fais souvent ce rêve étrange et pénétrant
D'une femme inconnue et que j'aime et qui m'aime...

Il savait tout, il brouillait tout, il mêlait délicieusement tout. Il commençait d'exercer et d'assouvir une de ces prodigieuses mémoires juives pour lesquelles un seul univers est décidément trop peu.

Je nous revois, revenant tous deux, un soir, sur le plateau de Saclay. Justin m'avait, par la récitation d'un nombre surprenant de poèmes, amené, si je peux dire, à la température convenable et, soudain, il attaqua, dans le registre confidentiel :

— C'est fini, Laurent, c'est fini. Je ne serai pas le Messie.

— Pourquoi ? fis-je, la voix chargée de reproches sincères.

Il secoua la tête :

— J'aime une fille goye. Que le mot ne t'effraie pas. Goye, chez nous, signifie seulement qui n'appartient pas au peuple juif.

Et, comme je me taisais, donnant toutes les marques d'une affliction sincère, il reprit :

— Elle est encore très jeune ; mais je sens que ce sera le grand amour de ma vie. Tu es, Laurent, mon seul ami. Et, par malheur, tu es la seule personne au monde à qui je ne puisse confier mon amour.

Cette déclaration, par sa loyauté, devait m'inspirer de la tristesse et de la gratitude. Je pris la main de Justin Weill, l'étreignis en silence et dis :

— Je te plains du fond du cœur. Courage ! Il faut être pur !

Justin répondit à mon étreinte.

— Ne crains rien. Je saurai souffrir. Tu as raison : il faut être pur.

Je pense que notre silence dura longtemps, pour le moins une minute. Enfin, Justin, l'accent mélodieux :

— Toi, Laurent, tu sembles fort ! Se peut-il vraiment que tu n'aimes personne ? Ah ! cherche au fond de ton cœur.

— Si, fis-je, avec hésitation. Mais elle est beaucoup plus âgée que moi. Elle est pieuse. Elle est blanche et douce. Mais non ! non !

Justin me prit fraternellement par l'épaule. Il espérait une confidence moins succincte.

— Non, fis-je en me dégageant. Non ! Je ne veux aimer personne. L'amour me fait horreur. Tu ne peux pas savoir, ou, plutôt, je ne peux pas te dire… C'est dégoûtant.

Je compris soudain que j'allais trahir le clan, que je ne pouvais plus faire autrement, que mon secret m'étouffait, qu'il me fallait le répandre.

— Parle, disait Justin. Et il cita Musset :

L'homme est un apprenti, la douleur est son maître.

— Oh ! fis-je, s'il ne s'agissait que de ma douleur à moi... C'est plus grave. Tu connais mon père...

Je me mis à raconter mon père. Si grande qu'en fût ma honte, je commençai de narrer le drame de mon année. Justin Weill écoutait et son visage exprimait l'intérêt, puis l'enthousiasme.

— Sais-tu, dit-il enfin, pendant une pause de mon récit, sais-tu que c'est extraordinaire ? Je comprends mieux ton père, maintenant. Toute cette histoire de vous deux, c'est épatant, c'est fin de siècle. C'est la vie ardente, déchaînée, Laurent ! C'est la passion avec le masque et le flambeau.

— Eh bien, non, m'écriai-je, donnant tous les signes de la déception. Non, ce ne peut pas être ça, la passion. Ce n'était pas, comme tu dis, déchaîné : il allait là-bas, tous les jours, de midi à deux heures et, le soir, de cinq à sept. C'est bête à dire, mais imagine un employé, oui, un employé...

— Comment savais-tu les heures ? fit naïvement Justin.

Je me sentis rougir.

— C'est que je l'ai suivi. Ne pense pas : espionné. Non, seulement suivi. Tu le connais peu, Justin. Lui qui déteste toute contrainte, lui qui n'a pas assez de mépris pour parler des bureaucrates, c'est son mot, je peux t'affirmer qu'il allait là-bas, régulièrement, comme d'autres vont à leur bureau. Alors, c'est ça, une vie déréglée ! La passion, la passion ! Il me semble que si c'avait été la passion, je me serais senti tout petit, j'aurais été... comment dire, épouvanté, enfin plus épouvanté que je ne l'ai été réellement.

— C'est égal, fit Justin avec une nuance de respect, c'est peut-être terrible, mais c'est un père intéressant. Ce n'est pas lui qui mettrait sous clef les livres de Paul Verlaine.

— Eh bien, si, justement. C'est à n'y rien comprendre. Il ne sait pas que je sais tout. Enfin, je suppose encore qu'il ne sait pas, mais tu ne peux imaginer comme il est moralisateur sans en avoir l'air et tout en disant : « moi qui ne fais pas de morale... » Tu ne peux imaginer ses discours, et comme il parle sévèrement de ce qu'il appelle l'inconduite. Je te dis que c'est à n'y rien comprendre.

Nous marchâmes quelques instants en silence. La nuit tombait, rendant nos épanchements plus faciles.

— Joseph, m'écriai-je soudain, Joseph dit qu'il recommencera. Je parle de mon père. Eh bien ! s'il recommence…

En vain, Justin Weill fit un appel au sang-froid, j'étais lancé.

— S'il recommence, Justin, je quitterai la maison. Ou même, je me tuerai. Quand j'étais petit, j'avais un ami qui s'appelait Désiré Wasselin. Il s'est tué (je l'ai vu, oui, je l'ai vu, pendu, dans leur salle à manger), il s'est tué, je t'assure, pour une faute de son père, une faute épouvantable, évidemment.

Comme nous descendions dans la vallée, Justin me demanda d'une voix grave :

— Quelle mort choisirais-tu ? Le poignard, le poison ou la tour Eiffel ?

Je secouai les épaules. Je n'avais pas encore étudié tous les détails. Justin commença de réciter des vers :

Eh bien ! oubliez-nous, maison, jardin, ombrages !
Herbe, use notre seuil ! Ronce, cache nos pas !

Nous fîmes ensuite plusieurs projets de suicides jumeaux. Pour finir, nous tombâmes dans les bras l'un de l'autre en nous jurant amitié éternelle.

Cette conversation fut le point culminant d'une semaine héroïque. Le soir, au dîner, j'entendis pour la première fois prononcer un nom qui devait, par la suite, faire quelque bruit dans le monde. Mme Weill disait :

— Lucie est admirable de courage, une vraie Hadamard !

Et M. Weill répondait, le front soucieux :

— Mathieu Dreyfus va remuer le ciel et la terre ; mais le ciel et la terre sont contre eux.

Deux jours plus tard, je rentrais à Paris.

Notre maison somnolait dans une torpeur musicale. Papa travaillait la nuit, maman rêvait sur des coutures, Ferdinand s'abîmait dans l'absence de soi, Cécile faisait, sans relâche, sonner le grand diable noir.

Septembre tout entier passa dans cette paix qui semblait un brûlant entr'acte. Un jour, vers le déclin de l'après-midi, Valdemar fit retentir sous ses doigts osseux la porte de notre logement. Nous étions seuls, Cécile et moi. Je fus ouvrir.

— Ta mère n'est pas là ? s'écria Valdo, l'air transporté. Ça ne fait rien. C'est une visite pour Cécile. Toi, tu peux rester avec nous, bien sûr. Attends : je vais le chercher, il est chez moi.

Il monta trois ou quatre marches et se retourna :

— C'est un ami de ma mère, de moi, de nous tous.

Ne roule pas des yeux comme ça.

Il revint quelques minutes plus tard. Il disait :

— Je vous remercie infiniment de bien vouloir écouter la petite fille. Je crois qu'elle vous fera plaisir et que vous ne me reprocherez rien.

Il s'effaça pour laisser passer le visiteur. C'était un homme jeune encore, l'air à la fois simple, libre et souriant. La tête était belle et me frappa beaucoup, avec sa barbe légère, son regard féminin, chaleureux, tantôt moqueur et tantôt caressant. Le front surtout m'étonnait, il dominait tout le visage, il prolongeait comme une proue le crâne oblong, casqué de lourds cheveux sombres.

Il s'assit sur l'une de nos pauvres chaises. Il n'avait pas l'air étonné, entre ces deux enfants inconnus. Il traita Cécile comme une dame et lui demanda la permission de fumer une cigarette.

— Cécile, dit Valdemar, jouez la *partita* en ut mineur. Cécile joua, noblement, comme elle jouera sans doute sur les marches de l'Olympe. Une fois, une seule fois, le visiteur étendit un peu la main et Cécile baissa la voix. Le jeune homme au beau front murmurait en souriant :

— Grand merci, Mademoiselle. Ce sont des choses qu'il faudrait écouter à genoux.

Il resta là, quelques instants, silencieux, un peu timide. Puis il s'assit au piano et se mit à chanter, très bas, en frôlant à peine les touches. Nous entendions, au vol, des phrases extraordinaires : « Je cherchais partout dans la maison… Je cherchais partout dans la campagne… et je ne trouvais pas la beauté… » Alors il s'arrêtait et nous regardait en souriant. Valdemar demanda :

— Vous y songez, vraiment, Claude ?

— Je ne songe plus qu'à ça. Mais je prends le temps d'y songer.

Il y avait, sur le piano, des cahiers de papier réglé. Le visiteur nous considéra d'un air amical et moqueur, écrivit quelques lignes et tendit la feuille à Cécile.

— Pour vous, dit-il, en souvenir.

— Il partit, nous laissant étonnés, éblouis. À peine la porte fermée, nous regardâmes le papier. On y distinguait à peine une volée de petites notes lancées à la pointe du crayon. Au-dessous, étaient écrits ces mots : « Je suis heureuse, mais je suis triste. » Puis une dédicace gracieuse : « À la servante des Dieux. » Enfin des initiales.

Je ne sais si ma sœur possède encore ce papier qui fut, à mon regard, son premier titre de noblesse. Nous le contemplions quand Valdemar reparut. Il était rouge et semblait content.

— Qui est-ce ? fis-je, naïvement. Valdemar leva l'index et répondit :

— Un prince.

CHAPITRE XVIII

Mort de Louis Pasteur. La statue de la science.
Une vieille connaissance. Découverte de la muraille.
Dialogue sur l'amélioration de l'espèce humaine.
Le thème de la rédemption par l'art apparaît
à l'orchestre. Incompréhensible résolution de Thérèse.
Scène muette dans l'escalier.

J'allais retourner en classe. Je commençais de préparer mes cahiers et mes livres. Pure, translucide comme un diamant bleu, la nuit d'automne était tombée. Mon père ouvrit la porte. Il avait le visage si grave que maman, tout aussitôt, laissa paraître de l'angoisse.

Mon père se découvrit et dit :

— Pasteur est mort. C'est une grande perte pour le monde.

Nous prîmes notre dîner dans le recueillement. Puis père nous parla des microbes. Il arrivait alors à la fin de ses études et discourait adroitement de maintes choses. Il dit encore :

— Les travaux des grands savants comme Pasteur rendront l'humanité plus sage et plus heureuse.

Je tombai dans une grande rêverie. La confusion des idées me trouvait déjà sensible et me donnait d'obscurs malaises. Papa finit par se lever de table.

— Autrefois, prononça-t-il, la science travaillait à l'écart de la foule. Aujourd'hui, la terre entière suit avec attention l'œuvre des grands savants. Le gouvernement va faire à Pasteur des funérailles nationales.

Mon père se redressa, « poitrina », lança plusieurs « hum ! hum ! » pour s'éclaircir la voix et dit :

— Je me ferai un devoir d'assister à cette cérémonie. Lucie, puis-je te demander de jeter un coup d'œil à mes vêtements noirs ?

Nous élevâmes vers notre père un regard chargé de considération respectueuse.

Les funérailles eurent lieu plusieurs jours après. J'avais repris mes classes et, chaque soir, papa nous entretenait religieusement de la science et de ses merveilles, de la splendeur du génie scientifique. Certaines phrases me plaisaient quand même et je les répétais à Justin Weill qui me récitait, en échange, une profusion de poèmes nouveaux dont beaucoup m'étaient mal compréhensibles.

Le matin du cinq octobre – j'ai bien quelques raisons historiques et personnelles de me rappeler cette date – papa s'habilla de noir et mit un chapeau haut de forme. Il fut, un instant, pour nous, comme la statue de la science. Papa se regardait dans la glace avec de gracieux sourires bleus. La statue de la science n'était pas trop sévère. Notre père prévint maman qu'il ne rentrerait pas déjeuner et non plus dîner, sans doute.

Je ne me rappelle plus très bien ce que me fut cette journée pourtant mémorable. Je me revois, vers le soir, au bras de Justin Weill, descendant le boulevard Saint-Michel. Il faisait clair encore. Paris demeurait agité. Les réverbères étaient voilés de crêpe. La foule encombrait les trottoirs du quartier latin. Cette fête funèbre avait été quand même une fête.

Soudain, je m'arrêtai, comme frappé de stupeur. Je venais d'apercevoir mon père, assis à la terrasse d'un café. Il avait ses vêtements noirs et son chapeau haut de forme. Il fumait une cigarette. Il parlait en souriant à Solange Meesemacker qui se tenait auprès de lui.

— Justin, dis-je à voix basse, il faut que tu me rendes un grand service.

— Ordonne, s'écria-t-il, et ce bras t'appartient.

— Justin, quitte-moi tout de suite et remonte le boulevard sans te retourner.

Mon compagnon me regarda, l'air surpris, peut-être déçu. Comme il était fait à mes façons et fort courtois de nature, il eut un geste fatal, sourit et disparut dans la foule.

Il y avait, sur le trottoir, une de ces petites colonnes bariolées par les affiches des spectacles. Je m'embusquai dans son ombre et j'attendis. Les personnes que j'observais ne semblaient pas trop pressées. Enfin monsieur P. se leva, tendit galamment son bras à S. M. et l'entraîna sur le trottoir. Je les suivis de loin. Je balançais à me faire voir. Je méditais avec rage de troubler leur tête-à-tête, de causer du scandale, enfin de leur rendre un peu de tout le mal qu'ils me faisaient.

Le Jardin du Luxembourg venait de fermer ses portes. Le monsieur et la dame prirent la rue de Vaugirard. « Oh ! pensais-je absurdement, ils n'iront quand même pas rue de Fleurus ! Qu'ils n'aillent pas rue de Fleurus ! »

La nuit tombait. Il y avait, devant le Sénat, beaucoup de monde sur le trottoir. À la faveur de la cohue, je vins si près de mes promeneurs que je pouvais distinguer leurs propos. Monsieur P. disait, d'une voix aimable et diserte : « Les grandes expériences qu'il a poursuivies sur le charbon, à mon avis, c'est génial. » Je retins avec peine une rageuse envie de rire. Madame S. M. aussi avait le bénéfice d'un petit cours sur les bienfaits de la science.

Je les suivis encore pendant quelques instants. Je les suivis, pour tout dire, jusqu'à la rue de Fleurus. Ensuite, je descendis sur les bords de la Seine et longeai lentement les quais. J'examinais mes pensées avec beaucoup de calme, beaucoup de lucidité.

J'étais un niais, un aveugle, un imbécile. Joseph avait bien raison. Je ne voyais rien. Je ne comprenais rien. J'avais été berné, dupé, traité comme un petit garçon. Je n'étais, exactement, qu'un pauvre petit garçon. Solange avait menti. La vieille de la rue de Fleurus, également, avait menti. Mon père n'avait pas menti, mais ça revenait au même. Le mensonge était partout et tout le monde se moquait de moi. J'avais, pour la première fois, le sentiment de me heurter à quelque chose de résistant, d'invincible, une muraille contre laquelle un enfant se briserait en vain les ongles, les dents et la tête.

Je rencontrai Valdemar comme je montais notre escalier. Il avait l'air joyeux et s'écria :

— Cécile joue, de demain en huit, son concerto de Mozart. Viendras-tu aux répétitions ?

J'étais à cent lieues de Mozart et tout à fait incapable de le ressaisir au vol.

— Valdemar, fis-je d'une voix qui devait être pathétique et dont je le vis ému, crois-tu, toi, comme tant de gens, que la science…

Je m'arrêtai, honteux de ma question, honteux de moi-même. Valdemar s'était assis sur une marche de l'escalier. Il se tenait à deux mains aux barreaux de la rampe. J'apercevais son beau visage qu'une flamme de gaz éclairait par saccades. Il s'écria :

— Qu'est-ce que tu chantes avec la science ?

— Crois-tu, repris-je, que les hommes seront sauvés par la science ? Je dis « sauvés ». Tu comprends… enfin, crois-tu qu'ils deviendront meilleurs ?

Valdemar secoua la rampe avec une joviale furie.

— Tu me fais rire. Ah ! tu me fais rire. Tu parles comme un journaliste, comme un député, comme je ne sais pas qui. Mais, mon garçon, la science est une chose très intéressante, assurément. Les tours de physique, moi, j'aime beaucoup ça.

— Ils disent, fis-je avec amertume, que la science élève l'homme. Je peux t'affirmer que non. Je ne t'expliquerai pas pourquoi, mais je peux t'affirmer que non.

Valdo rêvassait, maintenant, la tête couchée sur l'épaule.

— Peut-être bien, murmura-t-il, que tu brouilles tout, dans ta cervelle. Je ne sais pas à qui tu penses et même je ne te le demande pas. À part ça, tu as raison. Mais… Connais-tu Severini ? Non. Tant pis et même tant mieux. C'était un ami de ma mère. Nous sommes fâchés, maintenant. Un homme de génie, Laurent. Un chimiste. Il a découvert deux ou trois corps qu'on ne connaissait pas avant lui. Il a chambardé toutes les industries, inventé des engrais, des procédés pour conserver la viande, pour fabriquer le pain, et même pour soigner le cancer. Enfin, des merveilles ! Un bienfaiteur de l'humanité, quoi ! Eh bien, Laurent, figure-toi que Severini martyrisait ses gosses. Il a divorcé trois fois. Il débauche toutes ses bonnes. Il a quatre ou cinq enfants naturels. Il est avare. Enfin, odieux. Ma mère le déteste. D'ailleurs, on s'est fâché. Il faut une cervelle de tatou comme la tienne pour s'imaginer qu'avec des ballons de verre et de petites bouteilles d'acide… Nous en avons connu, des savants, il en venait, autrefois, quand nous donnions des réceptions. Mais, mon petit gars, ils font ça parce que ça les amuse. C'est leur plaisir, leur joujou. Veux-tu que je te dise ?

Valdo colla son visage aux barreaux de fer et regarda songeusement dans la cage de l'escalier.

— La science, personnellement, je m'en tamponne, pourvu qu'elle me fiche la paix. C'est l'art, voyons, c'est l'art qui sauvera, comme tu dis, qui sauvera ces cochons d'hommes. Et s'ils ne veulent pas être sauvés, alors, on les y forcera. Qu'est-ce que tu vas dire encore ?

— Oh ! rien. Ce qui me gêne, c'est… le mot de cochon. Je n'aime pas ce mot-là.

— Tu as de la politesse à revendre, mon ami. Je répète : ces cochons d'hommes. Quand tu les connaîtras mieux…

Malgré que j'en eusse, il me fallut bien sourire : j'étais parfaitement sûr que Valdo vivait dans les nues et ne connaissait rien des hommes.

Nous nous quittâmes là-dessus. Valdo s'en allait dehors et je remontais chez nous.

J'aperçus, au passage, la vieille demoiselle Segrédat, la tante, celle qui ressemblait à la mère d'Albert Durer. Elle était dans la chambre de mes parents, assise dans l'unique fauteuil. Ses vieilles mains tremblaient sur l'acajou poli. Elle parlait d'une voix faible, mais distincte. Pouvais-je ne pas l'entendre ? Notre logis était si petit ! Il eût fallu, pour ne pas percevoir ce qui se disait dans la pièce voisine, il eût fallu faire un effort dont je me sentais incapable. La vieille demoiselle disait :

— Je sais bien que, pour elle, c'est quand même une solution. Nous avons des revenus plus que modestes. J'espérais la marier. Elle est intelligente et sait tenir une maison. Je pensais même, à la rigueur, la conserver près de moi. Pas par égoïsme, Madame. Je n'ai plus qu'un souffle de vie. Mais voilà, cette décision ! Et brusquement ! Si brusquement ! Rien ne pouvait faire prévoir…

— Peut-être, murmurait maman, va-t-elle changer d'avis. Les jeunes filles ont des mouvements, des impulsions, comme tout le monde.

— Je ne crois pas. Et, ce qu'elle veut absolument, c'est la règle la plus sévère. Elle a vu son confesseur, son directeur de conscience. La plus sévère ! Pourquoi ? Je n'en sais rien. Je vis à côté d'elle et je sens bien qu'elle ne me dira jamais rien, qu'elle ne dira rien à personne.

Il y eut un long silence, puis la vieille demoiselle sortit. Toute résolution balayée, j'allai voir ma mère dans la cuisine.

— Que te racontait, dis-je, la tante des petites ?

Maman leva doucement les bras et ne répondit pas tout de suite.

— Oh ! je peux bien t'en parler, mais tu n'en souffleras pas mot, jusqu'à ce que tout le monde le sache. C'est la pauvre Thérèse qui veut entrer en religion.

— En religion ! m'écriai-je. Enfermée pour le restant de ses jours !

— Oui, dit mère, doucement. Puisque c'est elle qui le demande, Laurent. Ce n'est pas, au bout du compte, plus triste que tout ce qu'on voit.

— Maman, je ne comprends pas.

— Que veux-tu ? mon pauvre enfant. Il y a tant de choses qu'on ne comprend pas.

La soirée fut mortelle. Père ne rentrait pas et j'en étais bien soulagé. Je me couchai tôt, espérant me réfugier dans le sommeil. J'appelais, du fond de l'âme, j'appelais, pour ma délivrance, mes paysages familiers, mes annonciateurs du néant. Ils se firent cruellement attendre.

Au réveil, j'entendis que mon père était chez nous. Je fis, pour ne pas le rencontrer, des efforts non médiocres et que l'on peut imaginer tels, puisque toute notre vie brûlait sur quelques pieds carrés. Je l'entendis se laver, s'habiller, siffler ses airs familiers, raconter, non sans beaux détails, la cérémonie de la veille. Quand je sentis qu'il allait partir, pour ne pas avoir à le saluer, je me glissai dans le vestibule et fis semblant de monter chez Valdemar.

Sur le palier du cinquième, je m'arrêtai un moment. J'entendis notre porte s'ouvrir puis se fermer. Mon père venait de sortir. Il devait rester immobile, au bord de la première marche, pour réfléchir, comme l'on fait souvent. Puis il descendit un peu et alors mon cœur se mit à battre. L'autre porte, à notre étage, venait de s'ouvrir sans bruit. Je vis, en me penchant, je vis Thérèse Segrédat s'avancer jusqu'à la rampe. Elle était blême, elle se couchait sur la rampe et regardait dans le puits. Mon père se retourna, remonta deux ou trois marches. Et puis je vis encore une chose extraordinaire : mon père fit un sourire et envoya, du bout des doigts, un baiser. Thérèse Segrédat pleurait, la bouche contre le bois de la rampe.

CHAPITRE XIX

La chambre close. Un enfant qui ne sait pas ce qu'il veut. Où M. Raymond Pasquier ne se met pas en colère. Une pensée peu charitable. Il faut sauver les apparences. Éloge des vertus familiales. À la recherche d'une clef. Prise de Tananarive.

J'attendis cinq jours, six jours. Vraiment, nous n'étions jamais seuls, jamais tranquilles. À certaines heures, tous dispersés, tous au loin ; à d'autres heures, tous au gîte, serrés flanc contre flanc, comme des poissons dans la nasse.

Et puis, un soir, le moment vint. J'entendis rentrer mon père. J'étais seul à la maison. L'après-midi s'achevait. Je fermai ma chambre du côté de la salle à manger et revins par l'autre porte. Au bout d'un moment, père dit, sans élever la voix :

— Tu es chez toi, Laurent ?

— Oui, père. Peux-tu venir ?

— Pourquoi ?

— Un renseignement.

Il pénétra dans ma chambre. Il était souriant. Il tirait sur ses longues moustaches flambantes. Il « poitrinait ». Tout, en lui, disait l'allégresse, la paix du devoir accompli, la satisfaction et l'entrain.

— Viens, dis-je, s'il te plaît. C'est pour une rédaction.

Il vint jusqu'à la fenêtre et s'y accouda tranquillement. On entendait, dans le lointain, le hurlement des camelots qui vendaient un journal du soir. Il écouta quelques instants, puis se tourna vers moi.

— Qu'est-ce que tu veux, Laurent ?

Et tout de suite, il ajouta, car je devais être fort pâle :

— Mais… mais, qu'est-ce qu'il y a, mon cher ?

— Je t'ai vu, dis-je, l'autre soir, le soir de l'enterrement. Je t'ai vu, sur le boulevard.

Il sourit, d'un air léger.

— C'est bien possible.

— Tu sais ce que je veux dire. Et je t'ai vu, le lendemain, dans l'escalier, avec Thérèse.

Il me regarda fixement, sans répondre, et se dirigea vers la porte. Je venais de la fermer. J'avais la clef dans ma main.

— Je te demande pardon, papa, mais tu ne sortiras pas.

— Je voudrais bien voir ça.

— Non, papa. J'ai fermé la porte, pour être sûr, moi-même, de rester, pour te dire, quoi qu'il arrive, tout ce que je veux te dire.

— Donne-moi la clef, Laurent.

— Impossible, criai-je et je lançai la clef par la fenêtre.

Il y eut un profond silence pendant lequel nous entendîmes la clef sonner sur les pavés de la rue. Mon père haussa les épaules et se dirigea vers l'autre porte, celle de la salle à manger. Elle était fermée du dehors. Il se tourna vers moi et fronça légèrement le sourcil.

— Évidemment, c'est parfait.

— Je t'ai vu, repris-je, sur le boulevard.

— Et après ?

— Avec madame Meesemacker.

— Vraiment ? Tu n'es pas discret.

— Et je t'ai vu, dans l'escalier, l'autre matin.

— Tu m'espionnes, ma parole !

— Madame Meesemacker, je peux dire que, maintenant, ça m'est égal. Mais Thérèse ! Thérèse aussi !

Mon père leva la tête et dit d'un air hautain :

— Thérèse est une fille charmante. Je te prie de parler d'elle avec ménagement et respect. Enfin, qu'est-ce que tu veux ? Que signifie cette comédie ?

Chose étonnante, il était calme et c'est moi qui devais donner le spectacle du désordre et de la colère. Il dit, une fois encore :

— Qu'est-ce que tu veux, mon garçon ?

Comme je ne répondais rien, il ajouta, souriant avec un mépris ironique :

— Tu vois bien que tu ne sais pas, toi-même, ce que tu veux. Tu es un enfant nerveux, peut-être même un enfant malade. C'est une chose à voir plus tard. En attendant, cette scène n'est pas seulement ridicule, elle est surtout inconvenante, elle est surtout immorale. Immorale, c'est le mot. Et maintenant que c'est fini, je vais enfoncer la porte ou fracturer la serrure.

— Père, dis-je en m'élançant, je te supplie de changer, de renoncer. Oh ! tu sais bien ce que je veux dire. Nous voulons t'aimer encore et tu fais tout pour que ce soit impossible. Père, il faut que ça finisse.

J'étais tout près de lui. Je le regardais en face, mais je ne le touchais pas. Il se prit à sourire de manière bizarre.

— Vraiment, c'est jouer de malchance. Il y a déjà quelque temps que je n'ai plus d'histoires avec ta mère et voilà que, maintenant, ça recommence, avec les enfants.

— Père, ce ne sont pas des histoires ! Promets-moi que c'est fini, père, ou bats-moi, tue-moi. Ça m'est égal.

Il fit rouler sa tête d'une épaule à l'autre.

— Tu, tu, tu ! Je n'ai pas du tout l'intention de me mettre en colère et je ne vois pas pourquoi tu veux que je te batte. Tu m'ennuies, tu m'inquiètes et, si je peux dire, tu me déçois. Oui, c'est une vraie désillusion. Ce que tu fais, ce soir, ce n'est pas d'un garçon intelligent. Je suis vraiment désolé, mais je n'ai pas du tout l'intention de te battre. Je n'ai jamais battu personne.

— Oh ! dis-je avec ressentiment, tu as bien battu maman.

Il écarta les bras dans un geste de stupéfaction.

— Allons ! voilà le mélodrame. Qu'est-ce que c'est que cette invention ! Je n'ai jamais battu ta mère. Je ne me le permettrais pas.

— Un matin, près du lit. Je récitais mon Virgile.

— C'est possible, murmura-t-il. Effectivement, je le regrette. Et, ce qui me fâche le plus, c'est que je ne me le rappelle pas. Ce n'est pas charitable à toi de me faire penser à des choses aussi pénibles. Ta mère est une femme admirable.

— Aie pitié d'elle, papa. Tu vois bien qu'elle est malheureuse.

Il glissa les mains dans ses poches et commença de marcher d'une muraille à l'autre.

— Je me demande, disait-il, comment tu peux avoir tant d'idées fausses sur la vie. Ce n'est pourtant pas nous qui te les avons données. Tu parles, comme un enfant, d'une foule de choses et même de gens dont tu ne sais à peu près rien. Tu parles aussi de ta mère d'une façon plus que romanesque et dont le moins qu'on puisse dire est qu'elle n'est pas élégante, qu'elle est même incorrecte. Je ne dis rien en ce qui me concerne. Nous y reviendrons plus tard, quand tu seras vraiment un homme. Plus tard, tu comprendras que les êtres de mon espèce ne sont pas plus mauvais que les autres et qu'ils font simplement un peu moins de singeries. De quoi te mêles-tu, mon garçon ? Est-ce que je provoque du scandale ? Est-ce que je suis un objet de honte ? Alors, à quoi pensestu ? À l'argent ? Tout est possible. Sache, mon petit ami, que ces choses-là ne m'ont jamais coûté un sou. Pour ça, je suis irréprochable. Mais laissons tout ça de côté.

Je me sentais épuisé, balbutiant, à bout de ressources et tout près de fondre en larmes. Mon père se reprit à parler. Sa voix, petit à petit, prenait un accent pénétré, remontreur et sentencieux.

— Tu demandes que « ça finisse ». Mon ami, je vais y songer. Sois sûr que je ferai en sorte que tout s'arrange pour le mieux. Je vous ennuie le moins possible, tâchez de me traiter avec réciprocité. Ce que je peux te promettre, c'est d'être discret, invisible, de me comporter, enfin, comme un parfait gentleman, de m'arranger toujours pour sauver les apparences. Tu penses que c'est peu. Moi, j'affirme que c'est tout. Je tiens autant que toi à laisser ta mère en repos. Que dis-je ? Autant que toi ? Bien plus que toi, mon garçon. Elle va rentrer, ta mère, et les choses pourraient se gâter par suite de ta maladresse. Tu risques de faire à ta mère une peine infinie. Je ne te le pardonnerais pas, car ta mère est une femme exceptionnelle. Elle mérite d'être traitée non seulement avec respect, mais avec vénération. Je ne connais pas de femme qui lui vienne à la cheville. Tu peux me croire, j'ai de l'expérience et je ne parle pas à tort et à travers. Et voilà, tu nous as mis tous deux, Laurent, dans une situation absurde. Il va falloir, maintenant, s'en tirer avec honneur. Je crois que c'est dans peu de jours le concert de ta sœur Cécile. Comment as-tu pu, mon cher, faire une pareille sottise à la veille d'un jour si grave pour l'avenir de ta sœur ? Tu vois, je suis tout à fait calme. Je ne te fais pas de reproches : à mon avis, tu es malade. Je suis seulement navré. Ta sœur Cécile est une artiste. Il faut l'entourer de prévenances. Quand on vit ensemble, il faut avoir, les uns pour les autres, de la considération et une certaine gentillesse.

Il parla quelque temps encore. Je l'écoutais, tête basse. Puis nous entendîmes un pas dans le petit vestibule. C'était le pas de Cécile. Papa lui cria gaiement :

— Veux-tu nous délivrer, Cécile ? nous sommes enfermés ici. Je ne sais pas ce qui s'est passé. Un coup de vent, ou je ne sais quoi. La clef est de ton côté, sur la porte de la salle à manger.

Cécile ouvrit la porte. Elle nous regardait, vaguement, comme des êtres d'un autre monde.

— Et maintenant, me dit mon père, descendons, Laurent, descendons ensemble chercher, dans le ruisseau ou quelque part ailleurs, cette clef que tu as eu le tort de jeter par la fenêtre, dans un mouvement de colère bien peu justifié. La colère, mon garçon, est une passion vulgaire.

Il m'entraîna dans la rue. Il faisait nuit et la chaussée était toute trempée de pluie, car l'été nous avait quittés. Des camelots passèrent en criant : « Prise de Tananarive ! La reine Ranavalo a signé le traité de paix. » Mon père acheta le journal. Puis nous trouvâmes la clef. En remontant l'escalier, papa dit aimablement : « C'est une nouvelle intéressante. »

Il se mit à parler de l'expansion coloniale.

CHAPITRE XX

Le matin d'un grand jour. Une proposition discutée. Pauvre Laurent ne comprend rien. Les études et la conduite. Nous sommes une famille unie. Discussion qui se termine sur une galette. Un concert dominical. La servante des Dieux sert les hommes.

Le concert de Cécile eut lieu deux ou trois jours plus tard, par un clair dimanche d'automne.

Dès le petit matin, Cécile essaya sa robe qui était légère, toute blanche, avec une ceinture de ruban noir. La robe essayée, Cécile partit, au bras de père. Ils devaient, avec Valdemar, passer chez M. Diétrich. Ferdinand disparut aussi.

Mère cousait des agrafes à la robe de Cécile. Elle était toute à son devoir et, ce jour-là, son devoir était Cécile. Elle me lançait, pourtant, de minute en minute, un coup d'œil attentif que je sentais passer sur moi.

Je n'avais pas mangé depuis plusieurs jours. J'étais tout habillé, mais étendu sur mon lit et saisi d'une grande lassitude. Maman cousait dans ma chambre, non seulement parce qu'à son dire le jour y était meilleur mais, je le sentais bien, pour me surveiller un peu. Elle ne parlait pas. Elle n'était pas triste. Elle pensait sûrement à nous, à Cécile, à moi, sans doute. Ce visage tremblant, fourbu, c'était, désormais, son visage de bonheur.

Et, tout à coup, je l'appelai :

— Maman ! Maman !

Elle répondit, tout bas. Elle avait l'air tranquille, mais je la connaissais bien et la devinais sur ses gardes.

— Qu'est-ce qu'il y a, mon enfant ?

Je m'assis au bord du lit et dis avec passion :

— Maman ! Maman, quittons-le !

Elle fit ce geste familier des couturières qui posent en hâte le dernier point avant de répondre. Elle étala sur ses genoux la belle robe de mousseline et dit en regardant le mur :

— Qui ?

Si j'avais été de sang-froid, si j'avais été raisonnable ou même simplement reposé, j'aurais, à ce point du colloque, tourné court et répondu n'importe quoi. Mais je n'avais, ce jour-là, pitié ni de moi ni de personne.

— Mon père, criai-je. Quittons-le !

Maman repoussa du genou la chaise, la corbeille et la robe angélique. Elle me regarda longuement, longuement, sans ouvrir la bouche. Elle semblait se recueillir, rassembler toutes ses forces pour une épreuve redoutable.

— Quittons-le, maman ! Quittons-le ! Je travaillerai. J'abandonnerai mes études. Nous travaillerons ensemble. Je te promets d'avoir beaucoup de courage. Mais nous serons délivrés.

Mère se pencha vers moi, prit l'une de mes mains et commença de la caresser. Elle ne répondait pas. Elle avait le visage non pas troublé, mais seulement pâle et attentif.

— Nous serons délivrés, maman. Tu ne souffriras plus. Et nous te ferons une belle vie, la vie que tu mérites.

Maman secoua la tête imperceptiblement.

— Pauvre petit, murmurait-elle. Tu ne seras pas heureux avec ta manière de prendre les choses.

— Allons-nous-en, maman. Tu vois bien que nous le gênons.

Elle leva les sourcils avec une expression d'étonnement.

— Mais, qu'est-ce que tu dis, Laurent ? Qu'est-ce que tu vas chercher, Laurent ? Comment une idée pareille peut-elle te venir à l'esprit ? Quitter ton père, Laurent ? Mais pourquoi ? Je te le demande.

— Maman, il nous a trompés.

Elle eut une parole étonnante.

— Trompés ? Que veux-tu dire ? Qui a-t-il trompé ? Il ne m'a jamais trompée : il m'a toujours tout dit ou tout laissé comprendre. Il ne sait même pas mentir : quand il essaie, je le sens ; et il sait que je le sens et ça suffit.

— Oh ! fis-je, saisi de fureur, si tu savais ce que j'ai vu...

— Tais-toi, souffla-t-elle très vite. Je t'affirme que je sais tout. Je ne sais pas à quoi tu penses, mais tu te trompes peut-être et il vaut mieux ne rien dire. Nous en aller, Laurent ! Mais c'est une idée d'enfant. Où veux-tu que l'on s'en aille ? Toute ma vie est ici, près de lui, près de vous. Qu'est-ce que nous ferions, seuls ? Je ne parle pas de l'argent. Nous pouvons travailler. Mais, travailler ne suffit pas. Qu'est-ce que je ferais de moi ? Tu dis que nous le gênons. Pauvre Laurent, tu ne comprends donc rien ? Mais il nous aime, Laurent. Lui non plus ne peut pas se passer de nous. Et c'est comme ça, les familles. Il nous aime, à sa façon. Et même, il n'aime que nous. Le reste, ce sont des caprices. Il est encore jeune d'allure. Il imagine des choses. Tu parles de le quitter, Laurent ! Mais si je venais à disparaître, si je n'étais pas derrière lui, avec une serviette, une flanelle et le baume de Fioraventi pour le frotter, mais peut-être bien qu'il mourrait tout de suite, avec toutes ses bronchites. Il ne peut plus se passer de moi, et voilà que tu me dis de le quitter. Et pour des misères qui finiront bien par disparaître avec l'âge. Ça ne peut pas durer toujours.

— Oh ! fis-je avec ressentiment, s'il te respectait, au moins.

Mère jeta sur moi un regard effarouché.

— À quoi penses-tu, mon enfant ? Ton père m'a toujours respectée, toujours traitée avec douceur.

Je restais bouche béante, si profondément étonné que je ne savais plus que dire. Maman tendit les bras et, malgré ma résistance, m'attira sur ses genoux. Elle me serrait contre elle et murmurait :

— Vous êtes ma vie. Que ferais-je de moi, sans vous tous ? Et voilà que tu m'obliges à dire tout haut des pensées qu'on n'ose pas se dire à soi-même. Parler de tout ça, Seigneur ! à un enfant ! Tu veux donc me rendre folle ?

— Mère, fis-je encore, il travaille, il devient savant et je pensais qu'il serait aussi meilleur. Maman, avoue que c'est terrible.

Elle remua doucement la chaise, comme pour me bercer.

— Mais, ce n'est pas la même histoire ! Tu mêles tout, maintenant, les études et la conduite. Oui, je sais, quand j'avais ton âge, moi aussi je demandais l'impossible.

Toute résistance vaincue, je commençai de pleurer. Je disais, entre les sanglots :

— Je m'en irai ! Je m'en irai !

— Oui, bien sûr, tu t'en iras, quand le moment sera venu. Bien sûr, vous vous en irez tous. En attendant, sois donc sage. Puisque, moi, j'ai pardonné, tu peux pardonner aussi, c'est la moindre des choses. À vous entendre, on pourrait croire que nous ne sommes pas une famille unie.

Elle attendit une seconde et répéta fortement :

— Nous sommes une famille unie ! Seulement, quand on vit ensemble, il faut s'aider, se comprendre, il faut se faire des concessions mutuelles et savoir fermer les yeux. Oh ! je ne te reproche rien. Mais reconnais, Laurent, que tu choisis, pour cette scène malheureuse, tu choisis précisément le jour où ta sœur Cécile doit jouer, devant tout le monde, ce concerto de Mozart qui lui a déjà coûté tant de travail.

— Maman, je n'ai pas choisi.

— Je l'espère bien, mon enfant. Pense à ta sœur Cécile et viens manger un peu. Voilà trois jours que tu ne manges rien. Après, tu verras plus clair. Je t'ai mis de côté une petite part de galette à la cocotte. Je pensais bien que tu avais besoin de prendre un petit quelque chose. Les enfants de ton âge ne se nourrissent pas de soucis. Allons, mon petit Laurent, tu oublieras tout cela. Si l'on n'oubliait pas, on ne pourrait pas vivre.

Elle m'emmena dans la cuisine et me fit avaler un morceau de galette et un bol de café au lait, ce qui m'humilia beaucoup. Tous mes chagrins, avec maman, se terminaient par des bonbons. Celui-ci, le plus cruel de tous, mon premier chagrin d'homme, devait-il s'achever sur une galette ?

Maman disait, fatiguée soudain :

— Un jour, je resterai seule, comme une vieille poule coriace. En attendant, ne me rendez pas la tâche trop difficile, surtout toi, Laurent, qui as tendance à compliquer tout, peut-être à cause de tous les livres que tu lis. Et maintenant que c'est fini, je retourne à mes agrafes.

Elle répéta soucieusement : « maintenant que c'est fini… »

Le reste de la matinée se passa dans les toilettes et autres préparatifs. Nous prîmes un repas froid. Cécile était fort belle et parfaitement tranquille. À cause de sa robe longue, elle me paraissait plus grande. Valdemar allait, venait, roulait sans cesse de l'un à l'autre logis. Il prodiguait des conseils que Cécile n'écoutait plus.

Justin Weill vint nous rejoindre, comme le déjeuner s'achevait. Il avait obtenu d'assister au concert. Il contemplait Cécile avec ces grands yeux humides que l'on voit aux gens de sa race. De temps en temps, il me tirait à part et me versait dans l'oreille des bribes de strophes enflammées :

Viens-tu du ciel profond ou sors-tu de l'abîme,
Ô beauté ?

Quand Cécile se montra, définitivement parée, Justin fléchit le genou, en un geste charmant qui sentait un peu son théâtre, et il demanda la permission de lui baiser le bout des doigts.

Tous les hommes partirent ensemble pour prendre l'omnibus. Maman, Cécile et Mme Henningsen devaient nous suivre en fiacre.

Je revois une salle immense, éclairée de mille visages. Nous étions dans une loge, sur le côté du théâtre. Des hauteurs, tombait un brouhaha de conversations passionnées. Parfois, un léger papier plié en forme de flèche prenait son vol, traversait lentement l'espace et venait, aux applaudissements des galeries, atterrir sur la scène encombrée d'une légion de pupitres et d'instruments.

Les musiciens entrèrent. Je ne saurais dire aujourd'hui ce qu'ils jouèrent tout d'abord. Nous ne pensions qu'à Cécile et nous ne pouvions rien écouter de ce qui n'était pas Cécile.

Elle parut enfin. Elle était extraordinairement petite et je fus saisi de peur. Ce n'était pas la servante des Dieux, mais une mince et blanche fillette perdue parmi les habits noirs. À ce moment, une voix tombée du cintre cria distinctement : « Non ! Assez de petits prodiges ! » Il y eut une minute houleuse. Toute la salle offensée réclamait le silence. Je me sentis défaillir. La barque du clan Pasquier allait-elle faire naufrage, à peine sortie du port ? Je sentais maman, près de moi, toute raide, toute concentrée. Je l'entendis, en rêve, répéter avec son fol entêtement : « Nous sommes une famille unie ! » Et je pense qu'à cet instant, nous étions une famille unie, oui, merveilleusement unie dans l'épouvante.

Cécile me rassura. Comme elle était paisible et même indifférente ! Le chef d'orchestre, un homme à barbe grise, lui tendit gracieusement la main. Elle vint sur le devant de la scène, s'assit et regarda la foule. Tous les musiciens applaudirent. La salle, entraînée, agitait des milliers de mains. Ce n'était plus le moment de défaillir, mais de vivre.

Le chef d'orchestre donna deux ou trois coups de sa baguette. Un large silence régna. Les musiciens partirent, puis tout à coup, j'entendis Cécile.

Qui parle de petit prodige ? Qui donc ne voit, sur la scène, qu'une maigre fillette en blanc ? C'est une femme, c'est une fée, c'est la musique, la musique sublime et familière, la musique enfin descendue parmi nous. Elle est libre, attentive, exacte. Elle est fidèle. Elle va, vient, vole, s'arrête, donne à chacun ce qu'il mérite, s'attriste avec le malheureux, s'enivre avec l'homme comblé. Puis, soudain, d'un grand coup de jarret, elle s'élance au ciel en soulevant tout le monde.

La foule, étonnée, rassurée, enfin conquise, éprouve délicieusement l'innocence de Mozart, cette innocence qui sait tout.

Parfois, Cécile s'arrête ; elle attend, dirait-on, que le peuple des musiciens la rejoigne et l'entoure encore. Elle promène sur la foule, sur ces milliers de visages baptisés, un regard fier et bienveillant, car la servante des Dieux sert aussi parfois les hommes.

Du fond de l'ombre oppressée, s'élève, petit à petit, un soupir de délivrance, un soupir de gratitude, comme en exhale l'âme humaine quand elle reconnaît l'un de ceux qui savent, pour une heure, pour une minute, la délivrer de son fardeau.

Chapitre XXI

Un document pour le dossier de Joseph. Départ de Thérèse. Cécile et le regard Pasquier. Dernier refuge de la pureté. Contrepoint sentimental et difficultés techniques. « Je suis heureuse, mais je suis triste. »

Le lendemain nous trouva courbatus de gloire. De vieux devoirs nous arrachèrent pourtant du lit, exception faite pour Cécile qu'on laissa dormir, toutes persiennes closes.

Nous prîmes à tour de rôle notre café dans la cuisine. Père vint m'y rejoindre et me tendit une enveloppe.

— Une lettre pour toi, dit-il.

— De qui ?

— Mon ami, je n'en sais rien. Tu es un homme, après tout. Moi, je ne lis pas tes lettres.

Il retrouvait son sourire bleu-éclair. Il était, de nouveau, et pour longtemps sans doute, lointain, sarcastique, insaisissable.

C'était une lettre de Joseph. Malgré l'envie qui me prit alors de la mettre en pièces, j'ai conservé cette feuille. Les hommes de mon état ont le goût de la collection ; cela compte, paraît-il, au nombre des vertus savantes. J'espère bien, dans mes récits, donner quelque place à Joseph, c'est pourquoi je prends la peine de recopier sa prose.

Mon cher Laurent, disait-il, *j'ai réfléchi aux conversations que nous avons eues pendant mon trop court séjour à*

Paris et j'en suis plutôt mécontent et même inquiet. J'ai su, d'autre part, grâce à mes renseignements personnels, que tu tourmentes notre mère par toutes sortes de mines, de façons, de sous-entendus, bref de simagrées. Bien que tu aies une tendance assez forte pour ton âge à te mêler des choses qui ne te regardent pas, je dois, en tant que frère aîné, te rappeler au respect de ce qu'il faut appeler l'esprit de famille, esprit bien honorable, même quand on est, comme je suis, un homme indépendant. Pour ce que j'ai dit de papa, je n'en aurais pas soufflé mot si j'avais pu penser que tu manquais de sang-froid au point où tu en manques. Je ne suis pas sentimental, fichtre non, mais, quand on doit vivre ensemble, il faut de la diplomatie, de la correction, du savoir-faire. Il faut glisser sur mille petites choses et ne pas voir des montagnes où il n'y a que des cailloux. Je me fais un devoir de revenir aussi sur ce que je t'ai déjà dit. Tu parles souvent d'observation, d'analyse et autres balivernes. Tâche donc d'apprendre simplement à regarder autour de toi. Sans ça, tu risques de passer toute ta vie pour un nigaud. Prends modèle sur moi qui ne fais pas le malin, mais qui vois tout, qui sais tout.

Autre chose, maintenant. Il paraît que Cécile va jouer dans un concert. Je n'y vois pas d'inconvénient. Tâche de savoir un peu ce qu'on lui donnera pour ça. Cécile est une enfant et nos parents sont, en ce qui touche l'argent, d'une naïveté incroyable. On les roulera sans grand effort. Il y a bien Valdemar Henningsen, mais je n'ai aucune raison de lui accorder ma confiance. Il se peut que Cécile ait réellement du succès. Je ne demande pas mieux, dès que je serai de retour, de m'occuper de ses affaires. J'en parlerai à papa. Mais, pour le concert en question, il faut tirer la chose au clair.

Veuille croire, mon cher Laurent, à mes sentiments distingués.

Joseph Pasquier.

Je mis la lettre dans ma poche. Je ne savais pas encore que je recevrais, par la suite, un grand nombre de lettres telles où Joseph me parlerait de ses renseignements personnels et de mes devoirs envers ma famille, où Joseph me prodiguerait les conseils et les ordres. Je ne connaissais pas encore fort bien les hommes de cette espèce admirable, les hommes qui voient tout, qui savent tout et qui, peut-être, ne comprennent rien à rien.

Quand je revins du lycée, vers la fin de la matinée, j'appris que Thérèse Segrédat était partie en voiture avec sa tante et sa sœur. Il n'y avait rien d'irrévocable encore, mais Thérèse devait faire une retraite et se préparer au noviciat.

J'allais m'abandonner à cette nouvelle tristesse quand Cécile m'entraîna dans la salle à manger. Là, toutes portes closes, elle me prit par le col et m'étreignit longtemps. Elle ne semblait pas lasse, ni tourmentée d'orgueil, et je crois bien que, de tout le jour, elle ne fit pas, d'un seul mot, allusion à son succès ; mais elle avait, dans le regard, cette lueur bleue, cette lueur de glace étincelante qui est sans doute notre signe et que mon père nous montrait quand il allait céder à quelque mouvement furieux.

— Voilà, murmura-t-elle, que nous sommes trop grands pour nous cacher sous la table. C'est dommage, Laurent. Mettons-nous devant le piano et, si l'on vient nous déranger, je jouerai quelque chose pour qu'on nous laisse tranquilles.

Elle s'assit devant le piano. Avec ses deux grosses nattes, son châle blanc noué sous la gorge, ses longues mains effarouchées, elle était vraiment très belle et je ne pouvais la regarder sans bonheur. Elle s'assit devant le piano, son seul jouet depuis des années, son compagnon, son bourreau. Elle jetait, de temps en temps, sur le clavier, une note, une phrase, un accord, quelque arpège impalpable. Elle hésitait à parler. Et, soudain, sans me regarder :

— Il m'arrive une chose, Laurent, une chose terrible.

— Qu'est-ce que c'est ? fis-je étonné.

— Je ne peux le dire à personne, sauf à toi, qui es mon vrai frère, mon ami, mon bon ami.

Elle joua distinctement toute une phrase de Bach et, soudain, se tourna, s'appuya contre mon épaule et dit :

— Laurent, je suis amoureuse. Je crois qu'elle pleurait un peu.

— Sœur, dis-je avec un très sincère désespoir, sœur, ce n'est pas possible. Toi, la dernière, toi, la seule ! Oui, tu es la seule pure. Je ne vois plus que toi au monde. Oh ! Cécile, il ne faut pas. Je ne peux rien te dire, mais si tu savais ce que je sais maintenant ; si tu comprenais seulement ce que c'est que la passion, je suis sûr, Cécile, que tu serais effrayée.

Elle sourit d'un œil.

— Mais, Laurent, je suis effrayée. Et c'est justement pour ça que je me confie à toi. Écoute ! on a remué la porte.

— Oui, c'est peut-être maman. Si nous voulons être tranquilles, Cécile, fais semblant de travailler, et nous parlerons doucement, à l'abri de la musique.

Cécile commença de jouer. J'étais assis près d'elle. Nous causions à voix basse et le piano, parfois, trahissait notre émotion.

— C'est d'autant plus grave, dis-je, que j'ai bien des raisons de penser qu'il t'aime aussi.

Elle fit un beau sforzando.

— Crois-tu ? Je suis si petite.

— Mais, ma pauvre Cécile, vous êtes tous deux des enfants. On ne marie pas des enfants.

— Oh ! dit-elle, nous vieillirons.

— Enfin, repris-je gravement, as-tu pensé qu'il est juif ?

Un point d'orgue imprévu suivit cette question. Puis le piano repartit.

— Tu es fou ! disait Cécile. Valdemar n'est pas juif.

— Comment cela ? Valdemar ? Mais... alors... Non, Valdemar c'est encore plus impossible.

— Que vois-tu d'impossible ?

Cécile acheva finement un long trait de sextolets, comme pour me prouver qu'à ses yeux très peu de choses étaient tout à fait impossibles. Puis elle quitta le clavier et me reprit par le cou.

— Tu vois, disais-je, ce n'est que le commencement et tu es déjà malheureuse.

Elle secoua la tête, m'offrit son plus beau regard, sourit mystérieusement et dit, cherchant les mots parmi ses souvenirs :

— Je suis heureuse, mais je suis triste.

Chapitre XXII

Réflexions à la chute du jour.

Tête nue, les mains aux poches, un enfant de quinze ans rôde, à la chute du jour, dans les allées du Jardin. Le soir d'automne est sans grâce. Des nuages couleur de boue se pourchassent à travers l'étendue. Ils perdent en courant quelques gouttes de morne pluie. Parfois, des ménageries assoupies derrière les grilles, arrive, dans un pli du vent, l'inquiétant fumet des bêtes. Des feuilles d'arbres, consumées par la saison dévorante, se soulèvent au moindre souffle et filent comme des rats.

Les pensées du garçon traînent au ras du sol. Que l'esprit les invite, elles retombent aussitôt, honteuses, épuisées.

Le garçon, de temps en temps, s'arrête, frappe du pied, serre les poings au fond de ses poches. Une douleur aiguë le défigure un instant.

« Tout est gâché. Tout est perdu. Le monde entier est aussi dégoûtant, aussi lâche, aussi impur, oui, c'est le mot, aussi impur que moi-même. Je n'étais pas fier de moi. Mais si les autres s'en mêlent, alors, on ne peut plus vivre. Terrible à penser. J'acceptais bien d'être impur, mais à la condition d'être seul… de mon espèce. Et voilà que le monde entier est saisi de frénésie, de saleté, de dégoûtation. Voilà que le monde entier se roule dans la bouillasse.

« Je suis un triste sire et, en outre, je ne suis pas malin. Ils me l'ont tous dit, et chacun à leur manière. Papa d'abord, et maman, et même Joseph, et peut-être même Cécile. Ceux qui ne me l'ont pas dit ont bien raison de le penser, car c'est parfaitement vrai.

« Par leur faute à tous, que suis-je devenu, mon Dieu ! Un espion, un mouchard, un écouteur-aux-portes. Moi qui ne voulais que le bien !

« Comme je suis un pauvre niais, tout le monde s'est moqué de moi. Voilà le plus clair, à coup sûr. Ils m'ont tous plus ou moins dupé. Je ne mérite pas autre chose.

« Je n'ouvrirai plus la bouche. Je ne dirai plus un mot. On ne remue pas le bout du petit doigt sans faire du mal à quelqu'un. “Tu veux donc tuer ta mère ? Tu veux donc gâcher l'avenir de ta sœur ? Tu veux faire souffrir ton frère ?” Mais je ne veux que la paix, je ne veux, grand Dieu ! que la joie, je ne veux que l'harmonie, et c'est moi qu'on accuse de jeter le trouble partout. C'est moi, somme toute, que l'on fait chanter, car c'est un énorme chantage, car, cette vie en commun, c'est un perpétuel chantage. Ils n'ont, les uns et les autres, qu'une pensée, qu'un désir : réduire à l'impuissance tous ceux qui pourraient les empêcher de faire ce qu'ils veulent faire. C'est un énorme chantage et c'est un énorme mensonge. Ils disent tous : “fermer les yeux” ou quelque chose d'approchant, et ça signifie : mentir. Nous vivons sur le mensonge. Voilà, nous allons désormais vivre, le sourire aux lèvres, sur un perpétuel mensonge.

« Est-il possible qu'elle aussi... Mon Dieu ! Elle qui ne ment jamais, est-il possible qu'elle supporte, qu'elle souhaite, qu'elle appelle le mensonge ?

« Est-ce donc ça, une famille ? Des duperies, des trahisons, des querelles, des chantages et des mensonges ! Cela vaut-il vraiment tant d'amour, tant de peines, tant de travail, tant d'angoisses ? Car ils ont beaucoup travaillé, car ils ont beaucoup souffert, car elle nous a donné, car elle nous donne beaucoup d'amour. Et même lui, et même lui...

« Que ferait-on de tant d'amour, que ferait-on de tout l'amour et de toute la tendresse et de tout le travail du monde, s'il n'y avait pas toutes les familles du monde pour s'en repaître et au besoin pour en crever ! C'est probablement ainsi. La famille est un monstre inventé pour dévorer tout l'excès d'amour du monde.

« Je sais bien, il y a Cécile.

« Cécile est une folle !

« Cécile partira de nous. Elle est désignée, la première. Qui sait s'il y en aura d'autres ? Nous, nous allons rester attachés à de petites besognes, des besognes au ras du sol. Nous, nous ne servons pas les Dieux. Nous, si nous devons monter, ce sera seulement marche à marche. Nous, nous ne serons pas enlevés au ciel par un aigle. Mais nous, qui est-ce donc ? C'est moi, moi, Laurent, qui, dans le fond de mon cœur, ai formé le projet d'être, un jour futur, un savant.

« Eh bien ! ça non plus n'est pas pur. Il y a, même là-dedans, quelque chose qui sent mauvais. Vraiment, est-ce que tous ces gens qui parlent, dans les banquets, sur l'avenir de la science, sur l'amélioration de l'humanité par la science, vraiment, est-ce qu'ils vont tous, de cinq à sept, dans leur petite rue de Fleurus ? Est-ce qu'ils trompent leurs enfants, est-ce qu'ils désespèrent leur femme, est-ce qu'ils discourent, le soir, sur les beautés de la science dans certaines maisons dont le nom est décidément impossible à prononcer ? Ou bien, est-ce que je confonds tout ?

« Je travaillerai, bien sûr. Mais on m'a, pour longtemps, gâté l'eau de ma fontaine. On m'a, pour longtemps, sali tout ce que j'aimais au monde.

« Qu'est-ce qui reste ?

« Maman, quand même.

« Qu'est-ce qui reste ? La tristesse. Mais ce qu'il y a de plus triste, c'est que la tristesse elle-même, elle n'est pas assez fidèle. Certains jours, elle s'évapore. On ne peut pas compter sur elle.

« Qu'est-ce qui reste ? L'amitié. Assurément, l'amitié.

« Qu'est-ce qui reste ? La musique. La musique ! Et c'est tout et c'est assez, comme dit mon futur beau-frère. »

Le garçon se met à sourire. Il s'arrête et rêve un moment. Les gros nuages, désemparés, vont bientôt faire naufrage. Maintenant, c'est la pluie. De temps en temps, les bêtes captives, là-bas, du fond de leur cage, envoient vers le ciel parisien un rugissement désolé.

Soudain, le garçon sursaute. On vient de lui toucher l'épaule. C'est un gardien à capuchon dont on ne voit que la barbichette. Il dit :

— On ferme ! Voyons ! On ferme ! Vous êtes sourd, ma parole ! Et le tambour ? Vous n'avez pas entendu le tambour ? Non, non ! Ne partez pas par là.

— C'est que je vais rue Guy-de-la-Brosse.

— Tant pis, mon ami, tant pis ! Faut sortir place Walhubert. Vous tournerez tout autour du jardin. Ça vous fera réfléchir. Ça vous fera le caractère.

Le garçon prend son élan. Non ! Il ne veut plus rien entendre. Est-ce que le gardien aussi va lui faire la morale ? Est-ce que le gardien aussi va lui donner des leçons ? Il rentrera rue Guy-de-la-Brosse. Il couchera dans sa niche, il mangera sa pâtée, il fera toute sa besogne, il sera sage, comme les autres, c'est-à-dire lâche et menteur. Mais, pour l'instant du moins, pour cette minute du moins, la paix ! oui, la paix et le silence ! La solitude et la pluie sur le visage. Sans ça, eh bien, on ne sait pas.

Livre III

Vue de la Terre promise

CHAPITRE PREMIER

Une soirée de septembre. Paix de la banlieue. Recensement familial. Exposition d'un problème financier. Avance, remboursement et fiche de garantie. Influence de la politique sur la vie de notre maison. L'intelligence des chiffres. Valeur approximative des études en Sorbonne et du service militaire. Mystérieuse prétention de Laurent Pasquier, narrateur.

Cécile arriva la première. Elle n'allait pas à Paris tous les jours, et même, en cette fin d'été, ses voyages étaient assez rares. Elle n'avait pas d'heures fixes, comme nos deux frères aînés. Elle arrivait tantôt par le train, tantôt par le tramway. On entendait ses talons, sur les marches, devant la porte. Elle entrait, droite, grande, un peu frêle, tenant, d'une main, rassemblés, les longs plis de sa robe, de l'autre le sac à musique. Elle saluait ceux qui se trouvaient là. Sa voix absente, aérienne, passait par-dessus nos têtes et tirait tout de suite au large. Cécile n'embrassait que maman.

Un peu plus tard, on entendit Ferdinand parler au chien, dans la cour. Ferdinand était fort myope et n'aimait pas les surprises. Dès le portail, il appelait le barbet pour mieux se mettre en garde contre les sauts et les effusions de la bête. Maman dit :

— Sept heures vingt-cinq !

Ferdinand s'arrêtait toujours au seuil de la salle à manger. Il frottait ses pieds sur le tapis-brosse et promenait dans la pièce un regard lent, émoussé. Il disait les grandes nouvelles du jour, dès avant que de quitter son pardessus :

— Le congrès socialiste sera quelque chose d'inouï. Il paraît qu'on y entendra Vera Sassoulitch, qui a tué, dans l'ancien temps, le préfet de Saint-Pétersbourg. Je comprends l'hospitalité française ; mais il y a des limites.

En gravissant l'escalier, Ferdinand parlait encore et commentait le journal.

Il travaillait dans les bureaux d'une administration du côté de la Bastille et revenait le soir, en train, à l'heure où Paris, saisi d'un accès de fièvre, s'exprime comme un organe contractile et refoule par toutes ses bouches le peuple des banlieues. Notre frère Joseph travaillait dans le centre de la ville. Il ne rentrait pas tous les soirs à Créteil, car il pouvait coucher sur un sopha, dans son bureau. Il prenait, d'ordinaire, au Louvre, un lourd tram à vapeur qu'on appelait « la bouillotte » et qui n'était pas fort exact.

Mère dit, pour la millième fois, de sa voix méditative :

— En général, c'est Joseph qui revient le premier.

Le silence reprit possession de son empire. Un vrai silence provincial que perçait, de loin venu, le cri d'une locomotive en transes. Un ample silence, humide, frissonnant, sublime par la respiration des jardins, des prés, des bosquets, des maisons engourdies dans la fraîche soirée de septembre.

Paula Lescure se mit debout. Son étroit visage de pensionnaire monta dans l'ombre où somnolaient les régions hautes de la salle. Je compris qu'après les heures de couture, Paula Lescure s'étirait, invisiblement, et, comme elle faisait toutes choses, sans le plus petit bruit. Elle murmura :

— Ma cousine veut-elle que j'aille chercher la boisson ?

Paula vivait avec nous depuis plus de quatre mois. Elle nous adressait la parole à la troisième personne, d'une voix non pas servile, mais soumise et presque glacée.

— Allez, mon enfant, dit mère. Et, tout aussitôt, elle s'écria : « Voilà Joseph ! »

Joseph n'entra pas tout de suite. Nous l'entendions, dans le vestibule, s'ébrouer, gronder, frapper de la semelle. Puis il monta dans sa chambre. Notre père, à cette heure, devait être dans un réduit dépendant de son cabinet et qu'on appelait, pompeusement, le laboratoire. Il y passait de longues heures à manier des éprouvettes, des flacons, des tubes de verre. Il composait toutes sortes d'élixirs, des baumes, des embrocations qu'il essayait sur lui-même avec une belle témérité.

— Maintenant, murmura notre mère, je vais tremper la soupe.

Une minute plus tard je l'entendis qui devisait avec Paula, dans la cuisine. L'odeur insidieuse du poireau se répandait, soudain plus hardie, dans les chambres et l'escalier, et cet appel muet rallia toute la famille.

Je me souviens, c'était un soir de l'année 1900, un soir de la fin septembre. La famille était au complet, c'est-à-dire que nous étions huit : ma mère, mon père, nous les enfants, Joseph, Ferdinand, Cécile, Suzanne, moi-même et, pour finir, Paula Lescure, notre cousine. Ma petite sœur Suzanne n'avait guère plus de huit ans. Elle se tenait au bout de la table, entre ma mère et Paula. Ma mère ne voulait pas prendre la place du milieu, la vraie place de la dame. Si, depuis la fin du printemps, elle acceptait, par devoir, l'assistance de Paula Lescure, il lui fallait, vingt fois durant le souper, pour satisfaire à de vieilles coutumes quasi rituelles, aller à la cuisine, tourner les roux, piquer le feu, chercher les plats et les pots. Avec un entêtement dont nul de nous n'aurait osé lui demander les vraies causes, elle se refusait une servante et c'était bien à contre-cœur, sur notre prière à tous, qu'elle avait laissé Paula, pâle sous un tablier de satinette noire, introduire au salon les patients qui venaient consulter le docteur.

Le bruit des cuillers sonnant sur la faïence éclaira le début du repas. C'était un soir semblable aux autres soirs et, pourtant, nous sentions, nous savions même que ce soir-là serait sans doute bien différent des autres. On entendait : « Encore un peu de sel… Merci… Le pain, s'il te plaît… Non, c'est assez. » Un calme attentif pesait sur les âmes assemblées. Et, soudain, notre père essuya ses longues moustaches rougeoyantes. Il ne les suçait point, comme faisaient volontiers les moustachus de son temps. Il les lissait avec un coin de sa serviette, puis les tordait un peu d'un geste rêveur et détaché. Ferdinand boucha l'une de ses narines avec le pouce et renifla pour soulager un éternel rhume de cerveau. Il dit en nasillant :

— Cécile, te voilà dégommée. Sais-tu qu'on a découvert un petit gosse de trois ans qui compose de la musique et joue comme père et mère ? Il s'appelle Pepito Ariola, ou quelque chose dans ce genre…

— Ferdinand ! souffla notre mère.

— Quoi ? Hein ? Qu'est-ce qu'il y a ? dit Ferdinand en regardant tout à l'entour d'un air interrogateur.

— Votre père veut vous parler.

Papa souriait faiblement, l'air lointain, dédaigneux.

— Nous écoutons, prononça Joseph en considérant son assiette.

Paula Lescure se leva. Nous comprîmes aussitôt qu'elle voulait se retirer, sans aucun doute par discrétion. Elle était de taille moyenne, le buste bien pris dans une robe de drap qui lui comprimait la gorge. Une grande natte de cheveux châtains se tordait au-dessus de sa nuque. Elle baissait les yeux d'un air froid qui voulait dire, qui disait : « Je sais que je n'ai pas le droit… »

Cécile haussa les épaules et déclara, la voix tranquille :

— Je ne vois pas pourquoi Paula n'écouterait pas, comme nous autres.

Père ne répondit rien. Maman fit « oui », de la tête.

— Que ma cousine, dit Paula, me permette d'aller chercher les œufs à la coque et les légumes.

Il y eut une minute d'attente. Armé d'un bout de pain, Joseph attrapait les miettes, autour de lui, sur la table, et les mangeait, une par une. La petite Suzanne dit, presque bas, mais avec force : « Je ne veux pas de carottes… J'en aurai pas, des carottes !… » Et, soudain, notre père commença de parler.

— Il s'agit, mes enfants, dit-il, de l'argent de votre tante Mathilde. Nous devions, comme vous le savez, toucher cet argent à la fin de l'année dernière. Grâce à la diligence de messieurs les hommes d'affaires, nous n'aurons attendu qu'un an après la date légale. J'ai reçu, ce matin même, une première tranche, la moitié. Le reste viendra ces jours-ci.

Il y eut une petite pause et notre père ajouta, d'une voix bien contenue :

— Un peu plus de dix mille francs tout de suite, et le reste dans une semaine. Vous voyez que votre mère et moi nous ne voulons rien vous cacher.

— Mais, dis-je, nous savons tout ça. Je ne vois pas... Je ne comprends pas... Pourquoi cette cérémonie ?

Joseph, allongeant le bras me posa la main sur l'épaule.

— Un peu de patience, dit-il. Tu peux continuer, papa.

Il y eut un instant de répit pendant lequel on entendit les bruits de la table. Puis, de nouveau, tout s'arrêta. La petite Suzanne elle-même cessa de boire et de manger.

— Vous savez tous, dit papa, que je ne peux pas songer à rembourser les emprunts que nous avons faits sur les titres de Joseph et de Ferdinand. Si lourd qu'en soit l'intérêt, nous ne pouvons pas nous priver d'argent liquide, puisque nous avons la chance d'en voir tomber un peu.

— Oui, m'écriai-je avec agacement, qu'on ne rembourse pas les emprunts ! Je suis même tout consentant à ce qu'on fasse, dans dix-huit mois, un emprunt sur mon titre, en attendant le tour de Cécile.

— Laurent ! Laurent ! souffla ma mère d'une voix chargée de reproche. L'œil de mon père lançait des éclairs nacrés. Il respira profondément.

— Mon cher, tu n'en sais rien. D'ici là, ma position peut devenir plus brillante. Le tout est de commencer, de se mettre à pied d'œuvre. Enfin, revenons à notre affaire. Joseph et Ferdinand, supposant, sans doute à tort, que l'emprunt fait sur leur titre pourrait n'être pas remboursé, même plus tard – c'est leur sentiment – nous ont demandé tous les deux de leur consentir, sur cet argent de la tante Mathilde, une avance assez considérable.

Joseph heurta la table avec le manche de son couteau.

— Je te demande pardon, papa ; mais ce n'est pas ça du tout.

— Comment ! M'avez-vous, oui ou non, demandé l'un et l'autre une avance de trois mille francs ? Ce que je me permets de juger exorbitant.

— Ram, dit notre mère vivement, il ne s'agit pas d'une avance, puisque c'est un remboursement, c'est-à-dire tout le contraire.

— Un remboursement de quoi ?

— Des sommes que nous avons empruntées sur les titres de Joseph et de Ferdinand, à la majorité de chacun.

Mon père hocha la tête et tira sur ses moustaches. Il commençait de s'irriter et son regard pâlissait.

— À vous entendre, fit-il, on dirait que je ne comprends rien.

— Tu vas comprendre, dit Joseph.

Il venait de poser, à plat, ses deux fortes mains sur la nappe. Il semblait, ce faisant, tout dominer, tout éclaircir. Il reprit, articulant les mots avec beaucoup de force :

— La question est mal posée. Premièrement : les emprunts. Que papa se refuse à rembourser l'emprunt qu'il a fait sur mon papier…

— Mais c'était pour la maison, vous en avez tous profité.

— Ne compliquons pas les choses. Nous ne sommes pas les parents. Les dépenses de la maison, c'est vous que ça regarde. Donc, si papa se refuse à rembourser cet emprunt, après tout, c'est son affaire et je ne m'en étonne pas. Comme, en définitive, le montant de cet emprunt doit venir en déduction sur mon argent à moi, je demande non pas un véritable remboursement personnel, mais une somme de garantie, voilà le mot, exactement. Trois mille francs sur quatre mille trois cents. C'est modeste. Un point et ce n'est pas tout.

— Moi, s'écria Ferdinand, il s'agit de mon mariage. Je demande la parole.

— Laisse-moi finir, dit Joseph. Cette somme de trois mille francs, dont j'ai le plus pressant besoin pour mes affaires – mais c'est une question personnelle, et je n'en parle même pas, par pure discrétion – cette somme est donc une simple fiche de garantie. Je m'offre à la reverser, si papa rembourse jamais la société prêteuse, c'est-à-dire s'il restitue jamais les quatre mille trois cents francs au *Capital mutuel.* Comprenez-vous ?

— Non, dit froidement Cécile.

— Ça prouve, répliqua Joseph, que les affaires d'argent c'est quand même plus compliqué, plus délicat, autrement dit, que la musique.

Cécile haussa les épaules et Joseph poursuivit aussitôt :

— Vous allez toucher, en deux fois, à peu près vingt-deux mille francs. Si, si, avec les intérêts. J'ai tous les calculs en poche. Je considère donc mon affaire des trois mille francs comme une affaire réglée.

— Mais, dit Ferdinand, la mienne ?

— Tu parleras à ton tour. Pour moi, je n'ai pas fini. Je juge le moment venu de régler une autre affaire.

— Quoi ! dis-je, il n'y a plus d'affaire.

— C'est ce que nous allons voir.

Joseph baissa la voix et se mit à parler plus lentement. Nous l'écoutions, les uns et les autres, avec une irritation colorée de respect.

— Vous connaissez mon premièrement. J'en arrive au deuxièmement. J'estime que, n'ayant pas fait d'études, comme celles qu'ont faites, que font encore Laurent et Cécile, ayant, dans une certaine mesure, été sacrifié, je dois profiter de l'occasion véritablement exceptionnelle qui nous est offerte aujourd'hui pour demander, en toute justice, une indemnité correspondante. Un petit instant de patience. J'ai fait tous les comptes, au plus juste. Je peux montrer mon bordereau.

Cécile se prit à rire.

— Ça, dit-elle, c'est un mot malheureux.

Joseph mordit sa moustache et il y eut un instant de silence orageux. Papa grattait la nappe avec la pointe de ses ongles.

— Cécile ! murmura maman. Vous m'aviez pourtant promis...

Chaque fois que revenait, dans nos entretiens, un mot ayant le moindre rapport avec l'affaire Dreyfus, il semblait qu'aussitôt un abîme s'ouvrît sous nos pas et divisât la famille : d'un côté, Cécile et moi, tous deux dreyfusards avec frénésie, de l'autre Ferdinand, Joseph et, en renfort, à l'occasion, notre père. À force de supplications, ma mère avait obtenu que « l'affaire » serait, à la maison, écartée de tous nos entretiens. Pourtant, parfois, un nom, une idée, moins même, une intonation, enfin je ne sais quel souffle traversait nos chamailles et les esprits, aussitôt, se cabraient comme des insectes en position de combat.

— C'est à croire, gronda Joseph, qu'il n'y a plus moyen de parler. Tant pis ! je continue. Je suis tout à fait raisonnable en évaluant à deux mille francs, au moment où nous en sommes, les dépenses engagées par la famille pour Laurent et pour Cécile. Je dis deux mille par tête.

— Oh ! s'écria maman, l'air soucieux, pour Laurent, c'est encore possible, bien qu'il ait eu toutes les bourses. Mais pour Cécile, tu sais bien que nous n'avons presque rien payé. J'ajoute même que, depuis trois ans, oui, depuis son voyage en Belgique, Cécile nous a donné, à moi, à la maison, beaucoup plus de deux mille francs sur l'argent de ses concerts...

— Mère, dit Cécile, le regard éclatant, tu m'avais pourtant promis de ne le dire à personne. Non, non, Joseph a raison. J'ai du talent, il n'en a pas, cela mérite une indemnité. Je vote pour les deux mille francs.

— C'est extravagant ! dit papa, frappant le bord de la table avec ses doigts repliés. C'est inimaginable ! « Je vote pour les deux mille francs... Je demande la parole... premièrement, deuxièmement... » On se croirait à la Chambre. La politique des journaux finira par vous tourner la tête. Trois mille par-ci, deux mille par-là. Trois mille ailleurs. Et encore quoi ? Si je vous écoutais tous, il ne resterait rien.

— Le calcul est le calcul, fit Joseph avec sang-froid. Je demande, je peux demander cinq mille francs, c'est mon droit.

— Oui, dit mère. Et Ferdinand ? Il n'a pas fait non plus d'études, Ferdinand.

— C'est-à-dire, bredouilla Ferdinand, que j'en ai fait moins que Laurent, mais que j'en ai fait quand même.

— Attendez, cria Joseph. Le cas de Ferdinand est simple.

— Pourquoi dis-tu que c'est simple ? répondit Ferdinand, l'air vexé. Je réclame la parole.

— Mon Dieu, mon Dieu ! gémit notre mère, vous n'allez pas vous disputer.

— Je me demande, gronda Joseph, pourquoi tu nous en empêcherais. Mais toute dispute est inutile.

Du plat de ses deux mains, il frappa fortement la table.

— Laissez-moi donc parler : je suis le seul, ici, le seul à comprendre quelque chose aux affaires d'argent.

— Joseph, soupira maman.

— Je dis, je répète : le seul. Ferdinand n'a pas fait d'études. Soit !

— Je te demande bien pardon. Ah ! non ! je te demande pardon. Des études, j'en ai fait. Je n'accepte pas de passer pour un ignorant.

— Qu'est-ce que tout ça signifie ? Des études, moi, Joseph Pasquier, je n'en ai pas fait, somme toute. Et je ne suis pas un ignorant. Mais puisque tu déclares en avoir fait, alors, ton cas est réglé. Tu entres dans la catégorie de Laurent et de Cécile.

— Enfin, s'exclama notre père, vous allez me mettre en rage. Tu sais pourtant bien, Joseph, que les classes de Ferdinand n'ont pas coûté très cher, en définitive.

— Je le sais, répondit Joseph, et j'allais tout mettre au point. Mais vous m'empêchez de parler.

— Eh bien ! parle, soupira notre père en remuant la tête de gauche à droite et de droite à gauche d'un air excédé. Parle ! C'est inimaginable !

Joseph regarda gravement toute la famille en tendant les mains, paumes en dessous, comme pour pacifier les âmes.

— Je veux bien reconnaître, dit-il, que Ferdinand n'a pas fait d'études ou, du moins, qu'il n'en a pas fait de très coûteuses ni de très longues. Il a pourtant été notablement avantagé.

— Mais en quoi donc ? fit maman qui se dressait toujours pour venir au secours de Ferdinand.

— Oui, en quoi ? demanda Cécile.

— C'est simple, répondit Joseph. En ce qu'il n'a pas fait de service militaire. Et ce sera le troisièmement de mon petit discours. Oui, je sais, Ferdinand est myope. Il y a des cas où certaines infirmités sont de véritables chances. Ferdinand ayant été exempt de service militaire, je peux considérer que j'ai, exclusivement, droit à l'indemnité de deux mille francs.

— Je t'en prie, m'écriai-je en me levant de table, je t'en prie, père, donnons-lui ses cinq mille francs et qu'il n'en soit plus question.

— Une minute, articula Joseph. Je veux mes cinq mille francs, bien sûr, et je veux qu'on me les donne avec le sourire, gracieusement, comme une chose due.

— C'est admirable ! disait père. Donnons-lui ses cinq mille francs ! C'est le partage de la Pologne. Cinq mille francs pour Joseph, trois mille pour le mariage et l'installation de Ferdinand…

— Parfaitement, coupa Joseph. Cinq et trois huit. Huit de vingt-deux… Je dis bien vingt-deux : j'ai en main la copie des comptes du notaire… Huit de vingt-deux, restent quatorze mille. C'est une somme considérable.

— Non, dis-je en forçant ma voix pour dominer le tumulte. Non, ce sera seulement treize mille, car, puisque tout le monde se sert, je demande aussi quelque chose.

Cécile me prit par le bras.

— Oh ! laisse-les, soupira-t-elle. Pas toi, Laurent, pas toi !

— Cécile, soufflai-je très bas, Cécile, je t'expliquerai. Mon père avait un peu pâli. Les plis de sa moustache s'agitaient lentement dans l'air, comme des pattes de faucheux.

— C'est ridicule, ridicule. Vous êtes des hommes et des femmes. Nous aurions dû, tout simplement, vous traiter comme des enfants. Cette scène est inconcevable.

— Papa, fis-je, la voix tremblante, je te demande pardon. Joseph l'a démontré, je n'ai pas droit à ce partage puisque j'ai reçu ma part. Eh bien ! quand même, solennellement, je te demande mille francs, en acompte sur l'argent que nous tirerons de mon titre.

— Mais, dit père, qu'en feras-tu ?

— Papa, j'en ai besoin pour mes études, car moi, je poursuis des études. Je jure, en plus, devant vous tous, que je ne veux pas faire un mauvais usage de cet argent. J'ajoute que je m'engage à le rendre, à qui vous voudrez, soit quand je gagnerai quelque chose, soit quand on fera l'emprunt sur mon titre…

— Mais on ne fera peut-être pas d'emprunt.

— Enfin, je m'engage à le rendre. Je peux signer un papier.

— Ça, c'est toujours préférable, dit Joseph posément. J'allais transiger à quatre mille cinq ; seulement, puisque Laurent s'inscrit pour mille francs, je resterai donc à cinq mille et je demande un reçu de Laurent. C'est moi qui le conserverai. Si, si, le papier, ça se perd. Vous déménagez souvent.

— Papa, dis-je encore plus bas, non seulement je te supplie de me donner ces mille francs, mais de me les donner tout de suite.

— Ce soir ! fit maman. Pourquoi ?

Elle avait cet air anxieux, débordé, hagard, que nous lui voyions, maintenant, au milieu de nos querelles.

— Ce soir, fis-je, absolument.

Il y eut un grand silence. Paula Lescure commença de débarrasser la table. Elle était, parmi nous, comme une ombre indifférente, une créature de l'autre monde. Pourtant, elle écoutait tout, j'en étais sûr.

Nous étions, selon nos caractères, les uns rouges, les autres pâles. Père faisait claquer ses ongles contre l'ongle de son pouce. Il dit :

— Si j'avais su… Si j'avais su…

— Quoi ? demanda Joseph. Qu'est-ce que tu veux dire, papa ?

— Eh bien ! si j'avais su, je n'aurais rien dit.

Joseph haussa cordialement les épaules.

— Allons, allons, papa, tu rêves. Pas d'enfantillages. J'ai vingt-six ans, Ferdinand vingt-trois. Les autres, à part Suzanne, ont aussi voix au chapitre. Quand il s'est agi d'emprunter sur nos papiers, nous n'avons pas poussé des cris. La famille, c'est la famille. Au fait, en ce qui me concerne, je suis moins pressé que Laurent. Je prendrai l'argent demain.

— Nous parlerons de ça plus tard, maugréa père, l'accent boudeur. Cet argent ! Ne dirait-on pas ! Je n'ai même pas eu le temps de le voir.

— Eh bien ! montre-le, dit Ferdinand.

— C'est ça, montre-le, dit Joseph.

— Moi, dit Cécile, ça m'est égal. Je vais chez moi travailler.

— C'est inconcevable, répéta notre père. Maman hochait la tête.

— Pourquoi ne pas le leur montrer ? On dirait, à les entendre, qu'ils ne savent pas ce que c'est.

— C'est toujours curieux à voir, fredonna Joseph.

Notre père se leva d'un air en même temps furieux et intéressé. Il sortit de la salle et revint, au bout d'un moment, portant une grande enveloppe. Il en tira neuf billets bleuâtres, deux larges billets de cinq cents francs et quatre billets de cent francs.

— Le compte y est, fit Joseph. Nous nous étions tous assis.

— Vraiment, Laurent, dit mon père, nous allons parler de cela. Tu me dépasses. Vous me dépassez tous.

— Papa, fis-je d'une voix étranglée, j'aurai vingt ans dans six mois…

— Oui, dit Joseph ! Il est mineur ; mais entre nous, ça ne fait rien. Puisqu'il va signer un papier. Même entre nous, suffit que les comptes soient en règle.

— Nous parlerons de ça tout à l'heure, dit encore mon père en remettant les billets dans l'enveloppe. C'est une scène renversante.

Maman me regarda, longuement, minutieusement. Elle me posa la main sur le front et dit tout bas :

— Veux-tu qu'on en parle demain ?

— Non, fis-je, les dents serrées. Ce soir !

Une fine pluie de sons perlés tomba soudain sur nos têtes. Cécile commençait de jouer.

Chapitre II

Action lénitive du ciel nocturne. Première allusion à Mlle Hélène Strohl. De la prudence et du courage. Offres de service. Un excellent sauteur. Liquidation d'une vieille histoire. Délire sacré de Joseph. Vaticinations à voix basse.

Une demi-heure plus tard, j'étais dans le jardin, les mains aux poches et tête nue. Je ne connais rien de meilleur, après une querelle de famille, que le spectacle du ciel et surtout du ciel nocturne. Un souffle humide et frais charriait de grands nuages déchirés qui devaient recevoir, de loin, le rayonnement de Paris et qui s'animaient de flammes roses. Entre eux, avec eux, voyageaient des vols d'étoiles, des clartés laiteuses, des trous d'ombre, des abîmes bleus. Le vent avait passé sur la ville et sur les champs, il sentait, par bourrasques, la fumée, la terre ouverte, les feuilles malades ; il venait de l'ouest et, parfois, dans un majestueux remous, il répandait une odeur ineffable, que je n'avais encore sentie qu'une seule fois avec évidence, mais que je salue et reconnais tout de suite quand elle parvient ainsi jusqu'aux vallons de l'intérieur, la poignante odeur de l'eau, de l'océan.

Vraiment, c'était une belle soirée, à la couleur de mon âme.

Une lumière pointa dans la chambre de Joseph et j'entendis la fenêtre s'ouvrir. Le gaillard aimait bien l'air. Un instant après, je vis le feu rouge d'une cigarette. Alors, soudain résolu, j'appelai, entre haut et bas : « Joseph ! »

Il dit, de sa grosse voix mâle :

— C'est toi, Laurent ? Qu'est-ce que tu veux ?

— Te parler, me promener. Tu ne te couches pas tout de suite ?

— Fichtre non. Et alors ?

— Viens te promener avec moi.

— En voilà une fantaisie !

— Tu ne veux pas, Joseph ?

— Je n'ai pas dit que je ne voulais pas. Je me demande ce qui te tracasse. Enfin… Ça va. Je descends.

Je fis le tour de la maison. Une minute plus tard, Joseph ouvrit la porte. Il avait pris un foulard et ce chapeau melon qu'il ne quittait jamais et qu'il estimait « sérieux ».

— Ah ! fis-je, tu crains de t'enrhumer ? Il haussa les épaules.

— Moi, je ne sors pas nu-tête. Je ne suis pas un hurluberlu, je ne suis pas un fantaisiste, un artiste, un esprit distingué…

À cet instant, maman parut dans l'entrebâillement de la porte. Elle faisait effort pour nous apercevoir au milieu de l'ombre et dit :

— Vous n'allez pas sortir encore ?

— Maman, nous allons nous promener.

— Pourquoi ? Pourquoi, mes enfants ?

— Sois tranquille, dit Joseph, nous n'irons pas au café.

Pendant que nous foncions dans le noir, la voix inquiète, désolée, répétait :

— N'allez pas trop loin, mes petits. Sortir ! Sortir ! Quelle idée !

Nous avions atteint la rue. Naturellement, la pente nous menait à la rivière. Quelques secondes encore et nous aperçûmes l'eau noire où dansaient les lueurs nocturnes. Joseph dit placidement :

— Tu as ton itinéraire ?

— Non, ma foi, non.

— C'est un tort. Dès que l'on fait un pas, il faut savoir où l'on va. Nous suivons le bras du Chapitre ?

— Non. Allons plutôt du côté du pont de Saint-Maur.

— Ça m'est égal, puisque je suis sorti pour te faire plaisir.

— Tu es bien gentil, Joseph.

Nous tournâmes vers la gauche. Un sentier longeait la rivière, mais il était mal visible et, d'accord, nous prîmes la route. Nous marchions d'un assez bon pas. Pendant une grande minute, nous gardâmes le silence. Enfin, Joseph, à voix couverte :

— Tu l'as, ton billet de mille ?

— Tu le sais bien que je l'ai.

— Je veux dire : tu l'as sur toi, là, comme ça, dans ta poche ?

— Naturellement. Où veux-tu que je le mette ?

— Dans ta poche ? Ah ! Pas prudent, mon ami, pas prudent.

— Je me demande pourquoi.

— Dame, la nuit, en banlieue. On ne sait jamais. Non, pas prudent ! C'est encore une fantaisie de ton genre. Enfin, ça ne me regarde pas.

— Non, ça ne te regarde pas.

— Je dis que ça ne me regarde pas. Je le dis par politesse et par esprit de conciliation. Ce n'est pas à toi de le répéter. C'est bon ! Parlons d'autre chose.

Joseph siffla, doucement, une marche militaire. Puis il dit :

— Comment va mademoiselle Strohl ?

— Pas trop mal. Elle t'intéresse ?

— Pourquoi pas ? Tout m'intéresse. Hélène Strohl est une personne qui semble avoir du caractère. Ce n'est pas si fréquent que ça dans le petit monde où tu vis.

— « Petit monde » est admirable !

— Enfin, Laurent, estimes-tu que ce soit le grand monde ?

— Heureusement non.

— Alors, si ce n'est pas le grand, c'est le petit. Un petit monde. Des savants, des penseurs, des intellectuels. J'appelle ça du petit monde.

— Bien, Joseph. Et que voulais-tu me dire au sujet de mademoiselle Strohl ?

— J'ai dit ce que je voulais dire. Qu'est-ce que tu tiens dans ta main ?

— Mon billet de mille francs.

— Je m'en doutais, malgré le noir. C'est absolument idiot.

— Je me demande ce qu'il y a d'idiot, quand on possède un billet de mille francs, à le tenir dans sa main.

Joseph baissa la voix, mais il parlait avec force.

— D'abord, si tu parles d'argent, tu n'as pas besoin de crier.

— Je te croyais plus courageux.

— Mon garçon, je suis aussi courageux que toi. Probablement davantage, bien qu'il n'y ait pas de contrôle. Mais, quand il s'agit d'argent, le courage n'a rien à avoir. Les précautions s'imposent.

— Eh bien ! calme-toi, dis-je en riant. Je vais le mettre dans ma poche, mon billet.

— Ça vaut mieux. Montre-le-moi d'abord.

— Pourquoi ? Tu sais comme c'est fait. D'ailleurs, on n'y voit goutte. Non, je ne te le montrerai pas.

— Garde-le. Puisque tu fumes, donne-moi une cigarette.

Joseph me prit une cigarette et poursuivit, la voix plus calme :

— Qu'est-ce que tu penses en faire, Laurent, de ces mille balles ?

— Je te promets que tu le sauras.

— Parce que, vois-tu, Laurent… Mais, que je t'explique d'abord. Dire que tu as eu tort, ce soir… À parler franchement, non ! L'argent, il faut l'attraper quand il y en a. Et, chez nous, c'est plutôt rare. Celui-là, de tante Mathilde, nous l'attendions depuis… avant d'être nés. Bon. Mais ce n'est pas tout de l'avoir. Il reste à le garder. Ça, c'est le plus difficile. C'est énormément difficile. Tous les gens sérieux te le diront.

La voix de Joseph, dans l'ombre, prit une inflexion presque suave, presque caressante. Il reprit, suçant les mots :

— Si tu ne l'emploies pas tout de suite, le billet, tu peux me le confier, Laurent. On trouve de bons, de très bons placements, quand on a de l'expérience. Je dis du six, du vrai six et même du sept pour cent. Et pas des placements comme papa !

Joseph se prit à rire, mais sans éclat, sobrement.

— Non, poursuivit-il, pas des placements de rêveur. Car, au fond, nous avons bien fait d'exiger des sommes tout de suite, pendant que l'argent était là. C'est toujours ça de sauvé. Le reste, il va le gaspiller, le vaporiser, pas l'ombre d'un doute. Quel dommage ! Non, quel dommage ! Et il n'y a rien à faire. Je peux tout lui proposer, le meilleur et le plus sûr. Il ne suivra que ses marottes. Allons, où vas-tu, maintenant ?

Nous arrivions au pont de Saint-Maur. Il était faiblement éclairé par deux ou trois becs de gaz. À leur clarté sautelante, on apercevait la Marne, les berges pelées par place et les bateaux des pêcheurs. Un petit escalier de pierre descendait au bord de l'eau. Je m'y engageai, sans hâte. Joseph, tout à ses calculs, me suivait docilement.

— Si tu me le prêtes pour un an, je pourrai te donner six. Tu comprends : soixante francs. Si tu me le prêtes pour six mois, dame, je ne donnerai que quatre et ça ne fera que vingt francs. Maintenant, si tu désires participer à une affaire, une véritable affaire, avec des risques à partager, comme de juste…

Nous étions sur le bord de l'eau. On entendait le bruit soyeux de la rivière fendue par les piles du pont. Devant nous, éclairé par la lueur aérienne d'un réverbère, un ponton de bois, amarré pour les pêcheurs, dansait mollement à deux ou trois mètres de la rive. J'étais excellent sauteur. Je pris soudain mon élan et retombai sur le ponton. Joseph s'arrêta net au milieu d'une phrase. Je l'apercevais maintenant, sur la rive, les mains aux poches, son chapeau melon sur la tête. Il vociférait doucement :

— Voilà ! C'est du Laurent tout pur ! Et pourquoi ? Je te le demande.

— Alors, fis-je en me penchant un peu, tu ne viens pas me rejoindre ?

— Non, moi, je ne suis pas timbré. D'ailleurs, si tu restes là-dessus, je vais te fausser compagnie.

— Pas tout de suite, Joseph, écoute. J'ai quelque chose à te dire.

— Tu choisis bien ton endroit !

— Je le choisis mieux que tu ne le crois.

— Tu as des idées de suicide ?

— Non, tout le contraire, des idées de vie, Joseph. Écoute-moi, écoute-moi bien. Tu ne te rappelles peut-être pas qu'un jour… oh ! c'est vieux, tu faisais ton service militaire, ce fameux service qui vaut deux mille francs… nous habitions rue Guy-de-la-Brosse… un jour, nous nous sommes disputés, toujours au sujet de l'argent. Tu disais des choses dégoûtantes, des choses épouvantables. Enfin, tu salissais tout ce que je respecte au monde. Alors, j'ai juré, devant toi, que mon premier billet de mille francs…

J'entendis la voix de Joseph. Une voix rauque, furieuse. Il était penché sur l'eau. Il criait sourdement :

— Toi, tu vas faire une folie. Toi, Laurent, tu vas faire une mauvaise action. Ah ! nom de Dieu ! Ça n'a pas de nom.

— … Alors, Joseph, j'ai juré que mon premier billet de mille francs, je le jetterais dans le feu, pour expier tes paroles, tes pensées, oui, tout ce que tu disais de la pauvreté, du désintéressement, des idées pour lesquelles on peut vivre et même mourir.

Joseph se mit à crier. Il remuait, sur la rive. Mais il était assez lourd et ne pouvait pas sauter. Il arracha, des deux mains, une grosse motte de gazon et me la jeta sans m'atteindre. Il criait :

— Imbécile ! Imbécile ! Je te donnerai des claques. Je continuai de parler. J'étais soulevé d'une ivresse magnifique.

— Mon premier billet, Joseph ! Le voilà. Regarde-le bien. Je ne le jetterai pas dans le feu. J'y ai songé ; mais je ne veux pas que tu te brûles les mains. Alors, regarde, Joseph ! Je le déchire en deux. Et maintenant, en quatre. Et maintenant, en huit. Et encore et encore. Qu'est-ce qu'il y a ? Tu ris, Joseph ?

Joseph s'était mis à rire. Il dit, entre deux hoquets :

— Ça ne prend pas. Ça ne prend pas. Ce n'est pas le vrai billet.

— Pas le vrai ? Bien, mon vieux. J'en garde un tout petit bout. Tu pourras contrôler. Et quant au reste, allez, ouste ! à la rivière ! Maintenant, retire-toi de là, je vais sauter sur le bord.

Joseph semblait soudain calmé. Il se tenait bien droit, les mains aux poches, respirant fort. Je ne voyais pas son visage, mais l'imaginais assez bien. Il dit :

— Tu mériterais que je te foute dans l'eau. Ah ! ne saute pas tout de suite, ça vaut mieux.

J'avais pris déjà mon élan. Je vins tomber dans l'herbe, à deux pas de mon frère aîné. Tout de suite, il fut sur moi. Il m'avait saisi le poignet et me secouait avec fureur. Je ne l'avais jamais vu si peu maître de lui. J'étais au comble de l'émotion et moi-même prêt à la violence.

— Mille francs ! disait-il. Mille francs ! Sais-tu que c'est presque un crime. Tu n'as donc pas assez d'imagination pour te représenter tout ce qu'on peut avoir avec mille francs ?

— Je me demande, répondis-je en m'éloignant de quelques pas, je me demande ce que j'aurais pu acheter pour être, seulement de moitié, aussi content que je le suis.

— Alors, c'est tout, tu t'en retournes ?

— C'est tout, c'est parfaitement tout. Je m'en vais à la maison.

— Mais, dit-il en titubant, et l'argent, et la galette ?

— Ah ! fis-je en revenant vers lui, tu as la berlue, Joseph. L'argent, il est dans l'eau, dans l'eau. On dirait que tu n'as pas encore compris.

Joseph repoussa, d'un coup de poing, son chapeau melon sur sa nuque. Il défit son foulard, le plia, le mit dans sa poche et respira deux ou trois coups jusqu'au fond. Il bégayait un peu :

— C'est une chose incompréhensible. Tu as fait ta blague et maintenant tu files comme un voleur. Attends, attends, je te suis. Tu ne t'en tireras pas comme ça. Ce ne sont pas des idées saines, pas des idées de chez nous, pas des idées françaises. Ça vient de tous ces brindezingues, de tous ces loufoques avec lesquels tu te baguenaudes. Mille francs ! Tu dis que tu aimes ta mère. As-tu réfléchi, pour maman, à ce que ça représente, mille francs ? Tu l'as vue travailler, maman ?

— Joseph, pas de sentiment. J'ai tout pesé, pendant cinq ans. Tu sais que j'ai la mémoire longue. Pour ce qui est de maman, tu peux lui raconter la chose, si tu le veux.

— Non, fit-il en hochant la tête. Non, je ne lui raconterai rien. C'est une affaire entre nous. Une affaire qui n'est pas finie. Ces mille francs, après tout, étaient-ils complètement à toi ?

— À qui penses-tu qu'ils étaient ?

— Du moment que tu n'en voulais plus, ils retombaient dans la communauté, pour être juste.

— Ils étaient à toi, peut-être ?

— En partie, certainement. Du moment qu'ils n'étaient plus à personne, ils étaient un peu à moi. Et même beaucoup à moi : malgré tout, je suis ton frère.

— Oui, et j'en suis bien désolé.

— Mon petit garçon, ça, c'est à voir. Tu viendras peut-être, un jour, me demander de l'argent avec un joli sourire et la bouche en croupion de poule. Alors, je te rappellerai que tu me les as pris, mes mille francs.

Je me sentais suffisamment détendu pour sourire. Joseph répétait avec une obstination bafouilleuse :

— En somme, tu n'en voulais pas, puisque tu les as jetés. Alors pourquoi les as-tu demandés ? Qu'est-ce que je dis ? Exigés ! Et tu n'en voulais pas !

— Mais si, mais si, j'en voulais.

— Pour quoi faire ?

— Pour faire ce que je viens de faire. Pour sacrifier mille francs, il me fallait mille francs. Tu ne comprends pas ?

— Eh bien ! non, je ne comprends pas. Du moins, je ne comprends pas ça. Mille francs ! Tu aurais pu, à la rigueur… ce ne sont pas des choses que j'approuve, et même je déteste les chichis de ce genre-là… N'importe, tu aurais pu les verser, si tu avais été un véritable humanitaire, un vrai philanthrope, quoi ! comme tu laisses croire que tu es, tu aurais pu les verser à une œuvre de bienfaisance. J'en connais d'intéressantes. Ah ! cette fois, tu es coincé. Qu'est-ce que tu trouves à répondre ?

— Non, non, Joseph. Pour que le sacrifice ait tout son prix, toute sa valeur, il fallait faire… ce que j'ai fait. Pour les pauvres gens eux-mêmes, pour ceux qui ont besoin d'argent, qui meurent à cause de l'argent, il fallait que le billet fût complètement détruit, enfin un geste absolu.

— Tu dis comment ?

— Ab-so-lu.

Nous étions maintenant sur la route. Jaillis des ténèbres humides, trois ou quatre feux lointains nous blessaient le fond de l'œil. Nous marchions côte à côte et, presque à chaque pas, dans la nuit, nos épaules se touchaient. Joseph dit, la voix lugubre :

— On s'entendra jamais, nous deux.

Puis il souffla brusquement, tel un chat qui va griffer. Et, soudain, il repartit à pousser des grondements. Il m'avait pris par le bras, comme s'il eût craint de me perdre. Il parlait d'un ton rabâcheur qu'on ne lui connaissait guère :

— Veux-tu que je te dise ? Eh bien ! je comprends maintenant. Papa ? Tu ne l'aimes point. Ah ! tâche au moins d'avoir le courage de ton opinion. Il t'inquiète, papa. Dis-le, il te fait peur. On ne sait jamais ce qu'il va bien imaginer. Et puis, il y a des choses que tu ne lui pardonnes pas. Si, si, mon garçon : tu es un homme sensible, et, pis encore, un délicat, un homme de beaux sentiments. Alors, certains jours, papa, tu le détestes, mon cher, et même il te fait horreur, surtout pour les histoires de femmes : Solange, et aussi Thérèse… je sais tout, j'ai ma police. Et, l'année dernière, la dame au bureau de tabac ! Enfin, il te fait horreur. Tu ne l'avoues pas, parce que tu es instruit et que les gens instruits comme toi ne savent plus parler franchement. Eh bien ! écoute-moi, Laurent : ce que tu viens de faire, oui, les mille francs, le sacrifice, les grands mots, etc., mon cher, c'est du papa extra-pur, de l'essence de papa. C'est une de ces folies qu'il aurait sûrement inventées s'il avait appris plus jeune tout ce que tu te donnes beaucoup de mal pour apprendre. Ça t'embête, mais tant pis ! La vérité avant tout.

Je venais de secouer Joseph d'un rude mouvement d'épaule. Je ne voulais plus rien entendre. Je filais à grands pas. Alors Joseph s'élança, courut deux ou trois secondes, me ressaisit par le bras et reprit, la voix tranquille :

— Que je te dise encore une chose. Les mille francs… tu les regretteras. Tu verras si je me trompe.

CHAPITRE III

Abord de la ville par excellence. Le voyage sur la Seine. Intermède pour orchestre. Thèmes de la Terre promise et du destin familial. Mystérieuse inquiétude.

Le lendemain, je partis dès le jour pour Paris. En ce temps-là, Créteil était encore aux frontières de la nature végétale. Passé la place de l'Église, notre tramway s'engageait sur la longue route d'Alfort. C'était une voie pavée, large, presque déserte, que, parfois, faisaient sonner les tombereaux des charroyeurs. Avec ses ruisseaux, ses rails, ses trottoirs, une telle route sentait la rue : elle était, dans sa substance et sa structure, comme une émanation, un rameau pierreux de la ville. Pourtant, elle offrait encore, à sa droite et à sa gauche, maintes échappées sur les champs. Une vraie terre besogneuse, avec des horizons, des charrues, des meules, des chevaux et des paysans qui labouraient, emblavaient, moissonnaient, enfin résistaient pouce à pouce, comme les derniers tirailleurs de la province en déroute. Le voyageur apercevait aussi les verdures d'un cimetière et de gros bouquets de feuillage noués lâchement par le ruban gris d'un mur. Venaient ensuite les masures et les clos des maraîchers, personnages hybrides, à demi paysans, ouvriers à demi, qui, derrière des murs jaloux, torturaient d'étroits lopins et leur faisaient, à force d'eau, de fumier, de cloches et de châssis, rendre d'énormes fardeaux de légumes qu'ils portaient eux-mêmes, la nuit, dans des carrioles somnolentes, jusqu'aux Halles de Paris.

Avant les derniers maraîchers, commençait la ville véritable. Elle poussait une avant-garde hideuse de pavillons rabougris, de bicoques disparates, de cabanes titubantes, faites de douves de tonneaux et de lambeaux de carton. La nature avait parfois des regains, des fantaisies. On découvrait de vieux jardins plantés d'arbres vénérables, ou même un champ prisonnier. Puis revenaient les guinguettes, les tonnelles, les bistros minuscules à la façade enluminée qui s'empanachait de fusains. Plus loin, se répandait le butin des chiffonniers dont les huttes semblaient pâturer les tessons et les escarbilles. Et, soudain, présentant aux terrains vagues ses falaises de meulière brute, surgissait un immeuble de quatre étages, avec un épicier perdu, des fenêtres à brise-bise, de la literie rose tendre qui respirait sur des balcons. Puis, des chantiers et, délectable, l'odeur d'une colline de sciure fraîche. Puis, de nouveau, par légions, des cabanes rapiécées, grelottantes même au soleil, teigneuses, cyniques, inconsolables.

Dès Alfort commençait la ville continue, la ville dure et cohérente. Pourtant, au long des avenues, des boulevards ou des quais, revenait, par taches, par plaques, telle une mauvaise pensée, telle une maladie tenace, la détresse de la banlieue. Souvent, après un grand morceau de ville propre et soignée, s'ouvrait un nouvel ulcère, une sombre cour des miracles, avec des cahutes pourries, des montagnes de détritus, des meutes d'enfants vermineux, des hommes et des femmes farouches, des odeurs d'Orient lugubre, pluvieux, haineux, maudit. Et quand on approchait des portes, quand on commençait d'entendre parler, rire et chanter Paris, alors éclatait la « zone », le grand camp de la misère qui, de partout, investit la ville illustre et magnifique.

Ainsi donc, à chaque voyage, avant d'atteindre le lieu de mon travail, de mes soucis, de mes pensées, il me fallait, au gré du tramway brimbaleur, traverser toute cette pouillerie, en recevoir les reproches et les avertissements. Je ne m'y suis jamais fait.

Parfois, par dégoût, peut-être aussi par honte, quand je n'étais pas trop pressé, je quittais le tram à vapeur dès le pont de Charenton et j'achevais le voyage en bateau mouche.

Ces petits bateaux étaient alors une des grâces de Paris. Les jours de semaine, au départ, ils naviguaient à peu près vides. Bons refuges de mélancolie que hantaient, comme des ombres, quelques passagers frileux.

Était-ce de mélancolie que j'avais faim, ce matin-là ? Non, certes. Il me fallait de la joie, de l'enthousiasme, et surtout de l'apaisement, je dis bien, de la rémission. Ma promenade avec Joseph m'avait rempli d'orgueil et, pour des raisons qu'il me faudra donner quand même, rempli d'inquiétude aussi. Parfois, l'inquiétude cédait, je me sentais promu chevalier du génie, de l'abnégation, de l'honneur : j'avais confessé ma foi, proclamé le triomphe de l'esprit sur la matière. J'avais fait, à la plus noble des causes, un sacrifice considérable. Je ne le regrettais pas, je ne le regretterais jamais… Pourtant, mieux que personne, j'en pouvais mesurer l'étendue, puisque, en cette fin de saison, le vêtement que je portais se tenait avec peine aux limites de la décence et presque de la propreté. Mes chaussures étaient percées, volontiers hydrophiles. Quant à mon chapeau, quant à mon linge… Tant pis ! J'étais pour longtemps, par la force de la pensée, vêtu, chauffé, nourri. J'avais tenu ma promesse, rempli, enfin… oui, rempli mes engagements.

Une cloche prit l'essor et le bateau démarra. Nul voyage, semblait-il, ne pouvait, mieux que celui-là, me confirmer dans ma grandeur. Le bateau, quelques instants, divisait en longs plis verts l'eau nonchalante de la Marne. On passait sous le pont du chemin de fer, puis sous une passerelle allègre et, tout de suite, on parvenait au confluent du fleuve et de la rivière. Un vaste paysage aquatique, ivre de ciel, un carrefour de bourrasques, un congrès de lumières, une conjoncture de puissances, une fête géographique permanente, intelligible principalement aux âmes ennoblies par des actions difficiles.

Entrevue dans l'éloignement, la ville était basse, éparse, presque villageoise. Elle se montrait, à cette époque, vierge des walhallas de ciment qu'on y admire aujourd'hui. Les berges s'inclinaient vers le courant en belles pentes paresseuses sur lesquelles on voyait, comme dans les vieilles estampes, déambuler des promeneurs, dormir un tâcheron, vagabonder un chien. On ne sentait plus, du bateau, la disgrâce des hommes et des choses. On apercevait des maisonnettes plaisantes qui pouvaient être des auberges, les demeures des bateliers, des calfats, des passeurs d'eau. Point n'est besoin de s'éloigner beaucoup pour défigurer le réel et pour partir en rêverie. On pouvait imaginer des voyages, des Danubes, des Volgas, des fuites, des expéditions, des conquêtes.

Alors venait un grand et gros pont couronné de fumées, de réverbères, de convois. Et, tout aussitôt, sur la rive, fourmillaient des milliers de tonneaux, tous les trésors de Bercy. Je saluais, au passage, ces boissons insipides : j'avais bu d'un vin plus fort. J'étais debout, à l'avant – je disais, au fond de mon cœur, à la proue. – C'était un de ces bateaux découverts que l'on avait lancés pour l'Exposition. Un vent presque marin tourmentait mes songeries. « Oui, vraiment, j'avais bien fait. On parlait trop souvent d'argent, chez nous, chez les Pasquier. Malgré son grand effort et malgré sa victoire, papa lui-même était gagné par les promesses de Mammon. Ferdinand se consumait dans de petites convoitises. Joseph, oh ! Joseph ! Il était prêt à donner son âme pour l'anneau de Fafner. Son âme ! Il l'avait déjà donnée, le malheureux ! Cécile était admirable, sans doute, et déjà si loin de nous, déjà sortie de notre jeu – Cécile était en péril, avec ce mariage impossible. – Restait la pauvre maman. Oh ! elle n'était pas coupable, seulement fascinée, seulement tiraillée, seulement écrasée de tout. Était-ce ainsi, par ces chamailles, ces petits comptes, ces chipotages, qu'il convenait de célébrer notre entrée dans la Terre promise ? Car c'était la Terre promise. Notre père avait touché le but de sa vie. Nous commencions une vie nouvelle. Nous accédions, enfin, dans les vertes vallées de l'intelligence. Et c'était pour y quereller à propos de sous et de liards. Quelle honte ! Non, il était grandement temps de faire quelque chose d'extraordinaire, de rédempteur, de purificateur. C'était fait… du moins en partie… »

À ce point de mes réflexions, je sentis que l'inquiétude allait empoisonner ma joie. Une inquiétude toute semblable au remords. « C'était fait ? Non, je n'étais pas quitte. Il y avait quelque chose qui demandait révision. Ah ! que c'était difficile ! »

À ce moment, nous croisâmes un train de chalands. Notre bateau se prit à danser. De grands coups de sifflets sourdaient des gares couchées tout le long du fleuve. Entre les jambages du pont d'Austerlitz apparurent Notre-Dame et les hautes maisons des îles. Le cœur me sauta dans la gorge. Le paysage s'élevait à la mesure de mon tourment. Le fleuve, avant de se partager, se gonflait, semblait prendre une respiration heureuse. J'apercevais, sur la gauche, oasis de souvenir, les arbres du Jardin des Plantes, de notre cher jardin des bêtes sauvages, où campait déjà l'automne. Les rives, chargées de convois, de chevaux, de foules en marche, dialoguaient par-dessus les eaux. Le petit bateau s'engagea dans le passage, entre les îles, entre les quais pareils à de hautes forteresses de grès et de granit, et, soudain, s'ouvrit aux yeux, récompense délicieuse, féerie, magie, mirage, le cœur, le milieu, le sanctuaire de la ville par excellence, une plaisante et noble assemblée de tours, de temples, de palais, de ponts ailés, de maisons doctes, d'hôtels austères de bâtisses folles, de toits fumeurs, d'arbres captifs, de jardins et de statues, un sublime concert d'eau, de ciel et d'œuvres humaines qui toutes avaient une histoire, un sens, une destinée, enfin Paris, bien sûr, ou pour mieux dire, le Paris d'un garçon de dix-neuf ans qui vient de faire une chose assurément difficile, assurément belle et méritoire, mais dont il n'est pas très content pour certaines raisons sur lesquelles il sera nécessaire de s'expliquer tôt ou tard.

Chapitre IV

Une maison de la rue Saint-Jacques. Contrastes parisiens. Portrait de Léon Schleiter en 1900. Le savoir et le pouvoir. Application des méthodes mathématiques en biologie. Une visite matinale. Tentative de confidence. Intervention de l'esprit critique.

Léon Schleiter est mon aîné de beaucoup. Si j'en crois les annuaires, il devait avoir vingt-sept ans à l'époque où prend mon récit. Il habitait, rue Saint-Jacques, en face de la Sorbonne, une maison qui s'accrochait comme une gale fuligineuse au flanc du Collège de France et qu'une sage rectification a, depuis, fait disparaître.

C'était, pour un jeune savant de la qualité de Schleiter, une demeure très misérable. On y fleurait, connaissant l'homme, dès le corridor d'entrée, une sorte d'affirmation politique ou plus exactement sociale qui me pénétrait de respect, presque d'enthousiasme. Un escalier étroit, branchu comme une artère, s'élevait dans le milieu de la baraque et distribuait en tous sens des galeries tortueuses, coupées de marches, sur lesquelles s'ouvraient une foule de menus alvéoles. Des ouvriers gîtaient là, des femmes du pays latin, des vendeurs à la petite voiture, un peuple assez paisible. L'escalier prenait jour sur une courette vêtue de suie veloutée. À chaque palier, les habitants pouvaient, par la fenêtre, répandre leurs eaux ménagères dans des plombs dont, au passage, on respirait le souffle ammoniacal.

Il était surprenant de rencontrer, en plein cœur du quartier savant, cette masure insolente qui devait avoir vu passer, au temps de sa jeunesse, les pèlerins en route pour la Corogne et Saint-Jacques de Compostelle. On peut, encore aujourd'hui, découvrir, entre l'École Polytechnique et le Collège de France, dans l'ombre de Sainte-Barbe et de Louis-le-Grand, sous le regard du Panthéon, des églises, des bibliothèques, un des plus odorants réduits de la misère parisienne.

Léon Schleiter, maître et camarade, était alors préparateur en Sorbonne, au laboratoire de physiologie, et assistant de M. Dastre. Nous admirions fort Schleiter. Il avait soutenu, l'année précédente, une thèse non pas brillante mais, exactement, monumentale sur la structure des graisses phosphorées dans les œufs d'oiseaux. À nos yeux, cet ouvrage, presque en son entier fait de chiffres et de formules chimiques, représentait la charte de notre science, la somme de toutes les idées raisonnables sur la vie. À vrai dire, dans cet ouvrage, Schleiter se bornait encore à développer les idées de M. Dastre. Il y apportait un dogmatisme intempérant que nous trouvions magnifique, encore qu'il nous valût toutes sortes de rebuffades : Schleiter n'était pas un tendre.

Il était fils d'un petit tailleur de la rue d'Aboukir. Il avait vu son père, assis à l'orientale au bord de l'établi luisant, se racornir et se consumer sous une lumière de cave. Il avait mené longtemps, dans l'odeur des vieilles nippes, une existence torturée d'ambition. Et, d'effort en effort, par le jeu de puissances obscures et de hasards éclatants, le petit garçon du tailleur s'élevait, maintenant, très vite, dans la nouvelle gloire des temps, la gloire scientifique.

Je dis s'élevait et non s'épanouissait : il y a, dans le mot et dans l'idée d'épanouissement, quelque chose de souple, de libre, enfin quelque chose d'heureux qui me semble incompatible avec la personne de Schleiter. J'aurai sûrement l'occasion de revenir à Schleiter, dans ces pages et les suivantes. Il a tenu et tient encore une place dans mon univers. Je dois, en son honneur, dévier un peu de mon récit. Léon Schleiter, à cette époque, était maigre, de haute taille, bistre de cuir et noir de poil, avec la moustache et la mouche. Il avait le visage mince, aplati latéralement, en sorte que, dans le souvenir, il se présente de profil. Il portait un binocle sur un long nez membraneux. Ce nez, la structure germanique de son nom, la rigueur de ses opinions pendant l'affaire Dreyfus le faisaient traiter de juif par ses adversaires. Il répétait volontiers : « Je regrette de n'être pas juif. » Il ajoutait tout aussitôt : « Malheureusement, je ne le suis pas. » Il avait été, il était, il est encore dreyfusiste. Ainsi disait-il alors, pour protester contre ce qu'il appelait les désinences péjoratives. Au moment où s'ouvre le présent récit, Léon Schleiter venait de se jeter, avec une passion sèche et noire comme sa personne, dans la politique socialiste, nuance Guesde, ou plutôt nuance Schleiter, c'est-à-dire dans un socialisme d'extrême-gauche qu'il imprégnait de syndicalisme.

Je ne voudrais pas, dans le choix des mots et la démarche des phrases, laisser croire, même un seul moment, que je juge sans complaisance le personnage et la destinée de Schleiter. Il est aujourd'hui de ces savants assez nombreux, somme toute, qui ont, de bonne heure, déserté le laboratoire et le délicieux tourment de la connaissance pour les aventures de la vie publique. Je me suis longtemps demandé, songeant à Léon Schleiter, si l'ivresse de la popularité, la passion de l'influence, ou même le jeu des idées pouvaient vraiment faire hésiter un homme de haute culture entre deux destinées, deux carrières, deux fortunes, celle du savoir et celle du pouvoir, j'entends de ce pouvoir évident, sensible, grossier, qu'est le pouvoir public. À la réflexion, il me semble bien que les vrais savants quittent la recherche quand ils n'en retirent plus rien. – Je reste dans l'ordre moral. – Les mathématiciens surtout – j'y ai pensé bien souvent à propos de Paul Painlevé – voient, comme certains lyriques, leur génie tari de bonne heure. Ils se jettent alors dans l'action parce que la méditation n'a plus à leur narine qu'une odeur de cendre froide.

Ces réflexions ne nous écartent pas trop du biologiste Schleiter. Il a, des premiers, appliqué la rigueur mathématique aux sciences de la vie. Bien qu'il fût au principe de cette grande révolution, M. Dastre disait de Schleiter et de nous tous, en ce temps-là : « Je me fais l'effet d'une poule qui a couvé des canards. » Schleiter était un mathématicien égaré dans l'observation des êtres vivants. Il a vite perdu la flamme de son génie. Je suis sûr qu'il en a souffert et c'est sans doute la raison de ses ardeurs politiques et de sa froide austérité.

Je ne pensais guère à ces choses en gravissant, ce matin-là, l'escalier de la rue Saint-Jacques. J'étais tout à mes combats, tout à mon orgueil. Il me fallait une sanction, l'assentiment d'un homme de ma caste morale. Et voilà pourquoi je venais frapper chez Léon Schleiter.

Il était déjà debout et vint ouvrir aussitôt. Il disposait, dans cette masure extravagante, d'un logement assez confortable, comportant deux chambres, une cuisine, un semblant de vestibule. Les chambres donnaient sur la rue Saint-Jacques et les murailles de la Sorbonne, horizon vertueux qui faisait oublier tant bien que mal l'ombre et les odeurs de l'escalier. Le logis de Schleiter était en outre fort propre et d'un ordre sourcilleux. Il vint donc m'ouvrir lui-même, le rasoir aux doigts, car il était en train de se faire la barbe.

— C'est une charmante surprise, dit-il d'un ton sec et serré que je connaissais assez bien et qui ne me déroutait guère, car il exprimait, chez Schleiter, la plus grande ouverture du cœur. Et qu'est-ce qui me vaut ce plaisir ?

— Oh ! fis-je, l'accent détaché, rassurez-vous : rien de grave.

— Rien de grave, sans doute ; mais quelque chose de sérieux ?

— Non, Schleiter, non, rassurez-vous.

— Je suis rassuré par principe et presque par définition. Asseyez-vous dans le fauteuil. Si vous le permettez, je vais en finir avec cette barbe. Vous savez que c'est un supplice, car j'ai le poil très dur. Alors ? Visite matinale, tout simplement ? C'est parfait.

— Ce n'est pas ce qu'on appelle une visite. Je pensais venir au labo, sachant que vous y seriez.

— Et quelque pressant besoin vous y fait devancer l'heure. Bien. Attendez une seconde que je me trempe la tête dans l'eau. Et maintenant, je vous écoute.

— Schleiter, dis-je en me levant, je vous affirme que c'est une chose sans importance.

— Oh ! je le vois bien, je le vois bien, rien qu'à votre calme exemplaire. Alors, vous préférez ne pas rester assis ?

— C'est-à-dire qu'un peu de mouvement...

— Croyez-moi, Pasquier, faites un petit effort et restez dans le fauteuil, ne serait-ce que par discipline, pour maîtriser vos nerfs.

— Je ne suis pas nerveux. Excusez-moi, Schleiter.

— Mon cher, je ne fais que ça.

— Vous connaissez mon frère aîné ?

— Je le connais... C'est beaucoup dire. Je l'ai vu trois ou quatre fois.

— Je voudrais vous déclarer tout d'abord que mon frère aîné, Joseph, est un garçon remarquable.

Schleiter se tourna vers moi, rajusta son binocle, me considéra pendant une minute avec beaucoup d'attention et dit, la voix mince :

— Vous donnez sans doute, en ce moment, une démonstration de ce que peut l'esprit de famille, oui, même sur un jeune homme indépendant et d'intelligence critique. Voyez-vous, Pasquicr...

— Ah ! fis-je en sortant du fauteuil, j'ai fait, hier soir, une chose dont il faut absolument que je vous parle.

Schleiter avança la main, l'index un peu relevé.

— Attention, dit-il. Attention ! Vous êtes bien agité, mon cher.

— Évidemment, fis-je, baissant la tête. Je tâcherai de tout vous dire. C'est une chose étonnante.

— Toute réflexion faite, reprit Schleiter, pendant qu'il en est temps encore, je vous prie, mon petit, de ne rien me dire du tout.

Malgré l'aimable « mon petit », qu'il imitait de M. Dastre, cette phrase me laissa stupide.

— Ne rien vous dire... je vous assure... Enfin, qu'est-ce que vous croyez ?

— Je ne crois rien, je ne crois rien. Je vous vois très excité. Je pense, autant que je puisse me livrer aux hypothèses, que vous avez fait quelque chose dont vous n'êtes pas très content. Alors, parce que j'ai de l'expérience et que je m'intéresse à vous, mon petit Pasquier, je vous dis : faites-moi la grâce de garder votre confidence.

— Pourquoi donc ? Imaginez-vous que j'ai fait une action malhonnête ?

— Je ne dis pas ça, certainement. Je suis même sûr du contraire. Je crois pourtant que vous me remercierez d'avoir dit ce que je viens de dire. Si vous parliez, en ce moment, vous le regretteriez ce soir. Croyez-moi, mon petit : je connais les hommes. Quand on doit travailler ensemble, il faut beaucoup de réserve. Et maintenant, allons au labo, puisque c'était votre idée et que je ne vais pas autre part. Allons, calmez-vous, Pasquier. Attendez, je vais fermer la porte.

Il avait pris, à la patère, le chapeau de feutre noir et léger qui était alors, chez les gens de science, la coiffure d'uniforme, en petite tenue. Il me poussa par l'épaule.

— Ça vaut beaucoup mieux comme ça. Si nous voulons vivre ensemble et travailler utilement, méfions-nous, mon petit, méfions-nous de l'intimité, des secrets, des confessions, de tout ce batifolage. C'est du romantisme, Pasquier, ce n'est pas du laboratoire.

Nous étions dans l'escalier au carrelage cahoteux. À chaque fenêtre, les plombs nous envoyaient un souffle de dent cariée. Schleiter regarda vers le ciel et dit :

— Il va pleuvoir encore. C'est un automne lamentable.

CHAPITRE V

Solitude au laboratoire. Hélène de notre jeunesse. Une expérience compromise. Léger plongeon dans le monde Weill. Promenade sentimentale et philosophique. Jardin sous la pluie. Une destinée en fuite. Propos de la vingtième année. Retour nocturne. Ces erreurs que font les mères. Lueur sous une porte.

Le laboratoire de physiologie occupait, occupe encore l'angle méridional et oriental de la Sorbonne. Les salles de travail regardaient soit la rue Saint-Jacques, soit la morose rue Cujas, soit une cour intérieure où se lamentaient les chiens promis aux expériences.

Pendant nos longues vacances, le laboratoire était désert. On y faisait, à petit train, le lessivage des peintures, toilette à laquelle notre maître, le professeur, attachait beaucoup d'importance. L'équipe Schleiter, composée de Vuillaume, de Roch, d'Hélène Strohl et de moi, revenait parfois se mettre au travail dès l'extrême fin de l'été. Schleiter aimait la discipline et trouvait les vacances amollissantes. Un septembre laborieux l'enchantait : point d'élèves, peu de bruit. Les peintres achevaient leur tâche et pliaient déjà bagage. « Schleiter a raison, disait Roch. C'est un moment si calme qu'on attraperait, au vol, une des lois de la nature, comme ça, sans le faire exprès. »

Dans le bourg de la banlieue dont il était maire, M. Dastre demeurait alors à composer, en rêverie, son traité de la taille des arbres, ce beau traité de jardinage qui n'a jamais vu le jour. Nous savions qu'au milieu d'octobre le maître reviendrait parmi nous, bienveillant, attentif, courtois, tels on veut imaginer les gentilshommes de légende.

— Si vous permettez, me dit Schleiter, je vais prendre mon café noir.

Je le suivis dans un bar du boulevard Saint-Michel. Il n'était certes pas avare, mais strict dans ses dépenses. Il dit :

— Voulez-vous du café ?

Je refusai, prétextant que j'en avais eu chez moi. En fait, le parfum du café me donnait grande envie d'en prendre, mais je restais humilié de notre entretien récent. Nous remontâmes vers la Sorbonne.

— Votre amie, mademoiselle Strohl, disait Léon Schleiter, doit être au labo de bonne heure. Elle me fait des tracés.

Cette nouvelle me remplit d'un contentement que je ne manifestai point. Comment donc avais-je pu, même l'espace d'un instant, compter sur ce noir Schleiter, sur le cœur de Schleiter, sur son esprit de finesse, alors que j'avais Hélène ?

Hélène était, depuis deux ans déjà, ma condisciple et mon amie. Elle était venue de Belfort, sa ville natale, pour préparer à Paris une licence qu'elle avait obtenue, en même temps que moi, pendant la session d'été. C'était alors une belle fille, droite, un peu plus grande que moi. Elle était blonde, avec des traits bien dessinés, un teint frais mais non fragile, cet air d'allègre santé que l'on voyait sur les affiches, aux jeunes femmes de Chéret. Elle marchait à grands pas et portait des jupes à la cheville, ce qui, pour l'époque, était assez cavalier. Sur ses beaux cheveux en couronne, elle piquait lestement un petit canotier de feutre. Tout cela, qui contribuait à lui donner, selon son vœu, une allure libre et masculine, ne l'empêchait pas d'être femme, très belle et volontiers rieuse.

Je viens, en faisant ce portrait, de fermer les yeux avec force, pour mieux retrouver, derrière cent images successives, notre Hélène de ce temps-là.

Hélène était au travail, serrée dans une blouse neuve encore durcie d'empois. Elle avait le regard fixe et les lèvres frémissantes d'une personne qui calcule intérieurement. Elle me fit quand même un geste amical en me montrant un tabouret.

Une belle clarté froide baignait le travail d'Hélène. J'apercevais, sur une tablette de liège, une grenouille crucifiée. Le mollet de l'animal avait été disséqué. Sur un muscle mis à nu, tiré par un fil de soie, étaient piquées des aiguilles électriques. L'appareil enregistreur tournait à la droite d'Hélène. Un trait fin comme un cheveu se propageait sur le cylindre noirci. Hélène tenait le chronomètre d'une main et de l'autre un crayon.

— Hélène, fis-je, à voix basse, je suis heureux de vous voir ce matin. Je ne peux pas vous dire à quel point je désirais votre présence.

Hélène sourit, baissa ses paupières ornées de longs cils couleur tabac et ne répondit pas tout de suite. Puis, la voix calme et chantante :

— Bonjour, Laurent ! Qu'est-ce qui vous arrive, mon petit ? Huit… neuf… Vous avez le regard bleu clair, comme Monsieur votre… Attendez ! Dix, onze, douze… comme Monsieur votre père quand il n'est pas à la bonne. Ah ! il ne faut pas dire cela ? Ce que vous pouvez être… Treize, quatorze… Vous allez me faire gâcher toute mon observation… susceptible. Oui ! Ce que vous l'êtes, susceptible ! Laissez-moi tranquille un instant. Je ne sais plus ce que je fais… Allez ! tournez-moi le dos.

Hélène se remit à compter. Parfois, elle s'arrêtait, la bouche entr'ouverte, et j'apercevais ses dents qui étaient belles à voir. Alors elle secouait la tête. J'affectais de me tourner et je distinguais, affichée sur le mur, la sage maxime de M. Dastre : « Ici, chaque objet a une place. Prière de remettre chaque objet à sa place. »

— Hélène, dis-je tout à coup. Je suis très malheureux. Non, non, ne m'écoutez pas. Je ne suis pas très malheureux. Peut-être même suis-je très heureux. Je ne sais pas : il faut que nous voyions cela ensemble. Attention ! Votre grenouille n'est donc pas curarisée ? Qu'est-ce qui lui prend ? Je n'aime pas ces convulsions.

— Ne vous inquiétez pas, homme sensible. Faites seulement le nécessaire pour vous retenir de parler. Vingt-cinq. Oui, oui, vingt-cinq. Je ne sais plus où j'en suis. Vous êtes insupportable. Si Schleiter venait, il vous traiterait d'artiste, de fantaisiste, et encore je ne sais plus de quoi. Et il aurait raison.

— Oh ! soufflai-je, dans une moue, Schleiter est avec les chiens. Écoutez-les râler, les chiens. Hélène, il faut que je vous parle.

— Eh bien ! mon petit, c'est tout simple. Nous sortirons ensemble. Jusque-là… Quarante-deux. Oh ! Vous me portez sur les nerfs. Enfin, quand vous étiez dans les surrénales, moi, je ne vous tracassais pas. Quarante-quatre… Non ? Vous ne voulez pas que nous sortions ensemble ?

— Si, oh ! si, mais pas ce matin. Plus tard.

— Je pense bien. J'en ai pour jusqu'à trois heures. Après, eh bien ! après, invitez-moi donc à goûter. Oh ! nous ne ferons pas de folies.

— À trois heures. Merci, Hélène. Est-ce que je peux rester quand même ?

— Non, Lau. Non. Travaillez. Allez aider Schleiter. Enfin, je vous dis que si vous restez là, je vais faire des bêtises. La paix, mon petit Laurent, la paix !

— Hélène, pas Schleiter ce matin. C'est un homme très intelligent, mais c'est une cervelle hémi-perméable. Je me comprends, je sais ce que je dis. Ce matin, il m'exaspère. Je vais à la bibliothèque.

— Allez au diable, mon petit Lau.

— Oh ! Hélène, si vous saviez…

— Eh bien ! n'allez pas au diable. Allez à la bibliothèque et, surtout, ne revenez pas. Vous êtes gentil, Laurent. Je vous aime beaucoup, Laurent.

Je haussai les épaules et m'en fus dans la bibliothèque. Je passai là près d'une heure à feuilleter les bulletins en prenant de très vagues notes. Puis je sortis sans bruit et filai d'une seule haleine jusqu'au boulevard de l'Hôpital.

Mon ami Justin Weill habitait chez ses parents, qui dirigeaient une petite compagnie de fiacres et vivaient en communauté, avec deux frères et leur famille. À cet instant de septembre, Justin devait être aux champs près de Jouy-en-Josas. Comme j'avais mes entrées dans la demeure familiale, je gagnai directement le bureau de M. Weill.

C'était un Israélite replet, petit, chauve, à lunettes d'or, toujours vif et d'humeur gaie. Il m'aimait comme le meilleur et le plus sincère ami de son fils.

— Monsieur Weill, dis-je en entrant, pensez-vous que Justin vienne à Paris aujourd'hui ?

M. Weill secoua la tête.

— Non, mon ami. Justin travaille. Et ne va pas croire qu'il s'agit du doctorat en droit. Non. Un drame shakespearien, en cinq actes et trente-sept tableaux, quelque chose d'époustouflant ! Bien entendu, je ne sais rien, nous ne savons rien, ni les uns, ni les autres. Et il y faut de la bonne volonté pour ne rien savoir, pour ne pas l'entendre déclamer dans tous les coins les vers de son *Ézéchiel*. Ça s'appelle *Ézéchiel*. Et même, ce n'est pas mal, bien que je ne m'y connaisse guère. Tu n'as pas l'air très réjoui.

— Monsieur Weill, dis-je tout à trac, j'ai fait la sottise de quitter Créteil, ce matin, sans emporter d'argent. Pouvez-vous me prêter vingt francs ?

M. Weill se prit à rire, ouvrit sa caisse et me tendit un louis d'or. Il disait :

— Veux-tu davantage ?

— Non, fis-je, merci, Monsieur. Je le rapporterai demain ou après-demain.

M. Weill fit le geste d'un homme qui n'est pas pressé. J'étais déjà dans la rue ; déjà, le sang refroidi, je m'en retournais à pas lents vers le quartier des écoles. Un Laurent faisait, dans le fond de mon cœur, des comptes assez misérables qu'un autre Laurent repoussait avec mépris.

Je déjeunai, pour quatorze sous, non pas chez notre petit traiteur de la rue Thénard – je craignais d'y rencontrer Schleiter ou quelque autre de mes copains –, mais dans un bistro du quai. Ensuite, je fis, tout seul, une promenade assez morose en affrontant sans succès diverses pensées discordantes. Enfin, vers trois heures, je regagnai la Sorbonne. Un ciel pesant, venu de l'ouest, frôlait le faîte des maisons. Hélène m'accueillit par un rire.

— Eh bien ! dit-elle, c'est fini. Schleiter m'a même gratifiée de quelque chose d'analogue à une mention honorable.

Et ce n'est pas votre faute, Laurent. J'ai presque mal à la tête. Où m'emmenez-vous ?

— N'importe où. Par exemple, au Luxembourg.

— C'est une solution commode.

Nous marchions côte à côte le long de la rue Soufflot. Hélène portait, pour la rue, un long vêtement imperméable qu'on appelait *waterproof* et que je trouvais d'une élégance accomplie. Elle tenait sous le bras une serviette de cuir, bien sage, pleine de livres. Elle dit :

— Qu'est-ce qu'il y a, Laurent ?

— Il y a, fis-je tout bas, que je suis très malheureux.

Elle me regarda furtivement et sourit à peine.

— Avec vous, dit-elle, tout est possible, même ça.

— Hélène, repris-je aussitôt, vous savez que j'aurai vingt ans à la fin de l'hiver qui vient.

— Je sais, mon petit, je sais. Et même, ce n'est pas charitable de me rappeler ainsi que je suis votre aînée de deux ans. Voilà ! Presque une vieille dame.

Je ne répondis pas tout de suite : je digérais le « mon petit ». Décidément, M. Dastre avait contaminé tout le monde.

— Hélène, repris-je enfin, vous êtes vraiment mon amie. Il faut m'écouter en amie.

Nous venions de passer la grille du Luxembourg, Hélène eut alors un de ces gestes gracieux dont elle n'était pas avare. Elle me prit la main et la secoua, la pressa, la garda finalement une minute dans la sienne. Elle souriait :

— Nous avons l'air de deux amoureux. C'est délicieux et sans danger.

— Hélène, dis-je tout à coup, je vous raconterai plus tard mon histoire d'hier, une histoire qui n'est pas simple. Mais j'ai, d'abord, mille choses à vous dire. Promettez-moi de ne pas vous moquer de moi. Je suis à l'âge… Comment dire ? C'est presque ridicule.

— Mais non, mais non, fit Hélène en fermant à demi les yeux. Mais non, ce n'est pas ridicule.

— Ce que je sens plus fort que tout, c'est un grand besoin d'amour. Voilà ! Pas d'autre mot. Un grand, un vrai, un terrible besoin d'amour.

Hélène s'arrêta, la tête basse. Elle était soudain sérieuse et rougissait par bouffées. Elle murmura :

— Je crois que je comprends très bien.

— Et voilà, repris-je en frappant le sol du pied, voilà ce qui me désespère, c'est que je ne peux pas aimer, que, moi, je ne dois pas aimer, enfin que je n'en ai pas le droit.

Hélène releva la tête.

— Expliquez-vous, Laurent, parce que je ne comprends plus.

— Venez, fis-je en lui prenant le bras et en l'entraînant dans l'allée. Comment vous expliquer les choses cachées de ma vie ? Dire que l'amour me fait horreur, croyez-vous que ça ne me déchire pas ? Alors, vous qui devinez tout... Si, Hélène, vous êtes la femme la plus intelligente du monde... Vous êtes venue chez nous, vous connaissez mon père. C'est un homme admirable, par certains côtés. Pourtant, je me suis juré, voilà déjà quatre ou cinq ans, de faire tout le contraire, rigoureusement tout le contraire de ce que faisait, de ce que fait toujours mon père.

Il y eut une petite pause. Hélène dit, doucement :

— Votre père a des maîtresses ?

— Comment le savez-vous ?

Hélène hocha les épaules.

— Mon Dieu, ça peut se deviner.

— Eh bien ! c'est parfaitement exact. Non, je ne devrais pas dire ça : c'est une expression de mon frère Ferdinand.

— Vous n'aimez pas Ferdinand ?

— Si, mais laissons Ferdinand. J'en parlerai tout à l'heure. Oui, mon père a des maîtresses et il n'y a rien à faire.

— Je me demande vraiment ce que vous voudriez faire.

— Oh ! je suis une mauvaise tête. J'ai fait plusieurs tentatives. Rien à faire. Papa, c'est une muraille. On ne peut rien contre lui. Une muraille. Il est impossible. Il est effrayant. Il a plus de cinquante ans et il ne songe qu'aux femmes, ou plutôt il ne songe qu'à la femme. Je ne peux pas tout dire.

Certaines fois, il y aurait de quoi rire. Il nous faudrait une servante, à la maison, maintenant que nous sommes des bourgeois, comme dirait Schleiter. Eh bien ! nous savons tous qu'une servante, même laide, serait probablement impossible. Il a fallu trouver autre chose... Laissons cela. Penser aux femmes ! Moi aussi, je pense aux femmes. Et je me demande parfois si je ne suis pas, moi, Laurent, par une dérision du sort, tout le portrait de mon père. Et c'est désespérant, parce que mon père me révolte et même parce qu'il me dégoûte. Je sais que c'est inavouable. Et ce n'est pas tout : Cécile ! Cécile, c'est une autre histoire. Je ne devrais pas la nommer tout de suite après... Cécile, vous l'avez entendue. C'est une personne du ciel, comme disait autrefois l'impossible Valdemar. Ce n'est peut-être pas sensé de parler ainsi de ma propre sœur. Ce n'est sans doute pas très modeste. Mais quoi ! Cécile a du génie. Elle est fière, elle est hautaine. Elle vit parmi nous comme une envoyée, comme un être d'une autre race. Quand elle joue, le monde entier se tait pour l'entendre. Je vous assure, même Paula Lescure, dans la salle à manger – mais Paula n'a pas besoin de se taire, elle ne fait jamais de bruit – même le cheval, dans l'écurie, même cette petite bestiole qui fait tic, tic, tic, dans la charpente. Eh bien ! Cécile va se marier. Une véritable catastrophe. Avec qui ? Je vous le demande. Avec un roi d'Orient, avec un mage, un enchanteur ? Non ! Elle va finir par épouser Valdemar Henningsen. Je vous en ai parlé cent fois, mais je ne vous ai pas tout dit. Valdemar nous a tirés de l'ombre. Nous ne savions rien, ou presque. Nous étions, Cécile et moi, de très pauvres enfants. Il nous a tout révélé : la musique, les belles choses... et l'orgueil, surtout l'orgueil. Nous habitions la même maison. Lui, c'était un artiste. Il venait, il descendait, il faisait travailler Cécile. Il était pour moi comme Ariel, comme un archange, avec les clefs et le flambeau. Il était extraordinaire, avec ses grandes mains maladroites, ses discours. Joseph disait : un esthète ! Qu'est-ce que vous avez, Hélène ?

— Vous ne sentez pas qu'il pleut ?

— Si. Allons sous le refuge. Eh bien ! ce garçon étonnant, qu'est-ce qu'il est, aujourd'hui ? Est-ce que j'avais mal compris ?

Est-ce que j'avais mal vu ? Joseph me dit volontiers que je ne suis pas observateur. Qu'est-ce qu'il est, ce Valdemar ? Un raté, un fou, un malade. Oui, c'est surtout cela. Un neurasthénique ! Et Cécile va l'épouser. Je pourrais presque affirmer que Cécile ne l'aime pas, ou plutôt qu'elle ne l'aime plus. Vous n'êtes pas trop mouillée ? Hélène, Hélène, j'ai le sentiment que je vous dis des sornettes, enfin que toutes ces misères ne peuvent pas vous intéresser.

Nous étions sous le refuge et nous nous y trouvions seuls. Une grosse pluie verticale, pesante, acharnée, s'abattait sur le jardin. Et, soudain, nous entendîmes l'orchestre militaire – nous devions être un jeudi – qui se prit à jouer, pour les arbres, pour les bosquets trempés, pour les chaises ruisselantes. Il jouait une valse de la *Traviata* :

Buvons…ons, buvons… ons à la..a..a..a folie
De ce vin qui nous enivre.

Un air que je détestais, que je trouvais risible et qui, dans mon souvenir, a pris, avec les années, une beauté presque déchirante.

Je regardais Hélène avec une tendre angoisse et j'eus, l'espace d'un éclair, le sentiment confus que je devais me tromper, que je faisais fausse route, que j'étais en train de gâcher, de manquer quelque chose, peut-être une destinée, peut-être une grâce unique, et qu'il n'y avait, quand même, aucun moyen de faire autrement, que j'étais lancé comme un bolide, comme une comète et qu'il ne dépendait plus de moi de n'aller point où j'allais.

— Oui, repris-je plus sourdement, je suis prisonnier d'eux tous. Voilà ! Je ne suis pas libre. Ils m'enchaînent, ils m'écrasent. Vous parliez de Ferdinand ? Il va se marier, Ferdinand. Ils vont tous se marier. C'est comme une épidémie. Vous ne connaissez pas Claire. Vous n'y perdez pas trop. Une vraie femme pour Ferdinand. Ça parle bas, dans les coins, le futur ménage, toute la journée du dimanche. Alors, vous pensez : l'amour ? Ouiche ! Ça parle interminablement de la chambre en noyer ciré, de la moquette clouée, du service de

Baccarat, enfin de qu'ils appellent « le nid ». Je vous demande pardon, mais ça me dégoûte, ça me dégoûte !

J'avais le sentiment désespéré que je disais de moins en moins ce que je voulais dire. Là-bas, derrière des épaisseurs de pluie, entre les marronniers macérés, le trombone reprenait, seul, avec un entêtement chagrin :

Buvons...ons, buvons...ons à la...a...a...a folie

Alors Hélène releva la tête et, d'un mouvement ailé, secoua ses vêtements. Je crois bien qu'elle souriait. Elle disait, entre haut et bas :

— Mon pauvre Laurent, ce n'est pas inextricable. Il me semble que si vous aimiez quelqu'un, vous ne penseriez même pas à toutes ces histoires des autres. Vous m'aviez promis du thé. Ce ne sera pas superflu.

Comme nous partions sous la pluie, le moment me sembla venu d'aborder enfin le plus obscur de ma confidence. Était-ce le temps, l'averse, le hasard, je ne sais quel malaise, peut-être la rougeur d'Hélène, les choses, une fois encore, ne se présentèrent pas comme je l'avais espéré, et les mots trahirent aussi. L'idée me vint, à la minute décisive, de tenter une expérience. Sans doute même cette expérience voulait-elle être tentée, envers et contre mon cœur. Je m'entendis ainsi parler :

— Hélène, hier soir, j'ai fait une folie. Oui, une chose déraisonnable.

Hélène me regardait d'un air un peu lointain. De grosses gouttes de pluie se formaient au bord de son feutre. Elle murmura :

— Qu'avez-vous fait ?

— Je me suis querellé, hier soir, avec mon frère Joseph.

Hélène haussa les épaules. J'hésitais un peu sur la pente.

— J'avais un billet de mille francs ou, plus exactement... enfin, ça faisait mille francs en tout. On venait de me donner cette somme après bien des discussions. Il faudrait tout vous dire : une affaire d'héritage. Alors j'ai déchiré le billet et je l'ai jeté dans la Marne, pour montrer à Joseph...

Hélène attendit une minute et, comme je ne disais plus rien, elle demanda, la voix calme, déliée, lointaine :

— Pour montrer… quoi ?

— Rien, Hélène, absolument rien. D'ailleurs les choses ne sont pas aussi simples que je pourrais vous le dire. Tenez, entrez par ici. On va nous donner du thé, des gâteaux, ce que vous voudrez.

La chaleur du thé me descendit dans la gorge sans me soulager le cœur. Un grand malaise m'était venu. Je parlais profusément, je parlais de tout. Je disais :

— J'ai rencontré Boissonnas, l'élève de Schulhof, l'astronome. Il y a de quoi hurler. La moitié des astronomes disent que la terre a deux milliards d'années, les autres seulement trois cent millions. Et les mathématiciens ! C'est encore pis. Tout est remis en question. Aucune certitude possible. Deux et deux ne font plus quatre. Les parallèles peuvent très bien se rencontrer. Quel désordre ! Quelle misère ! Il n'y a qu'une seule chose dont on soit à peu près sûr. Non, non, ce n'est pas le néant. C'est la douleur. Je méprise les sciences exactes, ou, du moins, je m'en défie, malgré Schleiter et ses pareils. Les sciences dites exactes sont une énorme duperie. Mais j'ai pitié de la vie. Vous verrez, Hélène, vous verrez, j'inventerai une physiologie nouvelle : la physiologie de la douleur. C'est la seule réalité.

Nous étions sortis de nouveau. J'avais retiré mon chapeau qui était à larges bords, car j'avais résolu de n'imiter point Schleiter.

Nous commençâmes de marcher le long des rues, au crépuscule. Hélène était conciliante, accommodante, maternelle, oui, c'est bien le mot, maternelle. Elle me saisissait le bras quand je me lançais sur la chaussée, au mépris des camions et des fiacres. Elle m'écoutait encore ou, du moins, faisait semblant. Vers six heures et demie, je me rappelle que nous errions le long du square Notre-Dame. Je disais, la voix amère :

— Boissonnas m'a rappelé, d'abord, que les planètes de notre système tournaient toutes dans le même sens, c'est-à-dire à l'opposé des aiguilles d'une montre. C'est rassurant, n'est-ce pas ? C'est un ordre, quelque chose qui met l'esprit en repos. Eh bien ! pas du tout. On a découvert une planète qui s'appelle Uranus et qui tourne à contresens. Et tous ses satellites aussi tournent à contresens. Ah ! je vous affirme, Hélène, quand je songe à cela, j'ai vraiment envie de mourir.

— Pauvre Lau ! dit Hélène. Vous n'êtes pas simple, oh ! pas du tout.

— Qu'est-ce que vous faites, Hélène ? Vous voulez me quitter ?

— Bien sûr. Il le faut, mon petit. Allons, allons, du courage. Chacun sa vie, Laurent.

Sur cette maxime sévère, Hélène eut un élan auquel je devais rêver plus d'une fois, au long des jours. Elle se pencha vers moi très vite et me posa dans les cheveux un baiser léger, léger, dont je ne sus pas tout de suite qu'il avait un parfum d'adieu.

Quelques minutes plus tard, je marchais, le long de la Seine, mon grand chapeau sous le bras. Au coin du pont d'Austerlitz, je fis halte sous un bec de gaz et j'écrivis le petit billet suivant que j'avais presque oublié quand, en 1918, Mme Weill me le rendit avec beaucoup d'autres papiers :

« Justin, mon cher Justin, tu es mon seul ami. Au nom de la poésie, de l'amitié, de l'amour, de tout ce que nous chérissons, viens me voir à Créteil, demain. Arrange-toi pour rester quelques jours avec ton malheureux.

Laurent, qui est abandonné des hommes, des Dieux et des Idées. »

M. Weill, par chance, n'était pas encore parti. Il se faisait, tous les soirs, pendant les mois de vacances, conduire par un de ses fiacres jusqu'à la place Denfert et partait, en train, pour Jouy, retrouver toute sa famille.

Il me fit présent d'une enveloppe, se chargea de ma lettre après l'avoir ostensiblement cachetée, fit deux ou trois jeux de mots, à quoi, d'ailleurs, il excellait et monta dans sa voiture.

De cette soirée pluvieuse, je me rappelle encore un certain nombre d'images : un dîner nauséabond que je pris dans un « bouillon », non loin de la place Maubert ; puis des rues, des trottoirs, des grilles de jardins obscurs, un café de la Bastille, aux environs de minuit. Enfin, plus tard encore, la petite gare enfumée d'où l'on partait pour Saint-Maur. Il n'y avait plus qu'un seul train, vers une heure et demie. J'étais crotté jusqu'à l'âme, sale, farouche, irrité. Je tombais de sommeil et dormis dans le wagon. De la gare de Saint-Maur jusqu'à la rue du Moulin, je marchai comme un automate. Enfin j'aperçus notre porte et j'entendis le barbet gronder derrière le battant. Je n'avais pas la clef de la rue, car je ne rentrais jamais à pareille heure. Je demeurai, une grande minute, immobile, sur le trottoir. Le chien, qui m'avait flairé, respirait au ras du pavé, mais n'aboyait plus. Alors, toute proche de moi, comme le souffle de la nuit, je perçus la voix de maman :

— C'est toi, Laurent ! Comme il est tard !

Elle parlait vraiment très bas, pour ne pas réveiller ceux qui dormaient dans la maison. Et, tout aussitôt, je l'entendis qui manœuvrait la grosse clef. La porte s'entr'ouvrit. L'ombre était maintenant merveilleusement calme et froide. Ma mère me serrait contre elle et disait :

— Je me doutais bien que ton tour viendrait aussi. Tu es mouillé, trempé. De quoi prendre du mal. Viens, j'ai du lait chaud sur le feu, avec une goutte de café.

Elle m'entraîna dans la salle à manger. Une petite lampe Pigeon brûlait au milieu de la table sur laquelle, entre les repas, comme aux jours de notre enfance, comme au temps de la rue Vandamme et de la rue Guy-de-la-Brosse, on étendait une toile cirée toute fissurée, toute écailleuse. Ma mère apporta le lait dans une tasse de porcelaine qui lui venait de sa tante. Pendant que je buvais, ma mère me regardait, sans trop en avoir l'air, pour ne pas m'irriter. Elle risqua, la voix timide :

— Dis-moi quelque chose, Laurent. Peut-être que je comprendrai. Même si c'était une histoire de ton âge. Même si c'était une histoire… oui, une histoire d'amour.

Je posai la tasse, me levai d'un seul bond et répondis, la voix dure :

— C'est tout ce que tu voudras, maman, sauf une histoire d'amour.

Je montai dans mon grenier en butant au bord des marches. Il y avait, sous une porte, un petit fil de lumière : Paula Lescure lisait, jusqu'à l'aube, jusqu'à s'en user les paupières, des romans à couverture illustrée qu'elle cachait, pendant le jour, sous le matelas de son lit.

CHAPITRE VI

La maison de nos commencements. Le diplôme, clef de la Terre promise. Menace de désagrégation. Créteil ou le génie de la couveuse. Solitude et mansarde. Variations sur le régime des bruits.

Notre maison de Créteil, je l'ai revue, et pour la dernière fois, il y a cinq ans environ, en 1927, au hasard d'une promenade. Ce revoir m'a serré le cœur. La maison m'a paru chétive, ruineuse, mal exposée. Des chiens, dans le jardin galeux, clabaudaient à l'écho de leur voix, ce qui toujours m'afflige comme l'image désespérante de presque toutes nos querelles. Du linge séchait dans la cour, sans vent, sans ailes, sans espoir. Une longue fissure descendait sur la façade, comme au front hideux de la maison Usher. On ne voyait pas les habitants : on entendait seulement, quand les roquets reprenaient souffle, la voix morose et scolaire d'un vieillard qui devait épeler le journal pour quelque compagne aveugle.

Je suis repassé, l'an dernier, dans cette venelle de Créteil. La maison avait disparu. Sur le terrain, retaillé par les lotisseurs, croissaient de ces bicoques où le génie moderne se manifeste avec intempérance et, somme toute, naïveté. Pour une fois, cette effervescence architecturale m'a donné du soulagement. Je n'avais plus à reconnaître, dans une masure flageolante, la somptueuse, l'orgueilleuse demeure de nos commencements.

C'est bien en 99 que nous sommes venus nous installer à Créteil. Raymond Pasquier, mon père, avait obtenu, dès le milieu de l'année 98, ce diplôme de docteur en médecine qu'il avait, que nous avions tous, avec lui, sinon plus que lui, souhaité comme le salut, comme la grâce et la récompense, comme la clef et le drapeau d'une vie nouvelle. Cette même année 98, Ferdinand, mon second frère, ayant atteint sa majorité, mes parents avaient fait, pour faciliter notre établissement dans la Terre promise, un emprunt dont j'ai parlé dès le début de mon récit.

À l'instant de revenir, pour la clarté, sur ces misères, je me sens saisi d'amertume, peut-être même d'ennui. J'ai toujours détesté les chiffres. J'ai fait de beaux efforts pour les chasser de ma vie. Vont-ils reprendre du venin, alors que, le cœur en repos, je tâche à raconter notre histoire. Non, j'y reviendrai, par bribes, au hasard, ou quand il faudra. Je dirai, si d'aventure mon récit l'exige ou seulement le souffre, cette longue passion de mon père pour s'élever – c'était son mot – par le savoir, et comment nous avons vécu pendant ces années de bataille. Je veux tout de suite parler de notre maison de Créteil. Ne suis-je point parti pour cela ?

Son diplôme obtenu, mon père fit d'abord quelques expériences dans le plus pur style Pasquier. Il alla reconnaître des postes et voir s'il pourrait s'y implanter. Nous attendions, à Paris, l'instant de le rejoindre. Le problème n'était pas simple et la vie du clan Pasquier parut, dès ce moment-là, formée d'intérêts divergents, difficilement conciliables. Tout nous liait, nous les enfants, à quelque canton de Paris. Joseph y avait mis en train ce qu'il appelait des « affaires ». Ferdinand tenait un emploi ; en outre, ayant échappé, grâce à son excessive myopie, aux servitudes militaires, il s'était fiancé de bonne heure. Je poursuivais, de mon côté, des études en Sorbonne. Cécile, dans la première fleur de sa renommée, ne pouvait s'éloigner de la grande ville. Seule alors, Suzanne restait dans les jupes maternelles. À tout cela, je pense que mon père ne songeait pas une seconde. Il avait son diplôme en poche. Il sentait le vent, il vibrait comme un voilier, comme un oiseau, comme une créature mobile qui va prendre l'air, enfin, donner sa mesure, gagner les plus hautes régions de la vie, de la fortune. Notre mère devinait merveilleusement bien les destinées et la marche des événements. Je me rappelle qu'à ce moment, vers le début de l'année 99, elle avait l'air non pas hésitant, non pas désemparé – elle ne l'était vraiment jamais dans les circonstances graves – mais au contraire tendu, le front bas, les yeux mi-clos. Et puis, soudain, un jour, il fut question de Créteil et notre ciel s'éclaircit. Je compris, à regarder le visage de ma mère, que le problème était non certes résolu, mais hardiment différé, que le clan resterait uni jusqu'à de nouvelles échéances, que le génie du foyer venait de trouver un moyen de faire patienter tout le monde.

Créteil, c'était sinon Paris, du moins la chaleur de Paris, le rayonnement de Paris. Nous pouvions, nous tous, les enfants, sans renoncer à nos étoiles, à notre sens, à notre vie, nous pouvions patienter encore un peu sous les ailes de la couveuse. Notre père, dès l'aube d'un tel projet, marqua du contentement, presque de l'allégresse : il parlait toujours de départs, mais je pense qu'il dépérissait sitôt qu'il perdait de vue la flèche de Notre-Dame.

Maman vint à Créteil, y fit une savante prospection, trouva même, dans la grande rue, certaine maison décente, sans doute étroite de pignon, sans doute privée de jardin, mais bonne pour un docteur. – J'ai toujours pensé que ce titre, réservé, chez nous, Français, dans le parler courant, aux médecins, exclusivement, n'avait pas été de peu pour séduire et décider à l'effort un homme naturellement glorieux. –

Mon père vint donc visiter la trouvaille maternelle et, sur place, en pleine rue, sans même franchir le seuil, il fit une colère cardinale, démonstrative, avec effets de voix et mots à l'emporte-pièce, pour bien affirmer que jamais il n'accepterait de gîter dans cette espèce de cabane à lapins, dans cette boîte à sel, dans cette cage à mouches, dans cette maison d'épicier dont on avait le sentiment, ce sont ses propres termes et je cite sans commentaire, « qu'elle serrait les fesses et qu'elle était constipée ».

Là-dessus, mon père se mit lui-même en campagne, marchant sec et parlant haut. Il découvrit, après deux heures de recherches rondement menées, la maison, notre maison, celle de la rue du Moulin.

— Mais, Ram, lui dit maman, jamais les gens ne viendront là. C'est presque en dehors de la ville.

— Les gens viendront ! s'écria mon père. Et ceux qui ne viendront pas, ce sera tant pis pour eux.

Je dois dire que la maison fit à nos yeux grand effet, que, pour une fois, nous nous liguâmes avec notre père et que les objections de maman ne nous parurent d'aucun prix.

La maison était alors, si j'en crois mes souvenirs, sinon ravalée de frais, du moins fort avenante. Elle montrait, avantage insigne, des fenêtres sur toutes les faces : mon père n'a jamais pu souffrir – et je l'approuve en cela – les maisons qui, dans deux ou même trois directions de l'espace, tournent des murailles fermées, des visages de refus.

Outre la cour, qui comportait de menues dépendances auxquelles Joseph, tout de suite, donna le nom de « communs », il y avait un jardin de dimensions médiocres, assez bien planté, somme toute agréable et que nous trouvâmes royal. Joseph sentit, j'en suis sûr, le mot de parc lui grouiller au bord des lèvres. S'il ne le prononça pas, c'est qu'il eut sans doute l'idée de le réserver pour lui, pour son avenir à lui, pensant qu'il serait un jour le premier des Pasquier qui saurait avoir un vrai parc.

J'espère bien, de ce jardin, raconter mille choses. Ne nous hâtons pas trop.

La maison comportait un rez-de-chaussée, un étage et un grenier spacieux sur lequel on avait pris trois chambres mansardées.

Au rez-de-chaussée, nous avions la salle à manger, la cuisine, un salon où l'on faisait attendre la clientèle et où elle n'attendait jamais fort longuement, comme je le dirai plus tard, un cabinet dans lequel mon père donnait ses consultations, enfin ce réduit qualifié laboratoire, parce que mon père y manipulait de petites bouteilles.

Quatre chambres, séparées deux à deux par un couloir, formaient le premier étage. Dans l'une couchaient les filles. Déjà Cécile, toute dévorée de son travail, tolérait assez mal la présence et les jeux de l'innocente Suzanne. En face, logeaient nos parents. Joseph et Ferdinand s'étaient, dès le début, et même avant, sur les croquis, adjugé les deux autres chambres de l'étage. À ce moment de ma vie, j'éprouvais un si vif et si poignant désir de solitude que je n'avais pas combattu pour me réserver une place dans l'une ou l'autre de ces chambres. Avec un peu de colère, un peu d'enivrement aussi, je m'étais réfugié dans une des mansardes, au grenier. Elles étaient lambrissées très bas, recevaient peu de jour, peu d'air, se révélèrent brûlantes en été, sibériennes dès novembre. Du moins, je m'y trouvais seul.

Maman disait, chaque soir : « Cette passion d'être seul ! Il t'arriverait quelque chose là-haut, je n'en saurais rien. Je ne t'entends pas respirer. Cette passion d'être seul ! »

Une autre de ces trois mansardes fut, dès l'été 1900, prise par Paula Lescure. C'était une cousine assez éloignée appartenant au monde Pasquier, c'est-à-dire « côté paternel ». Après maintes délibérations, nous l'avions fait venir de son Vexin natal pour aider aux soins du ménage et soulager un peu maman.

La troisième des mansardes était réservée pour une domestique et n'a presque jamais servi, du moins à cet usage. Il arrivait que mon cher Justin Weill y passât la nuit, quand il venait à la maison. Joseph disait sérieusement : « C'est la chambre d'amis. » Car Joseph, esprit positif, – il aimait à le déclarer – était vivement ébloui par les mots et les images.

Telle était notre maison et telle, je dois le dire, elle fut pour nous tous, au début, l'objet d'un orgueil sans mesure. Nous avions, pendant si longtemps, vécu de la vie étouffée du menu peuple de Paris ! Nous avions, pendant tant d'années, manqué d'espace, de lumière et même d'air respirable. Pendant toute notre vie, le jeu de nos pensées, autant et plus que celui de nos membres, avait été comme étouffé par les portes, par les murailles, et surtout, surtout, par la présence à notre droite, à notre gauche, au-dessus et au-dessous de nous, en face de nous, derrière nous, dans tous les sens, à tous les plans, par la présence d'autres hommes, d'autres familles, d'autres âmes. Et voilà que, tout à coup – oh ! nous n'étions qu'en banlieue, pays des petites maisons, des petits jardins, des petits rêves et des ambitions malingre –, voilà pourtant que, soudain, nous pouvions nous desserrer, mettre un peu d'espace limpide entre les membres du clan, et jeter une belle marge entre nous et l'étranger. Ce fut, pour tous, un soulagement délicieux, sauf pour notre mère qui pressentait là, de ses sens déliés, une ébauche de dénouement, une première trêve de l'étreinte, un inquiétant prélude à l'essaimage, à la dispersion.

Je le répète, pour papa, pour nous, les enfants, la joie fut sans ombre. La surprise la plus vive me fut donnée par le changement de ce qu'il faudrait appeler le régime des bruits.

Dans nos logements parisiens, j'avais toujours distingué plusieurs familles de bruit. Il y avait d'abord nos bruits, les bruits Pasquier, ceux de notre clan. Sans doute, devrais-je appeler d'abord les très infimes rumeurs de ma vie personnelle, le jeu du cœur attentif, le glissement du sang dans les vaisseaux, le souffle de la poitrine et ces choses que l'on perçoit au plus calme de la nuit : le travail secret de toute fibre, la vibration sonore des muscles qui se contractent, le tintement des paupières serrées pour implorer le sommeil, ce tintement que seuls connaissent les vétérans de l'insomnie. Les bruits secrets de la bête, mêlés aux cris silencieux de l'âme, je ne les oublie certes pas : ne vont-ils pas m'escorter jusqu'aux frontières de la mort ? Ils se fondaient alors dans l'harmonie du concert Pasquier. De celui-ci, je connaissais tous les timbres, tous les styles : la marche de l'un, la toux de l'autre, le sourd grognement de Joseph avant de se racler la gorge, les soupirs ténorisants de mon père, le dé à coudre de maman frappant rêveusement la table, la façon qu'avait Ferdinand de gratter le sol, sous sa chaise, ou de renifler avec passion, ou de ruer dans son lit, les rires de Suzanne enfant. Et, plus haut encore, les voix, les voix que je reconnaîtrai dans mille ans, quand la trompette de l'ange m'aura tiré de la tombe. Et le piano de Cécile, non pas roi du bruit, mais bien roi souverain du silence, mage et Dieu de mon silence ! Oui, les mots, les cris, les appels, tous les chants que la nuit éteint. Alors c'est le dialogue des choses familières, le tremblement d'une assiette dans le buffet, les déchirements de l'armoire ou de la commode, les craquements du vieux lit, quand vient le froid, à l'aube, toutes les plaintes du bois torturé par un travail intérieur. Et, plus loin, autour, la course hennissante de l'eau dans les conduites, les bruits qui filent comme des rats au plus creux des encoignures. Mille autres choses encore : une mouche qui rêve, une fleur qui perd un pétale, un trait d'air qui filtre sous une porte, se trouve soudain prisonnier, s'affole et cherche issue. Et tout cela, c'est notre domaine. On entend, aux frontières, le bruit des charpentes arthritiques et, au-delà, au-delà, commence la vie des autres : les bruits des voisins connus, des clans dont on ne peut pas ne pas tout savoir ; le traînassement des chaussons, la querelle quotidienne, les variations de l'amour, les rythmes du petit métier, les doléances du malade. Et, plus loin, encore plus loin, la vie des maisons voisines, la rue, torrent de bruit, et Paris, océan de bruit, et le monde entier, en rond, venant battre notre rive, le monde que j'écoutais, jour et nuit, la bouche ouverte, les doigts écarquillés, car je ne saurais pas vivre sans écouter, écouter, écouter, oui, écouter tout ce qui peut s'entendre, et le reste, surtout le reste.

C'est ainsi que j'avais vécu pendant plus de dix-huit ans. Alors, nous étions venus dans cette maison de Créteil. Soudain, les bruits Pasquier s'étaient trouvés presque isolés des bruits du monde. Un bel anneau de silence était tombé soudain entre l'univers et nous. C'était d'ailleurs un silence non pas interplanétaire, mais vivant et impur, visité de pépiements, de vols d'oiseaux, d'insectes taraudeurs. Un très beau silence quand même. J'y nageais avec délice, chaque soir, dans mon grenier. Ce fut peut-être ma plus vive délectation pendant nos premiers mois de Créteil, et c'est pourquoi j'y pense encore, sans doute pour, une minute encore, retarder le récit que je me suis promis de faire.

CHAPITRE VII

Lyrisme de Justin Weill. Une confidence toujours interrompue. Portrait du docteur Pasquier. La voiture « sans chevaux ». Un beau départ. Surprises de la vitesse. Plaintes d'un amour malheureux. Cham et les inventions modernes. Clartés sur un geste absolu.

Mon ami Justin Weill n'avait pas grandi beaucoup, depuis les jours de notre adolescence. Au moment où prend ce récit, il avait à peu près vingt ans. Il savait que, tel Simon Weill, son honoré père, il resterait un homme de petite stature et il palliait naturellement cette légère disgrâce par un goût charmant de l'élévation morale, du lyrisme et de l'essor. Il montrait cette beauté matinale des jeunes juifs, cette beauté précaire qui n'attend pas, pour s'alourdir, les fardeaux et les flammes de midi. J'ai songé mélancoliquement à Justin en lisant, des années plus tard, les vers chaleureux d'Henri Franck :

Toi, juif aux cheveux roux et à la voix chantante,
Tout tremblant de nerveuse et tendre intelligence...

Les grandes oreilles de Justin étaient maintenant cachées par une chevelure admirable, rétive, solaire. Il avait des yeux longs, d'un noir brumeux, une voix non seulement chantante, mais d'un timbre émouvant. Une voix très belle, trop belle peut-être. Les hommes qui jouissent d'une telle voix en sont eux-mêmes les esclaves enchantés et si, d'aventure, ils sont poètes, ils se trouvent finalement déroutés par la gloire du comédien.

C'est ainsi que je revois Justin, dans la cour de notre maison, le lendemain de ma promenade avec Hélène. Justin n'avait pas balancé, sitôt mon appel reçu, sitôt déchiffré mon billet. Il arrivait de Jouy, par la route, à bicyclette. Il portait une culotte bouffante, une veste quasi-boléro, le tout de bonne laine anglaise, une cravate cerise et un canotier de paille. Il marchait dans la cour, à mes côtés, pétrissant son mouchoir d'une main petite, inquiète, marquée de taches de son.

— Écoute, dit-il, c'est très beau. Mille francs ! Un billet de mille francs ! Et tu l'as déchiré, mis en miettes, jeté dans l'eau !

— Attends, Justin, je veux te confesser encore quelque chose.

— C'est bien, Laurent, c'est très beau ! Tu permets à ton vieil ami de te dire le fond de sa pensée. Tu sais que je suis incapable de te cacher quoi que ce soit. Mille francs, c'est un beau geste. Et vois-tu, Laurent, mon avis est que même ce n'est pas assez. Ce n'est pas mille francs qu'il fallait détruire, c'est dix mille francs, cinquante mille francs, cent mille francs…

— Oui, oui, je le sais bien, repris-je. Mais je n'avais pas une pareille somme. Pense un peu, déjà, mille francs ! D'ailleurs, Justin, sois fraternel : j'ai quelque chose à te dire. C'est grave… J'en suis malade.

— Tu ne les avais pas, je le sais. Mais tu les auras un jour. Si ! Si ! pense donc ! Un savant de ton envergure ! Eh bien ! il faudra y revenir. Un sacrifice géant, une hécatombe, un autodafé de billets. Voilà ce qu'un homme comme toi…

— Ah ! fis-je, tais-toi, Justin. Tu me remplis de honte.

Je ne suis pas bien sûr que Justin, tout à sa ferveur, songeait à me demander la raison de cette honte. Il n'en eut d'ailleurs pas le temps : mon père sortait de la maison. Il descendit deux ou trois marches, s'éclaircit la voix, regarda le ciel.

— Eh ! dit-il. C'est le beau temps ou presque. Je vais prendre la « sans chevaux ». Si le cœur vous en dit, jeunes gens ?

Nous acceptâmes avec dignité, sans marquer le moindre enthousiasme, bien que la proposition ne fût pas pour nous déplaire.

Mon père disparut dans le couloir.

— J'ai besoin de te parler encore, dis-je tout bas à Justin. Attendons, veux-tu ? Jusque-là, pas un mot, surtout devant qui tu sais.

Mon père venait de reparaître. Il portait un chapeau de soie haut de forme qu'il retirait de temps en temps pour, d'une caresse du coude, en lustrer le poil. Il avait abandonné sa lavallière chérie et se nouait sous le menton une cravate de piqué blanc. Il ne détestait pas, d'ordinaire, la redingote ; toutefois, pour honorer cette douce matinée d'arrière-saison, il avait tiré du placard une jaquette gris souris qui l'amincissait et le grandissait un peu. « Dans cette profession, disait-il, le vêtement long est de rigueur. Il faut inspirer confiance. » Ce n'était pas mal pensé. La médecine, à renier toute particularité d'accoutrement, perd un peu de son prestige et, nécessairement, de son efficacité, erreur que la magistrature n'est pas encore près de commettre.

Cette sévère tenue, que mon père portait allègrement, se trouvait en outre tempérée par des gants citron qui sentaient un peu la benzine et par des bottines jaunes, d'un jaune étonnant, nutritif, qui faisait songer à des sauces, à des gâteaux, aux mandarines de Noël.

— Ton père est vraiment très bien, me dit à voix basse Justin, en relevant les sourcils. Plus de cinquante-trois, n'est-ce pas ?

— Ah ! non, fis-je. Pas un mot là-dessus ! Nous parlerons de ça un autre jour.

Cependant, je regardais mon père d'un œil mi-clos, attentif. Il venait d'ôter son chapeau qu'il avait posé, coiffe au ciel, sur le bord de la fenêtre. Ses cheveux, d'un blond chaleureux, divisés par une raie latérale, ne se décidaient aucunement à blanchir et semblaient au contraire parcourus par des vagues de patine bronzée. Il avait de longues moustaches félines, flambantes, et qu'on eût dites, comme les antennes des insectes, animées d'un mouvement propre. Dans son regard, d'un bleu presque tendre pour peu qu'il voulût sourire, passaient des reflets argentés, des lueurs froides que j'ai guettées longtemps, non sans malaise. Il n'était pas très grand, mais agile et vif. Nul n'aurait dit de lui qu'il était un petit homme. Il paraissait sinon parfaitement élancé, du moins sur le point de prendre son élan.

Il nous considéra pendant une seconde avec ce sourire cordial et dédaigneux dont, vers ce temps, je commençais à tolérer la piqûre.

— Jeunes gens, dit-il, veuillez ouvrir la porte. Nous allons sortir la machine.

Notre maison avait été construite vers le milieu du XIXe siècle, à l'ancienne mode : entre cour et jardin. La cour, je ne sais si je l'ai dit, se trouvait, comme il se doit, sur le devant et donnait, par une baie charretière, dans la rue du Moulin, à l'endroit même où la chaussée commence de s'incliner vers la rivière. À droite et à gauche de cette cour, qu'il me faudrait plus justement nommer courette, s'ouvraient les fameux « communs » de Joseph : deux bâtisses employées l'une comme remise et l'autre comme écurie. Au fond de ce dernier réduit, nous entendions Cham piétiner une maigre litière. Mon père avait ainsi nommé notre cheval parce que la bête était de robe noire. Et comme papa ne détestait pas la plaisanterie, nous voyant, un jour, Justin Weill et moi, flatter l'innocent canasson, il avait dit, la voix railleuse : « Voilà Sem, Cham et Japhet. » Cette petite phrase, apparemment anodine, laissait perler, vers 1900, un venin antidreyfusard auquel nous étions fort sensibles. Nous avions, Justin et moi, rougi d'un même cœur, et Justin, la voix vibrante, avait aussitôt répondu : « Soyez tranquille, monsieur Pasquier, nul de nous ne se moquera du patriarche. » Réplique dont mon père avait éprouvé la verdeur, car, loin de jouer les pères nobles, il se fût donné plutôt pour le frère de ses enfants. Mais revenons à mon récit.

Nous ouvrîmes donc la remise. On y voyait, près du boguet avec lequel mon père faisait d'ordinaire ses courses, une mécanique extraordinaire que nous considérâmes aussitôt avec respect et curiosité. La dernière fantaisie, la dernière folie de mon père.

— Jeunes gens, aidez-moi, dit-il, en ôtant sa jaquette.

Tirée, poussée, la voiture « sans chevaux » vint au grand jour. C'était une sorte de phaéton à deux places dont les hautes roues portaient un galon de caoutchouc noir. Devant la place du conducteur s'offrait, à l'extrémité d'une tige verticale, une manette de direction qui tournait sur un secteur en forme de cadran solaire. Le moteur était à l'arrière, entre les deux roues majeures, dans un gros coffre de bois peint en rouge vif avec filets noirs. Ce coffre s'ouvrait par deux volets obliques, semblables à la porte des caves dans certains pays vignobles. Deux belles petites lanternes, avec bougeoirs à ressort et réflecteurs étamés, donnaient à croire qu'une sortie nocturne ne serait pas impossible.

— Ne vous installez pas tout de suite, fit mon père : il faut soigner la mécanique.

Il prit une burette, une loque, un bidon de benzine et commença de tourner autour de la voiture en nous donnant maintes explications.

— C'est une voiture à pétrole, disait-il, avec un moteur Daimler, le vrai moteur du progrès. Ce n'est pas le tout dernier modèle, sans doute. On fait, aujourd'hui, des voitures plus élégantes. Je ne m'y fierais pas : la mécanique est sacrifiée au luxe. Avant tout, la sécurité. Tenez, regardez, jeunes gens, comment se fait la mise en marche. Simplicité parfaite : je dévisse le robinet, je tourne le commutateur, et, maintenant, j'empoigne le volant de départ.

Il avait ouvert la cage du moteur. On apercevait confusément toute une triperie métallique et, surtout, un lourd volant de fonte placé dans le sens des roues et que mon père saisit à pleine main. Il retint son haleine et fit un geste énergique pour imprimer au volant un mouvement de rotation. La machine renifla longuement, éternua, puis lâcha quelque chose comme un aboiement.

— N'ayez pas peur, dit mon père, ce genre de moteur s'appelle, en propres termes, moteur à explosions. S'il pète, c'est qu'il va marcher.

— Oh ! déclarâmes-nous dignement, nous n'avons pas du tout peur. C'est même assez intéressant.

Une dizaine de fois, mon père lança le volant sans résultat. Le moteur toussait, râlait, renâclait sans se décider. Et, soudain, il partit : « Tap, tap, tap » et la voiture se mit à trembler tout entière, avec un bruit de fusillade. Mon père, toujours souriant, remettait sa jaquette, son haut de forme, ses gants jaunes. Il dit :

— Laurent, tu monteras derrière. On va placer le coussin. Ton ami se mettra près de moi.

Nous disposâmes, sur le coffre du moteur, un coussin de cuir noir. Un petit marchepied et deux poignées de fer concouraient à mon équilibre. Mon père et Justin prirent place. La voiture, tournant sur elle-même comme un chien qui cherche à se mordre la queue, se dirigea vers la sortie.

Nous avions beau, Justin Weill et moi, marquer de la réserve à tout ce qui concernait les extravagances modernistes en général et les expériences du Dr Pasquier, mon père, en particulier, l'idée de traverser Créteil dans cet équipage étrange nous donnait quelque plaisir. Je m'étais assis un peu de biais, pour surveiller notre cheminement. La rue du Moulin n'offre pas un sol fort égal. Quand la voiture, ayant, roue après roue, achevé l'exploration de quelque fondrière, regrimpait de l'autre côté, je me cramponnais avec force pour ne pas vider les arçons ou ce qui m'en tenait lieu. Mon père, bien droit, bien calme, le haut de forme assuré, la dextre sur la manette, la senestre sur la hanche, semblait parfaitement maître de cette force tempétueuse. Comme nous arrivions sur la place de l'Église, il souleva son couvre-chef et salua plusieurs personnes d'une façon fort élégante.

— Je ne suis pas vindicatif, dit-il – et cela nous fit sourire, car il était passablement vindicatif –, mais je voudrais rencontrer cet imbécile de Blottier pour lui montrer, confraternellement, qu'au point de vue des idées, je suis plus jeune que lui.

À cet instant précis, et sans aucune raison sensible, comme un cheval qui prend peur à la vue d'une brouette, notre voiture fit un écart à droite et monta sur le trottoir. Elle y roula quelques mètres et vint donner du museau contre la boutique du pharmacien.

— La manette de direction est un peu trop délicate, fit mon père, mais ça n'a pas d'importance, car je voulais, justement, passer chez le pharmacien. Tirez la voiture avec soin, mes garçons, et replacez-la sur la chaussée.

Nous fîmes de notre mieux pour exécuter cet ordre. Une petite foule de badauds s'était rassemblée pendant ce temps et quand mon père, de retour, remit la machine en route, nous dûmes prier les curieux de nous livrer passage. La course reprit. Il faisait une douce et molle matinée d'automne. De grands nuages semblaient chercher dans la campagne le point convenable pour lâcher une averse indolente. Mon père dit :

— S'il pleut, Justin, tu ouvriras le parapluie qui est dans l'étui d'osier, à ta gauche.

À ce moment la pluie tomba. Justin, déployant le parapluie, se mit en mesure de protéger mon père et le chapeau de soie de mon père. Nous avions quitté les maisons. Une grande plaine fraîchement labourée se montrait sur notre droite. On y voyait, par milliers, briller les éclats de verre et les tessons de pot. Les araignées, de motte en motte, avaient déjà tendu de fins cheveux de lumière. La pluie hésita, s'arrêta. Le sol dévalait vers un hameau dont on apercevait les maisons et les vergers. La voiture avançait en égrenant un joli chapelet de détonations qui s'amortissaient dans l'étendue. Parfois, quelque détonation manquait à l'appel ou bien faisait long feu. Mon père souriait avec un sang-froid que, dans le fond de mon cœur, je jugeais assez remarquable. Il disait :

— Cette voiture peut faire dix-huit et même vingt ou vingt-deux kilomètres à l'heure. Mais je ne la connais pas encore assez pour lui demander le maximum. Ah ! le pavé est mouillé. Moteur admirable, je vous l'ai dit. Le frein, malheureusement, ne m'inspire pas la même confiance.

Nous venions de nous engager dans la partie la plus déclive de la côte. La voiture sentait la pente et bondissait de bosse en trou. Mon père saisit le frein dans sa main droite et murmura :

— Il serait préférable de ne pas prendre le mors aux dents.

Nous avions cessé toute conversation, tels des expérimentateurs au moment critique de l'épreuve. De toutes mes forces, je m'agrippais aux poignées et je sentais mes orteils, touchés de vertu préhensile, étreindre le marchepied, à travers le cuir de mes brodequins. Mon père murmura, d'une voix calme :

— Nous dépassons peut-être le vingt-quatre ou le vingt-cinq à l'heure. Sentez-vous le vent de la course ?

Puis il ne dit plus rien et je pense que nous fûmes, tous, saisis d'une légère angoisse. Nous arrivions au tournant de la route. Devant nous se présentaient un petit fossé, un talus modeste, quelques pieds carrés de chaume, enfin le mur d'une propriété derrière lequel jaunissaient des touffes d'acacia.

J'entrevis tout cela dans une sorte d'illumination. Mon père prononça, la voix blanche : « Je tourne la manette à droite, puisqu'il faut aller à gauche. » J'entendis cette phrase raisonnable, froidement mécanique et, soudain, la voiture, au lieu de virer vers la gauche, se dirigea vers la droite, piqua dans le petit fossé, monta sur le talus, s'allégea, d'un coup de rein, de ses trois passagers et fonça vers la muraille.

Malgré la brutalité du choc, nous nous relevâmes tous trois aussitôt. Je vis mon père courir après son haut de forme, le ramasser, en lisser le poil d'un geste du coude et se tourner vers nous, souriant.

— C'est, dit-il, le phénomène du dérapage. Pas de bobo, jeunes gens ?

Nous le rassurâmes d'un mot. J'étais étourdi quelque peu, mais intact, et Justin de même. Toutes nos pensées se tournèrent vers la machine et mon père eut un cri de triomphe.

— Je vous disais bien que le moteur était admirable. Écoutez : il tourne encore. Par malheur, la direction est endommagée. Oui, fort endommagée, même. Il va nous être impossible de continuer cette course. Aidez-moi, garçons. Attendez ! Allons par ordre. J'arrête le moteur. Bien. Il s'arrête. J'examine le train avant. Il faut, voyez-vous, traiter cette mécanique exactement comme un malade. Ah ! la transmission est rompue et l'essieu faussé. Il se peut même que le frein... Allons, tant pis ! Réfléchissons une minute.

— Voulez-vous, monsieur Pasquier, fit Justin, qu'en unissant nos efforts nous tirions la machine jusque sur la route ?

Mon père haussa les épaules :

— Tu n'y penses pas ! Une voiture de cette espèce pèse au moins trois cents kilos. Non. Attendez, jeunes gens ! Vous allez garder la machine. Je vais à la maison chercher le cheval et des cordes. Assurément, ce ne sera pas un retour bien glorieux. Tant pis ! Si les gens s'avisent de rire, je leur montrerai ma façon de penser.

Mon père n'était pas homme à remâcher une décision. Il déploya son mouchoir, battit les pans de sa jaquette pour les débarrasser de quelques mousses et brindilles qui s'y accrochaient encore, fit le geste rituel de lisser son « huit reflets » et s'éloigna, disant : « Je suis ici dans vingt minutes. »

Un calme délicieux tomba. La campagne de Créteil était une campagne incertaine. On entendait à tout instant siffler les trains de Saint-Maur ou de Choisy, parfois la plainte pressante des remorqueurs de la Seine ou de la Marne. D'un fort lointain venait, limpide et précise, une sonnerie de clairon. Nous avions, en outre, le sentiment, peut-être hallucinatoire, d'entendre, vers l'orient, la respiration orageuse de Paris. L'été de 1900, pluvieux et maussade, avait flétri de bonne heure les frondaisons. Pourtant montait, de la terre, un mystérieux parfum, poignant et sépulcral. Un laboureur, au loin, parlait à ses chevaux, comme au premier jour de l'histoire. Nous éprouvions cette paix l'un et l'autre et, de nouveau, prêtions l'oreille à nos rêves. Justin tenait entre ses dents une tige de graminée et la coupait en petits morceaux qu'il soufflait d'un air pensif. Il soupira :

— Mon père et mes oncles disent que ces machines peuvent devenir quelque chose et qu'il faudra sans doute, un jour, changer nos fiacres... Grosse dépense en perspective.

Comme je ne répondais rien, il retomba dans le silence.

— Justin, fis-je au bout d'un instant, tu ne m'as pas laissé t'expliquer quelque chose que j'ai là, sur le cœur.

Je vis que Justin se méprenait au sens de mes paroles. Il fit un sourire tendre et murmura :

— Je suis venu parce que tu m'avais appelé. Mais je sens que je vais rester, que c'est indigne.

— C'est pour moi, fis-je, que tu es ici…

— Oh ! je n'attendais qu'un mot, au risque d'être indiscret, au risque d'être ridicule, puisque les fiançailles seront officiellement annoncées après-demain. Je n'attendais qu'un mot et je suis venu, Laurent.

— Justin, mon vieux, dis-je en lui saisissant la main, j'ai longtemps défendu Valdemar. Il représentait à mes yeux toutes sortes de choses sacrées : l'inspiration, la musique, l'art enfin. Je ne suis pas injuste, crois-le bien : Valdo représentait la musique comme toi tu représentes la poésie, la pensée. Enfin, entre vous deux, je me sentais déchiré. Quel que fût le choix de Cécile, je savais que ça n'irait pas tout seul. Rappelle-toi, rappelle-toi la rue Guy-de-la-Brosse et notre Jardin des Plantes. Mais aujourd'hui Valdemar me fait horreur. J'ai cru longtemps qu'il buvait, avec son regard, ses colères, ses tristesses et les scènes qu'il nous faisait. Et ce n'est pas d'aujourd'hui. Vingt fois il a menacé de s'ouvrir les artères et de se couper le poignet parce qu'il n'arrivait pas à jouer aussi bien que Cécile. Un jour, il s'est enfoncé un canif dans le talon de la main. Des folies, des folies ! Et pourtant, non, il ne boit pas. Il est malade.

— Oh ! s'écria Justin, l'œil flamboyant, on ne laissera pas Cécile épouser ce malheureux.

— Justin, répondis-je, pesant les mots, je ne sais pas ce qui pourrait empêcher Cécile de faire ce qu'elle veut faire. Mais je te promets, solennellement, de m'opposer de toutes mes forces à ce mariage.

Justin me prit les mains et me les serra sans répondre. Un peu plus tard il dit :

— Voilà ton père. Et il y a une autre personne.

— C'est, fis-je, monsieur Herbelot, l'homme qui vient en journées pour bouchonner le cheval et laver la carriole.

Les deux sauveteurs approchaient, tirant le cheval par la bride. Cham, en 1900, était un animal encore très jeune, de bon courage et de bon poil. Mon père, conducteur distrait, l'avait couronné dès les premiers jours, en sorte que le pauvre bourrin saignait souvent des genoux et portait presque tout le temps des emplâtres de goudron. En apercevant l'automobile, Cham se prit à hennir et jeta de côté des regards inquiets. Déjà, déroulant les cordes, le bonhomme Herbelot improvisait un attelage.

— Ne l'attachez pas trop court, dit mon père, qu'il ait du jeu.

Les cordes nouées, Herbelot saisit le cheval par la bride et commença de lui parler. L'animal faisait entendre un souffle court et anxieux. Il roidit ses jambes et l'automobile aussitôt vira sur les roues arrières. Le cheval se mit à trembler et, soudain, comme il s'ébranlait, entendant derrière soi cliqueter cette machine effrayante, il prit peur, se cabra, lança quelques ruades, enfin, crinière au vent, partit au galop dans la plaine en emmenant toute la ferraille.

Alors les choses se gâtèrent. Herbelot, papa, Justin et moi nous lançâmes à travers les labours. Papa n'avait pas quitté son haut de forme. Il trottait comme un chevreuil et ne se laissait pas distancer. Le paysan soufflait un peu. Nous poussions tous ensemble des cris dont le cheval semblait fort excité. Il bondissait dans les sillons. La machine, à sa remorque, roulait, tanguait, pirouettait. Pour finir, elle se retourna. Notre cheval, hors d'haleine, s'abattit sur la terre grasse. Nous le rejoignîmes bientôt et nous hâtâmes de trancher les cordes.

— La bête n'a pas grand'chose, disait Herbelot. Mais la machine est gâtée. Ce doit être une grosse perte.

— Ça, dit mon père, nous verrons. Je l'ai prise sous condition et ne l'ai pas encore payée. Au besoin, je plaiderai. Je ne veux pas qu'on se moque de moi. En tout cas, je vais la rendre.

— Ça vaudra peut-être mieux, fis-je. Elle ne semble pas au point.

Mon père haussa les épaules et me regarda sans douceur.

Nous retournâmes à Créteil. Mon père marchait devant, avec Herbelot et la bête. Nous allions, Justin et moi, d'une allure plus nonchalante. Quand il me parut que la distance était suffisante entre les groupes et que les voix ne portaient plus, je saisis Justin par le bras et l'étreignis avec force.

— Justin, je t'ai fait venir pour te confier quelque chose, et je n'ai pas encore tout dit.

Justin tournait vers moi son beau regard étonné.

— Écoute, dis-je. Écoute bien. Ce n'est pas un billet de mille francs que j'ai jeté dans la Marne. C'est seulement cinq cents francs. Comprends-tu : seulement cinq cents. J'avais deux billets de cinq cents. Alors, à la dernière minute, j'ai été, comprends-moi bien, épouvanté. Le sacrifice m'effrayait. J'ai seulement jeté cinq cents francs.

Justin me regardait sans répondre et je vis qu'il rougissait.

— Les autres cinq cents francs, je les ai conservés, pour les détruire aussi, puisque je l'avais juré. Je les ai si bien conservés que j'ai emprunté, hier, un louis de vingt francs à ton père. Mais, comment te l'avouer, Justin ? je ne peux pas me décider à les sacrifier aussi. Alors, je me dégoûte, je me dégoûte. Je suis peut-être pire que Joseph. Car, lui, il est d'une seule pièce. Mais moi, moi ! J'ai parlé de geste absolu, oui, j'ai dit le mot ab-so-lu. Alors je me demande si je suis autre chose qu'un menteur et un saligaud.

Justin réfléchissait encore. Et moi je n'avais pas tout dit.

— Vois-tu, Justin, cinq cents francs, c'est déjà considérable. Quand même, je ne suis pas fier. Je sais que je peux encore jeter les derniers cinq cents francs ; mais je ne crois plus que j'aurai le courage de le faire ! C'est trop terrible.

Justin secoua la tête et même il se prit à sourire.

— Garde-les, dit-il enfin. Non ! Il vaut mieux les garder. Seulement…

Comme je le considérais avec un peu d'angoisse, il ajouta, plus bas :

— Seulement, ne dis rien à Cécile.

Il commença de m'expliquer toutes les raisons supérieures que j'avais de garder ces cinq cents francs en réserve. Il parlait avec flamme, avec esprit, avec des inventions de mots et d'arguments.

Il était très bon, Justin Weill, très bon et très intelligent.

CHAPITRE VIII

Caprices de l'inspiration scientifique. Souffrance des savants, passion des artistes. Valdemar ou l'archange damné. Extravagances de Mme Henningsen. Conséquences de l'établissement à Créteil. Une demande en mariage. Intervention du petit coq. La symphonie-départ. Regard jeté dans une officine. Ce qui explique bien des choses et n'en arrange aucune.

Charles Nicolle m'a dit un jour, parlant de notre collègue Vuillaume : « Il aurait donné sa vie, soyez sûr, il la donnerait encore, avec élan, pour faire une grande, une véritable découverte. » Dès qu'il aborde un tel sujet, Nicolle devient grave. Il a pourtant, mieux que personne, déjoué les caprices de l'esprit créateur. Il a souvent reçu la visite de l'ange.

Cette passion des savants en quête d'illumination, je la connais, je l'éprouve, je l'ai durement éprouvée. Sa vie ! Qui de nous ne la donnerait pour arracher un fragment, un éclat, une parcelle au noir diamant de la connaissance. Créer, en définitive, est la seule joie digne de l'homme et cette joie coûte beaucoup de peine. Nous autres, gens de la recherche, nous souffrons à notre manière qui n'est pas trop romantique. Nous savons qu'il nous faut parfois séduire l'inspiration, lui tendre des pièges, lui montrer « des lits pleins d'odeurs légères ». Nous savons aussi que, parfois, la chance ne dédaigne pas l'homme endormi. Et nous nous assoupissons volontiers dans de petites besognes médiocres. Nous rampons sur notre chemin en espérant l'heure du bond, l'heure de l'envol surprenant.

J'ai vu des hommes comme Vaxelaire, des hommes qui jouissent aujourd'hui d'un grand crédit, d'une situation honorée, passer des semestres entiers à calculer ce qu'il entre, chaque jour, aux Halles, de calories sous forme de poissons, de viandes ou de légumes, avec de sérieuses rubriques pour les salsifis et les concombres. J'ai vu Frédéric Vaxelaire vieillir en prenant par milliers et par dizaines de milliers des mesures de « conductivité électrique », des mesures, des mesures, encore et toujours des mesures. Vaxelaire n'est point un sot. C'est même un homme instruit. Il espérait sans doute qu'après tant de vides efforts, ces montagnes de chiffres accoucheraient un jour ou l'autre et mettraient enfin au clair une petite souris, une souris de vérité. Les montagnes ont grossi tout en restant bréhaignes. Vaxelaire n'a pas de génie. Il le sait, probablement, et j'aime à croire qu'il s'en est consolé, qu'il a trouvé quelque thème d'oubli. Cette souffrance des savants stériles, on la connaît mal, hors de notre profession, et surtout on ne la prend guère en pitié. La plupart de ces chercheurs infortunés sont trop fiers pour se plaindre. Ils sont aussi trop naïfs. Ils se réfugient dans l'érudition qui les trompe comme elle trompe tout le monde : entre le trouveur et l'érudit, le peuple ne voit point l'abîme.

Les artistes sont plus loquaces. Leur nature est intolérante, et donc leur souffrance évidemment intolérable. Que l'inspiration les dédaigne, ils se mettent à crier. Leurs cris, parfois, sont si poignants qu'ils ressuscitent le génie. Mes collègues du laboratoire, même quand je les sens désespérés de leur sécheresse, ne m'inspirent pas une compassion très vive : ils n'élèvent guère leur tourment jusqu'aux mots, et c'est une sage prudence ; ils trouvent très vite asile dans l'enseignement, dans l'administration, dans les honneurs. En revanche, la pitié, je l'ai ressentie, forte et tenaillante, en voyant souffrir Valdemar Henningsen.

J'ai dit, dans un autre récit, et rappelé dans ce cahier ce qu'un tel compagnon avait été pour Cécile et moi. Il habitait, avec sa mère, la maison même où j'ai vécu mes années d'adolescence, rue Guy-de-la-Brosse. C'était alors un de ces êtres qui semblent avoir, dès le premier matin, reçu l'onction sacrée. Il était, à mes yeux, et sûrement aux yeux de ma sœur musicienne, la vivante image du génie. Grand, bel à voir, avec sa claire chevelure ondoyante, son teint pâle et cette encolure cambrée qui faisait dire à Mme Henningsen : « Il a de la branche, mon garçon ! » il nous avait, nous, pauvres enfants encore ensevelis dans l'ombre inférieure, il nous avait délicieusement éblouis. Il fut, plusieurs années durant, notre maître, notre archange. Disgrâce unique, l'archange avait de grands pieds et des mains pesantes, dont il souffrait sans retenue. Les mains, surtout, exaspéraient une âme vraiment musicienne qu'elles ne pouvaient que trahir. Il nous avait, dès le premier jour de notre voisinage, ouvert les portes célestes, nourris d'ambroisie, introduits aux vrais dieux. Mme Henningsen, peintre de miniatures et veuve d'un Danois lettré, jouissait d'une petite fortune et, surtout, de relations précieuses dans un monde inconnu de nous. Valdemar était reçu chez Fauré, chez Chausson. Il était le zélateur et l'ami de Claude-Achille Debussy. J'ai raconté d'ailleurs comment il avait, un jour de l'année 95, amené dans notre logis le prince des musiciens français. Enfin Valdemar avait découvert notre Cécile et je pense encore aujourd'hui que, dans la gloire de Cécile, dans le rayonnement si pur de Cécile, on doit sentir errer le fantôme pathétique de Valdemar Henningsen, musicien blessé, musicien trahi.

La passion de Valdemar pour Cécile ne ressemblait vraiment en rien à l'image que peut se faire de l'amour une âme élémentaire. Valdemar n'a jamais aimé que le génie et, mieux encore, son génie. Il l'a poursuivi, furieusement, en lui-même, puis en Cécile. Il a, de bonne heure, compris qu'il ne serait jamais qu'un exécutant médiocre et il s'en est mal consolé, bien qu'il eût des ambitions plus brûlantes. Jour après jour, j'ai compris qu'il adorait en Cécile une hypostase parfaite de son être enchaîné, de son être à lui, Valdemar Henningsen. Il disait, avec une ferveur colorée d'extravagance : « C'est elle qui a mes mains… Alors il faut qu'elle obéisse ! » Cécile avait obéi longtemps, non sans goût et non sans écarts. Ainsi, de bonne heure, s'était répandue, parmi nous, une sorte de légende familière sur les fiançailles musicales de Valdemar et de Cécile. Jusqu'à sa quinzième année, si j'en crois les rares confidences que cette silencieuse n'a sans doute faites qu'à moi seul, Cécile accueillit un dessein tel, non pas avec l'exaltation d'une petite fille émerveillée, mais avec la gravité d'une femme attentive et mûre. Cette histoire me troubla jusqu'au fond du cœur : je connaissais l'amour charmant que mon ami Justin Weill éprouvait aussi pour Cécile. Entre les deux rivaux, j'étais sincèrement déchiré.

Pendant l'hiver de 97, Valdemar fit jouer, aux Concerts Lamoureux, un petit poème symphonique intitulé *Spleen* et qui portait en épigraphe le fameux vers de Baudelaire :

Je suis comme le roi d'un pays pluvieux...

L'œuvre fut accueillie de façon courtoise : Valdemar comptait, dans la société cultivée, sinon des partisans, du moins de bons amis. Je n'oublierai pourtant jamais l'effarement douloureux qui se peignit sur le visage du compositeur dès les premiers applaudissements. « Tu peux être content, lui dis-je, c'est un succès. » Nous étions dans une loge assez obscure. Il me pinça cruellement le gras du bras et me répondit à voix basse : « Fous-moi la paix ! je t'en prie, fous-moi la paix ! » Ce qui me donna de l'étonnement, car Valdo cédait moins volontiers que Madame sa mère aux facilités du « langage artiste », comme on disait à la maison.

Encore qu'il eût bien des chances de convaincre un éditeur, Valdemar, malgré mes instances, jeta le manuscrit de *Spleen* dans un fond d'armoire. Ce manuscrit est, aujourd'hui, en la possession de Cécile. Je l'ai relu, bien des années après le concert, et je l'ai mieux jugé : c'est d'un écolier de Claude-Achille, et d'un écolier qui renchérit sur son maître. Ce que je n'avais pas compris tout de suite, Valdemar, lui, devait l'éprouver avec force et désespoir. Il n'était pas de ceux qui trouvent, dans l'imitation, le chemin de leur vertu personnelle. Au moment du fameux concert, il avait, si je ne me trompe, vingt-deux ou vingt-trois ans. J'eus alors le sentiment qu'il venait de recevoir confirmation de certaines terreurs secrètes. Il avait toujours été violent et lunatique ; il devint, en quelques mois, inquiétant, insupportable. Il s'enfermait des jours entiers, criant qu'il travaillait, qu'il allait travailler, qu'il allait quand même falloir qu'on le laissât travailler. Comme il habitait au-dessus de chez nous, je l'entendais aller et venir, frapper du pied, renverser des chaises, bâiller longuement. Puis c'étaient de longs silences pendant lesquels je suis sûr qu'il devait dormir. Puis il bégayait au piano quelque petite phrase informe. Puis il prenait le violon ou le violoncelle, car il jouait passablement de trois ou quatre instruments. Puis il ouvrait et fermait les fenêtres. Puis on l'entendait jurer ou casser quelque chose. Puis, de nouveau, d'interminables silences.

Au sortir de ces retraites, il se montrait non pas sombre, mais agressif et verbeux. Il s'installait devant le grand piano de Cécile et se livrait à des improvisations frénétiques, nourries de réminiscences qui n'étaient pas toujours inconscientes ni même involontaires. Il devenait alors odieux. « Qu'est-ce que vous avez ? disait-il en se tournant vers Cécile. Vous avez l'air de penser que ce n'est pas de moi, peut-être ? C'est de moi, et c'est admirable. Vous entendez, Cécile ? Admirable ! Et je m'y connais. Moi, au moins, je suis un artiste. » Ensuite, pendant des semaines, il tombait en langueur, affectait de ne s'intéresser plus à quoi que ce fût, grondant à tout propos d'une voix nasonnante et molle : « Mais non, mais non, vous savez bien que je ne fais plus de musique. Je vous ai dit cent fois que je me moque de la musique et de tous vos musicâtres. À quoi bon ! La musique est finie. On ne fera plus rien de bon maintenant. C'est la basse époque. » Dès ce temps, il m'irrita fort. Il se mit à brûler tout ce qu'il avait adoré, tout ce qu'il nous avait fait adorer, reniant ses amis, ses maîtres, ses dieux, bredouillant, ânonnant des imprécations nébuleuses : « Tous des veaux ! Tous des cochons ! Vous aimez ça, vous ? Ça vous juge ! Quelle misère ! » Il nous regardait avec mépris, d'un œil trouble, chargé de regrets, d'invectives, de chamailles. J'eus alors, mais comme un jeune garçon qui n'est très sûr ni de son expérience, ni des analogies, j'eus alors, souvent, l'idée que Valdemar buvait. Je le répète, je n'avais pas une connaissance approfondie des dérèglements de ce genre et il me parut assez vite que je devais me tromper.

Alors vint une éclaircie. Valdemar écrivit une pièce pour piano qui s'appelle *Interlude en fa mineur* et que Cécile, après tant d'années, me joue, parfois, sans commentaires, quand nous sommes seuls tous deux. Je pense qu'au fond de sa détresse Valdemar connut la joie ravageuse de la visitation. L'*Interlude* est presque un chef-d'œuvre. Je le sentis tout de suite et Valdemar le sentait mieux que personne, avec, toutefois, la frayeur d'un amant dédaigné qui reçoit, comme une aumône et sans espoir d'avenir, une heure de la femme chérie.

Chose étrange, cette fleur égarée – je parle de l'*Interlude* – rendit Mme Henningsen à peu près folle d'orgueil. Elle avait, jusque-là, vécu dans la certitude placide que son fils était un être trop exceptionnel pour qu'il eût le moindre besoin de se manifester. L'excellente dame se prit à célébrer le génie de Valdemar alors que ce génie, à l'instant de succomber, lançait une suprême étincelle.

Mme Henningsen fumait beaucoup, se fardait avec rage, s'enveloppait de costumes d'une fantaisie arrogante, accablait le monde musical de sarcasmes et nous traitait, nous autres Pasquier, les humbles amis de son fils, comme des serfs émancipés. Elle portait un face-à-main et se donnait l'air de regarder les visiteurs à la loupe, ce qui, je veux le croire, était, chez elle, façon de miniaturiste. Elle disait : « Tous ces gens-là, nos compositeurs à la mode, sont de tout petits couillons. Valdo les mettra dans sa poche. N'est-ce pas, Valdo ? » Elle avait une voix de contralto, l'accent moitié slave et moitié germanique, bien qu'elle fût parisienne. Elle proférait des mots forts grossiers avec une distinction parfaite et réservait l'intonation faubourienne pour prononcer des remarques précieuses ou des jugements artistiques. Elle disait, à tout instant, quand elle recevait de leurs amis : « Valdo, mon cher, joue-leur ton machin… tu sais, ton *Interlude.* » Valdemar dut le jouer deux ou trois fois de bon cœur. Puis il bouda, puis il se fâcha. « Toujours l'*Interlude* ! grondait-il. On dirait que je n'ai fait que ça. » Un jour, il se prit à rire et répéta : « Je n'ai fait que ça. Bien évidemment, que ça ! » Et, soudain, il blêmit, bleuit, prit une colère convulsive au cours de laquelle il brisa sur les tapis d'orient les petites lampes à pétrole toujours odorantes et transpirantes que l'on fixait, avec des manchons à ressorts, dans les bougeoirs du piano.

En de tels cas, Mme Henningsen mettait son chapeau et nouait sa voilette qu'elle aspirait et pinçait entre ses lèvres serrées. Elle descendait dans la rue avec son chien, livrant l'atelier, l'appartement, la maison entière aux fureurs du garçon. Parfois, je descendais moi-même et j'apercevais, sur le trottoir, la dame vêtue de mousseline, de tulle, de crêpe vaporeux, qui regardait, d'un air méditatif et intéressé, le griffon, au bout de sa laisse, en train de lâcher parcimonieusement de l'eau.

Ses colères épuisées, Valdo retombait à l'indolence. Un jour, il me saisit par le col et commença de sangloter contre mon épaule. Il disait, parlant de soi, peut-être par pudeur, à la troisième personne, il disait : « Rien ! Absolument rien ! Il ne fera jamais rien. Et il le sait, il le sait. »

Deux ou trois jours plus tard, le soulagement se frayait des avenues. Valdemar avait découvert un petit maître inconnu du XVIe siècle italien. C'était sa merveille, c'était son Baruch. Il en parlait une semaine. Il nous conviait au festin avec une ferveur tyrannique. Et quand il avait réussi, quand il nous avait fait aimer l'objet de son engouement, alors, il le vomissait, le déchirait, le reniait, tâchait à nous convaincre d'ignorance et de mauvais goût.

Cécile, dans toutes ces querelles, montrait une froideur extrême. Je pense que, dès ce temps, elle avait jugé Valdemar. Quand il fut question, pour nous, de l'émigration à Créteil, Valdemar eut des transports. Il commença par déclarer que la carrière de Cécile allait se trouver perdue. Il ajouta que ce serait bien fait, que Cécile ne méritait pas autre chose, qu'elle était hautaine et glacée, qu'elle ne comprendrait jamais rien à la pure souffrance de l'artiste.

Cécile écoutait, droite et sévère, ces folies qu'elle avait, cent fois, entendues de la même bouche. Elle écoutait et sa lèvre supérieure tremblait sur ses dents éclatantes. Alors, comme toujours, Valdemar se mit à genoux, pour finir. Il demanda son pardon avec de grands éclats d'orgueil. Malgré moi, j'assistais souvent à leurs tristes scènes d'amour. Valdemar disait : « Tu peux aller dans ce Créteil. Je t'y suivrai, je te suivrai partout. Et dans deux ans, exactement deux ans, je t'épouserai. Jure-moi que je t'épouserai. »

Il serrait, autour des genoux de Cécile, une étreinte qu'elle dénouait, d'un doigt calme, obstiné. Encore blême de colère domptée, elle répétait, serrant les mâchoires : « Mais oui, nous nous marierons, puisque je vous l'ai promis. »

Dès que nous fûmes à Créteil, les choses changèrent d'allure. Une, deux, trois fois la semaine, Valdemar venait nous voir ou, pour mieux dire, voir Cécile. Il n'était plus notre voisin, l'Ariel de la maison, le génie voltigeur que l'on rencontrait dans l'escalier. Ce qu'il avait de singulier, d'excentrique, d'anormal pour tout dire, devint aussitôt plus visible. Joseph disait : « C'est un esthète ! » Là-dessus, Joseph levait le regard au ciel et feignait de tenir une fleur imaginaire entre le pouce et l'index de la main gauche.

Sans doute parce que le cadre de notre vie venait de se transformer, j'eus alors, de Valdemar, une vue plus claire, plus cruelle. Il commençait de se négliger un peu. Lui, si soigneux jusque-là dans le choix de son vêtement, marqua d'étranges faiblesses. Il tolérait les plis, les taches, la poussière. Il abandonnait au hasard et son linge et ses cravates. Il exhalait une odeur sucrée de tabac d'orient et de pharmacie. Un jour que j'en fis la remarque, il répondit avec un regard sournois : « Tu sais bien que l'on me soigne. Tu sais bien que je suis neurasthénique. Alors, ne me tourmente pas. Ne t'occupe donc pas de moi. »

Il s'asseyait sur une chaise et glissait à d'inconcevables rêveries. Son regard semblait dormir, un regard à larges pupilles, ouvertes sur des abîmes bleus. Parfois sa bouche s'entrouvrait et la lèvre abandonnée laissait glisser une longue et pesante goutte de salive. Ses colères devenaient plus rares. Il avait l'air indifférent, lointain, surtout lointain. Et c'est vers ce temps-là que je le pris en horreur.

Petit à petit, notre famille, le clan Pasquier, sans relâcher son étreinte, s'aérait, se déployait. Ferdinand et Joseph n'ont jamais amené grand monde à la maison. Joseph qui, depuis, a connu tout Paris, Joseph n'a jamais eu d'ami véritable. Il n'était d'ailleurs aucunement tenté d'introduire dans notre intérieur les gens avec lesquels, à cette époque de sa carrière, il nouait et dénouait toutes sortes d'obscures petites affaires. J'ai quelque raison de croire qu'il ne devait guère, au dehors, parler de nous, sinon dans un dessein de prestige et de publicité : « Mon père, le docteur… Ma sœur, cette artiste universellement admirée… Mon jeune frère, un savant du plus grand avenir… » Si j'ai gravé, dans mes tablettes intimes, cette maxime rigoureuse : *Ne pas vouloir passer pour ce que l'on n'est point*, c'est en songeant à Joseph, c'est pour prendre, à toute force, le contre-pied de Joseph.

Donc Joseph n'amenait presque personne à la maison. Ferdinand, quand il vit paraître mes camarades, eut des velléités de concurrence. Il invita, certain dimanche, un jeune homme de son bureau. Joseph n'en fit qu'une bouchée. Le jeune homme, épouvanté, ne reparut plus. D'ailleurs Ferdinand venait de se fiancer et ce phénomène fut marqué non par l'exubérance, l'appétit d'azur, le prélude au vol nuptial, mais par le reploiement, le chuchotement, la retraite, bref le catimini dans toute sa perfection.

C'est donc moi qui, vers ce temps, et j'y reviendrai plus loin, attirais à la maison des amis, des camarades. Valdemar montrait une bien étrange figure au milieu de cette jeunesse. Encore que je fisse au mieux pour qu'il ne rencontrât pas Justin, bien souvent la conjoncture se trouvait inévitable. Elle m'irritait beaucoup. Valdo n'était pas bon joueur. Rival heureux, il ne trouvait dans son succès ni l'apaisement, ni même une raison de courtoisie, de mesure. Il reprenait flamme, engageait des discussions diffluentes sur l'art et la poésie. Justin s'animait. Il me fallait veiller à l'orage et faire des prodiges de manœuvre. Heureusement, dans ces controverses, Justin se montrait gentilhomme ; il ne tolérait jamais qu'elles glissassent à la laideur.

Mme Henningsen, depuis notre installation à Créteil, ne nous avait fait qu'une ou deux visites et s'était montrée d'ailleurs on ne peut plus désagréable. La persévérance de son fils dans un dessein qu'elle jugeait et déclarait absurde lui donnait beaucoup d'humeur. Le moment vint où Valdemar, avec un entêtement moins ardent que maladif, parla de fixer une date, de prendre des dispositions définitives pour son mariage, et je compris que nous allions vers des temps difficiles.

Valdemar avait alors un peu plus de vingt-six ans. Il participait de la petite fortune maternelle, ce qui simplifiait quelque peu l'idée d'un établissement. Notre père, à ce propos, marquait la plus souriante indifférence. Il nous a nourris, veillés, protégés somme toute longtemps ; je ne peux certes, à son sujet, évoquer le libre poisson qui sème sa graine au hasard ; mais il avait toujours l'air de dire : « Mes enfants, débrouillez-vous. Moi, je me suis bien débrouillé. Tout s'arrange, et j'en suis une vivante preuve. Quant à vos petites affaires, à vos sentiments, à vos amours, faites comme il vous plaira. Et surtout, ne vous occupez pas plus de moi que je ne m'occuperai de vous. »

Si mon père pensait ainsi, et j'ai tout lieu de le croire, ma mère, en revanche, vivait dans une alarme permanente, l'œil mobile et l'oreille au guet. De tous ses enfants, c'est assurément Cécile qu'elle pouvait le moins comprendre. Cécile a dû l'intimider, ce que n'ont fait ni Suzanne avec sa beauté, ni Joseph avec son argent, et ni moi-même. Que ma mère ait mesuré la misère de Valdemar, je pourrais l'affirmer. Alors, avec un sens étonnant de la tactique et du péril, ma mère s'efforçait de temporiser. Elle invoquait à tout propos l'extrême jeunesse de Cécile, repoussait toute décision dans un avenir assez lointain pour laisser place à la surprise, au fait nouveau, à tel événement sauveur.

Malgré cette conduite avisée, les choses allèrent leur train et, quelques jours après les événements que j'ai déjà racontés, Mme Henningsen, sur les instances de son garçon, vint à Créteil pour une démarche que nous appelions, à voix basse, « la demande officielle ».

Elle arriva dans un fiacre, à la fin de l'après-midi. Valdemar était là depuis le matin. Il avait déjeuné chez nous, se traînant de pièce en pièce et de la maison au jardin, écoutant d'une oreille distraite les exercices de Cécile qui ne lâchait point le piano. Mme Henningsen arriva donc et la « demande officielle » fut la scène la plus vague et la plus ridicule du monde. Ferdinand se promenait sur le bord de la rivière avec sa fiancée. Joseph était allé voir les jeunes gens du pays jouer une partie de ballon au pied, ce qui était une coutume anglaise alors dans sa fleur chez nous. Sereine à désarmer les démons, Cécile était en train de lire d'impalpables pièces de Couperin qu'elle appelait « musique du dimanche ». Mère et Paula Lescure cousaient, dans le salon, ce qui n'était pas ordinaire. J'écoutais Cécile, en tétant, à joues distraites, une petite pipe de merisier. Mme Henningsen entra, la canne en main, comme les marquises pour toile de Jouy. Elle soufflait un peu, car elle commençait à prendre de l'embonpoint. Cécile descendit tout de suite et mon père, qui faisait dans le jardin une de ces promenades ravageuses dont je parlerai bientôt, vint nous rejoindre au salon. Paula Lescure se leva pour préparer le thé. Affaissé, jambes éparses, sur le canapé Louis-Philippe, Valdo regardait une mouche qui marchait au plafond. Tout le monde manifestait une grande gêne. Mme Henningsen tenait son face-à-main plié, les deux verres l'un sur l'autre, et le portait à son œil droit en fronçant fort le sourcil, ce qui n'allait pas sans grimace. Elle commença par des propos grognons sur le pavé de Créteil, puis, brusquement, elle dit, se tournant tout d'une pièce :

— Alors, Cécile, c'est sérieux. Tu veux absolument épouser mon fils ?

Cécile est naturellement blanche. Ceux qui l'ont vue sur la scène du concert connaissent bien cette pâleur radieuse, ce beau front de marbre candide qui, pendant l'élévation de l'âme, trouve la force de se purifier, de pâlir encore. Cécile pâlit parfois, elle ne rougit jamais. Or, ce jour-là, je vis Cécile rougir. Une rougeur violente, d'un seul jet. Une de ces rougeurs qui font mal à l'œil qui les regarde. Cécile rougit ainsi.

— Madame, dit-elle, je ne veux rien. Je ferai ce que Valdemar voudra.

Mme Henningsen éclata de rire. Son rire était humide et s'achevait en toux, car la dame fumait beaucoup trop et souffrait souvent de la gorge. Elle hoquetait :

— Ce que voudra monsieur Valdemar ! Comme c'est joliment dit ! Petite résignée, va ! Petite sacrifiée ! Enfant martyr ! S'il le faut, nous l'épouserons, ce Valdemar. Que faites-vous, mademoiselle Pasquier ?

Mme Henningsen qui nous avait vus tout enfants, Cécile et moi, nous tutoyait et, parfois, nous disait « vous » avec une emphase théâtrale. Elle répéta :

— Non, mais que faites-vous, Mademoiselle ?

Cécile était, de nouveau, fort calme. Pourtant, elle montrait son regard Pasquier, un regard d'un bleu polaire et qui n'annonçait pas la paix.

— Madame, répondit-elle, si Valdemar veut que je l'épouse, eh bien ! je l'épouserai. Je ne lui dois pas moins. Comme c'est tout ce que je peux dire et que je l'ai dit, je vais sortir d'ici, avec votre permission.

Et Cécile sortit, très vite. Valdemar avait noué puis dénoué ses longues jambes. Il semblait percevoir les mots avec un léger retard. Il cria, la voix furieuse :

— Maman, tu vas tout gâcher, comme tu fais toujours et partout.

Il quitta la pièce en courant.

— C'est admirable, s'écria Mme Henningsen. Voilà ce grand dadais qui me dit des sottises ! Et moi qui ne pense qu'à lui dans cette méchante histoire.

Papa souriait et son sourire lui découvrait les canines. Je sentais que, de lui, nous n'avions rien à craindre : Mme Henningsen le déconcertait un peu. Il souriait donc et pianotait, l'air gêné, sur les bras de son fauteuil. J'étais d'ailleurs beaucoup trop ému moi-même pour observer très attentivement mon père. Mme Henningsen mit un doigt dans son jabot, en fit mousser toutes les dentelles et dit, traînant sur les syllabes :

— Inutile, chère Madame, de vous cacher que je trouve ce mariage absurde.

— Comment l'entendez-vous, Madame ? fit posément notre mère.

Il y eut un froid profond. Les deux dames se mesuraient du regard. J'admirais beaucoup ma mère en des circonstances telles : son humble visage fatigué, gonflé, creusé de mille plis souffrants, se durcissait fibre à fibre, prenait de la majesté, de la beauté sévère. Elle attendait, surveillait les moindres mots, parlait avec une surprenante douceur.

— Vous êtes une bien trop bonne mère, prononça Mme Henningsen, pour ne pas savoir qu'on fait toutes sortes de rêves, quand on songe à ses enfants.

Maman secoua la tête de haut en bas, sans rien dire. Mme Henningsen reprit, la lèvre serrée, haussant le ton petit à petit.

— J'aime beaucoup votre Cécile. C'est une petite fille très douée. Mais quoi ! des enfants doués, j'en ai rencontré pas mal. Valdemar fera ce qu'il voudra, bien sûr. Il est plus que majeur. Et rien ne m'empêchera de penser que ce mariage, pour lui, représente une mésalliance.

Pour prononcer ce beau discours, Mme Henningsen avait pris cette voix d'impératrice que je ne lui pouvais souffrir. Je sentis que j'allais éclater. Ma mère avait levé l'index d'une manière imperceptible. Elle ne répondit pas tout de suite. Je vis que son menton tremblait et qu'elle s'efforçait d'arrêter ce tremblement.

— Madame, dit-elle tout bas, je ne sais si les grands services que vous avez pu rendre à Cécile vous donnent le droit de nous insulter aujourd'hui. N'importe, je vous répondrai que s'il était en mon pouvoir de convaincre Cécile, tout serait fini ce soir, car j'estime, moi aussi, pour des raisons assez différentes des vôtres, j'estime que ce mariage est une folie. Ne souriez pas, Madame. Je n'ai pas l'intention de vous renvoyer la balle. Je pense, de toute façon, que le mariage ne pourrait être fixé avant le printemps prochain.

Mme Henningsen haussa les épaules.

— Laissez-moi vous dire, répondit-elle, que je vous trouve bien chatouilleux, ici, tous autant que vous êtes. Qui parle d'insulter personne ? Je dis ma pensée, tout net, mais je ne veux pas vous blesser.

— Eh bien ! fis-je en me levant et en criant très fort, si vous ne vouliez pas nous blesser, vous l'avez quand même fait. Comment ! Il s'agit de Cécile ! Mais, Madame, un roi, vous entendez ? un roi ne ferait pas une mésalliance en épousant ma sœur Cécile. Ce serait tout le contraire, Madame.

La visiteuse éleva son face-à-main, m'examina pendant quelques secondes et se prit à rire.

— Voyez-moi ce petit coq ! Qu'est-ce donc qui te prend, mon cher ? Sais-tu que tu nous embêtes, avec tes mouvements de cœur, tes élans, tes histoires, tes effusions, ta belle âme ?

— Soyez sûre, Madame, que je ne vous embêterai pas, comme vous dites, beaucoup plus longtemps.

Pendant que je tirais la porte, j'entendis Mme Henningsen qui disait en s'esclaffant :

— C'est la symphonie-départ. Vraiment, je mets tout le monde en fuite.

Je m'en fus dans le jardin. La fin du jour était morose. J'épuisais ma colère en marchant dans les allées. Valdemar devait être à consoler Cécile, à la quereller sans doute. J'allais, frappant du pied, le front chaud, les dents crissantes. Et, soudain, comme je passais devant cette officine qu'on appelait le laboratoire et dans laquelle mon père entreposait ses instruments, ses éprouvettes et ses fioles, j'entendis un léger bruit. La porte était entrebâillée. Je la poussai tout doucement et j'aperçus Valdemar. Il me tournait presque le dos. Il avait ouvert l'armoire où se trouvaient rangées les drogues. Il tenait un flacon dont il transvasait le contenu dans une petite bonbonnière. Cette besogne l'absorbait si bien qu'il ne m'entendit point entrer.

— Qu'est-ce que tu fais là ? lui dis-je.

Il eut un mouvement nerveux et se ressaisit tout de suite :

— Rien. Je m'amuse. Je regarde.

À ce moment, j'aperçus l'étiquette du flacon et j'eus le cœur serré. Le regard de Valdemar, sa démarche, ses tristesses, ses fugues, ses impatiences, ses rêveries, tout m'apparut soudain dans une terrible lumière.

— Oh ! fis-je, d'une voix tremblante, mais tu es fou ! Tu es fou !

Il rusait encore et s'efforçait de rire.

— C'est pour un ami. Sois sûr que je ne me pique pas. Sois sûr que ce n'est pas pour moi. C'est pour un ami, Laurent.

Je le regardais, gravement, des larmes au bord des paupières. Alors, changeant de ton, me meurtrissant les poignets, il se prit à vociférer :

— Jure-moi que tu ne diras rien. D'abord, je n'en ai pris qu'une fois, rien qu'une petite fois. Jure, Laurent, jure ! Veux-tu que je me mette à genoux ? Veux-tu que je me traîne par terre ? Si tu dis quelque chose, on voudra me priver de tout, me coller dans une maison de santé, me guérir, enfin, je ne sais quoi. Si tu dis quelque chose, Laurent, je me tuerai, et ce sera ta faute, oui, ta faute à toi, Laurent. Jure que tu ne diras rien.

— Non ! répondis-je en secouant la tête, je ne peux pas te jurer ça.

— J'affirme, disait-il, que je n'en chipe jamais ici, chez ton père, que c'est la première fois. Non, la deuxième fois, pas plus. Tâte mes poches : pas de seringue. Si jamais Cécile apprend quelque chose, je saurai de qui ça vient. Tiens, je vais me mettre à genoux. Je vais me traîner par terre devant toi.

Il se mit à genoux. Il répétait : « Ne dis rien ! » et je ne savais comment faire pour l'empêcher de crier.

CHAPITRE IX

La doctrine de l'éternelle jeunesse et les raffinements cosmétiques. Retour à la terre. Usage intempérant du sécateur. Un jardin bien soigné. Chico, Chicocando. Une fausse maigre. Galerie de menus portraits. Chamaille politique. Déclin de la bourgeoisie. Joseph en proie au lyrisme matérialiste.

Notre maison, chaque dimanche, était secouée d'un accès de fièvre. Le lundi ramenait la paix. Mes frères gagnaient Paris où j'allais moi-même souvent, car je préparais déjà la reprise de mes études. Dès sept heures, mon père était à sa toilette. Il y donnait le plus grand soin, dont j'étais, sans en rien dire, exaspéré. La « doctrine de l'éternelle jeunesse », que mon père professait avec une intempérance accrue de saison en saison, trouvait là ses applications pragmatiques. Il avait installé dans sa chambre une large table à expériences. Il y disposait les pots de crème, les flacons de vinaigre, les alcoolats, les onguents, le tout plus ou moins de sa façon. Il prenait aussi des pilules, des gouttes, des élixirs dont il variait la formule et dont il chantait merveille en s'offrant volontiers comme exemple démonstratif. Il se faisait la barbe avec un rasoir à l'ancienne mode et, pendant cette opération, la tribu retenait son haleine, car il sacrait beaucoup, défendait qu'on l'approchât à moins de quatre mètres, ne répondait mie aux questions même pressantes, tirait d'une éraflure et d'une seule goutte de sang la matière de fumantes querelles. Le rasoir au fourreau, mon père s'aspergeait d'eau froide, pour « tonifier l'épiderme », puis il passait des crayons, des cristaux d'alun, des pâtes adoucissantes, s'armait d'une pince, faisait la chasse aux poils follets, aux points noirs, aux menus boutons, aux peaux mortes, aux dartres errantes. Avec toutes sortes de petites brosses et de pinceaux, il appliquait, sur sa moustache et sa chevelure, des huiles, des eaux, des essences qu'il préparait en secret et qui l'enveloppaient, pour tout le jour, d'une tenace odeur d'officine. Il n'en a jamais souffert : il n'avait point d'odorat. Puis il s'éclaircissait la voix avec deux ou trois gargarismes. Je le surprenais parfois au fort de cette alchimie. Si j'en étais furieux, c'est que, malgré nos discords, je ne pouvais souffrir l'idée que cet homme extraordinaire glissât jamais dans le ridicule. Mais, en cela comme en tout, il n'entendait pas conseil.

Parfois, les soins surabondants lui gâtaient l'épiderme et lui donnaient des rousseurs. Il en demeurait consterné : il n'a jamais conçu que l'excès fût une faute. Il attribuait ces petites déconvenues à l'intervention maladroite de quelqu'un d'entre nous.

Toutes ces assurances prises contre « l'irréparable outrage », il descendait au jardin et, là, devenait un autre homme. Mon père, fils de petites gens, mi-paysans, mi-jardiniers, s'était détourné de la terre pour « s'élever par le savoir », comme il disait volontiers. À peine eut-il un jardin, le désir de gratter le sol aussitôt le tourmenta. Il bêchait, il binait, il sarclait, bientôt ruisselant de sueur, la chemise bouffante au-dessus du pantalon, dédaigneux du soleil, du vent, des ondées, saisi de fureur géorgique. Il oubliait l'heure, négligeait ses devoirs, jetait notre mère en transes. Elle arrivait au jardin, une serviette dans la main gauche et, dans la main droite, un flacon de baume à la térébenthine. Le laboureur consentait, non sans grondements et sarcasmes, à se laisser bouchonner. Il retournait à sa toilette, se livrait quelques instants encore à son génie cosmétique et s'habillait pour sortir.

Outre les remontrances de maman, le jardin valut à mon père bien des noises avec nous autres. Ce jardin nous avait plu, dès le premier regard. Il était, somme toute, petit, mais non sottement tracé. Il était surtout assez libre, avec ses quelques grands arbres, une pelouse qui prenait le meilleur de l'espace et même une allée bordée de jeunes tilleuls. Mon père eut vite fait d'exercer sur cette nature une espèce de tyrannie. Il déambulait, sécateur en main, l'air tantôt méditatif et tantôt inquisiteur. S'il se prenait à rogner, le ravage était grand. Quand nous revenions, le soir, nous avions quelque raison de pousser des cris de fureur : il ramenait un bosquet à l'aspect d'un plumeau, réduisait les espaliers au squelette élémentaire, attaquait les grands arbres avec l'échelle double, bref s'intéressait à tout, même aux plantes grimpantes, au lierre, à la vigne folle. Il donnait à cette chirurgie des prétextes rationnels et je l'ai vu s'escrimer sur les lilas en consultant une encyclopédie rustique. Un jour, pendant notre absence, il fit tomber un des grands arbres, avec la complicité du tâcheron Herbelot. Malgré les difficultés, l'opération fut menée à bien, si j'ose ainsi parler, en une seule matinée. Le soir, il nous expliqua, non sans sourires bleu-pervenche, que cet arbre empêchait de fleurir un rosier du meilleur effet. Le rosier tenait dans un pot et l'arbre était un érable panaché, le plus noble seigneur du jardin. Ce fut la seule fois de notre vie où Joseph, Cécile, Ferdinand et moi-même nous trouvâmes parfaitement d'accord, au moins dans la réprobation.

Papa, d'ailleurs, poursuivit obstinément ses expériences mutilatrices. Il prenait, à désherber, un plaisir dont j'ai pu souvent, de loin, observer les étranges détours. Il commençait rêveusement, se penchant, de-ci, de-là, arrachant un vague séneçon, un mouron rouge, une moutarde, toutes proies qui ne résistent guère. Il apercevait alors quelque adversaire plus tenace : une renoncule, une oseille sauvage, et s'acharnait à l'extraire. Parfois c'était un liseron à la racine interminable, parfois une quintefeuille, parfois un pissenlit qui n'entendait pas céder. Alors il s'agenouillait et commençait de fouir. D'une main, de l'autre, il saisissait les chiendents, les euphorbes, les herbes folles. Il semblait bientôt soulevé de rage purificatrice. Il ne voulait évidemment pas s'en aller avant d'avoir guéri de tous les parasites la plate-bande qui s'offrait là. Puis, je l'entendais jurer. Il s'arrêtait une seconde et je comprenais qu'il venait de commettre une erreur, de détruire une bonne plante : une salade ou un fraisier. Il se remettait à l'ouvrage, sarclant avec frénésie. Puis c'était un nouveau juron : une autre bonne plante sacrifiée. Alors il entrait en rage et commençait d'arracher tout, les bonnes plantes et les mauvaises, d'un même geste déblayeur.

On comprend qu'à ce régime notre jardin souffrit beaucoup. Mon père n'entendait rien à nos représentations, considérait l'espace désert où s'ébattait son talent et disait, la voix vinaigrée : « Je me donne pourtant beaucoup de mal pour vous faire un jardin propre, et vous n'êtes jamais contents. » Il retournait alors, pour une heure, à ses drogues, à toute cette petite cuisine qui le divertissait encore. Puis il prenait son haut de forme et, soit à pied, soit en voiture, allait visiter ses clients.

Les visites, malheureusement, ne le surmenaient pas trop. Ce premier accomplissement d'un rêve si longtemps choyé fut, pour mon père comme pour nous, une amère déconvenue. Nous autres, les enfants, nous ne l'éprouvions qu'à demi : nous avions nos voies à tracer, nos désirs et nos travaux. Malgré la discipline du clan, nous sentions le vent dans nos ailes. Mon père, après une vie bourdonnante et voltigeuse, avait soudain le sentiment d'être enchaîné jusque dans ses loisirs. Et les loisirs ne manquaient point. La clientèle était rare. Il y avait, dans le pays, deux confrères soupçonneux, que mon père ne laissait pas de traiter cavalièrement et qui s'employaient de leur mieux à le ruiner de crédit. Il y travaillait lui-même par son goût des caprices, des esclandres, de la bravade. Tout cela lui valait de longues heures de solitude piétinante qu'il partageait entre ses fioles et son jardin. En cette épreuve comme en toutes, ma mère fut sage. Elle disait : « Vous êtes bien pressés ! Une réputation, ça ne se fait pas en six mois. Il faut, Ram, que tous ces gens aient le temps de te voir à l'œuvre Nous avons attendu dix ans que tu aies ton diplôme. Il en faut bien au moins deux ou trois pour que tu aies du succès. » Ces bonnes et consolantes paroles apportaient du calme et ne faisaient point finances. Nous vivions petitement. L'héritage de tante Mathilde, suspendu pendant trente ans, par une chance de la loi, venait donc de tomber à point.

Parfois, père se découvrait quelque raison d'aller à Paris. Il attelait le cheval et semblait soudain délié. On ne le revoyait que le soir. Il apprenait alors que la boulangère avait accouché sans lui, qu'il était venu trois personnes à la consultation, chiffre presque prodigieux, qu'on l'avait demandé pour Bonneuil, mais que les gens, las d'attendre, étaient allés chez un confrère. Alors il faisait une colère à grand orchestre, qualifiait avilissante et vexatoire cette profession qu'il avait si passionnément souhaitée, saisissait le sécateur, exécutait sur les arbustes du jardin quelque taille de cette variété que j'appelais radicale parce qu'elle arrivait très vite à la racine, se réfugiait, pour finir, dans le laboratoire où nous l'entendions fredonner, d'une voix soudain rafraîchie, cette chanson mystérieuse qu'on chantait en son jeune temps :

Chico,
Chicocando,
Batifol et ripenpette,
Chico,
Chicocando,
Batifol et ripenpo.

(Je ne garantis pas l'orthographe.)

Il faisait des stations méditatives devant le baromètre à mercure qui nous avait suivis depuis ma petite enfance dans nos établissements divers et qui perdait à chaque étape de grandes larmes frémissantes. Il commençait, soi-disant pour le jardin, de s'affecter de la pluie, de la sécheresse, du vent d'est et du vent d'ouest. Parfois, je l'apercevais, arrêté devant un mur où grimpait un polygonum. Il m'adressait un petit signe de l'œil et me montrait une chenille qui se déplaçait dans le feuillage en faisant, par des rapprochements successifs de la tête et de l'arrière-train, des espèces de pas arqués. Il disait, avec un de ces sourires azurins qui ne manquaient point de charme : « Qu'est-ce que tu penses qu'elle veut ? Se nourrir ? Peuh ! C'est vite fait. Elle veut surtout avancer, c'est bien cela, foutre le camp. Comme moi, mon cher, comme moi. Non, je ne resterai pas longtemps dans ce sale pays. »

À de telles confidences furtives se bornait notre intimité. Deux minutes plus tard, il donnait de la voix dans la remise ou les étages. Une minute encore, et c'était le laboratoire. J'entendais le refrain railleur qui faisait vibrer les bouteilles :

Chico,
Chicocando…

Dans cette paix mal supportée, le dimanche arrivait du moins comme une diversion. Nous étions tous réunis et nous recevions souvent la visite de mes camarades. Mon père, bien qu'il ne l'avouât point, y prenait plaisir, parce qu'il trouvait là du mouvement, de la vie, de la jeunesse.

Claire Baraduc, la fiancée de Ferdinand, venait souvent dès le matin. C'était alors une petite personne presque fluette, et j'ai peine à l'évoquer telle, voyant ce qu'elle est devenue. Ferdinand l'avait rencontrée dans son administration où elle occupait un emploi. Elle possédait le brevet supérieur, une petite dot de quelques milliers de francs en obligations turques et un trousseau préparé pièce à pièce, depuis l'enfance, trésor dont Ferdinand parlait avec orgueil. Claire montrait un sourire plaisant, de beaux cheveux, des dents saines. Ai-je tout dit ? Non, sans doute. Elle portait un pince-nez qui voilait de beaux yeux de chien, dorés, grands, sous d'épais sourcils. Papa l'appelait « ma fille », par provision, et lui disait, d'une voix galante, maintes plaisanteries compliquées auxquelles Claire n'entendait rien et dont je sentais qu'elles étaient aux limites de l'inconvenance. Ferdinand, dès cette époque, se montrait fort jaloux. Les gaillardises de papa l'irritaient d'autant plus qu'il n'y comprenait goutte, pas plus que Claire et que nous autres. Il n'était pas toujours de force à cacher son agacement et, comme il manquait de souplesse, il montrait tout de suite les dents. Il disait : « Je t'ai déjà prié de laisser Claire tranquille. » Claire, effarée, perdait son lorgnon, papa se redressait, « poitrinait » paisiblement et disait, en tirant sur ses belles moustaches de soie : « Mon cher, ne laisse pas croire à cette enfant qu'elle va épouser un butor.

Les gens de ta génération ne savent pas parler aux dames. » Ferdinand se prodiguait en colères postillonnantes.

Un jour, papa saisit la petite Claire par la taille et dit, l'accent léger : « Ma parole, c'est une fausse maigre. » Ferdinand pâlit et j'eus vraiment peur d'un éclat. Déjà, M. le Docteur Pasquier, notre père, parlait d'autre chose.

Le plus souvent, Ferdinand s'emparait de Claire et la bloquait dans un coin. Là, retranchés tous deux dans une myopie jumelle et vraiment inexpugnable, ils se prenaient à chuchoter. Je commençais de comprendre, dès le temps de ces fiançailles, que si l'âme d'un homme est un domaine secret et difficilement accessible, il est une retraite mieux close et plus ténébreuse encore et que c'est l'âme d'un couple.

Ce fut par hasard, au début, que certains de mes camarades entrèrent dans notre maison. J'avais, pour ce qui touchait le clan Pasquier, un amour-propre maladif. Justin mis à part, je redoutais d'amener des amis chez nous, à l'idée qu'ils pourraient juger ma mère, mon père et même Joseph, et même Ferdinand. Je confesse volontiers cette faiblesse orgueilleuse : je m'en suis assez bien guéri. Longtemps, dans ces réunions, j'ai montré piètre figure, tout occupé que j'étais de concilier, au fond de mon cœur, beaucoup de sentiments contraires.

Un dimanche, en me promenant au bord de l'eau, j'aperçus l'équipe Schleiter – tous mes compagnons de travail –, qui canotait sur la Marne. Il me fallut monter dans une des barques, travailler de l'aviron, chanter avec tout le monde. Il y avait là Roch, Vuillaume, Hélène Strohl, Chabot et Schleiter, notre capitaine, solennel même en maillot de bain. Vers le soir, dans l'enthousiasme, je les conduisis chez nous et ma mère leur fit du thé. Ils revinrent, par la suite. Joseph nous accompagna plusieurs fois dans nos parties. Joseph manquait de légèreté, mais il jouissait d'une grande puissance musculaire et s'attirait ainsi la considération d'intellectuels qui, pourtant, n'étaient pas encore gagnés par les frénésies sportives. Au cours de ces rencontres, Joseph m'étonnait beaucoup. Il épiait mes compagnons avec une curiosité railleuse et ne perdait jamais une occasion de les surprendre en mauvaise garde et de leur pousser une botte. C'étaient des gens d'une autre caste et, malgré qu'il en eût, je suis sûr que Joseph éprouvait un respect superstitieux pour ce qu'il ne comprenait pas. Il ne l'avouait guère et comme, à cet étrange respect, se mêlait beaucoup d'aversion, il attaquait volontiers et cherchait l'avantage. Il redoutait, entre autres, l'intelligence acérée de Schleiter et se refusait pourtant à lui marquer la moindre considération. Il ne disait pas « Monsieur », politesse des plus vagues, il disait « vous » en traînant sur la diphtongue. Schleiter, un jour, articula, de sa voix sèche et cinglante :

— Si vous ne trouvez pas mon nom, vous pouvez toujours m'appeler « mon cher maître ».

— C'est vrai, répondit Joseph avec une fausse bonhomie. C'est vrai, vous avez l'air d'un huissier de province.

Les deux adversaires se regardèrent une seconde. Ils souriaient froidement. Je fis dévier l'entretien en me jetant à la traverse. L'idée que Schleiter pouvait férir Joseph et l'atteindre aux points sensibles m'indisposait assez vite.

Eugène Roch laissera trace dans l'histoire des sciences biologiques. Son œuvre est aujourd'hui connue de tous et je n'ai pas lieu d'en parler dans cette chronique non des faits, non même des idées, mais, si j'ose dire, des âmes. La vraie tragédie de Roch, on ne la trouve pas dans ses livres : elle s'est jouée sur son visage. Roch était, physiquement, d'une laideur extrême et, surtout, incompréhensible. Je n'ai guère vu, dans ma vie, que deux laideurs de cette sorte. La seconde est celle d'un homme que j'ai rencontré, jadis, en Finlande, à Helsingfors, dans la petite église russe. Cet homme avait des traits réguliers, le teint blanc, sans rien d'anormal, certes, et pourtant il était si laid, d'une laideur interne si sauvage et même si cruelle que je n'y ai pu résister et qu'il m'a fallu sortir pour ne point céder au malaise. La laideur de Roch était un peu différente. Roch n'avait pas des traits hideux et non plus aucune de ces affections de la peau dont la vue soulève la répugnance. Il ne jouissait pas d'une de ces laideurs sympathiques, saines, amusantes, pittoresques dont les femmes sont curieuses. Non, il était laid d'une laideur morose et inanalysable. Je me suis toujours défendu soit de voir dans cette laideur le témoignage involontaire d'une âme souillée, soit de chercher, à la façon des romantiques, une antithèse poignante entre des traits malheureux et des vertus sublimes. Ce dont je suis sûr aujourd'hui, c'est que Roch a patiemment lutté contre son visage. Il a lutté sans espoir et sans relâche. Chose remarquable, il a triomphé. Aujourd'hui, la vieillesse lui donne tout apaisement. Il n'est point un horrible vieillard. Le temps, en usant son visage, a finalement usé cette laideur indue. Le temps fait d'autres miracles, et qui parfois sont iniques. La mère de mon ami Justin, Mme Simon Weill, qui fut, en son jeune temps, une très belle personne, est aujourd'hui, malgré toute une vie de noble dévouement et de souffrance courageuse, est, dis-je, une vieille juive informe, d'une laideur décourageante, repoussante, dérisoire, et qu'un étranger ne manquerait pas d'imputer à des vices dégradants, ce qui, je peux l'affirmer, serait erreur.

Quoi qu'il en soit, Eugène Roch, en l'année 1900, était si curieusement laid que, lors de sa première visite chez nous, ma petite sœur Suzanne, alors dans sa huitième année, ouvrit la bouche toute grande et se prit à pleurer. Elle ne dit pas pourquoi ; elle ne le savait pas fort bien elle-même. Roch fut sans doute le seul à saisir, douloureusement, la raison de ce chagrin.

Vuillaume travaillait avec nous au laboratoire de M. Dastre. Il nous venait de la philosophie, qu'il avait abandonnée sitôt après l'agrégation. Il a fait, depuis, comme nous tous en vérité, des embardées en médecine. Puis il a tâté des lettres. C'est de lui que parle Nicolle : « Il aurait donné sa vie... » Vuillaume est aujourd'hui professeur au Collège de France. Il accomplit, somme toute, une belle carrière, hantée de hautes ambitions toujours chéries, toujours déçues. Vuillaume était, en 1900, un grand garçon de vingt-sept ans, aux cheveux précocement gris, à la figure délicate. Il avait le bord des paupières avivé par une légère blépharite. Cela donnait à son regard une inquiétante sensibilité : il avait toujours l'air de vouloir pleurer ou sourire.

Chabot ne faisait pas régulièrement partie de notre équipe à la Sorbonne. Il était interne en médecine, mais travaillait souvent chez M. Dastre comme physiologiste amateur. Petit, les traits énergiques et fatigués, la peau fragile et le poil rare, il donnait, dans tous ses propos, la mesure d'un esprit droit, ferme, raisonnable. C'est avec étonnement que je l'ai vu, par la suite, s'enfoncer dans le labyrinthe de la psychiatrie. Il y a, dans la fréquentation des fous, un subtil vertige. Les véritables aliénistes ne sont pas, ne peuvent être des hommes de froide raison. Si Chabot a pris cette route, c'est qu'il y avait sans doute, dans le cristal de cet esprit logicien, quelque mystérieuse faille, quelque déchirure secrète.

De Schleiter et d'Hélène, j'ai déjà beaucoup parlé. Que le goût des portraits ne m'écarte pas trop de mon propos, de ma chronique.

Dans les premiers jours d'octobre, il y eut un dimanche clair, celui qui, si je m'en souviens, suivit la visite de Mme Henningsen. Les canotiers, à ma prière, vinrent goûter chez nous et, tout de suite, prit flamme une grande chamaille politique. Je me la rappelle, entre plusieurs, parce que les événements en ont bien souvent, depuis, du moins à mon regard, avivé le souvenir. Un congrès de la paix avait occupé les esprits, après le congrès socialiste ou peut-être en même temps. Ce congrès de la paix avait été présidé par Charles Richet dont Vuillaume était élève. On y avait vu bien du monde, et même Alexandre Millerand qui, je pense, était ministre et que Schleiter appelait sévèrement « l'hérésiarque ».

— Jean de Bloch, disait Vuillaume, démontre, chiffres en main, que la guerre est impossible.

— Ce n'est pas tout à fait cela, répliqua Chabot. Il affirme seulement que les risques étant immenses et le bénéfice nul, on ne peut pas faire la guerre. Ce n'est pas la même chose. Qu'en pensez-vous, Schleiter ?

Schleiter prit cette voix funèbre, solennelle, cette voix « placée », comme diraient les comédiens, et qu'il réservait toujours aux débats politiques.

— L'énormité du risque, prononça-t-il, n'empêchera sûrement pas la société bourgeoise de faire encore la guerre. Et la guerre nous délivrera de la société bourgeoise. Pas d'autre solution. Il n'y aura de paix que dans l'ordre socialiste.

— Pouvez-vous nous expliquer, demanda posément Joseph, ce que vous appelez un bourgeois ?

— Vous ! répliqua Schleiter. Il ajouta tout aussitôt, non pour atténuer cette parole, mais pour étendre la portée de son verdict :

— Vous, et Monsieur votre père, et Chabot, et Vuillaume, et Roch, et mademoiselle Strohl et quelques autres encore.

— Et, bien entendu, vous-même, ajouta Joseph.

Schleiter haussa les épaules.

— Si ça peut vous faire plaisir et si vous considérez ça comme une chose désagréable. Moi aussi, bien entendu.

— Attendez un peu, dit papa. Vous faites de moi, si je comprends bien, un bourgeois. Ça ne me vexe en aucune façon. Ça me fait seulement rire, car je dois vous avouer que je n'ai jamais eu d'argent.

— L'argent ne fait pas grand'chose à l'affaire. La bourgeoisie, c'est d'abord un état d'esprit.

— Bourgeois si vous voulez, je ne dis pas le contraire, poursuivit papa. Savez-vous, monsieur Schleiter, que nous arrivons seulement ? Les gens de mon espèce en sont à leurs débuts. C'est tout juste, après tant d'efforts, si nous sommes en selle, et vous parlez déjà de nous remettre par terre. Laissez-nous souffler un peu.

— Oh ! dit froidement Schleiter, ce n'est ni vous ni moi qui choisirons l'heure.

— Père, m'écriai-je avec feu, tu ne peux pas comprendre…

Papa s'animait au débat. Il tira sur ses moustaches.

— Pas comprendre ! s'exclama-t-il. Vous me faites rire. À vous entendre, je ne pourrais plus rien comprendre, ni vous, avec vos idées, ni Joseph avec les siennes. Pas comprendre ! Ce n'est pourtant pas difficile. Les hommes de mon espèce ont lutté des pieds et des mains pour sortir de la misère et vous venez leur déclarer qu'ils ont eu tort et qu'ils doivent immédiatement redescendre de l'échelle. J'estime ça très maladroit. Vous, monsieur Schleiter, vous et vos semblables, vous rêvez d'une société dans laquelle l'État se chargera de faire le salut de tout le monde. Eh bien ! je me demande où sera le mérite. Je trouve beaucoup plus beau de se débrouiller tout seul.

Sentant qu'on l'écoutait, père parut soudain troublé.

— Et je peux même vous assurer que ce n'est fichtrement pas commode.

Schleiter leva l'index.

— Mon propre père, dit-il, était ouvrier tailleur.

— Et vous, s'écria Joseph, vous êtes quelque chose comme docteur en Sorbonne. Alors, de quoi vous plaignez-vous ?

— Mais, dis-je, il ne s'agit pas de l'un ou l'autre de nous. Tu ne saisis rien du tout à la pensée de Schleiter.

Joseph s'était mis debout. Il glissa dans les poches de son pantalon deux poings fermés et pesants.

— Minute ! s'écria-t-il. Minute ! Tu dis que je ne saisis rien, que papa ne comprend rien, que personne, au bout du compte, ne comprend rien. C'est ce que nous allons voir. Savez-vous ce que c'est que le Romanée-Conti ? Savez-vous ce que c'est que la langouste à la mongole ? Savez-vous ce que c'est que le caviar noir en grains ? Non ? Je vais vous l'expliquer. Le Romanée-Conti, c'est un vin de Bourgogne fait avec des grains de raisin qui sont choisis un par un, vous comprenez, un par un, comme des bijoux, comme des perles. Et quand l'année est douteuse, le vin n'est même pas vendu. Et quand l'année est excellente, on garde le vin un quart de siècle en le soignant comme un dieu, avant de le mettre sur la table. Et d'un ! La langouste à la mongole, c'est une denrée délicate et, pour bien la préparer, il faut que des Chinois crèvent et que des Hindous cuisent et que des Sibériens gèlent et même que des pêcheurs se noient, ce qui fait partie de leur métier. Et de deux ! Le caviar noir, en grains, c'est une espèce de hors-d'œuvre qui vaut deux cents francs le kilo, ou quelque chose comme ça. Et de trois ! Suivez-moi bien, tous autant que vous êtes. Je dis que vous pouvez changer le monde, le régime, les lois, tout le bazar, il y aura toujours quelqu'un pour boire le Romanée-Conti, toujours quelqu'un pour manger la langouste, toujours quelqu'un pour s'envoyer de belles tartines de caviar.

— Oh ! fis-je avec navrement, Joseph, tu es abominable.

— Et toi, poursuivit-il, en tournant autour de la table, toi, tu es ridicule avec tes idées humanitaires. Soyez sûrs de ce que je vous dis : elle veut, la langouste, elle veut être mangée, et de préférence à la mongole. Et le Romanée-Conti, je dis qu'il veut être bu. Alors je me suis bien promis de goûter à ces bonnes choses quand elles passeront à ma portée. Et j'en parle, car je suis franc et je n'aime pas les chichis. Ah ! vous crachez sur l'argent. Ah ! vous faites la petite bouche. Je peux vous affirmer que l'argent n'a pas tout dit. Un jour, on trouvera le truc pour acheter même le talent. On endormira les gens, on leur fera dans la tête une petite opération et on leur donnera du talent, de l'intelligence, tout ce qu'ils voudront. Et comme il faudra de l'argent pour acheter ça, comme le reste, l'argent aura le dernier mot. Pensez-y, vous, là-bas, vous qui travaillez sur les bêtes avec des aiguilles et des piles, vous le révolutionnaire, ce sera peut-être vous qui découvrirez ce truc-là, car vous travaillez pour nous, sans le vouloir, sans le savoir. Laurent, tu vas étouffer. Bois une tasse, mon garçon.

Il y eut un profond silence et l'on entendit soudain Paula Lescure, assise dans un coin de la pièce, qui s'était mise à rire. Puis, presque en même temps, Hélène battit des mains.

— Qu'est-ce qu'il y a ? dit Schleiter. Qu'est-ce qu'il y a, mademoiselle Strohl ? Vous trouvez ça drôle, peut-être ?

Hélène répondit crânement :

— Non, je trouve ça très épatant.

Schleiter prit une petite pipe et la bourra pensivement. Il disait, de sa voix sèche, en considérant Joseph :

— Vous avez l'air calculateur et raisonnable. N'importe ! vous êtes un possédé. Oui, Monsieur l'homme d'affaires. Et même, vous ferez des folies. Vous, vous et vos semblables. Vous ferez d'énormes folies. Et le jour où vous tomberez, avec tous ceux qui vous ressemblent, vous nous entraînerez tous en même temps. Quand je dis nous, je parle des intellectuels, des bourgeois de l'intelligence, des innocents, si vous préférez.

Joseph eut un long éclat de rire et fit encore volte-face.

— Oh ! répliqua-t-il à Schleiter, je ne me fais pas beaucoup de bile à votre sujet. Quelque chose me dit que vous saurez vous débrouiller et que vous en tâterez aussi.

— De quoi ? demanda Schleiter.

— De la langouste ! fit Joseph. De la langouste à la mongole.

CHAPITRE X

Remarque sur l'emploi des pronoms et adjectifs possessifs. École d'équitation. Sentiment de l'éternité chez mon père. Critique d'une spéculation sur les valeurs immobilières. Extinction des servitudes dites de passage. La richesse, considérée comme un métier. Reviviscence d'une vieille querelle. Manifestation des bêtes sauvages. Intervention de maman.

Un jour de la fin d'octobre, notre père, en descendant de boguet, vers la tombée de la nuit, m'aperçut à la fenêtre de Cécile : j'entrais souvent chez Cécile et j'y passais de longues heures à m'enivrer de musique. Notre père, aussitôt, me héla :

— Laurent, viens donc m'aider.

Il apportait, dans sa voiture, un paquet volumineux, de forme irrégulière et dont je ne pouvais guère imaginer la substance, tout enveloppée qu'elle était de papiers et de chiffons.

— Qu'est-ce que c'est que ça ? lui dis-je.

Papa sourit, ne répondit pas et se mit à siffloter.

— C'est curieux, repris-je en l'aidant à transporter le ballot dans la remise, on dirait un harnachement. Le nôtre est encore bon.

Je ne me servais guère de la voiture et ne conduisais jamais le cheval. Pourtant, je disais « le nôtre », parce que, depuis l'enfance, mère ne nous apprenait guère les pronoms et les adjectifs que dans cette forme plurielle. Maman fut réellement stupéfaite quand elle découvrit que Joseph disait indistinctement « mon nom, ma maison, mon dîner ».

Notre père haussa les épaules et murmura :

— Ce n'est rien qui t'intéresse. D'ailleurs tu le verras bien.

Je « le vis », quelques jours plus tard. La fenêtre de la mansarde où je couchais béait sur un grand ciel vide. En me tenant debout, je découvrais le jardin que fermait une muraille, puis un grand terrain vague déprimé par une fondrière où l'on venait, de loin, jeter des ordures et des platras, puis des champs cultivés qui s'éloignaient en ondulant, vers la route de Saint-Maur. Je contemplais ce paysage, un matin, en m'habillant, quand j'aperçus tout à coup un spectacle insolite. Vêtu de la redingote qu'il considérait alors comme un attribut de la profession médicale, coiffé du chapeau de soie, haut de forme, qu'il mettait assidûment pour aller voir ses pratiques, mon père venait soudain d'apparaître dans le terrain vague. Il avait, pour ce faire, forcé la porte percluse qui se trouvait dans un angle de la muraille et devant laquelle on poussait d'ordinaire une provision de fagots. Derrière papa, marchait le père Herbelot tirant Cham non par la bride, mais par une longue et forte corde qu'il tenait roulée à son bras. Je n'avais pas encore eu le temps d'examiner en détail l'équipement de notre cheval, quand je vis papa lui grimper sur l'échiné, ce qu'il fit d'ailleurs avec beaucoup de vivacité. Mon père installé, Herbelot commença de parler à la bête.

— C'est très facile, criait mon père. Mais tâchez donc de vous arranger pour qu'il ne baisse pas la tête comme ça. Je ne vois plus rien devant moi. C'est désagréable.

Le bonhomme Herbelot, il m'en souvint alors, avait fait son temps dans le train des équipages, et il en parlait volontiers. Il semblait enchanté d'avoir à démontrer les rudiments d'un art qu'il était d'ailleurs trop vieux pour pratiquer en personne. Il tenait la longe d'une main et, de l'autre, serrait un fouet dont il caressait l'animal. Celui-ci semblait stupéfait d'être promu soudainement au rang de cheval à toute fin. Il essaya de se cabrer. Mon père ne quitta pas l'arçon. Il riait même de bon cœur. Des paysans qui labouraient les champs voisins s'arrêtaient pour le regarder. Mon père cria :

— On dirait que ces croquants n'ont jamais vu de cavaliers !

Puis il mit pied à terre et poursuivit, la voix claironnante :

— Pas plus de quatre ou cinq leçons, et je sortirai tout seul. Je ferai mes visites à cheval.

Il me parut, les jours suivants, que l'on pouvait attribuer à cette nouvelle lubie l'excellente humeur de mon père. La maison était fort paisible. J'allais chaque jour à Paris où j'avais repris mes études. Le soir, j'écoutais Cécile travailler au clavecin, car elle venait depuis peu de se mettre au clavecin. Mes frères étaient occupés d'affaires dont je ne savais rien. Ma mère s'épuisait à mille besognes obscures. Un soir, j'entendis un bruit étrange, soupir ou sanglot, enfin un de ces bruits humains qui me font tout de suite courir un friselis d'inquiétude à la surface de la peau. Cela ne pouvait venir que de chez Paula Lescure. La nuit était fort noire. J'écoutais, bouche bée. Je me rappelais le rire extraordinaire de Paula pendant que Joseph pérorait. Que savions-nous de Paula ? Rien, vraiment, ou peu de chose. Elle vivait parmi nous comme une étrangère. Elle ne se mêlait jamais à nos entretiens du soir. J'eus le sentiment qu'elle était peut-être malheureuse au milieu de nous. Puis j'imaginai des romans : cette petite sotte de province allait se toquer de Joseph. Elle le regardait, parfois, furtivement, d'un œil noir et mouillé. Alors, ce serait un mariage ? Sûrement non, elle était pauvre. Alors, quoi ? Je divaguais.

Le lendemain, il me parut que notre petite cousine avait les yeux rouges et fatigués, ce qui se pouvait expliquer par ses fringales de lecture. J'en dis deux mots à papa que je rencontrai dans la cour à l'instant de m'en aller. Il rit, l'air insouciant :

— Malheureuse ? Elle serait malheureuse ? Je me demande pourquoi. Tu te fais des idées, mon cher.

Il siffla nonchalamment son « chico, chicocando », puis il dit :

— Ça passera, ne t'inquiète pas. Des idées de femme, peut-être. Ça passera. Tout passe, tout casse, tout lasse, etc., comme dit Chose. Il n'y a que moi d'éternel. Car, vraiment, mon cher, il y a des moments où je me sens éternel. Mais oui, mon cher : je regarde le ciel et je sais bien que je le verrai toujours. Impossible autrement.

Il se reprit à siffler, de façon, cette fois, langoureuse et caressante. Il caressait l'éternité, l'œil pâli par la vivacité des rêves.

J'eus tout lieu de supposer qu'il poursuivait gaillardement son école d'équitation et j'avais cessé d'y penser, quand, un soir, en rentrant à la maison, je perçus dès la porte le bruit d'une vive querelle.

— Non, maman ! criait Joseph. Le respect n'a rien à voir ici. Quand papa fait une bêtise, je dis : papa fait une bêtise. Et ce qu'il vient de faire, c'est, malheureusement, une monstrueuse bêtise.

— Allons, dis-je en poussant la porte, qu'est-ce qu'il y a encore ?

Père était debout, le dos au buffet. Nous avions gardé la coutume de nous tenir dans la salle à manger, même entre les repas. Le salon nous semblait un territoire hors du clan, une enclave pour les étrangers, les visiteurs, les malades. Père était donc debout, les pouces dans les entournures de son gilet. Il avait l'air souriant, tout à fait content de soi.

— Tu, tu, tu ! Il n'y a rien, mon ami, souffla-t-il en gonflant les lèvres. Il y a, tout bonnement, un garçon mal élevé qui se permet de me faire des remontrances.

Joseph, les mains aux poches, les épaules hautes, fit un tour complet sur les talons.

— Laurent, dit-il, tu ne connais rien aux affaires sérieuses, mais au moins, tu sais lire et tu comprendras peut-être. Écoute donc. Écoutez tous.

— C'est trop fort ! s'écria papa. Je veux m'expliquer moi-même. C'est vraiment monumental ! Comme je n'ai jamais eu d'argent, enfin, quoi ! rien, des miettes, de la poussière... Comme je n'ai jamais eu d'argent, jamais je n'ai pu faire ce que je voulais, jamais je n'ai pu mener à bien une opération profitable. Aujourd'hui qu'il nous vient un peu d'argent, voilà mes enfants qui m'embêtent. Avouez que c'est révoltant.

— Je ferai remarquer, hasarda Ferdinand, que je n'ai rien dit encore.

— Oui, mais tu n'en penses pas moins.

— Mes enfants, dit mère, laissez votre père s'expliquer.

— Je ne refuse pas de m'expliquer, en déclarant tout d'abord que je ne dois de comptes à personne.

— Comment ! s'exclama Joseph. Tu fais, sur nos petits titres, des emprunts considérables que tu ne rembourseras jamais…

— Tu m'as demandé une garantie.

— Bien sûr, une petite garantie, à défaut d'un remboursement auquel je ne crois guère… Et tu dis d'un ton détaché que tu ne dois de comptes à personne ! Allons, laissons ça de côté. Passons à l'explication.

— Oui, murmura maman, dis-nous bien tout.

— Je n'ai rien à cacher. C'est d'une simplicité parfaite. J'ai fait, dans ma vie, deux ou trois mauvais placements. Non, enfin… il s'agissait, à vrai dire, de placements excellents et qui sont devenus mauvais parce que la politique s'est introduite là-dedans et que les pouvoirs publics se mêlent toujours de ce qui ne les regarde pas. Je me suis juré, par la suite, de ne plus jamais acheter de valeurs. Non, non, plus jamais de papiers.

— Et c'est pourquoi, coupa Joseph, tu as acheté un terrain.

— Naturellement ! Un terrain, un très beau terrain. Et ça, c'est une affaire admirable. Le papier, ça s'envole. Un terrain, c'est là ! C'est là pour jusqu'à la fin du monde.

— Attends un peu, reprit Joseph. Ne regardons pas si loin. Je pense, maman, que tu sais de quel terrain il s'agit.

— Ton père vient de nous le dire.

— Comme toujours, il en parle quand l'affaire est conclue.

— Bien sûr, s'écria papa. C'était pour vous faire une bonne surprise.

Joseph haussa les épaules et saisit sur la table une petite liasse de papiers. Il l'ouvrit devant maman.

— C'est vrai, l'affaire est conclue. Je viens d'y jeter un coup d'œil. Toi, maman, tu n'as rien vu ?

— Oh ! moi, je ne savais rien. Ne nous mets pas la mort dans l'âme, Joseph. Un terrain, c'est raisonnable.

— Ces papiers, dit Joseph, moi, je les ai feuilletés. Je viens d'y passer une heure et c'est suffisant. Prix d'achat : dix mille francs. Avec les divers frais, mettons onze mille cinq. Ah ! tu ne pensais pas aux frais ? Ce que c'est que d'être grand seigneur. Onze mille cinq. Eh bien ! papa, ton terrain, je ne t'en donne pas deux mille francs. Tu m'entends bien ? Pas deux mille.

Papa se prit à rire.

— Ça prouve seulement que tu n'es pas généreux.

— Il ne s'agit pas de moi. Ça prouve que tu t'es fait rouler, et de façon magistrale.

Maman saisit la main de Joseph.

— Que dis-tu ? C'est impossible !

— Écoute, maman. Toi, du moins, tu es raisonnable. Toi, tu aurais mérité d'avoir un petit peu d'argent. Le terrain en question est ce qu'on appelle un fonds enclavé.

— Voyons, fis-je, de quel terrain parlons-nous ?

— Tu le sais bien, dit doucement Ferdinand d'une voix presque spirituelle, c'est le terrain où papa monte à cheval tous les matins.

— Certainement, déclara père. C'est le terrain contigu à notre jardin.

— Allons par ordre, reprit Joseph. C'est le terrain contigu à la maison de monsieur Givry, maison dont nous sommes, dont tu es, toi, docteur Pasquier, l'humble locataire.

— En somme, dit papa, propriétaire ou locataire, je ne vois pas la différence. Tant que j'aurai cette maison, je suis tranquille.

— Tu n'as même pas de bail. La maison peut t'être enlevée dans les six mois.

— Six mois, ce n'est pas si mal. Et je ne vois pas le danger.

— Nous y arrivons, hélas. C'est un terrain enclavé. Bien. As-tu lu toutes les pièces ?

— Les pièces, mon garçon ! Ce sont des choses qu'on ne lit jamais.

— Vraiment ? Moi, je les ai lues. Ce terrain enclavé, les cultivateurs voisins, qui l'emploient comme dépotoir, l'abordent par leur terre ; mais il n'y a pas de servitude sur eux.

— Mon garçon, c'est du terrain à bâtir… Et puis, il n'y a pas d'exemple qu'on ne puisse pas entrer chez soi.

— Laisse-moi parler, papa. Ce terrain jouit en effet d'une servitude ancienne sur le fonds de monsieur Givry, parfaitement, sur notre jardin, sur ce jardin dont nous sommes les locataires.

— Alors, fit maman, l'œil mi-clos, tout n'est peut-être pas perdu.

Joseph, du plat de la main, donna sur la table un grand coup.

— Le notaire aurait vraiment pu, puisque tu n'y connais rien, se donner la peine de t'expliquer que cette servitude, consentie au moment de la fragmentation d'un domaine, en 1864, n'a jamais été demandée. Comme il y a plus de trente ans, alors, elle est perdue.

— Mon Dieu ! murmura maman, mon Dieu, Joseph, tu me fais peur.

— Je dis, répéta Joseph, que ce terrain, par surcroît, ne vaut rien, qu'il est gâté par une fondrière marécageuse, qu'il est loin des voies carrossables…

— Il jouit, dit papa, d'une vue délicieuse.

— Pff ! Laissons la vue tranquille. Je récapitule : le terrain ne vaut rien en soi. Pour comble, il est enclavé. La servitude de passage qui permet de l'exploiter est actuellement éteinte par prescription trentenaire.

— C'est incroyable ! s'écria notre père. Comment sais-tu tout cela ?

— C'est mon métier, fit Joseph, c'est mon métier de savoir ça. Vous savez tous quelque chose. Est-ce que vous vous imaginez que je ne sais rien, par hasard ?

— Enfin, demanda maman, est-il légalement possible de posséder un terrain et de ne pas pouvoir y entrer ?

— Non, sans doute. Mais il faudra plaider. Ça coûtera les yeux de la tête : dix fois la valeur du terrain. Et ça durera vingt-cinq ans.

— Mais, objecta mollement papa, puisque cette servitude est prise sur notre jardin.

— Sur un jardin dont tu n'es que le locataire, et même un locataire sans bail, sur un jardin que son propriétaire, monsieur Givry, ne laissera pas abîmer. Enfin, imagine qu'on t'ait demandé, le mois dernier, un bon quart de ton jardin. Imagine que le terrain ait été acheté non par toi, mais par un autre gogo, par un autre niais.

— Joseph, m'écriai-je alors, Joseph, tu dépasses les bornes.

— Toi, fit Joseph en me regardant bien en face, toi, tu n'as guère le droit de parler.

— Je me demande, hasarda Cécile, très silencieuse jusque-là, je me demande pourquoi Laurent n'aurait pas le droit de parler, dans cette ridicule histoire.

— Nous avons, répondit Joseph, une conversation très sérieuse à laquelle ne doivent pas se mêler ceux qui jettent l'argent dans l'eau.

Maman se prit la tête à deux mains.

— C'est à devenir folle. Qui parle de jeter l'argent dans l'eau ? Qui jette l'argent dans l'eau ?

— Les imbéciles, répondit Joseph d'une voix énigmatique.

Il y eut un bref silence et l'on entendit papa murmurer d'une voix rêveuse :

— Mais alors, mais alors, ce notaire est une canaille.

— Et le vendeur une crapule, ajouta Ferdinand.

— Ta, ta ta ! gronda Joseph. Ne lâchez donc pas les grands mots. Ces hommes-là font leurs affaires. À nous de nous méfier. Canaille ! Crapule ! Non ! Ce sont les autres, en ne se défendant pas, qui provoquent les canailleries. Je ne sais pas si tu as vu qu'il y a, sur ce terrain, une très ancienne hypothèque dont on n'a pas fait la purge. Rien de plus délicat que les prêts hypothécaires.

— Quoi ! dit papa, tu connais ça, toi, les prêts hypothécaires ?

— Et comment ! glapit Ferdinand. Des prêts hypothécaires, mais il me semble qu'il en fait. Vous pourriez le savoir.

Il y eut un instant de silence.

— Je n'en fais pas, reprit Joseph en haussant les épaules. Je n'en fais pas, mais j'en ferai. Dès maintenant, je m'en occupe. Ce n'est pas honteux. Vous n'avez pas besoin d'avoir l'air étonné.

— Mais, pour prêter de l'argent…

— Il est préférable d'en avoir. Bien. Revenons à notre affaire. Il y aurait mille choses à en dire de cette malheureuse affaire. Tu n'as pris de précaution ni pour l'écoulement des eaux, ni pour les canalisations du gaz et de tout le reste, pour rien, enfin, pour rien.

— Oh ! fit notre père ébranlé, si c'est comme ça, je plaiderai.

— Et tu y passeras ta vie. On voit bien que vous n'avez jamais rien possédé. Vous croyez que c'est facile de posséder quelque chose ! C'est un métier. C'est un métier très difficile et très chanceux. Un métier qu'on n'apprend pas, d'ailleurs, à cinquante-quatre ans.

— Ça, dit papa vexé, c'est une parole inutile.

Maman se tenait les tempes entre ses paumes serrées :

— Attends, Joseph. Explique-moi les choses. Mon Dieu ! c'est épouvantable.

— Ce n'est pas épouvantable, nasilla lentement Ferdinand, c'est seulement, comme toujours, on ne peut plus ridicule.

— Voilà, sifflait mon père, j'ai fait des pieds et des mains pour devenir un gentilhomme, et mes enfants sont des mufles. Je ne parle pas pour toi, Cécile.

— C'est heureux ! m'écriai-je, rouge d'indignation.

— Et même ni pour toi, Laurent.

— En ce cas, pas d'erreur, dit Joseph, lâchant les paperasses. Le compliment est pour nous.

— Avoue, fis-je, que tu l'as mérité. Tu as peut-être raison, dans cette histoire de terrain, mais tu as raison bassement.

— Sois bien sûr, mon cher, que j'aimerais mieux avoir tort.

J'étais lancé, j'étais mordu. Je ne pris même pas en considération cette parole raisonnable.

— Tu as raison bassement. Tu parles de l'argent d'une façon que je dis basse. Tu donnes ta vie à l'argent. Je comprendrais peut-être s'il s'agissait de milliards, de chiffres astronomiques. Il y a une poésie de l'énorme. Il y a quelque chose de vertigineux dans les chiffres gigantesques. Mais tu t'immoles, tu t'avilis pour gagner mille francs par mois, peut-être moins, je ne sais pas. Et voilà ce que je trouve absurde.

Joseph avait quitté la table. Il marchait de long en large, et soufflait comme un tigre. Il se contint quand même et répondit, la voix étranglée :

— Attends ! Attends seulement ! Un jour, je t'épaterai. Tu comprends ? Je t'épaterai. Je te ferai tomber à genoux et peut-être même à plat ventre.

— Je t'affirme, dis-je entre mes dents, que je te pardonnerais tout, si j'étais au moins bien sûr de…

— Sûr de quoi ?

— Sûr de ne pas te ressembler.

Ma mère s'était levée. Elle me saisit à bras le corps. Elle nous regardait tous avec désespoir. Puis elle me lâcha, tendant les mains comme pour nous exorciser, comme pour chasser de nos cœurs tous ces démons ennemis.

— Ah ! dit-elle avec douleur, si vous voulez vous fâcher, attendez que je sois morte.

— Mais non, maman, s'exclama Joseph. Pourquoi veux-tu donc nous empêcher de nous fâcher ? Vous, entre gens de votre âge, est-ce que vous avez attendu ? Voyez-vous l'oncle Léopold ? Fréquentez-vous encore la tante Anna ? Fâchés ! Vous l'avez toujours été, vous autres de votre famille.

— Tais-toi, Joseph, dit papa. Si votre mère s'est fâchée avec les gens de ma famille, c'est par amour pour vous.

— Possible, gronda Joseph. Quoi qu'il en soit, l'exemple est là. Nous ne connaissons plus personne de tout votre parentage. C'est au Père-Lachaise qu'on prend des nouvelles de la famille. Maman disait, l'an passé : « Céline doit vivre encore, puisqu'elle n'est pas ici. » Est-ce vrai ? N'est-ce pas vrai ?

— Hélas, gémit notre mère, ce n'est pas la même chose. Qu'y a-t-il de commun entre ces gens et vous, vous mes petits à moi ?

— Allons, allons, s'écria Ferdinand, on sait que tu nous aimes bien.

Mère se dressa toute droite et dit, la voix désolée :

— À quoi me sert de vous aimer, si je n'ai pas pu faire que vous vous aimiez entre vous ?

Ferdinand était soudain blême, saisi d'une inexplicable colère :

— Non, dit-il, n'en demande pas trop.

Mais Joseph semblait apaisé. Il prit maman par la taille, la fit doucement asseoir. Il riait, la voix ronde, parodiant, sans le savoir, une réplique illustre.

— Bah ! Bah ! On ne se hait point. Il ne faut rien prendre au tragique.

Je rattrapai Cécile au pied de l'escalier et voulus lui saisir les mains. Elle se déroba sans brusquerie. Dès cette époque, elle saluait de la tête et ne serrait plus la main de personne, pour mettre à l'abri des gens exaltés ses doigts fluets et magiciens.

— Cécile, fis-je tout bas. J'en ai assez, assez ! Tu es ma seule famille. Tu es mon frère, ma sœur, mon père, toute ma vie. Laisse-moi t'accompagner ou je vais crever de tristesse.

Cécile m'emmena dans sa chambre et joua de la musique pendant un long moment. Quand nous redescendîmes pour souper, Joseph et maman discutaient à voix basse en feuilletant les paperasses. Maman avait, comme presque toujours, l'air las et désespéré. Je l'entendais murmurer : « Tu as raison. C'est terrible. On est à la merci de ces gens… » Papa lisait le journal, tranquillement, en caressant ses belles moustaches.

CHAPITRE XI

Dialogue sur plusieurs thèmes. Le génie poétique et les juifs. Rédemption par la science et rédemption par l'art. Félicité mélancolique. Désespérance allègre. Souvenirs de la première crise métaphysique. Une parole chrétienne. Que les idées sont dans l'air pour tout le monde. Extrême susceptibilité des fils d'Israël.

Une après-midi brumeuse, quelques jours après la Toussaint. Clarté funéraire. Il n'y a pas de vent, le ciel est immobile. La Marne coule sans un pli. Justin et moi, nous marchons à pas lents sur la berge solitaire. Parfois une feuille de platane, toute recroquevillée, tombe dans l'eau. Elle flotte comme une barquette, tourne deux ou trois fois sur elle-même et dérive, la queue en l'air, saisie par des forces que nous n'avions pas devinées et qui besognent quand même.

Longtemps enseveli dans le silence universel, l'entretien se réveille.

LAURENT. – Il n'a jamais rien lu de toi, Valdemar ?

JUSTIN. – Ne cherche donc pas à l'excuser.

LAURENT. – Je n'en ai pas la moindre envie. Comment la chose est-elle partie ?

JUSTIN. – Brutalement, comme toujours. Il m'a regardé par côté, de ce regard morne et déteint qu'il a maintenant et qui me fait mal au cœur. Il a dit – pas à moi précisément, mais comme s'il parlait pour les murailles – il a dit : « Les juifs n'ont pas l'imagination créatrice. Ils ont le génie du trafic ; mais ce ne sont pas des artistes. Leurs musiciens sont médiocres, et pourtant ils aiment la musique. Alors, pour le reste, poésie, peinture, sculpture, franchement, ce n'est rien du tout. » Il avançait la lèvre inférieure, d'un air méprisant, méprisant.

LAURENT. – C'est idiot !

JUSTIN. – Je te crois que c'est idiot. Que lui aurais-tu répondu, puisque tu trouves ça idiot ?

LAURENT. – Je lui aurais dit qu'il n'était lui-même qu'un artiste manqué.

JUSTIN. – Bah ! Il ne s'agit pas de lui, mais de nous, Laurent, de nous. Eh bien ! tu n'aurais rien dit et c'est ça le plus grave. Tu m'aimes bien, moi, Justin. Et tu n'aurais rien trouvé à dire parce que tu es comme les autres, parce que tu n'as pas confiance, au fond, dans notre génie et que tu n'aurais su que dire.

LAURENT. – Tais-toi donc ! J'aurais cité Henri Heine et Gustave Kahn.

JUSTIN. – Et après, tu aurais pris un air gêné comme si tu voyais le fond du sac. Moi, je lui ai dit : « Monsieur, les juifs ont les plus grands poètes de tous les temps et de tous les pays. Tout le monde a lu leurs ouvrages. On les lit partout, à l'heure où je vous parle. On les a traduits dans toutes les langues de la terre. Vous en avez été nourri et vous êtes un ingrat. La Bible, Monsieur, la Bible ! Voilà ce qu'ils ont fait, nos poètes. »

LAURENT. – Mon vieux, c'est une riposte épatante.

JUSTIN. – Je te crois, qu'elle est épatante. Il avait l'air assommé.

LAURENT. – Qu'est-ce qu'il a répondu ?

JUSTIN. – Il a bredouillé : « La Bible, c'est bien vieux. » Alors, j'ai quand même eu le dernier mot. J'ai déclaré qu'avec ou sans le consentement de Valdemar Henningsen, j'étais, moi, Justin Weill, un poète juif et que j'espérais bien devenir un très grand poète juif.

LAURENT. – C'est-à-dire un très grand poète français.

JUSTIN. – Forcément.

LAURENT. – Pourquoi, forcément ?

JUSTIN. – Puisque je ne sais plus l'hébreu.

LAURENT. – Tu l'as donc su ?

JUSTIN. – Non, c'est une façon de parler. J'aurais dû dire : « puisque nous ne savons plus… »

LAURENT. – Oui, je comprends.

Un grand moment de silence. Nous allumons nos pipes.

LAURENT. – Je ne peux rien te dire encore de certaines choses que je sais. J'ai pitié de Valdemar. Qu'il soit un artiste stérile et malheureux, c'est déjà terrible. Et ce n'est pas le plus triste.

JUSTIN. – Il n'y a rien de plus triste.

LAURENT. – Si, mais ne me demande pas de t'expliquer… Mon vieux, je t'en parlerai, un jour. Je veux trouver d'abord le moyen d'en parler à Cécile, et je ne sais pas comment m'y prendre. Non, non, ne m'interroge pas. Tout au moins à ce sujet. Tu n'es pas vexé ?

JUSTIN. – Moi, j'ai confiance en toi. Si tu ne me dis rien, c'est que tu ne peux rien dire.

LAURENT. – Un jour, chez nous, là-bas, dans notre ancienne maison, rue Guy-de-la-Brosse, j'avais rencontré Valdemar dans l'escalier. Il faut te dire que j'étais désespéré, oui, dégoûté de tout. Ce qu'on peut être coco, mon vieux, à cet âge-là. Je m'imaginais qu'en devenant savant, en s'instruisant, si tu aimes mieux, un homme devait aussi devenir très bon et très intelligent. Je te dirai, entre parenthèses, que ça m'a duré longtemps, cette maladie-là. C'est Schleiter qui m'a redressé, définitivement redressé. Moins par ce qu'il a pu me dire que par sa façon d'être. Enfin, laissons cela. Je reviens à Valdemar. Nous causions, dans l'escalier et je lui disais mes bêtises. Alors, il s'est mis à rire. Il m'a raconté l'histoire d'un citoyen de leurs amis qui était un chimiste de grande valeur, une cervelle magnifique et, à part cela, un parfait salaud. Il criait, Valdemar, en secouant les barreaux de la rampe : « C'est l'art qui sauvera ces cochons d'hommes ! »

JUSTIN. – C'est une pensée raisonnable, exprimée vulgairement.

LAURENT. – Non, ce n'est même pas une pensée raisonnable. L'art ne sauvera rien du tout.

JUSTIN. – Prends garde, mon vieux, c'est grave !

LAURENT. – Qu'est-ce que ça veut dire : sauver ? Je te le demande. Pense à Valdemar. Il ne vit que pour l'art. Il ne comprend que l'art. Il ne s'intéresse qu'à l'art. Alors, quelle défaite, mon vieux ! Il n'est pas méchant, Valdemar. Il est égoïste, il est vaniteux, il est rageur et il ment. Tout ça même ne serait rien : il est malheureux. Est-ce qu'on peut dire qu'un bonhomme est sauvé du moment qu'il est malheureux ? C'est exactement le contraire. Moi je dis qu'il est damné.

JUSTIN. – Tu prends un mauvais exemple : tu disais toi-même, tout à l'heure, que Valdemar était un artiste manqué.

LAURENT. – Voilà bien le plus terrible : il donnerait tout au monde pour être un grand artiste, et l'art ne veut pas de lui. C'est comme une femme qui ne ferait pas même attention…

JUSTIN. – Va, va, tu peux parler. Ça ne fait rien.

LAURENT. – Pardon, mon vieux. Tu dis : un mauvais exemple. Il n'y a pas de bon exemple. Regarde un peu Wagner. Celui-là, c'est un grand artiste, c'est un Dieu de la musique. Eh bien ! il paraît que c'était un très sale type, un caractère impossible. Je parlais de ça, l'autre jour, à Vuillaume, qui vient avec moi, le dimanche, au concert. Il m'a dit, d'un air supérieur : « Qu'est-ce que ça peut bien me foutre. Prenez toujours votre plaisir. Wagner, l'homme, je m'en bats l'œil. Wagner, pour moi, c'est une abstraction créatrice. » Malheureusement, moi, je ne m'en bats pas l'œil.

JUSTIN. – Il y a des exceptions.

LAURENT. – Voilà le plus abominable, c'est que ce sont des ex-cep-tions.

JUSTIN. – Pense à Beethoven.

LAURENT. – Toujours Beethoven. Bien sûr. On dirait qu'il n'y a que lui. Évidemment, si je pensais que Beethoven n'ait été qu'un simple mufle – sois tranquille, je ne le pense pas – je cracherais sur tout ce que j'aime encore au monde. Non, pas sur tout, sur presque tout.

JUSTIN. – Sais-tu que c'est effrayant !

LAURENT. – Le plus extraordinaire, c'est que je devrais être désespéré, après ce que je viens de te dire. Pourtant, c'est tout le contraire. Je n'ai aucune raison d'espoir et je suis plein, mais absolument plein d'espoir. Comment arranges-tu ça ? Il y a des matins où je sors de la maison et l'espoir m'étouffe, m'étrangle, me rend fou. J'ai envie de rire et de chanter, de m'envoler par-dessus le mur. Et je ne crois plus en rien ! Avoue que tout cela est vraiment incohérent. Regarde Vankemmef ! Un catholique pratiquant, convaincu, j'ajoute même irréprochable. Connais-tu rien de plus triste que Vankemmef ? Il croit à l'éternité. Il est sûr de l'éternité. Je le plains, car ce sera une éternité à la Vankemmef, tout à fait saumâtre. Vankemmef a mieux que de l'espoir. Il a une certitude et je dirai même une certitude absolue. Moi qui n'ai aucune certitude, je suis beaucoup plus… joyeux que Vankemmef. Ce doit être une affaire de sécrétions internes.

JUSTIN. – Qu'est-ce que tu dis ?

LAURENT. – Une idée de physiologiste. Ça signifie que c'est peut-être une question organique. Surtout ne t'imagine pas que je me moque de Vankemmef. Non. Je n'envie pas sa foi. Pour lui, Dieu est un vieil oncle, un de ces vieux oncles à qui l'on n'a plus rien à dire. Quand ils sont ensemble tous les deux, Vankemmef et Dieu, ils doivent se mettre à bâiller, puis à lire le journal, puis à se curer les dents. J'aime mieux la solitude que le Dieu de Vankemmef. Je n'envie pas la foi de Vankemmef, ça ne veut pas dire que je n'envie pas une autre foi.

JUSTIN. – Toi, Laurent, tu y retourneras.

LAURENT. – Il n'y a vraiment aucune chance.

JUSTIN. – Oh ! je ne te le reprocherais pas.

LAURENT. – Reproche ou non, je répète que c'est tout à fait improbable.

Silence.

LAURENT. – Je ne t'ai jamais raconté comment ça s'est passé pour moi ? Bien plus simplement qu'on ne le dit dans les romans, je t'assure. Nous avons reçu, chez nous, ce qu'on peut appeler une bonne éducation religieuse ordinaire. Baptême, catéchisme, première communion. Modèle courant. Avec un autre mari, maman serait peut-être devenue une sainte selon l'Église. Mais papa ! Tu commences à le connaître. Tout ce qu'on voudra, pourvu qu'on ne l'embête pas. Enfin, je le répète, nous avons reçu, les uns et les autres, de l'instruction religieuse. Rien de fanatique : quelque chose de calme et de réglementaire. Je priais, n'en doute pas. Je priais sans indiscrétion. De petites choses : pour la maison, pour la famille, pour qu'arrive la lettre du notaire, pour que papa réussisse à son examen, pour que maman guérisse ou pour que Cécile donne un beau concert. Ne ris pas. C'est comme ça qu'on apprend aux enfants la pratique de la prière. Tu comprendras qu'à ce régime je ne voyais pas souvent Dieu, je n'avais pas souvent le sentiment de la présence. Et puis, un jour, je l'ai vraiment éprouvé. C'était pendant les années Guy-de-la-Brosse. Pendant l'hiver 95-96, exactement. J'avais eu de terribles démêlés avec mon père à cause de… sa conduite. Je t'ai raconté quelque chose de tout ça. Je vivais dans une grande exaltation nerveuse. À ce moment-là, je priais de façon pressante et même parfois menaçante. Un soir, je suis entré, vers neuf heures, à l'église Saint-Étienne-du-Mont. Il y avait beaucoup de lumière. Il faisait chaud. Cela sentait bon. Un prêtre récitait tout haut je ne sais plus quelles litanies. On entendait la foule répondre avec un bruit de mer calme. Je n'avais encore jamais vu la mer ; mais j'ai compris plus tard que c'était tout à fait ça. J'étais derrière un pilier, tout seul, bien assis sur une chaise. Je me sentais faible, maigre, misérable, désespérément petit. Je tenais dans ma main droite mon poignet gauche et il était si mince que j'avais pitié de moi-même, et pitié de tout le monde. On m'aurait touché l'épaule, poussé du coude ou simplement regardé, je me serais mis à pleurer. J'ai d'ailleurs pleuré un peu. Je ne saurais dire combien cet état d'extase a duré. Car, petit à petit, cela tournait à l'extase, c'était à la limite de la douleur et de la joie. Et un moment est venu où j'ai senti Dieu comme s'il était là. Ce qui me rendait cette évidence plus poignante, c'est que j'avais le sentiment inexplicable d'un adieu, d'une séparation prochaine. J'avais le sentiment que c'était la dernière fois qu'une chose telle se produisait et que j'allais quitter pour toujours l'asile tutélaire. Et cette douceur, cette joie, cet amour, ce n'était même pas pour me retenir. C'était comme au moment d'une séparation, quand on s'embrasse très fort et qu'on sait parfaitement bien qu'on ne se verra plus jamais.

JUSTIN. – Et après ?

LAURENT. – Après ? J'étais comme quelqu'un à qui l'on a fait une opération. Et pourtant, rien de tragique. Je te le répète, ça c'est passé très simplement. Monsieur Dastre disait, l'autre jour, en souriant, que la seconde crise métaphysique, celle de la cinquantaine, est de beaucoup la plus terrible. Il a probablement raison. Nous avons le temps de voir ça. La réaction est venue presque un an plus tard. Alors, l'antireligion à outrance, l'anticléricalisme aussi, surtout que l'affaire Dreyfus venait compliquer le tout. Le besoin frénétique de perdre son pucelage de toutes les façons possibles, même au sens exact du mot. Au sens exact, je l'ai perdu... trois fois... N'en parlons plus.

JUSTIN. – Tu ne m'avais jamais rien dit de ça.

LAURENT. – Ah ! Non ! À personne. Et surtout pas à toi, mon vieux.

JUSTIN. – Oui, je comprends. Pas à moi.

LAURENT. – Et maintenant, calme plat, au point de vue métaphysique du moins, comme dirait Monsieur Dastre. Je pense à Dieu comme on penserait à un ami qui serait mort. Parfois, quand je me réveille, car c'est en général au réveil que ces pensées-là me tourmentent, et surtout si j'ai le malheur de dormir dans la journée, parfois je me dis qu'un monde avec Dieu ne serait pas plus absurde que notre monde sans Dieu, que notre monde raisonnable. Je ne peux pas dire que je ne sente pas quelque chose qui serait le besoin d'une éternité, au contraire, mais je le sens avec mon corps, oui, plutôt qu'avec mon esprit. Tant pis ! Il faudra quand même tâcher de vivre, le mieux possible.

JUSTIN. – Je te dis que tu y retourneras.

LAURENT. – Et moi, je te dis que non. C'est fini. Je n'ai pas même un véritable regret. Tout cela est triste.

JUSTIN. – Oui, c'est triste.

LAURENT. – Me comprends-tu tout à fait ?

JUSTIN. – Peux pas dire. Nous autres, dans ma famille, on ne pratique pas non plus. Mais pour être comme je te vois, athée comme tu l'es, il faudrait des circonstances extraordinaires. Il faudrait que moi, juif, j'aie fait, par exemple, la folie de me convertir d'abord à votre religion. Il n'y a vraiment aucune chance.

LAURENT. – Écoute encore. L'autre jour, pendant une discussion, ma mère a dit une parole, une très belle parole. Elle nous a dit : « À quoi me sert de vous aimer, puisque je n'ai pas pu faire que vous vous aimiez les uns les autres. »

JUSTIN. – Oui, c'est une belle parole.

LAURENT. – Je ne crois absolument plus à la divinité du Christ. Mais je crois à la grandeur de certaines idées, et je dis que cette belle parole est une parole chrétienne. Tu me permets de parler de ça.

JUSTIN. – Attends, mon vieux. Attends un peu. Tu dis : « Cette belle parole est une parole chrétienne. » Soit. Et la preuve que tu comprends très bien que tu dis une chose maladroite, c'est que tu me demandes, à moi, Justin Weill, la permission de la dire, cette bêtise.

LAURENT. – Ce n'est pas une bêtise.

JUSTIN. – La bêtise, la bêtise, tu ne comprends donc pas où elle est ? Alors, tu t'imagines peut-être que nous autres, juifs, nous en sommes encore à la loi du Talion. Tu t'imagines peut-être que nous sommes, en morale, des sauvages du désert. Il y aurait de quoi se mettre en colère. Mais les idées marchent pour tout le monde, mon vieux, pour les juifs comme pour les autres. Comment ! tu me connais depuis huit ans, tu connais les miens, tu es notre ami sincère et tu t'imagines peut-être que nous ne sommes pas capables de rendre le bien pour le mal, de dire : « aimez-vous les uns les autres », et de tendre la joue gauche quand nous avons été frappés sur la joue droite, ce qui nous arrive plus souvent qu'à n'importe qui !

LAURENT. – Justin, mon vieux, tu perds la boule.

JUSTIN. – Non, je ne perds pas la boule. Je suis seulement furieux. Et voilà : tu es dreyfusard, tu es, comme on dit, prosémite, loyalement prosémite. Et tu as l'air de penser que nous sommes en retard de vingt siècles. Alors, comment nous aimes-tu ? Comme des bêtes curieuses ?

LAURENT. – Je n'ai rien dit de tout cela.

JUSTIN. – Tu ne l'as pas dit, mais tu le penses. Tu es notre ami, et tu ne comprends rien à nous.

LAURENT. – Si, si. Je comprends très bien que vous êtes follement susceptibles.

Justin sourit.

JUSTIN. – C'est vrai, nous sommes susceptibles. Nous avons sujet de l'être.

LAURENT. – Pas avec un ami. Je suis ton ami.

JUSTIN. – On ne peut être susceptible qu'avec ses amis.

Il fait nuit. Retour silencieux. Pipes. Justin me prend le bras pour finir la promenade.

CHAPITRE XII

Tristesse de novembre. La colère chez les épinoches. Science et bureaucratie. Confidence délicate, confidence inutile. Escrime vocale, ou le créancier bourru. Grandeur de Cécile. Un hommage à la beauté. Invocation à la solitude.

Novembre rampe dans la pluie. La banlieue décharnée, montre un squelette rachitique. Les gens qui vont à Paris, reviennent de méchante humeur. Ils ont, comme toujours, des histoires à raconter. Ce sont des histoires maussades qui respirent la laine mouillée, les chicanes de tramway, les longues attentes sur les trottoirs parcourus par la rafale. Nous ne sommes pas les rois, mais les esclaves maugréants d'un triste pays pluvieux.

Cécile a voyagé douze jours. Elle a donné des concerts en Belgique, en Hollande et à la cour d'Angleterre. Elle voyage avec une dame qui prépare et règle tout très habilement.

Valdemar a crié qu'il accompagnerait Cécile et, pour finir, il n'a pas quitté Paris. Il vit dans la langueur. À certaines heures, il s'agite, manifeste une grande angoisse et disparaît brusquement. Quand il revient, il sourit, son grand front rasséréné.

Au retour de Cécile, il y a eu des conciliabules. Joseph s'est beaucoup démené. Je suis certain que Cécile a dû lui confier de l'argent. Je ne saurais dire pourquoi cette pensée m'irrite un peu.

Cécile a dormi quatorze heures. Silence. Je me promène dans la maison en lisant la vie de Pasteur, *Histoire d'un savant raconté par un ignorant*, livre qui vient de paraître et dont mon père dit merveilles. Notre malheureux jardin est défiguré par l'automne : on n'ose même plus le regarder. Il y a, sur une commode, un bocal rond, plein d'eau trouble. De petits poissons y nagent. Ce sont des épinoches que Ferdinand a pêchées, un des derniers beaux jours.

Les poissons passent, l'un près de l'autre, comme les promeneurs dans la rue. Ils n'ont pas l'air de se voir et, soudain, deux longs poignards se roidissent à leurs flancs. La nageoire dorsale se dresse, hérissée de dards aigus. Les yeux jaillissent des têtes. Un nuage de couleur vole sur les flancs métalliques. Cette colère muette est affreuse. Elle me fait, je ne sais pourquoi, songer aux continuelles querelles du clan Pasquier, à nos querelles qui, pourtant, ne sont pas silencieuses. Je me sens saisi de honte.

Papa souffre d'une bronchite. Il ne veut pas rester au lit et roule, en pestant, de sa chambre à son officine. Il est vêtu de cette vieille robe de bure qu'il porte par habitude, et sans doute aussi par vénération pour Honoré de Balzac dont il admire le génie. Il tousse, rougit, crache avec fureur, va jusqu'à la fenêtre et regarde la pluie tomber sur la vallée de la Marne. Il s'ennuie fort. Il dit parfois : « Je me suis moqué des bureaucrates, et voilà ! je suis beaucoup moins libre qu'un employé de bureau. Je suis lié comme un chien de garde. » Il n'a pas tort, cet homme subtil. Il a, pendant bien des années, rêvé de la science, de la science libératrice, d'une profession miraculeuse, faite d'imprévu, de nouveauté, d'incessantes découvertes, d'inventions, de coups de vent, de belles bourrasques, et voilà que la nouvelle vie est plus morne que l'ancienne, réglée comme celle d'un captif. Ainsi donc la science ressemble à la bureaucratie. Quel mécompte !

Hélas ! qu'il s'ennuie donc, mais qu'il reste tranquille ! Qu'il gaspille son peu d'argent, ça n'a pas grande importance, pourvu qu'il se calme enfin, pourvu qu'il ne songe pas à des folies… d'une autre espèce. Il a l'air apaisé, parfois. Il passe des semaines entières sans parler d'une course à Paris. La bronchite même a du bon, si j'ose dire, peut-être parce qu'elle a pour effet de l'humilier un peu.

Cécile s'est réveillée de son long somme, telle une jeune déesse, le visage radieux. Elle a joué du clavecin. La nuit d'hiver est venue. Cécile est nette, calme, belle, oui, belle comme peut l'être Psyché, belle comme la pensée qui plane et ne retombera jamais. Je voudrais que Cécile fût heureuse. Et même si c'était impossible, même si Cécile devait souffrir et gémir dans son abîme, j'ai décidé qu'elle serait heureuse au moins dans le fond de mon cœur. Mon besoin de joie et de pureté s'appelle Cécile. Il faut qu'il en soit ainsi pour le salut du monde. Il faut, pour vivre, s'imaginer que le bonheur et la paix règnent au moins dans une âme.

Ce n'est assurément pas l'heure pour parler à Cécile. Non certes. Et voilà comme je suis : impossible de patienter quand une pensée me taraude.

Je vais parler à Cécile.

J'en suis encore à chercher comment engager l'entretien, quand, soudain, Cécile cesse de jouer. Je suis assis derrière elle. Je n'ai pas encore dit un mot, je n'ai pas même soupiré – je ne soupire jamais, par animadversion contre certains soupirs que j'entends trop souvent, autour de moi. – Donc, je n'ai pas même soupiré. Pourtant, Cécile s'arrête. Ses doigts légers retombent dans les plis de sa robe. Elle dit sans se retourner :

— Qu'est-ce que tu veux, Laurent ?

Ce ne me semble pas extraordinaire. Entre Cécile et moi, c'est presque toujours ainsi. Même au péril d'orgueil, je dis, songeant à Cécile : « Nous deux, nous sommes vraiment de même sang. »

— Qu'est-ce que tu veux, Laurent ?

Comme je suis embarrassé ! Cécile était en plein vol, et ce qu'il me faut lui dire est laid, est triste, est vraiment épouvantable.

— Sœur, je songe à ce mariage.

Cécile fait « non » de la tête. Elle ne veut pas me laisser parler.

— Ne me tourmente pas, Laurent.

— Cécile, il faut que tu m'écoutes.

— Non, non, Laurent. Tu ne pourras rien me dire qui me fasse changer d'avis.

— Je suis bien sûr du contraire.

Cécile s'est tournée vers moi. Je ne crains pas de voir soudain fuser son regard Pasquier. Elle ne se met jamais en colère avec moi, même quand je suis injuste, même quand je suis ridicule. Elle dit cette parole étrange :

— Tout ce que tu pourras me dire, Laurent, je le sais.

Si je n'étais pas l'obstiné, le maladroit, le balourd que je suis, je baiserais les doigts de Cécile et je regagnerais ma chambre. Hélas ! je ne suis qu'un pauvre sot et mon amour, mon jaloux amour fraternel, bien loin de m'inspirer ; me retire toute bonne grâce. Je vais foncer comme un buffle.

— Alors, tu sais qu'il est malade ?

— Oui. Raison de plus pour le soigner.

Je veux frapper un grand coup.

— Sais-tu, Cécile, ce que c'est que la morphine ?

Le visage de Cécile n'a presque pas bougé. Ses yeux se dérobent une seconde. Elle dit, la voix sévère :

— Cela aussi, je sais cela.

— Alors, sœur, c'est impossible.

— Eh bien ! je le guérirai.

— C'est une tâche au-dessus de tes forces. La musique y périra.

Cécile a maintenant les lèvres blanches et tremblantes. Elle dit :

— Tout m'est égal.

Je ne comprends plus rien à rien.

— Tu l'aimes donc à ce point ?

Cécile arrête sur moi son large regard de turquoise. Elle secoue la tête de droite à gauche et de gauche à droite, avec impatience.

Et voilà que, tout à coup, du fond de la maison, monte un grand bruit de querelle. J'entends crier papa, j'entends parler maman. Une voix inconnue s'élève ; une voix rude et triviale. Je quitte Cécile et me jette dans l'escalier. Vraiment, la maison était trop calme ! Il y avait vraiment trop longtemps que le drame nous dédaignait ! Qu'est-ce que ce peut être encore ?

Ils sont dans la salle à manger. Un homme grand, massif, charnu parle, son chapeau sur la tête.

— Je vous ai vendu cette voiture en bon état. Vous prétendez me la rendre après l'avoir démolie. Je dis que vous paierez.

— Et moi, Monsieur, réplique papa, je dis que votre voiture était inutilisable.

Mon père a commencé par donner toute son haleine. Puis il s'est mis à tousser. Je sens qu'il va faiblir. Le gros homme fait un pas et reprend, criant plus fort :

— Mon argent, Monsieur, mon argent !

Papa riposte avec mollesse :

— Je ne vous donnerai pas d'argent. Reprenez votre mécanique. Je n'ai pas d'argent pour vous.

Alors le gros homme se prend à hurler.

— Ah ! vous n'avez pas d'argent et vous achetez des voitures ! Vous paierez, nom d'un chien !

— Monsieur, crie maman, je vous en supplie.

Alors papa fait une chose que je ne lui ai jamais vu faire et qui me remplit de vergogne : il recule de trois pas. L'homme avance de trois pas. Mon père passe derrière la table. C'est honteux et inquiétant. Le gros homme frappe sur la table. Papa redonne de la voix, mais il n'est pas de taille. Le gros homme émet de véritables rugissements. Paula Lescure ouvre la porte et jette sur cette scène un coup d'œil impassible.

— J'ai des renseignements sur vous. Oui, vous êtes un mauvais payeur. À moi, on ne la fait pas. Je vous mettrai sur la paille.

Le gros homme commence à tourner autour de la table. Papa tourne aussi, pour que la table, toute la table demeure entre lui et l'ennemi. Il est bien évident que mon père, que le personnage terrible, irréductible, vient de rencontrer son maître, c'est-à-dire un homme capable de crier plus fort que lui. Il en a l'air interdit. Maman essaye en vain de se faire entendre. Le gros homme donne sur la table de prodigieux coups de poing. Père me fait pitié, comme un champion vaincu. Je vais intervenir. Comment ? hélas ! comment ?

— Monsieur, permettez-moi de vous faire observer…

Tout soufflant, le gros homme, une seconde, me dévisage.

— Vous êtes deux. C'est bon ! Moi, j'en fais dix comme vous.

Maman va crier, crier. C'est alors qu'entre Joseph. Il s'exprime d'une voix terriblement basse et forte :

— Qu'est-ce que c'est que ce boucan ?

Le gros homme, aussitôt, cesse de tourner autour de la table. De l'œil, il soupèse Joseph. Et Joseph dit, l'accent courroucé :

— Sortez d'ici tout de suite.

L'effet est instantané. Le gros homme était plus fort que papa. Joseph est visiblement plus fort que le gros homme. Tout le mystère de la puissance et du prestige m'apparaît dans un éclair. Une simple question de savoir qui peut parler le plus fort. Le gros homme a l'air tout penaud. Il dit, bégayant un peu :

— C'est pour l'argent qu'on me doit.

L'effet de voix obtenu, Joseph parle maintenant comme il doit parler à son bureau.

— Eh bien ! dites ça poliment, ou vous aurez de mes nouvelles ! Venez par ici. Et tirez donc votre chapeau : il y a une dame ici.

Joseph ouvre la porte et l'homme sort en bredouillant. Maman tombe sur une chaise. Je préfère ne pas regarder le visage de papa. Je remonte au premier étage. Cécile est debout derrière la porte de sa chambre. Elle dit :

— Qu'est-ce que c'est ?

— Un créancier.

Nous demeurons silencieux. Le temps n'est plus où Cécile jouait majestueusement du piano pendant une visite d'huissier. Une certaine forme de laideur la glace jusqu'à l'âme, je le sens bien. Elle fait deux ou trois pas, revient vers moi, me met un doigt sur la poitrine et souffle :

— Valdemar, un jour, m'a dit que je lui devais mon talent. Il faut payer ses dettes, Laurent, tu m'entends bien.

Je l'entends, hélas ! Je l'entends. Je baisse la tête et murmure :

— Pas au prix de ta vie.

— Si, si. Au prix de ma vie. Si je ne le faisais pas, ce serait un mauvais début et je perdrais confiance.

Que répondre ? Je ne trouve rien à répondre. Je regarde Cécile avec frayeur, avec admiration. Oui, oui, je payerai mes dettes, comme Cécile. Et que ferai-je encore ? Tout le contraire, bien sûr, de ce que l'on fait dans cette malheureuse maison.

Nous restons là, très longtemps. Le gros homme a dû partir. On entend la voix de Joseph, placide, qui débite des chiffres. Après, on n'entend plus rien, sinon la pluie sur le zinc au bord de la fenêtre.

Comme papa doit être humilié ! C'est sa première défaite, du moins à ma connaissance. Comme il doit souffrir ! Malgré tout, je souffre pour lui. Cécile, par chance, n'a rien vu.

Et, soudain, encore des cris. C'est la voix de Ferdinand. Je m'élance, malgré que j'en aie. Je suis moins fort que Cécile qui s'assied froidement, devant sa table. Je me jette dans l'escalier et j'y rencontre Joseph. La scène est dans le corridor. Ferdinand a perdu son chapeau. Il est là, debout devant Claire qu'il écarte d'une main. Il dit des choses incohérentes : « Tu veux me rendre ridicule. » Et, soudain, j'aperçois notre père. Il rit en lissant ses moustaches. Ferdinand n'a plus la maîtrise de ses gestes. Il s'avance, la main levée. Il dit : « Je te défends ! Tu m'entends ! Je te défends ! » Nous nous précipitons, Joseph et moi, pour arrêter le bras de Ferdinand. Son lorgnon tombe et se brise. Claire se prend à pleurer. Je demande à Ferdinand : « Enfin, qu'a-t-il fait ? » Ferdinand suffoque de rage. Il dit : « Je lui ai défendu d'embrasser Claire comme ça. Non, non, pas comme ça ! »

— Tu as peut-être mal vu.

— Non ! je ne suis pas si myope.

À l'autre bout du couloir, Joseph morigène papa. Mais papa reprend de la flamme. Il dit : « Moi, je ne suis pas une moule. Un baiser sur les yeux ! Eh bien ! quoi ! C'est un hommage à la beauté. »

Voilà l'homme ! Je le croyais humilié, parce que, moi, je l'étais.

Je parviens à calmer Ferdinand. Je suis triste à mourir. Tout est laid. Tout est ridicule. Tout est bas, désespérément. Et je n'ai pas encore vingt ans. J'ai rêvé d'une vie belle et noble. Je languis parmi les querelles, je patauge dans la sottise.

Je voudrais être seul, seul depuis longtemps, seul pour longtemps. Je voudrais marcher tout seul sur une petite route, au milieu des blés, au printemps. Ça viendra peut-être. Patience !

CHAPITRE XIII

La maison des épinoches. Trêve passagère. Arithmétique sentimentale. Joseph au laboratoire. Ferdinand et les mystères joséphiens. Un rayon dans les ténèbres ferdinandesques. Loisirs forcés et projets d'avenir. Une créature du soleil. Ainsi parlait Zarathoustra. Embarras gastrique. Intermède céleste. Les festins de communion. Incantation de la foudre.

L'hiver soulève sa paupière de malade. Et, tout de suite, elle retombe, et, tout de suite, c'est la nuit.

Nous ne serons plus jamais heureux comme au temps de notre enfance. Nous savons trop de choses, nous sommes empoisonnés. Si je n'avais pas Cécile, je m'en irais, oui, je m'en irais d'eux tous. Non de maman, bien sûr, et non plus de l'innocente petite fille. D'ailleurs, je m'en irai quand même. Il y a des jours où je me sens tourmenté par le désir de posséder mon âme à moi tout seul, d'être délivré, d'être pur. Oui, délivré, même d'amour.

Je regarde les épinoches tourner dans leur prison de verre. Il paraît que ces bestioles construisent des nids admirables. Pourquoi ? Pour mieux sortir leurs poignards et les grandes épines de leur dos ? Parfois, songeant à notre maison, je dis tout bas : la maison des épinoches.

Les petits poissons nagent dans une eau laiteuse et trop peu souvent renouvelée. Nous autres, pour l'instant, nous nageons dans le sirop noir de la paix. Oui, telle est, en ce moment, notre paix.

Semblable au navigateur qui traverse un champ de mines, je me dis : « Tout à l'heure, nous allons toucher… Nous serons jetés en l'air, écartelés, dispersés. Notre famille éclatera. »

Je vais à Paris presque chaque matin. J'ai toujours moi-même ordonné mon travail. Et qui, vraiment, ici, pourrait m'être de conseil ? Je me trouve seul, au milieu du clan. Quand je passe des examens, personne ici n'est en peine ; mes succès, aux yeux de tous, sont la chose la plus naturelle du monde. Amertume du bon élève. Quand, après je ne sais quel petit concours, Ferdinand est entré dans son administration, mère a fait un dîner. Pour un peu, ç'auraient été les drapeaux et les lampions. L'arithmétique familiale, chez nous, du moins, est simple : il suffit de multiplier la portion naturelle de chacun par assez d'amour maternel pour qu'en définitive « ils reçoivent tous autant l'un que l'autre ».

Je ne suis pas très fier des pensées que je pense. Il me faudra beaucoup de temps pour comprendre que l'injustice est encore à mon profit, dans ce malheureux partage.

La pluie est maîtresse du monde. Nous sommes au mois de décembre. Le siècle s'achève dans une moisissure glacée. La Marne est grosse et déserte. Les canotiers ont perdu le chemin de la maison. Parfois je vais au concert, avec Roch et Vuillaume. Nous attendons une couple d'heures sur le bitume de l'avenue Victoria. Ensuite c'est l'orgie. Je suis en ce temps de la vie où quelque chose de trouble se mêle amèrement à toutes joies, même aux plus nobles. J'aime la musique, en cet hiver, comme il me semble que certains hommes doivent aimer le vin. La musique n'est plus une fin, mais un moyen. Un moyen pour quelle fin ? Je ne sais trop. L'oubli, peut-être. Tout cela n'est pas très beau.

Parfois, du haut du cintre où nous dormons notre plaisir, j'aperçois, dans une loge, là-bas, près des musiciens, j'aperçois ma sœur Cécile. Elle est chez elle, dans ce temple. Des fidèles viennent lui rendre hommage. Nous nous retrouverons, ce soir, à la maison, sans doute. Nous aurons l'air de nous retrouver. Cécile est déjà partie. Elle vogue, toutes voiles déployées.

Je rêve à ces choses, au laboratoire, cependant que je m'assoupis dans ces fades petites besognes qui sont mon pain quotidien. Une découverte ! Est-il possible que ce ne soit pas un rayon qui tombe, un éclair qui fend la nuit ?

Chose extraordinaire, Joseph est venu, plusieurs fois, me voir au laboratoire. Il arrive, salue tout le monde et cherche une place pour son chapeau melon qu'il traite avec ménagements, comme un attribut sacré de la personne joséphienne. Puis il nous regarde les uns et les autres avec un sourire sceptique, un sourire qui voudrait bien paraître courtois sans être dupe. Il échange quelques paroles aigres-douces avec Schleiter, dit un mot à Hélène, feint de s'intéresser à mes recherches. Il est poli, somme toute. Au demeurant, terriblement Joseph. Que Vuillaume s'offre à lui débarrasser un siège, il tranche : « Inutile. Merci. Je n'accepte aucun service. » – « Pourquoi ? » fait uniment Vuillaume. – « Non, croyez-moi, les services, un jour ou l'autre, ça se paye, et plus cher que ça ne vaut. Non, pas de services : des marchés. » Il parle ainsi, le monstre, et le plus grave, c'est que c'est faux, car il a une manière bien à lui pour demander et obtenir toutes sortes de menus services et, surtout, pour faire glisser une grande part de ses obligations sur les épaules des autres.

Joseph est un cracheur d'apophtegmes. À Schleiter qui lui demande, par dérision : « Et l'argent ? » il répond, les dents au clair : « L'argent, l'argent, c'est un truc. Oui, c'est un truc à trouver. Après, ça va tout seul. »

Je ne suis pas bien sûr que, le truc, il l'ait déjà trouvé. Je ne sais rien de ses affaires ; du moins, rien directement. C'est Ferdinand, à qui, pourtant, je ne souffle pas mot de la famille, c'est Ferdinand qui se charge de me tenir au courant de Joseph. Ferdinand est très myope, sauf en ce qui touche notre frère Joseph. Ferdinand, pour Joseph, a beaucoup mieux que de la clairvoyance. Disons de la divination. Quand je suis avec Ferdinand, nous n'avons guère qu'un sujet d'entretien intime, et c'est Joseph. Il me faut reconnaître qu'au prix de Ferdinand, je suis aveugle et sourd. Pour aborder ce grand sujet, Ferdinand prend une voix spéciale, sa voix « joséphienne », qui est confidentielle, nasillante, colorée d'un rien de moquerie et de quelque révérence. Il dit : « Tu sais que son employé – car Joseph dispose d'un employé – lui coûte cent soixante-quinze francs par mois. Seulement Joseph lui retient quatre francs vingt-cinq pour la retraite. La retraite ! Je trouve ça monumental… Joseph a gagné mille six cent cinquante francs pendant le mois de novembre… Joseph s'est mis dans les frais, pour son bureau : des chaises art nouveau. Oui, moi, j'aime mieux l'ancien… Chez moi, je n'aurai que de l'ancien… » Ferdinand rêve et reprend : « Je ne m'y connais peut-être pas encore comme les vrais marchands de meubles d'époque ; mais j'ai du goût. Claire et moi, nous avons du goût. On ne peut pas nous retirer ça. » Puis il retourne à Joseph : « Tu sais, le prêt hypothécaire comme voudrait le faire Joseph, ce serait excellent : on a une garantie et on touche un gros intérêt. Seulement, Joseph n'a encore qu'un tout petit capital. Alors il bricole ; il arrange des prêts pour les autres. Sais-tu combien il a ? Non ? Eh bien ! moi, je le sais… »

Ce que je sais, ce que je vois quand même, et fort bien, c'est que Joseph a l'air d'une bête robuste qui chasse. Non, certes, il n'a pas encore trouvé « le truc ». Parfois, il semble inquiet, il grogne, il gronde, il renifle. On dirait qu'il cherche une issue. Ferdinand commente, dans l'ombre : « Il a été sur le point de trouver un associé du genre qui lui conviendrait. Le type a eu le nez creux : il s'est débiné. »

Joseph est sombre et silencieux. Parfois, en famille, il s'abandonne à quelque petit mouvement oratoire, orné de ses mots favoris : « Il n'y a pas de contrôle… Ça ne se soutient pas… Allons par ordre… Premièrement… Deuxièmement… » Tout de suite, il retombe à ses tracas. Ferdinand, aussitôt, se saisit du crachoir. Si Ferdinand, seul avec moi, ne sait parler que de Joseph, en famille il est inépuisable, encyclopédique : il commente le journal. Il a longtemps pérоré sur l'Exposition universelle en virtuose du renseignement. Maintenant, c'est le Transvaal, c'est le président Kruger, de qui Ferdinand connaît toutes les démarches, toutes les pensées.

En ce qui touche Claire, sa fiancée, Ferdinand est inabordable. Parlez de Claire avec faveur, et Ferdinand est jaloux. Critiquez tant soit peu Claire, et Ferdinand sera furieux. Ne dites rien de Claire, et vous verrez un Ferdinand vexé qui ne souffre pas l'indifférence à la vue d'une question telle.

Je ne déteste pas la petite Claire et ne la détesterai jamais, encore que Ferdinand fasse le possible et l'impossible pour me la rendre odieuse.

Ferdinand ne laisse à personne et même pas à Claire le soin d'expliquer Claire. C'est son devoir, à lui, Ferdinand. Il dit : « Tu sais que Claire ne mange pas de salsifis... Claire ne peut pas souffrir la graisse, à cause de son foie... Claire est extravagante : elle prend la salade sans assaisonnement... Claire n'emploie jamais le savon pour se laver la figure... » Là-dessus, Ferdinand regarde l'assemblée d'un air en même temps intrépide et soupçonneux. Il répète, la voix jubilante : « Non, jamais de savon sur la figure. C'est un principe. »

Ferdinand est irritable. Il entend chanter dans les rues une chansonnette à la mode :

Sois gentille avec Ferdinand,
Et ce soir, ce soir en rentrant...

Ferdinand exècre cette chanson et n'est pas loin d'imaginer que Paris tout entier a fomenté quelque complot. Il souffre de rages en cyclone qui le laissent hébété. Père, quand il est de loisir et qu'il se trouve d'humeur à faire une démonstration, père « exécute une colère » pour expliquer à Ferdinand que la colère est inconvenante et détestable.

Sa bronchite en sommeil, notre père a repris flamme. Il invective contre la pluie et parle de s'en aller en Afrique équatoriale, aux Indes, aux Philippines. Il dit : « Je me suis trompé, voilà tout. J'étais fait pour devenir explorateur. Je finirai dans la peau d'un explorateur. » Le lendemain, changement de thème. Une lecture aventureuse a fait ce beau miracle : il sera marin. Mère a des battements de cœur. Il dit : « On peut gagner des fortunes. » Il nous explique, avec une abondance folle de détails et d'exemples, comment se gagnent les fortunes. Il dit : « Mon cher, c'est tout simple... » Tout est simple, pour ce rêveur. Que passe encore un jour et le soleil se lève ailleurs. « Je suis allé donner une consultation chez Domange, au bout de Sucy, celui qui fait le plant de choux, exclusivement. Ça n'a pas l'air très malin. Eh bien ! il gagne ce qu'il veut. Il a deux chevaux, deux voitures. Une situation à tout casser… » Et le nouveau docteur déclare : « Je vais flanquer tout en l'air et m'installer maraîcher. Je respecte la science, mais je ne veux pas m'ennuyer. »

Il retourne à la vitre et contemple encore la pluie. Quelques instants plus tard, il murmure, la voix sucrée, mélodieuse : « Si jamais je suis nommé président de la République… » Il ne poursuit pas au conditionnel, mais au futur. Ferdinand souffle, du nez : « Tu ne fais pas de politique. » Alors, papa : « Quelle importance ? On peut très bien me nommer président de la République sans que je fasse de la politique. » Et le voilà président de la République. Il en parle, une heure durant. Puis il va dans son cabinet, débrider les furoncles d'un patient. Il revient content de soi. « C'est le plus noble des métiers ! Mais je ne suis pas fait pour attendre. Je n'aime pas les accouchements. Je suis un homme d'action. Je suis le contraire d'une limace. Je suis un homme capable de passions vives… »

Il épluche les petites annonces. Il écrit toutes sortes de lettres. Et maman n'est pas tranquille. Un jour il a laissé traîner sur la table du salon ses nouvelles cartes de visite : Docteur Raymond du Pasquier. Il correspond longuement avec une maison qui porte, sur ses enveloppes, l'inscription : *Institut national des recherches héraldiques*. Je l'entends qui dit à maman : « Nous sommes peut-être nobles. Mais oui, sans le savoir. Il vaut mieux se renseigner. Ça ne coûte que deux cents francs. Avoue que c'est pour rien. » Ma mère est épouvantée : l'argent est rare. Elle fait des comptes et, par allusion aux valeurs héritées de sa tante Delahaie, elle murmure : « Si je mourais… » Papa sursaute : « Mourir ! quelle idée ! Est-ce qu'on meurt ? » Puis il songe à l'argent et pousse de longs soupirs ondulatoires, mélodieux et désolés. Je les ai toujours appelés « les soupirs de l'argent ». On les entend d'ordinaire quand les difficultés majeures sont en vue.

Il dit à Ferdinand :

— Ton frère fricote dans les prêts hypothécaires. C'est un métier odieux.

— C'est à lui qu'il faut dire cela.

— Mais, reprend père, il a donc de l'argent ?

— Probable qu'il en a un peu.

— Alors, pourquoi m'en a-t-il demandé ?

— Je ne sais pas. Ça le regarde.

— S'il a de l'argent, il devrait bien m'en prêter. Oui, pourquoi pas ? Un prêt hypothécaire, s'il le veut.

— Sur quoi ?

— Sur la maison.

— Elle n'est pas à toi.

— Ah ! Alors sur le terrain.

— Il paraît qu'il ne vaut rien.

— Ce n'est pas encore prouvé. Alors, sur le cheval, sur la voiture, sur mes livres. Qu'il me prête dix mille francs et j'irai m'installer en Algérie. Du soleil ! du soleil ! de la lumière ! comme disait je ne sais plus qui. Je suis une créature du soleil. Je me demande ce que je fais ici.

Il arrive un jour en tenant sous son bras un paquet dont s'échappe une odeur inquiétante.

— Qu'est-ce que c'est que ça ?

— Un blaireau.

— Vivant ?

— Non, mort. Je l'ai acheté pour une bouchée de pain, au père Herbelot.

— Qu'est-ce que tu veux en faire ? demanda Joseph, le soir.

— Des blaireaux pour ma barbe.

— Ah ! oui ! Il y a de quoi en faire dix. Et un blaireau, ça dure dix ans.

— Mon petit, je les userai. Bien sûr, à la condition de foutre le camp d'ici. Je m'ennuie ! Je m'ennuie !

Je l'ai surpris, un jour, grimpé sur une échelle, en train de pendre un cadre.

— La corde s'est cassée, dit-il. À rester toujours en place, on ne sait plus rien de ses affaires. Autrefois, quand je déménageais souvent, je surveillais les cordes et ces choses-là n'arrivaient pas.

— Mais, papa, nous ne sommes ici que depuis seize ou dix-huit mois.

— Tu es fou, mon garçon ! Seize ou dix-huit mois ! Tu veux dire seize ou dix-huit ans. J'en aurais des cheveux blancs, si j'étais un homme vulgaire.

Il se prend à siffler, pour montrer au monde entier qu'il n'est pas un homme vulgaire.

Quand je suis exaspéré, je me noie dans mes lectures. J'ai découvert Ibsen, Nietzsche et Tolstoï. Je sombre, et j'oublie tout, pendant une heure. J'ai grand besoin d'oublier tout. Je lis : « Je suis un voyageur et un grimpeur de montagnes. Je n'aime pas les plaines et il me semble que je ne puis pas rester tranquille longtemps. » Tiens, tiens ! Pourtant père n'a pas lu Nietzsche.

Je suis descendu jusqu'à la cuisine pour y prendre je ne sais plus quoi. J'aperçois Paula Lescure. Elle me tourne le dos. Elle est penchée sur l'évier. Mon Dieu ! Elle vomit avec de très grands efforts. Comme elle a l'air de souffrir !

J'approche et dis doucement :

— Qu'est-ce que vous avez, Paula ? Voulez-vous que j'appelle maman ?

Elle a les yeux cerclés de mauve. Les lèvres gonflées, tavelées. Elle me fait grand peine. Elle répond :

— Mon cousin sait pourtant que j'ai mal à l'estomac. Inutile de prévenir personne. Non, absolument personne.

Il est bien évident que la pauvre fille est malade. Je remonte dans ma chambre et replonge dans mes lectures. De temps en temps, quand tout le monde est là, je perçois une ébauche de querelle. Maman dit : « On vous a instruits et c'est comme si l'on vous avait instruits à vous disputer, hélas ! à vous détester. » Elle fait des prouesses diplomatiques pour rétablir, un instant, d'impossibles équilibres.

Et, tout à coup, éclate un intermède céleste. Cécile nous a réunis, dans sa chambre, un soir. La petite Suzanne se tient debout, devant le clavecin. Elle chante, d'une voix fragile, la pastorale de Haydn : « Enfant, sois belle en tes atours et prompte au fin sourire… » Cécile est là, derrière la petite fille, et dessine dans le silence une dentelle délicate avec ses doigts magiciens. Cécile avait préparé cela, sans nous en rien dire. C'est un moment si pur que les « bêtes sauvages » elles-mêmes rentrent leurs griffes et rampent en ronronnant. Toute la soirée, la maison sera bénie. Mais quoi ! cette grâce impalpable pourrait-elle sauver le monde ?

De quoi puis-je me plaindre, puisque j'ai Cécile ? Hélas ! Je ne suis pas digne de Cécile tous les jours.

Car les repas sont terribles.

Ce pourrait être la cène, le festin de communion. Ils sont tous là, ceux du clan. Ce n'est pas le festin de communion.

Ferdinand a, toute l'année, de terribles rhumes de cerveau. Il fait, avec son nez, surtout quand il mange et qu'il a la bouche occupée, des bruits extraordinaires par l'invention et la variété. Je comprends que, bientôt, Joseph, incommodé, ne pourra plus celer son agacement. Et c'est Ferdinand lui-même qui, soudain, s'écrie, d'une voix mordante : « Joseph ! mouche-toi, mon cher. On ne s'entend plus manger, tu fais vraiment trop de bruit. »

Joseph, avec la pointe de son ongle auriculaire, s'arrache d'entre les dents des fils de nourriture. Il les regarde et les mange. Cette pratique a le pouvoir d'exaspérer notre père. Il finit par faire, à ce sujet, une déclaration générale, mais ferme : « C'est à peine convenable. Je vous achèterai des cure-dents. »

— Que veux-tu ? souffle Joseph avec perfidie, moi je sens mes dents : elles sont à moi.

Il y en a un qui ramasse les miettes avec une lichette de pain, et qui finit, enhardi, par chasser sur les territoires limitrophes. Un autre ouvre la bouche dix bonnes secondes trop tôt et montre sa langue toute chargée de nourriture. Un autre coupe son pain, comme un paysan, en petits cubes réguliers qu'il dispose à sa gauche. Un autre fait « fioup… fioup… » à chaque lampée de potage. Si l'un dit : « Donne-moi de l'eau », il y a toujours une voix qui répète ou qui traduit : « Ton frère a demandé de l'eau. Vous comprenez ? Il veut de l'eau. » On entend, presque aussitôt : « Ne te balance pas, tu me donnes mal au cœur », ou : « Ne racle pas le parquet avec tes pieds. Ce n'est pas tolérable. » « Ne bois pas plus d'un demi-verre, ça fait mal à l'estomac. » – « Qu'est-ce que ça peut bien te faire ? Je bois comme il me plaît. » – « Je n'aime pas la tête de veau. C'est mou. Ça me dégoûte. » – « N'en dégoûte pas les autres. »

Alors commence la discussion quotidienne au sujet du chien qui devient sourd, de la chatte qui est voleuse, au sujet de la cuisine au gaz, de la politique socialiste, de la composition du celluloïde ou du pégamoïde.

Ils mettent leurs coudes sur la table. Ils parlent en mangeant et veulent qu'on les comprenne. Ils n'aiment pas les choses que j'aime. Ils aiment les choses que je n'aime pas. Et pourtant, ce sont mes frères, ce sont les miens, ceux de mon clan. Et, malgré tout, je les aime.

Alors ! Alors ! Que la foudre tombe, Seigneur !

CHAPITRE XIV

Divers systèmes de chauffage. Une singulière partie de cartes. Caractère alarmant de la Concorde. Douleur de Cécile. Principes essentiels d'un jeu nouveau. Plan de campagne. Deux billets de cinq cents francs. Joseph sait ce qu'il veut.

Il ne faut pas appeler la foudre.

Nous avancions lentement à travers le mois de décembre comme sur une mer de bitume. Un soir, après dîner, j'étais dans la chambre de Cécile et je regardais le feu.

Il faisait, au dehors, un froid humide et hargneux. Chez nous, un gros poêle à feu continu brûlait toujours dans la salle à manger. En outre, par de tels temps, chacun se débrouillait dans sa chambre. Nos parents allumaient une grille de coke, à cause des bronchites de papa. Cécile avait un feu de bois. Elle vivait en serre chaude et c'était un lieu bien étrange que cette chambre où s'entassaient deux lits, un petit bureau, un piano à queue et un clavecin. Mes frères jouissaient d'un poêle à pétrole qu'ils se passaient d'une chambre à l'autre, non sans calculs grondeurs : « Garde-le jusqu'à vingt-cinq. Après, tu me le rendras, jusqu'à moins le quart. Mettons nos montres d'accord… » Pour moi, je n'avais aucun moyen de chauffer ma mansarde. Ma mère me glissait chaque soir un cruchon dans mon lit et, s'il faisait trop froid, j'allais rêvasser ou même lire chez Cécile.

Ce soir-là, j'étais donc chez Cécile qui travaillait au clavecin. Je l'écoutais peut-être avec mes oreilles, et bien plutôt avec mon cœur en regardant mourir le feu.

Joseph ouvrit la porte et dit :

— Venez tous les deux chez moi.

— Pourquoi ? demanda Cécile.

Joseph répondit gravement.

— Pour faire une partie de cartes.

J'ai toujours eu l'horreur des cartes. Pour Cécile, elle n'a jamais connu d'autres jeux que ceux de l'art. Nous eûmes aussitôt le sentiment que Joseph ne plaisantait pas.

— Que veux-tu ? répéta Cécile.

Joseph jeta dans le couloir un coup d'œil furtif, se retourna vers nous, ferma la paupière gauche avec énergie et dit en pesant sur chaque syllabe :

— Très im-por-tant.

— C'est bien. Nous y allons.

Cécile prit un grand châle de cachemire dont elle s'enveloppait toujours pour sortir de son étuve, et nous gagnâmes la chambre de Joseph. Il y avait, en effet, une table toute préparée, une lampe et quatre chaises. Ferdinand nous attendait. Le poêle à pétrole donnait, dans un angle, une molle pédale d'orgue.

Cécile dit :

— Mi bémol. C'est *L'Or du Rhin.*

Elle sourit sans conviction et frissonna légèrement.

— Voilà, commença Joseph, de sa voix naturelle qui faisait gronder toute la maison, je vais vous apprendre un nouveau jeu qui vient d'Angleterre et qui sera bientôt le jeu de tous les gens distingués.

Là-dessus, il ferma la porte et poursuivit tout bas :

— Maman est encore à la cuisine. Dans deux minutes peut-être, elle va monter, avec papa qui fait je ne sais quoi, par là, du côté de ses petites bouteilles. Alors, s'ils ouvrent la porte, nous jouons aux cartes. C'est très grave.

— L'endroit, fis-je, n'est pas très bon, si c'est vraiment… un secret.

— Que veux-tu ? Nous n'avons pas le choix. Ainsi donc, nous jouons aux cartes. Ferdinand, c'est toi qui donnes. Tu distribues les cinquante-deux cartes une par une. Non, pas comme ça. Dans l'autre sens.

Il baissa tout aussitôt la voix :

— Écoutez-moi bien tous trois. Paula Lescure est enceinte.

Il y eut un instant de silence. On entendit le pas de maman dans l'escalier. Elle parlait à papa, disant : « Toutes les portes sont fermées ? Même celle de la rue ? »

— Comment le sais-tu ? demanda Ferdinand.

— Je le sais, voilà le fait. Paula Lescure est enceinte de plus de quatre mois.

— Ça, dit Ferdinand, je m'en doutais.

— Non, tu ne t'en doutais pas. Ne fais pas le malin. Personne ici ne s'en doutait, sauf moi.

— Joseph, lançai-je soudain, est-il bien nécessaire de parler de ça devant Cécile ?

Cécile me prit par le bras :

— Laurent, tu es ridicule.

— Oui, plutôt, affirma Ferdinand.

Soudain, Joseph reprit, de sa grosse voix naturelle :

— Quand toutes les cartes sont données, vous rangez chacun votre jeu, par couleurs et par valeurs.

La porte venait de s'ouvrir. Mère nous regardait avec étonnement.

— Que faites-vous là, tous les quatre ?

— Je leur apprends un jeu nouveau qui vient d'Angleterre. Quelque chose d'épatant.

— Regarde, Ram, dit ma mère : les voilà qui jouent aux cartes. Il paraît que c'est un jeu nouveau. Pourquoi ne pas t'asseoir près d'eux, cela te distrairait un peu.

— Non, non, s'écria Joseph. Papa n'aime pas les cartes. En outre, il faut un silence complet. C'est un jeu de réflexion.

— Amusez-vous, mes enfants, dit notre père en haussant les épaules.

Une seconde encore, maman nous regarda tous quatre. Elle avait l'air incrédule, presque alarmé. Elle hocha la tête et soupira :

— C'est si rare qu'ils trouvent quelque chose pour s'amuser tous ensemble. Je vais coucher Suzanne.

— Tire la porte, dit Joseph. Que notre peu de chaleur nous reste.

Quelques instants, on entendit mère aller et venir dans la chambre voisine. Joseph disait :

— D'après la force de votre jeu, d'après le nombre et la qualité des cartes, vous faites votre plan de bataille. Il est bien entendu que nous sommes deux par deux : je joue avec Ferdinand, et Laurent avec Cécile. Alors c'est à moi de parler. Attendez que je réfléchisse.

Il poursuivit, plus bas, comme nous entendions s'éloigner le pas maternel :

— Encore quelques semaines et ça va se voir. Ça se voit déjà, malgré tout ce qu'elle peut faire.

— Eh bien ! dit brusquement Cécile, ça me la rend plus sympathique.

— C'est une affaire de sentiment et nous ne pouvons pas faire de sentiment ici. Ce qu'il faut, c'est prendre une décision, et la prendre tout de suite.

— Quoi ! s'écria Cécile en blêmissant, vous n'allez pas la chasser. Même pour une servante, ce serait abominable. Et c'est notre petite parente, notre cousine. Non, je ne veux pas, je ne veux pas.

Joseph posa son jeu sur la table et le posa retourné, comme si la partie de cartes eût été une partie sérieuse. Puis, les lèvres serrées :

— Et toi, Laurent, qu'est-ce que tu dis ?

Je répondis, baissant la tête :

— Rien.

— Tu ne dis rien ! Tu ne dis rien ! fit douloureusement Cécile. Et moi je veux que Paula reste. Il y aura un petit enfant dans la maison, et ce ne sera pas malheureux. Elle n'est pas trop gaie, la maison.

— Chut ! dit Ferdinand, on va t'entendre.

Cécile nous regardait avec des yeux chargés d'angoisse.

— Eh bien ! Qu'est-ce que vous avez tous ?

— Comprends bien, Laurent, reprit Joseph, si j'ai jugé bon de vous mettre tous au courant, même Cécile, oui, même Cécile, c'est qu'il est absolument nécessaire que notre accord soit complet. Pas de fausses manœuvres, pas de questions maladroites, pas d'étonnements intempestifs. Nous devons, tous les quatre, ne faire qu'un seul bloc.

— Mais qu'est-ce qu'il y a donc de si terrible ? dit encore Cécile d'une voix morte.

Joseph avança la tête et nous l'imitâmes, en sorte que nos cheveux se touchaient au-dessus de la table.

— Cécile, murmura-t-il, sois raisonnable une minute. Je peux t'affirmer que l'auteur de… enfin de la situation est une personne de la maison. Ce n'est sûrement pas moi, Cécile.

— Ni moi non plus, ajouta Ferdinand. Moi, je suis fiancé !

— Oui, nous savons. Tu devines bien que ce n'est pas Laurent. Comprends-tu, ma pauvre Cécile ? Comprends-tu ?

Cécile ne répondit pas et, soudain, deux larmes rondes lui sautèrent des yeux et tombèrent sur la table.

— Je l'avoue, murmurait Joseph, c'est assez épouvantable. Laurent, lui, est payé pour savoir à quoi s'en tenir. Pour toi, c'est à peu près du nouveau.

— Vraiment, dit Ferdinand, je suis bien sûr que ça se voit. Je commençais d'ailleurs à le remarquer. Mais comment astu, Joseph, eu la certitude, car en somme…

Joseph secoua les épaules.

— Elle me l'a dit, mon garçon. Je le lui ai fait dire. Voilà. Vous savez pourtant bien que moi, je vois tout, je sais tout. Ne t'inquiète pas, Cécile. Je ne brutalise personne. D'ailleurs, c'est une caboche, cette Paula, malgré ses airs de pensionnaire. Elle m'a regardé dans les yeux, comme si elle allait me tuer, et elle m'a répondu : « oui ». Et si je dis « près de cinq mois », c'est qu'elle me l'a elle-même fait savoir… Alors, vous comprenez bien, le carreau est plus fort que le trèfle et le pique est plus fort que le cœur et le carreau.

La porte venait de s'ouvrir et maman nous regardait.

— Qu'est-ce que vous faites ? demanda-t-elle. On ne vous entend même pas.

— On réfléchit, dit Joseph. C'est difficile, un jeu comme ça.

— Vous êtes là, tous les quatre, à chuchoter.

— Mais oui. C'est un jeu anglais qui demande un calcul fou.

— Vous devriez vous reposer, au lieu de vous fatiguer la tête.

— C'est très amusant, mère. Allons, allons, va te coucher.

— Ça sent le pétrole, chez toi, Joseph. Ce n'est pas sain.

— Ah ! maman, tu nous troubles. Je ne sais plus où j'en suis. Tu comprends, Ferdinand, que, d'après ta plus forte couleur, tu vas tâcher de... Vous avez entendu se refermer la porte ? Oui ? Moi, je n'ai pas bien entendu. Vous voyez que le problème, en somme, est assez simple. Premièrement, que maman ne sache rien. Vous êtes bien d'accord là-dessus. Bon. Deuxièmement, que Paula disparaisse de la maison, et que ça ne traîne pas.

— C'est incroyable ! s'écria Ferdinand. Ils n'étaient jamais seuls.

Joseph heurtait ses dents, à petits coups de langue, avec impatience.

— Maman, dit-il, fait son marché toute seule. Une vieille habitude. Et puis, il y a eu, pendant l'été, plusieurs courses de maman, à Paris, chez l'homme d'affaires, au sujet de l'héritage... l'argent de la tante Mathilde. Et puis, et puis, ça n'a pas d'importance. Le résultat est là. Je reprends : premièrement, que maman ne sache rien. Alors, il faut aller vite.

— Moi, souffla Ferdinand, j'ai idée qu'elle doit flairer quelque chose.

— Impossible ! objecta Cécile. Elle ne serait pas aussi calme.

— Ne vous tracassez donc pas, fit Joseph avec autorité. Sans doute, elle est sur le point de savoir et de comprendre, mais ce n'est pas fait encore. Il y a des tas de choses qu'elle a failli savoir et qu'elle a, pendant longtemps, fait effort pour ne pas savoir.

— Elle a le nez fin, chuchota Ferdinand.

Cécile eut un geste d'impatience.

— Je suis de l'avis de Joseph. Il faut qu'elle ne sache rien. Alors ?

— Alors, j'escamote Paula. C'est mon deuxième point.

— Escamoter Paula. Comme tu parles, quand même !

— Ah ! non ! Pas de querelles sur les mots. Voici mon plan de campagne. Demain, Ferdinand, tu t'arranges pour que maman t'accompagne à Paris. Pas à tortiller. Le prétexte est simple. Il s'agira, par exemple, de choisir quelque chose de ton ménage, de ton mobilier.

— Mais c'est déjà tout choisi. Rien que de l'ancien.

— Mon cher, ne nous fais pas douter de ton intelligence. Tu vas emmener maman jusqu'au magasin du Louvre, pour lui faire choisir, par exemple, un service à café que nous t'offrons, tous ensemble, Laurent, Cécile et moi. Je fixerai le prix tout à l'heure.

— Évidemment, je vous remercie. Évidemment, c'est un bon prétexte.

— Inutile de nous remercier, bien que ce soit de tout cœur. Pendant ce temps, papa fera ses visites au dehors. On va l'appeler à Brévannes. J'ai la lettre dans ma poche. Bien. Dès qu'il sera parti, Paula recevra, pour la forme, un télégramme dans lequel on lui dira que sa tante est très malade, pas une tante de notre côté, bien sûr. Quelque chose d'incontrôlable, une tante du monde Lescure. Pour tout cela, Paula ne dit pas non.

— Comment viendra le télégramme ? demanda gravement Ferdinand.

— Le voilà, répondit Joseph en tirant un brouillon de sa poche. Il a été mis ce soir, dans un endroit convenable, par mon employé.

— C'est terrible, murmura Cécile. On dirait une exécution. Ça me soulève le cœur.

— Préfères-tu que maman sache ? Préfères-tu un beau, un grand, un magnifique et dégoûtant drame de famille ?

— Et dire, gémit Ferdinand, que ce n'est pas la première fois qu'il nous met dans des situations terribles !

— C'est, gronda Joseph, absolument inutile, entre nous, de l'accuser. Vous n'accusez pas le vent, vous n'accusez pas le soleil, vous n'accusez pas la marée. Compris ? Seulement, il n'est pas défendu d'ouvrir son parasol, ou de fermer les volets ou de construire une digue. On se défend comme on peut. Est-ce que tout est entendu ? Il faudra, bien évidemment, que Laurent et Cécile restent à la maison.

— Pourquoi ?

— Pour garder la maison. Parce que moi, je conduirai Paula Lescure à la gare et que la maison sera vide. C'est parce que Paula restait que maman pouvait s'absenter.

— Et qui portera les bagages de Paula ?

Joseph, pour toute réponse, prit la table par le bord, entre le pouce et l'index, et la souleva sans difficulté.

— C'est vrai, gloussa Ferdinand. Tu es, comme on dit, costaud. Que voulais-tu demander, Cécile ?

— On ne peut quand même pas la renvoyer dans sa famille.

— Tu sais bien qu'elle n'a quasiment plus de famille. C'est même pour ça qu'on l'a prise ici.

— Alors, c'est encore plus triste. C'est même révoltant. A-t-elle de l'argent pour… je ne sais pas… pour se loger ?

Il y eut un grand silence et je dis, tout à coup :

— Moi, je donnerai cinq cents francs.

Joseph se tourna vers moi.

— Cinq cents francs ! Où les prendras-tu ?

— Ce n'est pas une question discrète. Je donnerai cinq cents francs.

Joseph me considérait, l'œil attentif et soupçonneux.

— Et moi, dit Cécile, je donne aussi cinq cents francs.

— Admirable ! gronda Joseph. Vous allez lui faire des rentes. Enfin, vous êtes de belles âmes, tous les deux. Ça vous regarde.

Cécile était défigurée par la violence de ses pensées.

— Non ! nous ne sommes pas de belles âmes. Nous sommes de pauvres gens et nous avons peur de tout.

— Pas de sentiment, Cécile. Ne nous attendrissons pas.

— Ça ne vous fait rien, à vous, de penser que le petit enfant qui va naître, en somme, c'est…

— C'est un petit enfant. Un point, c'est tout. Un petit enfant qui ressemblera sans doute à beaucoup de petits enfants.

— Ce n'est pas cela que je voulais dire.

— On peut avoir l'esprit de famille, Cécile, mais pas à ce point-là. Je répète : ne nous attendrissons pas. Nous connaissons tous nos rôles. Si maman n'est pas couchée, tu devrais bien, Ferdinand, t'entendre avec elle pour demain matin. Pas de discussion possible. Sois persuasif. Laurent et Cécile n'ont qu'à demeurer à leur poste. Je me charge de tout le reste.

Il y eut encore un instant de silence. Les lèvres de Cécile tremblaient.

— C'est égal ! murmura Ferdinand. Cette Paula, tout de même ! Elle était là, silencieuse, effacée. On ne pensait pas à elle.

— Oui, reprit Cécile, nous n'y pensions pas assez. Il y a de notre faute, sûrement, sûrement.

— Vous n'y pensiez pas ? dit Joseph. Vous aviez tort. Moi, j'y pensais. Pas tous les jours, bien sûr ; mais j'y pensais souvent. Inutile d'épiloguer, maintenant que le mal est fait. Vous me remettrez l'argent, ce soir même, autant que possible. Dans une affaire de ce genre, je ne donne pas de reçu. Vous comprenez bien pourquoi : je ne suis qu'un intermédiaire.

Cécile haussa les épaules.

— Encore un mot, bégaya Ferdinand... Heu... Qu'est-ce qu'il va dire, lui ?

— Ça, répondit Joseph, ça m'est complètement égal. Il n'y a qu'une question pour nous : que maman ne sache rien.

— Sois doux, fit encore Cécile.

Joseph donna, sur la table, deux ou trois coups assourdis.

— Très doux, très poli, je te le promets.

— Oui, souffla Ferdinand, poli comme l'employé des pompes funèbres.

— C'est idiot, ce que tu dis là. Je répète l'essentiel : que maman ne sache rien.

Nous approuvâmes d'un signe de tête et nous séparâmes là-dessus.

Je passai la matinée du lendemain dans la chambre de Cécile, bon poste d'observation. Maman dit qu'elle devait sortir avec Ferdinand et qu'elle nous laisserait Suzanne. Elle partit en effet. Un peu plus tard, notre père attela son boguet, mit un gros pardessus et s'en fut en sifflotant. Un peu plus tard encore, Joseph, qui venait de quitter la maison, revint, un télégramme aux doigts. Nous attendions, Cécile et moi, dans la chambre surchauffée où babillait la petite Suzanne. Il y eut, à travers la maison, un bruit de pas et de portes. Nous n'osions sortir de notre repaire, dans la crainte de troubler Joseph.

Un peu plus tard encore, nous aperçûmes Joseph et Paula dans la cour. Joseph portait deux valises. Il pleuvait légèrement. Paula ouvrit un parapluie qui nous la cacha presque tout entière. Comme ils poussaient la porte de la rue, nous entendîmes Joseph qui parlait :

— Si ça ne vous fait rien, nous passerons par Saint-Maur.

La réponse de Paula se perdit dans le vent d'hiver.

Cécile soupira :

— Joseph est terrible.

— Oui, fis-je, il sait ce qu'il veut.

Nous restâmes sans parler, ni lire, ni faire quoi que ce fût pendant une petite heure. Enfin, Joseph revint.

Il monta nous voir tout de suite. Il avait l'air mécontent.

— Va jouer dans la salle à manger, dit-il à l'enfant Suzanne.

Quand nous fûmes seuls, tous les trois, Cécile demanda :

— Comment cela s'est-il passé ? Tu n'as pas été trop dur ?

Joseph secoua la tête.

— Ça s'est passé… presque trop bien.

— Trop bien ? Que veux-tu dire ?

— Elle a ri. Vous comprenez ? Au moment de monter dans le train, elle s'est mise à rire.

— Tant mieux ! s'écria Cécile. Imagine qu'elle ait pleuré. J'en étoufferais de honte.

— Je ne pense pas comme toi, dit Joseph, l'œil rêveur. Ça ne me dit rien de bon, cette façon de se moquer du monde.

Maman revint, vers une heure après midi. La rude voix de Joseph bourdonnait au pied de l'escalier.

— On m'a remis le télégramme à l'instant de monter dans le tramway. Alors, je suis revenu. Je l'ai même aidée à porter ses bagages. J'irai à Paris tantôt. C'est une matinée perdue.

— Enfin, disait maman de sa voix méditative, si vite ! si vite ! Et sans attendre mon retour. C'est presque incompréhensible. Que dis-tu de cela, Raymond ?

Papa venait de rentrer. Il répondit, entre haut et bas :

— Évidemment, c'est étrange. Bah ! Il faut s'attendre à tout.

Nous écoutions, Cécile et moi, bouche bée. Nous n'osions même pas descendre, saisis d'une frayeur absurde.

CHAPITRE XV

Cécile au portail. Impiété de Valdemar. Menace non suivie d'effet. Que le mensonge a force de symptôme. Défense de la littérature. Retour sur des faits récents. Où gît la vérité ? Éclosion du nouveau Joseph. Efficacité d'un simple truc. Poésie du coffre-fort. Épilogue d'une histoire mystérieuse.

Ce drame à voix basse jeta la maison dans la stupeur. Nous évitions, nous, les enfants, d'en dire mot, même entre nous.

Deux ou trois jours plus tard, maman posa son ouvrage d'un air soucieux et murmura :

— Paula n'a pas encore écrit. C'est bien incompréhensible.

Notre père lança d'une voix distraite :

— Madame Herbelot viendra, trois heures, chaque matinée, à partir de lundi.

Tout retomba dans le silence.

Un dimanche vint. Il apportait une diversion véhémente.

Joseph était allé de bonne heure à Paris et devait revenir avant la fin du jour. Il revint en effet et j'entendis, dans la rue, le bruit d'une vive discussion. Encore que l'éclat de voix ne fut pas une rareté dans la vie que nous vivions, je courus à la fenêtre. Joseph avait poussé le battant du portail et il en tournait la grosse clef. Puis il traversa la cour et pénétra dans la maison. Une personne demeurée sur le trottoir et que la porte nous cachait commença de pousser des cris. Ferdinand dit :

— C'est Valdemar. On reconnaît très bien la voix de Valdemar.

Joseph entra et dit, sans s'adresser à personne :

— J'ai rencontré monsieur Henningsen, dans le tramway. Je ne sais ce qui lui prend et je préfère ne pas le savoir. Il m'a tenu des propos d'homme ivre. Il sent l'éther ou quelque saleté de ce genre. Il s'est montré grossier, violent, incorrect à tous points de vue. J'ai pris sur moi de lui fermer la porte au nez et de le laisser dehors tant qu'il sera dans cet état. Je ne veux pas me trouver avec lui. C'est clair : s'il entre, je m'en vais.

Il y eut un instant de silence et Ferdinand, d'une voix moqueuse, hasarda :

— C'est la dictature.

Cécile saisit son grand châle à franges et sortit tout aussitôt. Nous la vîmes traverser la cour. Elle criait, de sa voix frêle, perdue dans l'espace glacé : « Êtes-vous là, Valdemar ? » Puis elle tourna la clef. C'était une serrure ancienne, toute gémissante et engourdie. Cécile avait beaucoup de peine à manœuvrer la clef.

Joseph haussa les épaules et monta s'enfermer chez lui. Quelques instants plus tard, Cécile reparut, suivie de Valdemar. Il avait perdu son feutre. Ses cheveux étaient collés en grandes mèches par la pluie. En outre, il avait dû vomir et son vêtement en gardait la souillure. Il retira son pardessus. Cécile, se tournant vers moi, dit :

— Montons dans ma chambre. Venez, Valdemar, montez.

Péniblement, Valdemar gravit les degrés. À peine dans la chambre, il s'assit au piano.

— Vous feriez mieux, dit Cécile, de ne pas jouer de musique aujourd'hui.

Valdemar esquissa, de la main, un geste désinvolte. Il était, à chaque instant, soulevé par des hoquets au relent pharmaceutique.

Il commença de tourmenter le clavier. Jamais il n'avait été bon pianiste, mais sa mémoire était grande : il jouait, imparfaitement, une foule de pièces classiques. Il commença donc, ce jour-là, de jouer, en dérision, toutes sortes de phrases, de traits que nous tenions pour les versets de notre Bible, pour les commandements de notre religion.

— Valdo, fis-je avec douceur, Valdo, si l'un de nous osait faire ce que tu fais en ce moment, tu le traiterais d'impie.

Il tourna vers moi son regard nuageux.

— C'est beau, les néophytes ! s'écria-t-il. Toutes ces blagues-là, c'est moi qui vous les ai fait comprendre. Tu n'espères pas m'en remontrer, petit garçon, avec tes grandes phrases.

Le châle de Cécile venait de glisser à terre. Elle se tenait debout, le regard chargé de courroux. Elle souffla :

— Valdemar, taisez-vous !

Comme Valdemar s'acharnait, Cécile, défigurée, saisit un gracieux vase dans lequel se consumait quelque pâle fleur de serre apportée de Paris et, soudain, avec violence, elle le brisa sur le plancher. Elle était livide, vraiment terrible à voir et nous regardait tous avec le regard décoloré de notre père. Elle disait :

— Vous ne comprenez que ce langage. Allez-vous enfin vous taire ?

Valdemar lâcha le piano.

— C'est bon, dit-il, je vais me tuer.

Cécile éclata de rire.

— Allez-y !

Valdemar dans l'escalier, Cécile se jeta sur moi. Elle me serrait les poignets :

— Suis-le, je t'en prie, Laurent. Assez de laideur et de bassesse. Va, Laurent. Cette vie me fait horreur.

Je rejoignis Valdemar dans la cour et le suivis sans parler. Deux minutes plus tard, nous étions au bord de la Marne. Son regard m'atteignit de biais.

— Tu penses que je vais me tuer ?

— Non, fis-je, malheureusement.

— Tiens, tiens ! Voilà de la franchise. Sais-tu qu'il y a du nouveau ? Ma mère veut m'enfermer. Elle prétend que j'ai bu toute la bouteille d'élixir parégorique. On ne m'enferme pas comme ça. Je suis sorti de chez nous en dévissant la serrure. Il y a de quoi rire, n'est-ce pas ?

— Oh ! m'écriai-je, si tu voulais te soigner et guérir !

— Guérir de quoi ? Me soigner pour quoi ? Comment, toi aussi, Laurent, tu t'imagines que je suis malade, tu crois, peut-être, que je me pique ? Mon cher, c'est complètement faux. Sain comme l'œil, je suis sain comme l'œil.

— Tais-toi, Valdo, ne mens pas.

— Je ne mens pas. Je ne mens jamais. Je déteste le mensonge.

— Valdemar, songe à la musique. Tu m'as dit souvent : « Une seule chose est sacrée, la musique, et c'est tout et c'est assez. » Voilà comme tu parlais.

— Mon cher, tu n'entends rien à la musique, laisse-moi te le dire. Sais-tu seulement que j'achève un opéra ? Non ? Trois actes et un prologue. Ça s'appellera *Les Amours jaunes.* Attends. Non, je me trompe. Le vrai titre, c'est *Une saison en enfer.* Beau sujet. Et pas de cordes : rien que des instruments à vent et à percussion, avec trois glockenspiels, bien entendu.

Il se prit à divaguer.

Quelques jours plus tard, je ne pus m'empêcher de raconter à Justin Weill certains détails de cette scène.

— Je suis, dis-je, absolument sûr que Cécile ne l'aime plus.

— S'il en est ainsi, s'écria Justin, c'est encore plus triste que tout.

Justin commençait alors de briller parmi les nouveaux zélateurs de l'école symboliste. Il me parut, sur le moment, que sa réponse était colorée d'emphase, ou, si l'on veut, d'éloquence, ou mieux encore de littérature, comme on disait dès ce temps-là. Je devais comprendre assez vite qu'une société de malotrus et de mufles appelle sans doute littérature toute expression élevée d'une âme noble et délicate et que sans un souffle de cette littérature, sœur de la politesse, la vie retombe assez vite à la goujaterie et à l'abjection.

J'en étais à méditer sur les chances d'éloigner le misérable Valdemar, quand Cécile me ramena, brusquement, à d'autres soucis. Elle me dit, un soir, tout bas :

— Quel âge peut avoir papa ?

— Attends. 1846… Alors, bientôt cinquante-quatre.

— Cinquante-quatre ! C'est impossible.

Cécile réfléchit quelques instants et, soudain, la voix fléchissante :

— Et quel âge avait Paula ?

— Cécile, dis-je, ne sens-tu pas comme ta question est extraordinaire ? Pourquoi dis-tu « avait ». Imagines-tu qu'elle est morte ?

Cécile se couvrit les yeux de ses mains.

— C'est affreux. Non. J'ai dit « avait » peut-être seulement pour moi. Pour me permettre d'espérer que ce cauchemar était fini. Mais, j'ai pitié, sois sûr. J'ai pitié.

J'attendis un grand moment et dis encore ceci :

— Vingt-deux ou vingt-trois ans. Je ne peux rien affirmer.

— Tu lui parlais, toi, quelquefois ?

— Non. C'était presque impossible. Elle ne répondait rien. Je lui ai dit bien souvent : « Vous n'avez donc pas faim ? Vous ne mangez rien. » Elle répondait : « Je n'aime pas ça. Je n'aime pas ce qu'on mange ici. » Il m'arrivait de lui demander son avis sur les petits événements de la maison. Elle me répondait : « Ça ne me regarde pas. »

— Moi non plus, je ne lui parlais guère. Oh ! nous avons eu tort. Nous avons dû manquer à quelque chose, Laurent. Nous avons, de l'esprit de famille, une idée trop étroite, oui, vraiment, presque sauvage.

— Cécile ! Cécile ! Qui donc eût pu prévoir une chose pareille ? Et puis, on ne sait pas…

— Que ne sait-on pas ? hélas !

— Figure-toi que Joseph se soit trompé.

En fait, j'étais tourmenté par le sentiment confus, enfantin, opiniâtre, que Joseph avait pu se tromper. Je regardais papa, le soir, pendant le dîner de famille. Il avait, comme aux plus beaux jours, l'air souriant et dédaigneux. Rien ne trahissait même, en lui, le dépit d'une volonté contrariée. Il tirait d'un doigt léger sur ses moustaches de feu. Il apostrophait l'un ou l'autre avec aisance et ironie. De pied en cap, il était lui-même, comme hier et comme toujours, avec une innocence désarmante. Et si, dans tous ses propos, par toute son attitude, il blessait la vérité, il le faisait, je suis obligé de le reconnaître, de manière si naturelle qu'on en venait à douter du sens de la vérité, puis de l'existence même d'un semblant de vérité.

Un soir, Joseph dit :

— Pas de nouvelles de Paula ? Non. Et ce n'est pas étonnant. N'en sois pas inquiète, maman. J'ai pris des renseignements. Oui, tu n'as pas besoin de sourire, Ferdinand. J'ai fait prendre des renseignements par mon service ordinaire. Paula Lescure est tombée malade en arrivant chez sa tante... Une pleurésie, paraît-il.

Je regardais mon père, pendant ce petit discours. Il mangeait le potage et ne cilla même pas.

Ferdinand commença de parler du Transvaal et de ce qu'il appelait « les événements de Chine ». Par je ne sais quel détour, il revint à Dreyfus. Le mot explosif éclata dans le silence. Le char de notre famille semblait tout à fait embourbé.

— Pourquoi, dis-je à Joseph en présence de Cécile, pourquoi donc as-tu raconté cette histoire de pleurésie ? Sais-tu vraiment quelque chose ?

Il hocha la tête avec impatience.

— Pour une fois, je ne sais rien. Il faut ruser un peu... sans ça maman s'étonnerait. Je suis sûr qu'elle s'étonne déjà.

— Mais lui, l'as-tu regardé ? C'est extraordinaire, Joseph. Pas un mouvement sur son visage.

— Ça prouve qu'il est... mettons très fort.

Je compris que Joseph n'avait pas l'intention de poursuivre l'entretien. Il eût été difficile de ne pas remarquer, environ ce temps, un grand changement dans les allures de Joseph. Encore qu'il eût pris, dans toute l'histoire de Paula Lescure, la conduite des opérations, il semblait impérieusement requis par ses affaires personnelles. Survinrent des jours orageux pendant lesquels je sentis que Joseph devait livrer quelque chose comme une bataille. Et puis, tout se dénoua. Joseph sortit de Joseph. Oui, certes, comme un insecte dépouille sa dernière enveloppe larvaire pour se montrer dans sa forme parfaite, le vrai Joseph apparut, celui que l'on voit maintenant et que tout Paris connaît. Je n'abuserai pas des mots en écrivant qu'il augmenta brusquement de volume, qu'il prit, en quelques jours, de l'éclat, de la magnitude, comme diraient les astronomes. Il avait une instruction générale très incomplète ; il faisait souvent des fautes qu'il sentait obscurément et sur lesquelles il glissait avec une sorte de prudence. Il ne modifia certainement pas son langage – il ne l'a d'ailleurs jamais amélioré depuis – mais il manifesta soudain cette assurance orgueilleuse, cette force initiale de propulsion, cette maîtrise dans l'erreur qui dévie, au moins pour une seconde, toutes les certitudes et toutes les lois, même celles de la grammaire.

J'étais beaucoup trop soucieux pour suivre dans ses moindres phases une telle métamorphose. Ferdinand ne voulut m'en laisser rien ignorer. Un matin, comme nous partions ensemble à Paris, par le même train, il soupira, la voix juteuse :

— Tu sais, Laurent, son truc...

— Quel truc ? Le truc de qui ?

— Le truc de Joseph. Allons, tu me comprends bien. « L'argent, qu'il disait, c'est un truc... » Eh bien ! il l'a trouvé.

— Vraiment, fis-je, et tu crois ça ? Tu crois qu'il suffit d'un truc ?

— Que veux-tu ? C'est à croire. Sais-tu combien il a gagné, dans les dix derniers jours ? Eh bien ! je vais te le dire. Il a gagné dix mille francs.

— D'un seul coup !

— D'un seul coup. C'est dégoûtant, à un certain point de vue. Mais c'est épatant quand même.

— Et comment a-t-il fait ?

— Ce n'est pas de la magie pure et simple. Non, c'est une opération. Tu penses : une opération ! Ce que je peux t'affirmer, c'est qu'il a gagné dix mille francs. Alors, maintenant, ça va rouler.

— Dix mille francs ! C'est quand même considérable !

— Bien sûr, mais c'est comme ça. Et sais-tu qu'il a un coffre ? Je veux dire un coffre-fort. Oh ! pas chez lui, pas dans son bureau. Pas si bête. Non, à la banque, rue du Louvre. Tu ne sais pas ce que c'est qu'un coffre ?

— Non, pas très bien.

— Moi, je suis allé voir son coffre. Il m'a emmené voir son coffre. Il ne m'a pas montré l'intérieur, évidemment. Il n'est pas très communicatif pour les détails. Je dois d'ailleurs dire que, pour les dix mille francs, il ne m'en a même pas ouvert la bouche. C'est une affaire qu'il préparait depuis six mois et qui s'est déclarée tout à coup… Le coffre, c'est vraiment très bien. Tu passes d'abord au guichet et tu donnes une signature, parce que, tu comprends, les précautions s'imposent : la sécurité, le contrôle, etc., etc. Il faut montrer patte blanche, présenter sa clef, enfin, tous les salamalecs. Après, tu descends à la cave. Pour Joseph, c'est dans la cave. C'est d'ailleurs très propre, tout à fait distingué. De belles peintures, un tapis, de la tenue, quoi ! Et alors, il y a une grille, oui, comme pour les bêtes sauvages. Tu te rappelles Cécile qui parlait des bêtes sauvages ? Tu donnes un petit papier, et un gardien ouvre la grille. Un gardien en uniforme. Tu comprends qu'on ne met pas n'importe qui. Alors, tu vois les coffres. Il n'y a que cela, tout le long des murailles. Ce sont des coffres énormes, comme des armoires. On les ouvre et, dedans, il y a une infinité de petits coffres pour les particuliers comme toi et moi. Oui, pourquoi pas moi ? Je vais prendre aussi un coffre. Je ne vois pas pourquoi je ne prendrais pas un coffre. Tu regardes ça et rien qu'à la pensée qu'il y a là, des millions et des millions, ça te fait quelque chose dans le ventre. Alors, tu donnes ta clef. Le gardien l'introduit dans la serrure et il tourne une autre serrure avec sa clef à lui, pour que tu puisses te servir de la tienne…

— Ça me paraît bien compliqué.

— C'est comme ça. D'ailleurs, avec l'argent, on ne prend jamais trop de précautions. Pour ça, Joseph n'a pas tort. Alors, tu fais ton chiffre.

— Quel chiffre ?

— Un chiffre que tu fais en tournant de petites vis. Je ne peux pas tout t'expliquer, ce serait trop long. Quand tu as fait le chiffre, la clef tourne… elle ne tourne pas toute seule, c'est toi qui la tournes… et la porte s'ouvre. Mais il ne m'a pas laissé regarder dans l'intérieur. Il m'a dit : « Chacun ses affaires. » Ça se comprend, ça se comprend. Et puis, ça m'est égal : je sais ce qu'il y a dans l'intérieur.

Ferdinand resta quelques instants sans mot dire et reprit, le regard voilé :

— C'est sûrement un bon truc, son truc à Joseph.

— Puisqu'il s'agit d'un truc, pourquoi ne t'en sers-tu pas ? fis-je en regardant Ferdinand.

Il gonfla légèrement le col.

— Je ne dis pas que, plus tard... Dame, il y a le risque. Il faut la mise de fonds. Mais, je ne dis pas. Je verrai.

Nous arrivions à Paris et l'entretien s'arrêta là.

De cette période mémorable, je me rappelle encore ceci : Joseph, un soir, m'arrêta sur le palier du premier étage et, soudain, baissant la voix :

— Il m'est venu à l'idée que, pour l'affaire des mille francs...

— Quelle affaire ? dis-je, le sourcil rétif.

— Le fameux billet de mille francs, le billet jeté dans la Marne. Eh bien ! j'ai vaguement en tête que, pour cette affaire-là, tu t'es peut-être foutu de moi. Ça ne fait rien, ça ne fait rien. Inutile de protester. Ça prouverait seulement que tu n'es pas aussi bête que tu en as l'air, parfois. Ne cherche pas de réponse : je ne demande pas de réponse. Bonne nuit, mon garçon, bonne nuit.

CHAPITRE XVI

Nouvelles variations sur le thème de l'emprunt.
Déplacement de l'énigme. Prophéties raisonnables.
L'article simple et l'adjectif possessif.
Joseph et la tante Anna. On peut être frères
et ne se ressembler point. Schleiter ne refuse
pas un conseil. Révélation bouleversante.
Deux pièces et une cuisine.

Comme la maison est calme ! Joseph a pu se tromper. Il y a, dans toute cette aventure de Paula, trop de choses incompréhensibles. Notre père est parfaitement serein et même allègre, malgré ses ennuis d'argent. Il a de gros ennuis d'argent. Il a reçu du papier timbré, pour l'affaire de l'automobile. Et il a fallu payer. On a payé, non sans mal. Il parle de plaider, pour le malheureux terrain. Maman tâche à l'en décourager. Il dit parfois : « Encore plus d'un an avant que Laurent ne soit majeur… » Je comprends fort bien le sens de cette sollicitude. C'est un prélude à l'emprunt que l'on fera sur mon titre. D'autres fois, il dit : « Je me demande pourquoi Joseph ne me prêterait pas de l'argent. Je lui en ai donné, alors qu'il me prête celui que je lui ai donné. » Il ajoute des considérations sévères sur les professions libérales : « Nous avons peiné dix ans pour nous élever par le savoir. C'est une duperie pure et simple. »

Là-dessus, il prend son chapeau, enfile son pardessus, et va voir ses malades. Et c'est d'autant plus étonnant qu'il n'a pas de malades à soigner, ou, du moins, très peu.

De Paula, pas un mot. Le seul indice qui pourrait donner raison à Joseph, c'est le soin vigilant avec lequel notre père évite la moindre allusion à Paula Lescure. Mais c'est un signe bien incertain. Il a peut-être oublié Paula. Dès qu'il ne voit plus les gens, il les oublie, il les abandonne.

L'énigme n'est plus chez papa. Je sais que tout ce qu'il fera me doit être énigmatique ; alors, il n'y a plus d'énigme, tout au moins en ce qui le concerne. C'est maman qui m'inquiète. Elle ne sait sûrement rien : si vraiment elle soupçonnait quelque chose, elle devrait être au désespoir et je le remarquerais bien. Elle n'est pas au désespoir. Elle est comme engourdie. On dirait qu'elle fait effort pour ne pas se réveiller tout à fait jusqu'à des jours moins troubles.

Nous voici, tous les deux, seuls, près du poêle. Et c'est elle qui noue l'entretien. Elle rêve à haute voix :

— Évidemment, ce diplôme, ce n'est pas ce que nous pensions, du moins ce que pensait ton père qui aime les illusions.

Comme je ne réponds pas, elle continue sans hâte.

— Ça ne fait rien, ça ne fait rien. Il ne s'est pas trompé, quoi qu'il dise. Il y aura vous autres. Et vous, ce sera tout à fait bien. La science, comme il disait ! Eh bien ! toi, tu réussiras. Tu prendras sans doute les choses plus doucement, plus patiemment.

Cette paisible prophétie ne me fait pas encore sortir du silence. Mère soupire et continue :

— Tu voulais t'en aller, un jour. C'était rue Guy-de-la-Brosse. Oui, des idées d'enfant. Qu'est-ce que tu aurais fait, mon pauvre Laurent ? Tu serais, aujourd'hui, je ne sais quoi, petit clerc dans une étude ou commis dans un magasin. Eh bien ! tu as ta licence et ce n'est pas fini. Tu vois ! Tu vois ! Il faut attendre. Ce n'est pas que pour nous les choses marchent trop bien. Malgré tout, ça marche quand même. Quand je ne veux pas que vous vous fâchiez, je sais ce que je fais, Laurent.

Elle soupire encore et reprend son ouvrage : car jamais elle ne cesse de ravauder, de tricoter, d'agiter ses mains toutes déformées déjà. Je la regarde, sans trop d'application, pour ne pas l'effaroucher. Elle s'est beaucoup appesantie, surtout dans ces dernières années. Et pourtant, ce soir, je lui trouve de la majesté, je ne sais quelle grandeur antique. Eh oui ! elle représente, humblement, sans presque le savoir, des lois plus vieilles que l'homme, les lois mêmes de la vie élémentaire.

— Oui, dis-je, au bout d'un long moment. Toi, du moins, tu as des principes. Toi, tu sais où tu vas, tu sais ce que tu veux. La famille ! À tout prix !

Elle retire ses lunettes, car, maintenant, pour coudre, elle a besoin de lunettes. Elle me regarde en souriant avec timidité.

— Oh ! la famille, c'est bien grand, c'est bien vague. Non, ma famille, voilà tout. Je ne vois pas beaucoup plus loin. J'ai tant de choses à faire.

Le silence, une fois encore, nous effleure de ses mitaines. Et puis, je lance, à voix légère :

— Sais-tu ce que Joseph a dit, ce matin, devant moi ?

— Je ne sais pas, Laurent. Ce dont je suis bien sûre, c'est que ce n'est probablement pas très méchant. Il y a du bon, chez Joseph.

— Non, ce n'est pas très méchant, ce n'est que drôle. Nous étions dans le tramway et Joseph payait sa place. Il a donné deux sous de pourboire au conducteur. Oui, tu as bien entendu. Et il a dit, en se gonflant, ma parole, comme un pigeon : « Tu n'imagines pas, Laurent, comme c'est agréable de se comporter en grand seigneur. »

Mère a très bien écouté, non sans un peu d'inquiétude. Soudain, elle se met à rire, un léger rire de petite fille.

— Ah ! dit-elle, ça me rappelle madame Troussereau, votre tante Anna, que nous ne voyons plus guère. Un jour, nous étions chez elle. C'était à l'époque où je portais ta sœur Cécile. Ferdinand m'accompagnait. Ce devait être l'heure du goûter. Alors madame Troussereau donne à ton frère une très petite tartine de pain sec, hésite un peu et ajoute quoi ? Un radis noir. Elle avait l'air ravi. Elle disait : « Ici, c'est la maison du Bon Dieu ! » Bien entendu, j'ai retiré le radis, sans en avoir l'air. On ne donne pas de radis noir à un enfant de cinq ans… Oui, Ferdinand devait avoir cinq ans. Elle ne vous donnait jamais rien. Mais si, par hasard, elle vous avait donné un caillou, un vieux bouchon, moins même, un pépin de pomme, elle en parlait pendant des mois, elle donnait aussi une foule de conseils pour utiliser le caillou, le bouchon, le pépin de pomme… Joseph ! Je ne dis pas non : il est un peu le neveu de madame Troussereau. Mais il a ses qualités. Vous ne vous ressemblez pas. On ne se ressemble pas toujours entre frères, entre sœurs. Je ne parle pas pour mes pauvres sœurs de Lima, je ne les ai pas connues. Vois du côté de ton père. Il ne ressemble en rien à son frère Léopold. Vous nous avez, l'autre jour, reproché, mais oui, reproché de ne pas fréquenter ce Léopold. C'était un homme terrible et il n'a pas dû changer. C'était même un méchant homme. Avec sa première femme, ils battaient les enfants. Et pas comme tu pourrais le croire : une taloche par-ci, par-là. Non, de vraies séances de coups. Ils y pensaient, ils en parlaient d'avance. Et, le samedi soir, ils s'enfermaient chez eux, là-bas, à Nesles, dans la maison qui leur vient du grand-père Bruno Pasquier. Et ils battaient les petits. Ils s'y mettaient tous deux, le père et la mère. Et les voisins faisaient le signe de la croix et s'arrêtaient de manger. Et quand on demandait au pauvre enfant Albert : « Qu'est-ce que tu as, près du sourcil ? » il répondait : « C'est un coup. » Des bêtes féroces, voilà ! Tu vois qu'on peut être des frères et ne pas se ressembler du tout.

Nous retombons au silence, puis maman parle encore.

— Ce qu'on devient ! Ce qu'on devient ! Qui peut le dire ?

Je regarde mère au visage. À quoi pense-t-elle ? Va-t-elle se livrer à quelque ample considération sur la chute des empires et les tribulations de la fortune ? Non, sans doute, mère ne lit pas les journaux, son univers est tout petit. Elle fait un sourire d'une grande naïveté, un sourire qui s'arrête aux murailles de la maison.

— Ce qu'on devient ! reprend-elle. Regarde justement Joseph. Il n'avait pour ainsi dire pas de nez quand il était petit. Un pois chiche et moins encore. Et voilà qu'il a pris gros nez, le pauvre. C'est à ne pas le reconnaître. Toi-même, quand tu étais enfant… Oui, vous faites la grimace, dès qu'on aborde cette question. Eh bien ! tu avais la voix plutôt délicate et des mains de chérubin, comme Cécile. Et maintenant, on dirait qu'on t'a remplacé par un autre. Ça ne fait rien : tu es toujours mon fils.

Elle rêve et même elle sourit.

Évidemment, elle ne sait rien : sinon, je ne crois pas qu'elle pourrait encore sourire.

Je regarde Suzanne qui joue à la décalcomanie, au bout de la table. Que deviendra donc aussi cette chaude petite bête vivante ?

Un jour passe et me voici dans la paix du laboratoire. L'après-midi s'achève. Nous causons, Schleiter et moi.

— Pensez-vous, lui dis-je, qu'un jeune homme de mon âge, licencié, comme je le suis, pourrait, sans quitter ses études, bien entendu, trouver une occupation qui lui permette de vivre, de façon même très modeste ?

Schleiter balance sa longue face noire.

— Ce n'est pas impossible. Je ne vous ai donc jamais dit que, de dix-sept à vingt-trois ans, je recevais quarante francs par mois, ce qui représentait d'ailleurs, pour mon père, un sacrifice considérable ?

— Alors ?

— Alors, mon petit, j'ai gagné le reste. Il y a bien des moyens. J'ai donné des leçons. J'ai composé des ouvrages que je ne signais pas moi-même. Voyons, mon petit, c'est l'enfance de l'art.

— Schleiter, j'aurai besoin de vos conseils.

— Vous rêvez d'indépendance ?

— Peut-être bien. Sais pas encore.

— C'est dans l'ordre. Il y a toujours un moment où le cordon ombilical commence à se dessécher.

— Je ne rêve pas d'indépendance, je rêve de... sérénité.

— Une chose est fonction de l'autre. Tenez, voici Monsieur votre frère.

Joseph, en effet, vient d'entrer. Il retire son chapeau melon, pose son parapluie sur l'évier et dit :

— Nous rentrerons ensemble. Il faut que je te parle. Un instant, veux-tu ? Deux mots à dire à mademoiselle Strohl. Un simple renseignement.

Qu'y a-t-il encore ? Que veut Joseph ? Et ce renseignement... De quel renseignement peut avoir besoin

Hélène ? J'ai pris mon pardessus. Joseph siffle, avec une légère grimace :

— À quel régime soumettez-vous les chiens pour les faire hurler comme ça ?

— Vous êtes bien sentimental, module Schleiter.

Joseph hausse les sourcils.

— Avec les hommes, je ne crois pas. Avec les bêtes, c'est autre chose.

Et puis nous voilà dans la rue. J'attends que Joseph commence. J'attends qu'il prenne l'offensive. Il ne se presse point. Comme nous arrivons au tram, il dit :

— J'ai vu Paula Lescure.

— Ah ! Et que se passe-t-il ?

— Devine où je l'ai vue ?

— Je ne peux pas le savoir.

— À Créteil. Elle est à Créteil. Tout bonnement. Tout simplement. Elle est installée à Créteil. Deux chambres et une cuisine. Au bout de la grande rue. Toute la rue le sait, car il vient passer là deux heures le matin et deux heures le soir. Tu ne dis rien ?

— Qu'est-ce que tu veux que je dise ? Je trouve tout cela effrayant.

— Tu ne savais peut-être pas encore ce que c'est qu'un homme. Bon. Tu commences à le savoir. J'ai parlé à Paula Lescure. Inutile de te dire où. Ce serait trop compliqué. Je lui ai parlé, poliment. Sais-tu ce qu'elle m'a répondu ? Non ? Elle m'a dit : « Vous m'avez fait assez de mal, tous autant que vous êtes. » Voilà ! Je ne sais ce que nous avons pu lui faire. La situation à Créteil est perdue et personne au monde ne pourrait la rétablir. Restent deux points : premièrement, que maman ne sache rien, et c'est de moins en moins facile. Deuxièmement, je ne veux pas de scandale. Il faut quand même que ça cesse, parce que ça me gêne beaucoup.

Le tramway s'époumone le long des quais déserts. Puis c'est une banlieue ténébreuse qui gémit sous les étreintes de l'hiver et de la nuit.

Joseph se penche vers moi, car nous avons des voisins. Il murmure :

— Tes cinq cents francs et les cinq cents francs de Cécile… Voilà, mon garçon, à quoi ils auront servi : deux pièces et une cuisine. On le tiendrait peut-être par l'argent, ce serait un bon moyen. Mais vous lui en donnez, de l'argent. Résultat : deux pièces et une cuisine.

CHAPITRE XVII

Joseph réprouve le scandale. Il n'y a pas de refuge. Une manœuvre hasardeuse. Que les discussions peuvent dévier. Larmes de ma sœur Cécile. On frappe à la porte. Nouvelle victoire de l'insaisissable.

— Je t'assure, Joseph, qu'il n'est pas nécessaire que Cécile soit là.

— Si, si, je veux Cécile. Justement pour l'humilier, lui. Dans un quart d'heure, maman va sortir pour aller aux provisions. Le joyeux dîner de Noël que nous aurons, ce soir ! Maman va prendre Suzanne. Suzanne, depuis ce matin, la tanne pour des bougies de couleur. Dès qu'elles seront parties, j'appellerai papa.

— Arrangeons-nous, Joseph, pour que ce n'ait pas l'air d'un tribunal.

— Laurent, voilà comme tu es. Autrefois, dans certaines affaires d'une importance beaucoup moindre, tu faisais toutes sortes de chichis qui même ont failli troubler la vie de la maison. Aujourd'hui, je te trouve d'une indulgence inconcevable.

— Je ne suis pas indulgent, hélas ! ou, du moins, pas encore. Mais je pourrais te retourner tout ce que tu viens de me dire : autrefois tu jugeais tout cela comme des choses sans conséquence et voilà que, maintenant, tu montres toutes tes griffes.

— C'est qu'aujourd'hui cela me gêne. Je ne veux pas de scandale. Allons, ne perdons pas notre temps. Dès que maman sera sortie, venez ici, tous deux avec Cécile. Moi, je me charge de papa.

J'allai frapper chez Cécile et commençai, parlant bas, de la préparer un peu.

— Joseph est décidé, Cécile. Et Ferdinand pense de même. Ils disent que c'est la seule façon d'éviter de plus grands malheurs. Ils veulent que tu sois là. J'ai fait l'impossible pour les en dissuader.

— Ils ont raison. Je préfère être avec vous, bien que ce soit effrayant. Non pour l'accuser, crois-le. Pour que ce ne soit pas… ignoble.

— Sœur, tu es admirable.

— Non, non, pas admirable, mon pauvre Laurent, mais triste, triste à crier.

— Nous nous consolerons, Cécile. La musique nous reste.

— Laurent, je vais peut-être dire une parole sacrilège. La musique ! J'ai cru longtemps qu'elle me protégerait de tout. Je vivais dans la musique et j'étais comme dans une citadelle, au plus épais des nuages. Je vis toujours dans la musique, mais je sens bien que je ne suis plus invulnérable. Tout me fait mal.

— Moi non plus, sœur, je ne suis pas invulnérable ! Il n'y a pas de refuge. Ah ! voilà maman qui s'en va, voilà Suzanne et maman qui sont parties. Allons, Cécile, c'est l'heure.

Cécile prit son châle et nous passâmes tous deux dans la chambre de Joseph. Nous y trouvâmes Ferdinand. Il était, dès le matin, peigné, lavé, bien vêtu, ce qui n'était pas sa coutume des jours fériés. Il avait mis un col blanc et montrait, dans toute sa personne, quelque chose de cérémonieux et d'endimanché. Il nous fit signe de nous asseoir et, pendant plusieurs minutes, nous restâmes attentifs aux rares bruits de la maison. Enfin, nous entendîmes des pas dans l'escalier.

— Je vais te montrer, disait Joseph, mes fiches de renseignements au sujet de ton terrain.

Ils entrèrent tous deux ensemble, très vite. La porte refermée, papa nous aperçut. Il portait sa robe de bure. Du col à capuchon, la tête sortait, droite, vraiment très jeune encore avec les cheveux dorés et bouclés, les moustaches ardentes, un peu folles, et ce sourire vagabond, ce sourire insaisissable qui semblait toujours voltiger, toujours méditer quelque fuite, ailleurs, ailleurs, ailleurs. Je le regardais de toutes mes forces et je sentais que je ne pouvais pas le haïr, et je désespérais même de jamais pouvoir le comprendre, lui qui m'avait engendré, lui qui m'avait tiré du plus intime de sa substance. Il fit, de la tête, un salut qui ne manquait ni de grâce, ni de hauteur et dit :

— Charmante réunion. Mes petits, laissez-moi seul avec Joseph.

— Non, papa, trancha Joseph. Nous avons à causer tous ensemble. Prends une chaise et je commence.

— Mon cher, je croyais que tu m'avais fait monter pour me parler du terrain.

Il s'efforçait encore de garder ce ton léger qui nous avait toujours déroutés et séduits.

— Père, j'ai changé d'avis. Nous allons parler de Paula. Le sourire bleu véronique venait de virer au clair.

— C'est la deuxième fois, dit-il, que je tombe dans un tel piège. À l'avenir, je me méfierai.

— À l'avenir est admirable, dit tranquillement Joseph. Je vois que tu fais des projets. Non, papa, ne t'en va pas. Fais-nous même l'amitié de t'asseoir une minute. Nous sommes réunis non pour disputer, crois-le, mais pour discuter, ce qui n'est pas la même chose, et pour discuter proprement.

— Ni dispute, ni discussion. Je ne vois pas de quel droit vous vous mêlez de mes affaires. Moi, je ne tourmente personne, moi je ne me mêle des affaires de personne. Je m'ennuie déjà beaucoup dans ce Créteil, et vous voulez probablement m'y rendre la vie impossible. Jamais je ne me permettrais, moi qui suis un homme expérimenté, de vous reprocher quoi que ce soit, et vous vous réunissez tous les quatre pour me faire de la morale. C'est une prétention comique.

— Pas de morale, dit Joseph. Je me moque de la morale. Moi, je ne suis pas Laurent. Je répète : pas de morale.

— Alors, qu'est-ce qui te prend ?

— Je dis, papa, que tu nous gênes. Tu comprends bien : moi, particulièrement, tu me gênes.

— Veux-tu m'expliquer en quoi ?

— Je ne veux pas de scandale. Premièrement, pour mes affaires, qui pourraient en souffrir. Deuxièmement, pour la réputation de la famille, parce que je vais me marier.

— Tu vas te marier ! m'écriai-je. Tu n'en as jamais parlé.

— Maintenant, j'en parle. Tu vois, père, que je limite le débat. Je ne dis même rien de maman, pour ne pas mêler à notre entretien des considérations sentimentales auxquelles tu n'es pas fort sensible. Je dis : pas de scandale. Et Ferdinand dit comme moi.

— Bien sûr, murmura Ferdinand, je vais me marier aussi.

— Eh bien ! mes enfants, mariez-vous, mariez-vous !

— C'est prodigieux ! s'écria Joseph. Nous ne te demandons pas ta bénédiction. Nous te demandons la paix. Ce n'est pas exagéré.

— La paix ! C'est vous qui la troublez, la paix.

— Enfin, papa, c'est monstrueux. Installer cette personne à Créteil même et… dans l'état où elle est. À dix minutes de la maison. C'est jouer avec la poudre. Créteil ? Pourquoi Créteil ?

Père eut une réponse désarmante.

— Pour faire des économies, de temps et même d'argent.

Nous nous regardions tous quatre, tout à fait décontenancés, sentant, confusément, que la scène déviait, qu'elle n'était pas du tout ce que nous voulions qu'elle fût, que l'homme insaisissable, une fois de plus, nous glissait entre les doigts.

— Vous voyez bien, dit Cécile, que cette discussion est à peu près insensée et sûrement inutile. Comment, Joseph, il s'agit d'un malheur, d'un très grand malheur, d'une chose à laquelle on ne peut songer sans désespoir et sans honte, et tu ne trouves qu'une chose à dire : que ça nous gêne, que ça te gêne. Non, non, laissez-moi sortir.

— Évidemment, dit papa. C'est le mieux que tu puisses faire. Toi, Cécile, une jeune fille ! Je me demande un peu ce que tu fais ici. Les jeunes filles d'autrefois étaient plus réservées.

— Attends encore un instant, Cécile, grommela Joseph. On peut quand même s'entendre et prendre une décision.

Cécile se mit à sangloter.

— Non, disait-elle, non. On ne pourra jamais s'entendre. Tout ce que vous dites n'est rien. Vous parlez de décision, d'affaires, de scandales, de je ne sais quoi. Tout cela est misérable. Tout cela est mortellement triste. Taisons-nous, taisons-nous. Le mieux est de se taire.

— Nous nous en irons ! m'écriai-je. Nous quitterons cette maison, sûrement, Cécile et moi.

— Eh bien ! mes enfants, partez. Je ne dis pas le contraire. Mais partez discrètement, sans mélodrame. Tu vois, Joseph, le danger de mêler une enfant nerveuse à des querelles ridicules.

— Ça ne fait rien, gronda Joseph. J'irai quand même jusqu'au bout. Je ne te demande qu'une chose, une chose simple et réalisable : que Paula parte de Créteil.

— Elle partira si je le veux, si je le peux, mon ami.

— Je saurai t'y obliger.

— Mon cher, je te demande comment.

Joseph éclata soudain.

— Méfie-toi ! Je suis puissant. J'ai des relations. Je suis riche.

— Tu es riche, soupira mon père. Tu es riche à vingt-sept ans. Mon ami, tu as de la veine !

Joseph était debout, le dos contre la porte. Il dit avec fureur :

— Ne me mets pas au défi ! Ne te moque pas de moi !

Petit à petit, notre père retrouvait son sourire moqueur.

— Je ne me moque pas de toi. Je dis seulement que je t'ai bien mal élevé. Pour moi, c'est un crève-cœur.

À ce moment, nous entendîmes frapper doucement à la porte.

— Ouvrez ! disait maman d'une voix à peine perceptible.

Il y eut un moment de silence mortel.

— Voilà ! fit papa très bas. Voilà ce que tu cherchais.

— Ouvrez ! répétait maman.

— Une seconde, souffla Joseph. Allons, promets-nous, là, tout de suite, qu'elle va quitter Créteil.

— C'est ce que j'appelle, répondit mon père, abuser d'une situation. Je ne promets absolument rien. Tu me fais de la peine, Joseph.

La porte sonna soudain sous des coups de poing pressés. Mère criait maintenant :

— Ouvrez ! Ouvrez ! Je veux entrer. Que faites-vous, dans cette chambre ?

Cécile écarta Joseph et tourna la clef. La porte s'ouvrit aussitôt. Notre mère fit deux pas, nous regarda tous les cinq. Un regard insoutenable. Le regard du malheureux qui est pendu par les mains au-dessus d'un abîme, qui a résisté longtemps mais qui ne résiste plus et se décide à lâcher prise. Elle fit encore un pas et tomba sur le plancher.

— Vous l'avez tuée, s'écria Cécile.

— Non, dit papa. C'est seulement un accès nerveux. Elle en avait de semblables, autrefois, quand elle était jeune femme. Allez me chercher de l'eau, du vinaigre et une serviette.

Ferdinand se jeta dans l'escalier. Nous nous tenions tous à genoux. Maman était roide et très blanche. Ses pieds et ses mains étaient tordus dans une attitude inhumaine. On entendait ses dents grincer. Un gémissement lent et confus s'échappait de ses lèvres. Papa commença de lui dégrafer son corsage. Nous fûmes tous saisis de honte et Cécile, retirant son châle de cachemire, l'étendit sur la malade. Père disait, d'une voix sincèrement apitoyée :

— Elle vous a nourris au sein, même la petite Suzanne. Chez elle, c'est un principe. Je vous répète que c'est une simple crise nerveuse. Non, ce n'est pas mortel. Ce n'est même pas très dangereux ; mais c'est pénible, sans aucun doute. Et vous pourrez dire, mes enfants, que vous l'aurez voulu ; vous pourrez dire que vous aurez fait ce qu'il fallait faire pour en arriver là. Cécile, cherche un oreiller. Glisse-le lui sous la tête. Et remouillez-moi la serviette. Vous vous imaginez qu'on fait ce qu'on veut, dans la vie. Vous changerez d'opinion. Allons, ne pleure pas, Cécile. Quand elle reprendra ses sens, il faudra montrer bon visage. Bien. Doucement, doucement. Qu'est-ce que tu dis, Joseph ? Que je vous ai encore une fois mis dedans ! Quel langage, mon garçon ! N'insiste pas ce serait irrespectueux. Pour ta mère bien entendu. Je ne parle pas pour moi. Je n'ai plus d'illusion à votre sujet. Non, plus la moindre illusion.

CHAPITRE XVIII

Les caractères bien trempés. Grandeur et tristesse du silence. Une lettre d'Hélène Strohl. Paysages de la banlieue. Sur l'esprit d'observation. Avec Chabot, dans l'enfer. Je n'ai pas encore vingt ans.

Le mémorialiste raconte que, le lendemain de son arrivée dans l'Île de Sainte-Hélène, l'empereur se prit à siffler un air de vaudeville. Et Las Cases en semble étonné. Si cette belle insouciance est la marque des caractères fortement trempés, je veux croire que mon père – toute comparaison suspendue – n'était pas d'un métal médiocre.

Le lendemain de ce jour funeste, quelques instants après midi, je sortis dans le jardin pour y humer le vent d'hiver. Il était frais et tendre. Pour la première fois depuis bien des jours, la pluie semblait se désintéresser de nous. Sur un firmament de lait, de gros nuages démarrés s'en allaient à la dérive. Je marchais, oppressé, dans la petite allée de tilleuls. Et, soudain, j'entendis la voix de mon père. Il était enfermé dans son laboratoire dont les fenêtres étaient closes. Il chantait, allègrement, sa chanson ésotérique :

Chico,
Chicocando,
Batifol et ripenpette...

De temps en temps, il s'arrêtait et, pour s'éclaircir la voix, lançait un « hum ! » sonore qui faisait trembler les vitres.

Notre mère, depuis le matin, n'était pas sortie de sa chambre. Je l'y allai voir. Elle était couchée, une compresse d'eau froide sur la tête. Elle sourit faiblement.

— Ce n'est rien, mon petit Laurent. Je ne sais ce qui m'est arrivé. Je vieillis un peu, Laurent.

Elle ne dit rien de plus. Je la regardais, sans insistance trop sensible, et compris, alors, qu'elle ne savait peut-être rien ou qu'elle savait peut-être tout, mais qu'elle ne parlerait pas.

Il me fallut bien des années pour admettre un tel silence et pour en mesurer la tristesse et la grandeur. Si je l'ai méjugé d'abord, c'est que j'étais un enfant, c'est que je sortais, enivré, de la lecture d'Ibsen, c'est peut-être aussi qu'il fallait, à ma grand faim de solitude et de fuite, des raisons, même empoisonnées.

Je dis à maman que j'allais sortir et je sortis en effet. Nous étions, si je ne me trompe, le lendemain de Noël. La Sorbonne était fermée. On ne m'attendait nulle part. Je ne souhaitais que l'épuisement, gage de sommeil.

Comme je remontais la rue du Moulin, je rencontrai le facteur qui me tendit une lettre.

— C'est, dit-il, pour quelqu'un de chez vous.

La lettre était pour moi. J'en reconnus l'écriture aussitôt et fus saisi d'un malaise qu'il m'aurait été, sur l'instant, bien impossible d'expliquer, mais que j'éprouve encore avec force quand j'évoque cette journée.

J'eus le singulier courage d'attendre dix minutes au moins avant d'ouvrir cette lettre. Je m'étais engagé dans la longue rue d'Alfort. Elle était brumeuse, infinie, ouverte à même l'hiver. Je finis par lire la lettre.

Mon cher ami Laurent, était-il écrit, *je vous connais depuis plus de deux ans et j'ai pour vous beaucoup d'estime, beaucoup d'affection aussi. Pour être tout à fait scrupuleuse, il me faudrait ajouter que cette affection était presque de la tendresse. J'ose à peine l'écrire, ce mot, non certes que la tendresse vous soit une chose étrangère, mais parce que j'ai la conviction presque désolée que ma tendresse ne vous serait pas de grand prix et que vous ne vivez pas sur la même planète que moi. Vous vivez, mon cher Laurent, dans un monde imaginaire d'idées et de sentiments très nobles, bien entendu, mais où vos meilleurs amis finissent par désespérer de trouver une petite place. N'importe ! La seule personne à qui je veuille apprendre tout de suite ce qui m'arrive, Laurent, c'est vous, et pour beaucoup de raisons.*

Je vais me marier, Laurent. Quelque chose me dit que cette nouvelle ne doit pas vous trouver absolument insensible. La décision est d'hier. Vous reconnaîtrez, mon ami, que je n'ai pas attendu beaucoup pour me confesser. Ce qui rend cette confession plus nécessaire à mes yeux, c'est que j'épouse votre frère, oui, votre frère Joseph.

Mon cher Laurent, n'allez pas croire que nous aurions pu, Joseph et moi, parler plus tôt. Il fallait se résoudre. Aujourd'hui, je suis résolue et cette lettre même va rendre ma résolution tout à fait définitive. Je sais ou je crois savoir que vous ne vivez pas, avec votre frère Joseph, dans une entente parfaite. Je dois pourtant vous rendre justice : chaque fois que vous étiez en différend avec Joseph et que vous entrepreniez de me parler de lui, vous finissiez toujours par faire son éloge. Avouez que c'est une référence. Je ne peux croire que vous étendez l'orgueil à toute votre famille.

Pendant la fin de cette année, j'ai eu beaucoup d'occasions de rencontrer votre frère et de causer avec lui. C'est assurément un caractère très ferme et un homme très intelligent. La demande qu'il m'a faite et que je sens soutenue par un sentiment loyal m'a remuée, mon cher Laurent. Moi, je ne vis pas, comme vous, au milieu des ombres. J'aurai vingt-trois ans bientôt. Je suis un peu votre aînée. Je dois songer à faire ma vie, comme dit précisément Joseph.

Mon ami, je serais désespérée que cette nouvelle vous causât le moindre déplaisir. Avec vous, on ne sait jamais. Je vous aurais peut-être abordé de vive voix et j'en avais formé le projet. Mais quoi ! Vous êtes inabordable : vous m'eussiez sans doute interrompue pour discourir de musique ou de poésie, pour parler d'Uranus qui tourne en sens contraire de toutes les autres planètes... Je n'étais pas assez sûre de vous trouver libre de vos fantômes ordinaires. J'ai donc préféré l'écrit.

Comme, en vérité, je ne peux croire que cette lettre décousue vous donne la moindre peine, je me dispenserai de tout ce qui pourrait ressembler à des consolations. Je veux quand même vous dire que, malgré des différences évidentes, je distingue, entre votre frère et vous, du moins à certaines minutes, des ressemblances très jolies, parfois à peine perceptibles, mais qui ne me déplaisent point, au contraire, puisqu'elles laisseront passer, dans ma nouvelle existence, le souvenir vivant d'une amitié dont vous ne douterez plus jamais.

Je cherche comment vous appeler, au moment de fermer ma lettre. Eh bien ! c'est tout à fait simple :

Adieu, mon petit frère !

Hélène.

Je mis la lettre dans ma poche et continuai de marcher. Un peu plus tard, j'obliquai vers la gauche et m'engageai dans des rues bordées par d'interminables murailles aveugles. De temps en temps, je tirais la lettre de ma poche et murmurais : « Qu'est-ce que ça peut bien me faire ? Pourquoi pas ? oui, pourquoi pas ? » Et je continuais de marcher au hasard.

Il pouvait être quatre heures et la nuit tombait déjà quand je m'arrêtai contre un bec de gaz, au milieu d'une ruelle toute barbouillée de charbon. Par-dessus les murailles, j'apercevais des réservoirs à gaz. De l'autre côté de la rue, de petits bâtiments d'usine se montaient les uns sur les autres dans une bousculade hargneuse. Deux tuyaux de cheminées lançaient l'un des pinceaux d'une fumée verte, l'autre des bouffées d'une vapeur orangée. La rue sentait, selon les mouvements du vent, tantôt le gaz d'éclairage et tantôt le bonbon anglais. Je fis encore quelques pas et l'odeur changea soudain. C'était un puissant remugle de fonderie, de charogne cuite.

Je m'adossai contre un mur et sentis que j'allais pleurer. La rue était déserte. Je ne me retins plus de pleurer.

Un peu plus tard, un ouvrier survint, sur une bicyclette. Il s'arrêta devant moi, me regarda d'un air gêné, puis il dit :

— Viens prendre un coup de blanc. C'est moi qui paye. Comme je secouais la tête, il gronda :

— Tu ne veux pas. Tu as tort. Je sais ce que je dis.

La nuit commençait de noircir. Je me remis en marche.

Je songeais : « Ce n'est sûrement pas à cause d'Hélène. Alors, c'est l'énervement. De toute façon, c'est honteux. »

Une lente méditation se déroulait dans l'ombre. « Il y a quelque chose d'inexplicable, chez moi. Je me destine à la science et mes maîtres, mes amis, mes compagnons de laboratoire estiment que je suis un bon observateur. Hélas ! Ce n'est pas vrai. Sûrement, ce n'est pas vrai. Si j'étais ce qu'on appelle un bon observateur, je verrais tout, je saurais tout, j'aurais l'œil ouvert sur tout. Il y a quantité de choses que je ne vois pas, que je comprends trop tard, quand je me cogne le nez dessus. Qu'est-ce que tout cela signifie ? Une grande part de la vie m'échappe, se passe en dehors de moi. Et je veux étudier la vie, je veux justement devenir ce qu'on appelle un biologiste, c'est-à-dire un observateur de la vie. Pourtant, certaines choses qui sont vraiment mon bien, ma nourriture à moi, ah ! je les sens, je les perçois, je les comprends aussi bien que personne au monde, mieux que personne au monde. Seulement, je ne vois pas tout. Hélène a raison : je vis parmi les fantômes. Je rêve. Je ne sais que rêver. Schleiter dit qu'il ne faut pas rêver, au laboratoire. Si Schleiter a raison, ma vie est bien manquée. Schleiter peut se tromper… »

La pluie commença de tomber un peu avant huit heures du soir. J'étais au fond d'une avenue, devant de hautes bâtisses.

— Qu'est-ce que c'est que ça ? demandai-je à un passant.

— Ça, Monsieur, c'est l'hospice de Bicêtre.

Je me rappelai soudain que Chabot devait être interne là. Cette idée m'apparut comme une bouée de sauvetage. J'entrai, je demandai la salle de garde et j'y courus. La pensée que Chabot pouvait se trouver absent me fut, pendant une minute, injuste et insoutenable.

Chabot était là. Son fin visage fatigué brillait au milieu des autres. Il me considéra d'un œil amical, me nomma, me fit asseoir, dit :

— Rapportez la soupe et qu'on donne un verre à Pasquier.

Dix minutes plus tard, j'étais ivre de bruit, ivre de mots et peut-être même de vin.

Au dessert, un infirmier fit savoir à Chabot qu'on l'appelait pour un malade.

— Viens avec moi, dit-il. Ça vaut la peine d'être vu.

C'était une salle de vieillards. Elle était éclairée par des veilleuses débiles, en sorte que, tout d'abord, on n'apercevait que les lits, que les ombres blanches des lits. L'odeur était farouche. Une odeur de tannière, une odeur de fauves perclus. Petit à petit, l'œil s'accoutumait aux ténèbres. On apercevait alors, sur les lits, les vieux hommes étendus. La plupart étaient maintenus, des deux côtés, par de grosses planches qui les empêchaient de tomber. Presque tous dormaient déjà, mais d'un sommeil hanté. Ils soupiraient, grondaient, riaient, gémissaient confusément. Ils se débattaient, en rêve, contre les spectres de leur vie.

Chabot vit son malade et fit une piqûre. De retour à la salle de garde, je bus encore un verre de vin.

— Tu ne peux pas savoir, lui dis-je, quel service tu m'as rendu.

— En t'invitant à dîner ?

— Non. En me montrant l'enfer, là-bas, l'enfer des vieux hommes.

Pour m'en retourner à Créteil, il fallait maintenant faire un voyage tortueux et, d'abord, passer par Paris. N'importe ! Je me sentais merveilleusement fort et léger. Je répétais de seconde en seconde : « Je n'ai pas encore vingt ans. Je n'ai pas encore vingt ans. Alors, je veux vivre ! »

Chapitre XIX

À monsieur Justin Weill,
chez monsieur Jacob Weill,
à Guewenheim (Alsace).

10 janvier 1901.

Mon cher Justin, je vais tâcher de répondre à ta lettre, non pas absolument point par point, car j'ai beaucoup de mal à mettre mes pensées en ordre, mais au hasard de la plume.

Mme Henningsen a eu les plus grands torts. La pauvre femme aimait certainement son fils. Elle l'aimait à sa manière. Elle aurait dû, dès le début, consulter les spécialistes. Quand elle y a pensé, le mal était bien trop profond. Les derniers mois, c'étaient des querelles terribles. Ils se sont même battus. Certains jours, elle disait : « Je vais te faire enfermer ! » D'autres jours, elle gémissait : « Tu en auras, mon petit ! Je t'en trouverai. Quand je devrais en voler. Quand je devrais coucher avec le droguiste. Tu en auras, puisque tu aimes ça ! » J'ai su toutes ces folies et beaucoup d'autres encore par les voisins, par les gens qui habitent maintenant notre ancien appartement, sous l'atelier des Henningsen.

Pendant la fin décembre, elle enfermait son fils à clé, soi-disant pour le guérir. S'il souffrait de la « disette », il devenait furieux. Je crois t'avoir déjà raconté qu'il était sorti, certain dimanche, en dévissant la serrure. Il nous était arrivé dans un tel état que Joseph ne voulait même pas le laisser pénétrer dans la maison. Alors, Mme Henningsen a, comme on dit, coupé les vivres. Valdemar a volé de la drogue, d'abord dans l'officine de mon père, qui s'en est aperçu trop tard, puis chez un pharmacien qu'il a menacé d'abattre à coups de revolver et qui, terrorisé, n'a déposé plainte qu'après la catastrophe. Ça, nous ne le savions pas. Nous ne pouvions pas le savoir et c'est sûrement vrai. Les journaux ont publié tant de choses abracadabrantes qu'il faut se méfier.

Tu sais que le soir de la Saint-Sylvestre, nous dînons toujours en famille. C'est une tradition. Peut-être un jour futur passeras-tu cette fête avec nous. On soupe. On attend le coup de minuit pour saluer l'année nouvelle, on s'embrasse et chacun va se coucher. Je pense que si nous manquions à cette petite cérémonie, maman serait très malheureuse : elle vit de fidélité. Et il y a beaucoup de chance pour que tout cela dure encore, malgré ce que j'appelle « notre explosion ».

Valdemar était invité, cette année comme les précédentes, bien que maman m'ait dit, deux ou trois fois : « Ce mariage ne se fera pas. » J'avais grand peur que Valdemar n'arrivât dans un état pitoyable : nous n'en pouvions plus de drame. Pour moi, de toutes mes forces, je souhaitais un peu d'ordre et de repos. Comme je n'allais pas à Paris ce jour-là, j'ai prié Ferdinand de prendre Valdemar à la fin de l'après-midi et de le ramener lui-même, de le surveiller, en quelque sorte. Pour Cécile, pour moi, pour nous tous, je souhaitais que le dernier jour de l'année fût un jour de recueillement.

Ferdinand a très bien compris. Sans grands détails, je lui avais expliqué diverses choses.

Dès sept heures, nous étions tous réunis, sauf, bien entendu, Valdemar et Ferdinand. Il n'est pas encore question de H. S. dans ces petites fêtes. Je te reparlerai de H. S. un peu plus loin. Père était là, bien sûr. Redingote, gilet blanc et fleur à la boutonnière : il s'habille, en de telles circonstances. Maman causait avec la petite Claire. Et nous attendions. Je ne saurais te dire à quel point cette réunion était triste. Une seule personne avait le courage de faire des plaisanteries. Passons, passons… De lui, rien ne m'étonne plus. Je sais que, maintenant, je vivrai dans l'attente douloureuse de quelque nouvelle folie.

Vers huit heures, mère a commencé d'entrebâiller la fenêtre et d'écouter les bruits de cette rue où l'on n'entend aucun bruit. Papa disait : « Tu perds toute notre chaleur. Ils arriveront, ils arriveront. Il n'y a que la fortune qui n'arrive pas. » À huit heures et demie, Claire pleurait. Maman l'a prise dans ses bras et, comme il y avait quelqu'un pour marquer plus d'inquiétude qu'elle-même, notre pauvre mère est devenue très sage, en apparence du moins. Je la connais bien et je devinais son tourment. Il faut te dire que, de mon côté, j'étais assez malheureux. Cécile m'a beaucoup étonné. Peut-être sous l'effort de la volonté, Cécile était redevenue, comme au temps de notre enfance, fière, froide, étrangère. Je peux te dire que, pendant ces derniers mois, Cécile a beaucoup souffert, elle a beaucoup participé… Pardonne-moi, Justin, mais nous parlerons plus tard de Cécile. Je reviens à cette soirée du 31 décembre.

Nous avons attendu jusque vers dix heures et demie. Papa disait : « Moi, j'ai l'estomac le plus accommodant du monde. » Oui, voilà ce qu'il disait. À dix heures et demie, Joseph a pris son chapeau melon en grognant : « Je vais aller au-devant des retardataires. » J'ai fait observer que nous ne pouvions pas savoir s'ils arriveraient par Saint-Maur ou par le tramway de Créteil. Joseph a répondu : « Ça ne fait rien. » Il est sorti dans la rue en fumant une cigarette. Je commençais à m'inquiéter beaucoup.

Il était plus de onze heures, peut-être onze heures et demie quand nous avons entendu parler dans la rue du Moulin. Je suis sorti tout de suite. Joseph et Ferdinand venaient d'entrer dans la cour. Ferdinand disait : « C'est un malheur épouvantable ! » et Joseph répondait : « Allons, allons, du calme, inutile d'effrayer Cécile ! » « Tu en parles à ton aise, reprenait Ferdinand. Toi, tu n'arrives pas de là-bas. »

Ferdinand est entré. Maman s'est jetée sur lui. Claire le pressait d'un autre côté. Nous posions tous des questions. Un tumulte indescriptible. Cécile s'est levée sans une parole. Et Ferdinand avait vraiment l'air bouleversé. Il faut te dire que, pendant sept ans, Valdemar a fait partie de notre vie. D'ailleurs, tu le sais bien. Ferdinand a balbutié : « Valdemar ne viendra pas. Comprends, Cécile : un accident... » Cécile est montée chez elle sans prononcer un mot. Maman est allée la rejoindre un peu plus tard et a commencé de lui donner des détails. Je n'ai revu Cécile que le lendemain matin. Il est possible, oui, je le sais maintenant, que la mort d'un être nous donne en même temps une douleur très profonde et un affreux soulagement.

Les journaux ont, comme toujours, montré beaucoup de fantaisie. Non, Valdemar n'a pas joué de musique jusqu'à la minute du drame. Il ne jouait plus depuis déjà bien des semaines, les voisins me l'ont affirmé. Tout s'est passé d'une façon très prosaïque. Mme Henningsen est rentrée vers la fin de l'après-midi. Comme toujours, il pleuvait. Mme Henningsen était de méchante humeur et parlait haut. Valdemar a crié tout de suite qu'il était invité, qu'il voulait sortir. Il a demandé de l'argent. Il devait être, depuis deux jours, dans un état de « privation » complète. Tu sais ce que je veux dire. Valdemar criait beaucoup. Les voisins, épouvantés par le ton de la dispute, sont sortis dans l'escalier. Et, tout de suite, ils ont entendu les coups de feu. Puis la porte s'est ouverte et Mme Henningsen est venue tomber sur le palier de son étage. Elle avait une balle dans le ventre. Pour Valdemar, il râlait quand on est entré chez eux et il est mort tout de suite.

Tu as su que Mme Henningsen avait été transportée au plus près, c'est-à-dire à la Pitié. Elle a été opérée par Terrier qui est un maître. Mais les choses vont très mal. Elle est au dixième jour et Terrier pense qu'on ne la sauvera pas. Je ne l'ai pas vue, cela va sans dire : on ne laisse entrer personne. Il paraît que la pauvre dame a toute sa conscience et qu'elle parle de son fils avec beaucoup de tendresse et même de raison. Elle se juge seule coupable. Hélas ! coupable de quoi ? L'idée m'est venue que nous prenons volontiers sur nous certaines fautes pour enlever au destin une part de son horreur et de sa stupidité. Je te demande pardon, Justin, pour cette petite divagation philosophique : on se soulage toujours un peu, en s'efforçant d'expliquer ce monde inexplicable.

Mon frère J. est décidément un homme très dur. Après avoir écouté le récit de Ferdinand, il a dit, les dents serrées, la petite phrase un peu folle que Valdo répétait souvent : « Et c'est tout et c'est assez ! » Mon père a cru devoir le rappeler à l'ordre : « Un peu de pudeur, Joseph. Si l'on disait ce que l'on pense, il n'y aurait plus moyen de vivre. »

Maman, j'ai dû l'écrire, était auprès de Cécile. Joseph a proposé de manger quand même un morceau. D'ailleurs, il a donné l'exemple. Je peux avouer que je ne l'ai pas suivi. J'étais rassasié de tout, même de vivre, ce soir-là. Nous sommes restés ensemble, parce qu'il y avait du feu. Et, soudain, la pendule a sonné. Joseph a dit : « L'année est finie ! » – « Ce n'est pas seulement l'année, a repris Ferdinand, c'est le siècle, c'est le dix-neuvième siècle. » Nous avions tous l'air accablés, sauf papa, bien entendu. Il a chantonné : « Alors, on en commence un autre ! » Tout cela, très allègrement. Un peu plus tard, il a dit : « On s'embrasse, d'habitude. » Et il se tournait vers Cl. Je n'ai même pas le courage d'écrire les noms en entier.

Je t'avais, avant ton départ, dit quelque chose – oh ! à toi seul, Justin, tu peux bien le penser – je t'avais dit quelque chose de P. L. Mon frère J., qui sait tout, m'a raconté que cette personne avait accouché prématurément d'un enfant non-viable, chez une sage-femme de Saint-

Mandé. Cette nouvelle, malgré ce qu'elle a de triste, aurait pu me donner de l'allégement. Mais quoi ! Je suis sûr maintenant que, ce drame-là terminé – si tant est qu'il se termine –, la personne que tu sais en fera naître d'autres. Il serait bien étonné s'il surprenait une telle parole. Il produit naturellement des drames, comme un arbre produit des fruits. Et il ne les sent même pas, il ne les comprend même pas. C'est nous seuls qui souffrons.

Ferdinand va se marier dans les derniers jours du mois. Joseph un peu plus tard. Je ne t'ai presque rien dit, l'autre jour, au sujet de H. S., et je sens que tu te trompes tout à fait, mon vieux Justin. Je n'ai jamais eu pour H. S. qu'une amitié très pure. Je ne comprends même pas, à la réflexion, pourquoi la nouvelle de ce mariage a pu me bouleverser autant, car elle m'a vraiment bouleversé. Tout est en ordre aujourd'hui. Joseph sait ce qu'il veut et il a ce qu'il veut. Il me semble que le jour approche où, moi aussi, je saurai ce que je veux, tout ce que je veux.

Je voulais avec force une première chose : elle est réalisée. Je t'écris dans une petite chambre, au dernier étage d'une maison, rue du Sommerard, 31. Je te donne tout de suite l'adresse pour le cas où tu aurais le temps de m'écrire avant la fin de tes vacances, que je souhaite apaisantes.

C'est fait : j'ai déménagé. Ça s'est passé très simplement. J'ai dit chez nous que mon travail ne me permettait plus de rentrer chaque soir à Créteil, et c'est peut-être vrai. Je conserve ma chambre à la maison, toujours, bien entendu. En fait, c'est fini. Je suis séparé, séparé. Je n'ai plus qu'une chose à faire, maintenant, me guérir d'eux tous.

Je ne saurais te dire avec quelle ivresse j'ai monté, dans ce perchoir où me voici, mon lit, ma table et ma chaise. Huit jours que je suis ici ! C'est comme une seconde naissance, et dont j'ai le sentiment, parce que, de la première naissance…

Je m'aperçois que je ne sais rien, que je ne connaissais rien, que je ne comprenais rien. Je ne connaissais qu'eux. Ils me fermaient l'horizon, ils me bouchaient le ciel, le cœur, toutes les avenues de la vie. Et maintenant, c'est fini. Je ne peux pas le croire encore. Je suis sûr que c'est très bien ainsi : à l'idée de ne plus les voir, de ne plus les porter – c'est exactement le mot – je commence de les aimer mieux.

Schleiter a du bon. Tu sais qu'il m'avait promis de me trouver quelque chose : un travail intelligent et suffisamment payé. Cet homme sec a des principes : il promet peu et tient ses promesses. Il a cherché ce qu'il me fallait et il a trouvé. Je vais gagner cent soixante quinze francs par mois, ce qui me suffit tout à fait. Ce n'est pas déshonorant, comme travail, et même, ça m'intéresse. Il s'agit d'une encyclopédie populaire dont je suis, dès maintenant, le collaborateur scientifique attitré, pour les choses de la biologie, de la physiologie, etc. Mettre des notions complexes à l'échelle des âmes simples, c'est un travail dangereux, mais qui n'est pas sans attrait. Ça me prend toutes mes soirées, entre huit heures et onze heures à peu près. J'ai une grille de fonte, dans la cheminée, et je fais mon jeu moi-même. Je m'y prends si curieusement et je me donne tant de mal en préparant mon jeu que j'attrape chaud pour une heure. Alors le jeu est inutile.

Je te raconte ces bêtises, parce que je viens justement de rallumer cette fameuse grille.

Encore un mot de Cécile. Tu es, mon vieux, la seule personne au monde, la seule personne devant qui j'ose à peine prononcer le nom de Cécile. Excuse la maladresse de ton ami.

Cécile est partie, avant-hier, pour l'Autriche, avec cette dame qui est, en somme, son manager, comme disent les massacreurs de Boers. Cécile va jouer à Vienne, devant le vieil empereur. Et puis, ce seront des concerts dans toute l'Autriche-Hongrie. Je ne veux pas te cacher que j'ai pleuré, avec Valdemar, toute une part de ma jeunesse ou plutôt de mon enfance. Pourtant, à la pensée que Cécile est… délivrée, oui, délivrée de ce fardeau, de cette idée qu'elle avait, qu'elle se forçait d'avoir, à cette pensée, je suis heureux, je ne peux dire autrement.

Elle va, dès son retour, s'installer, seule, à Paris, dans un petit appartement, du côté du Parc Monceau. Encore un mois et la maison sera presque vide. Je ne peux quand même y songer sans un serrement de cœur. C'est l'époque de la déhiscence, comme dirait M. Bonnier : le fruit s'ouvre et les graines sautent. Ça vaut beaucoup mieux comme ça. Nous ne pouvions plus que nous meurtrir et nous étouffer l'un l'autre.

Je vais peut-être blasphémer, Justin, mais si quelqu'un peut me comprendre, c'est toi, toi seul, mon vieux. Maman est une sainte, c'est vrai. C'est une sainte… oh ! comment dire ? Une sainte des petites choses. Je ne peux m'expliquer mieux. Il y a des jours où je rêve d'une plus large sainteté, non pas plus chaude, bien sûr, non pas plus rayonnante, c'est impossible. Alors ? Tu vois, je le disais bien : je blasphème, je blasphème.

Je suis allé, hier, à Créteil, en visite, exactement. Je n'y ai passé qu'une heure. Je ne peux te dire l'émotion que j'ai ressentie. C'est presque banal, mais je reviens à ma comparaison. Je parlais de déhiscence. Tu as vu parfois une écorce de châtaigne, une gousse vide. Oui, c'est quelque chose comme ça.

Pourtant, il y avait Suzanne. Maman était en train de lui apprendre à lire. Elle recommence tout avec cette petite fille. Elle a fait de grands efforts pour ne pas pleurer, et même elle n'a pas pleuré. Elle me disait : « N'oublie pas de m'apporter ton linge. On blanchira tout ici, et je te le raccommoderai. »

Au moment de me quitter, elle a laissé paraître un sourire si triste et pourtant si courageux qu'il a fallu que je me sauve.

Je pense qu'elle est là-bas, avec cet homme extraordinaire, et qu'elle se dit, peut-être, comme moi, comme nous tous, comme Cécile, au fond de l'Autriche : « Qu'est-ce qu'il va faire, maintenant ? Que va-t-il inventer, maintenant ? »

Non, non, je ne veux plus y penser jusqu'à demain. Je sais, je crois savoir qu'ils vont déménager. La situation, à Créteil, est devenue impossible. Il cherche un nouveau poste dans la région parisienne… Non, je t'ai dit que c'est fini jusqu'à demain.

Parlons d'autre chose, mon vieux.

Je songe qu'il y a deux mois, nous devisions encore, gravement, en nous baguenaudant au bord de la Marne, de la rédemption du monde par la science ou par l'art, ou par je ne sais quoi ! Oh ! je ne ris pas, crois-le bien. L'art garde une place honorée dans mon esprit, je lui demande encore enthousiasme, consolations et clartés ; pour la science, je vais lui consacrer ma vie, mais sans rhétorique. Justin, sans trémolo, sans Champagne, sans main sur le cœur, pour la seule passion de comprendre quelque chose à ce monde extravagant.

On nous a farci la cervelle d'une foule d'idées qui sont respectables, sans doute, mais passablement niaises. Et maintenant, nous voilà quand même au pied du mur, et il va falloir grimper. Il est triste, à vingt ans, d'être nu comme je le suis, dépourvu comme je le suis. Pourtant, je ne manque pas de courage. Au contraire. Car, mon vieux, il s'est produit dans mon cœur une grande révolution. J'étais, il y a quinze jours, tout à fait désespéré. Voilà que tout est changé. Comment ? Je ne saurais le dire. Je veux vivre, je veux vivre pour moi. Je veux aimer. Je veux jouir de la beauté du monde. Je veux me sauver tout seul. Enfin, j'ai tout un programme qui comporte trois parties essentielles.

La première concerne l'amour ; la seconde, la liberté ; la troisième, la gloire. Je t'expliquerai tout ça quand tu seras de retour. Mon feu s'est encore éteint. Le pétrole baisse dans la lampe. Je ne veux pas commencer mon siècle, notre siècle à nous, avec une mèche qui fume et des cendres refroidies dans mon premier foyer.

Dépêche-toi de me revenir.

Ton frère librement choisi,
Laurent Pasquier.

Table

Livre II

LE JARDIN DES BÊTES SAUVAGES

Livre III
Vue de la Terre promise

(suite de la page du même auteur)

Chronique des Pasquier
- *Vue de la Terre promise*
- *La Nuit de la Saint-Jean*
- *Le Désert de Bièvres*
- *Les Maîtres*
- *Cécile parmi nous*
- *Le Combat contre les ombres*
- *Suzanne et les Jeunes Hommes*
- *La Passion de Joseph Pasquier*

L'Humaniste et l'Automate
Discours aux nuages
Remarques sur les mémoires imaginaires
Fables de mon jardin
Deux Patrons
Esquisse pour un portrait du chirurgien moderne
Au chevet de la civilisation
Le Dernier Voyage de Candide
Mémorial de la guerre blanche
Finlande
Positions françaises
Lieu d'asile
Civilisation française
Chronique des saisons amères
La Musique consolatrice
Paroles de médecin
Images de notre délivrance
Lumières sur ma vie
- *Inventaire de l'abîme*
- *Biographie de mes fantômes*
- *Le Temps de la recherche*
- *La Pesée des âmes*
- *Les Espoirs et les Épreuves*

Twinka
Souvenirs de la vie du Paradis
Visages
Homère au XXe siècle
Semailles au vent

Entretien au bord du fleuve (avec Henri Mondor)
Tribulations de l'espérance
Consultation aux pays d'Islam
Le Bestiaire et l'Herbier
Hollande
Le Voyage de Patrice Périot
Cri des profondeurs
Chronique de Paris au temps des Pasquier
Manuel du protestataire
Vues sur Rimbaud
Le Japon entre la tradition et l'avenir
Les Voyageurs de l'Espérance
Refuges de la lecture
La Turquie, nouvelle puissance d'Occident
L'Archange de l'Aventure
Croisade contre le cancer
Les Compagnons de l'Apocalypse
Pages de mon journal intime
Israël, clef de l'Orient
Problèmes de l'heure
Le Complexe de Théophile
Travail, ô mon seul repos
Nouvelles du sombre empire
Problèmes de civilisation
Traité du départ

Poésie

Des légendes, des batailles
L'Homme en tête
Selon ma loi
Notes sur la technique poétique (avec Charles Vildrac)
Les Compagnons
Élégies
Anthologie de la poésie lyrique française
Voix du Vieux Monde

Critique

Propos critiques
Paul Claudel

Les Poètes et la Poésie
Maurice de Vlaminck
Défence des Lettres
Les Confessions sans pénitence

Théâtre

La Lumière
Dans l'ombre des statues
Le Combat
Le Cafard
L'Œuvre des athlètes
Quand vous voudrez
La Journée des aveux

Mise en page par Meta-systems
59100 Roubaix

CET OUVRAGE
A ÉTÉ ACHEVÉ D'IMPRIMER
SUR CAMERON
PAR L'IMPRIMERIE NIIAG
À BERGAME (ITALIE)
EN OCTOBRE 2012

N° d'édition : L.01ELIN000309.N001
Dépôt légal : novembre 2012